KB202275

제임스 조이스의 아름다운 글들

번역과 해설

김종건 편역(編譯)

어문학사

약호 설명

(D: 『더블린 사람들』(*Dubliners*)
(P: 『젊은 예술가의 초상』(*Portrait of the Artist as a Young Man*)
(U: 『율리시스』(*Ulysses*)
(FW: 『피네간의 경야』(*Finnegans Wake*)

제임스 조이스 약력

  제임스 조이스(James Joyce)는 1882년 아일랜드의 수도 더블린에서 태어나, 예수회 학교들과 더블린의 유니버시티 칼리지(UCD)에서 교육을 받았다. 대학에서 그는 철학과 언어를 공부했으며, 1900년 그가 아직도 대학생이었을 동안, 노르웨이의 극작가 입센의 마지막 연극에 관해 쓴 긴 논문이 『포트나이트리 리뷰』지에 발표되었다. 당시 그는 서정시를 쓰기 시작했는데, 이는 나중에 『실내악』이란 시집으로 출판되었다. 1902년 조이스는 더블린을 떠나 파리로 향했으나, 이듬해 어머니의 임종으로 잠시 귀국했다. 1904년 그는 노라 바나클이란 처녀와 함께 다시 대륙으로 떠났다. 그들은 1931년 정식으로 결혼했다. 1905년부터 1915년까지 그들은 이태리의 트리에스테에 함께 살았으며, 조이스는 그곳의 벨리츠 학교에서 영어를 가르쳤다. 1909년과 1912년에 그는 마지막으로 아일랜드를 방문했는데, 이는 『더블린 사람들』의 출판을 주선하기 위해서였다.

이 작품은 1914년 영국에서 마침내 출판되었다. 1915년 한 해 동안 조이스는 그의 유일한 희곡『망명자들』을 썼다. 『젊은 예술가의 초상』은 1916년에 출판되었다. 같은 해 조이스와 그의 가족은 스위스의 취리히로 이사했으며, 조이스가『율리시스』를 작업하는 동안 그들은 심한 재정적 빈곤을 겪어야 했다. 이 작품은 미국의 잡지『리틀 리뷰』지에 연재되었다. 연재는 1918년에 시작되었으나, 작품의 외설로 인한 시비와 고소로 1920년에 중단되었다. 『율리시스』는 1922년 파리에서 단행본으로 출판되었으며, 조이스 가족은 세계 양차 대전 기간 동안 그곳에 체류했다. 1939년에『피네간의 경야』가 출판되었고, 이어 조이스 가족은 스위스로 되돌아갔다. 두 달 뒤, 1941년 1월에 조이스는 장궤양으로 사망했다. 『젊은 예술가의 초상』의 초고의 일부인『영웅 스티븐』이 1944년 저자의 사후에 출판되었다.

『피네간의 경야』를 탈고한 1938년의 제임스 조이스. 당시 이 작품이 연재되고 있던 프랑스의 실험 문학잡지 『트란지시옹』이 그의 앞에 놓여 있다.

더블린의 번화가에 서 있는 조이스의 입상: 『율리시스』와 『피네간의 경야』를 비롯하여 그의 작품들은 모두 거리의 보통 독자들(common readers)을 위한 것이다.

『율리시스』의 〈블룸즈데이(Bloomsday)〉(1904년 6월 16일)를 기념하여, 오코넬 거리에서 작품의 중요 장면들을 연출하고 있는 오늘의 더블린 사람들(리오폴드 블룸, 몰리 블룸, 스티븐 데덜러스 역).

◆ 제임스 조이스의 아름다운 글들 ◆

편역자 서문

작가 제임스 조이스의 문학적 행보는 신기원을 여는 듯 큰 간격을 두고 뻗어 있어, 세계 문학에서 19세기 말의 상징주의의 대물인 『실내악』에서 사실주의의 실물인 『더블린 사람들』에로 처음 나아간다. 이어 20세기 초 모더니즘의 적물(積物)인 『젊은 예술가의 초상』과 『율리시스』를 통해 오늘날 포스트모더니즘의 극한물인 『피네간의 경야』에 이르기까지, 전세기 문학의 진화를 구체화하는 그의 문학의 실체와 더불어, 오늘날 그는 가장 영향력 있는 작가들 중의 하나이다. 현대문학에 있어서 이른바 '모더니즘 문학의 기수'로 알려진, 그는 과연 그의 작품들을 통해 "하느님의 대우주를 소우주적 등가물로 창조하려고 시도했다."

이 선집은 편역자가, 앞서 열거하듯, 한 세기에 걸친 조이스 문학의 광범위한 영역을 다 커버하고자 하는 의도로, 그의 미문(美文)을 고루 고른 것이다. 그것은 정선(精選)의 작업이었다. 미문의 기준에는 여러 가지 원칙이 있을 수 있다. 시나 산문을 막론하고, 낭만적인 것, 서정적인 것, 클래식한 것, 시적 뉘앙스를 띤 것 등, 우리는 이들 아름답게 가꾸어진 글들을 모두 미문으로 간주할 수 있을 것이다.

첫째로, 조이스의『실내악』은『한 푼짜리 시들』과 함께, 정형시로 잘 알려져 있으며, 그들 중 많은 것이 음악화되었다. 이는 뒤이은 작품들의 풍부한 음악성을 예고한다. 실제로『율리시스』의 〈사이렌〉 장이나『피네간의 경야』의 〈아나 리비아 플루라벨〉 장에서 보듯, 조이스만큼 음악적 감성이 풍부한 작가도 드물리라. 이 시의 아름다운 음악성이 작품 선정의 주된 기준이 된다.

조이스가 잇따라 쓴『지아코모 조이스』는 T. S. 엘리엇의『황무지』나 E. 파운드의『휴 셀윈 모우벨리』에 버금가는 중후한 시로서, 시기적으로 보면 앞서 조이스의 초기 시들이 끝나고 그가 산문으로 이동하는 과정에서 이루어진 것이다. 조이스의 작품들을 통하여 보았을 때 이 시의 역할은, 그것의 내용이나 기법 등이 후기 작품들 속에 다수 용해되어 있을 뿐만 아니라, 그것의 전후 상관관계가 여타 작품들을 이해하는 데 크게 돕는다는 점이다.

조이스의『더블린 사람들』은 산문 또는 단편소설로서는 최초이다. 이들 15개의 주옥같은 이야기들 중 〈에블린〉, 〈작은 구름〉, 〈어머니〉와 〈죽은 사람들〉의 일부를 이 선집에 실었다. 이들 단편들은 "최고"로서 선별하는 것이 가능한 듯 느껴졌기 때문이다. 조이스는 이들 중 〈작은 구름〉의 중요성을 강조하였는데, 그는 단언하기를, "〈작은 구름〉의 한 페이지가 나의 모든 운시보다 내게 더 큰 기쁨을 준다." 마지막으로 선별된 〈죽은 사람들〉은 단편이라기보다는 중편(novelette)에 해당하는 것으로, 영화화되기도 했다.

이 중편소설의 종말은, 편역자로 하여금 게브리얼 내외가 밤을 지내는 더블린의 그렌 섬 호텔의 현장을 방문하도록 안달나게 하였다. 더군다나 이층의 붉은 카펫을 내려오는 낯선 숙녀(그레타의 모델인 양)에게 실례를 무릅쓰고 플래시를 터트리다니 자신도 모를 기벽(奇癖)이었다(편역자의 이러한 '기벽'이라고만 단정할 수 없는 현장 확인 작업이 뒤따르는 작품들의 다른 장면들에도 여러 번 발동한다).『더블린 사람들』의 이들 선발된 이야기들 속에 조이스는 "나의 사랑하는 불결한 더블린"(Dear Dirty Dublin)의 3D를 "꼼꼼한 비속성"(scrupulous meanness)의 문체로 묘사했는 바, 이는 "나의 조국의 도덕사"였다.

다음 작품인『젊은 예술가의 초상』은 주인공의 인간 형성을 그린 교양소설(Bildungs-roman)로서, 스티븐 데덜러스라는 한 젊은 예술가의 예술과 양심의 성장을 다룬 탁월한 작품이다(미국의 랜덤하우스는 이 작품을 20세기 100대 작품들 중 3번째로 꼽았다). 여기서 고른 작품의 첫 장 가운데, 그의 크리스마스 파티와 파넬을 두고 벌어지는 치열한 가족 싸움의 장면은 앞서『더블린 사람들』을 통해 우리가 발견하는 꼭 같은 사실 또는 자연주의의 생생한 복사이다. 그것은 또한 그것만으로도 장점을 지니며, 그것 자체에 있어서 하나의 역사적 다큐멘터리이다.

이어 선별한, 데덜러스의 학교 수업 시간에서 그가 겪는 유명한 체형 장면이 독자의 애정(哀情)을 끈다. 그는 전날 석탄재 깐 길에서 넘어져 안경이 깨졌기 때문에 반에서 글을 쓰지 못한다. 이에 돌란 신부는 그를 "게으른 꼬마 꾀보"(lazy little schemer)로 부르며 손에 메질을 가한다. 이는 여러모로 "부당한"(unfair) 처사이다. 데덜러스는 교장에게 그 부당성을 호소함으로써 권위에 대한 영웅적 도전과 그에 대한 회심의 승리가 이루어진다. 여기 돌란 신부는 셰익스피어의 맥베스와 같은 부당하고 마성적(魔性的)이며, 잔인한 하느님 더하기 교회를 대신하는 인물이다. 이는 스티븐이 장차 죄와 형벌에 항거하는 한 가지 중요한 "에피파니"(현현)가

된다.

잇따른 제4장의 일부에서 우리는, 스티븐이 발견하는 바닷가 비둘기 -소녀의 아름다운 묘사를, 그리고 자신의 예술 창조를 향해 "살도록, 과오 하도록, 추락하도록, 승리하도록, 인생에서 인생을 재창조하도록!" "나의 영혼의 대장간에서 민족의 창조되지 않은 양심을 버리기 위해 떠나가는" 그의 장익비상(張翼飛翔)의 장면을 큰 감동으로 읽을 수 있다.

조이스의 『율리시스』는 20세기 영문학의 최고 걸작으로 알려져 있다 (재차 랜덤하우스에 의하면). 이를 위해 작가는 1904년 6월 16일, 주인공의 이름을 딴 "블룸즈데이"(Bloomsday)의 활동을 재건하려고 호머의 대서사시 『오디세이』를 절묘하게 차용한다(이날 조이스는 뒤에 그의 아내가 된 노라 바나클과 첫 데이트를 가졌으며, 작품을 통해 이를 그녀에게 '세기의 선물'로서 선사했다).

그리하여 작중의 리오폴드 블룸, 스티븐 데덜러스, 몰리 블룸 및 부수적 인물들의 거대한 캔버스가, 자신들이 생활에서 또 다른 하루를 살아가는 동안, 모두가 영웅될 수 있음을 독자에게 생생하게 부각시킨다. 특히, 이들 중 세 등장인물들은 그들 각각의 특징을 지니며, 세계문학에서 그들만큼 유별한 인물들도 드물다. 스티븐 데덜러스는 셰익스피어의 햄릿 이래 최고의 젊은 지성이요, 블룸의 넓은 포용성과 풍부한 인간성은 호머의 오디세우스와 버금가는가 하면, 몰리 블룸의 미와 성적 대담성 또한 G. 플로베르의 마담 보바리나 D. H. 로렌스의 채털리 부인을 앞지른다.

여기 『율리시스』의 선집에서 작품의 제2, 4, 13장은 무삭제의 장들이며, 제18장은 부분적으로 생략된 장이다. 이 중 스티븐이 참여하는 "네스토르" 장면, 블룸의 "칼립소" 이야기, 거티의 인상주의 문체로 된 "나우시카" 장 및 몰리의 유명한 독백을 담은 "페넬로페" 장면이 순서대로 이어진다.『젊은 예술가의 초상』에서 이미 우리에게 친숙한 학생 스티븐 데 덜러스가 여기 자신의 학교 수업 장면에서 꼬마 학생을 가르치는 선생(교사)으로 등장하다니 아이러니하다. 이어 "칼립소" 이야기는 주인공 블룸이 작품의 지배적 문체로 행사하는 "우선 문체"(initial style)의 좋은 본보기이다. 이 장에서 그는 아침 조반으로 "짐승과 가금의 내장을 맛있게 먹었고", 우리는 여기서 "지글지글 끓는 돼지 콩팥"과 대면한다.

"나우시카" 장은 전반부의 거티의 3인칭(간접) "의식의 흐름"의 낭만적 감상주의 문체로부터 후반부의 블룸이 갖는 1인칭(직접) 표현주의 문체로 나아가는데, 그 막간에서 두 사람의 성적 클라이맥스(수음)가 이루어진다. 여기 그들의 문체와 감동은 숨 막히는 크레셴도에 달한다. 최후로,『율리시스』의 종장인 "페넬로페"에서 몰리의 졸린 내적 독백이 담은 감정과 욕망은 앞서 거티의 그것처럼 이상화되어 있다. 그녀의 천성이 품은 낭만적 기질은 자신의 독백을 통해 점진적으로 밝혀지고, 특히 그녀가 블룸과 호우드 언덕에서 갖는 애정의 무아경적 회상은 독자로 하여금 황홀감에 빠지게 한다.

이 선집에서『율리시스』로부터『피네간의 경야』에로의 전환은 얼마간 모험적인 듯 느껴진다. 왜냐하면 작품의 난해성, 연금술적 신비성, 그 엄청난 지식원과 모든 언어를 녹이는 용광로로부터의 선발은 우리를 한층 힘들고 주저하게 만들기 때문이다. 그런데도, 여기 실린 글들은 그들 자체로서 비교적 쉽고 독립된 구절로서, 앞서『율리시스』를 읽는 독자는 적어도 그를 읽을 수 있을(readable) 것이요, 그것의 위대한 코믹 비전에 의해 감동과 희극을 공유하리라.

작품의 제7장 "문사 솀"과 제8장 "아나 리비아 플루라벨"은 선별의 특별한 의미를 갖는다. 전자는『젊은 예술가의 초상』과『율리시스』에 등장하는 스티븐 데덜러스와 문체상으로 또는 주제상으로 연계되어 있는데다가, 후자는 쉽고도 흥겨운, 마치 음률과 소리의 교향악이듯, 산문시의 극치를 이루기 때문이다. 이 나중의 장에서 빨래하는 두 아낙네들은 리피 강의 맞은편 강둑에 앉아 HCE와 ALP의 옷가지를 헹구며, 마치 요정들인 양, 그들의 사랑과 생에 대하여 재잘댄다. 이는 작품의 가장 즐겁고 아름다운 장으로, 장말의 몇 개의 구절들은 작가의 육성 녹음으로 유명하다.

이어『피네간의 경야』의 최후인 아홉 페이지에 달하는 ALP의 긴 독백(『FW』619~628)은『더블린 사람들』의 〈죽은 사람들〉의 종말을, 그리고 거티의 의식 및 몰리의 독백을 강하게 연상시킨다. 독자는 이 감동적 구절에서, 한 여인이 바다로 흘러가며 갖는, 그녀의 "대양부(大洋父)"(남편)와의 만남을 그녀의 서정적이고도 애절한 독백을 통해 감상할 수 있을 것이다.

결론적으로, 편역자는 여기 선별한 조이스 문학의 아름다운 글들을 독자가 즐기도록 초대함으로써, 그가 미래에 더 많은 조이스 작품을 읽도록 하여, 마치『율리시스』의 저 유명한 "팔방미인"(allroundman)인 리오폴드 블룸처럼, "한 사람의 유능한 무(無) 열쇠의 시민으로서 공허의 불확실을 통해 미지의 세계에서 기지의 세계에로, 힘차게 전진할 것을"(『U』572) 당부하고자 한다. 결과로, 이 선집에서 독자가 얻는 즐거움과 보람이 조이스 문학 전반에 걸쳐 더 멀리 뻗어나가기를 간절히 바란다.

김종건

트리에스테의 조이스, 1919~1920년경.

◆ 편역자 서문 ◆

차례

오토카로 바이스가 찍은 취리히의 제임스 조이스

본문

·········고풍의 귀여운 엄마여, 작고 경이로운 엄마, 다리 아래 몸을 거위 멱 감으며, 어살을 종도(蹤跳)하면서, 작은 연못 곁에 몸을 압피(鴨避)하며, 배의 밧줄 주변을 급주하면서, 텔라드의 푸른 언덕과 푸카 폭포의 연못(풀) 그리고 모두들 축도(祝都) 브레싱튼이라 부르는 장소 곁을 그리고 살리노긴 역(城) 곁을 살기스레 사그렁 미끄러지면서, 날이 비 오듯 행복하게, 졸졸대며, 졸거품 일으키며, 혼자서 조잘대며. 그들의 양 팔꿈치 위의 들판을 범람하면서 그녀의 살랑대는 사그렁 미끄럼과 함께 기대며, 아찔 어슬렁대는, 어머마마여. 어찔대는 발걸음의 아나 리비아여.

그가 생명장(生命杖)을 치켜들자 벙어리는 말하도다.

—꽉꽉꽉꽉꽉꽉꽉꽉꽉꽉꽉! (『FW』195)

조이스의 시

『실내악』

1907년에 출판된 『실내악』의 당시 표지

【Ⅰ】
현(絃)이 땅과 공중에서
감미로운 음악을 짓는다.
버드나무들이 만나는,
강가의 현들.

강을 따라 음악이 들린다,
'사랑'이 거기 거닐기에,
그의 망토에는 창백한 꽃,
머리카락에는 검은 잎사귀.

온통 부드럽게 연주하고 있다,
머리를 악보에 기울이고,
손가락들은 헤매고 있다,
악기 위를.

【Ⅱ】
황혼이 자수정 빛에서 바뀐다,
짙고 한층 짙은 푸른빛으로,
등(燈)이 가로의 나무들을
연초록빛으로 채운다.
낡은 피아노가 곡을 탄다,
침착하게, 천천히 그리고 경쾌하게.

그녀는 노란 건반 위로 몸을 굽히고,
그녀의 머리를 이쪽으로 기울인다.

수줍은 생각과 정중하고 커다란 눈 그리고 손
모두들 뜻대로 움직인다ㅡ
황혼이 자수정 빛과 더불어,
한층 검푸르게 바뀐다.

【Ⅲ】
만물이 휴식하는 저 시간에,
오 하늘의 외로운 감시자여,
너 듣느뇨. 밤바람과,
해돋이의 희미한 문을 열기 위해
사랑을 향해 연주하는 하프의 탄식을.

만물이 휴식할 때,
너는 홀로 깨어 있느뇨.
길을 재촉하는 '사랑'을 향해
연주하는 감미로운 하프와,
밤이 샐 때까지 응답송가로 답하는
밤바람의 소리를 들으려고?

보이지 않는 하프여,

그의 하늘의 길이 환히 밝아지나니,
부드러운 햇빛이 오가는 저 시간에,
사랑을 향해 계속 연주하라,
부드럽고 달콤한 음악을,
공중에로, 지하에로

【IV】
수줍은 별이 하늘을 헤쳐 나아갈 때
온통 처녀답게, 설움에 잠긴 채,
그대 들어라, 졸린 황혼을 뚫고
그대의 대문 곁에서 부르는 이의 노래를,
그의 노래는 이슬보다 부드러운지라,
그리고 그가 그대를 찾아 왔노라.

오, 이제 더 이상 공상에 잠기지 말아요,
땅거미 질 무렵 그가 소리쳐 부를 때
더구나 생각에 잠기지 말아요,
내 마음에 관해 노래하는 이가 누구일까?
이 노래로 그대 알리라, 애인의 찬가,
그대를 찾아온 이는 바로 나로다.

【V】

창문 밖으로 몸을 기대요,

금발의 아가씨여,

나는 그대가 노래하는 것을 들었노라,

즐거운 가락.

나의 책을 닫았노라,

더 이상 읽을 수 없어,

불이 마루 위에서,

춤추는 것을 살피면서.

나는 책을 떠났지,

나는 방을 떠났지,

그대가 노래하는 것을 들었기에,

어둠을 뚫고.

노래하고 노래해요,

즐거운 가락,

창문 밖으로 몸을 기대요,

금발의 아가씨.

【VI】

저 감미로운 품 안에 안기고 싶어,

(오 그건 얼마나 감미로우랴!)
어떠한 사나운 바람도 그곳 나를 닿지 못하리.
나는 저 달콤한 가슴 안에 있고 싶어,
슬픈 고행 때문에.

나는 언제나 저 가슴 안에 있고 싶어
(오 나는 조용히 노크하고 그녀에게 부드럽게 애원하나니!)
거기 평화만이 내 짝이 되리라.
거기 고행이 온통 더 감미로울지니,
고로 나는 언제나 저 가슴 안에 있고 싶어.

【VII】
나의 사랑은 가벼운 옷차림을 하고 있네,
사과나무 사이에,
거기 상쾌한 바람이 떼 지어
무척이나 달려가고 싶은 곳.
거기, 경쾌한 바람이 지나가며,
여린 잎사귀들에게 사랑을 구하려 머무는 곳,
나의 사랑이 천천히 걸어가나니,
풀 위의 그림자에 허리 굽히며.

그리고 거기 하늘은 희푸른 잔,
웃음 짓는 대지 위로

나의 사랑은 사뿐히 걷는다,
우아한 손으로 옷을 치켜들고.

【VIII】
누가 초록빛 숲 사이로 지나가느뇨.
봄 물결로 그녀를 온통 치장하고?
누가 경쾌한 초록빛 숲 사이로 지나가느뇨.
그걸 한층 즐겁게 하려고?

누가 햇빛 속으로 지나가느뇨.
가벼운 발걸음 알아채는 길로?
누가 경쾌한 햇빛 속을 지나가느뇨.
그토록 순결한 용모를 하고?

수풀의 길들이
포근하고 금빛 불로 온통 뻔쩍이니 ─
누구를 위해 햇볕 쬐는 수풀이
온통 그토록 화려한 의상을 걸치느뇨?

오, 그건 나의 참사랑을 위한 것,
숲은 화려한 의상을 입고 있나니 ─
오, 그건 나 자신의 참사랑을 위한 것,
그건 너무도 젊고 아름다운지라.

【IX】

오월의 바람, 바다 위로 춤을 춘다,

환희에 넘쳐 이랑에서 이랑으로,

동그라미 그리며 춤을 춘다.

머리 위로 물거품이 날아 화환을 이루고,

은빛 아치로 공중에 다리로 놓는다,

그대 보았느뇨, 어딘가 나의 참사랑을?

아아! 아아!

오월의 바람 때문에!

사랑은 멀어지면 불행하다!

【X】

눈부신 모자와 장식 리본,

그는 골짜기에서 노래하나니,

따라와요, 따라와,

사랑하는 모든 그대.

꿈은 뒤따르지 않을,

자들에게 맡겨요,

저 노래와 웃음소리는

아무것도 움직이지 못해요.

리본을 펄럭이며,

그는 한층 대담하게 노래한다.

그의 어깨에 떼 지어,
야생의 꿀벌들이 붕붕댄다.
그리고 꿈꾸는 시간은
끝이 나고―
애인으로서 애인에게,
사랑하는 이여, 내가 왔노라.

【XI】
작별을 고하라, 안녕히, 안녕히,
소녀의 나날에 작별을 고하라.
행복한 '사랑'이 그대에게 사랑을 구하려 왔노라.
그대의 소녀의 습성인―그대를 아름답게 가꾸는 띠,
그대의 노란 머리카락의 댕기를 구하려 왔노라.

그대가 그의 이름을 들었을 때,
구천사(九天使)의 나팔 소리에,
그대는 조용히 풀기 시작하라.
그에게 그대의 소녀의 앞가슴을
그리고 조용히 댕기를 풀어라,
그건 소녀의 상징이나니.

【XII】

고깔 쓴 달이 무슨 생각을 그대의 마음속에

불러 일으켰느뇨. 나의 수줍은 애인아,

그 옛날 만월(滿月) 속의 사랑,

그의 발아래 영광과 별들−

광대 수도사와 절친한

단지 어느 현저(賢者) 때문인고?

성자를 무시하나니,

현명한 나를 차라리 믿어주오,

한 가닥 영광이 저들 눈 속에 불타고 있네,

별빛에 떨고 있네. 나의 것, 오 나의 것!

달이나 안개 속에 더 이상 눈물은 없으렷다,

그대, 아름다운 감상자를 위해.

【XIII】

아주 점잖게 가서 그녀를 찾아주오,

그리고 내가 왔다고 일러주오,

방향(芳香) 실은 바람의 노래는 언제나

축혼가(祝婚歌).

오 검은 대지를 넘어 황급히 서둘지니,

바다 위를 달려요,

바다와 대지는 우리를 갈라놓지 못하리니

나의 사랑과 나를.

이제, 바람아, 그대의 착한 호의로
나 제발 비나니, 그대 가서,
그리고 그녀의 작은 정원으로 들어가
그리고 그녀의 창가에서 노래 불러요.
노래할지니, 훈풍(薰風)이 불고 있네,
'사랑'이 성숙기에 달했기에.
그리고 이내 그대의 참사랑이 그대와 함께 하리라,
이내, 오 이내.

【XIV】
나의 비둘기, 나의 아름다운 자여,
일어나요, 일어나!
밤이슬이 내려 있다오.
나의 입술과 눈 위에.

향풍(香風)이 엮고 있는지라,
한숨의 음악을.
일어나요, 일어나,
나의 비둘기, 나의 아름다운 자여!

나는 삼목(杉木) 나무 곁에서 기다리니,

나의 자매, 나의 사랑아.
비둘기의 하얀 앞가슴,
나의 앞가슴은 그대의 침상 되리라.

창백한 이슬이 내려 있네,
나의 머리 위에 베일 마냥.
나의 고운 자, 나의 고운 비둘기여.
일어나요, 일어나!

【XV】
나의 영혼이여, 이슬에 젖은 꿈에서 깨어나요,
사랑의 깊은 잠에서부터 그리고 죽음에서부터.
보라! 나무들이 한숨으로 가득 차 있나니,
그들의 잎들을 아침이 타이르도다.

새벽이 동쪽으로 점차 트나니,
거기 부드럽게 타는 불꽃이 나타나도다.
회색과 황금의 거미줄 같은
저들 모든 베일을 떨게 하면서.

그동안 달콤하게, 살며시, 비밀리에,
아침의 꽃망울이 터지나니,
그러자 요정의 슬기로운 합창이

들리기 시작하도다(무수히!).

【XVI】

오, 골짜기는 이제 과연 시원하다,
그리고 거기, 사랑아, 우리 함께 가리라.
많은 합창들이 방금 노래하고 있기에,
거기 '사랑'이 언젠가 갔었는지라.
그대는 우리를 불러내는 지빠귀 새들의 부름을
듣지 못하느뇨?
오, 골짜기는 실로 시원하고 상쾌하다,
그리고 거기, 사랑아, 우리는 머물리라.

【XVII】

그대의 목소리가 내 곁에 있었기에
나는 그에게 고통을 주었지,
나의 손 안에 그대의 손을
내가 다시 잡고 있었기에.

아픔을 달랠 수 있는
말도 없고 신호도 없다―
나의 친구였던 그는
이제 나에게 이방인인지라.

【XVIII】
오 애인이여, 그대 듣느뇨
그대의 애인의 이야기.
사나이는 슬픔을 가지리니
친구들이 그를 저버릴 때.

왠고하니 그는 그때 알리라
친구들은 거짓이며,
그들의 말들이
한 줌 재(灰)에 불과함을.

그러나 여인은 그에게
살며시 다가오리니
그리고 살며시 호소하리니,
사랑으로.

그의 손은 놓여 있네,
그녀의 매끄럽고 둥근 가슴 아래.
고로 슬픔을 지닌 그는
휴식을 취하리라.

【XIX】
모든 사내들이 그대 앞에서

근거 없는 불평을 즐긴다 해도 슬퍼 말지니,
애인이여, 다시 사이좋게 지내구료―
그들이 그대를 오욕(汚辱)할 수 있을 것인고?
그들은 모든 눈물보다 더 슬프나니,
그들의 생명이 한숨처럼 계속 솟는지라.
그들의 눈물에 당당히 답하라,
그들이 거절하고, 거절할 때.

【XX】
나는 어두운 소나무 숲 속에
우리 함께 눕기를 바라오,
깊고 시원한 그늘 속에
대낮에.

거기 눕나니 얼마나 달콤하리,
키스하는 것은 얼마나 달콤하리,
거기 거대한 소나무 숲이
측랑(側廊)처럼 늘어선 곳.

그대의 내리 쏟는 키스는
한층 달콤하였지,
그대의 머리카락의
부드러운 휘날림과 함께.

오, 소나무 숲에로

대낮에

이제 나와 함께 가요,

달콤한 사랑아, 멀리.

【XXI】

영광을 잃은 자, 그리고

그를 따를 어떠한 영혼도 찾지 못한 자,

조소와 분노의 적들 사이에

조상의 거룩함을 견지하면서,

저 높은 고독한 자여 —

그의 사랑은 그의 친구로다.

【XXII】

저토록 달콤한 감금(監禁) 속에

나의 영혼은, 사랑하는 이여, 간절히 바라나니 —

내 마음을 녹이도록 독촉하는 부드러운 양팔,

그리고 나를 머물도록 독촉하는,

아, 그들은 언제나 나를 거기 붙들 수 있을 것인고,

나 기꺼이 포로 되련만!

사랑하는 이여, 서로 얽힌 양팔을 통하여

사랑으로 떨리나니,
저 밤이 나를 유혹하기에,
두려움이 우리를 괴롭히지 않을 곳으로.
그러나 잠자라, 잠자면 꿈꾸기 마련
거기 영혼과 영혼이 감금되어 누워 있노라.

【XXIII】
나의 심장 곁에 고동치는 이 심장은
나의 희망이요 나의 모든 재산,
우리 서로 떨어지면 불행하고
서로 키스하면 행복하다.
나의 희망이요 나의 모든 재산―그래요!―
그리고 나의 모든 행복.

왠고하니 거기, 어떤 이끼 낀 둥우리 안에
굴뚝새들이 갖가지 보물을 간직하듯,
나의 눈이 울기를 배우기 전에.
내가 소유했던 저 보물을 두었는지라,
사랑이 단 하루를 산다 한들,
우리는 그들처럼 현명하지 못할 건고?

【XXIV】
묵묵히 그녀는 빗질을 하고 있네,
그녀의 긴 머리카락을 빗질하고 있네.
묵묵히 그리고 우아하게,
실로 예쁜 모습으로.

태양은 버들 잎 사이에
그리고 얼룩진 풀 위를 비치네,
여전히 그녀는 긴 머리카락을 빗질하고 있네,
거울 앞에서.

제발, 빗질일랑 멈추어요,
그대의 긴 머리카락의 빗질일랑,
왠고하니 나는 예쁜 모습으로 변장하는
마술 이야기를 들었기에.

그건 애인에게는 언제나 마찬가지
여기 머물거나 떠나거나,
온통 아름다운지라, 많은 예쁜 모습으로
그리고 많은 나태로.

【XXV】
사뿐히 오라, 아니면 사뿐히 가라.

그대의 마음이 그대에게 괴로움을 예언할지라도,
골짜기와 수많은 삭막한 태양,
'오리에드'[1]가 그대의 웃음을 달리게 하라,
버릇없는 산들바람이 그대의 휘날리는 머리카락을
온통 물결치게 할 때까지.

사뿐히, 사뿐히 — 몹시도,
저 아래 골짜기를 감싸는 구름
저녁별이 뜰 시각에
가장 겸손한 동반자들
노래로 고백하는 사랑과 웃음소리
마음이 가장 무거울 때.

【XXVI】
그대는, 사랑하는 숙녀여, 예측하는 귀를.
밤의 조가비에 기대는지라.
환희의 저 부드러운 합창 속에
무슨 소리가 그대의 마음을 두렵게 했던고?
그건 북쪽 회색 사막에서부터
달려오는 강물 소리인 듯했던고?

그대의 기분은, 오 겁 많게도!
바로 그의 것, 그대 잘 살펴볼진대,

그가 미친 이야기를 우리에게 남겨주나니

무서운 요괴의 시간에 —

그리고 그건 모두 퍼차스[2] 한테서 혹은 홀린셰드[3]한테서

그가 읽은 어떤 낯선 이름에 불과하도다.

【XXVII】

비록 내가 그대의 '미트리테이터즈' 왕[4]이 되어

독창(毒瘡)을 겁내지 않을 운명일지라도,

그대는 마음의 황홀일랑 상관하지 말고,

나를 포옹해야 하나니,

나는 오직 그대의 유약한 적의를

버리고 참회하리라.

우아하고 고상한 말을 하기에는

애인이여, 나의 두 입술은 현명하기에 너무 굳어 있소.

더군다나 우리네 평화의 시인들이 축하하는

사랑의 찬미를 나는 알지 못하오.

하물며 극히 작은 위선 아닌 사랑일랑

알지 못하오.

【XXVIII】

점잖은 숙녀여, 사랑의 종말에 관해

슬픈 노래일랑 부르지 마오.
슬픔일랑 제쳐놓고 노래해요,
흘러가는 사랑은 얼마나 족한지를.

죽은 애인들의 길고 깊은 잠에 관해 노래해요,
그리고 무덤 속의 모든 사랑이 어떻게 잠잘지를.
이제 사랑은 지쳐 있소.

【XXIX】
사랑하는 이여, 왜 그대는 나를 그렇게 이용하려는고?
나를 점잖게 꾸짖는 다정한 눈이여,
여전히 그대는 아름다워라 ― 그러나 오,
그대는 어떻게 그대의 미를 가꾸리오!

거울같이 맑은 그대의 눈을 통하여,
키스에로 키스하는 부드러운 숨결을 통하여,
황량한 바람이 부르짖으며 공격하는지라,
사랑이 있는 그늘진 정원을.

그리고 이내 사랑은 사라지리니
우리 위로 황량한 바람이 덮쳐 불 때 ―
그러나 그대, 다정한 사랑이여, 내게 너무나 다정한,
아아! 왜 그대는 나를 그렇게 이용하려는고?

【XXX】
때마침 '사랑'이 지나치며 우리에게 다가왔는지라,
그때 한 사람은 수줍은 듯 황혼에 놀았고,
한 사람은 공포 속에 가까이 서 있었나니 –
왜냐하면 '사랑'은 애초에 온통 두려운지라.

우리는 진지한 애인이었나니,
그의 달콤한 시간을 수없이 지녔던 '사랑'은 가고,
이제 우리는 마침내 반기나니,
우리가 나아갈 길 위에서.

【XXXI】
오, 그것은 도니카아니 근처였지,
그때 박쥐가 나무에서 나무에로 날랐지,
나의 사랑과 나는 함께 걸었지.
그리고 그녀가 내게 들려준 말은 실로 달콤했었지.

우리들을 따라 여름 바람이
계속 속삭였나니 – 오, 행복하게도! –
그러나 여름의 입김보다 더 부드러웠나니
그녀가 내게 준 키스였지.

【XXXII】
온종일 비가 내렸다.
오 비를 실은 나무들 사이로 오라.
나뭇잎들이 짙게 깔려 있다,
기억의 길 위에.

기억의 길가에 잠시 머문 뒤
우리는 떠나리라.
오라, 사랑하는 이여,
내가 그대의 마음에 말할 수 있는 곳으로.

【XXXIII】
이제, 오, 이제, 이 갈색의 대지에
'사랑'이 그토록 달콤한 노래를 짓던 곳,
우리 둘은 거닐리라, 손에 손 잡고,
옛날의 우정을 위해 참고 견디며,
슬퍼하지 않으리라, 우리의 사랑이 즐거웠기에,
사랑은 이제 이렇게 끝났도다.

붉고 노란 옷을 입은 한 악한이
나무를 두들기며, 두들기고 있다.
그리고 온통 우리들의 고독 주변에,
바람이 경쾌하게 휘파람을 불고 있다.

◆ 실내악 ◆

나뭇잎들-그들은 전혀 탄식하지 않으니,
세월이 가을에 그들을 데리고 갈 때.

이제, 오 이제, 우리는 더 이상 듣지 않으리.
19행 운시와 원무 곡을!
하지만 우리는 키스하리, 사랑하는 이여,
하루가 다하여 슬픈 이별을 고하기 전에.
슬퍼 말아요, 사랑하는 이여, 어떤 일이 있어도-
세월은, 세월은 점점 더해가고 있도다.

【XXXIV】
이제 잠자요, 오 이제 잠자요,
오 그대 불안한 마음이여!
"이제 잠자요" 외치는 한 가닥 목소리가
나의 마음속에 들리는지라.

겨울의 목소리가
문간에 들린다.
오 잠자요, 겨울이
"이제 더 이상 잠자지 말아요!" 거스르고 있기에.
나의 키스는 이제 평화를 안겨줄지니,
그리고 그대의 마음에 고요를-
이제 편안히 계속 잠자요,

오 그대 불안한 마음이여!

【XXXV】
온종일 나는 듣노라, 신음하는 파도 소리를,
신음하는,
바다 새가 슬플지라도,
홀로 날아갈 때,
그는 바람이 파도의 단조음(單調音)에 맞춰
외치는 소리를 듣는다.

희색의 바람, 차가운 바람이 불고 있다,
내가 가는 곳에.
나는 수많은 파도 소리를 듣는다,
멀리 저 아래.
온종일, 온밤을, 나는 그들이 이리저리 흐르는
소리를 듣는다,

【XXXVI】
나는 땅 위로 군대가 진격하는 소리를 듣는다,
그리고 돌진하는 말들의 우렛소리, 그들의 무릎 주변의
물거품 소리를,
전차병들이

오만하게, 검은 갑옷을 입고, 그들 뒤에 서 있다,
말고삐를 무시하며, 휘추리를 휘두르며.

그들은 밤을 향해 외친다, 그들의 전쟁 구호를.
나는 잠 속에 신음한다, 멀리 그들의 맴도는
큰 웃음소리를 들을 때.
그들은 음울한 꿈을 쪼갠다, 한 가닥 눈부신 화염,
쨍그랑 울리며, 모루 위에서 마냥.

그들은 길고 푸른 머리카락을 의기양양 흔들며 다가온다.
그들은 바다에서 나와, 해변가를 고함치며 달린다.

나의 심장이여, 그대는 이토록 절망에 대처할 지혜는 없는고?
나의 사랑, 나의 사랑, 나의 사랑, 왜 그대는 나를 홀로
내버려 두었는고?

주석

1) '오리에드'(Oread). 산의 요정

2) 퍼차스(Purchas, 1575~1626). 영국의 기행문 및 탐험가 편집자

3) 홀린셰드(Holinshed, Rahael Holinshed, ?~1580?). 영국의 연대기 작가. 화자는 애인의 두려운 기분을 퍼차스 혹은 홀린셰드의 "어떤 낯선 이름"을 읽는, 그리고 무섭고 요괴 같은 "한 미친 이야기"를 창조하는 시인 콜리지나 혹은 셰익스피어의 그것과 동일시함으로써, 그이 자신의 질문에 대답하려고 시도한다. 여기 조이스의 인유들은 분명하다. 콜리지는 퍼차스를 읽음으로써 그의 환상적 시 "쿠부라 칸(Kubla Khan) 또는 "꿈의 비전"을 쓰는 데 영감을 받았다. 홀린셰드는 셰익스피어의 『맥베스』와 『리어왕』 이면의 중요한 자료였다.

4) '미트리테이터즈 왕(Mithridates). 이 시에서, 화자-그는 자기 자신을 소아시아의 폰터스(Pontus) 왕인 미트리다테스(Mithridates)(120-63 B.C.)와 동일시한다. 후자는 독에 너무나 면역되어 있기에, 자신의 나라가 로마군에 의하여 정복되었을 때, 자살을 결행할 수 없었다. 그 때문에 자신의 명령으로 어떤 갈리아인(Gaul)에 의하여 스스로 교살당하지 않으면 안 되었다. 여기서 그는 자신의 취약성을 인정한다. 왜냐하면 그는 자신의 사랑하는 자의 살결에 새겨진 "적의"의 독을 두려워하기 때문이다. 조이스는 1906년 그의 아우 스태니슬로스에게 보낸 한 편지에서 이 시의 의미를 밝힌다. "사랑에 관한 많은 이야기는 무의미하다. 여인의 사랑은 언제나 모성적이요 이기적이다. 반면에, 남자는 사랑하는 이 또는 한때 사랑했던 대상을 위해 성실한 애정의 축적을 소유한다."

한 푼짜리 시들
Pomes Penyeach

「틸리(Tilly)」

그는 겨울 태양을 좇아 여행한다,
춥고 붉은 길을 따라 소 떼를 몰면서,
귀에 익은 목소리로, 그들을 부르면서,
그는 카브라 마을 위로 그의 짐승들을 몰고 간다.

목소리는 그들에게 집은 따뜻하다고 말한다,
소들은 음매 울며, 발굽으로 거친 음악 소리를 낸다.
그가 꽃피는 나뭇가지로 소 떼를 앞쪽으로 몰자,
입김이 그들의 이마 위로 깃털처럼 솟는다.

시골뜨기가, 소 떼들과 어울려,
오늘 밤 화롯가에서 사지를 뻗는다!
나는 검은 시냇가에서 애통해 하나니,
내가 꺾은 나뭇가지 때문에!

더블린, 1904

「산 사바의 경기용 보트를 바라보며」

나는 그들의 젊은 심장들이 소리치는 것을 들었다,
번쩍이는 노(櫓) 위의 사랑을 향해,
그리고 초원의 풀들이 한숨짓는 소리를 들었다,
다시는 더 이상, 더 이상 돌아오지 않으리.

오 심장들이여, 오 한숨짓는 풀들이여,
너의 사랑으로 기진한 깃발들이 부질없이 슬퍼하도다!
지나는 거친 바람은 다시는 더 이상
돌아오지 않으리. 더 이상 돌아오지 않으리.

트리에스테, 1912.

「딸에게 준 한 송이 꽃」

하얀 장미는 실로 연약하고
그 장미를 준 그녀의 손 또한 연약하다.
그녀의 영혼은 시들고 한층 더 창백하다.
시간의 창백한 파도보다.

장미처럼 연약하고 예쁜 – 하지만 가장 연약한
야생의 놀라움을
상냥한 눈 속에 너는 감춘다,
나의 푸른 혈관의 아이.

트리에스테, 1913.

「그녀는 라훈을 슬퍼한다」

비가 라훈에 조용히 내린다, 조용히 내리고 있다,
나의 침울한 애인이 누워 있는 곳.
나를 부르는 그의 목소리는 실로 슬프다, 슬프게 부르고 있다,
회색의 달이 떠오를 때.

사랑이여, 그대는 듣느뇨,
얼마나 부드럽게, 얼마나 슬프게 그의 목소리가 여태 부르고 있는지를,
여태 대답도 없이 그리고 어두운 비가 내리고 있다.
그 옛날처럼 지금도.

우리의 심장도 또한 침울하게, 오 사랑아, 잠들리라, 그리고 차갑게,
그의 슬픈 심장이 누워 있듯이
회색 달빛, 쐐기풀, 까만 곰팡이
그리고 속삭이는 비 아래.

트리에스테, 1913.

「만사는 사라졌다(Tutto e Sciolto)」

한 마리 새도 없는 하늘, 황혼의 바다, 외로운 별 하나
서쪽을 꾀 찌르나니,
그대, 사랑에 도취된 마음이여, 너무나 희미하게, 너무나 멀리,
사랑의 시간을 기억하도다.

맑고 여린 눈의 부드러운 시선, 정직한 이마,
향기로운 머리카락,
떨어지고 있다, 마치 침묵이 방금 떨어지듯이,
대기의 황혼.

그럼 왜, 저 수줍고 달콤한 유혹을 기억하며,
투덜대는고,
다정한 사랑을, 그녀가 한숨으로 굴복했을 때
모두가 단지 그대의 것이라고?

트리에스테, 1914.

「폰타나 해변에서」

바람이 흐느끼고 자갈이 흐느낀다,
부둣가 말뚝들이 미친 듯 신음한다.
망령든 바다가 하나하나 헤아린다,
은빛 진흙 덥힌 돌멩이들을.

흐느끼는 바람과 한층 차가운
회색 바다로부터 나는 그를 따뜻하게 감싼다,
그리고 그의 떨고 있는 연골의 어깨와
소년다운 팔을.

우리들 주변에 공포가, 내리고 있다.
하늘에서 어둠의 공포가,
그리고 내 마음속에 정말 깊이 끝없는
사랑의 아픔이!

트리에스테, 1914.

「단엽(單葉)들」

그대는 아름다워라,
아름다운 파도처럼!

차갑고 달콤한 이슬과 온화한 빛남으로
달이 침묵의 그물을 짠다.
고요한 정원에 한 아이가
샐러드 단엽들을 모으고 있다.

달 이슬이 그녀의 매달린 머리카락을 별로 장식하고,
달빛이 그녀의 어린 이마에 입 맞추나니,
그녀는, 모으면서, 노랫가락을 노래한다.
파도처럼 아름다운, 아름다운 자여!

내 것이 되어 주오, 빌건대, 밀랍 같은 귀여
나로 하여 그녀의 철없는 중얼거림을 막도록,
그리고 내 것이 되어 주오, 나의 방패 같은 마음이여
달의 단엽들을 모으는 그녀를 위해.

트리에스테, 1915.

「만조(滿潮)」

부푼 만조 위의 황금빛 갈색
얽힌 바위 덩굴이 솟으며 흔들거린다.
거대한 날개들이 번쩍이는 물결 위로
음산한 낮을 조용히 가린다.

황량한 파도가 무자비하게
잡초의 말갈기를 흔들며 위로 들어올리니,
거기 생각에 잠긴 듯, 낮이 바다 위로 내리 응시한다,
침울한 경멸로서.

위로 솟으며 흔들어요, 오 황금빛 덩굴이여,
너의 타래진 과일들을, 사랑으로 충만된 만조까지,
번쩍이고 거대한, 그리고 무자비한
너의 불확실 마냥.

트리에스테, 1915.

「야경시」

어둠 속에 음산한,

창백한 별들이 그들의 횃불을,

수의(壽衣)에 가린 채, 물결친다.

천국의 먼 가장자리로부터 괴화(怪火)가 희미하게 비친다,

솟아오르는 아치 위의 아취,

밤의 죄로 어두운 회중석.

천사장과,

잃어버린 무리들이 잠에서 깨어난다,

예배를 드리기 위해. 마침내

달 없는 어둠 속에 각자는 말없이, 희미하게, 이울어진다,

들어 올린 채, 그녀가 갖고 흔들 때,

자신의 향로를.

그리고 길고 큰 소리로,

밤의 회중석에로 솟으며,

한 가닥 별의 조종(弔鐘)이 울린다,

삭막한 향내가 파동칠 때, 구름 위에 구름으로,

영혼의 경배하는 황무지로부터

허공을 향해.

트리에스테. 1915.

「홀로」

달의 회색 황금빛 그물이
온밤을 한갓 장막으로 만든다,
잠자는 호반의 연안 등이
교목喬木의 덩굴손을 길게 끈다.

수줍은 갈대가 밤을 향해 속삭인다,
한갓 이름 ─ 그녀의 이름을 ─
그리고 나의 모든 영혼은 기쁨이요,
수치의 이울어짐이라.

취리히, 1916.

「한밤중 거울 속의 유희자(遊戲者)들에 대한 기억」

그들은 사랑의 언어를 크게 말한다. 갈아라
열세 까치의 이빨을
그대의 여윈 턱이 싱긋 웃는다. 매질하라
그대의 욕망과 움츠림, 육체의 노출된 탐욕을,
그대의 사랑의 숨결은 김빠졌나니, 말하거나 혹은 노래할 때,
고양이의 숨결처럼 시큼하고,
혀처럼 거칠다.

이 빤히 노려보는 시체는
누워 있지 않나니, 뻣뻣한 피부와 뼈.
진득진득한 입술로 입 맞추도록 내버려 두라. 아무도
그대가 보듯 입 맞추려 그녀를 택하지 않으리.
무서운 굶주림이 그의 시간을 붙들고 있다.
너의 심장, 짠 피, 눈물의 열매를 따내라.
따서 탐식하라!

취리히, 1916.

「반호프 가(街) (Bahanhofstrasse)」

나를 조롱하는 눈이 길을 신호한다,
낮의 저녁에 내가 지나가는 곳으로.

회색의 길, 그의 보랏빛 신호들은
애인들이 밀회하고 짝짓는 별.

아아 악의 별! 고통의 별!
높이 솟는 심장의 젊음은 다시는 오지 않으리.

뿐만 아니라 늙은 심장들의 지혜 또한 알지 못하리,
내가 지날 때 나를 조롱하는 신호들을.

취리히, 1918.

「하나의 기도」

다시!
와요, 줘요, 당신의 모든 힘을 내게 맡겨요!
멀리에서 한 가닥 낮은 말이 깨지는 두뇌 위에 숨을 쉰다,
그것의 잔인한 평온, 굴종의 비참함,
숙명의 영혼에게처럼 그녀의 두려움을 달래면서,
멈추어요, 말없는 사랑이여! 나의 불운이여!

당신의 은밀한 접근으로 나를 눈멀게 해요, 오 자비를 가져요,
나의 사랑받는 의지의 적이여!
나는 내가 두려워하는 차가운 감촉을 감히 견디지 못해요.
내게서 계속 끌어내요,
나의 느린 인생을! 내게 몸을 한층 깊이 굽혀요, 위협하는 머리로,
나의 몰락을 자만한 채, 기억하며, 연민하며,
지금의 그이, 과거의 그이!

다시!

다 함께, 밤으로 감싸인 채, 그들은 대지 위에 누워 있었지. 나는 듣노라
멀리에서 그녀의 낮은 목소리가 나의 깨어지는 두뇌 위에 숨쉬는 것을.
와요! 나는 맡기나니. 내게 한층 깊이 몸을 굽혀요! 나는 여기 대령하도다.
정복자여, 나를 떠나지 마오! 단지 기쁨만이, 단지 고뇌만이,
나를 가져요, 나를 구해줘요, 나를 위로해요, 오 나를 살려줘요!

파리, 1924.

지아코모 조이스
Giacomo Joyce

나의 눈은 어둠 속에 안 보여요. 나의 눈은 안 보여,
나의 눈은 어둠 속에 안 보여요, 여보.
다시. 이제 그만. 어두운 사랑, 어두운 갈망. 이제 그만. 어두움.

- 본문 중에서 -

*여기 원고의 이른바 '간격'[distance]은 생략하기로 한다.—역자

누구? 짙고 향기 어린 모피에 둘러싸인 창백한 얼굴. 그녀의 동작이 수줍고 신경질적이다. 그녀는 외 알 안경을 쓴다.

그래요: 짧은 한마디. 짧은 웃음. 눈꺼풀의 짧은 움직임.

거미줄 같은 손글씨, 조용한 경멸과 체념으로, 길고 아름답게 줄을 그었다: 재치 있는 젊은이.

나는 잔잔하고 물결 같은 미지근한 말씨를 불어낸다: 스베덴보리, 사이비—아레오파기트, 마이구엘 드 모리노스, 요아킴 아바스. 물결이 다한다. 그녀의 반(班) 친구, 그녀의 뒤틀린 몸을 다시 뒤틀면서, 맥 빠진 비엔나 식 이태리어로 가르랑거린다: 정말 유식하지! 긴 눈꺼풀이 깜박이며 치뜬다: 따끔한 바늘 끝이 벨벳 홍채 속을 찌르며 전율한다.

하이힐이 공명(共鳴)하는 돌층계 위에 공허하게 달그락 울린다. 성(城) 안의 겨울 공기, 교수대(絞首臺)의 갑옷, 꼬불꼬불 포탑(砲塔)의 나선형 계단 위로 울퉁불퉁한 철(鐵)의 보루(堡壘). 탁탁 토닥토닥 울리는 하이힐, 높고 공허한 소리. 여기 아래쪽에 아가씨와 이야기하고 싶은 자가 있나이다.

그녀는 결코 코를 풀지 않는다. 말의 형태: 보다 훌륭하기 위해서는 보다 적을수록.

동그랗게 무르익었다: 혈족 결혼의 선반(旋盤)으로 원숙하고 그녀의 종족의 은둔(隱遁)한 온실에서 무르익었다.

배르첼리 근처, 크림 빛 여름 아지랑이 아래의 벼 들판. 그녀의 처진 모자의 챙이 그녀의 거짓 미소를 그늘지게 한다. 그림자는 그녀의 가짜 미소 짓는 얼굴에 줄무늬를 긋는지라, 뜨거운 크림 같은 햇빛으로 찌푸린 채, 턱뼈 아래 회색의 유장(乳漿) 빛 그림자, 축축한 이마 위의 노란 계란 자위 얼룩무늬, 부드러운 안구(眼球) 속에 숨어있는 겁 많은 노란 익살.

그녀가 나의 딸에게 준 한 송이 꽃. 연약한 선물, 연약한 증여자, 연약한 푸른—혈관의 아이.

바다 저쪽 먼 파두아. 침묵의 중세기, 밤, 역사의 어둠이 달 아래 에르베의 광장에 잠든다. 도시가 잠잔다. 강 가까이 어두운 거리의 아치 아래서 창녀들의 눈이 오입쟁이들을 염탐한다. 다섯 프랑이면 다섯 번 서비스 해드려요. 한 가닥 감격의 어두운 파도. 다시 그리고 다시 그리고 다시.

나의 눈은 어둠 속에 안 보여요, 나의 눈은 안 보여,
나의 눈은 어둠 속에 안 보여요, 여보.
다시. 이제 그만. 어두운 사랑, 어두운 갈망. 이제 그만. 어두움.

황혼. 광장을 가로지르며. 넓은 쑥색의 초지 위에 내리는 회색의 초저녁, 땅거미와 이슬을 묵묵히 뿌리며. 그녀는 어색한 몸가짐으로 어머니를 뒤따른다, 새끼 망아지를 이끄는 어미 말. 회색의 황혼이, 날씬하고 맵시

있는 엉덩이, 부드럽고 유연한 힘줄 솟는 목, 멋진—뼈대의 두개골을, 살며시 모형을 드러낸다. 초저녁, 평화, 경이의 땅거미…… 여보! 마부! 여여보오!

썰매에 걸터앉아, 언덕 아래로 미끄러져 내려가는 아빠와 소녀들: 터키 황제와 그의 궁녀들. 탄탄하게 모자를 쓰고 재킷을 입은 채, 살로—따뜻해진 덮개 위로 교묘히 십자로 끈을 맨 구두, 무릎의 둥근 마디로 팽팽해진 짧은 스커트.

하얀 번쩍임: 한 송이, 눈 한 송이:
그녀가 다음에 썰매 타러 갈 때는
나도 아마 거기 구경갈 거야!

나는 담배 가게에서 뛰쳐나와 그녀의 이름을 부른다. 그녀는 몸을 돌이켜, 멈추어 서서, 수업, 시간, 수업, 시간에 관한 나의 지껄이는 말을 듣는다. 그러자 그녀의 창백한 양 뺨이 타는 듯 천천히 단백석(蛋白石) 빛으로 뻔쩍인다. 아니, 아니, 겁낼 것 없어요!

저의 아버지예요: 그녀는 가장 순박한 행동으로 분별력 있게 행한다. 어디서 오셨죠? 저의 딸은 선생을 정말 좋아한답니다. 잘생기고, 불그레한, 강한 유태인의 용모와 길고 하얀 구레나룻을 기른, 노인의 얼굴, 우리가 함께 언덕을 걸어 내려가자, 나를 향해 고개를 돌린다. 오! 완벽하게 말했다: 예의, 관용, 호기심, 믿음, 의심, 천연함, 노령의 무기력, 자신, 솔직함, 세련미, 성실성, 경고, 비애, 동정: 완전한 혼합. 이그나티오

스 로욜라여. 서둘러 나를 도와다오!

이 심장이 쓰리고 슬프다. 사랑에 깨어진 채?

길고 음탕하게 심술궂은 양 입술: 까만-피의 연체동물.

내가 밤과 진흙으로부터 위로 치켜보자 언덕 위로 움직이는 안개. 축축한 나무들 위로 걸려있는 안개. 위층 방 안의 한 가닥 불빛. 그녀는 연극을 보러 가기 위해 옷을 입고 있다. 거울 속에 유령들이 비치고 있다……. 촛불들! 촛불들!

한 점잖은 인물. 한밤중에, 음악이 끝난 뒤, 산 마이클 가(街)를 내내 오르며, 이 말들을 조용히 속삭였다. 자 느긋하게, 제임지! 그대는 결코 또 다른 이름을 흐느껴 부르며 밤에 더블린의 거리를 쏘다니지 않았던가?

유태인의 시체들이 그들의 성야(聖野)의 흙더미 속에 썩으며 내 주변에 놓여 있다. 여기 그녀의 동족의 무덤이 있다, 까만 돌, 희망 없는 침묵……여드름 난 미셸이 나를 여기에 데리고 왔다. 그는 머리에 모자를 쓰고 저쪽 나무들 건너 그의 자살한 아내의 무덤가에 서 있다, 그의 침대에서 잠자던 여인이 어찌하여 이런 결말이 났는지를 이상히 여기면서……. 그녀의 가족과 그녀 자신의 무덤: 까만 돌, 희망 없는 침묵: 그리고 만사는 준비되다. 죽지 말아요!

그녀는 양팔을 들고 자신의 목덜미에 까만 베일의 가운을 채우려고 애를 쓴다. 그녀는 할 수가 없다: 아니야, 그녀는 할 수가 없다. 그녀는 묵묵히 나를 향해 뒷걸음친다. 나는 그녀를 도우려고 나의 양팔을 든다. 그녀의 양팔이 내려온다. 나는 그녀의 가운의 거미줄 같이 부드러운 자락을 잡고, 그들을 채우려고 밖으로 끌어내자, 검은 베일의 열린 틈 사이로, 오렌지 빛 슈미즈에 감싸인 그녀의 유연한 몸뚱이를 본다. 슈미즈는 그녀의 어깨의 집게 리본을 미끄러뜨리며 천천히 흘러내린다. 은빛 비늘과 함께 반짝이는 유연하고 미끈한 나신(裸身). 그것은 미끈하게 닦인 은빛의 날씬한 엉덩이 위로 그리고 그들의 고랑, 흐린 은빛 그림자 위로 천천히 미끄러진다……. 차고 조용히 움직이는 손가락들…….한 가닥 촉감, 한 가닥 감촉.

작고 무딘 무력하고 엷은 숨결. 그러나 몸을 굽혀 들을지라. 한 가닥 목소리. 대지를 흔드는 선동자인, 저거노트 신(神)의 차바퀴 밑에 깔린 한 마리 참새. 제발, 하느님, 위대한 하느님! 안녕히, 위대한 세계여……! 그러나 이건 정말 비열한 짓이다!

그녀의 가냘픈 청동 빛 구두에 달린 커다란 나비리본: 한 마리 배불뚝이 새의 발톱.

여인은 급히 간다, 급히, 급히…….언덕 길 위의 맑은 공기. 트리에스테가 으스스 깨어나고 있다: 귀갑(龜甲)마냥, 그의 웅크린 갈색 기와지붕 위의 으스스한 햇빛. 무수한 엎드린 빈대들이 백성의 구원을 기다린다. 벨루오모가 그의 아내의 애인의 아내의 침대에서 일어난다. 바쁜 가정부가, 파르스름한 눈을 하고, 그녀의 손에 초산 접시를 든 채 급히 움직인다…….고지 길 위의 깨끗한 공기와 침묵: 그리고 말발굽 소리. 말 등을 탄 한 소녀. 헤다! 헤다 가블러!

장사꾼들이 그들의 제단(祭壇) 위에 최초의 과일을 받친다. 파란 얼룩점의 레몬, 보석 같은 앵두, 찢어진 잎이 달린 수줍은 복숭아. 차양 친 노점들이 늘어선 골목길을 마차가 빠져 지나간다. 그의 바퀴살을 햇빛에 빙글빙글 돌리면서. 길 비켜요! 그녀의 아버지와 그의 아들이 마차에 앉아 있다. 그들은 올빼미의 눈과 올빼미의 지혜를 가졌다. 올빼미 같은 지혜가 『반이교도 개요』의 지식을 명상하며 그들의 눈에서부터 빤히 노려본다.

그녀는 악대가 〈왕의 행진〉을 연주했을 때, 『세골로』의 비평가, 에또레 알바니가 자리에서 일어서지 않자, 이태리 신사들이 그를 좌석에서 끌어낸 것이 옳았다고 생각한다. 그녀는 저녁식사 때 그걸 들었다. 정말이야. 그들은 자신들이 어느 나라가 조국인지를 확신할 때 자신들의 조국을 사랑한다.

그녀는 귀담아 듣는다: 가장 신중한 처녀.

그녀의 갑작스런 움직이는 무릎 때문에 뒤로 잡힌 스커트. 속치마의 가장자리 하얀 레이스가 지나치게 들어올려졌다. 다리에 뻗은 거미줄 같은 스타킹. 괜찮아요?

나는, 부드럽게 노래하며, 경쾌하게 연주한다, 존 다우랜드의 음울한

◆ 지아코모 조이스 ◆

75

노래. 〈떠나기가 역겨워〉: 나 또한 떠나기가 역겹다. 그 시대가 지금 여기에 있다. 여기, 어두운 욕망으로부터 열리며, 날 새는 동녘을 어둡게 하는 눈들이 있는지라, 그의 가물거림은 감상적인 제임즈의 웅덩이 같은 궁전을 가리는 찌꺼기의 가물거림. 여기 온통 호박 빛의 포도주, 사라져 가고 몰락하는 감미로운 곡조, 뽐내는 파반 춤, 쭉쭉 핥는 입을 하고 발코니로부터 사랑을 구하는 상냥한 귀부인들, 그들의 강탈자들에게 경쾌하게 몸을 내맡기며, 매달리고 다시 매달리는 매독에 걸린 계집들과 여린 아내들이 있다.

베일 가린 으스스한 봄 아침 파리의 은은한 냄새가 부동(浮動)한다: 아니스 열매, 젖은 톱밥, 뜨거운 빵 반죽 냄새: 그리고 내가 상 미셸 다리를 건너자, 잠에서 깨어나는 검푸른 물결이 나의 심장을 싸늘하게 한다. 물결은 인간이 그 위에 석기시대 이래 살아온 섬 주변을 기어들며 핥는다……. 거대한 석루조(石漏槽) 같은 교회 속의 황갈색 어두움. 날씨는 저 아침처럼 차갑다: 그날은 추웠지요. 높고 먼 제단 층계 위에, 주님의 육신처럼 나체로, 사제들이 약한 기도를 드리며 엎드려 있다. 보이지 않는 독경사(讀經師)의 목소리가 솟는다, 호세아의 구절을 암송하면서. 주께서 말씀하시기를: 어려움을 당할 때 아침 일찍 내게로 오라. 다시 주께로 되돌아오라…….그녀는 내 곁에 서 있다, 창백하고 싸늘하게, 죄의 어두운 회중석의 그림자로 가린 채, 그녀의 여윈 팔꿈치가 나의 팔 곁에. 그녀의 살결은 저 으스스한 안개 가린 아침의 전율, 급히 지나가는 횃불들, 잔인한 눈들을 생각나게 한다. 그녀의 영혼은 슬픈지라, 전율하며 울려고 한다. 나를 위해 울지 말아다오, 오 예루살렘의 딸이여!
나는 고분고분한 트리에스테에게 셰익스피어를 설명한다. 점잖고 순진한 자에게 가장 예의 바른 햄릿은 폴로니우스에게 만은 사납다고, 나는 말했다. 아마도, 한 비참한 이상주의자인, 그는 그녀의 상(像)을 낳는 천성의 오직 흉측한 시도를 그의 애인의 양친 속에 볼 수 있으리라…… 내 말 알아들었어요?

그녀는 나의 앞을 복도를 따라 걸어가고, 그녀가 걸어가자 그녀의 까만 사린 머리카락이 천천히 풀리며 쏟아진다. 천천히 풀리며, 쏟아지는 머리카락. 그녀는 알지 못한 채, 내 앞을, 단순히 뽐내며 걸어간다. 그렇게 그녀는 단테 곁에 순진한 자만심으로 걸었다, 그리고 그렇게, 피와 폭력에 결백한 채, 첸치의 딸, 비아트리체는 그녀의 죽음을 향해:

> ………묶어주오
> 나의 허리띠를 나를 위해 그리고 이 머리카락을 매어주오
> 무슨 단조로운 매듭으로 든.

하녀는 사람들이 그녀를 곧장 병원으로 데리고 가야 했다고 내게 말한다, 가엾은 소녀, 그녀는 너무나 많이 고통을 겪었다, 너무나 많이, 가엾은 소녀, 병이 아주 심상치 않다고……. 나는 그녀의 텅텅 빈집에서 걸어 나온다. 나는 금방 울음을 터트릴 것만 같다. 아, 아니야! 그를 수는 없을 거야, 순식간에, 한 마디 말도 없이, 한번 보지도 못하고. 아니야, 아니! 확실히 지옥의 운은 나를 저버리지 않을 거야!

수술을 받았다. 외과의의 칼이 그녀의 내장을 정사(精査)하고, 도로 뺐다, 그녀의 배 위에 통로의 톱니모양 얼얼한 상처를 남기고. 나는 그녀의

부풀고 까만 고통스런 눈을 본다, 영양(羚羊)의 눈처럼 아름다운. 오 잔인한 상처여! 음탕한 신이여!

다시 한 번 그녀의 창가의 의자에서, 혀 위의 행복한 낱말들, 행복한 웃음소리. 폭풍 뒤에 지저귀는 한 마리 새, 그의 작은 어리석은 생명이 간질병 환자인 주(主)와 생명의 증여자의 낚아채는 손가락에서 빠져나와 두근대는 행복, 행복하게 지저귀며, 지저귀며 그리고 행복하게 쩍쩍이며.

그녀는 말한다, 만일 『예술가의 초상』이 솔직성을 위한 솔직한 것이었다면, 왜 내가 그것을 그녀더러 읽도록 요구했는지를 물어보고 싶었다고. 오 그랬어요, 그랬어? 한 문필 소녀.
그녀는 전화 곁에 까만─예복차림으로 선다. 작은 겁 많은 웃음소리, 작은 부르짖음, 말(言)의 겁 많은 흐름이 갑자기 멈춘다……. 어머니와 말씀해 보세요……. 이리 온! 삐악, 삐악! 까만 암평아리는 놀란다. 작은 질주가 갑자기 멈춘다, 작은 겁 많은 부르짖음: 그는 엄마를 외쳐 부르고 있다, 살찐 어미 닭.

오페라 좌(座)의 상석. 습기 찬 벽이 물기 어린 김을 뿜어낸다. 냄새의 교향악이 웅크린 인간의 몸집들의 뭉치를 녹인다. 겨드랑이의 시큼한 냄새, 썩은 오렌지들, 녹고 있는 가슴 고약들, 유향소(乳香水), 유황 내 나는 마늘의 저녁밥 숨결, 구린 인광향(燐光香)의 방귀, 오포포낙스 향료, 미혼 처녀와 기혼 여성의 숨김없는 땀, 남자들의 썩은 비누 향……밤새도록 나는 그녀를 쳐다보았다. 밤새도록 나는 그녀를 보리라: 말아 올린 뾰족탑 같은 머리카락과 올리브 계란형 얼굴 그리고 조용한 부드러운 눈.

그녀의 머리카락 위의 노란색 레이스와 그녀의 몸을 두른 녹색-자수의 가운: 자연의 온실 같은 그리고 무덤의 머리카락, 우거진 풀 같은 환영(幻影)의 색조.

그녀의 마음속의 나의 낱말들: 수렁을 통해 가라앉고 있는 차고 연마된 돌멩이들.

저들 조용하고 차가운 손가락들이, 나의 수치가 그 위에 영원히 이글거릴, 불결하고 아름다운, 책장들을 매만졌다. 부드럽고, 차갑고, 순결한 손가락들. 저들은 결코 잘못을 저지르지 않았던가?

그녀의 육체는 냄새가 없다: 한 송이 냄새 없는 꽃.
층계 위에. 차가운 연약한 손: 수줍음, 침묵: 권태로-홍수 진 까만 눈: 피곤.

황야 위의 소용돌이치는 화환 같은 회색의 수연(水煙). 그녀의 얼굴, 얼마나 하얗고 신중하담! 축축하고 엉킨 머리카락. 그녀의 입술이 부드럽게 누른다, 그녀의 한숨쉬는 숨결이 새어 나온다. 키스했다.

나의 목소리, 그의 낱말들의 여운 속에 사라지며, 메아리치는 언덕을 통해 아브라함을 부르는 영원신(永遠神)의 지혜에-지친 목소리인양 사라진다. 그녀는 베개로 받친 벽에 뒤로 기댄다. 호사한 어둠 속에 터키 궁녀 같은 모습을 띤 채: 그녀의 눈은 나의 생각들을 들이마셨다: 그리고 그녀의 여성의 촉촉하고 따뜻한, 내맡기는 환영(歡迎)의 어둠 속으로 나의 영혼은, 저절로 녹으면서, 한 톨 액체의, 풍부한 씨를 흘리며, 쏟으며, 넘쳐흘렀다……원하는 자여 이제 그녀를 가져가라!

내가 랄리의 집에서 나오자, 나는 갑자기 그녀와 마주친다, 우리들 둘이 장님 거지에게 동냥을 주고 있기에. 그녀는 몸을 돌리고 그녀의 까만 독사의 눈을 피하며 나의 갑작스런 인사에 답한다. 그를 쳐다 보는 자는 누구나 독살한다. 나는 당신에게 그 말에 감사하나이다. 브루넷도 씨(氏).

사람들은 인간의 아들을 위하여 나의 발아래 카펫을 펼친다. 그들은 나의 지나감을 기다린다. 그녀는 현관의 칙칙한 그림자 속에 서 있다. 플레이드 천의 망토가 그녀의 처지는 어깨를 추위로부터 방어하고 있다: 그리고 내가 놀라움 속에 멈추어, 내 주위를 보자, 그녀는 싸늘하게 내게 인사를 하며, 그녀의 맥 빠진 곁눈에서 잠시 동안 한 줄기 독 서린 시선을 내게 쏘며 층계로 오른다.

부드럽고 구겨진 연두 빛 커버가 안락의자를 덮고 있다. 좁은 파리 풍의 방. 미용사가 지금까지 여기 누워 있었다. 나는 그녀의 스타킹과 그녀의 녹색 검은 먼지 묻은 스커트 자락에 키스했다. 그건 다른 이이다. 그녀. 고가 티가 소개해 달라고 어제 왔다. 『율리시스』가 그 이유다. 지적 양심의 상징… 그럼 아일랜드는? 그리고 남편은? 줄무늬 진 신을 신고 낭하를 걷거나 혹은 혼자 장기놀이를 하면서. 왜 우리는 여기 남아 있지? 미용사가 지금까지 여기 누워 있었다, 나의 머리를 그녀의 마디 많은 무릎 사이에 움켜잡으면서… 나의 종족의 지적 상징. 잘 들어봐요! 짙어오는 어둠이 내렸다. 잘 들어봐요!

−저는 마음 또는 육체의 이러한 행동들이 건전하지 못하다고 부를 수 있을지 자신이 없어요−

그녀는 말한다. 차가운 별들 너머에서 오는 한 가닥 연약한 목소리. 지혜의 목소리. 계속 말해요! 오, 다시 말해요, 나를 현명하게 만들면서! 이 목소리를 나는 결코 듣지 못했다.

그녀는 꾸겨진 안락의자를 따라 나를 향해 몸을 사린다. 나는 움직이지도 혹은 말을 할 수가 없다. 스타 탄생 같은 육체의 사리는 접근. 지혜의 간음. 아니야. 나는 가야 해. 나는 가야 해.

−짐, 내 사랑!−

핥는 부드러운 입술이 나의 왼쪽 겨드랑이를 입 맞춘다: 무수한 혈관 위에 도사리는 키스. 나는 불탄다! 불타는 한 잎사귀처럼 나는 오그라든다! 나의 오른쪽 겨드랑이로부터 어금니 같은 불꽃이 터져 나온다. 별 같은 한 마리 뱀이 내게 키스했다: 한 마리 차가운 밤 뱀. 나는 정신을 잃었다!

−노라!−

잰 피터즈 수위링크. 늙은 화란 음악가의 괴상한 이름이 모든 아름다움을 괴상하고 먼 것처럼 만든다. 나는 한 가닥 옛 곡조인: 젊음은 끝난다의 클라비코드 악기를 위한 그의 변주곡을 듣는다. 옛 소리의 몽롱한 안개 속에 한 점 몽롱한 빛이 나타난다: 영혼의 말씨가 들리려 하고 있다. 젊음은 끝난다: 끝이 여기 있다. 그건 결코 않으리라. 그대는 그걸 잘 알고 있지. 그럼 무엇을? 그걸 글로 쓸 지라, 젠장, 그걸 써요! 그대는 달리 별 도리가 없지 않으냐?

"왜?"

"그렇지 않고는 나는 그대를 볼 수 없었기 때문에."

미끄러지며-공간-세월-군엽(群葉) 같은 별들-그리고 이울어져 가는 하늘-정적-그리고 보다 깊은 정적-절멸의 정적-그리고 그녀의 목소리.

이 자가 아닌 바라밤을 석방하라!

미비(未備). 가구 없는 아파트. 희미한 햇빛. 음악의 관(棺)인, 길고 까만 피아노. 빨간 꽃 장식의, 여인의 모자가 그 가장자리에 균형을 잡고 있다. 그리고 펼쳐진 우산. 그녀의 무기들: 투구, 붉은 문장(紋章), 그리고 흑 단비 바탕의 뭉툭한 창.

결구: 나를 사랑하라, 나의 우산을 사랑하라.

조이스의 산문

더블린 만의 동북 쪽에 위치한 수려한 경치의 호우드 언덕: 그림에서 호우드 성, 언덕의 푸른 잔디, 수목들을 비롯하여, 멀리 섬 끝에 또 다른 마태로 탑의 모습이 아련하다. 에덴동산이라 불리는 이 언덕은 그를 수놓은 고사리, 만병초꽃, 헤더 숲의 낙원림(樂園林)으로 유명하며, 『율리시스』 제8장에서 블룸은 자신이 그 옛날 몰리와 여기서 나눈 사랑의 장면을 되새긴다. (『U』 144 참조) 몰리 또한 이곳에서의 블룸과의 낭만을 회상하며 그녀의 긴 독백을 마감한다. (『U』 644 참조)

몸을 달아오르게 하는 포도주가 그의 입천장에서 맴돌다가 꿀꺽 넘어갔다. 버건디 포도를 기계에 넣고 짜는 것이다. 그건 태양열이지. 마치 비밀의 촉감이 내게 기억을 되살려 주는 듯. 그의 감각에 감촉되어 촉촉하게 기억났다. 호우드 언덕의 야생 고사리 아래 숨겨진 채 우리들 아래 잠자는 만(灣): 하늘. 아무 소리도 들리지 않고. 하늘. 라이온 곶(岬) 옆의 자색의 만(灣). 드럼레크 곁에는 녹색. 서턴 쪽으론 황록색. 바다 밑의 들판, 해초 속의 희미한 갈색의 선(線)들, 매몰된 도시. 그녀는 나의 코트를 베개 삼아 머리를 괴고 있었지, 헤더 숲 속의 집게벌레가 그녀의 목덜미 밑에 있던 나의 손을 간질이고, 이러다가 저를 뒹굴게 하겠어요. 오 얼마나 근사하랴! 연고(軟膏)로 차고 부드러워진 그녀의 손이 나를 어루만지며 애무했다: 내게 쏟은 그녀의 눈길을 다른 데로 돌릴 줄 몰랐지. 황홀한 채 나는 그녀 위에 덮쳐 누워 있었지, 풍만하게 벌린 풍만한 입술, 그녀의 입에 키스했다. 남. 따뜻하게 씹혀진 시드케이크(씨 과자)를 그녀는 나의 입에다 살며시 넣어 주었지. 메스꺼운 과육(果肉)을 그녀의 입은 따뜻한 신 침과 얼버무렸다. 환희: 나는 그걸 먹었지: 환희. 싱싱한 생기, 뾰족하니 내게 내민 그녀의 입술. 부드럽고 따뜻하고 끈적끈적한 고무 젤리 같은 입술. 그녀의 눈은 꽃이었어, 저를 안아줘요, 욕망에 찬 눈. 자갈이 굴렀다. 그녀는 잠자코 누워 있었지. 산양 한 마리. 아무도 없고. 만병초 꽃 우거진 호우드 언덕에 한 마리 암 산양이 발 디딤을 든든히 하면서 걷고 있었다, 까치밥나무 열매(똥)를 떨어뜨리며. 고사리 숲 아래 가려져 따뜻하게 안긴 채 그녀는 소리 내어 웃었다. 나는 그녀 위에 마구 덮쳐 누워, 그녀에게 키스했다: 눈, 그녀의 입술, 혈관이 뛰는 그녀의 뻗친 목, 얇은 망사의 블라우스 속에 부푼 여인의 앞가슴, 그녀의 위로 솟은 도톰한 젖꼭지에. 뜨거운 혀를 나는 그녀에게 내밀었다. 그녀는 내게 키스했지. 나는 키스 받았지. 몸을 온통 맡기며 그녀는 나의 머리카락을 움켜쥐고 흔들었지. 키스를 받고, 그녀는 내게 키스했지.(『U』144)

더블린 사람들

더블린의 번화가인 크래프튼 거리를 가득 메운 오늘의 더블린 사람들: 조이스는 잠시도 이들 더블린 사람들을 마음에서 떼놓을 수 없었고, 그들은 그의 작품들의 소재와 주제들을 제공했다. 거리의 길바닥에는 『율리시스』의 문구들을 새긴 동판들이 사방에 박혀 있다. 더블린은 문자 그대로 〈조이스의 박물관〉인 셈이다.

「에블린」

그녀는 창가에 앉아 길 위에 땅거미가 깔리는 것을 보고 있었다. 그녀의 머리는 창문의 커튼에 기대 있었으며, 먼지 긴 크레톤 천의 냄새가 콧구멍으로 스며들었다. 그녀는 피곤했다.

지나가는 사람은 별로 없었다. 맨 끝 집에서 나온 사나이가 자신이 평소 귀가하던 길로 지나갔다. 그녀는, 그가 콘크리트 보도를 따라 터벅터벅 걸어가며, 뒤이어 새로 지은 빨간 집들 앞의 석탄재 깔린 길 위를 걸어가는 발소리를 들었다. 한때 그곳에는 공터가 있어서 거기 사람들은 저녁때가 되면 다른 집 아이들과 함께 놀곤 했었다. 그러자 벨파스트에서 온 어떤 사람이 그 공터를 사서 거기다가 몇 채의 집을 지었다-그들이 사는 조그마한 갈색 집들과는 다른, 번쩍거리는 지붕을 한 밝은 색 벽돌집들이었다. 길가에 사는 아이들은 그곳 공터에서 늘 함께 놀곤 했다-대빈 네, 워터 네, 덴 네의 아이들, 절름발이 꼬마 키오, 그녀와 남동생들 그리고 여동생들. 그러나 어네스트는 결코 같이 논 적이 없었다. 그는 덩치가 너무 컸기 때문이다. 그녀의 아버지는 자주 자두나무 지팡이를 가지고 공터로부터 아이들을 집 안으로 몰아넣곤 했었다. 그러나 꼬마 키오는 늘 망을 보고 있다가, 그의 아버지가 오는 것을 보면 고함을 질렀다. 하지만 그들은 그때가 오히려 행복했던 것 같았다. 그녀의 아버지는 그때만 해도 성질이 그렇게 나쁘지는 않았다. 게다가 그녀의 어머니도 살아 계셨다. 그것은 아주 오래전 일이었다. 그녀와 남동생들, 그리고 여동생들은 다 성장했다. 그녀의 어머니는 세상을 떠났다. 티지 던 역시 세상을 떠났고, 워터 네 식구들은 영국으로 되돌아갔다. 모든 것이 다 변했다. 이제 그녀도 집을 떠나 다른 사람들처럼 멀리 떠나갈 참이었다.

가정! 그녀는 도대체 어디서 먼지가 저렇게 생기는지를 이상히 여기면서, 자신이 여러 해 동안 일주일에 한 번씩 먼지를 털어왔던 낯익은 물건들을 온통 훑어보며 방을 휘둘러 보았다. 그들로부터 헤어지리라고는 꿈에도 생각지 않았던 저 낯익은 물건들을 그녀는 아마 다시는 보지 못하리라. 그러면서도 그녀는 성녀 마거리트 마리아 알라코크에게 행한 약속이 새겨진, 채색된 판화¹⁾ 옆의, 망가진 소형 오르간 위쪽 벽에 걸려 있는 누렇게 퇴색된 사진 속 신부의 이름을 여러 해 동안 결코 잊을 수 없었다. 그는 그녀의 아버지의 학교 친구였다. 아버지는 집의 방문객에게 그 사진을 보일 때마다 슬쩍 다음과 같은 말을 전하곤 했다.

'그인 지금 멜버른에 있지.'

그녀는 집을 떠나 멀리 가기로 승낙했다. 그것이 현명한 일이었던가? 그녀는 가야 할지, 가지 말아야 할지의 문제에 대해 곰곰이 생각하려고 애를 썼다. 어쨌든 집에는 잠자리와 먹을 것이 염려하지 않아도 될 만큼 있었다. 주위에는 그녀가 일생동안 사귀어 온 사람들이 있었다. 물론 그녀는 집에서 그리고 직장에서 고된 일을 해야 했다. 만일 백화점 사람들이 그녀가 어떤 사내하고 도망쳤다는 사실을 알게 되면, 모두들 뭐라고 할까? 아마, 바보라고 하겠지. 그리고 그녀의 자리는 구인광고를 내자마자 이내 메워지겠지. 개번 양은 기뻐할 거야. 그녀는, 특히 다른 사람들이 듣고 있을 때에는, 언제나 으스대곤 했었다.

'힐 양, 여자 손님들이 기다리고 있는 것도 몰라?'

'활발하게 보여봐요, 힐 양, 제발.'

그녀는 백화점을 떠나는 것에 눈물을 많이 흘릴 것 같지 않았다.

그러나 그녀의 새로운 집에서, 머나먼 미지의 나라에서 그럴 것 같지는 않았다. 그때가 되면 그녀는 결혼하게 될 것이다. - 그녀, 에블린. 사람들은 그녀를 존경으로 대할 것이다. 그녀는 어머니가 받았던 그런 대접을 받지 않으리라. 심지어 지금도, 그녀가 열아홉이 넘었어도, 이따금 아버지의 폭력에 위협을 느꼈다. 그녀는 그것이 그녀의 가슴을 놀라게 했던 일이었음을 알았다. 그들이 성장하자, 아버지는 그가 해리와 어네스트에게 늘 하듯 그렇게 그녀를 대하지는 않았다. 왜냐하면 그녀는 딸이었으니까. 그러나 최근에는 아버지가 그녀를 위협하며, 돌아간 어머니만 아니었던들 어떻게 해버리겠다고 말하기 시작했다. 이제 그녀를 보호해줄 사람은 아무도 없었다. 어네스트는 이미 세상을 떠났고, 교회 장식 일을 하는 해리는 거의 언제나 시골 어딘가에 가 있었다. 게다가 토요일 밤이면 돈 때문에 어김없이 벌어지는 실랑이가 이루 말할 수 없을 정도로 그녀를 지치게 만들기 시작했다. 그녀는 언제나 자신이 번 임금 -7실링 - 을 몽땅 내놓았고, 해리는 언제나 그가 할 수 있는 데까지 돈을 보내왔지만, 문제는 아버지한테서 돈을 타내는 일이었다. 아버지는 그녀가 늘 돈을 헤프게 쓰는데다, 그녀는 채신머리 없으며, 자신이 애써 번 돈을 그녀에게 주어 거리에 마구 뿌리게 하지는 않겠다고 말했고, 심지어 그보다 더한 말도 내뱉었다. 왜냐하면 그는 토요일 밤이면 으레 그렇듯 술에 매우 취해 있었기 때문이다. 그는 그러다가 끝내는 딸에게 돈을 주며, 일요일 저녁 찬거리를 사올 생각이 있는지 묻곤 했다. 그러면 그녀는 까만 가죽 지갑을 손에 꼭 쥐고 될 수 있는 한 빨리 달려가, 북적이는 사람들 사이를 팔꿈치로 떠밀치며 시장을 본 뒤, 무거운 찬거리를 들고 늦게야 집으로 되돌아와야 했다. 그녀는 집안일을 보살피는 것은 물론, 자신에게 맡겨진 두 어린 동생들이 학교에 잘 다니는지, 규칙적으로 식사를 하는지 보기 위해 힘든 일을 해야 했다. 그것은 힘든 일-힘든 생활-이었지만, 이제 그 일을 그만둔다고 생각하니, 그녀는 그것이 전적으로 싫은 생활만은 아닌 듯 느껴졌다.

그녀는 프랑크와 함께 또 다른 생활을 개척할 참이었다. 프랑크는 친절하고 남자다웠으며 마음이 탁 트인 남자였다. 그녀는 그의 아내가 되기 위해, 부에노스아이레스에서 함께 살기 위해, 밤 보트를 타고 그와 함께 떠나기로 했다. 거기에는 그와 그녀가 기다리는 가정이 있었다. 그와 처음 만났던 시간을 그녀는 얼마나 잘 기억하고 있던가. 그는 그녀가 방문하곤 했던 한길의 어떤 집에 하숙하고 있었다. 그것은 불과 몇 주일 전의 일 같았다. 그는 뾰족한 메고 모자를 머리 뒤로 젖혀 쓰고, 구릿빛 얼굴 위로 머리카락이 흘러내린 채 대문에 서 있었다. 그러자 두 사람은 서로를 알아보게 되었다. 그는 밤마다 백화점 밖에서 만나 집까지 바래다주곤 했다. 그는 그녀에게 〈보헤미아의 소녀〉[2]를 보여주기 위해 데리고 갔으며, 그녀는 그와 함께 익숙지 못한 극장 자리에 앉으니 기분이 으쓱해졌다. 그는 몹시 노래를 좋아했고, 노래도 조금 불렀다. 사람들은 그들이 서로 사랑하고 있음을 알았고, 그가 수부(水夫)를 사랑하는 처녀에 관해 노래를 부르자 부끄러우면서도 기분이 좋았다. 그는 언제나 그녀를 농담으로 포핀스(귀염둥이)라 부르곤 했다. 무엇보다도 우선 그녀에게 남자가 생겼다는 것은 이중의 흥분이요, 그러자 그녀는 그를 좋아하기 시작했다. 그는 먼 나라의 이야기를 알았다. 그는 한 달에 1파운드의 급료를 받고 캐나다로 가는 앨런 회사의 배 갑판 청소부로 일을 시작했다. 그는 지금까지 자신이 탔던 배들의 이름과 다른 고용직의 이름들을 그녀에게 말해주었다. 그는 마젤란 해협을 통해 항해했고, 그녀에게 무서운 파타고니안들[3]의 이야기를 들려주었다. 그는 부에노스아이레스에서 한몫 보았다고 말했으며, 단지 하루의 휴일을 위해 고국으로 왔다고 했다. 물론 그녀의 아버지는 그 사건을 알아차렸고, 그녀더러 그와 말하는 것을 금지시켰다.

'나는 그따위 뱃놈들을 알아,' 그는 말했다.

어느 날 그는 프랑크와 말다툼을 했으며, 그 뒤로 그녀는 애인을 몰래 만나야 했다.

저녁은 길가로 짙어져 갔다. 그녀의 무릎에 놓인 하얀 두 통의 편지가 점점 희미해져 갔다. 한 통은 해리에게, 다른 한 통은 아버지에게였다. 그녀는 아버지가 최근 부쩍 늙어가고 있음을 눈치 챘다. 그는 딸을 보고 싶어 하리라. 때때로 그는 아주 상냥했다. 얼마 전 그녀가 병으로 하루 동안 자리에 누웠을 때 그는 귀신 이야기를 읽어주었고, 그녀를 위해 난로에다 토스트를 만들어 주었다. 또 다른 날, 그들의 어머니가 살아 있었을 때, 모두는 모여서 호우드 언덕으로 피크닉을 갔다. 그녀는 아버지가 아이들을 웃기기 위해 어머니의 보닛을 쓴 것을 기억했다.

그녀의 시간은 흘러가고 있었으나, 그녀는 머리를 창 커튼에 기댄 채 먼지 긴 크레톤 천의 냄새를 들이키면서, 창가에 계속 앉아 있었다. 그녀는 저 아래 거리에서 손풍금을 연주하고 있는 소리를 들을 수 있었다. 그녀는 그 곡을 알고 있었다. 하필이면 바로 이날 저녁에 이 곡조가 들려와 될 수 있는 한 오래도록 집을 잘 보살피라는 어머니와 그녀의 약속을 상기시키다니 참 이상했다. 그녀는 어머니가 앓던 마지막 밤을 기억했다. 그녀는 당시 현관 다른 편의 밀폐된 컴컴한 방에 있었고, 바깥에서는 이탈리아의 우울한 음악 곡이 들리고 있었다. 오르간 연주자는 다른 데로 가도록 지시를 받고는 6페니를 손에 쥐었다. 그녀는 아버지가 병실로 터벅터벅 걸어 들어오며 투덜대던 소리를 기억했다.

'저주할 이탈리아 놈들! 여기까지 오다니!'[4]

그녀가 생각에 잠기자, 어머니의 일생 — 끝내는 광기로 막을 내린 평범한 희생의 저 일생 — 의 애처로운 환영이 그녀의 육신의 바로 급소까지 사무치듯 했다. 그녀는 어머니의 어리석게도 고집스럽게 한결같이 외치던 목소리를 새삼 듣는 듯 몸을 부들부들 떨었다.

'여인의 종말은 비참! 여인의 종말은 비참!'[5]

그녀는 갑작스런 발작적인 공포에 질려 자리에서 일어섰다. 도피! 그녀는 도피해야 한다. 프랑크가 그녀를 구하리라. 그는 그녀에게 인생을, 아마도 사랑을 또한 주리라. 그러나 그는 살고 싶었다. 왜 그녀는 불행해야 한단 말인가! 그녀는 행복을 누릴 권리를 가졌다. 프랑크는 양팔로 그녀를 끌어안고 양팔로 그녀를 감싸주리라. 그는 그녀를 구해주리라.

*

그녀는 노드 월 부두의 정거장에서 흔들거리는 군중들 사이에 서 있었다. 그녀는 그가 자신의 손을 잡고, 앞으로 펼쳐질 항해에 관한 무엇인가를 거듭거듭 중얼거리며 말을 걸고 있음을 알았다. 정거장은 갈색 짐들을 든 군인들로 가득했다. 그녀는 창고의 넓은 문들을 통해 부두 벽 곁에 정박한, 불 킨 선창(船窓)이 있는, 검은 덩어리 같은 보트를 얼핏 보았다. 그녀는 아무것도 대답하지 않았다. 그녀는 뺨이 창백하고 싸늘함을 느꼈고, 하느님이 그녀를 인도하도록, 그녀의 의무가 무엇인지를 보여주도록 당황한 고뇌 속에서 기도했다. 보트는 길고도 서글픈 고동 소리를 안개 속으로 내뿜었다. 만일 그녀가 떠나면, 내일이면 그녀는 부에노스아이레스를 향해 항해하며, 프랑크와 함께 바다 위에 있으리라. 그들의 통행은 이미 예약되었다. 그녀는 그가 자신에게 해준 걸 여전히 되물릴 수 있을까? 그녀의 고뇌가 몸속에 구역질을 일으키자, 그녀는 말없이 열렬한 기도로 입술을 계속 움직였다.

한 가닥 종소리가 그녀의 가슴에 울렸다. 그녀는 그가 그녀의 손을 잡는 것을 느꼈다.

'가요!'

세계의 모든 바다가 그녀의 심장 주위를 덮치듯 했다. 그는 그녀를 바닷속으로 끌어들이고 있었다. 그가 그를 빠뜨려 죽일 것만 같았다. 그녀는 양 손으로 쇠 난간을 꽉 잡았다.

'가요!'

아니! 아니! 아니! 그것은 불가능했다. 그녀의 두 손은 발작적으로 쇠 난간을 움켜쥐었다. 바다 사이로 그녀는 고뇌의 한 가닥 부르짖음을 외쳤다.

'에블린! 에비!'

그는 난간 너머로 돌진하며, 그녀더러 따라오도록 부르짖었다. 사람들이 그가 계속 나아가도록 고함을 질렀으나, 그는 여전히 그녀에게 소리쳤다. 그녀는, 수동적으로, 어쩔 수 없는 짐승마냥, 그에게 자신의 창백한 얼굴을 돌렸다. 그녀의 눈은 사랑 또는 작별 또는 알았다는 그 어떤 신호도 그에게 주지 않았다.

주석

1) 성녀 마거리트 마리아 알라코크⋯⋯채색된 판화(St. Margaret Mary Alacoque⋯⋯the coloured print)): 17세기 프랑스의 수녀로, 그녀의 육체적, 정신적 금욕 생활로 유명함. '채색된 판화': 수녀 알라코크를 통해 예수가 행한 12가지 약속이 적힌 판화도.
2) 〈보헤미아의 소녀〉(The Bohemian Girl): 아일랜드의 작곡가 Michael Balfe의 대표적 오페라 가곡(1843).
3) 파타고니안들(Patagonians): 남미 최남단의 Patagonia 지방에 거주하는 세계 최장신의 거인들.
4) '저주할 이탈리아 놈들! 여기까지 오다니!' 이탈리아의 아일랜드 이민들, 그들 다수는 연예인들로 알려졌다.
5) '여인의 종말은 비참!'(Derevaum Seraun!): ⑴ Patrick Henchy 설. "향락의 종말은 고통!" ⑵ Roland Smith 설. "노래의 종말은 광분!" ⑶ 김길중의 최근 설. "여인의 종말은 비참!"

「작은 구름」

8년 전 그는 친구를 노드 월 부두에서 전송하며 그에게 행운을 빌었다. 갤러허는 성공을 거두었다. 그의 넓은 견문을 지닌 태도며, 잘 재단된 트위드 천의 양복, 그리고 두려움 없는 말투로 이내 그것을 말할 수 있었다. 그와 같은 재주를 갖춘 사람은 많지 않았고, 더욱이 그러한 성공으로 망가지지 않은 사람은 더욱 드물었다. 갤러허의 정신은 올바른 위치에 있었고, 그는 당연히 성공을 걸을 만했다. 그와 같은 친구를 갖는다는 것은 값진 일이었다.

꼬마(리틀) 챈들러의 생각은 점심시간 내내 갤러허와 만나는 일, 갤러허의 초대, 그리고 갤러허가 살고 있는 위대한 도시 런던에 관한 것이었다. 그는 꼬마 챈들러라고 불렸는데, 그 이유는 비록 그가 평균 신장보다 약간 작았을 뿐인데도, 사람들에게 몸집이 작은 사람이라는 생각을 하게 했기 때문이다. 그의 손은 희고 작았으며, 몸집이 연약했고, 목소리는 조용한데다가, 몸가짐은 세련되어 있었다. 그는 비단처럼 고운 머리카락과 코밑수염을 정성껏 가꾸었고, 손수건에는 알뜰하게 향수를 뿌렸다. 반달 모양의 손톱은 완벽했고, 그가 미소를 지을 때는 어린애 같은 하얀 이가 한 줄로 얼핏 내다 보였다.

그는 킹즈 인(여관)의 자기 책상에 앉아, 지난 8년이 얼마나 변화를 가져다주었던가를 생각했다. 그가 알아왔던, 초라하고 궁핍한 친구는 런던 신문계의 탁월한 인물이 되었다. 그는 이따금 자신의 지친 집필로부터 몸을 돌려 사무실 창밖을 내다보았다. 늦가을의 햇빛이 잔디밭과 산보 길을 덮고 있었다. 햇빛은 단정하지 못한 유모들 그리고 벤치 위에서 졸고 있는 노쇠한 노인들 위에 달가운 황금빛 소나기를 쏟고 있었다. 그것은 모든 움직이는 사람들—자갈길을 따라 소리치며 달리는 아이들과 공원을 통해 지나가는 모든 사람들 위에 반짝거렸다. 그는 그런 장면을 자세히 지켜보며 인생을 생각했다. 그리고 (그가 인생을 생각할 때면 언제나 그랬듯이) 그는 슬퍼졌다. 일종의 고요한 우울함이 그를 점령했다. 그는 운명에 항거하여 싸운다는 것이 얼마나 부질없는 짓인가를 느꼈는지라, 이는 세월이 그에게 가져다준 지혜의 부담이었다.

그는 자기 집 책 선반에 있는 시집들을 기억했다. 그는 그것들을 독신이었던 시절에 샀는데, 수많은 저녁이면, 현관에서 약간 떨어진 조그마한 방에 앉았을 때, 그중 한 권을 선반에서 꺼내 아내에게 뭔가를 읽어주고 싶은 충동을 느꼈다. 그러나 수줍음이 언제나 그를 물러나게 했다. 고로 시집들은 책 선반 위에 그대로 남아 있었다. 때때로 자기 자신에게 반복한 글줄들은 그를 위로해 주었다.

시간이 차자 그는 정각에 자리에서 일어나, 책상과 동료 서기들을 떠났다. 그는 킹즈 인의 봉건적 운치를 지닌 아치 밑으로부터 나와, 깔끔하고 단정한 모습으로 재빨리 헨리타 가로 걸어 내려갔다. 황금빛 노을은 사라져 가고 있었고 대기는 이미 싸늘해졌다. 한 무리의 남루한 아이들이 거리에 우글거렸다. 그들은 길 한복판에 서 있거나 뛰어다녔고, 열린 창문들 앞의 층계까지 슬금슬금 기어갔으며, 혹은 문지방 위의 생쥐들처럼 웅크리고 있었다. 꼬마 챈들러는 그들에게 아무런 생각을 주지 않았다. 그는 작은 벌레 같은 모든 생명들 사이를, 더블린의 옛 귀족들이 그 속에서 흥청거리며 살았던 으슥하고 귀신같은 저택들의 그림자 밑을, 교묘하게 길을 더듬거리며 걸어갔다. 과거의 어떠한 기억도 그를 감동시킬 수 없었다. 왜냐하면 그의 마음은 현재의 기쁨으로 가득 차 있었기 때문이다.

그는 한번도 콜리스 회관에 가본 적이 없었으나, 그 이름의 가치를 알고 있었다. 그는 사람들이 극장이 파한 다음 굴을 먹거나 술을 마시기 위해 그곳에 가는 것을 알고 있었다. 그리고 그곳의 웨이터들이 프랑스어와 독일어를 말한다는 것을 들었다. 밤에 급히 그 옆을 걸어가면서, 마차들이 문 앞에 바싹 늘어서 있고, 값비싼 옷차림을 한 귀부인들이, 멋쟁이 신사들에 의해 호위된 채, 마차에서 내려 재빨리 들어가는 것을 본 적이 있었다. 귀부인들은 사락거리는 드레스와 많은 겉옷을 걸쳐 입고 있었다. 그들은 얼굴에 분을 발랐고, 땅에 드레스가 닿을 때, 놀란 아탈란타(주: 희랍 신화의 걸음이 빠른 미녀)처럼 옷을 추켜올렸다. 그는 고개를 돌려 그쪽을 보려 하지 않은 채 언제나 지나갔다. 심지어 낮에도 거리를 재빨리 걸어가는 것이 그의 습관이었으며, 밤에 늦게 시내에 있을 때마다 그는 걱정스러운 듯 흥분하여 재빨리 길을 걸었다. 그러나 때때로 그는 공포의 원인을 자초하기도 했다. 그는 가장 어둡고 가장 좁은 거리를 택했으며, 그가 대담하게 앞으로 걸어가자, 그의 발자국 주변에 펼쳐진 침묵이 그를 괴롭혔다. 배회하는 말없는 사람들의 모습들이 그를 괴롭혔다. 그리고 때때로 낮은 은밀한 웃음소리가 그를 나뭇잎처럼 떨게 만들었다.

그는 캐펄 가(街)를 향해 오른쪽으로 돌았다. 런던 신문계의 이그너티우스 갤러허! 8년 전에 그렇게 될 줄이야 누가 감히 예상했던가? 하지만 이제 와 과거를 회상하면, 꼬마 챈들러는 그의 친구한테서 미래에 있을 성공의 여러 가지 징조들을 기억할 수 있었다. 사람들은 이그너티우스 갤러허가 성질이 거칠다고 말하곤 했다. 물론 그는 당시 건달패들과 자주 어울렸고, 술을 마구 마시며, 사방에서 돈을 꿨다. 결국에 그는 어떤

◆ 제임스 조이스의 아름다운 글들 ◆

불미스런 일, 어떤 금전 거래에 휘말렸고, 적어도 그것이 그의 도피의 구실이 되었다. 그러나 아무도 그의 재주를 부정하지 않았다. 이그너티우스 갤러허에게는 언제나 상대방도 모르게, 그를 감동시킬 어떤…… 무언가가 있었다. 팔꿈치에 구멍이 날 정도로 가난하거나, 돈을 마련할 재주마저 바닥이 날 때에도 그는 대담한 얼굴을 유지했다. 꼬마 챈들러는 이그너티우스 갤러허가 궁지에 몰렸을 때 했던 말들 중의 하나가 기억났다(그리고 그 기억은 그의 뺨에 한 가닥 자만의 가벼운 홍조를 가져왔다).

'중간 휴식이란 말이야, 자네들,' 그는 가벼운 마음으로 말하곤 했다. '내 지혜의 모자가 어디 갔지?'

그것이 이그너티우스 갤러허의 본색이었다. 그리고 젠장, 상대는 그것 때문에 그에게 감탄하지 않을 수 없었다.

꼬마 챈들러는 발걸음을 재촉했다. 생애 처음으로 그는 그가 지나치는 사람들보다 월등하다는 것을 스스로 느꼈다. 난생 처음으로 그의 영혼은 캐펄 가(街)가 둔탁하며 우아하지 못한 데 대하여 반감을 가졌다. 거기에는 의심의 여지 없이 만일 그대가 성공하기를 원한다면 떠나가야 한다는 것이었다. 그대는 더블린에서는 아무것도 할 수 없다. 그가 그래튼교(橋)를 건너자, 강 아래 하부 부두들을 향해 내려다보며, 초라하게 일그러진 집들에 연민을 느꼈다. 마치 집들은 강둑을 따라 함께 웅크린 채, 옷은 먼지와 검댕으로 뒤덮이고, 일몰의 파노라마에 의해 마비된 채, 잠에서 깨어나 몸을 흔들고 떠나도록 간청하는 밤의 냉기를 기다리는, 한 무리의 부랑자들처럼 느껴졌다. 그는 이러한 생각들을 표현하기 위해 시를 쓸 수 있을까 궁금히 여겼다. 아마 갤러허는 그것을 런던의 어떤 신문에든지 실을 수 있으리라. 그는 어떤 독창적인 것을 쓸 수 있을까? 그는 자신이 무슨 생각을 표현하고 싶은지 확실하지 않으나, 시(詩)의 순간이 그를 감촉했다는 생각이 마치 어린아이의 희망처럼 그의 몸속에 활기를 불어넣었다. 그는 용감하게 발걸음을 옮겨놓았다.

발걸음마다 그이 자신은 단조롭고 비예술적인 생활로부터 멀리 떨어져, 런던으로 그를 한층 가까이 접근하게 했다. 한가닥 불빛이 그의 마음의 지평선 위에 아롱거리기 시작했다. 그는 서른둘-나이는 그렇게 많지 않았다. 그의 기질은 한창 무르익어 가는 중이라고 말할 수 있었으리라. 그는 시 속에 나타내고 싶은 너무나 많은 다른 기분들과 인상들이 있었다. 그는 자신의 마음속에서 그들을 느꼈다. 그는 그것이 시인의 마음인지를 알기 위해 자신의 영혼을 재보려고 애를 썼다. 그는 우울함이 자신의 지배적 기미라고 생각했지만, 그러나 그것은 신념과 체념 그리고 단조로운 기쁨의 반복에 의해 담금(鍛金)질 된 우울함이었다. 만일 그가 한 권의 시집 속에 그것을 표현할 수만 있다면, 아마 사람들은 귀를 기울이리라. 그는 결코 대중의 인기를 끌지는 못하리라. 그는 그것을 알았다. 그는 군중을 감동시킬 수 없을지라도, 그와 유사한 마음을 지닌 소수의 사람들에게 호소는 할 수 있으리라. 아마도 영국의 비평가들은 그의 시의 우울한 음조를 이유로 그를 켈트 파의 한 사람으로 인식할지 모른다. 그 밖에도 그는 자신의 시 속에 비유를 담아보고 싶었다. 그는 자신의 시집이 받게 될 비평의 문장과 글귀를 머릿속에서 미리 생각해 보기 시작했다. "챈들러 씨는 평이하고도 우아한 시의 천부적 재능을 지니고 있다…… 애절한 슬픔이 이들 시에 배어 있다…… 켈트적 특성이." 자신의 이름이 한층 더 아일랜드적으로 보이지 않은 것이 유감이었다. 아마 성(姓) 앞에다 어머니의 이름을 삽입하는 것이 보다 나을지도 모른다. 토머스 말로운 챈들러. 아니면 이렇게 부르는 것이 더 나을지 모른다. T. 말로운 챈들러. 그는 그것에 관해 갤러허에게 말하리라.

그는 명상을 너무나 열렬히 추구한 나머지 거리를 지나쳐 되돌아와야 했다. 콜리스 회관 가까이 왔을 때, 이전에 느꼈던 마음의 동요가 그를 다시 사로잡기 시작했고, 그러자 그는 엉거주춤 문 앞에 발걸음을 멈추었다. 마침내 그는 문을 열고 들어갔다.

주장(酒場)의 불빛과 소음이 그를 문간에서 잠시 동안 멈추게 했다. 그는 주위를 둘러보았으나, 수많은 붉고 파란 포도주 술잔들의 광채가 그의 시야를 혼미하게 했다. 주장은 사람들로 가득 차 있는 듯했고, 그는 사람들이 호기심으로 자기를 노려보고 있는 듯 느꼈다. 그는 재빨리 좌우를 흘끗 쳐다보았으나 (심각한 용무라도 있는 듯 보이려고 상을 약간 찌푸리며), 시야가 약간 밝아지자 아무도 몸을 돌려 그를 쳐다보려 하지 않음을 알았다. 거기 과연, 이그너티우스 갤러허가 등을 카운터에 기대고, 양발을 쩍 벌린 채 서 있었다.

'여보게, 토미, 자네 왔구나! 뭐로 하겠나? 뭘 마시겠나? 나는 위스키를 마시고 있어. 바다 건너 것보다 맛이 좋군. 소다? 산화수? 탄산수는 아니고? 나도 마찬가지. 맛을 망치지… 이봐, 웨이터, 몰트위스키 반 파인트짜리 둘만 가져와, 얼른…… 글쎄, 내가 지난번 자넬 만난 이래 어떻게 지냈나? 맙소사, 우린 정말 늙었군! 나한테 늙은 증조가 보이나―응, 뭐라고? 머리 꼭대기가 좀 하얗고, 엉성하다고―뭐라?'

이그너티우스 갤러허는 모자를 벗고, 크고 짧게 깎은 머리를 드러내 보였다. 그의 얼굴은 침울하고 창백했으며 깨끗이 면도를 하고 있었다. 그의 눈은 푸르고 슬레이트 빛을 띠었는지라, 그의 건강하지 못한 창백함을 덜어 주었고, 그가 매고 있는 선명한 오렌지색 넥타이 위에 선명히 빛나고 있었다. 이렇게 빼어남을 경쟁하는 듯한 용모들 사이에 입술은 몹시도 길고 볼품이 없고 색깔이 없어 보였다. 그는 머리를 숙이고, 서운한 듯 두 손가락으로 엉성한 머리카락을 쓰다듬었다. 꼬마 챈들러는 그렇지 않다는 듯 고개를 저었다. 이그너티우스 갤러허는 다시 모자를 썼다.

'정말 몸을 약하게 하는 거야,' 그는 말했다. '기자 생활 말이야. 언제나 허둥지둥 뛰어다니며, 기삿거리를 찾아다니지만, 때때로 허탕 치기 일쑤지. 그리고 나면 언제나 신문에 새로운 뭔가를 실어야 하니. 경칠 교정원들 그리고 식자공들, 글쎄, 며칠 동안을. 정말 기쁘군, 글쎄, 고국에 돌아오니 말이야. 몸에 좋단 말이야, 약간의 휴가가. 이 다정하고, 불결한 더블린에 다시 발을 디딘 후 난 건강이 크게 좋아진 것 같아…… 자 자네, 토미, 물을? 얼마나 탈까 말해.'

꼬마 챈들러는 자신의 위스키에 물을 아주 많이 타도록 했다.

'뭐가 몸에 좋은지 자네 모르는군, 이 친구야,' 이그너티우스 갤러허가 말했다. '나는 깡 술을 마시지.'

'나는 보통 술을 잘 안 마셔,' 꼬마 챈들러가 겸손하게 말했다. '어떤 옛 친구라도 만나면 반 파인트 가량, 그게 전부야.'

'아 글쎄,' 이그너티우스 갤러허가 경쾌하기 말했다. '우리들의 옛날과 옛 우정을 위해서 건배하세.'

그들은 잔을 쨍그랑 맞부딪치며 건배를 했다.

'오늘 나는 옛 친구들 몇몇을 만났지,' 이그너티우스 갤러허가 말했다. '오하라는 불경기인 듯 하더군. 그인 뭘 하나?'

'아무것도,' 꼬마 챈들러가 말했다. '그인 망했어.'

'하지만 호간은 형세가 좋은가봐, 그렇지?'

'그래. 그인 토지 공탁소에 근무해.'

'나는 어느 날 런던에서 그를 만났는데, 신관이 아주 좋아 보였어…… 불쌍한 오하라! 과음을, 상상컨대?'

'다른 일도, 역시,' 꼬마 챈들러가 짤막하게 말했다.

이그너티우스 갤러허가 큰 소리로 웃었다.

'토미,' 그는 말했다. '자넨 조금도 변하지 않았군. 자넨 내가 과음으로 두통이 나고 혓바닥에 골마지기가 생기는 일요일 아침에 내게 설교를 하곤 했던 꼭 그같은 심각한 사람이군. 자넨 여기저기 세상 구경을 바랄 테지. 여태 어디 여행이라도 해본 적이 전혀 없나?'

'만 섬(島)에 다녀온 적이 있어,' 꼬마 챈들러가 말했다.

이그너티우스 갤러허가 크게 웃었다.

'만 섬이라!' 그는 말했다. '런던이나 혹은 파리에 가보게. 고른다면, 파리를. 그게 도움이 될 거야.'

'자넨 파리를 가보았나?'

'가보았다고 할 수 있지! 그곳을 좀 돌아다녔지.'

'소문대로 정말 그렇게 아름다운가?' 꼬나 챈들러가 물었다.

그는 이그너티우스 갤러허가 술잔을 대담하게 끝내는 동안 그의 술을 조금 홀짝였다.

'아름답다니?' 이그너티우스 갤러허가, 그 말에 그리고 자신이 마시는 술에 잠시 멈추면서 말했다. '글쎄, 그렇게 아름답지는 않아. 물론, 아름답기도 하지…… 그러나 진짜는 파리 생활이란 말이야. 바로 그거야. 아, 환락이나, 활기, 흥분을 위해서는 파리만한 도시는 없지……'

꼬마 챈들러는 위스키를 다 끝냈다. 그리고 얼마간 애를 쓴 다음, 바텐더의 시선을 잡는 데 성공했다. 그는 같은 걸 다시 주문했다.

'나는 물랭루주에도 갔다 왔어,' 이그너티우스 갤러허는 바텐더가 술잔을 치우자 말을 계속했다. '그리고 거의 모든 보헤미안들의 카페에도 가보았어. 굉장하더군! 자네 같은 독실한 사람은 어림도 없어, 토미.'

꼬마 챈들러는 바텐더가 두 개의 술잔을 들고 되돌아올 때까지 아무 말도 하지 않았다. 그러자 그는 친구의 술잔을 가볍게 터치하며, 앞서의 건배에 답례했다. 그는 약간 환멸을 느끼기 시작하고 있었다. 갤러허의 말투나 표현방식이 비위에 거슬렸다. 그의 친구에게 그가 이전에 보지 못했던 저속한 뭔가가 있었다. 그러나 아마도 그것은 런던 신문계의 소란과 경쟁 속에 살아온 결과이리라. 옛날의 인간적인 매력이 이 새롭고 번지르르한 태도 아래 아직도 거기 있었다. 그리고 뭐니 뭐니 해도, 갤러허는 인생을 살아왔고, 세상을 보아왔었다. 꼬마 챈들러는 그의 친구를 부러운 듯이 쳐다보았다.

'파리에는 만사가 즐겁단 말이야,' 이그너티우스 갤러허가 말했다. '그들은 인생을 즐기는 것을 믿고 있어ー그리고 자넨 그들이 옳다고 생각지 않나? 만일 자네가 인생을 적당히 즐기려면 파리로 가야 하네. 그리고, 알겠나, 그들은 아일랜드 사람들에게 대단한 감정을 갖고 있어. 내가 아일랜드 출신이란 말을 듣고 모두들 나를 잡아먹을 듯했지, 자네.'

꼬마 챈들러는 잔을 들어 너더댓 모금 들이켰다.

'그런데 말해봐,' 그는 말했다. '파리가 그렇게 사람들이 말하듯 부도덕한가?'

이그너티우스 갤러허는 오른팔로 성호를 긋는 시늉을 했다.

'어디나 부도덕하지,' 그는 대구했다. '물론 파리에는 정말 멋진 몇 군데가 있어. 예를 들면, 학생 무도회로 가보란 말이야. 글쎄, '코코트(매음녀)들'이 본색을 드러내기 시작할 때는 정말 신이 나지, 그게 어떤 것인지 자네 알 테지, 상상컨대?'

'이야기는 들었어,' 꼬마 챈들러가 말했다.

이그너티우스 갤러허는 위스키를 다 마시고 고개를 흔들었다.

'아아.' 그는 말했다. '그야 자네도 하고 싶은 말이 있지. 파리 여인 같은 여자는 없어ー스타일이나 생기로나.'

'그럼 부도덕한 도시로군,' 꼬마 챈들러가 수줍은 듯 계속 말했다.ー'내 뜻은, 런던 혹은 더블린과 비교해서 말이야.'

'런던!' 니그너티우스 갤러허가 말했다. '피장파장이야. 호건에게 물어보게, 자네. 그가 런던에 왔을 때 내가 그에 관해 조금 보여주었지. 그가 자네 눈을 열어줄 거야…… 글쎄, 토미, 그 위스키를 펀치로 만들지 말아요, 술을 들이켜.'

'아니야, 정말……'

'오, 자, 한 잔 더한다고 해서 별로 해 될 건 없잖아. 뭘 할 텐가? 다시 같은 걸, 아마?'

'그럼…… 좋아.'

'프랑스와, 다시 같은 걸…… 담배 피울 텐가, 토미?'

이그너티어스 갤러허는 그의 시가 케이스를 꺼냈다. 두 친구는 시가에 불을 댕기고, 술이 도착할 때까지 그걸 말없이 뻐끔뻐끔 피웠다.

'내 의견을 자네한테 말해주지,' 이그너티어스 갤러허가, 그를 가리고 있던 연기구름으로부터 얼마 후 모습을 드러내며 말했다. '정말 묘한 세상이야. 부도덕하다고 말하다니! 그런 경우를 나는 많이 들어왔어ー내가 무슨 말을 하고 있지?ー그런 걸 많이 알아왔단 말이야. 부도덕한 경우를……'

이그너티어스 갤러허는 심각하게 시가를 뻐끔뻐끔 빨며, 이어, 조용한 역사가의 목소리로 해외에 만연한 부패의 어떤 광경을 스케치하기 시작했다. 그는 많은 나라의 수도의 죄악들을 개관했는지라, 그중에서도 베를린을 제일로 꼽는 듯했다. 몇 가지 것들을 그는 장담할 수 없었다(그의 친구들이 그에게 이미 말했는지라), 그러나 그 밖의 것들은 자신이 개인적으로 경험했었다. 그는 지위나 신분을 전혀 인정하지 않았다. 그는 대륙에 있는 수도원들의 많은 비밀들을 폭로했고, 상류사회에서 유행하는 몇몇 행실들을 서술했으며, 영국의 공작부인들에 관한 한 가지 이야기를—그가 사실로서 알고 있던 이야기—자세히 말하며 말을 끝냈다. 꼬마 챈들러는 깜짝 놀랐다.

'아, 글쎄,' 이그너티어스 갤러허가 말했다. '우린 그따위 일들이 전혀 알려지지 않은 여기 더블린에서 그럭저럭 지내고 있단 말이야.'

'자네 얼마나 따분하겠어," 꼬마 챈들러가 말했다. '여러 다른 곳을 보고 난 뒤로 말이야!'

'글쎄,' 이그너티어스 갤러허가 말했다. '그래도 여기 오는 것은 휴양이 되지, 알아. 그리고, 뭐니 뭐니 해도, 사람들 말처럼, 고향이 제일 아닌가? 누구나 고국에 대한 어떤 정을 느끼지 않을 수 없단 말이야. 그게 인간의 본성이지…… 그나저나 자네 이야기나 좀 들려주게. 호간이 내게 말했는데, 결혼이 갖는 축복의 기쁨을 맛보았다고. 2년 전이었다지, 그렇잖아?'

꼬마 챈들러는 얼굴을 붉히며 미소를 지었다.

'그래,' 그는 말했다. '결혼한 지 지난 5월로 12개월이 됐어.'

'자네한테 이제야 축하를 하다니 너무 늦지 않기를 바라네. 이그너티어스 갤러허가 말했다.' 자네 주소를 알지 못했어, 아니면 그때 축하를 해주었을 텐데.'

그는 손을 내밀자, 꼬마 챈들러는 그걸 잡았다.

'자, 토미,' 그는 말했다. '자네와 가족이 모두 즐거움을 나누기를 바라네, 자네, 그리고 돈도 많이, 그리고 내가 자네에게 총질을 할 때까지

오래 살길 바라네. 이것이 진지한 친구의 보람이야. 옛 친구 말이야, 알 겠나?'

'알아,' 꼬나 챈들러가 말했다.

'어린것들이라도?' 이그너티어스 갤러허가 물었다.

꼬마 챈들러는 다시 얼굴을 붉혔다.

'하나 있어,' 그는 말했다.

'아들인가 딸인가?'

'꼬마 소년이야.'

이그너티어스 갤러허는 친구의 등을 낭랑하게 쳤다.

'브라보,' 그는 말했다. '의심할 여지없지, 토미?'

꼬마 챈들러는 미소를 짓고 어리둥절 그의 잔을 쳐다보며, 어린애 같은 세 개의 하얀 앞니로 그의 아랫입술을 깨물었다.

'자네 우리와 함께 하루 저녁을 같이 보냈으면 하네,' 그는 말했다. '자네가 되돌아가기 전에 말이야. 내 처도 자네를 만나면 무척이나 반가워할 걸세. 그리고 음악도 좀 듣고-'

'오늘 밤 말이야, 아마……?'

'정말 미안하네, 자네. 글쎄, 동행한 다른 친구가 있어서 말이야. 그도 영리한 친구야, 그리고 우린 조그마한 가든파티에 가기로 미리 정해 놓았어. 그것만 아니라도……'

'오, 그렇다면……'

'하지만 누가 알아?' 이그너티어스 갤러허가 신중하게 말했다. '일단 길을 터놓았으니 다음 해에 이곳에 잠깐 들릴지 몰라. 그때까지 미루어두게나.

'아주 좋아,' 꼬마 챈들러가 말했다. '다음 해에 자네가 오면, 우리 꼭'

하루 저녁 같이 지내세. 이제 약속하지, 안 그래?'

'그래, 약속했어,' 이그너티어스 갤러허가 말했다. '다음 해 내가 오면, 맹세코.'

'그럼 약속을 다짐하기 위해,' 꼬마 챈들러가 말했다. '우리 꼭 한잔만 더 하세.'

이그너티어스 갤러허는 커다란 금시계를 꺼내 들여다보았다.

'그럼 이게 마지막이야?' 그는 말했다. '왜냐하면, 알아, 난 약속이 있으니까.'

'오, 그럼 절대로,' 꼬마 챈들러가 말했다.

'아주 좋아, 그럼,' 이그너티어스 갤러허가 말했다. '이별로'(독산도리스), 한잔만 더―이건 작은 위스키를 위한 모국어란 말이야, 믿기에.'

꼬마 챈들러는 술을 주문했다. 조금 전에 얼굴에 떠올랐던 홍조가 점점 짙어가기 시작하고 있었다. 적은 양의 술도 언제나 얼굴을 밝게 했다. 그리고 이제 몸이 달아오르며 흥분됨을 느꼈다. 작은 석 잔의 위스키가 머리에 오르고, 갤러허가 준 독한 시가가 그의 마음을 혼동시켰다. 왜냐하면 그는 몸이 왜소한데다가 금욕주의자였기 때문이다. 8년 만에 갤러허를 만나, 불빛과 소음에 둘러싸인 콜리스 회관에서 그와 함께 하며, 그의 이야기를 귀담아 듣고 잠시 동안이나마 그의 황당하고 호탕한 생활을 함께 나누는, 모험들이 그의 민감한 성품의 균형을 뒤엎었다. 그는 스스로의 생활과 친구의 생활 사이의 대조를 뼈저리게 느끼자, 그것이 아무래도 그에게 부당한 것처럼 느껴졌다. 갤러허는 태생이나 교육에 있어서 자기보다 열악했다. 그는 자신의 친구가 해왔던 것보다 한층 더 훌륭한 무엇인가를 할 수 있으며, 혹은 자신도 단지 기회만 있으면 값싸고 번지르르한 저널리즘 이상으로 좀더 고상한 무엇을 할 수 있다는 확신을 가졌다. 그의 길에 걸림돌이 된 것은 무엇이었던가? 그의 불행한 수줍음! 그는 어떻게든지 자신을 옹호하고 자신의 남성을 주장하고 싶었다. 그는 자신의 초대에 대해 갤러허가 거절한 이면을 알 것만 같았다. 갤러허가 마치 자신의 방문으로 아일랜드에게 선심을 쓰듯, 단지 우의로 그에게 선심을 쓰고 있었다.

바텐더가 술을 가져왔다. 꼬마 챈들러는 한 잔을 친구를 향해 밀어주고, 다른 잔을 대담하게 집어 들었다.

'누가 알아?' 두 사람이 잔을 치켜들자, 그는 말했다. '자네가 내년에 올 때쯤이면, 내가 이그너티어스 갤러허 내외분의 건강과 행복을 바라는 기쁨을 누리게 될지.'

술을 마시고 있던 이그너티어스 갤러허는 술잔 가장자리 너머로 한 눈을 지그시 감아 보였다. 술을 다 마시자 그는 입술을 단호하게 쩝쩝 다시며, 술잔을 내려놓고 말했다.

'여보게, 그런 경칠 걱정일랑 말게. 자루를 뒤집어쓰기 전에 우린 재미를 실컷 보고, 인생과 세상을 좀 구경할 참이야 — 만일 그렇게 된다면.'

'언젠가 그렇게 되겠지.' 꼬마 챈들러가 조용히 말했다.

이그너티어스 갤러허는 그의 오렌지색 타이와 슬레이트 빛 푸른 눈을 그의 친구에게로 한껏 돌렸다.

'자네 그렇게 생각하나?' 그가 물었다.

'자네도 자루를 뒤집어쓰게 되겠지.' 꼬마 챈들러는 단호하게 거듭 말했다. '여자가 생기면 다른 어떤 이와 마찬가지로.'

그는 자신의 음성을 약간 높였다. 그리고 자신의 속마음을 드러냈음을 인식했다. 그러나 그의 뺨에 붉은 빛이 치솟으면서도 친구의 응시에서 몸을 움츠리지 않았다. 이그너티어스 갤러허는 잠시 동안 그를 살펴보다가 이내 말했다.

'그런 일이 일어나더라도, 여자에게 엉덩이를 내보이거나 사족 못 쓰는 일은 없을 거야. 자네가 가진 돈을 몽당 걸어도 좋아. 나는 돈과 결혼할 참이야. 여자는 은행에 두둑한 계좌를 가져야지, 그렇지 않고는 나에게서 무용지물이야.'

꼬마 챈들러가 머리를 흔들었다.

'아니, 뭐라고,' 이그너티어스 갤러허가 열렬히 말했다. '뭔지 알겠나? 내가 말만 하면 당장 내일이라도 여자와 현금을 가질 수 있어. 못 믿겠어? 글쎄, 그럴 거야. 돈이 썩어 날 정도에, 그저 좋기만 할, 독일 여자와 유대 여자들이 수백 명, 내가 무슨 말을 하고 있지? 수천 명이 있단 말이야…… 잠깐 기다려, 아니 두고 봐. 이 친구야. 내가 일을 적당히 처리하나 보란 말이야. 내가 일을 할 때는, 진심이야, 자네에게 말하지만. 어디 두고 봐.'

그는 잔을 입에로 쳐들어, 술을 비우고 큰 소리로 웃었다. 그런 다음 심각하게 자기 앞을 바라보며 한층 조용한 말투로 말했다.

'그러나 난 서두르지 않아. 그네들은 기다릴 수 있어. 한 여자한테 얽매이다니 난 생각할 수 없어, 알아.'

그는 입으로 맛을 보는 시늉을 하며 우거지상을 지었다.

'술에 약간 김이 빠진 것 같군, 아무래도.' 그는 말했다.

*

꼬마 챈들러는 어린 아기를 팔에 안고 현관에서 약간 떨어진 방에 앉아 있었다. 돈을 절약하기 위해 그들은 하녀를 두지 않았으나, 애니의 여동생 모니카가 아침에 한 시간 가량 그리고 저녁에 한 시간 가량 와서 그들을 도와주었다. 그러나 모니카가 집으로 돌아간 지도 오래되었다. 시간은 9시 15분 전이었다. 꼬마 챈들러는 다과 시간이 지나서야 집에 돌아왔고, 더군다나, 불리 상점에서 아내에게 커피를 가져오는 것마저 잊어버렸다. 물론 아내는 기분이 좋지 않았고 그에게 짧게 대답만 할 뿐이었다. 아내는 차가 없어도 괜찮다고 말했으나, 모퉁이에 있는 상점이 문 닫을 시간이 가까워지자, 자신이 직접 가서 4분의 1파운드의 차와 설탕 2파운드를 사 오기로 결정했다. 아내는 잠자고 있는 아기를 그의 팔에 안겨주며 말했다.

'여기. 그를 깨우지 말아요.'

하얀 사기 등 삿갓을 씌운 조그마한 램프 하나가 테이블 위에 서 있었고, 그 빛이 꼬인 뿔의 틀에 둘러친 사진 위에 떨어져 있었다. 그것은 애니의 사진이었다. 꼬마 챈들러는 그 쪽 다문 얇은 두 입술에 그의 시선을 고정하면서 그걸 쳐다보았다. 그녀는 그가 어느 토요일 선물로 집으로 사다준 연푸른 여름 블라우스를 입고 있었다. 그것은 그가 10실링 11펜스를 주고 산 것이었다. 그러나 그걸 고르기 위해 얼마나 고뇌해야 했던가! 얼마나 그는 그날, 상점이 빌 때까지 문간에서 기다리며, 점원 아가씨가 그녀 앞에 숙녀용 블라우스를 쌓고 있는 동안, 카운터에 서서 태연한 척 보이려고 애를 쓰면서, 그리고 데스크에서 돈을 지불하려고 여분의 거스름 잔돈을 받는 것도 잊어버린 채, 출납계에게 다시 불리고, 마침내 꾸러미가 안전하게 묶였는지를 살펴보고 나서, 상점을 떠날 때 빨개진 얼굴을 감추려고 애를 쓰는, 그러한 마음의 고통을 겪었던가. 애니는 그가 블라우스를 집에 갖고 왔을 때 그에게 키스를 해주며 참 예쁘고 멋있다고 말했다. 그러나 그녀가 그 가격을 들었을 때, 그녀는 블라우스를 테이블 위에 내팽개치며, 그걸 위해 10실링 11펜스를 주다니 그건 엄연한 사기라고 말했다. 처음에 그녀는 그걸 도로 되돌려주기를 바랐으나, 일단 입어보았을 때, 그녀는 그것에, 특히 소매의 맵시에 만족하며, 그에게 키스를 해주고 자기를 그토록 생각해주다니 정말 좋은 사람이라고 말했다.

흠……!

그는 사진의 두 눈 속을 냉정하게 들여다보자, 그들이 냉정하게 응답했다. 확실히 예쁜 눈이었고 얼굴 자체도 예뻤다. 그러나 그 속에 뭔가 천한 것을 발견했다. 왜 저토록 무의식적이요 귀부인인 체하려는 것일까? 눈 속의 냉정함이 그를 성나게 했다. 두 눈은 그를 불쾌하게 했고 그를 모독했다. 거기에는 정열도 환희도 없었다. 그는 갤러허가 돈 많은 여인들에 관해 한 이야기를 생각했다. 저 까만 동양적인 눈이야말로, 생각해보건대, 얼마나 정열로, 관능적 쾌락의 갈망으로 넘치는가……! 왜 하필이면 그는 사진의 저런 눈과 결혼했던가?

그는 그러한 질문에 사로잡혀 신경질적으로 방 안을 둘러보았다. 그가 집을 위해 할부로 산 예쁜 가구에는 뭔가 천한 것이 있는 듯 느껴졌다. 애니가 그걸 몸소 고른 것으로, 그것이 그에게 그녀를 연상시켰다. 가구는 정연했고 예뻤다. 그의 생활에 대한 한 가닥 노여움이 그의 마음 속에 솟았다. 이 조그마한 집으로부터 도망칠 수는 없을까? 그가 갤러허처럼 용감하게 살려고 애쓰기에는 너무 늦었을까? 런던으로 갈 수는 없을까? 아직도 가구에 갚아야 할 돈이 남아 있었다. 만일 그가 단지 책을 써서 출판할 수만 있다면, 그것이 그를 위해 길을 열어주리라.

바이런의 시집 한 권이 그의 앞 테이블 위에 놓여 있었다. 그는 아기를 깨우지 않으려고 왼손으로 조심스럽게 시집을 펼치고, 첫 시를 읽기 시작했다.

바람은 자고 저녁은 한층 침울한데,
숲 속에는 한 가닥 바람마저 솔솔 일지 않네,
마거리트의 무덤을 보기 위해 나 돌아오니
내가 사랑하는 무덤 위에 꽃을 뿌리네.

그는 잠시 멈추었다. 그리고 그의 방 안 속 자신의 주변에 시의 리듬을 느꼈다. 어쩌면 이다지도 우울할까! 그이 또한 이런 시를 쓸 수 있고, 시로서 자기 영혼의 우울함을 표현할 수 있을까? 쓰고 싶은 것이 너무나 많은데, 예를 들면, 그래튼 다리 위에서 몇 시간 전의 감정을. 만일 그가 그러한 기분으로 다시 되돌아 갈 수 있다면……

아기가 잠을 깨어 울기 시작했다. 그는 시의 페이지에서 몸을 돌려, 아기를 달래려고 애를 썼다. 그러나 아기는 좀처럼 울음을 그치지 않았다. 그는 팔에 아기를 안고 이리저리 흔들기 시작했지만, 아기의 울음소리는 한층 날카로워지기만 했다. 그가 한층 빨리 흔드는 동안, 눈으로 두 번째 연(聯)을 읽기 시작했다.

이 좁은 무덤 속에 그녀의 시체가 누워 있네,
저 시체는 한때……

소용이 없었다. 그는 읽을 수 없었다. 그는 아무것도 할 수 없었다. 아이의 울음소리가 그의 귀의 고막을 꿰뚫었다. 소용이, 소용이 없었다. 그는 종신형의 죄수였다. 그의 양팔이 노여움으로 부들부들 떨자, 그는 갑자기 아기의 얼굴 쪽으로 몸을 굽히며 고함을 질렀다.

'닥쳐!'

아이는 잠시 그쳤다가 발작적으로 놀라며 비명을 지르기 시작했다. 그는 의자에서 벌떡 일어나 팔 안에 아이를 안은 채 방 안을 급히 왔다 갔다 했다. 아이는 애처롭게 흐느끼기 시작하더니 4, 5초 동안 숨이 끊기다가 이어 새롭게 울음을 터뜨렸다. 방의 얇은 벽이 그 소리를 되울렸다. 그는 아이를 달래려고 애를 썼지만 아이는 한층 발작적으로 흐느껴 울었다. 그는 아이의 일그러지고 부들부들 떠는 얼굴을 쳐다보자 갑자기 겁이 나기 시작했다. 그는 그 사이 그치지 않고 일곱 번의 흐느낌을 헤아렸고, 겁에 질려 아이를 가슴에 꼭 붙들었다. 혹시 이러다가 죽으면……!

문이 활짝 열리자, 젊은 여인이 숨을 헐떡이며 달려 들어왔다.

'무슨 일이에요? 무슨 일?' 그녀는 외쳤다.

아이는 엄마의 목소리를 듣자, 다시 경기하듯 울음을 터트렸다.

'아무것도 아니야, 애니…… 아무것도…… 아이가 갑자기 울기 시작한 거야……'

아내는 손에 든 보따리를 마룻바닥에 내던지고 그에게서 아이를 낚아챘다.

'당신 아이한테 무슨 짓을 했어요?' 아내는 그의 얼굴을 노려보며 쏘아붙였다.

꼬마 챈들러는 잠시 아내의 눈초리를 참으며, 눈 속의 증오와 마주치자 마음이 함께 오그라들었다. 그는 말을 더듬기 시작했다.

'아무것도 아니야…… 아이가…… 아이가…… 울기 시작했어…… 할 수가 없었어…… 난 아무것도 안 했어…… 무슨 짓이라니?'

그에게 주의를 기울이지도 않고, 아내는 아이를 양팔에 꼭 껴안고 중얼거리며, 방을 이리저리 걷기 시작했다.

'아가, 우리 아가! 놀랐어, 응?……자, 아가야! 자 이제! ……우리

아가 양(羊)! 엄마의 세상에서 제일 예쁜 아가! ……자 이제!'

꼬마 챈들러는 양쪽 뺨이 부끄러움으로 가득 퍼진 것을 느끼며, 램프의 불빛에서 뒤로 물러섰다. 그는 아이의 흐느끼는 울음이 점점 가라앉는 동안 귀를 기울였다. 그러자 자책의 눈물이 그의 눈에 고이기 시작했다.

「어머니」

　홀로헌 씨, 〈에이레 독립협회〉의 서기관인 그는 자질구레하고 불결한 서류 조각들을 손에 그리고 주머니마다 가득 채우고, 음악회를 준비하느라 거의 한 달 동안 더블린 거리를 동분서주하고 있었다. 그는 다리를 절었는데, 그 때문에 친구들은 그를 호피(절름발이) 홀로헌이라고 불렀다. 그는 한결같이 왔다 갔다 했고, 거리 모퉁이에 서서 매시간마다 요점을 토론하고 메모를 했다. 그러나 결국 모든 것을 준비한 사람은 바로 키어니 부인이었다.

　데블린 양은 홧김에 키어니 부인이 되었다. 그녀는 상류 수도원에서 교육을 받았고, 그곳에서 불어와 음악을 배웠다. 그녀는 태어날 때부터 얼굴이 창백하고 태도에 있어서 남에게 굽힐 줄 모르는 성미였기 때문에 학교에는 친구가 별로 없었다. 결혼할 나이가 되자 그녀는 여러 집을 출입했는데, 거기서 그녀의 피아노 연주와 세련된 태도는 사람들로부터 칭찬을 받았다. 그녀는 스스로 쌓아 올린 소양의 싸늘한 울타리 안에 자리 잡고 앉아, 어떤 구혼자가 도전하여 자신에게 찬란한 생활을 안겨주길 기다리고 있었다. 그러나 그녀가 만난 청년들은 평범했고, 그리하여 그녀는 그들에게 아무런 반응도 보이지 않은 채, 몰래 터키 눈깔사탕을 실컷 먹으면서 자신의 낭만적인 욕망을 달래려고 노력했다. 그러나 혼기의 한계점에 도달하게 되고 친구들이 그녀에 관해 수군거리기 시작하자, 그녀는 키어니 씨와 결혼을 함으로써 그들의 입을 막아버렸으니, 당시 그는 오먼드 부두의 구두 수선공이었다.

그는 아내보다 나이가 훨씬 많았다. 심각하게도, 그의 이야기는 그의 텁수룩한 갈색 턱수염 속에서 드문드문 흘러 나왔다. 결혼 생활의 첫 해가 지난 뒤, 키어니 부인은 이러한 남자가 함께 살아가기엔 낭만적인 사내보다 한층 낫다는 것을 알아차리긴 했지만, 자기 본래의 낭만적인 생각들을 결코 버리지 못했다. 남편은 술도 안 마시는데다가, 검소하고, 신앙심도 강했다. 그는 매달 첫째 주 금요일이면 제단(성당)에, 때로는 아내와 함께, 혼자서 더 자주 갔었다. 그러나 그녀는 결코 신앙심이 약해지지 않았고 그에겐 훌륭한 아내였다. 어떤 낯선 집의 파티에서 아내가 눈썹을 조금만 쳐들어도 그는 곧 자리에서 일어나 그곳을 떠났고, 남편이 기침으로 고생을 할 때에는 솜털 이불로 발을 덮어주며, 그를 위해 독한 럼 펀치 술을 만들어 주었다. 그 또한 모범적인 아버지였다. 매주 어떤 조합에다 약간의 돈을 지불하여, 두 딸이 스물네 살이 되었을 때 각자 1백 파운드의 결혼 지참금을 보증해 주었다. 그는 큰딸인 캐슬린을 좋은 수도원에 보냈고, 그곳에서 그녀는 불어와 음악을 배웠으며, 그 다음 학비를 주어 왕립음악학교에 다니게 했다. 해마다 7월이 되면 키어니 부인은 어떤 친구에게 이렇게 말했다.

'남편이 우리더러 몇 주 동안 스케리즈로 피서를 다녀오라지 뭐예요.'

만일 그것이 스케리즈가 아니면 호우드나 그레이스톤즈였다.

아일랜드의 문예부흥이 평가를 받기 시작했을 때, 키어니 부인은 딸의 이름을 이용할 결심을 했고, 그리하여 아일랜드어 선생을 집으로 초대했다. 캐슬린과 그녀의 동생은 아일랜드 그림엽서를 친구들에게 보냈는데, 그러면 친구들도 다른 아일랜드 그림엽서를 보내왔다. 특별한 일요일에 키어니 씨가 가족과 함께 임시 성당에 갔을 때, 몇몇 사람들이 떼를 지어 미사 후에 성당 거리의 모퉁이에 모이곤 했다. 그들은 모두 키어니 댁의 친구들 – 음악 친구들 또는 국민당 친구들 – 이었으며, 그리고 얼마 간의 잡담이 끝날 때, 모두 함께 서로 악수를 했고, 서로 손을 맞잡은 채 웃어대며, 아일랜드어로 서로에게 작별인사를 했다. 곧 캐슬린 키어니 양 의 이름이 모든 사람들의 입에 자주 오르내리기 시작했다. 사람들은 그녀 가 음악적 재능이 아주 뛰어나고 대단히 훌륭한 아가씨이며, 더욱이 국어 운동의 신봉자라고 이야기했다. 키어니 부인은 이에 매우 만족했다. 그래 서인지 그녀는 어느 날 홀로헌 씨가 자기에게 와서, 그의 협회가 앤티언 트 음악당에서 주최하는, 일련의 네 번의 그랜드 콘서트에서 캐슬린을 피 아노 반주자로 삼겠다고 제의했을 때도 놀라지 않았다. 그녀는 그를 응접 실로 데리고 들어가, 앉게 하고 술병과 은제 비스킷 통을 내놓았다. 그녀 는 이 사업에 하나하나 자세히 열성껏 파고들며 충고를 했고 권유도 했 다. 그리하여 마침내 계약이 이루어졌는데, 그에 의하면 캐슬린은 네 번 의 그랜드 콘서트에서 반주자로서 그녀의 봉사의 대가로 8기니를 받도록 되어 있었다.

홀로헌 씨는 광고문이나 프로그램 항목 처리와 같은 섬세한 일에 있 어서 초년생이었기 때문에, 키어니 부인이 그를 도왔다. 그녀는 재주가 있었다. 그녀는 어떤 '가수들'의 이름을 큰 글자로 쓰고, 어떤 '가수들'의 이름을 작은 형태로 써야 하는지를 알고 있었다. 그녀는 제1테너가 미드 씨의 희극 순서 다음에 나오는 걸 좋아하지 않을 것임을 알고 있었다. 청 중들에게 계속적으로 관심을 환기시키기 위하여, 그녀는 옛날 유행곡 사 이에다 좀 자신이 없는 곡들을 끼워 넣었다. 홀로헌 씨는 어떤 점에 관하 여 그녀의 충고를 듣기 위해 매일같이 그녀를 만나러 왔다. 그녀는 변함 없이 다정했고 충고를 해주었다 – 사실, 가정적이었다. 그녀는 그에게 술 병을 내밀며 이렇게 말했다.

'자, 드시죠, 홀로헌 씨!'

그리고 그가 술을 들고 있는 동안 그녀는 말했다.

'염려 마세요! 염려할 것 없어요!'

만사는 원만히 진행되었다. 키어니 부인은 캐슬린의 드레스 섶에 대려고, 브라운 토머스 포목점에서 어떤 예쁜 분홍색 샤르뫼즈 비단을 샀다. 돈이 많이 들었으나, 이럴 때의 약간의 비용은 얼마든지 정당화될 수 있었다. 그녀는 마지막 음악회를 위한 2실링짜리 입장권 12장을 사서, 그렇게 하지 않으면 올 리가 없는 친구들에게 그것들을 보냈다. 잊은 것은 하나도 없었고, 그녀의 덕분에 해야 할 일은 모두 끝났다.

음악회는 수요일, 목요일, 금요일 그리고 토요일에 열릴 예정이었다. 그런데 키어니 부인이 딸과 함께 수요일 밤에 앤티언트 음악당에 도착했을 때, 모든 것이 마음에 들지 않았다. 저고리에 반짝이는 푸른 배지를 단 몇몇 젊은이들이 현관에 빈들빈들 서 있었다. 그들 중 아무도 야회복을 입고 있지 않았다. 그녀는 딸과 함께 그 옆을 지나가며 홀의 문을 통해 언뜻 들여다보자 안내원들이 빈들거리는 이유를 알 수 있었다. 처음에 그녀는 시간을 잘못 안 게 아닌가 생각했다. 천만에, 시간은 8시 20분이었다.

무대 뒤의 의상실에서 그녀는 협회의 서기인 피츠패트릭 씨를 소개받았다. 그녀는 미소를 지으며 그와 악수를 했다. 그는 희고 멍청하게 생긴 얼굴을 가진, 작은 몸집의 사나이였다. 그녀가 자세히 살펴보자 사나이는 부드러운 갈색 중절모를 아무렇게나 머리 한쪽에 얹어 놓았고, 말투는 아무런 억양이 없었다. 그는 한쪽 손에 프로그램을 쥐고 있었고, 그가 그녀에게 말을 하는 동안, 프로그램 한쪽 끝은 씹어 흐물흐물하게 만들었다. 그는 관객이 적은 데 대한 실망을 가볍게 받아넘기는 눈치였다. 홀로헌 씨는 매표소로부터 매표 상황에 관한 보고를 받고 연방 의상실을 드나들었다. '가수들'은 초조한 듯 자기네들끼리 이야기를 하며, 이따금 거울을 쳐다보면서, 악보를 말았다 폈다 했다. 시간이 거의 8시 30분이 되자, 현관의 몇몇 사람들이 이젠 시작하라고 웅성거리기 시작했다. 피츠패트릭 씨가 들어와 멍하니 방 안을 둘러보고 싱긋 웃으며 말했다.

'자, 이제, 신사 숙녀 여러분, 이제 시작하는 것이 좋을 듯합니다.'

키어니 부인은 전혀 억양이 없는 그의 마지막 말투를 경멸하는 듯한 빠른 시선으로 받아넘긴 뒤 딸에게 격려하듯 말했다.

'준비됐니, 애야?'

그녀가 기회를 터득하자, 홀로헌 씨를 옆쪽으로 불러, 도대체 어떻게 된 영문인지 말해보라고 요구했다. 홀로헌 씨도 어떻게 된 노릇인지 알지 못했다. 그는 위원회가 음악회를 네 번씩이나 준비한 것은 잘못이라고 말했다. 즉 네 번은 너무 많은 것이었다.

'그리고 가수들은!' 키어니 부인이 말했다. '물론 모두들 최선을 다하고 있지만, 그들은 정말 신통치 않은 자들이야.'

홀로헌 씨는 '가수들'이 신통치 않은 걸 인정했으나, 위원회가 첫 세 번의 음악회는 되는대로 내버려두고 모든 역량을 토요일 밤을 위하여 간직하도록 결정했다고 말했다. 키어니 부인은 더 이상 아무 말도 하지 않았다. 그러나 시원찮은 곡목들이 차례로 무대에서 진행되고, 홀에 있는 얼마 안 되는 청중마저도 그 수가 점점 줄어드는 것을 보자, 그녀는 이따위 음악회를 위해 일부 비용을 스스로 부담한 것을 후회하기 시작했다. 모든 일이 되어 가는 꼴이 못마땅했고, 피츠패트릭 씨의 얼빠진 미소가 그녀를 몹시 격분시켰다. 그러나 그녀는 아무 말도 하지 않았고, 결말이 어떻게 나나 기다리고 있었다. 음악회는 10시 조금 전에 끝났고, 모든 이들은 재빨리 집으로 돌아갔다.

목요일 밤의 음악회에는 청중이 더 많았으나, 키어니 부인은 무료로 입장한 사람이 너무 많다는 것을 곧 알아차렸다. 청중들은 음악회가 마치 비공식적인 의상 연습인 양, 제멋대로 행동했다. 피츠패트릭 씨는 흥이 난 듯 보였다. 그는 키어니 부인이 자기의 행동을 성난 눈초리로 보고 있다는 것을 전혀 의식하지 못했다. 그는 칸막이 가장자리에 서서, 이따금 머리를 내밀며, 발코니 구석에 있는 두 친구들과 웃음을 교환하고 있었다. 밤이 진행되는 동안 키어니 부인은, 금요일의 음악회는 그만두기로 하고 위원회가 토요일 밤에 초만원을 이루게 하기 위해 전력을 다하기로 했다는 사실을 알았다. 이러한 소식을 듣자, 그녀는 홀로헌 씨를 찾았다. 그가 어떤 젊은 여인을 위해 레모네이드 한 잔을 들고 절름발이 걸음으로 재빨리 걸어 나오자, 그녀는 그를 붙들어 놓고 그게 사실이냐고 따졌다. 과연, 그건 사실이었다.

'그러나 물론, 계약을 변경하지는 않겠지요.' 그녀는 말했다. '계약은 네 번의 음악회로 되어 있어요.'

홀로헌 씨는 급히 서두르는 척했다. 그는 피츠패트릭 씨에게 말해보라고 했다. 키어니 부인은 이제 놀라기 시작했다. 그녀는 피츠패트릭 씨를 칸막이 밖으로 불러내어 네 번의 공연을 위해 서명을 했으니, 물론, 계약서의 항목에 따라 위원회가 네 번의 공연을 갖든 말든, 딸은 당초에 약정한 액수를 지급 받아야 마땅하다고 말했다. 피츠패트릭 씨는 요점을 아주 재빨리 포착하지 못하고, 자기가 이 문제를 위원회 앞에 내놓겠다고 말했다. 키어니 부인은 화가 나서 단번에 얼굴색이 빨개지며, 따지고 싶은 것을 참으려고 무진 애를 썼다.

'도대체, '위원회'라는 게 누구예요?'

그러나 그녀는 그렇게 대드는 것이 숙녀답지 못하다는 걸 알고, 입을 다물었다.

어린 소년들은 금요일 아침 일찍 여러 다발의 광고 뭉치를 들고 더블린의 주요 거리로 달려 나갔다. 모든 석간신문에 실린 특별히 과장된 선전 기사들이 다음 날 음악 애호가들에게 저녁에 준비된 음악 향연을 상기시켰다. 키어니 부인은 약간 안심이 되었으나, 그래도 남편에게 그녀가 미심쩍게 생각하는 부분을 일러주는 것이 좋겠다고 생각했다. 남편은 조심스럽게 귀를 기울이더니 자기와 토요일 밤에 같이 가는 게 좋겠다고 말했다. 그녀도 동의했다. 그녀는 남편을, 크고 안정감을 주는 확고한 존재로서 중앙우체국을 존경하듯 존경했다. 그리고 비록 그녀는 남편에게 별로 재주가 없다는 것을 알고 있었으나, 남성으로서의 그의 추상적인 가치를 인정했다. 그녀는 남편이 자기와 함께 가겠다고 제의한 것이 반가웠다. 그녀는 자신의 계획이 일단 끝난 것으로 생각했다.

대 음악회(그랜드 오페라)의 밤이 왔다. 키어니 부인은, 남편과 딸과 함께, 음악회가 시작되는 시간 45분 전에 앤티언트 음악당에 도착했다. 재수 없게도 비가 내리는 저녁이었다. 키어니 부인은 딸의 옷과 악보를 남편에게 맡기고, 홀로헌 씨나 피츠패트릭 씨를 찾기 위해 장내를 온통 돌아다녔다. 그녀는 아무도 찾을 수가 없었다. 그녀는 안내원들에게 위원회의 누군가가 홀 안에 있는지를 묻자, 안내원은 한참 애쓴 끝에 베언 양이란 이름의 몸집이 작은 여인을 데리고 나왔다. 키어니 부인은 그녀에게 서기들 중 한 사람을 좀 만났으면 좋겠다고 설명했다. 베언 양은 곧 그들이 나올 것이라고 말하고 도와드릴 일이 있느냐고 물었다. 키어니 부인은 신뢰감과 열의의 표현을 찌푸려 보이는, 상대방의 늙은 얼굴을 쳐다보며 대답했다.

'아니요, 감사해요!'

몸집이 작은 그 여인도 장내가 만원이 되었으면 좋겠다고 말했다. 그녀는 바깥으로 내리는 비를 쳐다보았는데, 마침내 젖은 거리의 우울함이 그녀의 찌푸린 얼굴에서 신뢰감과 열성을 모두 지워버리는 듯했다. 그러자 그녀는 작은 한숨을 지으며 말했다.

'아, 글쎄! 정말이지, 우린 최선을 다했는데……'

키어니 부인은 의상실로 돌아가야만 했다.

'악사들'이 도착하고 있었다. 베이스와 제2테너는 이미 와 있었다. 베이스인 더건 씨는 검은 콧수염이 드문드문 나 있고, 몸집이 호리호리한 젊은이였다. 그는 시내에 있는 어떤 사무실 문지기의 아들이었는데, 어린 소년인 그는 울려 퍼지는 사무실 문간에서 기다란 베이스 곡조로 노래했었다. 그는 이러한 비천한 신분에서 출세하여, 드디어 일류급의 '가수'가 되었다. 그는 그랜드 오페라에 출연한 적도 있었다. 어느 날 밤, 한 오페라 '가수'가 병이 났을 때, 그 대신 퀸즈 극장의 〈마리타나〉의 오페라에서 임금 역을 맡은 적도 있었다. 그는 대단한 감정과 성량으로 노래를 불렀고, 방청석으로부터 따뜻한 갈채를 받았다. 그러나 불행하게도 그는 무심결에 한두 번 장갑 낀 손으로 코를 닦음으로써 그의 좋은 인상을 망가트렸다. 그는 겸손하고 말수도 적었다. 그는 '당신'이란 말을 어찌나 부드럽게 발음하는지 거의 들리지 않을 정도였고, 자신의 성대를 위하여 우유보다 더 독한 음료는 절대로 마시지 않았다. 제2테너인 벨 씨는 페쉬 씨오일 음악에서 현상(懸賞)을 위해 매년 경연하는, 금발머리의 몸집이 작은 사나이였다. 네 번째 경연에서 그는 동메달을 수여했다. 그는 지극히 신경질적이요, 다른 테너 가수들에 대해 대단한 질투심을 품고 있었으며, 넘쳐흐르는 우정으로 자신의 신경질적인 질투를 감추었다. 그는 한 번의 연주회가 그에게 얼마나 힘든 일인지를 사람들에게 알리고 싶어 하는 성격이었다. 그런 그가 더건 씨를 보자, 그에게 다가가서 물었다.

'당신도 출연하시오?'

'네.' 더건 씨가 대답했다.

벨 씨는 함께 고생하는 동료를 보고 웃으면서, 손을 내밀며 말했다.

'악수합시다!'

키어니 부인은 이 두 젊은 남자들 옆을 지나 장내를 둘러보기 위해 칸막이 가장자리로 갔다. 좌석들이 금세 메워졌고, 장내에는 즐거운 분위기가 감돌고 있었다. 그녀는 자리로 돌아와 남편에게 은밀하게 말했다. 그들의 대화는 캐슬린에 관한 것이 분명했다. 왜냐하면 부부는, 그녀가 국민당 친구들 중 하나요, 콘트랄토 가수인 힐리 양과 이야기하며 서 있자, 가끔 그녀를 흘끗흘끗 쳐다보았기 때문이다. 창백한 얼굴을 가진 어떤 낯설고 고독하게 생긴 여인이 방을 지나 걸어갔다. 여자들은 그녀의 빈약한 몸매에 걸친 푸르스름하게 퇴색된 드레스를 날카로운 눈으로 뒤쫓았다. 누군가 그녀는 소프라노인 마담 글린이라고 말했다.

'어디서 저런 여자를 구했는지 모르겠어.' 캐슬린이 힐리 양에게 말했다. '정말 이름도 들어보지 못한 여자야.'

힐리 양은 미소를 지을 뿐이었다. 홀로헌 씨가 그 순간 의상실로 절름거리며 들어오자, 두 젊은 여인은 그에게 저 낯선 여자가 누구냐고 물었다. 홀로헌 씨는 그녀는 런던에서 온 마담 글린이라고 말했다. 마담 글린은 방 한쪽 구석에 자리 잡고 서서, 둘둘 만 악보를 앞쪽으로 뻣뻣이 들고, 놀란 듯 이따금 시선의 방향을 다른 데로 돌렸다. 그림자가 그녀의 빛바랜 옷을 가려주었으나, 그 대신 복수나 하듯 가슴의 쇄골 뒤쪽 움푹 들어간 곳을 두드러지게 했다. 홀의 떠드는 소리가 한층 요란했다. 제1테너 가수와 바리톤 가수가 함께 도착했다. 그들은 모두 옷을 잘 입고 있었고, 건장하고 만족한 듯 보였으며, 무리들 가운데 부유한 인상을 풍기고 있었다.

키어니 부인은 딸을 그들에게로 데리고 가서 상냥하게 말을 걸었다. 그들과 친하게 지내길 원했으나, 그녀가 예의 바르게 대하려고 무던히 애쓰는 동안, 그녀의 눈은 절름거리며 비틀거리는 코스로 돌아다니는 홀로헌 씨를 뒤따랐다. 그녀가 이내 그들에게 양해를 구하자마자, 그를 뒤따라 밖으로 나갔다.

'홀로헌 씨, 잠깐 얘기할 게 있어요.' 그녀는 말했다.

두 사람은 복도의 조용한 곳으로 내려갔다. 키어니 부인은 딸이 언제 공연료를 지불받게 되느냐고 물었다. 홀로헌 씨는 피츠패트릭 씨가 그걸 담당하고 있다고 말했다. 키어니 부인은 피츠패트릭 씨에 대해서는 아는 바 없다고 말했다. 그녀의 딸은 8기니로 계약을 맺었기 때문에 그렇게 지불되어야 한다고 했다. 홀로헌 씨는 그건 자기 소관이 아니라고 말했다.

'왜 그것이 당신 소관이 아니에요?' 키어니 부인은 따져 물었다. '계약서를 당신이 직접 딸에게 가져오지 않았어요? 어쨌든, 만일 그것이 당신 소관이 아니라면, 그건 내 소관이에요. 어디 한번 따져봐야겠어요.'

'피츠패트릭 씨한테 말씀해 보는 것이 좋을 겁니다.' 홀로헌 씨가 단호히 말했다.

'피츠패트릭 씨에 관해서는 아는 바가 없다니깐요.' 키어니 부인은 거듭 말했다. '저는 계약을 했으니 그것이 이행되는 걸 봐야겠어요.'

그녀가 의상실로 돌아왔을 때, 그녀의 뺨은 약간 상기되어 있었다. 방은 활기를 띠고 있었다. 외출복을 입은 두 사나이가 벽난로를 차지하고 힐리 양과 바리톤 가수와 함께 다정하게 이야기를 나누고 있었다. 그들은

『프리먼』지 기자와 오머든 버크 씨였다. 『프리먼』지 기자는 어떤 미국인 신부가 시장 관저에서 갖는 연설을 취재해야 하기 때문에, 자신은 음악회를 더 이상 기다릴 수 없음을 알리기 위해서 왔다고 했다. 그는 『프리먼』지의 자기에게 기사를 보내주면, 그것을 신문에 실어 보겠다고 말했다. 그는 그럴 듯한 목소리와 조심스런 태도를 지닌 백발의 남자였다. 그는 불이 꺼진 시가를 손에 쥐고 있었는데, 담배 연기의 향내가 그의 주변에 떠돌았다. 그는 음악회와 '가수들'이 그를 몹시 귀찮게 하기 때문에 잠시도 머물 의향이 없지만, 그냥 벽난로에 몸을 기댄 채 그대로 있었다. 힐리 양이 이야기를 하고 웃어대면서 그의 정면에 서 있었다. 그는 그녀의 공손한 태도에 대하여 그 이유를 알 수 있을 만큼 충분히 나이를 먹었으나, 마음속으로 그와 같은 기회를 이용하기에는 충분히 젊었다. 그녀의 몸의 온기, 향내 그리고 빛깔이 그의 감각을 자극했다. 그가 자신의 눈 아래 천천히 오르내리는 그녀의 앞가슴이 그 순간 자기를 위해서 오르내리고 있음을, 그녀의 웃음과 향기와 은근한 눈길이 자기에게 바쳐진 공물(供物)임을 즐거운 마음으로 의식하고 있었다. 그는 더 이상 오래 머무를 수 없게 되자 아쉬워하며 그녀 곁을 떠났다.

'오머든 버크가 짤막한 기사를 쓸 겁니다.' 그는 홀로헌 씨에게 설명했다. '그러면 제가 실어드리지요.'

'대단히 고맙습니다, 헨드리크 씨.' 홀로헌 씨가 말했다. '실어주실 것으로 압니다. 자, 가시기 전에 뭘 좀 드시지 않겠어요?'

'상관없어요.' 헨드리크 씨가 말했다.

두 사람은 어떤 꼬불꼬불한 복도를 지나 컴컴한 층계를 올라가, 어느 으슥한 방에 당도했는데, 그곳에서는 접대원 하나가 몇몇 신사들을 위해 술병을 따르고 있었다. 이들 신사들 가운데 하나는 오머든 버크 씨로, 그는 본능으로 이 방을 찾아냈다. 그는 미끈한 중년 신사로, 쉴 때에는 커다란 비단 우산에 자신의 당당한 체구를 의지했다. 그에게 붙여진 서부의 과장된 이름은 그가 자신의 미묘한 재정 문제를 그 위에 균형 잡아주는 도덕적 우산이기도 했다. 그는 널리 존경을 받고 있었다.

홀로헌 씨가 『프리먼』지의 기자를 대접하고 있는 동안, 키어니 부인이 너무나 남편에게 열을 올리며 떠들어대 남편은 아내에게 목소리를 좀 낮추라고 타이르지 않을 수 없었다. 의상실에 있던 다른 사람들의 대화는 긴장되어 있었다. 첫째 순서인 벨 씨가 악보를 들고 준비 자세를 취하고 있었으나, 반주자는 움직일 기색조차 보이지 않았다. 분명히 뭔가 잘못되고 있었다. 키어니 씨는 자신의 턱수염을 쓰다듬으면서 앞을 똑바로 바라보고 있었고, 한편 키어니 부인은 캐슬린의 귀에다 대고 낮은 말투로 뭔가 속삭이고 있었다. 홀로부터 재촉하는 소리, 박수와 발을 구르는 소리가 들려왔다. 제1테너와 바리톤 그리고 힐리 양이 함께 서서 조용히 기다리고 있었으나, 벨 씨의 신경은 청중이 그가 늦게 온 것으로 생각할까봐 두려웠기 때문에 크게 동요되어 있었다.

홀로헌 씨와 오머든 버크 씨가 방 안으로 들어왔다. 잠시 후 홀로헌 씨는 숨을 죽인 듯한 고요를 알아차렸다. 그는 키어니 부인에게 건너가 그녀와 열렬히 말했다. 그들이 서로 이야기를 하고 있는 동안 홀에서는 떠드는 소리가 한층 더 커졌다. 홀로헌 씨는 얼굴이 아주 붉어지고 흥분했다. 그는 장황하게 이야기를 했으나 키어니 부인은 간간이 짤막하게 대꾸할 뿐이었다.

'그 앤 안 나가요. 그 앤 8기니를 받아야만 해요.'

홀로헌 씨는 청중들이 박수를 치며 발을 구르고 있는 홀을 절망적으로 가리켰다. 그는 키어니 씨와 캐슬린에게 호소했다. 그러나 키어니 씨는 턱수염만 계속 쓰다듬었고, 캐슬린은 그녀의 새 구두 끝을 움직이면서 아래쪽을 내려다보았다. 그녀의 잘못이 아니었다. 키어니 부인은 거듭 말했다.

'그 앤 돈을 받지 않고는 안 나가요.'

빠른 입씨름 뒤에 홀로헌 씨가 절름거리며 급히 밖으로 나갔다. 방은 잠잠하기만 했다. 침묵의 긴장이 약간 고통스러워지자, 힐리 양이 바리톤에게 말했다.

'이번 주에 트 캠벨 부인을 보셨어요?'

바리톤은 그녀를 보지 않았으나 그녀가 아주 잘 있다는 말을 들었다. 대화는 더 이상 계속되지 않았다. 제1테너는 고개를 숙이며 허리를 가로지른 금시계 줄 연결 고리를 헤아리기 시작했고, 미소를 지으며 콧구멍의 공간 효과를 살피기 위해 아무렇게나 콧노래를 흥얼거리고 있었다. 이따금 사람들이 키어니 부인을 흘끗흘끗 쳐다보았다.

피츠패트릭 씨가 방 안으로 부리나케 달려 들어오고, 뒤이어 홀로헌 씨가 숨을 헐떡이면서 들어왔을 때, 관람석의 소음은 아우성 소리로 치솟았다. 홀 안에서 박수 치는 소리와 발을 구르는 소리가 휘파람 소리와 함께 점철되었다. 피츠패트릭 씨는 몇 장의 지폐를 손에 쥐고 있었다. 그는 그중 넉 장을 세어 키어니 부인에게 쥐어주며, 나머지 반은 휴식 시간에 주겠다고 말했다. 키어니 부인이 말했다.

'이건 4실링이 모자라요.'

그러나 캐슬린은 그녀의 스커트를 끌어모으며, 첫 번째 순번 자를 향해 '자, 벨 씨,' 하고 말했다. 그런데 그는 사시나무처럼 파르르 떨고 있었다. 가수와 반주자가 함께 무대로 나갔다. 홀 안의 소음이 점점 사라졌다. 몇 초 동안 잠잠하더니, 이내 피아노 소리가 들렸다.

콘서트의 첫 부분은 마담 글린의 항목을 제외하고는 매우 성공적이었다. 그 가련한 여인은 자신의 노래에다, 우아함을 가미한다고 믿었던 억양과 발성의 케케묵은 구식 상투적 버릇에도 불구하고, 알맹이 없는 헐떡거리는 목소리로 〈킬라니〉를 노래했다. 그녀는 마치 낡은 무대 분장실에서 부활한 듯한 모습이었고, 홀의 싸구려 객석에서는 그녀의 높고 울부짖는 노랫가락을 야유했다. 그러나 제1테너와 콘트랄토는 만장의 박수갈채를 받았다. 캐슬린은 아일랜드 가곡을 골라 연주했는데, 이들은 아낌없는 갈채를 받았다. 음악회의 제1부는 아마추어 극을 각색한 바 있는 한 젊은 여인에 의해 낭송된, 한 편의 감동적인 애국시로 막을 내렸다. 그것은 당연한 갈채였으며, 연주가 끝나자 사람들은 막간 동안 만족하며 휴게실로 나왔다.

그동안 내내 분장실은 흥분의 도가니였다. 한쪽 구석에는 홀로헌 씨, 피츠패트릭 씨, 베언 양, 안내원 두 사람, 바리톤 가수, 베이스 가수, 그리고 오머든 버크 씨가 있었다. 오머든 버크 씨는 이번 음악회는 자기가 지금까지 목격한 것 중에서 가장 수치스러운 광경이라고 말했다. 캐슬린 키어니 양의 음악가로서의 생애는 이후로 더블린에서는 끝장났다고 말했다. 바리톤 가수는 캐슬린 양의 이번 행동을 어떻게 생각하느냐는 질문을 받았다. 그는 아무 말도 하고 싶지 않았다. 이미 공연료를 지불받은 터라 사람들과 평화롭게 지내기를 바랐다. 그러나 그는 키어니 부인이 '가수들'을 좀 고려하는 것이 좋았을 거라고 말했다. 안내원들과 간사들은 중간 휴식이 다가오면 어떻게 할 것인가에 대해 열렬히 토론했다.

'나는 베언 양의 의견에 동의합니다.' 오머든 버크 씨가 말했다.

'그녀에게 한 푼도 주지 마세요.'

방의 다른 구석에는 키어니 부인과 그녀의 남편, 벨 씨, 힐리 양 그리고 애국시를 낭송해야 했던 그 젊은 여인이 있었다. 키어니 부인은 위원회가 자기를 모욕적으로 대우했다고 주장했다. 그녀는 자신이 온갖 수고와 비용을 아끼지 않았는데도 이렇게 대접받았다고 했다.

그들은 자신들의 상대가 단지 소녀에 불과하고, 그래서 그들은 그녀를 마구 무시할 수 있다고 생각했다. 그녀는 그들에게 자신들의 잘못을 밝힐 것이라 다짐했다. 그들은 만일 그녀가 남자였다면 감히 그렇게 대접하지는 못했을 것이다. 그러나 그녀는 딸이 자신의 권리를 찾는 것을 보아야겠다. 즉 그녀는 절대로 바보처럼 속아 넘어가지 않을 것이다. 만일 그들이 그녀에게 마지막 한 푼까지 지불하지 않으면 더블린을 떠들썩하게 만들 것이다. 물론 그녀는 '가수들'을 위해 미안스러웠다. 하지만 별도리가 없지 않은가? 그녀가 제2테너에게 호소했을 때, 그는 자기도 그녀가 부당하게 대우받고 있다고 생각한다고 말했다. 이어 그녀는 힐리 양에게 호소했다. 힐리 양은 다른 무리에 합류하고 싶었으나, 그녀가 캐슬린과 아주 친한 친구이고, 키어니 댁이 가끔 그녀를 초대한 적이 있었기 때문에 그렇게 하고 싶지 않았다.

제1부가 끝나자마자 피츠패트릭 씨와 홀로헌 씨는 키어니 부인에게로 나아가, 다른 4기니는 다음 화요일 위원회의 모임 후에 지불하겠으며, 딸이 제2부를 위해 연주하지 않을 경우에는 위원회는 계약이 파기된 것으로 간주하고 한 푼도 지불하지 않을 것이라고 말했다.

'저는 위원회 따윈 구경도 못했어요.' 키어니 부인은 화가 나서 말했다. '나의 딸은 계약서를 갖고 있어요. 그 애가 4파운드 8실링을 손에 받아 쥐지 않는 한, 한 발짝도 저 무대 위에 발을 올려놓지 않을 거예요.'

'정말 당신에게 놀랐습니다. 키어니 부인.' 홀로헌 씨가 말했다. '우릴 이런 식으로 대할 줄은 꿈에도 생각지 못했어요.'

'댁은 저를 어떻게 대접했구요?' 키어니 부인도 물었다.

그녀의 얼굴은 화가 나서 이글이글 타는 듯했고, 마치 누구든 손으로 후려갈길 듯이 보였다.

'전 제 권리를 요구하고 있을 뿐이에요.' 그녀가 말했다.

'체면도 좀 생각하셔야죠.' 홀로헌 씨가 말했다.

'제가요, 정말……? 딸이 언제 돈을 받을 수 있느냐고 묻는데 친절한 대답 한 마디 받을 수 없잖아요.'

그녀는 머리를 좌우로 흔들며 일부러 거만한 목소리를 내는 척했다.

'당신은 서기에게 말씀하세요. 그건 저의 일이 아닙니다. 저를 아주 바보 천치로 아는군요.'

'전 점잖은 분으로 생각했는데요.' 홀로헌 씨가 갑자기 그녀 곁을 떠나면서 말했다.

그 뒤로 키어니 부인의 행동은 사방에서 비난을 받았다. 누구나 위원회의 처사는 당연하다고 했다. 그녀는 분노로 핼쑥해진 채 문간에 서서, 남편과 딸과 함께 삿대질을 하며 다투고 있었다. 그녀는 서기들이 자기에게 접근해 오려니 하는 희망 속에서 제2부가 시작될 때까지 기다리고 있었다. 그러나 힐리 양은 한두 번 반주를 하겠다고 친절하게 응낙했다. 키어니 부인은 바리톤과 반주자가 무대까지 나갈 수 있도록 길을 비켜주어야만 했다. 그녀는 성난 돌부처처럼 잠시 잠자코 서 있다가, 노래의 첫 마디가 그녀의 귓전을 때리자, 딸의 외투를 집어 들고 남편에게 말했다.

'마차를 잡아요!'

그는 즉시 밖으로 나갔다. 키어니 부인은 외투로 딸을 감싸고 남편을 뒤따랐다. 문간을 지나갈 때 그녀는 발걸음을 멈추고 홀로헌 씨의 얼굴을 뚫어지게 노려보았다.

'아직 당신과의 일은 끝나지 않았어.'

'하지만 전 다 끝났습니다.' 홀로헌 씨가 말했다.

캐슬린은 어머니를 순순히 뒤따랐다. 홀로헌 씨는 마치 피부가 타는 듯 느꼈기 때문에 몸을 식히기 위하여 방 안을 왔다 갔다 걷기 시작했다.

'참 지독한 여인이야!' 그는 말했다. '아, 정말 지독한 여인이야!'

'자넨 합당한 행동을 했어, 홀로헌.' 오머든 버크 씨가 우산에 몸을 기대고 찬의를 표했다.

「죽은 사람들」(초록)

············

모두들 떠날 준비를 하는 것을 보면서, 그녀는 사람들을 문간까지 안내하자 거기서 작별 인사가 행해졌다.

'자, 안녕히, 캐이트 숙모님, 정말 즐거운 저녁에 감사해요.'

'잘가요, 가브리엘, 잘가요, 그레타!'

'안녕히 계셔요, 캐이트 이모님, 그리고 참 감사해요.

'안녕히, 줄리아 숙모님.'

'오, 잘가요, 그레타. 내가 보지 못했군.'

'잘가요, 다시 씨. 잘가요, 오켈라헌 양.'

'안녕히 계셔요, 모컨 양.'

'잘가요.'

'잘가요, 모두, 안전히 귀가하세요.'

'안녕, 안녕.'

아침은 아직 어두웠다. 무디고 누런빛이 집들과 강 위에 펼쳐 있었다. 그리고 하늘은 내려앉고 있는 듯했다. 발아래는 질척했고, 단지 눈 줄무늬와 조각들이 지붕 위에, 부두의 난간 위에, 그리고 지하 출구의 철책 위에 놓여 있었다. 가로등들은 아직도 거무스름한 대기 속에 붉게 타고 있었고, 강을 가로질러 궁전 같은 대법원 건물이 둔탁한 하늘을 등지고 위협하듯 서 있었다.

아내는 바텔 다시 씨와 함께 그이 앞에 계속 걷고 있었으며, 갈색 보자기에 싼 그녀의 구두를 한쪽 팔 아래에 끼고, 두 손으로 그녀의 스커트를 진창에서 쳐들고 있었다. 그녀는 더 이상 우아한 태도를 지니고 있지 않았으나, 가브리엘의 두 눈은 여전히 행복하고 빛나고 있었다. 피가 그의 혈관을 따라 약동하며 흘렀고, 여러 가지 생각들이 두뇌를 통해 자랑스럽게, 즐겁게, 정답게, 세차게, 격동하며 흘러갔다.

아내가 그이 앞을 너무나 사뿐히 그리고 너무나 꼿꼿이 계속 걷자, 그는 소리 없이 그녀를 뒤쫓아가 어깨를 잡고 뭔가 바보 같은 다정한 말을 귓속에다 소곤거리고 싶었다. 그에게 그녀는 너무나 연약하게 느껴져, 그녀를 무엇에 기대어 옹호하고 그녀와 홀로 있기를 동경했다. 그들의 비밀스런 생활의 순간순간들이 별처럼 그의 기억 위에 터져 나왔다. 그 옛날 연보라 빛(헬리오트롭) 봉투 한 개가 조반—컵 옆에 놓여 있었고, 그는 한 손으로 그걸 만지작거리고 있었다. 새들은 담쟁이 속에서 지저귀고 있었고, 거미줄 같은 환한 커튼이 마루를 따라 아른거리고 있었다. 그는 행복에 지쳐 먹을 수가 없었다. 그들은 군중들로 가득한 기차 플랫폼에 서 있었고, 그는 아내의 장갑 낀 따뜻한 손바닥 안에 기차표 한 장을 쥐어 주고 있었다. 그는 추위 속에 그녀와 같이 서서, 한 남자가 활활 타고 있는 용광로에서 병을 만들고 있는 것을 창문을 통해 들여다보고 있었다. 날씨는 몹시 추웠다. 아내의 얼굴이 찬 공기 속에서 향기를 품은 채, 그의 얼굴에 바싹 붙어 있었고, 그러자 갑자기 그는 용광로에서 일하는 남자에게 소리를 질렀다.

'불이 뜨거운가요, 선생?'

그러나 사나이는 용광로의 소음으로 말을 알아들을 수가 없었다. 그건 상관없었다. 그는 버릇없이 대답했을 것이다.

한층 정다운 즐거움의 파도가 여전히 그의 심장으로부터 도주하며,

따뜻한 홍수가 되어 그의 동맥을 따라 굽이쳐 흘렀다. 별들의 정다운 불처럼, 아무도 알지 못하는 또는 아무도 영원히 알지 못할, 그들과 함께 하는 생활의 순간들이 터져 나와 그의 추억을 비추었다. 그는 이러한 순간들을 아내에게 상기시키고, 그들이 함께 한 지루한 존재의 세월을 그녀로 하여금 모두 잊게 하고, 단지 그들의 황홀한 순간들만을 기억하게 하고 싶었다. 왜냐하면 그러한 세월이, 그는 느꼈듯, 그의 혹은 아내의 영혼의 불을 끄지 않았을 듯싶었기 때문이다. 그들의 아이들, 그의 글, 아내의 집안 근심들도 모든 그들의 영혼의 정다운 불꽃을 끄지 못했다. 당시 그가 아내에게 쓴 한 통의 편지 속에 그는 이렇게 말했다, '이 말들이 왜 이다지도 내게 둔감하고 냉정하게 느껴질까? 당신의 이름에 합당한 정다운 말이 없기 때문일까?'

먼 곳의 음악처럼 그가 여러 해 전에 썼던 말들이 과거로부터 되살아나 그에게로 다가왔다. 그는 아내와 홀로 있고 싶었다. 다른 사람들이 다 가버리고, 그와 아내가 그들의 호텔 방에 있게 되면, 그들은 함께 있는 것이다. 그는 아내를 조용히 부르리라,

'그레타!'

아마 아내는 즉시 듣지 못할지 모른다. 옷을 벗고 있으리라. 그러자 그의 목소리의 뭔가가 그녀를 충동하리라. 아내는 몸을 돌려 그를 쳐다보리라…….

와인태번 거리의 모퉁이에서 그들은 마차를 만났다. 그는 마차의 덜커덕거리는 소리 때문에 대화를 나눌 수 없는 것이 기뻤다. 그녀는 창밖을 내다보고 있었고 피곤해 보였다. 다른 사람들은 어떤 건물이나 거리를 가리키면서 몇 마디 말을 할 뿐이었다. 말(馬)은 덜커덕거리는 객차를 말굽 뒤로 끌면서 음산한 새벽하늘 아래 지친 듯 급히 달렸고, 가브리엘은

그녀와 함께 다시 마차를 타고 배를 잡기 위해 급히 달리며, 신혼여행을 향해 가고 있었다.

마차가 오코넬 다리를 건널 때 오캘러헌이 말했다.

'사람들 말이, 흰 말을 보지 않고는 오코넬 다리를 결코 건너지 못한다지요.'

'이번에는 하얀 사람이 보이는군,' 가브리엘이 말했다.

'어디?' 바텔 다시 씨가 물었다.

가브리엘은 눈 뗏장들이 군데군데 놓여 있는 동상을 가리켰다. 이어 그는 다정하게 동상을 향해 고개를 숙이며 손들 저었다.

'안녕, 댄.' 그는 명랑하게 말했다.

마차가 호텔 앞에 다다르자, 가브리엘이 밖으로 껑충 뛰어내려 바텔 다시 씨의 반항에도 불구하고, 마부에게 차비를 치렀다. 그는 마부에게 차비에다 팁으로 1실링을 더 얹어주었다. 마부는 인사를 하며 말했다,

'신년에 복 많이 받으십시오, 나리.'

'댁도요.' 가브리엘이 진심으로 말했다.

아내는 마차에서 내리며 그의 팔에 잠시 몸을 기댔고, 가장자리 돌 위에 서 있는 동안, 다른 사람들에게 작별 인사를 했다. 그녀는, 몇 시간 전에 그와 춤을 추었을 때처럼 사뿐히 그의 팔에 몸을 기댔다. 그러자 그는 자랑스럽고 행복하게, 그리고 그녀가 자기의 소유물임에 행복했고, 그녀의 우아함과 아내다운 몸집을 자랑스럽게 느꼈다. 그러나 이제, 그토록 많은 기억들을 다시 불태운 뒤에 율동적이요 야릇한, 그리고 향내 어린 그녀의 육체의 첫 감촉이 그의 몸을 통해 예리하고 고통스런 욕정을 보냈다. 아내의 침묵의 덮개 아래로 그는 아내의 팔을 자기 옆구리에 바싹 눌렀다. 그리고 두 사람이 호텔 문에 서자, 그는 그들이 자신들의 생활과

의무로부터 도망치고 있음을 느꼈다.

한 노인이 현관에서 덮개 씌운 커다란 의자에 앉아 졸고 있었다. 노인은 사무실에서 촛불을 켜고 두 사람 앞의 층계에로 나아갔다. 그들은 말없이 그를 뒤따르자, 그들의 발이 두꺼운 융단 깔린 층계 위에 사뿐사뿐 떨어졌다. 아내는 층계를 오르며 머리를 숙이고, 가냘픈 어깨가 무거운 짐을 진 듯 굽고, 스커트가 몸에 꼭 긴 듯, 문지기 뒤로 층계를 올랐다. 그는 양팔로 아내의 양 엉덩이 주변을 휘감아, 그녀를 조용히 붙들 수 있었으리라. 왜냐하면 그의 양팔이 그녀를 꼭 붙들 욕망으로 부들부들 떨고 있었고, 단지 그의 손바닥을 누르는 손톱의 압력이 육체의 거친 충동을 억제할 수 있었기 때문이다. 문지기는 녹아 떨어지는 양초를 바로잡기 위해 층층대 위에 멈추어 섰다. 두 사람, 역시, 그이 아래 층층대에 멈추었다. 침묵 속에 가브리엘은 녹아내리는 양초가 쟁반에 떨어지는 소리와 자신의 심장의 고동이 늑골을 치는 소리를 들을 수 있었다.

문지기는 복도를 따라 그들을 안내하여 문을 열었다. 그런 다음 그는 간들거리는 양초를 화장대 위에 내려놓고, 아침 몇 시에 깨우냐고 물었다.

'여덟 시,' 가브리엘이 말했다.

문지기는 전등 스위치를 가리키며, 뭔가 사과의 말을 중얼거리기 시작했으나, 가브리엘이 그의 말을 가로챘다.

'아무 전등도 필요 없어요, 거리의 불빛이면 충분해요. 그리고 글쎄,' 그는 촛불을 가리키며 덧붙여 말했다. '저 성가신 물건을 치워주세요, 얼른.'

문지기는 다시 양초를 천천히 집어 들었다. 그는 가브리엘의 이런 괴상한 생각에 놀랐기 때문이다. 그런 다음 그는 저녁 인사를 중얼거리며 밖으로 나갔다. 가브리엘은 이내 자물쇠를 채웠다.

거리의 가로등으로부터 헬쑥한 불빛이 창문에서 문까지 기다란 한 줄기로 놓여 있었다. 가브리엘은 외투와 모자를 소파 위에 내던지고, 창문을 향해 방을 가로질렀다. 그는 감정을 가라앉히기 위해 거리를 내려다보았다. 그런 다음 그는 몸을 돌려 빛을 등지고 옷장에 기대었다. 아내는 모자를 벗고, 크고 흔들리는 거울 앞에 서서 단추를 풀고 있었다. 가브리엘은 그녀를 쳐다보면서 잠시 멈추었다가, 이내 말했다.

아내는 거울로부터 천천히 돌아서서 기다란 빛줄기를 따라 그를 향해 걸어왔다. 그녀의 얼굴이 너무 심각하고 피곤해 보였으므로, 가브리엘의 입술에서 말이 나오려 하지 않았다. 아니야, 아직 때가 아니야.

'당신, 피곤해 보였어.'

'조금요.' 그녀가 대답했다.

'아프거나 허약하게 느끼지 않소?'

'아니, 피곤해요. 그게 다예요.'

아내는 창문까지 걸어가 밖을 내다보며 그곳에 서 있었다. 가브리엘은 다시 기다렸다. 그리고 이내 주춤거림이 그를 정복할까 두려워하며 그는 불쑥 말했다.

'그런데, 그레타.'

'뭐예요?'

'그 마린즈란 친구 알지?' 그는 재빨리 말했다.

'네, 그이가 왜요?'

'글쎄, 가련한 친구 같으니, 그는 예의 바른 사람이야, 어쨌든,' 가브리엘은 꾸민 목소리로 말을 이었다. '그가 내게 빌린 그 1실링을 갚았단 말이오. 정말, 생각지도 않았던 건데. 그가 저 브라운과 떨어지려 하

지 않았으니 안되었어, 왜냐하면 그는 나쁜 사람이 아닌데 말이요, 정말 이지.'

그는 이제 속이 타서 몸이 부들부들 떨렸다. 왜 아내는 저렇게 멍청하게 보이는 걸까? 그는 말을 어떻게 시작해야 좋을지 몰랐다. 아내도, 역시, 그 무엇으로 속이 타고 있는 걸까? 만일 그녀가 단지 몸을 돌려 스스로 그에게 와주었으면! 지금 있는 그대로 그녀를 뺏으면 짐승 같은 짓일까. 아니야, 우선 그녀의 눈 속에서 어떤 욕망을 보아야 한다. 그는 그녀의 이상한 기분의 정복자가 되기를 갈망했다.

'그분한테 언제 돈을 빌려 주었는데요?' 잠시 휴식 뒤에 아내가 물었다.

가브리엘은 그 술고래 같은 마린즈와 그가 빌려준 돈에 대해 무례한 말이 터져나오는 것을 억제하려고 무척 애를 썼다. 그는 아내에게 영혼으로부터 호소하고, 그녀의 몸을 자신의 것에 누르며, 그녀를 정복하기를 갈구했다. 그러나 그는 말했다,

'오, 크리스마스에, 그가 헨리 거리에, 조그마한 크리스마스카드 가게를 열었을 때.'

그는 이처럼 분노와 욕망의 열기에 가득 차 있었기 때문에 아내가 창문에서 다가오는 소리도 듣지 못했다. 아내는 잠시 그이 앞에 서서 이상하게 그를 쳐다보았다. 이어 갑자기 발가락 끝으로 곧이 서서, 그의 양어깨에 손을 올려놓으며 그에게 키스를 했다.

'당신은 참 관대한 분이에요, 가브리엘,' 그녀가 말했다.

가브리엘은 그녀의 갑작스런 키스에 그리고 기이한 말에 몸을 부들부들 떨며, 손을 그녀의 머리카락에 얹고, 손가락으로 닿을락 말락 만지작거리면서, 그걸 뒤로 쓰다듬기 시작했다. 머리카락은 감아서 부드럽게 윤

기가 흘렀다. 그의 마음은 행복으로 넘치고 있었다. 막 그가 원하는 순간에 아내는 그녀 스스로 자기에게 다가왔던 것이다. 아마 아내의 생각도 그와 함께 달리고 있었으리라. 아마 그녀는 그가 품고 있던 충동적 욕망을 느꼈고, 이내 몸을 내맡기려는 기분이 떠올랐을지도 모른다. 이제 아내는 그토록 쉽사리 그에게 굴복했고, 왜 그가 지금까지 주춤거렸는지 알다가도 모를 일이었다.

그는 두 손으로 아내의 머리를 잡으며 서 있었다. 이어 한 팔로 미끄러지듯 아내의 몸을 자신을 향해 급히 끌어당기며 다정하게 말했다.

'그레타, 여보, 뭘 생각하고 있는 거요?'

아내는 대답도 하지 않고 몸을 그의 팔에 전적으로 내맡기지도 않았다. 그는 다시 부드럽게 말했다.

'뭔지 말해봐요, 그레타, 뭐에 관해 생각하고 있지?'

아내는 즉시 대답하지 않았다. 그러자 이어 그녀는 울음을 터뜨리며 말했다.

'오, 전 그 노래를 생각하고 있어요, 〈오그림의 처녀〉 말이에요.'

아내는 그에게서 벗어나 침대로 달려갔고, 침대 난간에 양팔을 던지며 얼굴을 감추었다. 가브리엘은 깜짝 놀라 꼼짝도 않고 잠깐 섰다가, 이내 아내를 뒤따랐다. 그가 체경으로 향하는 길을 지나는 때, 자신의 전신(全身), 자신의 넓고, 꼭 맞은 와이셔츠, 그가 거울에서 볼 때 언제나 자신을 당황하게 했던 얼굴 표정, 그리고 번쩍이는 금테 안경을 흘긋 보았다. 그는 아내로부터 몇 걸음 떨어져 서서 말했다.

'그 노래가 어떻다는 거요? 왜 그 때문에 우는 거요?'

아내는 양팔에서 얼굴을 들고 아이처럼 손등으로 눈물을 말렸다. 그가 의도했던 보다 상냥한 음조가 그의 목소리에 담겨 있었다.

'왜, 그레타?' 그는 물었다.

'저는 오래전에 그 노래를 부르던 사람을 생각하고 있어요.'

'오래전 그 사람이 누군데?' 가브리엘은 미소를 띠며 말했다.

'제가 골웨이에서 어머니하고 살고 있었을 때 알던 사람이었어요.' 그녀는 말했다.

가브리엘의 얼굴에서 미소가 급히 사라져 버렸다. 한 가닥 무딘 분노가 마음 뒷면에 다시 모이기 시작했고, 그의 욕정의 둔탁한 불꽃이 그의 혈관에 골이 난 듯 이글거리기 시작했다.

'당신이 사랑했던 사람이오?' 그는 비꼬듯 물었다.

'제가 알던 어린 소년이었어요.' 그녀는 대답했다.

이름이 마이클 퓨리였어요. 그는 〈오그림의 처녀〉라는 저 노래를 부르곤 했었어요. 그는 몸이 아주 허약했어요.'

가브리엘은 말이 없었다. 그는 아내더러 자신이 몸이 허약한 그 소년에게 흥미가 있는 듯 생각하게 하고 싶지 않았다.

'그의 모습이 눈에 선해요.' 아내는 잠시 후 말했다. '그가 그런 눈을 가지다니, 크고 까만 눈! 눈 속의 표정 – 한 가닥 표정!'

'오, 그럼, 당신은 그를 사랑했었군?' 가브리엘이 물었다.

'전 그와 늘 산책을 나서곤 했어요.' 그녀가 말했다. '제가 골웨이에 있을 때 말이에요.'

한갓 생각이 가브리엘의 마음을 가로질러 날았다.

'아마 그 때문에 당신은 아이버즈 양과 골웨이에 가고 싶었던 게로군?' 그는 냉정하게 말했다.

그녀는 그를 쳐다보며 놀란 듯 물었다,

'무엇 때문에?'

그녀의 눈이 가브리엘을 어색하게 느끼게 했다. 그는 어깨를 으쓱하니, 말했다.

'내가 어떻게 알아? 그를 만나기 위해서겠지, 아마.'

그녀는 그로부터 시선을 돌려 빛기둥을 따라 말없이 창문 쪽을 쳐다보았다.

'그는 죽었어요.' 그녀는 마침내 말했다. '그가 단지 열아홉이었을 때 죽었어요. 그처럼 어린 나이에 죽다니 정말 끔찍하잖아요?'

'뭘 하던 친군데?' 가브리엘이 여전히 비꼬듯 물었다.

'가스 공장에서 일했어요.' 그녀가 대답했다.

가브리엘은 자신이 비꼬며 말하는 것이 실패로 끝나자 이 죽은 자의 인물, 가스 공장 소년의 소환으로 수치를 느꼈다. 그는 그들 내외의 비밀스런 생활의 기억들로 가득 찬 채, 애정과 기쁨과 욕망으로 가득 차 있는 동안, 아내는 마음속으로 다른 남자와 자기를 비교하고 있었던 것이다. 자기 자신의 인물에 대한 수치스런 의식이 그를 역습했다. 그는 자신이 숙모들을 위한 한 푼짜리—심부름꾼 역을 하는, 한 사람의 우스꽝스런 인물, 속인들에게 열변을 토하며, 자기 자신의 광대 같은 욕정을 이상화하는, 한 신경질적인, 신의의 감상주의자, 그가 거울 속에서 언뜻 보았던 애처로운 녀석으로 자기 자신을 생각했다. 본능적으로 그는 자신의 불타는 수치를 아내가 보지 못하도록 등을 불빛 쪽으로 한층 돌렸다.

그는 냉정히 질문하는 자신의 말투를 유지하려고 애를 썼으나, 그가 말하는 음성은 비루하고 힘이 빠져 있었다.

'당신은 그 마이클 퓨리를 사랑했던 모양이군, 그레타.' 그는 말했다.

'당시 저는 그와 참 멋있었어요.' 그녀가 말했다.

아내의 목소리는 베일에 가린 듯 슬퍼 보였다. 가브리엘은 이제 자신이 목격했던 곳으로 아내를 이끌려고 노력했던 것이 얼마나 헛된 것이었는가를 느끼면서, 아내의 한 손을 쓰다듬으며 슬프게 말했다.

'그런데 왜 그토록 일찍 죽었지, 그레타? 폐병이었던가?'

'저 때문에 죽은 것 같아요.' 그녀가 대답했다. 이 대답에 한 가닥 막연한 공포가 가브리엘을 사로잡았다. 마치 그가 의기양양하려고 희망했던 바로 그 순간에, 어떤 불가사의하고 복수심에 찬 존재가 그의 몽롱한 세계 속에서 그와 대적하기 위해 힘을 모으며, 그를 향해 오는 듯했다. 그러나 그는 이성의 힘으로 그로부터 자기 자신을 뿌리치며, 계속 그녀의 손을 애무했다. 그는 더 이상 아내에게 묻지 않았다. 왜냐하면 아내가 스스로 이야기해 주리라 느꼈기 때문이다. 아내의 손은 따뜻하고 촉촉했다. 그녀는 그의 감촉에 아무런 반응도 보이지 않았으나, 그는 마치 저 봄날 아침 자신에게 처음으로 온 그녀의 편지를 애무하듯 계속 그것을 애무했다.

'때는 겨울이었어요.' 그녀는 말했다. '초겨울의 시작쯤, 제가 할머니 댁을 떠나 이곳 수도원으로 오려고 하던 때였어요. 그리고 그는 당시 골웨이에 있는 그의 하숙집에서 앓고 있었는데, 외출이 금지되었기에 오터라드에 있는 그 집 식구들에게 편지로 알렸지요. 사람들 말이 그는 폐병인지, 그와 비슷한 걸 앓고 있었어요. 저는 결코 정확히 알지 못했어요.'

아내는 잠시 말을 멈추고 한숨을 쉬었다.

'가련한 친구,' 아내는 말했다. '그는 나를 무척이나 좋아했고, 아주 착한 소년이었어요. 우란 함께 밖으로 외출하곤 했지요. 산보하며, 알아요, 가브리엘, 사람들이 시골에서 그러하듯 그런 식으로요. 그는 건강만 아니었던들 노래 공부를 할 작정이었어요. 그는 참 훌륭한 목소리를 가졌어요, 불쌍한 마이클 퓨리.'

'글쎄. 그래서?' 가브리엘이 물었다.

'그러자 제가 골웨이를 떠나 수도원으로 올 때쯤 되자 그는 병이 악화되었고 제가 그를 만나는 것도 금지되었어요. 그래서 저는 더블린으로 오고 여름에 되돌아 올 거라고, 그리고 곧 몸이 완쾌되기를 희망한다고 그에게 편지를 썼지요.'

아내는 목소리를 가다듬기 위해 잠시 말을 멈추었다가, 이어 말을 계속했다.

'그러자 제가 떠나기 전날 밤, 넌즈 아일랜드에 있는 할머니 댁에서 짐을 꾸리고 있었는데, 창문에 자갈 던지는 소리를 들었어요. 창문이 비로 너무 젖었기에 볼 수 없었고, 저는 그대로 아래층으로 달려가 뒤쪽 마당으로 살며시 빠져나갔어요. 그때 거기 마당 끝에 그가 가엾게도 부들부들 떨고 있었어요.'

'그래, 당신은 그에게 집으로 돌아가라고 타이르지 않았소?' 가브리엘이 물었다.

'저는 그가 집으로 즉시 돌아가도록 애원했고, 비를 맞아 죽게 될 것이라고 말했지요. 그러나 그는 살고 싶지 않다고 말했어요. 지금도 마찬가지로 그의 눈빛이 아주 잘 보이는 것 같아요! 그는 한 그루 나무가 서 있던 담 끝에 서 있었어요.'

'그래서 그는 집으로 돌아갔소?' 가브리엘이 물었다.

'그래요, 집으로 갔어요. 그리고 제가 수도원에 온 지 일주일 만에 죽었고, 그의 친척들의 고향인 오터라드에 묻혔어요. 오, 그걸, 그가 죽었다는 것을 듣던 날!'

아내는 흐느낌으로 복받치면서 말을 멈추었다. 그리고 감정에 압도되어 몸을 침대에 털썩 내던지고 얼굴을 파묻은 채, 이불 속에서 흐느꼈다. 가브리엘은 어찌할 바를 몰라 잠시 동안 아내의 손을 더 쥐고 있다가, 이

내 그녀의 슬픔에 자신이 끼어듦을 수줍어하며, 손을 살며시 놓고 창문에로 조용히 걸어갔다.

아내는 빨리 잠이 들었다.

가브리엘은 팔꿈치로 기대면서 아내의 헝클어진 머리카락과 반쯤 벌린 입을 잠시 동안 성마르지 않게 쳐다보며, 그녀의 깊이 내쉬는 숨소리에 귀를 기울였다. 그래, 그녀의 인생에 로맨스가 있었으니, 한 남자가 그녀를 위해 죽었던 거다. 그녀의 남편인 그가 그녀의 인생에 있어서 얼마나 보잘것없는 역할을 했는가를 생각하니, 이제 그에게 별 고통을 주지 않았다. 그는 아내가 잠자는 동안 빤히 쳐다보니, 마치 자신과 그녀가 한 사람의 남편과 아내로서 결코 살아온 적이 없는 듯했다. 그의 호기심에 찬 눈은 아내의 얼굴과 머리카락 위에 오래 머물러 있었다. 그리고 아내의 첫 소녀다운 아름다운 시절에 그녀가 당시 어떠했을까를 생각하자, 그녀에 대한 이상하고 친근한 연민이 그의 영혼 속으로 파고들었다. 그는 심지어 아내의 얼굴이 더 이상 아름답지 않다고 스스로에게 말하고 싶지 않았으나, 그는 그것이 마이클 퓨리가 죽음을 무릅쓰고 사랑했던 더 이상의 얼굴이 아님을 알았다.

아마 아내는 모든 이야기를 하지 않았는지 모른다. 그의 눈은 아내가 그녀의 몇몇 옷가지들을 벗어 던진 의자 쪽으로 움직였다. 속치마 끈이 마루에 댕그랑 매달려 있었다. 구두 한 짝이, 위쪽 나긋한 부분이 꺼진 채 곧이 서 있었다. 다른 한 짝은 옆으로 누워 있었다. 그는 한 시간 전자신의 감정의 격동을 이상히 여겼다. 그것은 어디에서 비롯되었던가? 숙모 댁의 만찬에서, 자신의 어리석은 연설에서, 포도주와 무도, 현관에서, 작별할 때의 농담, 강을 따라 눈 속을 걷는 산보의 기쁨에서. 불쌍한 줄리아 숙모! 그녀 또한 패트릭 몰칸과 그의 말(馬)의 그림자와 더불어, 곧 한 가닥 그림자가 되고 말리라. 그는 숙모가 〈신부로 단장하고〉를 노래하고 있었을 때, 그녀의 헬쑥한 용모를 잠시 동안 포착했었다. 곧, 아마, 그는 상복을 입고 자신의 무릎 위에 실크모를 올려놓은 채, 저것과 꼭 같은 응접실에 앉아 있으리라. 까만 창가리개가 처져 있을 것이고, 케이트 숙모가 그의 곁에 앉아 울며 코를 풀면서, 줄리아가 어떻게 죽었는지 그에게 말해주리라. 그는 숙모를 위안할 몇 마디 말을 마음속으로 두루 찾으니, 그것이 단지 부질없고 쓸모없는 것임을 알게 되리라. 그래, 그래, 그것은 아주 곧 다가오리라.

방의 공기가 그의 어깨를 오싹하게 했다. 그는 조심스럽게 시트 아래 몸을 뻗고 이내 아내 곁에 누웠다. 하나하나, 그들은 모두 그림자가 되리라. 세월과 더불어 사라지거나 음울하게 시들기보다, 어떤 정열의 충만한 영광 속에 저 타계 속으로 대담하게 지나가는 것이 한층 나으리라. 그는 자기 곁에 누워 있는 아내가, 자신의 애인이 살고 싶지 않다고 그녀에게 말했을 때, 그녀의 애인의 눈의 이미지를 어떻게 그토록 오랜 세월 동안 마음속에 간직하고 있었는지를 생각했다.

관용의 눈물이 가브리엘의 눈을 가득 채웠다. 그는 어떤 여인에 대해서도 스스로 지금까지 그와 같은 감정을 결코 느껴보지 못했으나, 이러한 감정이 사랑임을 알았다. 눈물은 더 짙게 눈에 괴었고, 부분적 어둠 속에 그는 빗물이 뚝뚝 떨어지는 나무 아래 서 있는 한 젊은 남자의 모습을 보았음을 상상했다. 다른 형상들도 가까이 있었다. 그의 영혼은 수많은 죽은 사람들의 커다란 무리가 살고 있는 지역으로 점점 다가왔다. 그는 그들의 걷잡을 수 없는, 깜박이는 존재를 의식했으나 이해할 수 없었다. 그이 자신의 정체는 회색의 불가사의한 세계 속으로 사라지고 있었다. 이러한 죽은 자들이 한때 그 속에 쳐들고 살았던 견실한 세계 자체가 녹으며 줄어들고 있었다.

유리창을 가볍게 치는 몇몇 소리가 그를 창문 쪽으로 몸을 돌리게 했다. 다시 눈이 내리기 시작했다. 그는 은빛의, 까만, 눈송이들이 가로등 불빛을 배경으로 비스듬히 내리는 것을 졸린 듯 지켜보았다. 서부로 여행을 떠날 시간이 다가왔다. 그렇다, 신문이 옳았다. 눈은 아일랜드 전역에 내리고 있었다. 눈은 또한 마이클 퓨리가 묻혀 있는 언덕 위 외로운 묘지의 구석구석에도 내리고 있었다. 눈은 굴곡진 십자가와 묘비 위에, 조그마한 대문의 창살 위에, 삭막한 가시들 위에, 바람에 나부낀 채, 두툼히 쌓여 있었다. 우주를 통하여 사뿐히 내리는 눈, 그들의 최후의 내림처럼, 모든 살아있는 자들과 죽은 자들 위에 사뿐히 내리는 눈 소리를 듣자, 그의 영혼은 천천히 이울어져 갔다.

젊은 예술가의 초상

"그리하여 그는 미지의 예술에 마음을 쏟는도다. (Et ignotas animum dimittit artes.)"
　　　　　　　　　　　　　　　－ 오비드, 『변신담(變身譚)』, 제8권, 188행

1904년 22세의 제임스 조이스: 그는 『젊은 예술가의 초상』의
주인공인 스티븐 데덜러스의 모델 격이다.

「제1장」 <small>(클론고우즈 우드 학교)</small>

예술가는, 창조의 하느님처럼, 그의 수공품 안에 또는 뒤에 또는 그 너머 또는 그 위에 남아, 세련된 나머지, 그 존재를 감추고, 태연스레 자신의 손톱을 다듬고 있는 거야…….(『P』 215) — 스티븐 데덜러스

4월 26일. 어머니는 나의 새 헌 옷가지들을 정리하고 있다. 방금 그녀는, 내가 살아가는 동안 그리고 가정과 친구들을 떠나 마음이 무엇이며 그것이 느끼는 바가 무엇인지를 배울 수 있기를 기도한다고 말한다. 아멘, 그렇게 되기를. 환영하도다, 오 인생이여! 나는 경험의 현실에 1백만 번째 부딪치기 위해 그리고 나의 영혼의 대장간 속에서 나의 민족의 창조되지 않은 양심을 버리기 위해 떠나가노라…….(『P』 253)……스티븐 데덜러스.

*

옛날 옛적 정말로 좋은 시절이었지, 그때 음매 소 한 마리가 길을 따라 내려오고 있었지, 길을 따라 내려오던 이 음매 소는 아기 터쿠라는 이름을 가진 예쁜 꼬마 소년을 만났지……

그의 아버지는 그에게 저 이야기를 해주었다. 아버지는 외 안경을 통해 그를 쳐다보았다. 그는 털이 더부룩한 얼굴을 하고 있었다.

그는 아기 터쿠였다. 음매 소는 베티 번이 살던 길을 따라 내려왔다. 그녀는 레몬 캔디를 팔았다.

"오, 들장미 피어 있네
작은 파란 들판 위에."

그는 저 노래를 불렀다. 그것은 그의 노래였다.

"오, 파란 장미꽃 피이어 있네."

오줌을 싸서 잠자리를 적시면 처음에는 따뜻하다가 이내 차가워진다. 어머니가 기름종이를 그 위에 깔아주었다. 그것은 괴상한 냄새가 났다.

그의 어머니는 그의 아버지보다 한층 좋은 냄새를 풍겼다. 그녀는 그가 춤추도록 수부의 무도곡을 피아노로 쳐주었다. 그는 춤추었다.

"트랄랄라 랄라,
트랄랄라 트랄랄라디,
트랄랄라 랄라,
트랄랄라 랄라."

찰스 아저씨와 댄티가 손뼉을 쳤다. 그들은 아버지와 어머니보다 나이가 많았지만 찰스 아저씨는 댄티보다 나이가 더 많았다.

댄티는 그녀의 벽장 서랍에 두 개의 옷솔을 갖고 있었다. 등에 적갈색 벨벳을 댄 옷솔은 마이클 데비트를 위한 것이고, 파란색 벨벳을 댄 옷솔

은 파넬을 위한 것이었다. 댄티는 그가 한 조각 휴지를 그녀에게 갖다줄
적마다 캔디 한 알을 그에게 주었다.

밴스 가족은 7번지에 살았다. 그들은 다른 아버지 어머니를 가졌었
다. 그들은 아일린의 아버지와 어머니였다. 그들이 크면 그는 아일린과
결혼할 참이었다. 그는 식탁 밑에 숨었다. 그의 어머니가 말했다.

─오, 스티븐은 사과할 거예요.

댄티가 말했다.

─오, 그렇지 않으면, 독수리가 와서 그의 눈을 뺄 거야.

"눈을 뺄 거야,
사과해요,
사과해요,
눈을 뺄 거야.

사과해요,
눈을 뺄 거야,
눈을 뺄 거야,
사과해요."

넓은 운동장은 소년들로 우글거리고 있었다. 모두들 고함을 지르고
선생님들은 힘찬 소리로 그들이 힘을 내도록 격려했다. 저녁 공기는 파리
하고 쌀쌀했으며, 축구 선수들의 공격으로 쿵 하고 공이 부딪친 뒤에 미
끈미끈한 가죽 공이 어스름한 햇빛을 뚫고 무거운 새처럼 날았다. 그는
선생님의 시선이나 친구들의 난폭한 발길을 피하여, 이따금 뛰는 척하면

서 그의 반 가장자리를 계속 지켰다. 그는 자신의 몸이 선수들의 무리들 사이에서 작고 연약한 듯 느껴졌고, 그의 눈은 약하고 눈물이 괴어 있었다. 로디 킥함은 그렇지가 않았다. 그는 하급반의 주장이 될 거라고 모두들 말했다.

로디 킥함은 점잖은 녀석이었지만 내스티 로치는 진저리나는 놈이었다. 로디 킥함은 자기 사물함 속에 정강이 바디를 그리고 식당에는 광주리 한 개를 가지고 있었다. 내스티 로치는 커다란 손을 가졌다. 그는 금요일 푸딩을 담요에-싼-개라고 불렀다. 그리고 어느 날 그는 이렇게 물었다.

-네 이름이 뭐니?

스티븐이 대답했다.

-스티븐 데덜러스야.

그러자 내스티 로치가 말했다.

-무슨 이름이 그래?

그리고 스티븐이 대답을 못하자, 내스티 로치가 물었다.

-너의 아버지는 뭐 하는 사람이야?

스티븐이 대답했다.

-신사야.

그러자 내스티 로치가 물었다.

-그인 치안 판사니?

그는 그의 반 가장자리를 이곳에서 저곳으로 살금살금 걸어 다니며, 이따금 조금씩 뛰었다. 그러나 그의 두 손은 추위로 푸르죽죽했다. 그는 혁대로 두른 회색 양복의 옆 주머니에 두 손을 넣고 있었다. 그것은 호주머니 주위를 두른 혁대(벨트)였다. 그런데 혁대란 말은 애들을 때린다(벨트)는 뜻이기도 했다. 어느 날 한 애가 캔트웰을 보고 말했다.

- 당장 널 한 대 때려줄 테다(벨트).

캔트웰이 대답했다.

- 가서 네 상대하고나 싸워. 세실 선더를 한 대 때려줘(벨트). 난 네 꼴을 좀 보고 싶어. 아마 그는 네 궁둥이를 한 대 찰 거야.

그건 좋은 표현이 아니었다. 그의 어머니는 학교에서 거친 애들과 얘기하지 말도록 그에게 타일렀다. 좋은 어머니! 그녀가 성(城, 학교)의 현관에서 첫날 작별 인사를 했을 때, 그녀는 베일을 코까지 두 겹으로 걷어 올리고 그에게 키스를 했다. 그리고 그녀의 코와 눈이 빨개져 있었다. 그러나 그는 어머니가 울려고 하는 것을 못 본 척했다. 그녀는 좋은 어머니 였으나 그녀가 울 때에는 그리 좋지 않았다. 그리고 아버지는 용돈으로 5실링짜리 두 닢을 그에게 주었다. 또 아버지는 만일 필요한 게 있으면 집으로 편지하고, 어떤 일이 있어도 남을 결코 고자질해서는 안 된다고 타일렀다. 그런 다음 성의 현관에서 교장 선생님이 아버지 및 어머니와 악수를 하자, 그의 사제복(司祭服)이 미풍에 펄럭였고, 마차는 아버지와 어머니를 태운 채 떠났다. 그들은 차로부터 손을 흔들면서 그를 향해 소리쳤다:

- 잘 있어, 스티븐, 잘 있어!
- 잘 있어, 스티븐, 잘 있어!

그는 스크럼의 회오리 속에 사로잡힌 채, 번득이는 눈빛과 진흙투성이 구두들을 겁내면서, 허리를 굽혀 다리들 사이를 들여다보았다. 아이들은 서로 다투며 신음소리를 내면서, 다리를 비비적대고, 걷어차며 쿵쿵 짓밟고 있었다. 그때 잭 로턴의 누런 구둣발이 공을 살짝 빼내자, 모든 다른 구두들과 다리들이 그를 뒤쫓아 달렸다. 스티븐은 얼마간 그들을 뒤쫓아 가다 이내 멈추었다. 계속 달려가 봤자 소용이 없었다. 곧 모두들 방학을 위해 집으로 가리라. 저녁식사가 끝나면 학습실에서 책상 안쪽에 풀로 붙여 놓은 숫자를 77에서 76으로 바꾸어 놓으리라.

학습실에 있는 것이 추위 속 거기 바깥에 있는 것보다 더 나으리라. 하늘은 창백하고 추웠지만 성에는 불이 켜져 있었다. 그는 해밀턴 로우언이 어느 창문에서 그의 모자를 호(濠) 위로 던졌는지, 그리고 그 당시 창문 아래에 화단이 있었는지 궁금했다. 어느 날 그가 성으로 불려갔을 때 그곳 집사가 문짝의 나무에 박힌 병사들의 총알 흔적을 그에게 보여주었고, 교단 사람들이 먹던 한 조각의 카스텔라 과자를 그에게 준 적이 있었다. 성의 불빛을 보니 멋있고 따뜻해 보였다. 그것은 뭔가 책에 나오는 것 같았다. 아마도 레스터 사원은 저와 닮았으리라. 그런데 콘웰 박사의 철자법 책에는 멋진 문장들이 있었다. 그것은 시(詩)와 같았고, 단지 철자를 배우기 위한 문장들에 불과했다.

"울지는 레스터 사원에서 죽었다.
수도원장들이 그를 그곳에 매장했다.
근류병(根瘤病, canker)은 식물의 병이요,
암종병(癌腫病, cancer)은 동물의 것이다."

그가 머리를 양손 위에 고이고, 난로 앞 양탄자 위에 누워, 그 문장들을 생각하면 참 멋있으리라. 그는 마치 차갑고 끈적끈적한 물이 그의 피부에 닿는 것처럼 몸을 떨었다. 웰즈가 마흔 개의 정복자인, 그의 깡마르고 단단한 상수리 열매와 자신의 예쁜 코담배 갑을 바꾸지 않는다고, 시궁창 도랑에 그를 어깨로 밀어 넣다니, 그건 참 비열한 짓이었다. 그때 물은 얼마나 차고 끈적끈적했던가! 어떤 애가 한때 큰 쥐 놈이 그 찌꺼기 속으로 뛰어드는 것을 본 적이 있었다. 어머니는 댄티와 난롯가에 앉아 브리지드가 차를 가지고 들어오기를 기다리고 있었다. 어머니가 난로 망에다 두 발을 올려놓자, 그녀의 구슬 달린 슬리퍼가 몹시 뜨거워져, 얼마나 근사하고 따뜻한 냄새를 풍겼던가! 댄티는 많은 것을 알고 있었다. 그녀는 모잠비크 해협이 어디에 있는지, 아메리카에서 가장 긴 강은 무엇인지, 그리고 달나라에서 제일 높은 산의 이름은 무엇인지를, 그에게 가르쳐 주었다. 아널 신부는 댄티보다 더 많이 알고 있었다. 왜냐하면 그는 신부님이니까. 그러나 아버지와 찰스 아저씨는 둘 다 댄티가 영리한 여자요, 책을 많이 읽은 여자라고 말했다. 그리고 댄티는 저녁밥을 먹은 뒤 언제나 입에서 이상한 소리를 내며 손을 입에 갖다 댔다. 그것은 신트림 때문이었다.

한 가닥 목소리가 운동장의 먼 곳에서 들려왔다.

─모두 입실!

그러자 다른 목소리들이 중급반과 하급반에서 부르짖었다.

─모두 입실! 모두 입실!

선수들은 상기된 얼굴로 진흙투성이가 된 채 함께 모여들었다. 그리고 그는 그들 사이에 끼어 교실 안으로 들어가는 것이 반가웠다. 로디 킥함이 공을 끈끈한 가죽끈으로 잡고 있었다. 한 녀석이 그에게 마지막으로 한 번 차 보자고 요구했다. 그러나 킥함은 그에게 심지어 대답도 하지 않고 계속 걸어갔다. 사이먼 무넌은 선생님이 보고 있기 때문에 그렇게 할 수 없다고 말했다. 그 녀석이 사이먼 무넌에게 고개를 돌리고 말했다.

─우린 네가 왜 그렇게 말하는지 알아. 넌 맥글레이드의 '쭉(suck)' 이야!

'쭉'이란 괴상한 말이었다. 그 녀석이 사이먼 무넌을 그런 이름으로 부르다니, 왜냐하면 사이먼 무넌은 선생님의 가짜 소매를 그의 등 뒤로 묶곤 했는데, 선생님이 골이 난 척했기 때문이다. 그러나 그 소리는 흉하게 들렸다. 한 번은 그가 위클로우 호텔의 세면대에서 손을 씻었는데, 그의 아버지가 이어 사슬을 잡고 마개를 뽑아 버리자 더러운 물이 세면기의 구멍을 통해 내려갔다. 그리고 물이 세면기의 구멍을 통해 천천히 아래로 내려가자, 그와 같은 소리를 냈다. '쭉'. 단지 보다 크게.

그러한 소리와 세면대의 하얀 모습을 기억하자 그를 차게 그리고 이어 뜨겁게 느끼게 했다. 수도꼭지가 두 개 있었는데 틀면 물이 나왔다. 찬물과 뜨거운 물. 차다가 이내 조금 뜨거움을 그는 느꼈다. 그리고 그는 수도꼭지에 찍힌 글씨들을 볼 수 있었다. 그건 참 괴상한 것이었다.

그리고 복도의 공기 역시 그를 오싹하게 했다. 공기는 괴상하고 축축했다. 그러나 곧 가스등에 불이 켜지고, 그것이 타면 조그마한 노래처럼 가벼운 소리를 냈다. 언제나 똑같은 소리. 그리고 아이들이 오락실에서 말하는 것을 멈출 때 그 소리를 들을 수 있었다.

산수 시간이었다. 아널 신부가 칠판에다 어려운 덧셈을 쓰고, 이어 말했다.

─자 그럼, 누가 이길까? 자 전진, 요크! 자 전진, 랭커스터!

스티븐은 최선을 다했으나, 산수 문제가 너무 어려워 혼란스레 느꼈다. 그의 재킷 앞가슴에 핀으로 꽂힌 하얀 장미의 작은 실크 배지가 떨리기 시작했다. 그는 산수에 능하지 못했지만, 요크 편이 지지 않도록 최선을 다하려고 애를 썼다. 아널 신부의 얼굴이 아주 까맣게 보였지만, 화를 내고 있지는 않았다. 그는 소리 내어 웃고 있었다. 그때 잭 로턴이 손가락을 딸그락하자 아널 신부가 그의 공책을 쳐다보며 말했다.

—맞았다. 브라보 랭커스터! 붉은 장미가 이겼다. 자 힘내요, 요크! 계속 전진!

잭 로턴이 그의 곁에서 넘겨다 보았다. 붉은 장미의 작은 실크 배지가 유난히 빛나 보였는데, 왜냐하면 그는 푸른 세일러 윗도리를 입고 있었기 때문이다. 스티븐은, 하급반에서 잭 로턴이냐 아니면 자기냐, 누가 첫째 자리를 차지할지 모두들 내기를 하고 있음을 생각하며, 자신의 얼굴 또한 붉어짐을 느꼈다. 몇 주일 동안 잭 로턴이 첫째 카드를 탔고 또 몇 주일 동안 그가 첫째 카드를 탔다. 그가 다음 산수 문제를 풀며 아닐 신부의 목소리를 듣자 그의 하얀 실크 배지가 계속 팔랑팔랑 떨렸다. 그러자 그의 열성이 다 지나가 버리고 자신의 얼굴이 아주 차가워짐을 느꼈다. 그는 얼굴이 차가워짐을 느껴 그의 얼굴이 틀림없이 창백하리라 생각했다. 그는 셈의 답을 찾아낼 수 없었지만 그건 문제가 되지 않았다. 하얀 장미 그리고 붉은 장미. 생각하면 그들은 모두 아름다운 색깔이었다. 그리고 첫째 카드 그리고 둘째 카드 그리고 셋째 카드 또한 아름다운 색깔이었다. 핑크색 그리고 크림색 그리고 라벤더색. 라벤더색 그리고 크림색 그리고 핑크색 장미들은 생각하면 모두 아름다웠다. 아마도 야생의 들장미도 그와 같은 색깔을 닮았으리라. 그러자 그는 들장미 피었네 파란 잔디밭에 관한 노래를 기억했다. 그러나 파란 장미는 있을 리 없었다. 그러나 세상 어딘가에 있을지도 몰랐다.

종이 울리자 이어 반 아이들이 방에서 식당을 향해 복도를 따라 줄을 지어 걸어가기 시작했다. 그는 자신의 접시에 두 개의 무늬가 찍힌 버터 조각을 바라보며 앉아 있었으나, 눅눅한 빵을 먹을 수가 없었다. 식탁보는 눅눅하고 풀기가 없었다. 그러나 그는 하얀 앞치마를 두른, 꼴사나운 부엌데기 아가씨가 그의 잔 속에 부어준 뜨겁고 약한 홍차를 다 마셨다.

그는 부엌데기 아가씨의 앞치마도 역시 눅눅할까 아니면 모든 하얀 물건은 차갑거나 눅눅한 것일까 궁금했다. 내스티 로치와 서린은 자기 집 식구들이 깡통에 보내준 코코아를 마셨다. 그들은 홍차를 마실 수 없었는데, 그걸 돼지죽이라 말했다. 그들의 아버지들은 치안 판사들이라고, 애들이 말했다.

소년들이 모두 그에게는 아주 이상하게 보였다. 그들은 모두 아버지와 어머니가 있었고 각자 옷과 목소리가 다 달랐다. 그는 집에 가서 어머니의 무릎을 베고 눕고 싶었다. 그러나 그렇게는 할 수 없어서 그는 오락과 공부와 기도가 빨리 끝나고 서둘러 잠자리에 들기를 갈망했다.

그가 또 한 잔 뜨거운 차를 마시자, 플레밍이 말했다.

─웬일이니? 어디가 아프니 아니면 너 웬일이니?

─나도 몰라.

스티븐이 말했다.

─밥통이 아픈가 보구나.

플레밍이 말했다,

─얼굴이 하얀 걸 보니, 곧 나을 거야.

─오 그래.

스티븐이 말했다.

그러나 아픈 곳은 거기가 아니었다. 만일 그가 거기가 아프다면 가슴이 아플 거라고 그는 생각했다. 플레밍이 그처럼 물어주다니 참 고마웠다. 그는 울고 싶었다. 그는 양 팔꿈치를 식탁 위에 괴고 손으로 양 귓바퀴를 닫았다 열었다 했다. 그러자 그가 귓바퀴를 열 때마다 식탁의 소음이 들렸다. 그것은 마치 밤에 기차가 달릴 때 나는 소음 같았다. 그리고 그가 귓바퀴를 닫자 마치 기차가 터널로 들어가듯 소음이 멎었다. 그날 밤 달키에서 기차가 그와 같은 소음을 냈는데, 그때 기차가 터널로 들어가자 소음이 멈추었다. 그가 눈을 감자 기차는 계속 달렸고, 소음을 내면서 그리고 이내 멈추었다. 다시 소음을 내면서 멈추었다. 소음을 내다가 멈추고, 이내 터널에서 다시 요란하게 소리를 내다가, 곧 멈추는 것을 듣다니 그건 근사한 일이었다.

그때 상급반 아이들이 매트를 따라 내려와서 식당 한복판으로 걸어가기 시작했는데, 그들은 패디 래스와 지미 매기 그리고 흡연을 허락받은 스페인 학생 그리고 털모자를 쓴, 몸집이 작은 포르투갈 학생이었다. 그리고 잇달아 중급반과 하급반 학생들의 식탁들. 그리고 학생들은 하나하나 걸어가는 모습이 제각기 달랐다.

그는 오락실 한 모퉁이에 앉아 도미노 놀이를 바라보는 척했는데, 한두 번 가스등에서 나오는 작은 노랫소리 같은 것을 잠시 들을 수 있었다. 선생님은 몇몇 소년들과 문간에 서 있었고 사이먼 무넌이 그의 가짜 소매를 매듭으로 묶고 있었다. 선생님은 그들에게 툴라벡에 관해 뭔가를 말해주고 있었다.

그러자 선생님은 문간에서 사라지고 웰즈가 스티븐에게 다가와서 말했다.

—말해봐, 데덜러스, 넌 잠자리로 가기 전에 어머니한테 키스를 하니?

스티븐이 대답했다.

—그럼.

웰즈가 다른 아이들에게 몸을 돌리고 말했다.

—오, 글쎄, 여기 잠자리로 가기 전에 매일 밤 자기 어머니한테 키스를 한다는 녀석이 있어.

다른 애들이 놀이를 멈추고 돌아보며 큰 소리로 웃었다. 스티븐은 그들의 눈초리 아래 얼굴을 붉히며 말했다.

─하지 않아.

웰즈가 말했다.

─오, 글쎄, 여기 잠자리에 가기 전에 자기 어머니한테 키스를 하지 않는다는 녀석이 있어.

그들은 모두 다시 큰 소리로 웃었다. 스티븐은 그들과 함께 웃으려고 애를 썼다. 그는 온몸이 화끈거리고 잠시 어리둥절했다. 그 질문에 대한 올바른 답은 무엇일까? 그는 두 개의 대답을 했는데도 여전히 웰즈는 큰 소리로 웃었다. 그러나 웰즈는 3급 문법 반에 있었기 때문에 틀림없이 올바른 답을 알 것이다. 그는 웰즈의 어머니를 생각하려고 애를 썼지만 감히 웰즈의 얼굴을 쳐다보지 않았다. 그는 웰즈의 얼굴을 좋아하지 않았다. 마흔 개의 정복자인, 웰즈의 깡마르고 단단한 열매 대신 그의 예쁜 코담배 갑과 바꾸지 않는다고 시궁창 도랑에 어깨로 그를 밀쳐 넣은 녀석이 바로 웰즈였다. 그건 참 비열한 짓이었다. 모든 친구들이 그렇다고 말했다. 그때 물은 얼마나 차갑고 끈적끈적했던가! 그리고 어떤 애가 한때 큰 쥐 한 마리가 그 찌꺼기 속에 뛰어드는 것을 본 적이 있었다.

도랑의 차갑고 끈적끈적한 오물이 그의 온몸을 덮었다. 그리고 공부 시간을 알리는 종이 울리자, 아이들이 줄을 지어 오락실을 빠져나가고 있을 때, 그는 복도와 계단의 차가운 공기가 그의 옷 속으로 스며드는 것을 느꼈다. 그는 여전히 올바른 답이 무엇일까 하고 애써 생각해 보았다. 어머니한테 키스하는 것이 옳은가 아니면 어머니한테 키스하는 것이 잘못인가? 키스를 한다는 것은 무슨 뜻인가? 상대가 안녕히 주무세요 하고 얼굴을 위로 내밀면 어머니는 얼굴을 아래로 내밀었다. 그것이 키스하는 것이었다. 어머니는 그의 볼에 입술을 갖다 댔다. 그녀의 입술은 부드럽고 그의 빰을 적셨다. 그리고 그것은 작고 예쁜 소리를 냈다. 키스. 왜 사람들은 두 얼굴을 마주 대고 그렇게 할까?

학습실에 앉으면서 그는 자신의 책상 덮개를 열고 안쪽에 풀로 붙여놓은 숫자를 77에서 76으로 바꿨다. 그러나 크리스마스 휴가는 아주 아득했다. 하지만 언젠가는 다가오리라, 왜냐하면 지구는 언제나 돌고 있으니까.

그의 지리책 첫 페이지에는 지구 그림이 하나 있었다. 구름 한복판에 싸여 있는 큰 공이었다. 플레밍은 한 갑의 크레용을 갖고 있었는데 어느 날 밤 자습 시간에 지구를 푸른색으로 그리고 구름을 밤색으로 칠해 놓았다. 그것은 댄티의 장롱 속에 있는 두 개의 옷솔, 파넬을 위한 푸른색 벨벳의 등을 댄 옷솔과 마이클 데비트를 위한 적갈색 벨벳의 등을 댄 옷솔을 닮았다. 그러나 그는 플레밍에게 그런 색으로 칠하라고는 이야기하지 않았다. 플레밍이 혼자서 그렇게 했던 것이다.

그는 공부를 하기 위해 지리책을 열었다. 그러나 그는 미국에 있는 장소의 이름들을 암기할 수가 없었다. 장소마다 여전히 서로 다른 이름들을 갖고 있었다. 그들은 모두 나라마다 다른 지명과 대륙마다 다른 나라들 그리고 세계에는 다른 대륙들이 있었고 세계는 우주 안에 있었다.

그는 지리책의 표지 장을 열고 자신이 거기 써놓은 것을 읽었다. 그 자신, 그의 이름 그리고 그가 있는 곳을.

<blockquote>
"스티븐 데덜러스
기초반
클론고우즈 우드 칼리지
샐린즈
</blockquote>

킬데어 주

아일랜드

유럽

세계

우주"

그것은 그의 필적이었다. 그런데 플레밍이 어느 날 밤 장난으로 맞은 편 페이지에 다음과 같이 써놓았다.

"스티븐 데덜러스는 나의 이름,

아일랜드는 나의 조국.

클론고우즈는 내가 사는 곳

그리고 천국은 나의 기대."

그는 운시(韻詩)를 거꾸로 읽어보았지만, 그것은 시가 아니었다. 이어 그는 밑에서 위쪽으로 표지 장을 읽자 마침내 자신의 이름이 나왔다. 그 것이 바로 그였다. 그리고 그는 페이지를 다시 아래로 읽었다. 우주 다음 에는 무엇이 있었을까? 무(無)다. 그러나 무의 세계가 시작되기 전에 그것 을 멈추게 하는 곳을 보여줄 우주 주변에 그 무엇이 있었던가? 그건 벽이 될 수는 없으나 거기 만물 주변을 감싸는 엷고 엷은 선(線)이 있을 수 있 었다. 모든 것과 모든 곳에 대하여 생각을 하다니 엄청나다는 느낌이 들 었다. 단지 하느님만이 그렇게 할 수 있었다. 그는 그것이 얼마나 엄청난 생각인가를 생각해 보려고 애를 썼다. 그러나 그는 단지 하느님을 생각할 수 있었다. 자신의 이름이 스티븐이었던 것처럼 하느님은 하느님의 이름이었다. '디외(Dieu)'는 프랑스 말로 하느님을 뜻하는 것으로 그것 역시 하느님의 이름이었다. 그런데 누구든 하느님에게 기도를 드리고, 또 '디외'라고 말하면 그때 하느님은 기도하는 이가 프랑스 사람이라는 것을 단번에 알아차렸다. 그러나 세상에는 각기 다른 언어로 된 하느님의 다른 이름들이 있고, 각기 다른 언어로 기도하는 모든 사람들이 어떠한 사람들인지 하느님은 이해하지만, 여전히 하느님은 언제나 같은 하느님으로 남아 있었고 하느님의 진짜 이름은 여전히 하느님이었다.

그런 식으로 생각을 하니 그를 몹시 피곤하게 만들었다. 그것은 자신의 머리가 엄청나게 크다는 느낌을 주었다. 그는 책의 표지 장을 넘기고 적갈색 구름 한복판에 둘러싸인 파랗고 둥근 지구를 지친 듯 바라보았다. 그는 푸른색 또는 적갈색 어느 쪽을 편드는 것이 옳은지 궁금했다, 왜냐하면 댄티는 어느 날 가위를 가지고 파넬의 옷솔 등에서 파란색 벨벳을 잘라 내고 그에게 파넬이 나쁜 사람이라고 말한 적이 있었기 때문이다. 그는 집 식구들이 그 문제에 관해 여전히 다투고 있는지 궁금했다. 그것이 이른바 정치였다. 정치에는 두 편이 있었다. 댄티가 한쪽 편이고, 아버지와 케이시 씨는 다른 편이며, 그러나 어머니와 찰스 아저씨는 어느 편도 아니었다. 매일 정치에 관한 뭔가가 신문에 실렸다.

그는 정치가 무엇을 뜻하는지 잘 알지 못했고, 우주가 어디에서 끝나는지 잘 알지 못하는 것이 그를 괴롭혔다. 그는 자신이 왜소하고 연약한 듯 느껴졌다. 언제 그도 시나 수사학을 공부하는 아이들처럼 될 것인가? 그들은 큰 목소리를 가졌고 큰 구두를 신었으며 모두들 삼각법(三角法)을 공부했다. 그것은 먼 훗날의 일이었다. 우선 방학이 그리고 이어 다음 학기 그리고 이어 다시 방학 그리고 이어 다시 또 다른 학기 그리고 이어 방학이 다시 다가온다. 그것은 마치 터널을 들락날락하는 기차와 같았으며 귓바퀴를 열었다 닫았다 할 때 들리는, 식당에서 밥을 먹고 있는 소년들의 소음과 같았다. 학기, 방학. 터널, 바깥. 소리, 정지. 그건 얼마나 까마득했던가! 잠자리에 가 잠을 자는 것이 좋을 것 같았다. 단지 예배실에서 기도 그리고 잠. 그는 몸을 떨며 하품을 했다. 시트가 약간 따뜻해진 다음에 잠자리에 들면 얼마나 좋을까. 들어갈 때에는 시트가 처음에 아주 차갑다. 그는 시트가 처음에는 얼마나 차가울까 생각하고 몸서리를 쳤다. 그러나 이내 따뜻해지고 잠을 잘 수 있으리라. 나른한 것은 참 기분 좋은 일이다. 그는 다시 하품을 했다. 밤의 기도 그리고 나면 잠자리. 그는 몸을 떨며 하품을 하고 싶었다. 몇 분만 지나면 기분이 아주 좋아질 것이다. 그는 싸늘하고 떨리는 시트로부터 온기가 기어오르는 것을 느끼고, 점점 따뜻해지면서 마침내 온몸이 따뜻해짐을 느꼈다. 그러나 그토록 따뜻해졌는데도 여전히 그는 얼마간 몸을 떨며 하품을 하고 싶었다.

밤 기도를 위한 종이 울리자, 그는 학습실에서 다른 아이들을 뒤따라 층층대를 내려가 복도를 따라 예배실로 줄지어 들어갔다. 복도는 어슴푸레 불이 켜져 있고, 예배실도 어슴푸레 불이 켜져 있었다. 곧 사방이 어두워지고 졸릴 것이다. 예배실 안에는 밤공기가 차갑고 내부의 대리석은 밤에 보는 바다의 빛깔과도 같았다. 바다는 밤이나 낮이나 차가웠다. 그러나 밤에는 한층 더 차가웠다. 아버지의 집 곁에 있는 방파제 아래의 바다도 차갑고 어두웠다. 그러나 주전자가 따뜻한 펀치를 만들기 위해 시렁에 올려져 있을 것이다.

채플 선생님이 그의 머리 위에서 기도를 올렸고 그의 기억은 답창(答唱)을 알고 있었다.

"오 주여, 우리들의 입술을 열게 하시고

우리들의 입이 당신을 찬미하게 하소서.

오 하느님, 우리들을 도우소서!

오 주여, 서둘러 우리를 도우소서!"

예배실 안에서는 차가운 밤 냄새가 있었다. 그러나 그것은 성스러운 냄새였다. 그것은 일요 미사에 예배실 뒤쪽에 무릎을 꿇던 그 나이 많은 농부들의 냄새와는 달랐다. 그것은 공기와 비와 이탄 그리고 코르덴의 냄새였다. 그러나 그들은 아주 성스러운 농부들이었다. 그들은 그의 등 뒤 그의 목에다 숨을 내쉬었으며 기도하자 한숨을 지었다. 그들은 크레인에 살았다. 한 아이가 말했다. 거기 작은 오두막들이 있었는데 그가 샐린즈로부터 마차를 타고 지나올 때, 한 여인이 팔에 아이를 안고 오두막의 옆문 곁에 서 있는 것을 보았다고 했다. 난로로 밝혀진 어둠 속, 포근한 어둠 속에, 연기를 내는 이탄의 불빛 앞에, 농부들과 공기, 비, 이탄 그리고 코르덴의 냄새를 들이마시면서, 저 오두막에서 하룻밤 동안을 잠잔다는 것은 즐거우리라. 그러나 오, 그곳 나무들 사이의 길은 어두웠다! 어둠 속에서 길을 잃을지도 모를 일이다. 그는 그것이 어떠할지 생각하니 겁이 났다.

그는 마지막 기도를 드리고 있는 채플 선생님의 목소리를 들었다. 그는 또한 나무 아래 바깥 어둠을 향해 기도를 드렸다.

"청하옵건대, 오 주여, 우리들의 거처를 방문하사 적의 온갖 유혹을 이곳에서 몰아내게 하소서. 당신의 성스러운 천사들이 이곳에 머물러 평화 속에 우리를 보존하게 하시며, 당신의 축복이 우리들의 주 그리스도를 통하여 우리들과 함께 하소서."

"아멘."

그가 기숙사에서 옷을 벗자 손가락이 떨렸다. 그는 자신의 손가락이 빨리 서두르도록 재촉했다. 그는 옷을 벗은 다음 무릎을 꿇고, 자신이 죽어서 지옥에 가지 않도록 스스로 기도를 드리며 잠자리에 들어야 했다. 그는 양말을 둘둘 말아 벗은 다음 재빨리 잠옷으로 갈아입고, 떨면서 침대 가에 무릎을 꿇고, 가스등이 꺼질까 봐 염려하면서 재빨리 기도를 반복했다. 그는 자신의 어깨가 떨리는 것을 느끼면서 중얼거렸다.

"하느님이시여 저희 아버님 어머님을 축복하사 저를 위해 그들을 보호하소서!
하느님이시여 저희 어린 남동생들과 누이동생들을 축복하사 영원토록 저를 위해 그들을 보호하소서!
하느님이시여 댄티와 찰스 아저씨를 축복하사 영원토록 저를 위해 그들을 보호하소서!"

그는 재빨리 성호를 그은 뒤 침대 속으로 기어 올라갔다. 그리고 잠옷 끝자락을 발 아래로 밀어 넣으며, 흔들며 떨면서, 차갑고 하얀 시트 아래로 몸을 웅크렸다. 그러나 그가 죽더라도 지옥에 가지 않으리라. 그러자 떨림이 멎었다. 한 가닥 목소리가 기숙사의 소년들에게 잘 자도록 청했다. 그는 잠시 동안 이불 위로 얼굴을 내밀고 침대 주변과 앞쪽, 그를 사방에 둘러싸고 있는 누런 커튼을 보았다. 가스등이 조용히 낮춰졌다.
선생님의 구두가 멀리 사라져 갔다. 어디로? 계단 아래로 그리고 복도를 따라 아니면 맨 끝의 자기 방으로? 그는 어둠을 보았다. 마차 등불처

럼 커다란 눈을 하고 밤에 거기를 걷고 있었다는 검은 개(犬)에 관한 것이
사실이었을까? 사람들이 그 개는 어떤 살인자의 유령이라고 했다. 공포
의 한 줄기 긴 전율이 그의 몸 위로 흘렀다. 그는 성의 어두컴컴한 입구
홀을 보았다. 낡은 옷을 입은 늙은 하인들이 계단 위쪽 다리미 방에 있었
다. 오래전의 일이었다. 늙은 하인들은 조용했다. 거기 한 가닥 불이 있
긴 했어도, 그러나 홀은 여전히 캄캄했다. 사람 모습 하나가 홀로부터 계
단을 올라왔다. 그는 원수(元帥)의 흰 제복을 입고 있었다. 그의 얼굴이 창
백하고 이상했다. 그는 한 손으로 자신의 옆구리를 누르고 있었다. 그는
이상한 눈으로 늙은 하인들을 바라보았다. 하인들은 그를 바라보았고 그
들의 주인의 얼굴과 망토를 보았으며, 그가 치명적인 상처를 입고 있음을
알았다. 그러나 그들이 바라보고 있는 곳은 어둠뿐이었다. 단지 어둡고
침묵의 공기뿐. 그들의 주인은 바다 너머 저 멀리 프라하의 전쟁터에서
치명상을 입었다. 그는 전쟁터에 서 있었다. 그의 손으로 옆구리를 누르
고 있었다. 그의 얼굴은 창백하고 이상했고 그리고 그는 원수의 하얀 망
토를 걸치고 있었다.

오, 그런 생각을 하다니 얼마나 차갑고 이상했던가! 어둠은 모두 차
갑고 이상했다. 거기에는 창백하고 이상한 얼굴들이, 마차의 등불 같은
커다란 눈들이 있었다. 그들은 살인자들의 유령이요, 바다 너머 먼 곳의
전쟁터에서 치명상을 입은 원수들의 모습이었다. 그들의 얼굴이 그토록
이상하다니 도대체 그들은 무슨 말을 하고 싶었던가?

"청하옵건대, 오 주여, 우리들의 거처를 방문하사 그로부터 모두를
몰아내게 하소서……"

방학 동안 집으로 간다! 그것은 정말 기분 좋으리라, 친구들이 그에

게 말했다. 겨울날 이른 아침 성문 바깥에서 마차에 올라탄다. 마차는 자갈길을 굴러가고 있었다. 교장 선생님 만세!

만세! 만세! 만세!

마차가 예배당을 지나 달리자 모두들 모자를 치켜들었다. 마차는 시골길을 따라 즐거이 달렸다. 마부들은 채찍으로 보덴스타운을 가리켰다. 아이들이 함성을 질렀다. 그들은 '즐거운 농부'라는 농가를 지나갔다. 계속되는 함성과 함성. 그들은 함성을 올리며, 함성을 받고, 크레인을 통해 마차를 몰았다. 농군의 아낙네들이 옆문 곁에 서 있었고, 남자들이 여기저기 서 있었다. 상쾌한 냄새가 겨울의 대기 속에 부동했다. 크레인의 냄새, 비, 겨울 공기 그리고 타오르는 이탄과 코르덴의 냄새.

기차는 아이들로 가득 찼다. 크림색 바깥 치장을 한, 길고 긴 초콜릿 기차. 차장들이 문을 열었다 닫았다, 닫았다 열었다 하면서, 이리저리 왔다 갔다 했다. 그들은 진한 감색과 은빛 제복을 입고 있었다. 그들은 은빛 호루라기를 가졌고, 그들의 열쇠가 빠른 음악소리를 냈다, 쨍그랑, 쨍그랑. 쨍그랑, 쨍그랑.

그리고 기차는 평원 위를 그리고 앨런 언덕을 지나 계속 달렸다. 전신주들이 지나가고 지나갔다. 기차는 계속 그리고 계속 달렸다. 기차는 알고 있었다. 그의 아버지의 집 현관에는 등불과 푸른 나뭇가지의 밧줄들이 걸려 있었다. 체경(體鏡) 둘레에 감탕나무와 담쟁이가 감겨져 있었고, 푸르고 붉은 감탕나무 가지와 담쟁이덩굴이 샹들리에 둘레에 엉켜 있었다. 벽 위의 오래된 초상화 주위에도 붉은 감탕나무와 푸른 담쟁이가 둘러 있었다. 그를 위한 그리고 크리스마스를 위한 감탕나무와 담쟁이.

근사하다…….

모든 사람들. 돌아왔구나, 스티븐! 환영의 소리. 어머니가 그에게 키스를 했다. 옳은 일이었던가? 아버지는 지금 원수가 되어 있었다. 치안판사보다 높았다. 잘 왔다, 스티븐!

떠드는 소리들…….

막대를 따라 뒤로 젖히는 커튼―고리 소리와 대야에서 튀기는 물소리가 요란했다. 기숙사에서 일어나고 옷을 입으며 세수하는 소리가 들렸다. 선생님이 아이들로 하여금 서두르도록 독촉하면서 오르내리며 손바닥을 치는 소리. 파리한 햇빛에 뒤로 젖혀진 누런 커튼과 던진 이부자리들을 보였다. 그의 잠자리는 대단히 후끈거렸고 얼굴과 몸이 몹시도 뜨거웠다.

그는 자리에서 일어나 침대 가에 앉았다. 맥이 없었다. 그는 양말을 신으려고 애를 썼다. 그것은 몹시도 거친 느낌을 주었다. 햇빛이 괴상하고 차갑기만 했다.

플레밍이 말했다.

―몸이 좋지 않니?

그는 알 수가 없었다. 그러자 플레밍이 말했다.

―침대에 도로 누워 있어. 내가 맥글레이드에게 네 몸이 좋지 않다고 말해줄게.

―저 애가 아파.

―누구?

―맥글레이드에게 말해.

―침대에 도로 누워 있어.

―저 애가 아파?

그가 발에 매달려 있는 양말을 벗고 따뜻한 침대로 도로 기어들어 가는 동안 한 아이가 그의 양팔을 붙잡아 주었다.

그는 시트의 시들한 열기를 반기며, 그 사이에 몸을 웅크렸다. 그는 애들이 미사를 위해 옷을 차려 입고 있을 때 그에 관해 그들끼리 떠드는 소리를 들었다. 그를 어깨로 시궁창 도랑에다 떠밀어 넣다니, 참 비천한 짓이야, 그들은 말하고 있었다.

이어 그들의 목소리가 이내 멎었다. 모두들 가버렸다. 침대 가에서 한 가닥 목소리가 들렸다.

—데덜러스, 정말 나를 일러바치지 않겠지, 정말, 안 그러겠지?

웰즈의 얼굴이 거기 있었다. 그는 얼굴을 보자 웰즈가 겁을 집어먹고 있음을 알았다.

—그럴 생각이 아니었어. 정말 안 그럴 거지?

그의 아버지는, 그가 무슨 짓을 하든지 친구를 절대로 고자질하지 말도록 그에게 말했다. 그는 고개를 저으며 안 그러겠다고 대답을 하자 마음이 기뻤다.

웰즈는 말했다.

—그럴 생각은 없었어, 맹세코. 단지 장난으로 그랬을 뿐이야. 미안해.

얼굴과 목소리가 사라져 갔다. 그가 겁을 집어먹다니 미안했다. 무슨 병이 아닐까 겁이 났던 거다. 근류병은 식물의 병이요, 암종병은 동물의 병이다. 혹은 서로 다를 수도. 저녁 햇빛 속에 운동장에 나가 논 지도 오래전이다. 당시 그의 반의 가장자리에서 이리저리 뛰어다녔을 때, 한 마리 무거운 새가 회색 햇빛을 통하여 낮게 날고 있었다. 레스터 사원에는 불이 켜져 있었다. 울지는 거기서 죽었다. 수도원장들이 직접 그를 매장했다.

그것은 웰즈의 얼굴이 아니라, 선생님의 얼굴이었다. 그는 꾀병을 부리고 있지 않았다. 천만에, 천만에. 그는 정말 아팠다. 그는 꾀병을 부리고 있지 않았다. 그리고 그는 선생님의 손이 그의 이마에 닿는 것을 느꼈다. 그리고 그는 자신의 이마가 선생님의 차갑고 축축한 손에 대여 뜨겁고 축축함을 느꼈다. 그것은 끈적끈적하고 축축하고 차가운 쥐를 만지는 식이었다. 모든 쥐는 두 개의 눈을 갖고 밖을 내다보았다. 미끈하고 끈적끈적한 털, 껑충 뛰어오를 때 꼬부린 작고 작은 발, 밖을 내다보는 까맣고 미끈한 두 눈. 놈들은 뛰어오르는 법을 알 수 있었다. 그러나 쥐의 마음은 삼각법을 이해하지 못했다. 죽으면 그들은 옆으로 드러누웠다. 그들의 가죽은 이내 말라 버렸다. 그들은 단지 죽은 물건에 불과했다.

선생님이 다시 거기 나타났고, 그이 더러 자리에서 일어나 옷을 입고 의무실로 가도록 말한 것은 부교장 신부님의 목소리였다. 그리고 그가 될 수 있는 대로 빨리 옷을 입고 있는 동안, 선생님은 말했다.

—우린 배앓이를 하고 있으니 마이클 수사한테 서둘러 가야겠군! 배앓이를 하다니 정말 지독하군! 배앓이를 할 때는 배를 어떻게 비틀지!

그가 그렇게 말하다니 참 고마웠다. 그것은 모두 그를 웃기기 위해서였다. 그러나 양 뺨과 입술이 온통 떨렸기 때문에 그는 웃을 수가 없었다. 그러자 선생님은 이어 혼자 웃을 수밖에 없었다.

선생님은 부르짖었다.

—빨리 전진! 오른발! 왼발!

그들은 함께 계단을 내려가 복도를 따라 목욕탕을 지나갔다. 문을 지나자 그는, 따뜻한 이탄 빛깔의 습지의 물, 덥고 습한 공기, 풍덩 빠지는 소리, 약, 타월의 냄새를 막연한 두려움으로 기억했다.

마이클 수사(修士)는 의무실의 문간에 서 있었고, 그의 오른쪽에 있는 어두운 캐비닛의 문에서 약 같은 냄새가 흘러나왔다. 그 냄새는 선반 위의 병들에서 나왔다. 선생님이 마이클 수사에게 말을 걸자 마이클 수사는 대답을 하며 선생님을 '써(Sir, 나리)'라고 불렀다. 그는 회색이 섞인 불그스름한 머리카락과 괴상한 얼굴 표정을 짓고 있었다. 그가 언제나 수사로 있다니 괴상한 노릇이었다. 그는 한 사람의 수사요, 얼굴 표정이 다르다고 해서 그를 '써'로 부르지 않다니 그것 또한 괴상한 일이었다. 그는 충분히 성스럽지 못했던가 아니면 왜 그는 다른 사람들의 지위를 뒤쫓아 따라갈 수 없었던가?

방 안에는 침대가 두 개 있었는데, 그중 한 침대에는 한 아이가 누워 있었다. 그리고 그들이 안으로 들어서자 그는 소리쳤다.

— 이봐! 스티븐 데덜러스 아니야! 웬일이야(What's up)?

— 하늘이 높다네(The sky is up).

마이클 수사가 말했다.

그는 3급 문법반 출신의 아이였는데, 스티븐이 옷을 벗고 있는 동안, 그는 마이클 수사에게 버터(butter) 바른 토스트 한 조각을 자신에게 가져다 달라고 요구했다.

— 아, 갖다줘요!

그는 말했다.

— 너 알랑거리는구먼(Butter you up)!

마이클 수사가 말했다.

— 너는 아침에 의사가 오면 퇴거 통지서를 받게 될 거야.

— 제가요?

그 애가 말했다.

— 아직 낫지도 않았는데요.

마이클 수사가 되풀이해 말했다.

— 넌 퇴거통지서를 받게 될 거야. 정말이야.

그는 허리를 굽혀 난롯불을 긁어모았다. 그는 마치 마차 끄는 말(馬)의 긴 등처럼 기다란 등을 하고 있었다. 그는 정중하게 부지깽이를 흔들며, 3급 문법반의 아이에게 고개를 끄덕였다.

이어 마이클 수사는 가버렸고 잠시 후에 3급 문법반의 아이는 벽 쪽으로 돌아누우며 잠들어 버렸다.

그것이 의무실이었다. 그는 그때 몸이 아팠다. 학교에서 어머니와 아버지께 전하려고 편지를 띄웠을까? 그러나 신부들 중 한 사람이 직접 가서 말하는 편이 한층 빠를 것이다. 아니면 신부님이 가져가도록 그가 직접 편지를 써도 될 것이다.

"사랑하는 어머니,

저는 아파요. 집에 가고 싶어요. 제발 와서 저를 집으로 데려가줘요. 저는 의무실에 있어요.

당신의 사랑하는 아들,

스티븐"

그들은 얼마나 멀리 떨어져 있었던가! 창문 밖에는 햇빛이 차가웠다. 그는 이러다가 죽지 않을까 궁금했다. 햇빛이 쨍쨍한 날에도 죽을 수가 있었다. 어머니가 오기 전에 죽을지도 몰랐다. 그러면 꼬마(리틀)가 죽었을 때에도 그렇게 했다고 애들이 말했던 것처럼, 그는 예배실에서 영결미사를 갖게 되리라. 애들이 모두 검은 상복을 입고, 모두들 슬픈 얼굴로 미사에 참석하리라. 웰즈도 참석하겠지만 아무도 그를 쳐다보지 않으리라. 교장 선생님도 검고 황금빛인 성의(聖衣)를 입고 거기 참석할 것이요, 제단 위와 영구대(靈柩臺) 주변에는 높고 노란 초들이 켜져 있으리라. 그리고 모두들 예배실에서 관을 밖으로 운반해 나갈 것이요, 그는 보리수가 있는 큰 길가에서 떨어진 교단의 작은 묘지에 묻히리라. 그리고 웰즈는 그때 자기가 한 짓에 대하여 미안해 하리라. 그리고 조종(弔鐘)이 천천히 울리리라.

그는 조종 소리를 들을 수 있었다. 그는 이전에 브리지드가 그에게 가르쳐 주었던 노래를 혼자서 암송해 보았다.

"댕댕! 성의 종소리!
안녕히, 어머니!
오래된 성당 묘지에 저를 묻어줘요.
제일 큰형 곁에.
저의 관은 까말지니,
저의 뒤에는 여섯 명의 천사들,
두 명은 노래하고 두 명은 기도하며
그리고 두 명은 내 영혼을 날라 가리."

그건 얼마나 아름답고 슬픈 노래였던가! "오래된 성당 묘지에 저를 묻어줘요"라는 가사는 얼마나 아름다웠던가! 한 가닥 전율이 그의 몸을 덮쳐 흘렀다. 얼마나 슬프고 얼마나 아름다운가! 그는 조용히 울고 싶었으니 하지만 자기 자신 때문이 아니라, 곡처럼, 그토록 아름답고 슬픈 가사 때문이었다. 종소리! 종소리! 안녕히! 오 안녕히!

차가운 햇빛은 한층 약해졌고 마이클 수사가 쇠고기 수프 한 그릇을 들고 그의 침대 가에 서 있었다. 그는 입이 화끈하고 마른 것이 반가웠다. 그는 학생들이 운동장에서 놀고 있는 소리를 들을 수 있었다. 그리고 학교의 하루는 그가 있을 때와 마찬가지로 변함없이 지나가고 있었다.

이어 마이클 수사가 떠나가자 3급 문법반 아이는 수사에게, 돌아와서 신문에 난 모든 뉴스를 확실히 말해달라고 했다. 그는 스티븐에게 자신의 이름은 아다이(Athy)이요, 아버지는 아주 날쌔게 뛰는 여러 마리 경기용 말들을 가졌으며, 마이클 수사는 대단히 점잖은데다가, 아들에게 성(城)의 매일매일 보는 신문에서 언제나 뉴스를 말해주기 때문에, 원하기만 하면 마이클 수사에게 팁을 두둑이 줄 거라고 말했다. 신문에는 사고, 조난 사건, 스포츠, 그리고 정치에 관한 온갖 뉴스가 실려 있었다.

ㅡ 요새는 신문이 온통 정치에 관한 것들이야,

그는 말했다.

ㅡ 너희 집 식구도 정치에 관해서 얘기하니?

ㅡ 그래.

스티븐이 말했다.

ㅡ 우리 집도 마찬가지야.

그는 말했다.

이어 그는 잠시 생각하다가 이렇게 말했다.

ㅡ 데덜러스, 넌 참 괴상한 이름을 가졌어. 그리고 아다이(Athy), 나의 이름도 괴상하단 말이야. 나의 이름은 마을 이름이야. 네 이름은 라틴어 같구나.

그리고 그는 또 물었다.

ㅡ 너 수수께끼 잘 푸니?

스티븐이 대답했다.

ㅡ 별로.

그러자 그는 말했다.

―너 이거 답할 수 있니? 왜 킬데어 군(郡)이 사내아이의 바짓가랑이를 닮았는지?

스티븐은 답이 뭘까 생각하다가 말했다.

―기권했어.

―그 속에 허벅지(a thigh)가 있기 때문이야,

그는 말했다.

―이 장난을 알겠니? 아다이는 킬데어 주의 마을이요, 아다이는 또한 허벅지란 말이야.

―오, 알았어.

스티븐이 말했다.

―그건 옛날 수수께끼야.

그는 말했다. 잠시 뒤에 그는 다시 입을 열었다.

―알아!

―뭘?

스티븐이 물었다.

―글쎄,

그는 말했다.

―아까 그 수수께끼를 다른 식으로 물어볼 수도 있어.

―네가?

스티븐이 말했다.

―똑같은 수수께끼 말이야.

그는 말했다.

―다른 식으로 묻는 걸 아니?

―아니.

스티븐이 말했다.

ㅡ너 다른 식으로 생각할 수는 없어?

그는 말했다.

그는 말하면서 침대보 너머로 스티븐을 쳐다보았다. 이어 그는 베개를 베고 뒤로 누우며 말했다.

ㅡ다른 식이 있지만 그것이 뭔지 네게 말하고 싶진 않아.

왜 그는 그걸 말하지 않았을까? 그의 아버지, 그런데 그는 경기용 말들을 가졌으며, 서린의 아버지나 내스티 로치의 아버지처럼 역시 치안 판사임에 틀림이 없었다. 그는 자기 아버지에 관하여, 어머니가 피아노를 치고 있는 동안 그가 어떻게 노래를 부르는지에 관하여, 그리고 어떻게 6펜스를 달라고 할 때에 그는 언제나 1실링을 주었는지에 관하여 생각했고, 다른 아이들의 아버지들처럼 치안 판사가 되지 못한 것을 안타깝게 여겼다. 그러면 왜 그는 다른 아이들처럼 그를 이 학교에 보냈을까? 그러나 아버지는 그에게 증조부께서 50년 전에 해방자(오코넬)에게 연설을 한 적이 있었기 때문에, 그가 이 학교에서 전혀 낯선 사람이 아닐 거라고 말했다. 더구나 당시의 사람들은 그들의 구식 옷을 보면 알 수 있었다. 그것은 그에게 근엄했던 시절처럼 느껴졌다. 그리고 글쎄, 그때는 클론고우즈의 학생들이 놋쇠 단추를 단 푸른 옷과 노란 조끼 그리고 토끼 가죽 모자를 썼으며, 어른들처럼 맥주를 마시거나, 토끼를 사냥하는 자신들 소유의 사냥개들을 기르던 시절이 아니었던가 궁금했다.

그가 창문을 쳐다보자 햇빛이 한층 약해져 가는 것이 보였다. 아마 운동장 위로 구름 같은 회색빛이 감돌고 있으리라. 운동장에는 떠드는 소리가 들리지 않았다. 반 아이들은 틀림없이 작문을 하거나 아니면 아닐 신부가 아마 책에서 글을 읽어주고 있으리라.

그에게 아무런 약도 주지 않다니 이상한 일이었다. 아마 마이클 수사가 올 때 그것을 가지고 돌아오리라. 모두들 누구나 의무실에 있게 되면 역겨운 약을 마셔야 한다고들 말했다. 그러나 그는 전보다도 기분이 한결 나았다. 서서히 몸이 회복되다니 기분 좋은 일이다. 그땐 책도 한 권 얻어 볼 수 있으리라. 도서관에는 네덜란드에 관한 책이 한 권 있었다. 그 속에는 근사한 외국 이름들과 이상하게 보이는 도시들과 배들의 그림이 있었다. 그것이 상대를 너무나 행복하게 느끼게 했다.

햇빛은 창문에 얼마나 파리하게 비쳤을까! 그러나 그 빛은 근사했다. 불꽃이 벽에 솟았다 가라앉았다 했다. 그것은 마치 파도와 같았다. 누군가가 그 위에 석탄을 올려놓자 그는 불꽃 소리를 들었다. 불꽃은 이야기를 하고 있었다. 그것은 파도의 소리였다. 아니면 파도는 그들이 솟거나 가라앉을 때 저희들끼리 이야기를 하고 있었다.

그는 파도가 이는 바다, 달 없는 밤 아래, 솟으며 가라앉는, 길고 어두운 파도를 보았다.

한 가닥 작은 불빛이 배가 들어오는 부두에 반짝였다. 그리고 그는 항구로 들어오고 있는 배를 보기 위해 수많은 군중들이 물가에 모여 있는 것을 보았다. 한 키 큰 사나이가 캄캄한 육지를 바라보며 갑판에 서 있었다. 그리고 부두의 불빛에 의해 그는 그의 얼굴, 마이클 수사의 슬픈 얼굴을 보았다.

그는 사나이가 군중을 향해 손을 치켜드는 것을 보았고, 그가 파도를 넘어 슬픔의 큰 소리로 말하는 것을 들었다.

―그분은 돌아갔습니다. 우리는 그분이 영구대 위에 놓여 있는 것을 보았습니다.

비통해 하는 한 가닥 소리가 군중들로부터 솟았다.

ー파넬! 파넬! 그분은 돌아갔습니다!

사람들은 슬픔으로 비통해 하면서 무릎을 꿇었다.

그리고 그는 적갈색 벨벳 옷을 입은 댄티가 그녀의 어깨로부터 파란 벨벳 망토를 걸치고, 물가에 무릎을 꿇고 있는 군중들을 지나 뽐내며 말없이 걸어가는 것을 보았다.

*

붉고 높이 쌓아 올린 커다란 불이 난로의 쇠 살대 속에서 활활 타고 있었고, 샹들리에의 담쟁이 얽힌 가지들 아래 크리스마스 식탁이 펼쳐져 있었다. 가족들이 다소 늦게 귀가했는데도 만찬은 아직 준비되지 않았다. 그러나 식사는 곧 마련될 것이라고 어머니는 말했다. 모두들 문이 열리고, 하인들이 듬직한 금속 뚜껑으로 덮인 커다란 접시를 들고 들어오기를 기다리고 있었다.

모두들 기다리고 있었다. 찰스 아저씨, 그는 창문의 그늘진 곳에 멀찌감치 앉아 있었고, 댄티와 케이시 씨, 그들은 벽난로 양쪽에 있는 안락의자에 앉아 있었으며, 스티븐, 그는 양발을 달구어진 부조(浮彫) 장식의 발판 위에 올려놓고, 그들 사이 의자에 앉아 있었다. 데덜러스 씨는 벽난로 위의 벽 거울에 자신의 몸을 비춰 보며, 코밑수염 끝에 왁스칠을 했고, 연미복 꽁지 자락을 양쪽으로 가른 채, 활활 타는 난로에 등을 돌리고 서 있었다. 그리고 이따금 한 손을 코트 자락에서 떼어 계속 그의 콧수염 끝에 왁스칠을 했다. 케이시 씨는 머리를 한쪽으로 기울이고 미소를 지으면서, 목의 임파선을 손가락으로 탁탁 쳤다. 그리고 스티븐 또한 미소를 짓고 있었는데 그 이유인즉, 케이시 씨가 목구멍에 은(銀) 지갑을 갖고 있다는 것은 사실이 아님을 이젠 알았기 때문이다. 그는 어떻게 케이시 씨가 목구멍에서 쩽그랑거리는 은 소리를 내어 그를 속여 왔었는지를 생각하자 미소가 나왔다. 그리고 그가 은 지갑이 그곳에 감춰져 있는지를 보기 위해 케이시 씨의 손을 펴려고 애를 썼을 때 손가락들이 바로 펴지지 않음을 알았다. 그런데 케이시 씨는 빅토리아 여왕에게 생일 선물을 만들어 주려다 손가락 세 개를 망쳤다고, 이전에 그에게 이야기해 준 적이 있었다. 케이시 씨는 목의 임파선을 탁탁 쳤고, 졸린 눈으로 스티븐에게 미소를 보냈다. 그러자 데덜러스 씨가 그에게 말했다.

— 그래. 정말, 근사하군. 오, 정말 멋진 산보를 했어. 그렇잖소, 존? 그래…… 아마 저녁식사 준비가 되었는지 모르겠어, 그래…… 오, 정말이지, 오늘 우리는 브레이 헤드(곶, 岬)를 돌아 오존을 한껏 들이마셨단 말이야. 아이, 정말.

그는 댄티에게 몸을 돌리며 말했다.

— 리오든 부인은 꼼짝도 않으셨어요?

댄티가 얼굴을 찌푸리며 짧게 말했다.

— 아뇨.

데덜러스 씨는 연미복 자락을 떨어뜨리고 찬장 쪽으로 갔다. 그는 찬장에서 위스키가 담긴 커다란 돌 항아리를 꺼내, 술을 얼마나 따랐나 보기 위해 이따금 허리를 굽히면서 큰 유리병에 천천히 술을 채웠다. 그런 다음 그는 항아리를 다시 찬장에 갖다 놓고 두 개의 유리잔에 위스키를 조금 부은 뒤, 물을 조금 타서 벽난로 쪽으로 갖고 되돌아왔다.

— 아주 조금이야, 존,

그는 말했다,

— 입맛을 돋우기 위해서.

케이시 씨는 잔을 받아들어 마시고는, 가까이 벽난로 위에 그걸 놓았다. 그리고 그는 말했다.

—글쎄, 난 양조장을 한다는 우리들의 친구 크리스토프를 생각하지 않을 수 없군······.

그는 발작적인 웃음을 한 차례 터뜨린 다음 기침을 하면서 덧붙여 말했다.

—저따위 녀석들을 위해 샴페인을 제조하다니······.

데덜러스 씨가 크게 소리 내어 웃었다.

—그게 크리스티던가?

그는 말했다.

—그의 대머리에 있는 저 사마귀들 중의 하나 속에는 한 꾸러미의 수여우들보다 더 많은 잔꾀가 숨어 있단 말이야.

그는 고개를 한쪽으로 기울이고 눈을 감았다. 그리고 입술을 실컷 핥으면서 호텔 주인의 목소리로 말하기 시작했다.

—그런데 그는 상대에게 이야기할 때에는 입을 참 잘도 놀려대지, 자네 알잖아, 그는 턱밑의 군살이 몹시 축축하고 물기가 많다니까, 맙소사.

케이시 씨는 발작적인 기침과 웃음으로 여전히 몸을 비틀거리고 있었다. 스티븐은 아버지의 얼굴과 목소리를 통해 그 호텔 주인을 보고 듣는 듯하면서 소리 내어 웃었다.

데덜러스 씨는 외알 안경을 치켜들고, 그를 빤히 내려다보며 조용하고 상냥하게 말했다.

—뭘 웃고 있는 거냐, 이 애송이 녀석, 이봐?

하인들이 들어와서 접시를 식탁 위에 놓았다. 데덜러스 부인이 뒤따라 들어와 앉을 자리를 정해주었다.

—거기 앉으세요,

그녀가 말했다.

데덜러스 씨는 식탁 한쪽 끝으로 가며 말했다.

—자, 리오든 부인, 거기 앉으세요. 존, 앉으시오, 여봐요.

그는 찰스 아저씨가 앉아 있는 곳을 돌아보며 말했다.

—자, 이제, 글쎄, 칠면조가 여러분을 위해 여기 대령하고 있어요.

모두들 자리에 앉자, 그는 뚜껑 위에 손을 놓았다가 손을 치우며, 이어 재빨리 말했다.

—자, 스티븐.

스티븐이 자리에서 일어나 식사 전 기도를 올렸다.

"우리를 축복하소서, 오 주여, 그리고 당신의 관대함을 통하여 우리들이 받을 당신의 이 음식을, 우리 주 그리스도의 이름으로 비나이다. 아멘."

모두들 성호를 긋자 데덜러스 씨는 기쁨의 숨을 내쉬며, 물방울들이 가장자리에 진주처럼 맺힌 묵직한 뚜껑을 접시로부터 들어올렸다.

스티븐은 날개를 묶어 꼬챙이에 긴 채 부엌 식탁 위에 놓여 있는 통통한 칠면조를 쳐다보았다. 그는 아버지가 드올리어 거리의 던 점에서 그걸 위해 1기니를 지불한 것과, 가게 주인이 칠면조가 얼마나 근사한가를 보여주기 위해 가슴뼈를 자주 꾹꾹 찔러 보던 것을 알고 있었다. 그리고 그는 그 남자의 말하던 목소리를 기억했다.

—그걸 가지세요. 진짜 근사한 거랍니다.

왜 클론고우즈의 배리트 씨는 그의 회초리를 칠면조라 불렀을까? 하지만 클론고우즈는 멀리 떨어져 있었다. 그리고 칠면조와 햄, 샐러드의 따뜻하고 짙은 냄새가 여러 개의 접시와 쟁반에서 솟으며, 커다란 불이

쇠 살대 속에 높게 그리고 붉게 쌓이고, 파란 담쟁이와 붉은 감탕나무가 그토록 사람을 행복감에 젖게 하다니. 그리고 저녁식사가 끝나면 커다란 건포도 푸딩이, 껍질 벗긴 아몬드 열매와 감탕나무 가지가 여기저기 꽂힌 채, 그 둘레에 파란 불을 둘러치고, 꼭대기에 조그마한 푸른 깃발과 함께 운반되어 들어오리라.

그것은 그의 첫 크리스마스 만찬이었고, 푸딩이 들어올 때까지 그는 자신도 자주 기다렸듯이, 아이들 방에서 기다리고 있던 그의 꼬마 남동생과 여동생들을 생각했다. 깊고 낮은 칼라와 이튼 재킷이 그를 이상하고 나이를 먹은 듯한 기분이 들게 했다. 그리고 그날 아침 어머니가 미사복 차림을 한 그를 거실로 데리고 내려왔을 때, 아버지는 우셨다. 그것은 그가 자신의 아버지를 생각했기 때문이었다. 그리고 찰스 아저씨도 역시 그렇게 말했다.

데덜러스 씨는 접시를 덮고 시장한 듯 먹기 시작했다. 그러자 그는 말했다.

-불쌍한 크리스티 영감, 그는 요즈음 짓궂은 짓으로 몸이 거의 뒤뚱거려졌어.

-사이먼,

데덜러스 부인이 말했다.

-리오든 부인에게 소스를 드리지 않았군요.

데덜러스 씨가 소스 그릇을 잡았다.

-안 드렸던가?

그는 부르짖었다.

-리오단 부인, 장님을 용서하세요.

댄티는 양손으로 자신의 접시를 가리며 말했다.

-아닙니다, 고마워요.

데덜러스 씨는 찰스 아저씨를 돌아보았다.

-어떠세요?

-꼭 알맞아, 사이먼.

-존, 자네는?

-난 됐어. 어서 들어요.

-메리는? 여기, 스티븐, 여기 놀랄 정도로 맛있는 게 있어.

그는 스티븐의 접시 위에 소스를 마구 부은 뒤 소스 그릇을 다시 식탁 위에 놓았다. 그런 다음 찰스 아저씨에게 고기가 연하냐고 물었다. 찰스 아저씨는 입이 너무 가득 차서 말을 못했다. 그러나 고기가 연하다며 고개를 끄덕였다.

-우리의 친구가 교단에 행한 대답은 참 훌륭했어. 어때?

데덜러스 씨가 말했다.

-나는 그 친구가 몸속에 그만한 뱃심을 가진 줄 몰랐어.

케이시 씨가 말했다.

-"저는, 신부님, 당신께서 하느님의 성당을 투표소로 바꾸는 걸 그만두시면, 당장 헌금을 지불하겠나이다."

-멋진 대답이군요, 누구든 가톨릭교도라는 자가 신부님께 그런 대답을 하다니.

댄티가 말했다.

-비난받을 자는 단지 성직자들 자신이죠. 만일 그들이 바보의 충고라도 들을 줄 안다면 자신들의 관심을 종교에만 쏟아야 할 거야.

데덜러스 씨가 경쾌하게 말했다.

-그게 종교예요. 그들은 대중을 경고함에 있어서 그들의 의무를 행

하고 있는 거예요.

댄티가 말했다.

─우리는 하느님의 성당에 가지요. 모두 겸허한 마음속에 우리들의 창조주에게 기도를 하기 위해서지, 선거 연설을 듣기 위해서가 아니란 말입니다.

케이시 씨가 말했다.

─그게 종교예요. 그들이 옳아요. 그들은 자신들의 양떼를 인도해야 해요.

댄티가 다시 말했다.

─그리고 설교단으로부터 정치를 설교하지요, 그렇잖아?

데덜러스 씨가 물었다.

─물론이지요. 그건 공중도덕의 문제입니다. 사제가 그의 양에게 옳고 그른 것을 말하지 않는다면 사제가 아니에요.

댄티가 말했다.

데덜러스 부인이 나이프와 포크를 내려놓으며 말했다.

─제발, 제발, 일 년 중 오늘만은 정치적 토론을 그만두도록 하세요.

─아주 옳아요, 마님.

찰스 아저씨가 말했다.

─자, 사이먼, 이제 그만하면 됐어. 이제 다른 말은 더 말고.

─그래요, 그래,

데덜러스 씨가 재빨리 말했다.

그는 쟁반 뚜껑을 대담하게 벗기면서 말했다.

─자, 누구 칠면조 더 드실 분?

아무도 대답을 하지 않자, 댄티가 말했다.

-가톨릭교도로서 그따위 불쾌한 말을 쓰다니!

-리오든 부인, 제발 부탁이에요. 그 문제는 이제 그만두도록 하세요.

데덜러스 부인이 말했다.

댄티가 그녀에게 대들며 말했다.

-그러면 나는 여기 앉아서 내 성당의 신부님들이 놀림을 당하는 것을 듣고만 있으란 말인가요?

-아무도 한마디 그들에게 반대할 사람은 없어. 그들이 정치에 간섭하지 않는 한.

데덜러스 씨가 말했다.

-아일랜드의 주교님들이나 신부님들이 말했다면, 모두들 복종을 해야만 해요.

댄티가 말했다.

-그들은 정치에서 떠나야 해. 그렇지 않으면 사람들은 성당을 떠날 것입니다.

케이시 씨가 말했다.

-들으세요?

댄티가 데덜러스 부인에게 고개를 돌리며 말했다.

-케이시 씨! 사이먼! 자, 이제 그만해둬요.

데덜러스 부인이 말했다.

-정말 심하군! 정말 심해!

찰스 아저씨가 말했다.

-뭐요?

데덜러스 씨가 고함을 질렀다.

-우리는 영국 사람들이 시키는 대로 그(파넬)를 저버려야 한단 말

이야?

　－그는 더 이상 지도자가 될 가치가 없었어요. 그는 대중의 죄인이었어요.

　댄티가 말했다.

　－우린 모두 죄인들이오, 그것도 암담한 죄인들이란 말이오.

　케이시 씨가 냉정하게 말했다.

　－"죄를 짓는 자에게 화가 미칠지로다."

　리오단 부인이 말했다.

　－"그가 이들, 나의 가장 하잘것없는 자들 중 하나에게라도 죄를 짓게 하느니 차라리 그의 목에 연자 맷돌을 매달아, 깊은 바다에 빠뜨리는 것이 나을 것이로다" 이것은 성령의 말씀입니다.

　－글쎄 그렇다면, 정말 고약한 말씨로군.

　데덜러스 씨가 냉정하게 말했다.

　－사이먼! 사이먼! 애가 있는 곳에서.

　찰스 아저씨가 말했다.

　－그래요, 그래, 내 뜻은…… 나는 기차 짐꾼이 쓰는 나쁜 말에 관해 생각하고 있었지. 자, 이젠 됐어. 여기, 스티븐, 네 접시를 이리 내놔, 이봐. 실컷 먹어. 여기.

　데덜러스 씨가 말했다.

　그는 스티븐의 접시 위에 음식을 가득 쌓아 놓고, 찰스 아저씨와 케이시 씨에게 칠면조의 커다란 토막을 대접하며 소스를 한껏 뿌려주었다. 데덜러스 부인은 음식을 거의 먹지 않고 있었고, 댄티는 무릎에 손을 둔 채 앉아 있었다. 그녀는 얼굴이 붉어져 있었다. 데덜러스 씨는 접시 끝에 칼과 포크로 헤집으며 말했다.

—여기 소위 교황의 코라 불리는 맛 좋은 것이 있어. 만일 누구 숙녀나 신사 분께서……

그는 칠면조 조각을 고기 베는 포크의 갈래에 꽂아 치켜들었다. 아무도 말이 없었다. 그는 그것을 자기 접시 위에 올려놓고 말했다.

—글쎄, 누구든 권하지 않았다는 말은 못하겠지. 난 요즈음 건강이 좋지 않으니 내가 먹는 게 좋겠군.

그는 스티븐에게 윙크를 하고, 쟁반 뚜껑을 도로 닫으며 다시 먹기 시작했다.

그가 먹는 동안 잠시 침묵이 흘렀다. 그러자 그는 이내 말했다.

—글쎄, 그날은 결국 잘 지냈어. 거긴 낯선 사람들이 많이 있었어.

아무도 말이 없었다. 그는 다시 말을 이었다.

—내 생각에 거긴 작년 크리스마스보다 시골 사람들이 더 많았던 것 같아.

그는 다른 사람들을 한 바퀴 둘러보았는데, 모두들 얼굴을 접시 위에 숙이고 아무런 대답을 하지 않자, 잠시 있다가 침통하게 말했다.

—글쎄, 어차피 이번 내 크리스마스 만찬은 망쳤어.

—행운도 은총도 있을 수가 없어요, 성당 성직자들에 대한 존경이 없는 집안에는.

댄티가 말했다.

데덜러스 씨가 접시 위에 나이프와 포크를 요란스럽게 내던졌다.

—존경! 입만 나불거리는 빌리나 아니면 아마 시(市)의 창자 통을 위해? 존경이라!

그는 말했다.

—성당의 왕자들이지.

케이시 씨가 천천히 경멸조로 말했다.

―리트림 경(卿)의 마부 같으니, 맞아.

데덜러스 씨가 말했다.

―그들은 모두 주님의 성유를 받은 분들이에요, 모두들 그들 조국의 명예란 말이에요.

댄티가 말했다.

―창자 통들, 그는 잠자코 있을 때에는, 알겠소, 점잖은 얼굴을 하고 있지요. 그 자가 어느 추운 겨울날 베이컨이나 양배추를 핥고 있는 꼴을 보아야 해. 오 기가 막혀!

데덜러스 씨가 거칠게 말했다.

그는 얼굴 모습을 온통 찌푸려 육중한 짐승의 찡그린 모습을 해 보이며, 입술로 핥는 소리를 냈다.

―정말이지, 사이먼, 스티븐 앞에서 그런 식을 말해서는 안 돼요. 그건 옳지 않아요.

―오, 저 애도 자라면 모든 걸 기억할 거예요. 그가 바로 자기 자신의 집에서 하느님과 종교 그리고 성직자들을 반대하는 말을 듣다니.

댄티가 격렬하게 말했다.

―그도 기억하라지!

케이시 씨가 식탁 건너로부터 그녀에게 소리쳤다.

―성직자들과 성직자들의 앞잡이들이 파넬의 가슴을 찢고 그를 무덤 속으로 몰아넣은 일을 말이야. 그가 어른이 되면 그것 또한 기억하게 해야지.

―개자식들!

데덜러스 씨가 소리쳤다.

―파넬이 실각했을 때 모두들 그에게 달려들어 그를 배반했고 시궁창의 쥐들처럼 그를 갈기갈기 찢었지. 비천한 개들 같으니! 그렇게 생겨먹었어! 정말이지, 그렇게 생겼단 말이야!

―그들은 올바르게 행동했어요, 그들은 자신들의 주교님과 신부님에게 복종했어요. 명예롭게도!

댄티가 부르짖었다.

―글쎄, 정말이지 말하기 진저리나요, 일 년 중 하루도 이 진저리나는 싸움에서 자유로울 수 없으니!

데덜러스 부인이 말했다.

찰스 아저씨가 조용히 양손을 들며 말했다.

―자 이제 그만, 이제 그만, 이제 그만! 누구든지 이렇게 나쁜 성질이나 심한 말을 하지 않고 무엇이든 자신들의 의견을 말할 수는 없을까? 정말 너무하군.

데덜러스 부인이 낮은 목소리로 댄티에게 말했으나, 댄티는 큰 소리로 말했다.

―말을 하지 않을 수가 없잖아요. 나의 성당과 나의 종교가 가톨릭 배교자들에 의하여 모욕을 당하고 침이 뱉어질 때 나는 그들을 옹호할 거예요.

케이시 씨는 그의 접시를 식탁 한가운데로 난폭하게 밀치고, 양 팔꿈치를 그의 앞에 괴면서 거친 목소리로 그의 주인에게 말했다.

―말해봐요, 내가 아주 유명한 저 침 뱉는 이야기를 당신한테 했던가요?

―하지 않았어.

존 데덜러스 씨가 말했다.

―아무렴, 그건 아주 교훈적인 이야기지요. 우리가 지금 있는 위클로우 군에서 얼마 전 일어난 거지.

케이시 씨가 말했다.

그는 갑자기 이야기를 중단하고, 댄티 쪽으로 몸을 돌리면서 분노에 찬 목소리로 은근히 말했다.

―그런데 말하지만, 부인, 나를 두고 한 이야기라면, 나는 가톨릭 배교자가 아닙니다. 나는 나의 아버지처럼 그리고 그분 이전의 그의 아버지 그리고 다시 그분 이전의 그의 아버지께서 그랬던 것처럼 한 사람의 가톨릭 신자랍니다. 당시 우리는 신앙을 팔기보다는 차라리 목숨을 포기했어요.

―글쎄, 더욱 수치스럽군, 당신이 지금처럼 말하다니.

댄티가 말했다.

―이야기를, 존, 어쨌든 그 이야기를 들어봅시다.

데덜러스 씨가 미소를 지으며 말했다.

―과연 가톨릭이라! 이 땅의 가장 사악한 신교도들도 오늘 저녁 내가 들은 그 말은 말하지 못할 거예요.

댄티가 빈정거리며 거듭 말했다.

데덜러스 씨는 시골뜨기 가수처럼 흥얼거리며, 고개를 이리저리 흔들기 시작했다.

―나는 신교도가 아니오, 다시 말하지만.

케이시 씨가 얼굴을 붉히면서 말했다.

데덜러스 씨는 여전히 흥얼거리고 고개를 흔들면서, 킁킁거리는 콧소리로 노래하기 시작했다.

"오, 오라 모든 그대 로마 가톨릭 교도들이여,
　　　미사에 결코 가지 않았던 그대들."

　그는 신이 난 듯 다시 나이프와 포크를 들고 먹기 시작하며, 케이시 씨에게 말했다.
　―존, 그 이야기 좀 들어봅시다. 소화에 도움이 될 테니.
　스티븐은 케이시 씨가 맞잡은 손 위로 식탁을 가로질러 빤히 쳐다보고 있는 그의 얼굴을 정답게 바라보았다. 그는 그의 검고 사나운 얼굴을 바라보며, 난로가 그의 곁에 앉아 있는 것이 좋았다. 그러나 그의 까만 눈은 결코 사납지 않았으며 그의 느린 목소리는 듣기 좋았다. 그러나 그는 왜 신부들을 저토록 반대하는 것일까? 그럼 댄티가 틀림없이 옳기 때문인가? 그러나 아버지는 댄티가 실패한 수녀였으며, 당시 그녀의 오빠가 장신구니 목걸이들을 토인들에게 팔아서 그들로부터 돈을 벌었을 때 그녀가 앨러게이니 산맥의 수녀원에서 뛰쳐나왔다는 말을 들었다. 아마도 그 일 때문에 그녀는 파넬을 혹평하고 있는지 모를 일이었다. 그리고 댄티는 그가 아일린과 함께 노는 것을 싫어했는데, 그 이유인즉 아일린이 신교도였기 때문이다. 그녀가 어렸을 때 신교도들과 함께 놀곤 하던 애들이 누구인지 그녀는 알고 있었는데, 신교도들은 언제나 성처녀의 연도(連禱)를 조롱하곤 했었다. 그들은 성모를 "상아탑"이니 "황금의 집"이니 부르곤 했었다. 어떻게 여자가 상아탑이니 황금의 집이 될 수 있었던가? 그러면 누가 옳았던가? 그러자 그는 클론고우즈의 의무실에서 보낸 밤을, 캄캄한 바다, 부둣가의 등불 그리고 모두들 소식을 듣고 스스로 신음하던 슬픔의 광경들을, 기억했다.
　아일린은 길고 하얀 손을 가졌었다. 술래잡기 놀이를 하던 어느 날 저

녘 그녀는 두 손으로 그의 눈을 가렸다. 길고 하얗고 가늘며 차갑고 부드러운 손. 그게 상아였다. 차고 하얀 것. 그것이 "상아탑"의 의미였다.

　一이야기는 아주 짧고 근사한 거야.

　케이시 씨가 말했다.

　一그건 어느 날 아클로우에서였어, 몹시 추운 날이었지, 수령께서 돌아가시기 조금 전. 하느님이시여 그분께 자비를 베푸소서!

　그는 나른하게 눈을 감으며 잠시 말을 멈추었다. 데덜러스 씨는 접시에서 뼈다귀 하나를 집어 거기에 붙은 살점을 이빨로 뜯으며 말했다.

　一그러니까, 그분께서 죽음을 당하기 전 말이지.

　케이시 씨는 눈을 뜨고, 한숨을 지으며 말을 계속했다.

　一그건 어느 날 아클로우에서였지. 우리들은 그곳 모임에 참석했는데 모임이 끝나자 우리들은 군중을 헤치고 정거장으로 가야 했단 말이야. 글쎄, 그토록 부우우 야아아 떠들어대다니, 자네, 그건 난생 처음이었어. 그들은 우리에게 세상의 별의별 욕을 다 퍼부었지. 글쎄, 그중에 한 노파가 있었는데, 그녀는 분명히 술 취한 할망구였지, 모든 주의력을 나한테 쏟았어. 그리곤 그녀는 내 곁으로 진창 속에 계속 춤을 추듯 하면서 내 얼굴에다 외치며 비명을 질렀어. "성직자一사냥꾼! 파리 공작금! 여우 씨! 키티 오시에!"

　一그래 자넨 어떻게 했나, 존?

　데덜러스 씨가 물었다.

　一실컷 고함을 지르도록 내버려두었지.

　케이시 씨가 말했다.

　一날씨가 몹시 추운지라 기운을 돋우려고 입 속에(실례합니다만, 마님), 나는 툴라모어 산(産) 씹는 입담배를 한 묶음을 품고 있어서, 내 입이 담배 즙액으로 너무 꽉 차 있었기 때문에 아무튼 말 한마디 어차피 할 수가 없었어.

―그래서, 존?

―그래서 나는 그녀가 마음껏 만족할 때까지 떠들도록 내버려두었지, "키티 오시에" 하고, 그녀는 그 밖에 뭐라고 떠들어대면서 마침내 저 여인을 괴상한 이름으로 불렀는데, 나는 그걸 되풀이해서 오늘 저녁 크리스마스 식탁이나 여러분들의 귀를, 마님, 그리고 나 자신의 입술을 더럽히고 싶진 않아요.

그는 말을 멈추었다. 데덜러스 씨는 뼈다귀로부터 얼굴을 들면서 물었다.

―그리고, 어떻게 했어, 존?

―어떻게 하다니!

케이시 씨가 말했다.

―그녀가 그걸 말했을 때 그녀의 못생긴 늙은 얼굴을 내게 바싹 고정시켰지. 그러자 나는 입에는 담배 즙액을 가득 채웠어. 나는 그녀에게 몸을 굽히고, "퉤," 이렇게 그녀에게 침을 뱉어줬지.

그는 얼굴을 돌려 침을 뱉는 시늉을 했다.

―"퉤," 글쎄, 이렇게 말이야, 바로 그녀의 눈 속에다.

그는 한 손으로 눈을 찰싹 때리며 고통스럽고 거친 비명을 질렀다.

―"오, 예수님, 마리아 그리고 요셉!" 그녀가 말하는 거야. "난 눈이 멀었어! 눈이 멀고 물에 빠졌어."

그는 기침과 웃음의 발작 때문에 말을 멈추었다가 다시 반복했다.

―"난 완전히 눈이 멀었단 말이야."

데덜러스 씨는 큰 소리로 웃으며 등을 의자에 기댔고, 한편 찰스 아저씨는 고개를 설레설레 저었다.

댄티는, 모두들 크게 웃고 있는 동안, 몹시도 화가 난 듯 보이며, 말을 반복했다.

—잘했군! 흥! 잘했군!

여자의 눈에 침을 뱉는 짓은 잘하는 일이 아니었다. 그러나 그 여인이 키티 오시에더러 뭐라고 했기에 케이시 씨는 그 말을 반복하지 못했을까? 그는 케이시 씨가 군중들 사이를 걸어다니며 작은 마차에서 연설을 하는 모습을 생각했다. 그는 그 때문에 과거 투옥되었고, 어느 날 밤 오닐 경사가 스티븐의 집으로 찾아와서 현관에 선 채, 낮은 목소리로 그의 아버지와 이야기하고 있던 것을, 그리고 그의 모자의 턱 끈을 신경질적으로 질근질근 씹고 있는 것을 기억했다. 그리고 그날 밤 케이시 씨가 기차로 더블린으로 가지 않았으나 한 대의 마차가 문간에 왔고, 그는 아버지가 캐빈틸리 가도에 관해서 뭔가 이야기하는 것을 들었다.

케이시 씨는 아일랜드와 파넬 편이었고 아버지도 그랬다. 그리고 댄티도 또한 그랬다, 왜냐하면 그녀는 어느 날 밤 광장에서, 마지막으로 악대가 "하느님 여왕을 도우소서"를 연주했을 때, 어떤 신사가 모자를 벗었기 때문에 우산으로 그의 머리를 쳤기 때문이다.

데덜러스 씨는 경멸조의 콧방귀를 뀌며 말했다.

—아아, 존, 그들이 옳아. 우리는 성직자들에게 시달린 불행한 종족이요, 과거에도 늘 그랬고 역사의 최후까지(영원토록) 언제나 그럴 거야.

찰스 아저씨는 머리를 저으면서 말했다.

—고약한 일이야! 고약한 일!

데덜러스 씨가 거듭 말했다.

—신부들에게 시달리고 하느님께 버림받은 종족!

그는 오른쪽 벽에 걸린 그의 할아버지의 초상화를 가리켰다.

－자네 저기 저 노인이 보이나, 존?

그가 말했다.

－그는 아무런 금전상의 실리가 없을 때도 참 훌륭한 아일랜드 사람이었어. 그는 백의당원(白衣黨員)으로 사형선고를 받았지. 하지만 그는 우리의 성직자 친구들에 대해서 늘 하는 말이 있었어. 어떤 일이 있더라도 신부들 중 한 사람도 그의 마호가니 식탁에 동석하게 하지 않겠다고.

댄티가 골을 내며 말을 가로챘다.

－만일 우리가 신부님들에게 시달린 종족이라면 우린 그걸 자랑스럽게 생각해야 해요! 그들은 하느님의 눈동자란 말이에요. "그들을 손대지 마라," 예수께서 말씀했어요, "왜고하니 그들은 내 눈동자이니까."

－그럼 우리는 조국을 사랑할 수 없다는 말이오? 우리들을 영도하기 위해 태어난 분을 우리는 따라선 안 된단 말이오?

케이시 씨가 물었다.

－자기 조국의 배반자! 배반자, 간통자! 성직자들이 그를 버린 건 당연했어요. 성직자들은 언제나 아일랜드의 참된 친구였어요.

댄티가 대답했다.

－정말, 그랬습니까?

케이시 씨가 말했다.

그는 식탁 위에 주먹을 던지고, 골이 나서 험상궂게 얼굴을 찌푸리며, 손가락을 하나하나 내밀었다.

－합병 당시에 레니건 주교가 콘월리스 후작에게 충성을 다짐하는 연설을 했을 때 아일랜드의 주교들은 우리들을 배신하지 않았던가요? 주교들과 신부들이 1829년에 가톨릭 해방의 대가로 그들의 조국의 야망을 팔

아먹지 않았던가요? 그들은 제단으로부터 그리고 고해소에서 페니언 운동을 탄핵하지 않았던가요? 그리고 그들은 또한 테렌스벨루 맥매너스의 유해(遺骸)를 욕되게 하지 않았던가요?

그의 얼굴은 분노로 불타고 있었고, 스티븐 역시 이 말이 그를 전율하게 해 뺨에 열기가 치솟는 것을 느꼈다. 데덜러스 씨는 거친 조소 투의 너털웃음을 터뜨렸다.

— 오, 맙소사, 난 불쌍한 폴 컬런 영감을 잊고 있었군! 하느님의 또 다른 눈동자를!

그는 부르짖었다.

댄티는 식탁 위로 몸을 굽히고 케이시 씨에게 소리쳤다.

— 옳아요! 옳아! 그분들은 언제나 옳았단 말이에요! 하느님과 도덕과 종교가 첫째예요.

데덜러스 부인은 그녀가 흥분한 것을 보고 말했다.

— 리오단 부인, 이분들에게 답하여 그렇게 흥분하지 마세요.

— 하느님과 종교가 모든 것을 앞선단 말이에요! 하느님과 종교가 세상을 앞서요.

댄티가 소리쳤다.

케이시 씨는 불끈 쥔 주먹을 치켜들고 식탁을 쾅 하고 내리쳤다.

— 그렇다면 좋아, 만일 그런 식이라면, 아일랜드에는 하느님이 필요 없어!

그는 거칠게 부르짖었다.

— 존! 존!

데덜러스 씨가 손님의 소매를 잡으며 부르짖었다.

댄티는 두 뺨을 흔들면서 식탁을 가로질러 노려보았다. 케이시 씨는 의자에서 몸을 애써 일으켜, 그녀를 향해 식탁을 가로질러 몸을 굽히며 마치 거미줄을 잡아 뜯는 듯, 한 손으로 눈앞의 허공을 휘저었다.

　－아일랜드를 위해 하느님은 필요 없어!

그는 고함을 질렀다.

　－아일랜드는 지금까지 하느님을 너무 많이 섬겨 왔어. 하느님 꺼져!

　－모독자! 악마!

댄티가 자리를 박차고 일어서며, 그의 얼굴에다 침을 뱉을 듯 부르짖었다.

찰스 아저씨와 데덜러스 씨가 케이시 씨를 의자에 도로 끌어내려 앉히며, 양쪽으로부터 진정하라는 듯 타일렀다. 그는 검고 불타는 듯한 눈으로 앞을 노려보며 되풀이하여 말했다.

　－하느님 저리가, 글쎄!

댄티는 그녀의 의자를 과격하게 옆으로 밀치며 식탁을 떠났고, 그러자 냅킨꽂이가 뒤집히며 카펫을 따라 천천히 굴러가다가 안락의자 다리에 부딪쳐 멈췄다. 데덜러스 부인이 재빨리 일어나 문 쪽으로 그녀를 뒤따랐다. 댄티는 문간에서 과격하게 돌아서며, 뺨을 붉히고 분노로 떨면서 방 안을 향해 고함을 질렀다.

　－지옥에서 온 악마 같으니! 우리가 이겼어! 우리가 그를 짓눌러 죽였어! 악마!

문이 그녀의 등 뒤로 쾅 닫혔다.

케이시 씨는 붙잡는 이들로부터 양팔을 뿌리치며, 갑자기 양손에 머리를 쥐고 고통스러운 듯 흐느꼈다.

　－불쌍한 파넬! 나의 돌아가신 왕이여!

그는 크게 소리쳤다.

그는 크게 그리고 비통하게 흐느꼈다.

스티븐은 자신의 공포에 질린 얼굴을 들면서, 아버지의 두 눈이 눈물로 가득 차 있음을 보았다.

*

아이들이 작은 그룹을 지어 함께 이야기했다.

한 애가 말했다.

—애들이 라이언즈 언덕 근처에서 붙들렸대.

—누가 붙들었어?

—글리슨 선생님과 부교장님이야. 그들은 마차를 타고 있었어.

바로 같은 애가 덧붙여 말했다.

—상급반의 한 친구가 내게 일러줬어.

플레밍이 물었다.

—그러나 왜 그들이 도망쳤는지 말해봐.

—난 그 이유를 알아,

세실 선더가 말했다.

—애들이 교장실에서 돈을 슬쩍했기 때문이야.

—누가 그걸 슬쩍했어?

—킥햄의 형이야. 그리고 그들 모두가 그걸 나누어 가졌대.

—그러나 그건 도둑질이었어. 어떻게 그런 짓을 할 수 있었지?

—넌 그에 관해 굉장히 많이 알고 있군, 선더!

웰즈가 말했다.

—난 애들이 왜 도망쳤는지 알아.

-이유를 말해봐.

-말하지 말랬어.

웰즈가 말했다.

-자, 어서 말해봐, 웰즈,

모두들 말했다.

-말해도 괜찮아. 우린 터트리지 않을게.

스티븐은 들으려고 머리를 앞쪽으로 굽혔다. 웰즈는 누가 오나 보려고 사방을 휘둘러보았다. 그러고는 몰래 이야기했다.

-성물실(聖物室)의 장 속에 보관하는 제단 포도주 알지?

-그래.

-글쎄, 애들이 그걸 마신 거야, 그리고 냄새로 누가 마셨는지 들통이 난 거야. 그게 모두들 도망친 이유야, 알고 싶으면?

그러자 맨 먼저 말을 꺼낸 애가 말했다.

-그래, 그게 내가 상급반 애한테 들은 거야.

아이들은 모두 말이 없었다. 스티븐은 아이들 틈에서 무서워 말도 못한 채 듣고만 서 있었다. 약한 매스꺼운 두려움이 그를 맥 빠지게 느끼게 했다. 어떻게 그들이 그런 짓을 할 수 있담? 그는 컴컴하고 묵묵한 성물실을 생각했다. 거기에는 검은 나무 미닫이들이 있었는데, 그곳에 주름잡힌 하얀 사제복이 접힌 채 조용히 놓여 있었다. 그것은 예배실이 아니었지만 누구나 숨을 죽이고 이야기해야만 하는 곳이었다. 그것은 성스러운 장소였다. 그는, 숲 속 작은 제단까지 행렬이 있던 날 저녁, 그가 향 그릇(보트) 봉지자(奉持者)로 옷을 입기 위해 그곳에 갔던 그 여름 저녁을 기억했다. 이상하고 성스러운 곳. 향로를 쥐고 있던 소년이 문 근처에서 중간 쇠사슬로 은제(銀製) 뚜껑을 들어올려 석탄이 계속 피어나도록 앞뒤로 조용히 그것을 흔들었다. 그것은 숯이라 불리었다. 그리고 그 애가 향로를 조용히 흔들자 불은 조용히 탔고, 희미하고 시큼한 냄새를 풍겼다. 그런 다음 모두들 제복을 차려 입자, 그는 일어서서 향 그릇을 교장 선생님께 내밀었고, 교장 선생님은 그 속에 한 숟갈의 향을 떠 넣었다. 그러자 향은 빨간 숯불 위에서 쉬이 소리를 냈다.

아이들은 운동장에서 여기저기 작은 그룹을 지어 함께 이야기하고 있었다. 아이들은 그의 눈에 몸집이 한층 작아진 듯 보였다. 그것은 전날 중급 문법반 아이인, 한 자전거 단거리 선수가 그를 부딪쳐 쓰러뜨렸기 때문이다. 스티븐은 그때 그 애의 자전거에 치여 재가 깔린 길바닥에 가볍게 넘어졌으며, 그의 안경은 세 조각으로 깨어졌고, 약간의 재 가루가 입에 들어갔다.

그것이 친구들이 그에게 한층 작고 한층 멀리 보이며, 축구 골대가 그토록 가늘고, 멀리, 부드러운 회색의 하늘이 그토록 높게 보이는 이유였다. 그러나 크리켓 시즌이 다가오기 때문에 축구장에는 아무런 경기도 진행되고 있지 않았다. 그리고 어떤 이들은 반즈가 크리켓 경기의 주장이 될 것이라 했고, 또 어떤 이들은 플라우어즈가 될 것이라 했다. 그리고 운동장의 사방에서 애들은 라운더즈 경기와 곡구(曲球) 그리고 저완구(低腕球)놀이를 하고 있었다. 여기에서 그리고 저기에서 크리켓 방망이 치는 소리가 고요한 회색의 대기를 뚫고 들려왔다. 그것은, 픽, 팩, 폭, 퍽 소리를 냈다. 마치 분수의 물방울들이 넘치는 사발 속에 천천히 떨어지는 것 같았다.

여태껏 잠자코 있던 아다이가 조용히 말했다.

- 너희들은 모두 틀려.

모두들 열렬히 그 애 쪽을 돌아보았다.

-왜?

-넌 알고 있어?

-누가 얘기했어?

-말해봐, 아다이.

아다이는 사이먼 무넌이 자기 앞에 돌을 차면서 혼자 걷고 있는 곳 쪽으로 운동장을 가로질러 가리켰다.

-저 애한테 물어봐.

그는 말했다.

아이들이 그쪽을 쳐다본 다음 물었다.

-어째서 저 애야?

-저 애도 끼었니?

-말해봐, 아다이. 어서. 알고 있으면 얘기할 수 있지.

아다이가 목소리를 낮추고 말했다.

-저 애들이 왜 도망쳤는지 알아? 말해줄 테니 절대로 아는 척해서는 안 돼.

그는 잠시 말을 멈추었다가 이어 신비스럽게 말했다.

-그 애들이 어느 날 밤 화장실에서 사이먼 무넌과 터스커 보일과 함께 붙들렸어.

모두들 그를 바라보면서 물었다.

-붙들리다니?

-무슨 짓을 했기에?

아다이가 말했다.

-동성애(호모 섹스)야.

애들은 모두 말이 없었다. 그러자 아다이가 말했다.

－그게 이유야.

스티븐은 아이들의 얼굴을 쳐다보았으나 그들은 모두 운동장을 가로 질러 쳐다보고 있었다. 그는 그것에 대해 누군가에게 물어보고 싶었다. 그래 화장실의 호모 섹스란 무슨 뜻일까? 왜 그 때문에 다섯 명의 상급반 아이들이 도망쳤을까? 한갓 장난이겠지, 그는 생각했다. 사이먼 무넌은 멋진 옷을 입고 있었고, 어느 날 밤 그는 크림 사탕과자가 든 공을 그에게 보여주었는데, 그것은 그가 식당의 문간에 서 있었을 때 열다섯 명 럭비 팀 선수들이 카펫을 따라 그에게 아래로 굴려준 것이었다. 그것은 벡티브 레인저스 팀과 시합이 있던 날 밤이었다. 공은 바로 빨갛고 푸른 사과처럼 만들어졌고, 단지 그걸 열자, 그 속에 크림과자가 가득 차 있었다. 그리고 하루는 보일이 코끼리는 두 개의 터스크(엄니) 대신 두 개의 터스커(어금니)를 가졌다고 말했는데, 그것이 그가 터스커 보일이라 불린 이유였으나 어떤 애들은 그를 보일 마님이라 불렀다. 그 이유는 그가 손톱을 다듬으면서 언제나 그것에 몰두하고 있었기 때문이다.

아일린도 역시 가늘며 차고 하얀 손을 가지고 있었는데, 그건 그녀가 소녀였기 때문이다. 그녀의 손은 상아 같았다. 단지 부드러울 뿐. 그것이 "상아탑"의 뜻인데도 신교도들은 이해하지 못하고 그걸 조롱했다. 어느 날 그는 호텔 마당을 들여다보며 그녀 곁에 서 있었다. 웨이터가 깃대에다 깃발을 끌어올리고 있었고, 폭스테리어 개 한 마리가 양지바른 잔디 위를 이리저리 껑충껑충 뛰어다니고 있었다. 아일린이 그의 호주머니 속에 손을 집어넣자 거기 그의 손과 마주쳤는데, 그는 그녀의 손이 얼마나 차갑고 가늘며 부드러운가를 느낄 수 있었다. 그녀는 호주머니란 가지고 다니기에 참 묘한 거라고 말했다. 그러고는 갑자기 그를 뿌리치며 꼬불꼬불한 비탈길을 따라 깔깔거리며 달려 내려갔다. 그녀의 아름다운 머리칼이 햇빛 속에 황금처럼 그녀 뒤에 물결쳤다. "상아탑." "황금의 집." 만사를 그런 식으로 생각하면 이해가 가능할 거야.

그러나 왜 화장실에서? 그곳은 용변을 보고 싶을 때 가는 곳이다. 그곳에는 온통 슬레이트의 두꺼운 판들이 깔려 있고, 작은 바늘구멍에서 물이 온종일 떨어지며, 괴상하고 썩은 물 냄새가 났다. 그리고 여러 변소들 중 하나의 문 뒤에 붉은 연필로 로마 제복을 입고 턱수염 난 사나이가 양손에 벽돌을 한 장씩 들고 있는 그림이 그려져 있었고, 그 그림 바로 밑에 그림의 제목이 다음과 같이 쓰여 있었다.

"밸버스는 벽을 쌓고 있도다."

어떤 녀석들이 장난으로 그걸 거기에다 그려 놓았다. 우스꽝스러운 얼굴이었지만 턱수염을 기르고 정말 남자 같았다. 그리고 또 다른 벽장에는 왼쪽으로 기운, 아름다운 필체로 이런 말이 쓰여 있었다.

"율리우스 카이사르는 칼리코 벨리를 썼도다."

아마 애들이 변소에 있는 것도 그 때문일 것이다. 왜냐하면 바로 그곳은 몇몇 애들이 장난으로 낙서하는 곳이니까. 그러나 아다이가 한 말의 내용이나 그렇게 말한 행동이 아무래도 괴상했다. 그들이 도망친 이유는 한갓 장난이 아니었다. 그는 다른 애들과 함께 운동장을 가로질러 쳐다보자 겁이 나기 시작했다.

마침내 플레밍이 말했다.

—그런데 다른 애들이 한 짓 때문에 우리 모두가 벌을 받아야 하나?

-난 학교로 돌아가지 않을래, 어디 돌아가나 봐.

세실 선더가 말했다.

-식당에서 사흘 동안 침묵하고, 매분마다 여섯이나 여덟 대씩 매질을 받아야 하다니.

-그래, 그리고 배리트 영감은 처벌 통지서에 우리가 몇 대를 맞는지 그걸 열거나 다시 접을 수가 없도록, 그걸 접는 새로운 방법을 갖고 있어. 나는 안 돌아갈래.

웰즈가 말했다.

-그래, 그런데 학감이 오늘 아침 중급 문법반에 들어왔단 말이야.

세실 선더가 말했다.

-반란을 일으키자, 우리 그럴까?

플레밍이 말했다.

애들은 모두 말이 없었다. 대기는 아주 조용했고 크리켓 방망이 소리를 들을 수 있었지만 전보다 한층 느렸다. 픽, 폭.

웰즈가 물었다.

-그 애들한테 무슨 일이 일어날까?

-사이먼 무넌과 터스커가 매를 맞게 될 거야, 그런데 상급반 애들은 매를 맞느냐 아니면 학교에서 쫓겨나느냐를 선택했어.

아다이가 말했다.

-그럼 애들은 어느 것을 택할까?

맨 먼저 말을 꺼냈던 애가 물었다.

-코리건 이외에는 모두 쫓겨나는 걸 택할 거야, 그는 글리슨 씨에게 매를 맞을 거야.

아다이가 대답했다.

─저 덩치 큰애가 코리건이지? 글쎄, 그 애 같으면 글리슨 씨 두 명쯤
은 해낼 수 있을걸!

플레밍이 말했다.

─난 그 이유를 알아, 코리건이 옳고 나머지 애들은 모두 글렀어. 왜
냐하면 매를 맞는 것은 조금 있다 아픔이 사라지지만, 학교에서 쫓겨나는
애는 일생 동안 그 사실 때문에 알려지니까. 게다가 글리슨 씨는 매를 심
하게 때리지 않을 거야.

세실 선더가 말했다.

─그리 심하게 때리지 않는 게 그에게도 좋을 걸.

플레밍이 말했다.

─난 사이먼 무넌이나 터스커처럼 되고 싶지는 않아, 그렇지만 그 애
들이 매를 맞을 것 같지는 않아. 아마 한 손에 아홉 대씩 두 번 벌을 받게
되겠지.

세실 선더가 말했다.

─아니야, 아니, 둘 다 급소를 맞게 될 거야.

아다이가 말했다.

웰즈가 몸을 문지르면서 우는소리로 말했다.

─제발, 선생님, 용서해 주세요!

아다이는 싱긋 웃으며 그의 재킷 소매를 걷어붙이고 말했다.

> "어쩔 수 없어,
> 매를 맞아야지.
> 그러니 바지를 내리고
> 볼기짝을 내밀어."

아이들은 큰 소리로 웃었다. 그러나 스티븐은 아이들이 다소 겁을 먹고 있다는 것을 느꼈다. 온화한 회색 대기의 정적 속에 그는 여기에서 그리고 저기에서 크리켓 방망이 소리를 들었다. 폭. 저건 듣기 위한 소리지만 만약에 매를 맞으면 아픔을 느낄 것이다. 회초리도 소리를 냈지만 저렇지는 않았다. 회초리는 고래 뼈와 그 속에 납이 든 가죽으로 만들어진다고 아이들은 말했다. 그리고 그는 회초리의 고통이 어떤 것일까 하고 생각해 보았다. 여러 가지 다른 소리에 따라 고통도 여러 가지이리라. 길고 가는 막대기는 높은 휘파람소리를 내리라. 그러자 그는 그 아픔이 어떠할까 궁금했다. 그걸 생각하니 몸이 떨리고 으스스했다. 그런데 그건 아다이가 또한 말한 것이었다. 그 말에 웃을 게 뭐가 있담? 생각하니 몸서리가 쳤다. 그러나 그건 바지를 벗을 때 언제나 떨리듯 느꼈기 때문이다. 목욕탕에서 옷을 벗을 때도 마찬가지였다. 그는 누가 바지를 끌어내려야 할지, 선생님일지 아니면 학생 자신일지 궁금했다. 오, 애들은 어떻게 그에 대해 저렇게 웃을 수 있담?

그는 아다이의 걷어 올린 소매와 마디가 굵고 잉크 투정이인 손을 쳐다보았다. 그는 글리슨 씨가 어떻게 소매를 걷어 올리는지를 보기 위해 자신의 소매를 걷어 올렸다. 그러나 글리슨 씨는 둥글고 반짝이는 소매와 깨끗하고 하얀 손목 그리고 통통한 하얀 손을 가졌으며 손톱이 길고 뾰족했다. 아마도 그는 보일 마님처럼 손톱을 다듬으리라. 그러나 그것은 지독히도 길고 뾰족한 손톱이었다. 하얗고 통통한 손은 잔인하지 않고 오히려 부드러워 보였지만, 손톱은 실로 길고 잔인해 보였다. 그리고 그는, 잔인하고 긴 손톱, 막대기의 높은 휘파람소리, 그리고 옷을 벗을 때 셔츠 끝에서 느끼는 오싹함을 생각하니 싸늘함과 공포로 몸을 떨었지만, 한편으론 깨끗하고, 튼튼한, 부드럽고, 하얀 통통한 손을 생각하니 마음속에 괴상하고 잔잔한 기쁨의 감각을 느꼈다. 그리고 그는 세실 선더가 한 말을 생각했다. 글리슨 씨가 코리건을 심하게 매질하지 않을 것이라는. 그리고 플레밍은 글리슨 씨 역시 매질을 심하게 하지 않는 것이 최선이기 때문에 그러지 않을 거라고 말했다. 그러나 그것이 이유가 될 수는 없었다.

운동장 멀리에서부터 한 가닥 소리가 들려왔다.

— 모두 입실!

그러자 다른 목소리들이 소리쳤다.

— 모두 입실! 모두 입실!

작문 시간 동안 그는 펜들이 천천히 종이를 긁는 소리를 귀담아 들으면서 팔짱을 끼고 앉아 있었다. 하포드 씨는 이리저리 왔다 갔다 하면서 빨간 연필로 작은 표시를 해주거나 때때로 소년 곁에 앉아 연필 쥐는 법을 그에게 가르쳐 주었다. 스티븐은 책의 맨 마지막에 나오는 제목을 이미 알고 있었지만, 혼자서 그 제목을 자세히 읽으려고 애를 썼다. "신중하지 못한 열의는 떠도는 배와 같도다." 그러나 그 글자의 선은 곱고, 눈으로 볼 수 없는 실과 같았으며, 오른쪽 눈을 단단히 감고 왼쪽 눈으로 자세히 들여다보아야만 대문자의 완전한 곡선을 식별할 수 있었다.

그러나 하포드 씨는 아주 점잖은 분으로 결코 화를 내지 않았다. 모든 다른 선생님들은 무섭도록 화를 냈다. 그러나 상급반 학생들이 한 짓 때문에 왜 다른 아이들이 고통을 받아야 할까? 웰즈가 말하기를, 상급반 애들이 성물실의 장롱에서 꺼낸 약간의 제단 술을 마셨는데, 술 냄새 때문에 누가 마셨는지 들통이 났다는 것이다. 아마도 그 애들이 성체 안치기를 훔쳐 그걸 갖고 도망쳐 어딘가에 팔려고 했는지 모를 일이었다. 밤에 살며시 그곳에 들어가 컴컴한 장롱을 열고, 반짝이는 황금의 물건(성체 안치기)을 훔치는 것은 정말 무서운 죄임에 틀림없다. 그 속에 하느님(성체)은 강복식(降服式)에 꽃과 촛불 한복판의 제단 위에 놓여, 그동안 복사(服事)가 향로를 흔들면 향이 좌우로 구름처럼 솟자, 도미니크 켈리가 성가대에서 혼자 성가의 첫 구절을 노래했다. 그러나 애들이 그것을 훔쳤을 때에는 하느님(성체)은 물론 그 속에 없었다. 그러나 성체 안치기를 만지기만 해도 그건 이상하고 커다란 죄가 되었다. 그는 깊은 두려움으로 그것을 생각했다. 지독하고 이상한 죄를. 펜으로 가볍게 긁는 소리가 들리는 정적 속에 그것을 생각하자 그는 몸을 떨었다. 그러나 제단 포도주를 장롱에서 꺼내 마시고 그 냄새 때문에 들키다니 그것 또한 죄였다. 하지만 그 죄는 지독하고 이상한 죄는 아니었다. 단지 포도주 냄새 때문에 약간 메스꺼움을 느낄 뿐이었다. 왜냐하면 그가 예배실에서 최초의 영성체를 받던 날, 그는 눈을 감고 입을 벌리며 혀를 조금 내밀었기 때문이다. 그리고 교장 선생님이 그에게 성찬을 주기 위해 몸을 아래로 굽혔을 때, 그는 교장 선생님의 숨결에서 미사의 포도주를 마신 뒤 풍기는 희미한 술 냄새를 맡았다. 포도주라는 말은 아름다웠다. 그것은 검은 보랏빛을 생각하게 했다. 왜냐하면 포도는 그리스의 하얀 신전 같은 집들 밖에서 자라기 때문이다. 그러나 교장 선생님의 숨결 속 희미한 냄새는 그가 첫 영성체를 받던 날 아침에 그에게 메스꺼운 느낌을 느끼게 했다. 누구든 최초의 영성체를 받는 날은 일생 중 가장 행복한 날이다. 그런데 한번은 많은 장군들이 나폴레옹에게 그의 일생 중 가장 행복한 날이 언제였는지 물은 적이 있었다. 그들은 그가 어떤 큰 전쟁을 이긴 날 또는 제왕이 되던 날이라고 말할 줄 알았다. 그러나 그는 다음과 같이 대답했다.

—여러분, 내 일생에서 가장 행복한 날은 내가 최초의 영성체를 받던 날이었소.

아널 신부가 교실에 들어오자 라틴어 공부가 시작되었고, 스티븐은 팔짱을 끼고 책상에 기대면서 잠자코 있었다. 아널 신부는 작문 숙제장을 도로 돌려주면서 모두 형편없으니 당장 고쳐서 다시 정서해야 한다고 했다. 그러나 그중에서도 제일 나쁜 것은 플레밍의 숙제장으로, 페이지들이 잉크 얼룩으로 한데 붙어 있었기 때문이다. 그러자 아널 신부는 노트의 한 모서리를 들어올리며, 선생님에게 이따위 숙제물을 제출하다니 그건 모독이라고 했다. 그런 다음 그는 잭 로턴에게 라틴어의 명사인 "바다(mare)"를 격변화시키도록 요구하자, 잭 로턴은 탈격단수(奪格單數)에서 막힌 채 복수형을 더 이상 계속할 수 없었다.

—넌 창피를 느껴야 해, 아널 신부가 말했다. 반장인, 네가!

이어 그는 다음 아이 그리고 다음 그리고 다음에게 물었다. 아무도 알지 못했다. 아널 신부는 아주 조용해졌다. 아이마다 대답을 하려고 애를 쓰지만 할 수 없자 가일층 조용해졌다. 그러나 그의 얼굴이 검게 보였고, 목소리는 아주 나직이 말하는데도 그의 눈은 빤히 노려보고 있었다. 그러자 그는 플레밍에게 물었고 플레밍은 그 단어는 복수형이 없다고 말했다. 아널 신부는 갑자기 책을 닫고 그에게 소리를 질렀다.

—거기 교실 한복판에 나와 꿇어앉아. 너처럼 게으른 애는 처음 봤어. 나머지 학생들은 다시 숙제장을 베껴요.

플레밍이 그의 자리에서 무겁게 걸어 나와 맨 뒤 두 벤치 사이에서 무릎을 꿇었다. 다른 학생들은 숙제장에 몸을 굽히고 쓰기 시작했다. 한 가닥 침묵이 교실을 점령했고, 스티븐은 아널 신부의 까만 얼굴을 겁먹은 듯 흘끗 쳐다보며, 그가 화 때문에 얼굴이 조금 붉어져 있는 것을 보았다.

아널 신부가 화를 내는 것은 죄일까, 아니면 학생들이 게으름을 피울 때 그들에게 화를 내면 공부를 더 잘하게 되니까 화를 내도 괜찮은 것일까, 아니면 그는 단지 화를 내는 척하는 것일까? 그것은, 신부가 죄는 무엇인지를 알며 죄를 범하지 않을 것이기 때문에 화를 내도 괜찮기 때문이다. 그러나 만일에 그가 한 번이라도 잘못해서 화를 내면 참회하러 가기 위해 무엇을 할까? 아마 그는 참회를 하기 위해 부교장 선생님에게 가겠지. 그리고 만일 부교장 선생님이 죄를 지으면 교장 선생님에게 갈 것이다. 교장 선생님은 관구장(管區長)한테 갈 것이요, 관구장은 예수회의 총회장에게 갈 것이다. 그것은 품급서열(品級序列)이라 불리었다. 그는 언젠가 아버지가 성직자들은 모두 현명한 사람들이라고 말하는 것을 들은 적이 있었다. 만일 그들이 예수회 교도가 되지 않았어도 모두들 이 세상에서 지위 높은 사람이 되었으리라. 그리고 그들이 예수회의 회원이 되지 않았더라면 아널 신부와 패디 배리트 선생님은 어떤 사람이 되었을 것이며, 맥글레이드 선생님이나 글리슨 선생님은 어떤 사람들이 되었을까 궁금했다. 그걸 생각하는 것은 어려운 일이었다. 왜냐하면 그들은 다른 색깔의 코트와 바지, 다른 콧수염과 턱수염 그리고 다른 여러 종류의 모자를 가진 자들이라, 전혀 다른 식으로 그들을 생각해야 했기 때문이다.

문이 조용히 열리자 닫혔다. 한 가닥 재빠른 속삭임이 교실 안을 내달렸다. 학감이었다. 한 순간의 죽은 듯한 침묵이 있은 다음, 맨 뒷줄 책상 위에 회초리의 찰싹 소리가 크게 들렸다. 스티븐의 심장이 두려움 속에 펄쩍 뛰었다.

─누구 매 맞을 소년 여기 없어요, 아널 신부님? 이 반에 어디 매를 원하는 빈둥거리는 게으름뱅이는 없어요?

학감이 소리쳤다. 그는 교실 한복판까지 오자 플레밍이 무릎을 꿇고 있는 것을 보았다.

－호호!

그는 소리쳤다.

－이게 누구지? 왜 무릎을 꿇고 있는 거냐? 이봐, 네 이름이 뭐냐, 너?

－플레밍입니다, 선생님.

－호호, 플레밍이라! 물론 게으름뱅이겠지. 네 눈을 보면 알 수 있어. 이 애는 왜 무릎을 꿇고 있어요, 아널 신부님?

－그는 라틴어 작문을 잘못했습니다. 그리고 문법 문제도 모두 다 틀렸어요.

아널 신부가 말했다,

－물론 그럴 테지!

학감이 소리쳤다.

－그럴 테고 말고! 타고난 게으름뱅이! 눈 모서리에 그걸 볼 수 있어.

그는 회초리로 책상 위를 쾅 내리치며 소리쳤다.

－일어나, 플레밍! 일어나, 요놈!

플레밍이 천천히 일어났다.

－내밀어!

학감이 소리쳤다.

플레밍이 그의 손을 내밀었다. 학감은 큰 소리와 함께 요란하게 회초리를 내리쳤다. 하나, 둘, 셋, 넷, 다섯, 여섯.

－다른 손!

회초리가 다시 찰싹 큰 소리로 여섯 번 내리쳐졌다.

－무릎을 꿇어!

학감이 소리쳤다.

플레밍이 양손을 양 겨드랑이 아래 쑤셔 넣으며 무릎을 꿇자, 그의 얼굴이 고통으로 일그러졌다. 그러나 스티븐은 플레밍이 언제나 손에다 송진을 문질러 바르고 있었기 때문에 손이 얼마나 단단한가를 알고 있었다. 그러나 회초리 소리가 지독한 것으로 보아 고통이 대단하리라. 스티븐의 심장이 마구 뛰며 팔딱거리고 있었다.

－모두들, 공부 계속해요!

학감이 소리쳤다.

－여기서는 빈둥거리는 게으름뱅이가 필요 없어, 빈둥거리는 게으름뱅이 꾀보 말이야. 자 어서, 공부를 시작해. 돌런 신부는 매일 너희들을 살피러 올 거야. 돌런 신부는 내일도 올 거야.

그는 회초리로 한 학생의 옆구리를 찌르며 말했다.

－이봐, 너! 돌런 신부가 언제 다시 오지?

－내일요, 선생님.

톰 펄롱의 목소리가 들렸다.

－내일도 그리고 그 내일도 그리고 그 다음 내일도.

학감이 말했다.

－그걸 마음에 단단히 새겨둬. 매일 돌런 신부가 온다는 것을. 열심히 써요. 너, 이봐, 넌 누구냐?

스티븐의 심장이 갑자기 펄쩍 뛰었다.

－데덜러스입니다, 선생님.

－왜 넌 다른 애들처럼 글을 쓰지 않고 있니?

－저는…… 저의……

그는 겁이 나서 말을 할 수가 없었다.

－왜 이 애는 글을 쓰지 않지요, 신부님?

－그 애는 안경을 깼답니다. 그래서 제가 작문을 면제시켜 주었어요.

아닐 신부가 말했다.

—깼다고? 그게 무슨 소리지? 네 이름이 뭐냐?

학감이 말했다.

—데덜러스입니다, 선생님.

—이리 나와, 데덜러스. 게으른 꼬마 꾀보. 얼굴에 꾀보라고 쓰여 있는 걸. 어디서 안경을 깼지?

스티븐은 두려움과 서두름 때문에 눈앞이 캄캄한 채, 교실 한복판으로 비틀비틀 걸어 나왔다.

—어디서 안경을 깼지?

학감이 반복해서 물었다.

—석탄 재 깐 길요, 선생님.

—호호! 석탄 재 깐 길이라! 나는 그런 수작을 알지.

학감이 부르짖었다.

스티븐이 놀라 눈을 들자, 그 순간 돌린 신부의, 회백색의 젊지 않은 얼굴, 그의 양쪽에 보푸라기가 난 회백색의 대머리, 강철 테의 안경, 그의 안경을 통해 쳐다보는 색 없는 눈을 보았다. 그는 왜 수작을 알고 있다고 말했을까?

—게으름뱅이 꼬마 꾀보! 저의 안경을 깼습니다라! 학생의 낡은 수작이야! 당장 손을 내놔!

학감이 부르짖었다.

스티븐은 눈을 감고 떨리는 한쪽 손을, 손바닥을 위로 하여 공중에 내밀었다. 그는 학감이 손을 펴라고 손가락을 만지는 것을, 이어 때리기 위해 회초리를 쳐들었을 때 수단복 소매의 쉿 하는 소리를 잠시 느꼈다. 부러진 막대기의 탁 치는 큰 소리처럼 뜨겁고 타는 듯 얼얼한 충격이 그의 떨리는 손을 불 속의 가랑잎처럼 오그라들게 했다. 그리고 그 소리와 고통에 타는 듯한 눈물이 눈 속으로 솟았다. 그의 온몸이 공포로 떨고 있었고, 팔이 흔들리고 있었으며, 그의 오그라든 타는 듯한 파리한 손이 허공의 처진 낙엽처럼 떨렸다. 울음이, 제발 용서해 달라는 듯, 그의 양 입술까지 솟아올랐다. 그러나 비록 눈물이 눈을 태우고, 그의 사지가 고통과 공포로 떨렸지만, 그는 목 타는 뜨거운 눈물과 울음을 참았다.

－다른 손!

학감이 소리쳤다.

스티븐은 상처받고 떨리는 오른손을 거두고 그의 왼손을 내밀었다. 회초리를 들어올리자 수단복 소매가 다시 윗 소리를 냈고, 크게 내리치는 소리와 사납고 미치도록 얼얼한 고통이 그의 손을 손바닥과 손가락을 검푸른 떨리는 한 덩어리로 함께 움츠리게 했다. 타는 듯한 눈물이 눈에서 솟아나왔고, 수치와 고뇌와 공포로 불타면서, 그는 공포 속에 떨리는 팔을 끌어당기자 고통스런 비명을 터뜨렸다. 그의 몸은 공포의 마비로 떨렸고, 수치와 분노 속에 타는 듯한 울음이 목구멍에서 치밀어 오르고, 타는 듯한 눈물이 눈에서 그리고 화끈거리는 양 뺨 아래로 떨어지는 것을 느꼈다.

－꿇어앉아.

학감이 소리쳤다.

스티븐은 맞은 손으로 그의 양 옆구리를 짓누르면서 재빨리 꿇어앉았다. 얻어맞은 고통 때문에 손이 부풀어 오른 것을 생각하니, 그것이 자기 손이 아니고 그가 미안하게 여기는 다른 사람의 손인 듯 순간적으로 그들에게 너무 미안한 생각이 들었다. 그리고 목구멍의 마지막 흐느낌을 가라앉히면서 그리고 그의 옆구리 속에 짓누르는 얼얼한 아픔을 느끼며 무릎을 꿇으니, 그는 손바닥을 위쪽으로 하여 공중에 내밀었던 손을, 그리고 떨리는 손가락을 바로 폈을 때 학감의 굳은 감촉을, 그리고 허공에 어쩔 수 없이 떨었던 얻어맞아 부풀어 오른 붉은 손바닥과 손가락의 살덩어리를 생각했다.

—자 모두들, 공부를 시작해.

학감이 문 쪽에서 소리쳤다. 돌런 신부는 어떤 아이, 어떤 게으름뱅이 꾀보가 회초리를 필요로 하는지 보기 위해 날마다 들를 것이다. 날마다, 날마다.

문이 그의 등 뒤로 닫혔다.

숨을 죽인 듯 학급 아이들은 작문 베끼기를 계속했다. 아널 신부는 자기 자리에서 일어나 상냥한 말로 애들을 도와주며, 그리고 그들이 한 틀린 것을 말해주면서 아이들 사이로 돌아다녔다. 그의 목소리는 무척이나 상냥하고 부드러웠다. 그런 다음 그는 자기 자리로 되돌아가 플레밍과 스티븐에게 말했다.

—너희들 제자리로 되돌아가도 좋아, 둘 다.

플레밍과 스티븐이 일어서서 제자리로 걸어가며 앉았다. 스티븐은 수치로 얼굴이 홍당무가 된 채 맥 빠진 손으로 재빨리 책을 펴고, 얼굴을 페이지에 가까이, 몸을 그 위에 굽혔다.

그건 정말 부당하고 잔인한 일이었다. 왜냐하면 의사가 안경 없이는 책을 읽지 말라고 그에게 일렀고, 그가 그날 아침 집으로 아버지께 편지를 써서 새 안경을 보내 달라고 했기 때문이다. 그리고 아널 신부는 새 안경이 올 때까지는 공부를 하지 않아도 된다고 말했다. 그런데 애들 앞에서 꾀보라고 부르다니, 언제나 반에서 일등 아니면 이등의 카드를 받는, 요크 편의 우두머리인 그에게 매질을 하다니! 수작이라고 학감은 어떻게 그걸 알 수 있담? 그는 학감의 손가락이 그의 손을 바로 했을 때 그들의 촉감을 느꼈고, 처음에는 손가락이 부드럽고 단단했기 때문에 자기와 악수라도 하려는 듯 생각했다. 그러나 그러자 순식간에 그는 수단복 소매의 쉿 스치는 소리와 회초리의 찰싹치는 소리를 들었다. 그를 반 한복판에 무릎을 꿇게 한 것은 잔인하고 부당했다. 그리고 아널 신부는 두 학생 사이를 전혀 구별하지 않은 채, 제자리에 되돌아가도 좋다고 말했다. 그는 아널 신부가 작문을 고쳐주고 있을 때 그의 낮고 선량한 목소리에 귀를 기울였다. 아마 그는 지금쯤 미안하고 점잖게 되기를 원하고 있을 것이다. 그러나 그것은 정말 부당하고 잔인한 것이었다. 학감은 신부지만, 그것만은 정말 잔인하고 부당했다. 그리고 그의 회백색 얼굴과 강철 테의 안경 뒤에 숨은 빛깔 없는 눈도 잔인해 보였다. 왜냐하면 그가 처음에 곧고 부드러운 손가락으로 그의 손을 반듯하게 했는데 그것은 손을 좀더 잘 그리고 보다 큰 소리로 때리기 위해서였다.

─그건 지독히도 비겁한 짓이야, 바로 그거야.

플레밍은 반 아이들이 식당으로 줄을 지어 빠져나가자, 복도에서 말했다. 그의 잘못도 아닌 것에 대해 학생을 매질하다니.

─넌 정말로 우연히 안경을 깼지, 그렇잖아?

내스티 로치가 물었다.

스티븐은 플레밍의 말에 가슴이 벅참을 느끼고 대답을 하지 않았다.

─물론 깼지! 난 참지 못하겠어. 나 같으면 교장 선생님한테 올라가서 그를 이르겠어.

플레밍이 말했다.

─그래, 그런데 나는 그가 회초리를 어깨 너머로 치켜드는 걸 보았어, 그렇게 못하도록 되어 있는데도.

세실 선더가 열렬하게 말했다.

─몹시 아팠니?

내스티 로치가 물었다.

─아주 몹시,

스티븐이 말했다.

─나 같으면 참지 않겠어.

플레밍이 반복해서 말했다.

─대머리가 아니라 대머리 할아버지라도. 그건 지독히도 저질이고 야
비한 수작이야, 바로 그거야. 나 같으면 저녁식사 뒤에 곧장 교장 선생님
한테 가서 그에 관해 이르겠어.

─그래, 그렇게 해. 그래, 해봐.

세실 선더가 말했다.

─그래, 그렇게 해. 정말이야, 교장 선생님한테 가서 일러, 데덜러스.
왜냐하면 그가 내일 다시 와서 널 매질한다고 했어.

내스티 로치가 말했다.

─그래, 그래. 교장 선생님한테 말해.

모두들 말했다.

그리고 중급 문법반의 몇몇 아이들도 듣고 있다가 그중 한 아이가 말
했다.

─원로원과 로마 국민은 데덜러스가 부당하게 형벌을 받았음을 선포
하노라.

그것은 부당한 일이었다. 그것은 부당하고 잔인했다. 그리고 그는 식
당에 앉았을 때 그와 똑같은 모독을 몇 번이고 되새기며 참아 보니, 마침
내 자신을 꾀보로 보이게 하는 그 무엇이 얼굴에 있는 게 아닌가 하고 이

상하게 생각하기 시작했고, 조그마한 거울이 있으면 들여다보고 싶었다. 그러나 그럴 수는 없었다. 그런데 그것은 부당하고 잔인하며 불공평한 일이었다.

그는 사순절(四旬節)의 수요일의 거무스름한 생선 튀김을 먹을 수가 없었으며, 감자 하나에는 삽 자국이 나 있었다. 그래, 애들이 시키는 대로 해봐야지. 그는 교장 선생님한테 가서 그가 부당하게 매를 맞았다고 말하리라. 그와 같은 일은 옛날 역사상의 어떤 인물에 의해, 얼굴이 역사책에 실려 있는 어떤 위대한 인물에 의해 행해졌었다. 그러면 교장 선생님은 그가 부당하게 매를 맞았다고 선포하리라. 왜냐하면 원로원과 로마 시민들도 언제나 고발한 사람들이 부당하게 매를 맞았다고 선포했을 테니까. 그분들은 이름이 리치멀 매그널의 『문제집』에 나와 있는 위대한 사람들이었다. 역사는 온통 그분들에 관한 그리고 그들의 업적에 관한 것이었고, 그리스와 로마에 관한 피터 팔리의 『이야기들』도 모두 그런 것에 관한 것이었다. 피터 팔리 자신이 그 책의 첫 페이지에 사진으로 나와 있었다. 옆에 풀과 작은 관목이 있는 황야 위로 길이 하나 있었다. 그리고 피터 팔리는 신교도의 목사처럼 테 넓은 모자를 쓰고 긴 지팡이를 짚었으며, 그리스와 로마로 향하는 길을 따라 급히 걷고 있었다.

그가 해야 할 일은 쉬운 일이었다. 그가 해야 할 모든 일은 저녁식사가 끝나고 차례가 되어 산보하려고 밖으로 나올 때, 복도 쪽으로 가지 않고 성으로 나아가는 오른쪽 계단을 올라가는 것이었다. 그것만 하면 그만이었다. 오른쪽으로 돌아 재빨리 계단으로 올라가면 얼마 가지 않아 낮고 컴컴한 좁은 복도에 도착할 것이고, 거기에서 성을 통해 교장실로 나아가게 될 것이다. 애들마다 그것은 부당하다고 말했고, 심지어 원로원과 로마 국민에 관해 말한 중급 문법반의 아이까지도 그랬다.

어떤 일이 일어날까? 그는 식당의 꼭대기에서 일어나는 소리 그리고 상급반 학생들이 양탄자를 밟으며 내려오는 발걸음 소리를 들었다. 패디 래스와 지미 매기 그리고 그 스페인 학생과 포르투갈 학생 그리고 다섯 번째는 글리슨 선생님한테 매를 맞을 덩치 큰 코리건이었다. 그 때문에 학감은 자기를 꾀보라고 불렀고 별것도 아닌 걸로 매질을 했던 것이다. 그리고 눈물에 지쳐, 약한 눈을 긴장시키면서, 그는 덩치 큰 코리건의 널찍한 어깨와, 숙이고 있는 크고 까만 머리가 줄을 지어 지나가고 있는 것을 지켜보았다. 그러나 코리건은 무슨 중요한 일을 한 모양이고 게다가 글리슨 씨는 그를 심하게 매질하지 않을 것이었다. 그리고 스티븐은 코리건이 목욕탕에서 얼마나 커 보였는지 기억했다. 그는 목욕탕의 끝에 있는 이탄 빛의 얕은 습지 물과 똑같은 빛깔을 내고 있었고, 그가 곁을 지나가자 그의 발바닥은 젖은 타일 위에 철썩철썩 큰 소리를 냈으며, 살이 쪄서 발걸음을 옮길 때마다 넓적다리가 조금 흔들렸다.

식당은 반쯤 비어 있었고 아이들은 여전히 줄을 지어 지나가고 있었다. 식당 문 바깥에 신부나 학감이 없었기 때문에 그는 계단을 올라갈 수 있었다. 하지만 그는 갈 수가 없었다. 교장 선생님은 학감과 한편이 될 것이요, 그것은 학생의 수작이라 생각할 것이며, 그렇게 되면 학감은 매일 같이 반에 나타날 것이고, 그에 관해 교장 선생님에게까지 일러바친 어느 학생에게 지독히 화를 낼 것이기 때문에 단지 사태는 더욱더 악화될 것이다. 아이들은 자기더러 가서 일러야 한다고 했지만, 그들 스스로는 가려 하지 않았다. 그들은 그 일에 관해 모두 잊어버렸다. 아니야, 그 일에 대해서 모든 것을 잊어버리는 것이 상책이요, 아마 학감이 반에 나타날 거라고 한 것은 단지 말뿐일 것이다. 아니야, 눈에 띄지 않고 숨는 것이 상책이다. 왜냐하면 누구나 몸집이 작고 어릴 적에는 그런 식으로 곧 잘 몸을 피할 수 있을 테니까.

그의 식탁에 앉아 있던 아이들이 자리에서 일어났다. 그도 자리에서 일어나 그들 사이를 줄을 지어 빠져나갔다. 그는 결심을 해야 했다. 그는 문 가까이 가고 있었다. 만일 그가 아이들을 따라 밖으로 나간다면 교장 선생님에게 결코 갈 수 없을 것이다. 왜냐하면 그는 그 때문에 운동장을 떠날 수는 없을 테니까. 그리고 만일 그가 갔는데도 여전히 매를 맞으면 애들은 모두 조롱할 것이고, 꼬마 데덜러스가 교장 선생님에게 가서 학감을 일러바쳤다고 말할 것이다.

그는 양탄자를 따라 계속 걸어 내려가자 자기 앞에 있는 문을 보았다. 그건 불가능했다. 그는 할 수가 없었다. 그는 잔인한 색 없는 눈으로 그를 쳐다보고 있는 학감의 대머리를 생각했고, 이름을 두 번씩이나 묻던 학감의 목소리를 듣는 듯했다. 왜 학감은 이름을 처음 일러 받고도 기억하지 못했을까? 그가 처음에 잘 듣지 않았기 때문일까 아니면 그의 이름을 조롱하기 위해서였을까? 역사에 나오는 위대한 사람들은 그와 비슷한 이름을 가졌고 아무도 그들을 놀리지 않았다. 놀리고 싶으면 자기 이름이나 놀릴 일이다. 돌런. 그건 마치 빨래하는 여자 이름을 닮았어.

그는 문에 다다라 재빨리 오른쪽으로 돌면서 층계로 올라갔다. 그리고 되돌아갈까 마음을 고쳐먹기도 전에, 이미 성에 이르는 낮고 어두컴컴한 좁은 복도로 들어갔다. 그가 복도 문의 문지방을 넘어섰을 때 그는, 굳이 보려고 고개를 돌리지 않아도, 아이들이 줄을 지어 지나가며 모두 그를 뒤돌아보고 있는 것을 보았다.

그는 좁고 어두운 복도를 따라 성당의 작은 문들을 지나갔다. 그는 어둠을 통하여 자신의 정면과 좌우를 기웃거리면서 저것들은 모두 초상화들이라고 생각했다. 그곳은 어둡고 고요했으며, 그의 눈은 시력이 약하고 눈물 때문에 피로했는지라 제대로 볼 수가 없었다. 그러나 그는 지나갈 때 말없이 그를 내려다보고 있던 성인들이나 교단의 위대한 사람들의 초상화이리라 생각했다. 책을 펼쳐 들고, "하느님의 보다 크신 영광을 위하여"란 문구를 가리키고 있는 성 이그너티우스 로욜라, 자신의 앞가슴을 가리키고 있는 성 프랜시스 자비에르, 학급 선생님들 중 하나처럼 자신의 머리에 버레터를 쓴 로렌츠 리치, 모두들 젊어서 죽었기 때문에 모두 젊은 얼굴들을 하고 있는, 성스러운 젊은 세 수호 성자들—성 스태니슬라우스 코스카, 성 알로이시우스 곤자가 그리고 복자(福者) 요한 베르크만서 그리고 큰 외투를 두르고 의자에 앉아 있는 피터 케니 신부.

그는 출입 현관 위 층계 마루 위로 나와 사방을 둘러보았다. 그리고 저기가 해밀턴 로우언이 지나간 곳이요, 병사들의 총탄 자국이 있는 곳이었다. 그리고 나이 많은 하인들이 원수(元帥)의 하얀 제복을 입은 유령을 보았던 곳이다.

한 늙은 하인이 층계 마루 끝에서 청소를 하고 있었다. 스티븐이 교장실이 어디냐고 그에게 묻자 늙은 하인은 먼 끝에 있는 방문을 가리켰다. 그가 그곳으로 가서 노크를 하자 그의 뒤를 돌아보았다.

아무 대답이 없었다. 그가 다시 좀더 크게 노크를 하자 한 가닥 둔탁한 목소리가 들렸을 때 그의 가슴은 뛰었다.

—들어와요!

그는 손잡이를 돌려 문을 열고 안쪽의 파란 나사가 있는 문 손잡이를 더듬어 찾았다. 그는 손잡이를 찾자 그걸 밀어 열고 안으로 들어갔다.

그는 교장 선생님이 책상에 앉아 글을 쓰고 있는 것을 보았다. 책상 위에는 두개골이 하나 놓여 있었고, 방 안에 의자의 낡은 가죽과 같은 이상하고 엄숙한 냄새가 풍겼다.

그의 심장은 그가 들어선 엄숙한 장소와 방의 침묵 때문에 급히 두근거리고 있었다. 그리고 그는 두개골과 교장 선생님의 친절하게 생긴 얼굴을 쳐다보았다.

－그래, 꼬마 학생, 무슨 일이지?

교장 선생님이 말했다.

스티븐은 목구멍에 멘 것을 꿀꺽 삼키고 말했다.

－저는 안경을 깼습니다, 선생님.

교장 선생님이 입을 벌리며 말했다.

－오!

그리고 그는 미소를 지으며 말했다.

－글쎄, 안경을 깼으면 집에다 편지를 써서 새 안경을 보내 달라고 해야지.

－집에다 편지를 썼습니다, 선생님, 그리고 아널 신부님은 새 안경이 올 때까지 공부를 안 해도 된다고 했습니다.

스티븐이 말했다.

－아주 옳아!

교장 선생님이 말했다.

스티븐은 그걸 다시 꿀꺽 삼키며, 다리와 목소리가 떨리지 않도록 애를 썼다.

－그러나, 선생님,

－그래?

－돌런 신부님이 오늘 반에 들어오셔서 제게 작문을 쓰지 않는다고 매질을 했습니다.

교장 선생님이 묵묵히 그를 쳐다보자, 스티븐은 자신의 얼굴에 피가 솟아오르고 눈에는 눈물이 솟으려 하는 것을 느낄 수 있었다.

교장 선생님이 말했다.

—네 이름이 데덜러스지, 그렇지?

—네, 선생님……

—그런데 어디서 안경을 깼지?

—석탄 재 깐 길에서요, 선생님. 어떤 애가 자전거 가게에서 나오다가 저를 넘어뜨려 안경을 깼어요. 그 애의 이름은 모릅니다.

교장 선생님은 다시 그를 묵묵히 쳐다보았다. 이어 그는 미소를 지으며 말했다.

—오, 그래, 그것은 잘못이다. 분명히 돌런 신부님이 모르셨던 거야.

—그러나 제가 안경을 깼다고 말씀드렸어요, 선생님, 그런데 저에게 매질을 했어요.

—새 안경을 보내 달라고 집에 편지를 쓴 걸 말씀드렸니?

교장 선생님이 물었다.

—아뇨, 선생님.

—오 그래, 돌런 신부님이 그걸 모르셨던 거야. 그럼 내가 며칠 동안 공부를 면제시켜 주었다고 말씀드려.

교장 선생님이 말했다.

스티븐은 몸의 떨림 때문에 말문이 막힐까봐 재빨리 대답했다.

—네, 선생님. 하지만 돌런 신부님이 내일 또 오셔서 그 때문에 저를 다시 매질한다고 했어요.

—아주 좋아, 그건 잘못이니까 내가 직접 돌런 신부님께 말씀드리지. 이제 됐어?

교장 선생님이 말했다.

스티븐은 눈물이 눈을 적시는 것을 느끼며 중얼거렸다.

―오 네, 선생님, 감사해요.

교장 선생님은 두개골이 놓여 있는 책상 옆을 가로질러 손을 내밀자, 스티븐은 잠시 동안 자신의 손을 그 속에 놓으면서 차갑고 축축한 손바닥을 느꼈다.

―그럼 안녕,

교장 선생님은 손을 도로 떼고 몸을 굽히며 말했다.

―안녕히 계셔요, 선생님,

스티븐이 말했다.

그는 절을 하고 조용히 방으로부터 걸어 나와 문을 조심스럽게 그리고 천천히 닫았다.

그러나 그가 층계 마루의 늙은 청소부 곁을 지나 다시 낮고 좁은 컴컴한 복도로 나서자, 그의 발걸음은 점점 빨라지기 시작했다. 점점 빨리 그는 어둠을 뚫고 흥분에 넘쳐 서둘러 걸었다. 그는 맨 끝의 문에 팔꿈치를 부딪치면서 층계를 급히 걸어 내려와, 두 개의 복도를 지나 바깥 대기 속으로 재빨리 걸어 나왔다.

그는 운동장에서 아이들이 떠드는 소리를 들을 수 있었다. 그는 달리기 시작했다. 그리고 점점 빨리 달리면서 석탄 재 깐 길을 가로질러 달렸고, 숨을 헐떡이며 하급반 운동장에 도착했다.

아이들은 그가 달려오는 것을 보았다. 그들은 들으려고 서로 밀치며 그의 주변을 동그랗게 둘러쌌다.

―말해봐! 말해봐!

―그가 뭐라고 하셨어?

―너 들어갔었니?

-뭐라고 그가 말했어?

　-말해봐! 말해봐!

그는 자기가 한 말과 교장 선생님이 한 말을 그들에게 다 말해주었다. 그리고 그가 그들에게 이야기를 다 하자, 아이들은 일제히 모자를 공중에 뱅뱅 던져 올리며 소리쳤다.

　-만세!

아이들은 모자를 잡았고, 다시 그들을 하늘 높이 뱅뱅 돌려 던지며 다시 소리쳤다.

　-만세! 만세!

아이들은 깍지 낀 손으로 가마를 만들어 그 사이에 그를 태워 들어올리고, 그가 애써 풀려날 때까지 그를 태우고 다녔다. 그리고 그가 애들로부터 도망치자 모두들 사방으로 흩어지면서, 모자를 다시 공중에다 던져 올리며, 모자를 뱅글뱅글 돌리고 휘파람을 불면서 소리쳤다.

　-만세!

그리고 모두들 대머리 돌런을 위해 세 번 야유를 했고, 콘미를 위해 세 번 만세를 외쳤다. 그리고 그가 클론고우즈의 유사 이래 가장 위대한 교장 선생님이라고 모두들 말했다.

경쾌한 함성은 온화한 회색의 대기 속에 사라져 갔다. 그는 홀로였다. 그는 행복하고 마음이 홀가분했다. 그러나 그는 돌런 신부에게 어떠하든 으스대고 싶지 않았다. 그는 아주 조용히 하고 그에게 복종하리라. 그리고 그는 자신이 으스대지 않음을 보여주기 위해 그를 위해 뭔가 친절한 일을 했으면 하고 바랐다.

대기는 부드럽고 회색에다 온화했고 저녁이 다가오고 있었다. 공중에는 저녁의 냄새, 모두들 바턴 소령 댁까지 산보를 하기 위해 외출했을 때 거기서 그들이 무를 뽑아 껍질을 벗겨 먹던 시골의 밭 냄새가 풍겼다. 정자 저쪽으로 오배자 나무들이 있는 작은 숲 속에서 나던 바로 그 냄새였다.

아이들은 크리켓의 길게 던지기, 커브 공 던지기 그리고 느린 곡구를 연습하고 있었다. 부드럽고 뿌연 고요 속에서 그는 공들이 부딪치는 소리를 들을 수 있었다. 그리고 고요한 대기를 뚫고 여기저기에서 들리는 크리켓 방망이 소리. 그것은 픽, 팩, 폭, 퍽, 마치 분수대의 찰랑이는 주발 속에 조용히 떨어지는 물방울 소리 같았다.

「제4장」(초록) (돌리마운트 해변)

세상의 함정은 죄의 길이었다. 그는 추락하리라. 그는 지금까지 추락하지 않았지만 순간적으로, 말없이 추락하리라. 함정에 추락하지 않기란 너무나 어렵고, 너무나 어려운 일이다. 그리고 그는 자신의 영혼의 말없는 타락이, 장차 어떤 순간에 닥쳐올 것인 마냥, 추락하며, 추락하면서, 아직 추락하지 않았으나, 여전히 추락하지 않은 채, 그러나 추락하려 하고 있음을 느꼈다.(『P』162) - 스티븐 데덜러스

*

그는 더 오래 기다릴 수 없었다.

바이런 주점의 문간에서부터 클론타프 예배당의 문까지, 클론타프 예배당 문에서 바이런 주점 문간까지, 그리고 거기서 다시 되돌아 예배당까지, 그리고 거기서 다시 되돌아 주점까지, 그는 처음에는 천천히 보도의 돌무늬 사이의 공간에 하나하나 면밀하게 발걸음을 옮겨 놓으며, 잇달아 시구의 박자에 걸음을 재며 걸어갔다. 아버지가 가정교사인 댄 크로즈비와 함께 자신을 위해 대학에 관해 뭔가를 알아보기 위해 안으로 들어간 지 꼬박 한 시간이 지났다. 꼬박 한 시간 동안 그는 아래 위로 거닐면서 기다렸다. 그러나 그는 더 오래 기다릴 수가 없었다.

그는 불쑥 불(Bull) 등대를 향해 출발했다. 아버지의 날카로운 휘파람 소리가 그를 도로 부르지 않도록 재빨리 걸어갔다. 그리고 얼마 후에 그

는 파출소 돌담 모퉁이를 돌자 마음이 놓였다.

그렇다, 어머니는 그녀가 맥 빠진 침묵을 지키고 있던 것으로 미루어 보아, 그가 대학에 가겠다는 생각에 반대했다. 하지만 어머니의 불신(不信)은 아버지의 자만심보다 한층 날카롭게 그의 마음을 자극했다. 그는 자신의 영혼 속에 시들어 가고 있던 신앙심이, 어머니의 눈에 세월이 흐를수록 얼마나 강해져 가고 있는가를 목격했는지에 대해 냉정하게 생각했다. 한 가닥 희미한 적대감이 그의 마음속에 힘을 모으고, 한 점 구름처럼 어머니의 불신을 반대하여 그의 마음을 어둡게 했다. 그리고 그 반감이 구름처럼 지나가 버리자, 다시 그녀를 향한 자신의 마음이 평온하고 충실해지면서, 그는 그들이 생활하며 처음으로 겪는 소리 없는 격리를 어렴풋이 그리고 유감없이 알게 만들었다.

대학! 그리고 그는 자신의 소년 시절의 보호자들로서 버티고 서서 그를 그들 사이에 끌어들여 복종하게 하고, 그들의 목적에 이바지하도록 했던 파수꾼들의 도전을 이미 초월해 버렸다. 만족에 잇단 자존심이 마치 기다랗게 천천히 밀려오는 파도처럼 그를 떠받쳐 올렸다. 그가 섬기기 위해 태어났음에도 아직 그 실재를 보지 못했던 목적이 눈에 보이지 않는 샛길로 그를 빠져나가게 했고, 이제 그 목적은 그에게 다시 한 번 손짓을 했으며, 하나의 새로운 모험이 그에게 펼쳐질 찰나였다. 발작적인 음악의 곡조가 한 옥타브 위쪽으로 치솟았다가 한 감사도(減四度) 아래쪽으로 하강하고, 한 옥타브 위쪽으로 그리고 한 장삼도(長三度) 아래쪽으로, 마치 세 갈래 불꽃이 한밤중 어떤 숲 속으로부터 발작적으로 연달아 튀어나오듯 느껴졌다. 그것은 끝도 없고 형태도 없는 요정(妖精)의 서곡 같았다. 그리하여 서곡이 한층 사나워지고 빨라지자 그 불꽃은 박자를 잃고 솟구쳤으며, 마치 나뭇가지와 풀숲 아래로부터 나뭇잎에 떨어지는 비처럼 발을 후드득거리며 달려가는 야생 동물들의 소리를 듣는 듯했다. 그들의 발, 산토끼와 집토끼의 발, 수사슴과 암사슴 그리고 영양(羚羊)의 발들은 그의 마음 위에 후드득 법석을 떨며 지나갔고, 마침내 그는 그 소리를 더 이상 들을 수 없게 되자, 단지 뉴먼의 한 가닥 자만심 넘치는 운율을 기억할 뿐이었다.

　　─"그들의 발은 수사슴의 발과 같았고 영원한 양팔 아래 있도다."

　　저 희미한 상(像)에 대한 자존심이 그가 한때 거절했던 성직의 권위를 마음속에 되살아나게 했다. 온통 그의 소년 시절 내내 그가 자신의 숙명이라 그토록 자주 생각했던 것에 관해 명상을 했지만, 자신이 그 소명(召命)에 복종할 시간이 다가오자 고집스런 본능에 복종하여 그는 몸을 옆으로 돌려버렸다. 이제 그 사이에 시간이 놓여 있었으니, 서품(敍品)의 성유(聖油)는 결코 그의 육체에 뿌려지지 않으리라. 그는 거절했었다. 왜?

　　그는 돌리마운트에서 도로를 벗어나 바다 쪽으로 방향을 돌렸고, 좁은 나무다리를 지나자 무겁게 쿵쿵거리며 지나가는 발 때문에 나무판자가 흔들리는 것을 느꼈다. 한 무리의 기독 형제 학교의 학생들이 불 등대에서 돌아오고 있었는데, 두 사람씩 두 사람씩 다리를 건너가기 시작했다. 이내 다리 전체가 떨며 흔들리고 있었다. 거친 얼굴들이 둘씩둘씩 그를 지나갔는데, 바다에 의해 누렇게 또는 붉게 또는 축축하게 얼룩져 있었으며, 그가 태연하고 무관심하게 그들을 바라보려고 애쓰자, 그의 얼굴에 개인적인 수치와 동정심의 한 가닥 빛이 떠올랐다. 자기 자신에 대해 화가 나서 그는 다리 아래로 소용돌이치고 있는 얕은 물속을 비스듬히 내려다보며, 그들의 눈길에서 그의 얼굴을 감추려 애썼지만, 그는 여전히 물에 반사된 그들의 머리에 쓴 큰 실크 모자와 테이프, 초라한 칼라, 느슨하게 늘어진 수도복을 보았다.

－히키 수사(修士).

퀘이드 수사.

맥아들 수사.

키오 수사.－

그들의 신앙은 그들의 이름과 같았고, 그들의 얼굴과 같았으며, 그들의 옷과 같았다. 그들의 겸허하고 통회하는 마음은, 어쩌면, 그의 마음이 여태 그랬던 것보다 기도에 한층 더 경의를 표했고, 그의 정성어린 예배보다 열 배나 더 잘 받아들일 수 있는 선물일 거라고 그가 자신에게 타일러 본들 부질없는 노릇이었다. 그가 스스로 마음을 움직여 그들에게 관대해야 한다든지, 만일 그가 스스로의 자존심을 빼앗긴 채, 패배하고 거지의 상복(喪服)으로 언젠가 그들의 문간에 나타난다면, 그들이 자신을 너그럽게 대해 주고, 자신들처럼 그를 사랑해 줄 것이라 혼자 자신에게 말해 본들 허망한 일이었다. 부질없고 비참할 뿐이었다. 최후로 자기 자신에게 침착하게 확신을 갖고, 사랑의 계율(戒律)에 따라 우리가 사랑의 똑같은 양과 강도로 내 몸같이 이웃을 사랑할 것이 아니라, 우리들 자신처럼 그를 사랑의 똑같은 질을 가지고 사랑해야 한다고 말한 것을 스스로 입증해 보았던들 말이다.

그는 지식의 보고(寶庫)에서 한 구절을 꺼내 그것을 혼자서 조용히 되뇌어 보았다.

－바다에서 솟은 얼룩진 구름의 하루.

그 글귀와 그 날과 그 주변의 광경이 한 줄로 조화를 이루었다. 낱말들. 그것은 말들의 빛깔 때문인가? 그는 그 말들이, 색채가 연달아 진해졌다 이울어졌다 하는 대로 내버려두었다. 해돋이의 황금빛, 사과 과수원의 빨간빛과 초록빛, 파도의 푸른빛, 회색 가장자리 테를 두른 솜 같은 구름. 아니야, 그것은 말들의 빛깔이 아니었다. 문장 자체의 편형(扁形)과 균형(均衡)이었다. 그러면 그는 이야기나 색깔의 결합보다 낱말 자체의 음운적 억양을 더 사랑했던가? 아니면 그가 마음이 수줍듯 시력이 약해서, 명쾌하고 유연한 종합적 산문 속에 완전히 반영된 개인적 감정의 내적 세계의 명상을 통하여, 보다 다채로운 색깔과 풍부하게 층들을 이룬 언어의 프리즘을 통한 빛나는 감각 세계의 반사를 통하여, 스스로 즐거움을 덜 끌어냈기 때문이었던가?

그는 흔들거리는 다리에서 다시 단단한 육지로 발을 옮겨 놓았다. 그 순간 공기가 싸늘하게 느껴지는 듯했고, 이내 바다를 향해 비스듬히 쳐다보면서, 그는 달려오는 한 가닥 질풍이 조수를 갑자기 어둡게 하고 물결을 일게 하는 것을 보았다. 심장의 약한 덜걱 소리, 목구멍의 가냘픈 울림소리는 자신의 육체가 바다의 차갑고 비인간적인 냄새를 얼마나 겁내고 있는가를 다시 한 번 그에게 알려주었다. 그런데도 그는 왼쪽 구릉지로 가로질러 걷지 않고 하구(河口)에 날카롭게 뻗은 바위돌기를 따라 계속 직행했다.

한 줄기 베일에 가려진 듯한 햇빛이 강으로 만(灣)을 이룬 회색의 수면을 아련히 비추었다. 멀리 유유히 흐르는 리피 강의 흐름을 따라 가느다란 돛대들이 하늘에 반점을 찍고, 한층 더 먼 곳에는 아련한 직물 같은 도시가 안개 속에 엎드려 있었다. 인간의 피로처럼 오래된, 어떤 공허한 아라스 천 위의 한 장면처럼, 기독교국의 제7도시(第七都市)의 이미지가 무궁한 대기를 가로질러, 식민 시대에 있어서보다 덜 오래지도, 덜 지치지도, 굴종을 덜 견디지도 않은 듯, 그에게 드러났다.

낙심한 채 그는 천천히 표류하는 얼룩지고 바다에서 솟아난 구름을 향해 눈을 쳐들었다. 구름은 하늘의 사막을 가로질러 항해하고 있었으니,

행진하는 한 무리의 유목민 마냥 아일랜드 위를 높이, 서쪽을 향해 항해하고 있었다. 구름이 흘러 온 유럽은 아일랜드의 바다 저 너머에 거기 놓여 있었다. 낯선 말(言)과 골짜기가 진, 숲으로 둘러치고 성채(城砦)가 있는, 그리고 참호를 파고 군비를 갖추었던 종족들의 유럽. 그는 거의 의식했으나 잠시 동안도 포착할 수 없었던 기억들이나 이름들처럼 한 가닥 혼란스런 음악을 마음속에서 들었다. 그러자 그 음악은 멀어지고, 멀어지고, 멀어질 듯 보였으며, 성운(星雲)같이 멀어지는 음악의 각각의 꼬리로부터 한 가닥 길게 끌린 음조가, 별처럼 침묵의 어둠을 꿰뚫으며 거기 떨어졌다. 다시! 다시! 다시! 이 세상 너머로부터 한 가닥 목소리가 부르고 있었다.

　─이봐, 스테파노스!

　─여기 데덜러스가 온다!

　─아유! ……응, 그러지 마, 드와이어, 글쎄, 그렇지 않으면 내가 네 입에다 한 대 갈길 테다…… 오!

　─잘한다, 타우저! 그를 물에 처넣어!

　─이리 와, "데덜러스! 보우스 스테파노우메노스(왕관을 쓴 황소)!" "보우스 스테파네포로스(화환을 두른 황소)!"

　─그를 물에 처넣어! 물을 먹여, 타우저!

　─사람 살려! 사람 살려!…… 아유!

그는 자신이 아이들의 얼굴을 분간하기 전에 그들의 말을 집단적으로 식별했다. 그는 젖은 나체의 저 혼잡스런 광경만으로도 뼛골까지 오싹했다. 그들의 몸뚱이는 허연 시체처럼 또는 파리한 황금 햇빛으로 물들인 듯 또는 햇빛에 거칠게 탄 듯 바닷물에 젖어 번득였다. 아이들이 물속으로 풍덩 뛰어들 때 건들거리는, 조잡스런 받침대 위에 균형 잡힌 수영 돌

축대, 그리고 아이들이 그 위에서 말(馬) 놀이를 하며 기어오르는 경사진 방파제의 거칠고 날카로운 돌들이, 차가운 젖은 빛으로 번쩍이고 있었다. 그들이 몸뚱이를 철썩 치는 수건이 차가운 바닷물에 젖어 무거웠다. 그리고 헝클어진 그들의 머리카락은 차가운 소금물에 흠뻑 젖어 있었다.

그는 아이들이 부르는 소리를 존중하며 잠자코 서서, 그들의 야유를 가벼운 말로 받아 넘겼다. 모두들 어쩌면 그토록 개성이 없어 보였던가. 옷깃 없는 옷에 단추를 채우지 않은 셜리, 뱀 같은 버클이 달린 붉은 혁대를 매지 않은 에니스, 그리고 뚜껑 없는 옆주머니가 달린 노퍽 코트를 입지 않은 코놀리! 그들을 보는 것은 일종의 고통이요, 그들의 애처로운 나체를 불쾌하게 느끼게 하는 사춘기의 징후들을 보는 것은 칼 같은 고통이었다. 아마도 그들은 자신들의 영혼 속의 무서운 비밀로부터 수(數)적인 우세함과 시끄러운 소음으로 피난을 취하고 있는지도 모를 일이었다. 그러나 그는 그들과 떨어져 그리고 침묵 속에, 자신의 육체의 신비를 스스로가 얼마나 무서워하며 서 있는지를 기억했다.

―스테파노스 데덜러스! 보우스 스테파노우메노스! 보우스 스테파네포로스!

아이들의 야유는 그에게 새로운 것이 아니었고, 그 야유는 자신의 온화하고도 자만심에 넘치는 존엄성을 추켜세웠다. 이전에 결코 그러지 않았듯, 이제 그의 이상한 이름은 그에게 일종의 예언처럼 느껴졌다. 잿빛의 따뜻한 대기가 너무나 무궁한 듯 보였고, 자기 자신의 기분이 너무나 유동적이고 비개인적인 것으로 느껴졌으며, 심지어 모든 시대가 그에게 하나로 느껴졌다. 조금 전만 하더라도 덴마크 족의 고대 왕국의 망령이 그 안개로 감싸인 도시의 의상을 뚫고 모습을 드러내 보였다. 이제 그 전설적인 명장(名匠)의 이름을 듣자, 그는 캄캄한 파도 소리를 듣는 듯 그리고 날개 돋친 어떤 형태가 파도 위를 날며 천천히 공중으로 솟아오르는 것을 보는 듯 느껴졌다. 그건 무엇을 의미했던가? 그건 예언과 상징들로 가득 찬 어떤 중세기 책의 한 페이지를 여는 한 가지 기묘한 방안(方案), 태양을 향해 바다 위를 나는 매 같은 사나이, 자신이 섬기기 위해 태어나 유년기와 소년기의 안개를 통해 따르던 목적의 한 예언, 보잘것없는 흙덩이를 가지고 새로운 하늘로 치솟는 불가사의한 불멸의 존재를 자신의 작업장에서 새로이 빚어 만드는 예술가의 한 상징이었던가?

그의 심장이 떨렸다. 그의 숨결이 한층 빨라지고 마치 자신이 태양을 향하여 치솟는 듯, 어떤 야성의 정기가 그의 사지 위를 스쳐 지나갔다. 그의 심장은 공포의 황홀경 속에 떨었고, 영혼은 비상(飛翔)하고 있었다. 그의 영혼은 이 세상을 넘어 대기 속으로 치솟고 있었으며, 그가 알고 있는 육체는 단숨에 정화되어 불확실을 벗어던지고, 찬연히 빛나며 영혼의 정기와 혼합되었다. 비상의 한 가닥 황홀경이 그의 눈을 빛나게 했고, 숨결을 거칠게 했으며, 바람에 스친 그의 육체를 떨게 하고, 거칠게 그리고 찬란하게 빛내었다.

-하나! 둘! ……조심해!

-오, 크라이프스, 난 물에 빠졌어!

-하나! 둘! 셋! 자 가라!

-다음! 다음!

-하나!…… 윽!

-스테파네포로스!

그의 목구멍은 크게 외치고 싶은 욕망, 하늘 높이 나는 매 또는 독수리의 외침, 바람을 향해 자신의 구원을 날카롭게 외치고 싶은 욕망으로 쓰렸다. 그것은 영혼을 부르는 생명의 소리요, 의무와 절망의 세계가 지닌 무디고 조잡한 소리는 아니었으며, 한때 자신을 제단의 막연한 봉사에로 불렀던 비인간적인 목소리도 아니었다. 황막한 비상의 한순간이 그를 해방시켰고, 그의 입술이 억제했던 승리의 부르짖음이 그의 두뇌를 쪼갰다.

－스테파네포로스!

이제 그들은 죽음의 몸뚱이에서 떨쳐 버린 수의(壽衣)가 아니고 무엇이었던가－그가 밤낮으로 품고 걸었던 공포, 그를 둘러쌌던 불확실, 안팎으로 그를 비굴하게 만들었던 수치－수의며, 무덤의 린넨 천이 아니었던가?

그의 영혼은 수의를 벗어던지며 소년 시절의 무덤으로부터 일어섰다. 그렇다! 그렇다! 그렇다! 그가 지닌 이름의 저 위대한 명장(名匠)처럼, 그는 영혼의 자유와 힘으로부터 하나의 살아 있는 존재, 새롭고 하늘로 치솟는 그리고 아름답고 불가사의한 불멸의 것을 자랑스럽게 창조하리라.

그는 자신의 핏속의 불꽃을 더 이상 끌 수가 없어 돌 축대에서 신경질적으로 갑자기 일어섰다. 그는 양 뺨이 활활 타는 듯 느꼈으며 목구멍이 노래로 두근거렸다. 거기 지구의 끝을 향해 출발하려는 불타는 방랑의 욕망이 있었다. 앞으로! 앞으로! 그의 심장이 부르짖는 듯했다. 땅거미가 바다 위로 짙어 오고, 평원에는 밤이 내리고, 새벽이 방랑자 앞에 번득이며, 그에게 낯선 들과 언덕 그리고 얼굴들을 보여주리라. 어디에?

그는 북쪽으로 호우드 언덕을 향해 바라보았다. 바다는 얕은 쪽의 방파제 위에 선을 이룬 해초 아래로 얕아졌고, 조수는 이미 해안선을 따라 급히 빠져나가고 있었다. 이미 길고 갸름한 타원형의 모래 무덤이 잔물결 사이로 따뜻하고 마른 채 놓여 있었다. 여기저기 따뜻한 모래섬들이 얕은 조수 위로 반짝이고, 섬들 근처와 긴 모래 둑 주위 그리고 해안의 얕은 물결 사이로 가볍고 경쾌한 옷차림을 한 사람들이 물을 건너거나 모래를 뒤지고 있었다.

순식간에 그는 맨발이 되었고, 양말은 호주머니 속에 접어 넣은 채, 캔버스 신발은 끈을 마디로 매어 어깨에 달랑 걸쳤다. 그리고 그는 바위 틈의 표류 물에서 소금에 절린 뾰족한 막대기 하나 집어 들고, 방파제의 경사를 엉거주춤 기어 내려갔다.

기다란 여울이 하나 물가에 있었다. 그리고 그가 물줄기를 따라 천천 히 거슬러 올라가자, 끝없이 떠도는 해초에 경탄했다. 에메랄드색 그리고 검은색 그리고 적갈색 그리고 올리브색의 해초가, 물결 아래서 몸을 흔들 거나 뒤집으며 움직였다. 여울의 물은 끊임없이 떠도는 해초로 검게 보였 고, 하늘 높이 떠도는 구름을 거울처럼 비추었다. 구름은 말없이 그의 머 리 위로 떠돌고 있었고, 엉클어진 바다의 해초는 말없이 그의 아래 떠돌 았으며, 회색의 따스한 공기는 잠잠했고, 한 새로운 야생의 생명이 그의 혈관 속에서 노래하고 있었다.

이제 그의 소년 시절은 어디에 있었던가? 수치의 상처를 홀로 되새기 며, 오욕과 속임수의 집 속 퇴색된 수의를 걸치고, 만지면 시들어 버릴 화환에 싸인 채 여왕으로 군림하기 위해, 자신의 숙명에서 몸을 움츠렸던 그 영혼은 어디에 있었던가? 아니 그는 어디에 있었던가?

그는 홀로였다. 그는 그 누구의 주목도 끌지 않은 채 행복하며 인생의 황량한 중심 가까이에 있었다. 그는 홀로였고 젊고 외고집이요 마음이 황 량한 채, 야생의 대기와 소금기 있는 바다 그리고 조가비와 엉긴 해초의 바다 수확물 그리고 베일 두른 회색의 햇빛과, 아이들과 소녀들의 경쾌하 고 가벼운 옷차림의 모습들, 그리고 공중에 아이답고 소녀다운 목소리들 사이에 홀로였다.

한 소녀가 그의 앞 한가운데에 혼자 조용히 바다를 밖으로 응시하며 서 있었다. 그녀는, 마술이 이상하고 아름다운 바다 새의 모습으로 바꾸어 놓은 사람을 닮은 듯했다. 그녀의 길고 가느다란 벌거벗은 양다리는 학(鶴)의 그것처럼 섬세했고, 한 줄기 에메랄드 빛 해초가 살결 위에 도안처럼 그려 놓은 것 이외에는 온통 순결하게 보였다. 그녀의 허벅다리는 몹시 부풀은 데다가 상아처럼 부드러운 빛깔로, 거의 엉덩이까지 벌거벗은 채 드러나고, 거기 그녀의 하얀 깃 장식의 속옷은 마치 부드럽고 하얀 솜털의 깃을 닮았다. 그녀의 청회색 치마는 허리 주변까지 대담하게 걷어 올려졌고, 뒤쪽으로 비둘기의 꽁지 모습을 하고 있었다. 그녀의 앞가슴은 새의 그것-어떤 검은 깃털의 비둘기의 앞가슴처럼 가냘프고 부드러웠다. 그러나 그녀의 길고 아름다운 머리칼은 소녀다웠다. 그리고 그녀의 얼굴 또한 소녀다웠고, 경이적인 인간의 아름다움으로 감촉되어 있었다.

그녀는 홀로 가만히 바다를 밖으로 응시하고 있었다. 그리고 그녀가 그의 존재와 눈의 동경을 의식하자 그녀의 눈은 수치심이나 방자함이 없이, 그의 시선을 조용히 묵인하며 그에게로 돌렸다. 오래오래 그녀는 그의 시선을 말없이 받아들이자 이어 조용히 그녀의 눈길을 그로부터 돌려 물의 흐름을 향해 몸을 굽히고, 발로 물을 이리 그리고 저리 조용히 휘저었다. 조용히 움직이는 물의 아련한 소리가, 낮고도 어렴풋이 그리고 속삭이며, 잠결의 종소리같이 아련하게 침묵을 깨뜨렸다. 이리 그리고 저리, 이리 그리고 저리. 그러자 한 가닥 엷은 불꽃이 그녀의 뺨 위에 떨어졌다.

－천상의 하느님!

스티븐의 영혼이 북받쳐 나오는 세속적인 환희 속에 부르짖었다.

그는 갑자기 소녀에게서 몸을 돌리고 물가를 가로질러 나아갔다. 그의 양 뺨이 불타고 있었다. 그의 온몸이 화끈거렸다. 사지가 부들부들 떨고 있었다. 앞으로 앞으로 앞으로 그리고 앞으로, 멀리 밖으로 모래밭을 넘어, 바다를 향해 격렬하게 노래하며, 그에게 소리쳤던 생명의 출현을 맞아들이기 위해 부르짖으며 그는 계속 걸어갔다.

그녀의 영상은 영원히 그의 영혼 속으로 빠져들어 갔고, 어떠한 말도 그의 황홀경의 성스러운 침묵을 깨트리지 않았다. 그녀의 눈이 그를 불렀고 그의 영혼이 그 부름에 도약했다. 살도록, 과오하도록, 추락하도록, 승리하도록, 인생에서 인생을 재창조하도록! 한 야성의 천사, 인간의 젊음과 아름다움의 천사, 생명의 아름다운 궁전으로부터 한 특사(特使)가, 한순간에 그의 앞에 갖가지 과오와 영광의 문을 활짝 열기 위해 나타났다. 앞으로 앞으로 앞으로 앞으로!

그는 갑자기 발걸음을 멈추고 침묵 속에 자신의 심장 고동소리를 들었다. 얼마나 멀리 걸었던가? 몇 시가 되었던가?

그의 가까이에는 아무런 사람의 모습도 보이지 않았고, 공기를 타고 그에게 들리는 어떤 소리도 없었다. 그러나 조수가 바뀔 때가 가까웠고 이미 날은 저물고 있었다. 그는 육지를 향해 몸을 돌리고 해변 쪽으로 달렸다. 뾰족한 자갈들을 개의치 않고 경사진 바닷가를 달려, 동그란 덤불진 사구(砂丘) 사이 모래 구석을 발견하고, 해거름의 평화와 침묵이 그의 피의 격동을 진정시킬 수 있도록 그곳에 누웠다.

그는 그의 위로 펼쳐진 광활하고도 무심한 천개(天蓋)와 천체들의 조용한 행진을 느꼈다. 그리고 그의 아래의 대지(大地), 그를 지탱해 주었던 대지가 가슴으로 그를 받아들였다.

그는 나른한 졸림 속에 눈을 감았다. 눈꺼풀은 마치 그들이 대지와 그의 목격자들의 광대한 주기적 운동을 느끼듯 떨렸고, 마치 그들이 어떤 새로운 세계의 이상한 빛을 느끼듯 떨렸다. 그의 영혼은 어떤 새로운 세계, 환상적이요, 침침하고, 바다 밑처럼 불확실한, 구름 같은 형태와 몸체들이 횡단하는, 세계 아래로 이울어져 가고 있었다. 하나의 세계, 한 가닥 빛 아니면 한 송이 꽃인가? 번쩍이며 그리고 떨면서, 떨면서 그리고 펼치면서, 한 가닥 열리는 빛, 한 송이 열리는 꽃, 그것은 끊임없는 연속으로 자진해서 펼쳐졌다. 온통 진홍빛으로 열리며 펼쳐지며 그리고 가장 창백한 장밋빛으로 이울어지며, 한 잎 한 잎 잇따라, 그리고 빛의 물결, 빛의 물결을 따라, 모든 홍조가 어느 못지않게 한층 짙게, 하늘을 온통 그의 부드러운 홍조로 물들였다.

그가 잠에서 깨어났을 때 땅거미가 이미 내렸고, 그가 누워 있던 곳의 모래와 메마른 풀들은 이제 더 이상 화끈거리지 않았다. 그는 천천히 일어나 잠의 환희를 회상하면서 기쁨에 한숨을 쉬었다.

그는 모래 언덕의 등성이로 기어올라 주위를 살펴보았다. 땅거미가 내렸다. 초승달의 한쪽 가장자리가 회색의 모래 속에 파묻힌 은빛 테 마냥 파리한 광야의 지평선을 쪼개 놓았다. 그리고 조수는 파도의 나직한 속삭임과 함께 육지를 향해 급히 흘러 들어오고, 먼 곳의 물웅덩이 속에 마지막 몇몇 사람들의 몸체를 섬처럼 만들었다.

율리시스

A guide to Dublin in 1904.

1904년의 더블린 안내서 격인 『율리시스』: 이는 100년이 지난 오늘날에도 같은 역할을 한다. 매년 〈블룸즈데이〉에 리피 강북 쪽의 『율리시스』 지형을 안내하는 캔 모나한 부부, 조이스의 유일한 조카인 모나한 씨는 최근 사망했다.

「제2장」 네스토르 (달키의 초등학교)

숲의 그림자가 그가 지켜보고 있는 바다 쪽 층계 꼭대기로부터 아침의 평화를 뚫고 묵묵히 떠 나아갔다. 해안 안쪽과 한층 멀리 바깥에 거울 같은 바다가, 가볍게 밟고 급히 지나가는 (빛의) 발걸음에 쫓겨 하얀빛을 띠었다. 침침한 바다의 하얀 가슴, 쌍을 이룬 억양, 두 개씩 두 개씩 하프 줄을 퉁기는 바람의 손, 그들의 쌍을 이룬 화음을 합치면서 침침한 조수 위에 빤짝이고 있는 백파(白波)의 쌍을 이룬 언파(言波).

한 조각구름이 보다 짙은 녹색의 만(灣)에 그림자를 드리우면서, 천천히, 완전히, 해를 가리기 시작했다. 바다는 그의 아래 놓여 있었으니, 쓰디쓴 담액의 사발. 퍼거스의 노래. 나는 홀로 집에서 그걸 불렀지, 길고 암울한 화음을 유지하면서. 그녀의 방문은 열려 있었지. 그녀는 나의 음악을 듣고 싶어 했지. 두려움과 연민으로 말이 막힌 채 나는 그녀의 침대 가로 갔었지. 그녀는 비참한 침대에서 울고 계셨지. 그 가사(歌辭) 때문에, 스티븐. 사랑의 쓰라린 신비 말이야.

지금은 어디에? (『U』 8) ─ 스티븐 데덜러스

*

─너, 코크레인, 무슨 도시가 그에게 원조를 청했지요?

─타렌툼요, 선생님.

─아주 잘했어요, 그래서?

『율리시스』 제2장의 배경인 디지 씨의 초등학교, 한때 서머필드(Summerfield)로 알려졌다.

 ―전쟁이 일어났어요, 선생님.

 ―아주 잘했어요. 어디서?

소년의 멍한 얼굴이 멍한 창문을 향해 물었다.

기억의 딸들에 의해 이야기로 꾸며진 채, 그럼에도 기억이 그것을 꾸며낸 대로가 아닐지라도 그것은 어떤 식으로든지 존재했다. 그 다음은, 성급한 일구(一句), 브레이크의 과장된 날개들이 퍼덕거리는 소리. 나는 모든 공간의 폐허, 산산이 부서진 유리와 무너지는 석조 건물의 소리를 듣는다. 그리고 하나의 검푸른 마지막 불꽃의 시간. 그러고 나면 우리들에게 남는 것은 무엇일까?

 ―장소를 잊었어요, 선생님. 기원전 279년이에요.

 ―아스꿀룸이야.

스티븐이 피로 얼룩진 책 속의 이름과 날짜를 힐끗 쳐다보면서 말했다.

-네, 선생님. 그리고 그는 말했지요. "그와 같은 승리가 또다시 있다면 우리는 파멸이다." 하고요.

　세상이 다 기억했던 그 말귀. 마음의 둔탁한 안도감. 시체(屍體) 산적(散積)한 평원 위의 언덕에서, 창(槍)에 몸을 기댄 채 그의 병사들에게 연설을 하고 있는 한 장군. 여느 장군이 여느 병사들에게 그러하듯 그들은 귀를 기울인다.

　-그래, 암스트롱, 피로스의 최후가 뭐였지요?

　스티븐이 말했다.

　-피로스의 최후요, 선생님?

　-저는 알아요, 선생님. 저한테 물어 보세요, 선생님.

　코민이 말했다.

　-기다려요. 너, 암스토롱. 피로스에 대해서 뭐 아는 게 있어요?

　건포도 빵의 주머니 하나가 암스트롱의 책가방 속에 아늑하게 놓여 있었다. 그는 이따금 빵을 손바닥 사이에 검어 쥐었다가 목구멍으로 그걸 살짝 삼켰다. 그의 입술 표면에 붙은 빵 부스러기들. 달콤한 소년의 숨결. 장남이 해군에 적(籍)을 두고 있다고 뽐내는, 부유한 사람들. 비코 가도(街道), 달키.

　-피로스요, 선생님? 피로스, 선창(船艙)(피어)요.

　모두들 크게 웃었다. 서글프고 높은 악의적인 웃음을. 암스트롱은 반 친구들을 둘러보았다. 옆 얼굴에 어리석은 환희를 띤 채. 곧 그들은 나의 빈약한 통솔력과 그들의 아빠들이 지불하는 수업료를 알아채고 한층 높이 비웃으리라.

　-자, 그럼 말해봐요, 선창이 뭐지요.

　스티븐이 책으로 소년의 어깨를 가볍게 찌르며 말했다.

—선창요, 선생님, 바닷속에 불쑥 나와 있는 거예요. 일종의 다리요. 킹즈타운 선창요, 선생님.

암스트롱이 대답했다.

다시 몇몇이 소리 내어 웃었다. 서글픈 그러나 뜻있는. 뒤쪽 의자의 두 놈들이 속삭였다. 그렇지. 그들은 알고 있었다. 결코 이전에 배운 적이 없지만 그렇다고 언제나 천진해 있는 것도 아니었다. 모두들. 그는 시기(猜忌)하며 그들의 얼굴을 주시했다. 에디스, 에텔, 거티, 릴리. 그들과 같은 것들. 역시, 차와 잼으로 달콤해진, 그들의 숨결, 싸우며 발버둥칠 때 쟁글쟁글 울리는 그들의 팔찌.

—킹즈타운 선창이라, 그래, 실망의 다리〔橋〕지.

스티븐이 말했다.

그 말이 학생들의 시선을 혼란시켰다.

—어떻게 해서요, 선생님? 다리는 강을 가로질러 있는 건데요.

코민이 물었다.

헤인즈의 필기장에 실릴 이야기. 여기 엿들을 사람은 아무도 없고. 오늘 저녁 광란의 술과 험담 사이 재치 있게, 그의 마음의 번쩍이는 갑옷을 꿰뚫으려고. 그런 다음 무엇을? 욕망에 도취되고 멸시를 당한 채, 너그러운 주인의 찬사를 얻으며, 그의 주인의 궁전에 있는 한 광대. 왜 하필이면 그들은 고놈의 광대 역을 택했을까? 전적으로 나긋한 애무를 탐내는 것도 아닌데. 그들에게 또한 역사는 다른 것과 마찬가지로 자주 들리는 이야기, 그들의 영토는 전당포야.

만일 피로스가 아르고스에서 한 노파의 손에 쓰러지지 않았더라면 혹은 율리우스 케사르가 단도에 찔려 죽지 않았더라면. 그들은 간단히 생각해버릴 게 아니다. 시간이 그들에게 낙인을 찍어 족쇄에다 채운 채, 그들은 자신들이 내쫓은 무한한 가능성의 방 속에 갇혀 있다. 그러나 그들이 결코 가능하지 못했던 것을 알고도 그것이 가능할 수가 있었을까? 그렇지 않으면 이미 지나갔던 일만이 가능했던가? 짜라(織), 공담(空談)을 짜는 자여.

　ㅡ이야기 하나 해주세요, 선생님.

　ㅡ오, 정말, 해주세요, 선생님. 귀신 이야기요.

　ㅡ이 책은 어디서 시작하지요?

스티븐이 또 다른 책을 열면서 물었다.

　ㅡ"울음을 멈추어라,"예요.

코민이 말했다.

　ㅡ그러면 계속해봐요, 탤버트.

　ㅡ그럼 이야긴요, 선생님?

　ㅡ나중에, 계속해요, 탤버트.

스티븐이 말했다.

한 까만 얼굴의 소년이 책을 펼쳐, 자신의 가방 가슴팍 아래 재빨리 그것을 곧추 세웠다. 그는 책을 이따금 힐끗힐끗 쳐다보면서 급히 시를 암송했다.

　ㅡ"울음을 멈추어라, 슬픈 목자(牧者)여, 울음을 멈추어라,

　너의 슬픔, 리시다스는 죽지 않았나니,

　비록 바닷속 밑바닥에 잠겨 있어도……"

그럼 그것은 가능한 것으로서의 가능성의 실현인, 일종의 운동임에 틀림없다. 아리스토텔레스의 말귀가 마구 내뱉은 시구 속에서 스스로 형상을 드러내며, 그가 파리의 죄(罪)로부터 몸을 피한 채, 밤이면 밤마다 글을 읽던 성(聖) 즈느비에브 도서관의 학구적인 침묵 속으로 흘러 들어

갔다. 그의 팔꿈치 곁에 섬세하게 생긴 샴 족(族) 하나가 전술요람(戰術要覽)에 몰두하고 있었다. 나의 주위에는 학식을 기른 그리고 학식을 기르고 있는 두뇌들. 백열등 아래 핀에 찔린 채 힘없이 촉각을 움직이며 나의 마음의 어둠 속에 하계(下界)의 태만의 벌레가 마지못해 밝음을 겁내며 그의 용(龍)의 주름진 비늘을 흔들고 있다. 사고(思考)란 사고의 사고인 거다. 평정(平靜)의 밝음. 영혼은 어떤 의미에서 존재하는 모두이다. 영혼은 형상(形象) 중의 형상이다. 갑작스런, 광대한, 백열적(白熱的)인 평정(平靜). 형상들 중의 형상.

탤버트는 거듭 읽었다.

―"파도를 걸어간 주님의 위대한 힘을 통하여,

위대한 힘을 통하여……"

―책장을 넘겨요, 나는 아무것도 볼 수 없어.

스티븐이 조용히 말했다.

―뭐요, 선생님?

탤버트가 몸을 앞으로 굽히면서 천진하게 물었다.

그의 손이 책장을 넘겼다. 그는 몸을 뒤로 젖히고, 방금 기억해 낸 다음, 다시 계속 암송했다.

파도를 걸어간 자의. 여기 또한 이러한 비겁한 마음들 위에 그의 그림자가 놓여 있다. 그리고 조소자의 마음과 입술 위에 그리고 나의 것 위에. 그림자는 그에게 한 푼의 공물(供物)을 바친 그들의 열렬한 얼굴 위에 놓여 있다. 케사르의 것은 케사르에게로, 하느님의 것은 하느님에게로. 까만 눈에서 나온 기다란 시선, 교회의 베틀 위에서 짜여지고 짜여지는 수수께끼 같은 문장(文章). 아아.

"수수께끼를 풀어 봐요, 수수께끼를 풀어 봐요, 랜디로.

아버지는 내게 심을 씨를 주었지."

탤버트가 그의 덮인 책을 가방 속에 슬쩍 밀어 넣었다.

─끝까지 다 읽었어요?

스티븐이 물었다.

─예, 선생님. 10시에 하키예요, 선생님.

─반공일요, 선생님. 목요일요.

─수수께끼를 알아맞힐 사람은 없어요?

스티븐이 물었다.

학생들은 연필을 딸그락거리며, 책장을 살랑살랑 소리 내면서, 책을 묶어 치웠다. 함께 어울리면서 그들은 가방을 가죽 끈으로 붙들어 매고 버클을 채우며 모두들 즐겁게 재잘거렸다.

─수수께끼요, 선생님? 저에게 물어 보세요, 선생님.

─오, 저에게 물어 보세요, 선생님.

─어려운 것으로요, 선생님.

─자 수수께끼예요.

스티븐이 말했다.

"수탉이 울었다.

하늘이 파랗다.

종(鐘)들이 하늘에서

11시를 치고 있었다.

불쌍한 영혼이

천국으로 가는 시간이다."

―그게 뭐지?

―뭐예요, 선생님?

―다시요, 선생님. 우린 못 들었어요.

수수께끼가 거듭되자 그들의 눈이 휘둥그레졌다. 잠시 침묵 뒤에 코
크레인이 말했다.

―그게 뭐예요, 선생님? 우린 손들었어요.

스티븐은 목을 긁적이며 대답했다.

―할머니를 감탕나무 아래에 매장하고 있는 여우야.

그가 일어서서 신경질적인 큰 웃음을 한 번 터뜨리자 학생들의 고함
소리가 어리둥절 그에 메아리쳤다.

하키 스틱이 문을 두드리자 한 가닥 목소리가 복도에서 외쳤다.

―하키다!

그들은 의자에서 미끄러지듯 빠져나가 뛰어넘으며 사방으로 흩어졌
다. 재빨리 모두들 사라져 버리자 헛간에서부터 스틱 부딪치는 소리와 구
두의 타닥타닥 소리 그리고 혓바닥의 재잘대는 소리가 들려왔다.

혼자 진작 머뭇거리고 있던 사전트가 펼친 노트를 내보이며 앞으로
천천히 걸어왔다. 그의 짙은 머리카락과 수척한 목이 마음의 준비가 되어
있지 않음을 보여주었다. 그리고 그는 뿌연 안경을 통하여 시력이 약한
눈으로 애원하듯 위를 쳐다보았다. 무디고 핏기 없는 그의 뺨 위에 대추
형(型) 잉크의 엷은 얼룩이, 마치 달팽이의 흔적처럼 최근에 남긴 듯 축축
이 묻어 있었다.

그는 노트를 펼쳤다. '덧셈'이란 글자가 표제 위에 쓰여 있었다. 그 밑
에 기울어진 숫자들 그리고 검은 동그라미 및 한 점 얼룩과 함께 발치에
꼬불꼬불한 서명. 시릴 사전트. 그의 이름과 날인.

─디지 씨가 다시 한 번 모두를 그대로 베껴 쓰라고 했어요. 그리고 선생님께 보이라고요, 선생님.

그는 말했다.

스티븐은 노트의 가장자리를 만졌다. 무모(無謀)한 짓.

─어떻게 하는지 이제는 알겠어요?

그는 물었다.

─11부터 15까지 숫자를, 디지 씨가 칠판에서 베끼라고 했어요, 선생님.

사전트가 대답했다.

─혼자 그걸 할 수 있어요?

스티븐이 물었다.

─아뇨, 선생님.

흉하고 무모한, 야윈 목과 짙은 머리털과 달팽이의 흔적 같은 잉크의 얼룩. 그런데도 누군가가 그를 사랑했고, 그를 그녀의 팔과 가슴이 안고 있었다. 만일 그녀가 없었던들 세상의 종족은 그를 발밑에 짓밟아 버렸을 거야. 한 개의 찌그러진 뼈 없는 달팽이. 그녀는 그녀 자신에게서 짜낸 물 같은 묽은 피를 사랑했었다. 그러면 그것이 진실이었던가? 인생에 있어서 유일한 참된 것? 그의 어머니의 엎드린 육체를 성스러운 열애(熱愛)로 불타던 성 콜룸바누스는 뛰어넘었지. 그녀는 더 이상 세상에 없었다. 불에 탄 나뭇개비 같은 떨리는 뼈대, 자단(紫檀)과 젖은 재 냄새. 그녀는 그가 발밑에 짓밟히는 것으로부터 구했으며, 거의 삶 같은 삶을 살아 보지도 못한 채 사라져 갔다. 천국으로 가버린 불쌍한 영혼. 그리하여 거친 황야 위에 깜빡이는 별 아래, 털 속에 노획물의 붉은 악취 풍기는 한 마리의 여우가 무자비하게 반짝이는 눈으로 흙 속을 파헤쳤다, 귀를 기울였다, 흙을 긁어모았다, 귀를 기울였다, 파헤치고 또 파헤쳤다.

그의 곁에 앉아 스티븐이 문제를 풀어 나갔다. 셰익스피어의 영혼이 햄릿의 조부임을 대수(代數)로 증명한다네. 사전트는 그의 삐뚜름한 안경을 통하여 곁눈으로 쳐다보았다. 하키 스틱이 헛간에서 달그락거렸다. 운동장에서부터 들리는 공의 공허한 소리와 부르는 목소리.

페이지를 가로질러 숫자의 상징들이, 문자의 가면극을 연출하면서, 정방형과 입방체의 괴상스런 모자를 쓰고, 정중한 모리스 춤을 추며 움직였다. 손을 줘요, 돌아요, 파트너에게 절을 해요. 고로 무어인(人)의 기상(奇想)의 꼬마 도깨비들. 세상에서 역시 사라져 버렸던 거다. 아베로에스나 모지즈 마이모니데스, 용모나 행동에 있어서 어두운 사람들, 그들의 조롱하는 거울 속에 세계의 몽매한 영혼을 반사하면서, 밝음이 이해할 수 없는 어둠을 밝음 속에 비추면서.

— 이제 알겠어요? 두 번째 것을 혼자 할 수 있겠어요?

— 네, 선생님.

길고 흔들리는 필체로 사전트는 문제를 베꼈다. 언제나 도움의 말을 기다리며 그의 손이 불안한 상징들을 충실하게 움직였다. 그의 둔탁한 살갗 뒤로 수치의 희미한 빛을 나풀거리면서. '아모르 마뜨리스(모성애)'. 주격(主格) 및 목적소유격(目的所有格). 자신의 묽은 피와 유장(乳漿) 우유를 가지고 그녀는 그를 길렀으며 그의 포대기를 남의 시선으로부터 감추었지.

나도 그와 마찬가지였지, 이 한쪽으로 기운 어깨, 이 품위 없음. 나의 유년 시절이 지금 내 곁에 허리를 굽히고 있다. 내게는 이제 너무나 멀리 떨어져 손을 한 번 또는 가볍게 대볼 수도 없지. 나의 것은 멀리 떨어져 있고 그의 비밀은 우리들의 눈과 같다. 우리들 양자의 마음의 어두운 궁전 속에 묵묵히 돌멩이처럼 굳은 비밀이 앉아 있다. 그들의 폭정(暴政)에 지친 비밀들. 기꺼이 폐위(廢位)되기를 바라는 폭군들.

덧셈은 끝났다.

－아주 간단해요.

스티븐이 일어서자 말했다.

－예, 선생님. 고맙습니다.

사전트가 대답했다.

그는 한 장의 엷은 흡묵지(吸墨紙)로 페이지의 잉크를 말린 뒤 필기장을 그의 의자로 도로 가져갔다.

－너도 스틱을 가지고 밖에 있는 다른 아이들한테 가도 좋아.

스티븐이 소년의 품위 없는 몸집을 문 쪽으로 뒤따르며 말했다.

－예, 선생님.

운동장으로부터 그의 이름을 부르는 소리가 복도에 들렸다.

－사전트!

－달려가 봐요, 디지 씨가 널 부르고 있어.

스티븐이 말했다.

그는 현관에 서서, 그 느림보 소년이 날카로운 목소리들이 맞부딪치는 산만한 운동장을 향해 급히 뛰어가는 것을 바라보았다. 그들은 팀으로 나뉘어 있었다. 그러자 디지 씨가 각반 찬 발로 군데군데 풀 무더기를 넘어 이쪽으로 걸어왔다. 그가 교사(校舍)까지 다다랐을 때 다시 싸우는 소리가 그를 불러 세웠다. 그는 자신의 화난 하얀 콧수염을 빙빙 돌렸다.

－그래 뭐냐?

그는 자세히 듣지도 않고 계속해서 소리를 질렀다.

－코크레인과 홀리데이가 같은 팀에 있어요, 선생님.

스티븐이 말했다.

─자네 내 서재에 가서 잠깐 기다려 주겠나, 내가 여기 질서를 회복할 때까지.

디지 씨가 말했다.

그리고 그가 운동장을 가로질러 부산하게 도로 건너가자, 나이 든 목소리로 엄하게 소리 질렀다.

─무슨 일이냐? 또 뭐냐?

학생들의 날카로운 목소리들이 그의 주위 사방에서 울렸다. 그들의 많은 몸집들이 그를 둘러싸자, 찬란한 햇빛이 벌꿀 빛의 서툴게 물감 들인 그의 머리를 표백했다.

찌든 뿌연 공기가 의자에 밴 연갈색 낡은 가죽 냄새와 함께 서재에 감돌았다. 첫날 그가 여기서 나와 계약을 맺었을 때처럼, 애초에 그랬듯이 지금도 그대로, 옆 선반에 스튜어트 동전을 담은 접시, 늪의 밑바닥 보물이 언제까지나 그냥 저대로 있을 테지. 그리고 퇴색된 보랏빛 플러스 천의 스푼케이스 속에 아늑하게, 모든 이교도들에게 설교를 해왔던 열두 사도의 상들. 무극(無極)의 세계.

돌 현관을 넘어 복도로 들어오는 급한 한 가닥 발걸음 소리. 듬성듬성 난 콧수염을 불어대면서 디지 씨가 테이블 가에 멈춰섰다.

─우선, 우리에게 남은 작은 재정적 문제 해결을.

그는 말했다.

그는 윗저고리로부터 가죽 끈으로 동여맨 지갑을 꺼냈다. 그걸 짤깍하고 열자, 그는 거기에서 지폐 두 장을 꺼냈다. 한 장은 절반으로 이은 것, 그리고 조심스럽게 그들을 책상 위에 놓았다.

─2파운드.

그는 지갑을 동여매면서 그리고 도로 집어넣으며 말했다.

그리고 이제는 그의 금화를 위한 저금통. 스티븐의 궁색한 손이 차가운 돌절구 속에 쌓인 조가비들 위를 움직였다. 쇠고등과 돈 무늬 개오지 조가비들 그리고 표범 껍질 조가비들. 그리고 이것은 추장(酋長)의 두건 같은 소용돌이 형(型), 이것은 성 제임스의 가리비 껍질〔海扇〕. 한 나이 많은 순례자의 비장물(秘藏物)들, 죽은 보물, 공허한 조가비들.

반짝이는 새 금화 한 닢이 책상보의 부드럽게 쌓인 털 위에 떨어졌다.

－3파운드, 이건 갖고 다니기에 편리한 거야. 봐요. 이쪽은 금화를 넣는 거야. 이쪽은 실링을 넣고. 6페니짜리, 반 크라운짜리. 그리고 여기는 크라운 동전들. 보게.

디지 씨가 작은 저금통을 손아귀에 넣고 빙빙 돌리며 말했다.

그는 거기서 크라운 동전 두 닢과 실링 동전 두 닢을 쏟았다.

－3파운드 12실링, 그것으로 됐으리라 생각하네.

그는 말했다.

－감사합니다, 선생님.

스티븐이 수줍어하듯 급히 돈을 모두 쓸어 모아 바지 주머니 속에 한꺼번에 집어넣으면서 말했다.

－전혀 감사할 것 없네, 자네가 번 것이니까.

디지 씨가 말했다.

스티븐의 손이 다시 풀려 공허한 조가비에로 되돌아갔다. 역시 미(美)의 그리고 권력의 상징들. 내 호주머니 속의 한 덩어리. 탐욕과 참담(慘憺)으로 얼룩진 상징들.

－그걸 그렇게 가지고 다니지 말게. 어디서 꺼내다가 잃어버리네. 바로 이것 같은 기계를 하나 사게. 아주 간편할 테니까.

디지 씨가 말했다.

뭔가를 대답하자,

─저의 것은 텅텅 비기가 일쑤일 거예요.

스티븐이 말했다.

똑같은 방과 시간, 똑같은 지혜. 그리고 나도 마찬가지. 이번으로 세 번째다. 여기 나를 둘러싸고 있는 세 개의 올가미들. 글쎄? 만일 내가 원하기만 하면 당장이라도 그들을 깨뜨려 버릴 수가 있지.

─왜냐하면 자네는 저축을 하지 않기 때문이야.

디지 씨가 손가락으로 가리키면서 말했다.

─자네는 아직 돈이 무엇인지 모르고 있어. 돈은 힘이야. 자네도 나만큼 살아 보면. 나는 알아, 나는 알지. "만일 젊은이 알기만 하면." 그러나 셰익스피어는 뭐라고 말하지? "돈만은 그대의 지갑에 넣어 두라."고.

─이아고지요.

스티븐이 중얼거렸다.

그는 시선을 하찮은 조가비로부터 노인의 시선 쪽으로 치떴다.

─그는 돈이 무엇인지를 알고 있었어.

디지 씨가 말했다.

─그는 돈을 벌었지. 한 사람의 시인, 그래, 하지만 역시 영국인이었어. 자네는 영국 국민의 자존심이 무엇인지 아는가? 자네는 영국 사람의 입에서 나온, 항시 듣게 되는 가장 자존심 강한 말이 뭔지 아는가?

바다의 지배자. 녀석의 바다 같은 차가운 눈이 텅 빈 만(灣)을 쳐다보았지. 책임을 져야 할 것은 역사인 것 같아, 라. 내 탓으로 그리고 나의 말[言] 탓으로, 미워하지 않고.

─그의 제국(帝國)에는 결코 태양이 지지 않는다는 거지요.

스티븐이 말했다.

―흥!

디지 씨가 고함을 질렀다.

―그건 영국인이 아니야. 어떤 프랑스의 켈트인이 그걸 말했지.

그는 저금통을 엄지손가락 손톱에다 탁탁 두들겼다.

―내가 말해주지.

그는 엄숙하게 말했다.

―무엇이 그의 가장 자만심 강한 자랑인지. "나는 빛을 지지 않고 살았다."라는 걸세.

선량한 사람, 선량한 사람.

―"나는 빛을 지지 않고 살았다. 나는 결코 일생에 한 푼도 빌리지 않았다." 자네 그걸 느낄 수 있나? "나는 빛진 것이 하나도 없다." 할 수 있어?

멀리건, 9파운드, 양말 세 켤레, 구두 한 켤레, 넥타이, 커런, 10기니, 맥컨, 1기니, 프레드 라이언, 2실링, 템플, 점심 두 끼, 러셀, 1기니, 커즌즈, 10실링, 보브 레이놀즈, 반(半)기니, 켈러, 3기니, 맥커넌 부인, 다섯 주일 숙박료. 지금 내가 갖고 있는 이 덩어리도 무용지물.

―당장은, 아니에요.

스티븐이 대답했다.

디지 씨는 저금통을 본래 자리로 되돌려 놓으며, 짙고 기쁨에 찬 소리로 크게 웃었다.

―자네가 느낄 수 없을 것이라는 걸 나도 알고 있었네.

그는 유쾌하게 말했다.

―그러나 어느 날 자넨 그걸 느끼지 않으면 안 되네. 우리들은 관대한

백성이지만 역시 공명정대하지 않으면 안 되지.

— 저는 그런 호언장담이 두렵습니다.

스티븐이 말했다.

— 그건 우리들을 너무나 불행하게 만들지요.

디지 씨는 벽난로 위에 있는 체크무늬의 킬트식 바지를 입은 늠름한 풍채의 사나이를 얼마 동안 엄숙하게 바라보았다. 웨일즈의 황태자, 앨버트 에드워드.

— 자네는 나를 시대에 뒤쳐진 늙은이로 그리고 나이 많은 왕당파로 생각하겠지.

그는 진지한 목소리로 말했다.

— 나는 오코넬 시절 이래로 세 세대를 보았어. 나는 '46년의 기근을 기억하지. 자네는 오코넬이 세상을 들끓게 하기 전 또는 자네들의 교파 성직자들이 그를 정치적 선동자로 탄핵하기 20년 전, 오렌지 당(黨)의 비밀결사가 합병 철회를 목적으로 선동한 걸 알고 있나? 자네들 페니언 당원들은 뭔가 잊고 있단 말이야.

영광스런, 경건함과 불멸의 기억. 로마 가톨릭 교도들의 시체들로 얼룩진 화려한 아마의 다이아몬드 비밀결사. 거친 목소리에, 마스크를 쓰고 무장을 한, 식민자(植民者)들의 맹약(盟約), 검은 북방인과 참되고 엄한 성서(聖書). 까까머리 반도(叛徒)들이 항복한다.

스티븐이 몸짓을 짧게 으쓱하니 해 보였다.

— 나에게도 역시 반역의 피가 흐르고 있어.

디지 씨가 말했다.

— 모계(母系)에. 그러나 나는 연합정치에 찬성투표를 한 존 블랙우드 경의 후손이야. 우리는 모두 아일랜드 백성, 모두 왕들의 자식이지.

－아아!

스티븐이 부르짖었다.

－'뻬르 비아스 렉따스(바른 길로)'가.

디지 씨가 단호히 말했다.

－그의 모토였어. 그는 연합정치에 찬성투표를 했고 그렇게 하기 위하여 다운 주(州)의 아즈로부터 승마용 구두를 신고 더블린까지 말을 몰았지.

"랄 더 랄 더 랄
더블린까지 험한 길을."

번쩍이는 승마 구두를 신고 말 등에 올라 탄 한 거친 향사(鄕士). 안녕, 존 경(卿)! 안녕, 각하…… 안녕!…… 안녕! 두 개의 승마 구두로 더블린까지 터벅터벅 계속 타고 간다. 랄 더 랄 더 라. 랄 더 랄 더 라디.

－그 말을 들으니 생각이 나는군.

디지 씨가 말했다.

－자네 내 부탁을 하나 들어줄 수 있겠나, 데덜러스 군, 자네의 어떤 문필 친구들한테 말이야. 여기 신문에 낼 편지가 한 통 있어. 잠깐 앉게. 끄트머리를 베끼기만 하면 되니까.

그는 창가의 책상으로 가서, 의자를 두 번 끌어당기고, 타이프라이터의 고동(鼓動) 위의 종이로부터 몇 마디 말을 읽어 냈다.

－앉게. 실례하네.

그는 어깨 너머로 말했다.

－'상식(常識)의 명령'이란 거야. 잠깐만.

그는 덥수룩한 눈썹 아래로부터 팔꿈치 옆 원고를 자세히 들여다보았다. 그리고 중얼대며, 오자(誤字)를 지우려고 북을 바싹 죄며 때때로 훅훅 불면서, 보드의 딱딱한 버튼을 천천히 치기 시작했다.

스티븐은 황태자의 초상 앞에 소리 없이 앉았다. 사방의 벽 주변에 틀에 끼워진 채, 지난날 사라진 말(馬)들의 상(像)들이, 그들의 유순한 머리를 공중에 포즈를 취하고 충성스럽게 서 있었다. 헤이스팅 경(卿)의 〈리펄즈〉호, 웨스트민스터 공작의 〈쇼토버〉호, 1866년의 '쁘리 드 파리파리 상(賞)'의 뷰포트 공작의 〈세일런〉호. 요정 같은 기수(騎手)들이 신호를 주시하면서 그들에 타고 있다. 그는 말들의 속도며, 격려하는 왕의 깃발을 보았고, 이미 사라진 군중들의 환호성과 함께 소리를 질렀다.

―정지(풀 스톱),

디지 씨가 키에 명령했다.

"그러나 이 매우 긴요한 문제에 대한 신속한 논의는……"

저곳은 크랜리가 일확천금의 도박을 위해 나를 끌고 간 경마장, 진흙 튀긴 마차 바퀴들 사이, 그들의 노점에서 외쳐대는 마권(馬券) 업자들과 악취 풍기는 매점 사이며, 뒤섞인 진창을 넘어, 그의 승마(勝馬)들을 추적하며, '페어 레벌호(號)! 페어 레벌호!' 인기 마에 대등한 배당금. 출전 마에 10대 1. 주사위 노름꾼들과 골무 요술쟁이들 곁을 지나, 발굽, 서로 다투는 모자며 재킷 뒤를 그리고 오렌지 향기를 목마른 듯 코로 들이켜고 있는, 푸줏간 마담인, 살덩이 얼굴의 여인을 지나, 우리는 급히 달렸다.

운동장으로부터 소년들이 떠드는 소리가 날카롭게 울리자, 한 가닥 휙 울리는 휘파람 소리.

다시. 골인. 나는 그들 사이, 잡동사니, 인생의 마상창시합(馬上槍試合)에서 싸우는 육체들 틈에 끼여 있다. 그래 약간 위통증(胃痛症)에 걸린 것 같은 저 안짱다리 어머니의 자식 말인가? 마상창시합. 적시(適時)의 반격, 반격 그리고 반격. 마상창시합, 전쟁의 아우성과 소동, 사살자의 얼어붙은 피의 구토, 인간의 피 어린 창자를 미끼로 삼는 창끝의 부르짖음.

—자 그러면,

디지 씨가 자리에서 일어서면서 말했다.

그는 원고지를 핀으로 꽂아 묶으며 책상까지 걸어왔다. 스티븐이 일어섰다.

—요점만을 간결하게 담았네.

디지 씨가 말했다.

—아구창에 관한 걸세. 잠깐 훑어보게. 그 문제에 대해서는 두 의견이 있을 수 없지.

제가 귀지(貴紙)의 값진 지면을 빌려도 좋을는지요. 우리들의 역사에 있어서 너무나 잦은 '레쎄 페르(자유방임주의)'의 저 신조. 우리들의 가축 무역. 우리들 모두의 구식 산업의 방도. 골웨이 축항(築港) 계획을 방해하는 리버풀 동업조합. 유럽의 대화재. 해협의 좁은 수로를 통한 곡물의 공급. 농업부의 과거완료적 태연자약. 만일 고전적인 인용을 허락한다면. 카산드라. 행실이 좋지 않은 한 여인에 의하여. 당면 문제를 지적컨대.

—까놓고 말했지, 그렇잖아?

디지 씨가 스티븐이 계속 읽자 물었다.

아구창. 코흐의 예방법으로 알려진. 혈청과 병균. 면역된 말들의 퍼센티지. 우역(牛疫). 하부 오스트리아의 뮈르쯔스테크의 군주(君主)의 말들. 외과수의(外科獸醫)들. 헨리 블랙우드 프라이스 씨. 공정한 시용(試用)을 위한 정중한 구입 제의. 상식의 명령. 모두 긴요한 문제. 모든 의미에서 감연히 난국에 대처해야. 귀지란(貴紙欄)의 후의에 감사하며.

-이것을 신문에 실어 읽게 하고 싶어.

디지 씨가 말했다.

-글쎄, 다음에 발병하면 아일랜드 소들에 대해서 그들은 수입 금지 령을 내릴 거야. 그런데 그 병은 치료될 수가 있지. 치료되고 있어. 내 사 촌, 블랙우드 프라이스가 내게 편지를 보내왔는데 오스트리아에서는 그 곳 가축의(家畜醫)들에 의해 정기적으로 치료를 받고 치유되고 있다는 거 야. 그들이 여기 건너오겠다고 제안하고 있어. 나는 농업부에 영향력을 행사해 볼 생각이야. 당장 세론(世論)을 좀 일으켜 볼 작정이지. 나는 어 려운 문제들에 둘러싸여 있어, 음모에 의해…… 이면공작에 의해……의 해……

그는 말을 하기 전 집게손가락을 추켜들어 노련하게 공중을 휘저었다.

-내 말을 명심하게, 데덜러스 군.

그는 말했다.

-지금 영국은 유태인들의 손 안에 있어. 최고 지위에 있어서 모두가. 재계(財界)도, 언론도. 그리고 그들은 한 나라의 부패의 징후들이야. 그들 이 모이는 곳이면 어디서나 국민의 원동력을 다 먹어치워 버린다 말이야. 나는 그것을 최근 수년 동안 보아왔어. 우리가 여기에 서 있듯 확실하게, 유태 상인들은 이미 파괴 작업에 착수하고 있어. 노(老) 영국은 죽어 가고 있어요.

그는 재빨리 발걸음을 옮겼다. 두 사람이 다 환한 햇빛을 지나자, 눈 에 파랗게 생기를 띠었다. 그는 주위를 그리고 다시 뒤를 휘둘러보았다.

-죽어 가고 있지, 당장 죽었다고 할 수는 없어도.

그는 다시 말했다.

"거리에서 저 거리로 매춘부의 아우성이
노(老) 영국의 수의(壽衣)를 짜리라."

그의 눈이 시야 속에 크게 뜬 채 그가 멈추어 서 있는 햇빛을 가로질러 뚫어져라 응시했다.

－상인이란, 싸게 사서 비싸게 파는 자지요, 유태인이든 이교도든, 그렇잖아요?

스티븐이 말했다.

－그들은 빛에 대해 죄를 범했지.

디지 씨가 엄중하게 말했다.

－그리고 자네는 그들의 눈 속에서 어둠을 볼 수 있어. 그리고 그 때문에 그들은 오늘날까지 지구상의 방랑자들이라니까.

파리 주식거래소의 층계 위에 보석 낀 손가락으로 시세를 매기고 있는 황금 피부의 사나이들. 거위들의 지저귐. 그들은 사원(寺院) 주변에서, 소리 높이, 조야하게, 운집하고 있었다. 부박한 실크 모 밑으로 짙은 음모에 찬 그들의 머리들. 모두 그들의 것이 아니다. 그러한 의복, 그러한 말씨, 그러한 거동. 그들의 부푼 느린 눈은 열렬하고 거슬리지 않는 제스처를 거짓 드러냈으나, 그들 주변에 쌓인 증오를 알았고, 그들의 열의가 공허한 것임을 알았다. 쌓고 비축한 헛된 인내. 시간은 확실히 이 모든 것을 흩어버리리라. 노변에 쌓인 축재. 약탈당하고 타인에게 양도하면서. 그들의 눈은 그들의 방랑의 세월을 알았고, 끈기 있게, 그들의 육체의 치욕을 알았다.

－죄를 짓지 않은 사람이 누가 있겠어요?

스티븐이 말했다.

－무슨 뜻이지?

디지 씨가 물었다.

그는 한 걸음 앞으로 다가와 테이블 곁에 섰다. 그의 아래턱이 불확실하게 비스듬히 열린 채 처져 있었다. 이것이 노인의 지혜인가? 그는 나로부터 들으려고 기다린다.

－역사는, 제가 거기서 깨어나려고 애쓰는 일종의 악몽입니다.

스티븐이 말했다.

운동장으로부터 소년들이 한 가닥 고함을 질렀다. 휙 호루라기 소리. 골〔득점〕. 만일 저 악몽이 그대를 뒷발질(백킥)하면 어떻게 될까?

－조물주의 길은 우리들의 길과는 달라.

디지 씨가 말했다.

－모든 인간의 역사는 하나의 커다란 골(목표), 하느님의 계시(啓示)를 향해 움직이지.

스티븐은 엄지손가락을 창문 쪽으로 갑자기 가리키며 말했다.

－저것이 하느님입니다.

후레이! 아! 휘윙휘윙!

－뭐라고?

디지 씨가 물었다.

－거리의 한 가닥 고함 소리 말입니다.

스티븐은 어깨를 으쓱하면서 대답했다.

디지 씨는 아래쪽을 바라보며 잠시 손가락 사이에 그의 콧방울을 비틀어 쥐었다. 다시 위를 쳐다보면서 그는 손가락을 풀었다.

－나는 자네보다 한층 행복하네.

그는 말했다.

—우리는 많은 과오와 많은 죄를 범해 왔어. 한 여인이 이 세상에 죄를 가져왔지. 행실이 좋지 않은 한 여인, 메넬라오스의 도망간 아내, 헬렌을 위하여, 10년간을 그리스 사람들은 트로이를 공격했던 거야. 한 사람의 부정(不貞)한 아내가 여기 우리들의 해안으로 낯선 사람들을 처음 데리고 왔지, 맥머로우의 아내와 브레프니의 왕자인, 그녀의 정부(情夫) 오러크 말이야. 파넬을 실각시킨 것도 역시 한 여인이었어. 많은 과오들, 많은 실패들, 그러나 한 가지 죄(빚)는 범하지 않았어. 나는 이제 인생의 종말에서 분투하는 자야. 그러나 나는 끝까지 정의를 위해 싸울 거야.

"얼스터는 싸우리
얼스터는 정당하리."

스티븐은 원고를 손에 들어 올렸다.
—그런데, 선생님.
스티븐이 말하기 시작했다…….
—나는 이미 알고 있네.
디지 씨가 말했다.
—자네가 이곳에서 이 일에 아주 오래 머물지 않으리라는 것을. 자네는 교사가 되기 위해 태어난 것 같지 않아, 내 생각에. 어쩌면 내가 틀리는지 몰라도.
—오히려 배우는 자지요.
스티븐이 말했다.
그런데 나는 여기에서 더 이상 뭘 배우겠는가?
디지 씨가 머리를 흔들었다.

-누가 알아? 배우기 위해서 사람은 겸손해야만 하는 거야. 그러나 인생은 위대한 교사(教師)지.

그는 말했다.

스티븐이 다시 원고를 바스락거렸다.

-이 건에 대해서는,

그는 말을 꺼내기 시작했다…….

-그래, 원고가 거기 두 통 있어. 자네가 그걸 즉시 발표할 수 있었으면.

디지 씨가 말했다.

텔레그래프. 아이리시 홈스테드.

-제가 해보죠, 그리고 내일 알려드리겠어요. 제가 두 편집자들을 약간 알고 있습니다.

스티븐이 말했다,

-좋아.

디지 씨가 활기차게 말했다.

-나는 간밤에 의회의원인 필드 씨에게 편지를 썼지. 오늘 시티 암즈 호텔에서 가축업자조합의 모임이 있네. 모임 앞에 내 편지를 내놓도록 그에게 부탁해 놓았어. 자네가 두 신문에 그걸 실을 수 있나 알아보게. 무슨 신문이지?

-〈이브닝 텔레그래프〉지…….

-그걸로 됐어, 지체할 시간이 없네. 나는 이제 사촌한테서 온 편지에 답장을 써야 하네.

디지 씨가 말했다.

-안녕히 계십시오, 선생님, 감사합니다.

스티븐이 원고지를 주머니 속에 넣으면서 말했다.

─천만에, 나는 비록 나이가 많지만, 자네하고 논쟁하기를 좋아하지.

디지 씨가 책상 위의 서류를 찾으면서 말했다.

─안녕히 계십시오, 선생님.

스티븐이 그의 구부린 등을 향해 절을 하면서 다시 말했다.

그는 열려 있는 현관을 통해 밖으로 나가, 운동장으로부터의 고함 소리와 스틱끼리 부딪치는 소리를 들으면서, 나무 아래 자갈길을 내려갔다. 그가 교문을 빠져 밖으로 나가고 있었다. 기둥 위의 웅크린 사자(獅子)의 상들. 이빨 없는 용자(勇者)들. 아직도 투지가 만만한 노인을 도와야 한다. 멀리건이 나에게 새로운 이름을 지어주겠지. 거세우공(去勢牛公)을 벗삼는 음유시인(吟遊詩人)이라고.

─데덜러스 군!

나를 뒤쫓아오는군. 편지를 더 부탁하지 않았으면.

─잠깐만.

─예, 선생님.

스티븐이 교문에서 몸을 뒤로 돌리며 말했다.

디지 씨는 숨을 가쁘게 몰아쉬며 꿀꺽 삼키면서, 발걸음을 멈추었다.

─나는 바로 말하고 싶었네.

그는 말했다.

─아일랜드는, 모두들 말하기를, 명예롭게도 유태인을 결코 박해하지 않은 유일한 나라라고. 자네는 그걸 알고 있나? 아니. 그리고 그 이유를 알고 있나?

그는 밝은 대기에다 얼굴을 준엄하게 찡그렸다.

─왜지요, 선생님?

디지 교장의 학교 교정에 우거진 수목: "바둑판 같은 나뭇잎 사이로 태양은 반짝이는 은박 같은 빛, 춤추는 동전을 그(디지 씨)의 현명한 어깨 위로 던졌다."

스티븐이 미소를 짓기 시작하면서 물었다.

─왜냐하면 그들을 결코 나라 안으로 들여보내지 않았기 때문이야.

그는 엄숙하게 말했다.

한 가닥 웃음 섞인 기침덩어리가 걸걸대는 가래 사슬을 뒤로 끌면서, 그의 목구멍에서 튀어나왔다. 그는 기침을 하고 크게 웃으며, 치켜든 팔을 공중에 휘젓고 재빨리 뒤돌아섰다.

─결코 그들을 들여보내지 않았기 때문이지, 그것이 이유야.

그는 자갈길 위를 각반 찬 발로 쿵쿵 밟으며 큰 웃음소리로 다시 부르짖었다.

그의 현명한 어깨 위에 바둑판 같은 나뭇잎 사이로 태양은 반짝이는 금속 조각, 춤추는 동전을 내던졌다.

◆ 율리시스 ◆

「제4장」 칼립소 (이클레스 가 7번지, 집)

더블린의 이클레스 가 7번지의 블룸 가(家)이자, 『율리시스』 제4장의 배경: 오늘날 이 폐허에는 '마터 프라이빗' 병원 건물이 들어섰다.

리오폴드 블룸 씨는 짐승과 가금(家禽) 내장을 맛있게 먹었다. 그는 진한 거위 내장 수프, 호두 맛 모래주머니, 속 다져 넣은 구운 심장, 빵가루와 함께 튀겨 엷게 썬 간(肝), 기름에 튀긴 대구(大口) 곤이를 좋아했다. 무엇보다도 그는 지진 양(羊) 콩팥을 제일 좋아했는데, 그것은 그의 입천장에 희미한 오줌 냄새 나는 특유의 근사한 맛을 주었다.

그가 부엌에서 혹 달린 쟁반 위에 아내의 아침식사 거리를 차리면서 조용히 움직이자, 콩팥이 그의 마음을 점령했다. 냉랭한 햇빛과 공기가 부엌에 차 있었으나 문 밖은 어디나 할 것 없이 부드러운 여름 아침이었다. 그에게 약간 시장기를 느끼게 했다.

석탄불이 붉게 타고 있었다.

버터 바른 또 한 조각의 빵. 셋, 넷, 됐어. 아내는 접시에 가득 담은 걸 좋아하지 않지. 딱 됐어. 그는 쟁반에서 몸을 돌려, 난로 시렁에서 주전자를 들어 불 위에 비스듬히 올려놓았다. 주전자는 어수룩하게 웅크린 채 주둥이를 내밀고 거기 앉아 있었다. 곧 차를 한 잔. 좋아. 입이 마르는군.

고양이가 꼬리를 높이 추켜들고 식탁 다리 주변에서 뻣뻣하게 맴돌았다.

―묘야옹!

―오, 거기 있군.

블룸 씨가 난로에서 몸을 돌이키며 말했다.

고양이는 대답하듯 야옹 울며 다시 몸을 뻣뻣하게 하고 식탁 다리 주변을 살금살금 걸어갔다. 야옹거리며. 내 책상 위에서도 꼭 저렇게 살금살금 걷지. 프르. 나의 머리를 좀 긁어줘요. 프르.

블룸 씨는 그 유연하고 검은 모습을 신기한 듯 상냥하게 살펴보았다. 보기에 참 말끔하단 말이야. 반질반질한 털가죽의 윤택, 꼬리 아래 하얀 단추, 파랗게 반짝이는 눈. 그는 양손으로 무릎을 짚고, 고양이에게 몸을 꾸부렸다.

―고양이들에게는 우유가,

그는 말했다.

―뫼야옹!

고양이가 울었다.

사람들은 저놈들을 멍청하다고들 하지. 우리가 저놈들을 이해하기보다 저놈들이 우리가 말하는 걸 보다 잘 이해하거든. 요놈은 알고 싶은 건다 알고 있단 말이야. 역시 앙심(怏心)도 대단하지. 잔인해요. 놈의 천성은. 생쥐들이 끽소릴 못하니 참 신기하지. 그런 걸 좋아하는 모양이야. 저놈한테는 내가 뭐로 보일까? 탑의 높이로? 아니야, 놈은 내게 뛰어오를 수 있지.

— 요놈은 병아리가 무섭지.

그는 조롱조로 말했다.

— 삐약삐약이 무섭지. 요놈의 고양이처럼 둔한 고양이도 처음 봤어.

— 밀크야옹!

고양이가 크게 울었다.

고양이는 호소하듯 길게 야옹거리며, 우윳빛 하얀 이빨을 그에게 보이고, 탐욕스런 수치스럽게 감는 눈으로 끔벅거렸다. 그는 고양이의 검은 눈구멍이 탐욕 때문에 좁혀져 마침내 눈이 파란 구슬처럼 되는 것을 자세히 보았다. 이어 그는 조리대로 가서, 한런 점(店)의 우유배달부가 그를 위해 방금 채워 준 우유 단지를 들고, 따뜻한 거품이 인 우유를 접시에 부어, 그것을 마루 위에 천천히 놓았다.

— 그르르흐!

고양이가 핥으려고 달려오면서 부르짖었다.

그는 고양이가 혀끝을 세 번 갖다 대며 가볍게 핥자 희미한 햇빛 속에 수염이 철사처럼 번쩍이는 것을 바라보았다. 수염을 잘라 버리면 고양이는 쥐를 잡을 수 없다는 게 사실인지 몰라. 왜? 수염은 어둠 속에서도 비치는 모양이지, 아마, 그 끝. 아니면 어둠 속에서는 일종의 촉수(觸鬚)가, 필경.

그는 고양이가 홀짝홀짝 핥는 소리를 자세히 들었다. 햄과 달걀, 아니야. 이런 가뭄에는 좋은 달걀이 나지 않지. 깨끗하고 신선한 물이 부족해요. 목요일. 게다가 버클리 푸줏간의 양(羊) 콩팥도 좋은 게 없는 날이야. 버터로 튀긴 채, 후추를 한 번 쳐서. 들루가쯔 푸줏간의 돼지 콩팥이 더 낫겠군. 주전자가 끓고 있는 동안. 고양이는 한층 천천히 핥았다. 이어 접시를 말끔히 핥았다. 왜 고양이의 혓바닥은 저렇게 거칠까? 보다 더 잘 핥기 위해서, 온통 구멍 천지. 저놈이 먹을 수 있는 게 뭐 없나? 그는 주위를 둘러보았다. 없군.

그는 조용히 삐걱대는 구두를 신고 계단을 올라 현관으로 가서, 침실 문 곁에 멈추었다. 아내는 뭔가 맛있는 것을 먹고 싶을 거야. 아침에는 버터를 바른 얇은 빵을 좋아하지. 그렇지만 아마. 이따금 한 번쯤은.

그는 텅 빈 현관에서 조용히 말했다.

—저쪽 모퉁이를 좀 들러 오겠소. 곧 돌아와요.

그리고 자신의 목소리가 전달되는 걸 다 듣자 다시 덧붙여 말했다.

—아침으로 뭘 좀 들지 않겠소?

외마디 졸린 낮은 신음 소리가 대답했다.

—음.

아니야. 그녀는 아무것도 먹고 싶지 않아. 그녀가 몸을 뒤척이자 그는 한 가닥 짙고 따뜻한, 한층 부드러운 숨소리를 그리고 침대 뼈대의 느슨한 구리 쇠고리들의 징글징글 울리는 소리를 그때 들었다. 정말이지 저놈의 고리를 붙들어 매어 두어야겠군. 안 되겠어. 지브롤터에서부터 내내. 그녀가 조금 알고 있던 스페인어마저 잊어버렸지. 그녀의 부친은 침대를 얼마 주고 샀을까. 낡은 스타일. 아 그래! 물론. 총독의 경매에서 그걸 샀었지. 쉽사리 낙찰되었다. 흥정에는 참 야무져요, 트위디 영감. 그렇습니다, 각하. 그건 플레브나에서였습니다. 저는 병졸에서 진급했습니다, 각하, 그리고 그걸 자랑스럽게 여깁니다. 그런데도 그는 우표로 매점(賣店)

을 할 만큼 충분한 두뇌를 갖고 있었지. 그런데 그것은 선견지명이었어.

그는 손으로 자신의 이름의 두문자(頭文字)가 새겨진 무거운 오버코트와 유실품(遺失品) 취급소의 헌 비옷 위에 걸린 그의 모자를 못걸이에서 떼었다. 우표. 뒷면에 끈적끈적한 그림들. 틀림없이 많은 장교들이 그 일에 또한 결탁하고 있었지. 물론 그들은 그래. 그의 모자의 땀에 젖은 왕관 상표가 그에게 말없이 일러주었다. 플라스토 점의 고급 모자. 그는 모자의 가죽 머리띠 속을 재빨리 훌쩍 들여다보았다. 하얀 한 조각의 종이. 아주 안전하군.

현관 계단에서 그는 뒤 호주머니 속에 바깥문 열쇠를 더듬었다. 여긴 없군. 바지 속에 두었지. 꺼내야겠다. 감자는 지녔고. 삐걱거리는 장롱. 아내의 취침 방해는 금물. 그녀는 아까 졸리는 듯 몸을 뒤척였지. 그는 뒤로 현관문을 아주 조용히 끌어당겼다. 조금 더, 드디어 문 밑자락이 문지방 위에 살짝 떨어졌다. 나긋한 눈꺼풀. 꼭 닫힌 것 같군. 어쨌든 돌아올 때까지 안전해.

그는 75번지의 헐거운 지하실 문 뚜껑을 피하여, 밝은 햇빛 쪽으로 건너갔다. 해는 조지 성당의 첨탑에 가까이 가고 있었다. 날씨가 더울 모양이야. 특히 이렇게 검은 옷을 입고 있으면 한층 덥단 말이야. 검은 것은 열을 전도(傳導), 반사하지(굴절이든가?). 그러나 가벼운 차림으로 갈 수는 없잖아. 그건 피크닉에 적합한 거야. 그가 행복한 온기(溫氣) 속을 걸어가자 눈꺼풀이 자주 조용히 가라앉았다. 볼란드 점의 빵 차가 우리들 일상의 빵을 접시로 운반해 주지만, 아내는 어제의 바삭바삭 태운 접힌 겉껍질을 더 좋아하지. 젊은 기분이 난다는 거야. 동방(東方)의 어느 곳. 이른 아침. 새벽에 출발한다. 해를 정면에 안고 여행을 하면 하루 동안에 그 행진이 끝난다. 그것을 영원히 계속하면 이론적으로 하루 이상 걸리지 않는다. 해변을 따라 걸어간다, 미지의 나라, 어떤 도시 대문에 당도한다, 거기 보초가, 그 역시 늙은 병사, 늙은 트위디의 커다란 콧수염을 하고, 기다란 종류의 창(槍)에 몸을 기대고 있다. 덧문〔遮日〕 내린 거리를 배회한다. 지나가는 터번 두른 얼굴들. 검은 동굴 같은 카펫 상점들, 덩치 큰 사나이, 쾌걸(快傑) 터코. 꼬부라진 파이프를 피우면서, 다리를 포개고 앉은 채. 거리의 장사꾼들의 외치는 소리. 회향(茴香) 탄 물, 셔벗을 마신다. 종일 성화를 부린다. 한두 명의 강도를 만날 수도. 글쎄, 만나도 좋아. 일몰(日沒)이 다가온다. 주랑(柱廊) 사이 회교 사원의 그림자들. 둘둘 말은 족자(簇子)를 든 승려들. 나무들의 흔들림, 신호, 저녁 바람. 나는 계속 지나간다. 퇴색해 가는 금빛 하늘. 한 어머니가 문간에서 나를 살펴본다. 그녀는 알 수 없는 말로 그녀의 아이들을 집으로 부른다. 높은 담벼락. 그 너머로 울리는 현악기. 밤하늘, 달, 보라색, 몰리의 새 양말대님의 빛깔. 현악기. 자세히 들어 보라. 소위 달서머라는 저 악기를 하나 연주하고 있는 한 소녀. 나는 지나간다.

아마 실제로는 전혀 그렇지 않을는지 몰라. 그대가 읽는 종류의 작품. 태양의 궤도를 따라, 표제지(表題紙) 위의 구름 사이 강렬한 햇살. 그는 미소를 띠었다, 홀로 즐기면서. 아더 그리피스가 《플리먼》 지의 사설 난(欄) 위의 장두장식(章頭裝飾)에 관해 말했지. 아일랜드 은행 뒤의 골목길로부터 북서쪽에 솟아오르는 자치(自治)의 태양이라고. 그는 길게 회심의 미소를 지었다. 그것 교활한 착상. 북서쪽에 솟아오르는 자치의 태양이라니.

그는 래리 오러크 상점에 접근했다. 지하실 뚜껑으로부터 흑맥주의 몽롱한 내뿜는 냄새가 떠올랐다. 열려 있는 문간을 통하여 주장(酒場)이 생강, 차 가루, 비스킷 부스러기 냄새를 내뿜었다. 좋은 집이야, 그러나 바로 시내 교통의 종점에 있으니. 예를 들면, 저 아래 모올리 점은 위치

◆ 율리시스 ◆

277

로서 노-굿. 물론 가축시장에서부터 북부 순환로를 따라 부두까지 전차 선로를 가설하면 값이 총알처럼 오를 테지.

창가 너머로 보이는 대머리. 재치 있는 괴짜 영감. 그에게 광고 주문은 무용. 여전히 그는 자신의 일을 가장 잘 알고 있지. 저기 그가 확실히 나의 대머리 래리, 셔츠 소매를 걷어 젖히고 설탕 상자에 기댄 채, 앞치마 두른 술집 종업원이 자루 달린 빗자루와 양동이를 들고 청소하는 걸 살펴보고 있다. 사이먼 디딜러스가 눈을 찌푸려 치켜뜨고 그를 정확히 흉내 낸다. 내가 당신한테 말하려고 하는 게 뭔지 알겠소? 그게 뭐요, 오러크 씨? 뭔지 당신은 알고 있소? 소련 사람들, 그들은 일본 사람들에게는 단지 8시 조반 먹기에 불과할 테죠.

멈추어 서서 한 마디 말을 건넨다. 아마 장례에 관해. 불쌍한 디그넘에 관해 참 슬픈 일이지요, 오러크 씨.

돌세트 가(街)를 돌아들면서 그는 현관문을 통해 인사로 싱그럽게 말했다.

- 안녕하시오, 오러크 씨.
- 안녕하십니까.
- 좋은 날씨요, 선생.
- 정말 그렇소.

어디서 저 사람들은 저렇게 돈을 벌까? 리트림 주(州)로부터 적두(赤頭)의 술집 종업원으로 상경하여, 지하실에서 빈 술통을 헹구고 남은 찌꺼기를. 그런데, 봐요, 그들은 애덤 핀들레이터즈 또는 단 톨런처럼 번영한단 말이야. 이어 경쟁을 생각해봐요. 누구나 목이 말라. 술집을 하나도 스치지 않고 더블린을 통과한다는 것은 참 근사한 수수께끼 감일 거야. 그렇지 않고 지나갈 수는 없지. 주정꾼한테서 돈을 짜내는 모양이야 아

마. 3실링이라 기장(記帳)하고 5실링을 받아내는 거지. 그게 얼마야, 여기서 1실링 저기서 1실링, 술과 오입질. 도매 주문도 받는 모양이지 아마. 중간 도매상들과 비밀리에 갑절 장사를 하는 것이다. 당신 두목을 매수하여 해결해요, 그러면 우리는 이득을 쪼개는 거야, 알지?

흑맥주로 얻는 월(月) 총 이득은 도대체 얼마나 될까? 가령 술 열통이라면. 예컨대 매상고에서 10퍼센트의 이익을 본다면. 오 더 되지. 15(퍼센트). 그는 성 요셉 초등학교 곁을 지나갔다. 개구쟁이들의 떠들어대는 소리. 창문은 열려 있고, 신선한 공기가 기억력을 돕지요. 아니면 일종의 가곡. 아아베에세에 데에페에지이 켈로멘 오오페큐 러스트유비 더블류. 저놈들은 사내들인가? 그렇군. 이니쉬터크. 이니샤크. 이니쉬보핀. 지리 공부를. 광산. 블룸 산(山).

그는 들루가쯔 푸줏간의 창문 앞에 발을 멈추었다. 다래로 매달아 놓은 검고 흰 소시지며, 순대를 빤히 쳐다보면서. 15곱하기. 숫자가 풀리지 않은 채 마음속에서 희미해져 갔다. 불쾌한 채 그는 숫자가 사라지도록 내버려두었다. 양념 다진 고기로 꾸린, 번쩍이는 소시지 묶음들이 그의 눈요기를 돋우자, 그는 요리 된 양념 친 돼지 피의 미지근한 냄새를 은근히 들이쉬었다.

버들 무늬의 접시 위에 핏방울이 흘러나온 한 토래 콩밭. 마지막 남은 것. 그는 카운터의 옆집 처녀 곁에 섰다. 그녀도 저 콩팥을 사려는가, 손의 종이쪽지로부터 품목을 읽으면서? 손이 튼 채. 세탁용 소다. 그리고 데니 점의 소시지 1파운드 반. 그의 눈이 그녀의 싱싱한 양쪽 엉덩이 위에 머물렀다. 우즈가 그의 이름이지. 그 친군 뭘 하는지 궁금하군. 아내는 늙었지. 새로운 혈기. 어떤 추종자도 허락하지 않아. 튼튼한 양팔. 빨랫줄의 융단을 휙휙 두들기며. 그녀는 정말로, 그걸 휙휙 두들겨요. 두들

길 때마다 그녀의 뒤둥그러진 스커트가 휙휙 흔들리는 모양.

족제비눈의 돼지 푸줏간 주인이 소시지 핑크색의, 얼룩진 손가락으로 그가 잘게 썰어 놓은 소시지를 종이에 둘둘 말았다. 싱싱한 고기가 거기에. 마치 우리에서 가두어 키운 어린 암소 고기 같아.

그는 잘라 놓은 신문지 더미에서 한 장을 집었다. 티베리아스 호수 연안의 키네레스 모범 농장. 이상적인 겨울 요양소가 될 수 있지. 모세 몬테피오. 바로 그자라 나는 생각했어. 담으로 둘러친 농가, 풀을 뜯고 있는 멍한 가축들. 그는 신문지를 눈에서 멀리 뗐다. 재미있군. 한층 가까이 읽는다, 제목, 풀을 뜯고 있는 멍한 가축들, 신문지를 바스락거리며. 한 마리 어린 하얀 암송아지. 우시장의 저 아침들, 그들의 우리 안에, 음매 울고 있는 짐승들, 소인(燒印) 찍힌 양들, 똥이 뚝뚝 떨어지는 소리, 짚 사이를 징 박은 구두를 신고 뚜벅뚜벅 걷고 있던 사육자(飼育者)들, 성숙한 살 엉덩이를, 손바닥으로 찰싹 치면서, 요놈은 우량종이야, 손에는 껍질 그대로의 회초리. 그는 신문지를 끈기 있게 그의 감각과 의지를 기울이면서, 부드럽고 유순한 시선을 고정한 채 비스듬히 들고 있었다. 휙 휙 휙, 흔들리는 뒤둥그러진 스커트.

돼지 푸줏간 주인은 쌓아 놓은 더미에서 두 장을 집어, 그녀의 상등품 소시지를 말아 싼 뒤, 붉은 얼굴을 찌푸려 보였다.

―자, 아가씨.

그는 말했다.

그녀는 대담하게 미소 지으며 굵은 팔목을 내밀어 한 닢 동전을 치렀다.

―고마워요, 아가씨. 그리고 거스름돈이 1실링 3페니. 자, 댁은?

블룸 씨는 재빨리 가리켰다. 그녀를 뒤쫓아 따라잡기 위해, 만일 그녀가 천천히 걸으면 그녀의 움직이는 햄 엉덩이 뒤를 아침에 맨 먼저 본다는 것은 기분 좋은 일이야. 서둘러요, 젠장. 햇빛이 비칠 동안에 건초(乾草)를 말려야. 그녀는 푸줏간 바깥의 햇빛 속에 선 다음, 오른쪽으로 어슬렁어슬렁 나른한 기분으로 걸어갔다. 그는 숨을 코 아래로 몰아 내쉬었다. 여자들은 결코 이해하지 못하지. 소다에 튼 손. 껍질이 두꺼운 발톱 역시. 그녀를 양쪽으로 막고 있는 누더기 진갈색 망토. 무시하려는 통증이 그의 가슴속에 가냘픈 기쁨을 불 질렀다. 다른 녀석을 위한 거다. 이 클레스 골목길에서 그녀를 끌어안는 한 비번(非番) 순경. 사내들은 끌어안기에 꼭 알맞은 여자를 좋아하지. 상등품 소시지야. 오 제발, 순경나리, 나는 어쩜 좋아요.

—3페니입니다.

그의 손이 습하고 연한 내장을 받아 그것을 옆 호주머니 속으로 밀어 넣었다. 그런 다음 그의 바지 주머니에서 동전 세 개를 꺼내 고무 못 접시 위에 놓았다. 동전은 거기 놓인 채, 눈으로 재빨리 세어진 다음, 하나씩 금고 속으로 재빨리 굴러 들어갔다.

—감사합니다. 선생. 또 오십시오.

여우 눈에 열렬한 한 점 불빛을 번쩍이며 그에게 감사했다. 그는 잠시 후에 시선을 거두었다. 아니야. 앉는 게 좋아. 다음번에.

—좋은 아침을.

그는 물러서면서 말했다.

—좋은 아침 되세요.

흔적도 없군. 사라져 버렸어. 어떻게 된 노릇이야?

그는 돌세트 가(街)를 따라 되돌아 걸어갔다. 신문 쪽지를 신중하게 읽으면서. 아젠다스 네타임. 식수회사(植樹會社). 터키 정부로부터 불모의 모래땅을 구입하여 유칼립투스를 식수(植樹)함. 그늘, 연료 및 건축용으로 탁월함. 자바의 북부 오렌지 숲 및 광활한 수박밭. 80마르크를 투자하시면 본사에서는 귀하를 위하여 한 듀넘의 토지에 올리브, 오렌지, 아몬드 또는 시트른(유자)을 식수해 드림. 올리브는 한층 값이 쌈. 오렌지는 인공 관개(人工灌漑)를 요함. 수확물은 해마다 귀하에게 수송됨. 귀하의 성명은 소유주로서 본사의 장부에 영구히 기입됨. 즉시 불 10마르크에 잔고는 연부(年賦)도 가능함. 베를린, 서(西) 15구(區), 블라입트로이 가(街) 34번지.

해봤자 아무 소용없는 일. 하지만 그 이면에는 생각할 점도.

그는 은빛 열기 속에 멍한 소 떼들을 쳐다보았다. 은(銀) 가루 발린 올리브나무들. 조용하고 기나긴 나날. 가지를 자르며, 성숙하게 하며, 올리브는 항아리 속에 보관하지, 응? 나는 앤드류즈 상점에서 산 걸 지금도 몇 개 남겨 갖고 있어. 그것을 뱉어 내던 몰리. 지금은 그 맛을 알고 있지. 휴지에 싸서 나무 상자 속에 쌓아 둔 오렌지들. 시트론도 마찬가지. 불쌍한 시트론이 성(聖) 케빈 광장에 아직도 살고 있는지 몰라. 그리고 낡은 기타를 든 마스티안스키도. 그때 우리는 참 즐거운 저녁 시간을 보냈지. 시트론의 바구니 의자에 앉아 있던 몰리. 쥐면 기분이 좋지, 차고 당밀 같은 과실. 손에 쥐고 그것을 콧구멍에 들어올려 향기를 맡으면, 그와 같은 짙고 달콤한 야생의 향기. 언제나 꼭 마찬가지. 해마다 값 또한 대단하다고, 모이젤이 나한테 말했지. 아뷰터스 광장. 플레즌츠 가(街). 즐겁던 그 옛날. 한 점의 흠집도 내서는 안 된다고, 그는 말했지. 먼 길을 내내. 스페인, 지브롤터, 지중해, 레반트, 자바의 부둣가에 줄지어 쌓인 궤짝들, 그것을 장부에다 기입하고 있는 녀석, 맨발로 그것을 운반하고 있는 더러운 덩거리 천의 옷을 걸친 인부들. 뭐라나 하는 이가 거기서 빠져나온다. 안녕하시오? 보질 않는다. 잠깐 인사를 나눌 정도로 알고 있는 녀석은 약간 귀찮은 존재야. 그의 등이 저 노르웨이 선장의 것을 닮았어. 오늘 그를 만날지 몰라. 살수차(撒水車)다. 비를 부르기 위해. 하늘에서처럼 땅 위에서.

한 점 구름이 태양을 천천히, 완전히, 가리기 시작했다. 회색. 멀리.

아니, 저렇지 않아. 불모지, 헐벗은 황야, 화산호, 사해, 물고기도 없고, 수초(水草)도 없고, 땅 속에 깊이 가라앉은 채. 어떠한 바람도 저 파도, 회색의 금속, 독 서린 안개의 바다를 동요하지 못하리. 빗물처럼 흘러내리는 것을 그들은 유황이라 불렀지. 황야의 도회들, 소돔, 고모라, 에돔, 모두 죽은 이름들, 사지(死地) 속의 사해(死海), 회색으로 오래된 채. 지금은 오랜 옛날, 바다는 가장 오래된 최초의 종족을 낳았다. 한 허리 굽은 노파가 한 파인트짜리 돌 병의 목을 움켜쥐고, 캐시디 점(店) 쪽에서 건너왔다. 가장 오래된 백성들. 전(全) 지구 표면을 멀리 방랑했지. 포로에서 포로로, 증식하면서, 죽어 가면서, 어디서나 탄생하면서. 바다는 지금도 거기에 놓여 있다. 이제 아무것도 더 낳을 수 없지. 죽은 거야. 늙은 여인의 그것처럼. 움푹 꺼진 세계의 회색 음부.

황폐.

회색의 공포가 그의 육체를 움츠리게 했다. 신문 쪽지를 접어 호주머니에 넣으며 그는 이클레스 가(街)로 돌아들었다, 집을 향해 서두르면서. 냉랭한 기름이 그의 혈관을 따라 미끄러지듯 흘렀다, 그의 피를 얼리며. 나이가 그를 소금 외투로 겉껍질을 입혔다. 자, 여기까지 왔군. 그래, 이제 나는 여기에. 아침에는 입 안이 깔깔하지. 잠자리에서 잘못 일어나다. 다시 샌도우의 운동을 시작해야. 손을 땅에 짚고. 얼룩진 갈색 벽돌집들 투정이. 80번지는 아직도 세 들지 않고. 그건 왜? 가격은 단지 28파운드일 뿐인데. 타워즈, 배터즈비, 노드, 맥아더. 고지서들을 풀칠해서 붙여 놓은 현관의 창들. 통안(痛眼)에는 플라스터 연고. 구수한 차 냄새, 냄비의 요리 냄새, 지글지글 끓는 버터 냄새를 맡기 위해. 그녀의 잠자리 따뜻해진 풍만한 육체 곁에 가까이 왔다. 그래, 그래.

빠르고 따스한 햇볕이 버클리 한길에서부터 달려왔다, 재빨리, 가느다란 샌들 나막신을 신고, 환히 밝아오는 보도를 따라. 달린다, 그녀가 나를 맞으러 달려온다, 바람에 나풀대는 금발의 소녀.

두 통의 편지와 한 장의 엽서가 현관 바닥에 놓여 있었다. 그는 허리를 굽혀 그들을 주워 모았다. 마리언 블룸 부인. 그의 빨리 뛰던 심장이 이내 누그러졌다. 대담한 필적. 마리언 부인.

— 폴디!

침실로 들어가면서 그는 눈을 반쯤 감고 따스한 황색 어스름 빛을 통하여 아내의 헝클어진 머리 쪽으로 걸어갔다.

— 누구한테 온 편지예요?

그는 편지를 쳐다보았다. 밀린가. 밀리.

— 밀리가 나한테 보낸 편지요, 그리고 당신에게는 엽서 한 장. 그리고 당신 앞으로 편지 한 통.

그는 조심스럽게 말했다.

그는 엽서와 편지를 능직 침대 커버 위에 그녀의 굴곡진 무릎 가까이 놓았다.

— 창 가리개를 올리고 싶소?

창 가리개를 반쯤 조용히 당겨 올리며 그가 뒤쪽을 쳐다보자 아내가 편지를 힐끗 쳐다본 다음, 그걸 베개 밑에 감추는 것을 보았다.

— 됐소?

몸을 돌이키며, 그는 물었다.

그녀는 팔꿈치로 짚고, 엽서를 읽고 있었다.

－딸애가 소포를 받았대요.

그녀는 말했다.

그는 기다렸다. 마침내 아내가 엽서를 옆으로 제쳐 놓고 한 가닥 아늑한 한숨과 함께 몸을 뒤로 천천히 웅크렸다.

－차를 빨리 갖다 줘요, 목이 타요.

그녀는 말했다.

－주전자가 끓고 있소.

그는 말했다.

그러나 그는 의자를 치우려고 시간을 끌었다. 그녀의 줄무늬 진 속치마, 벗어 던진 때 묻은 린넨 속옷. 그 모두를 한 아름에 번쩍 들어서 침대 발치에 갖다 놓았다.

그가 부엌 계단을 내려가자 그녀가 불렀다.

－폴디!

－뭐요?

－차 항아리를 부셔요.

충분히 끓고 있군. 주둥이에서 오르는 한 가닥 깃털 같은 김. 그는, 물이 흘러 들어갈 수 있도록 주전자를 기울이면서, 차 주전자를 물로 부셔 가신 다음 차를 네 스푼 가득 넣었다. 차가 우러나게 해둔 다음 그는 주전자를 들어내고, 활활 타는 석탄 불 위에 프라이팬을 판판하게 눌러 놓자, 미끄러지며 녹는 버터 덩어리를 빤히 쳐다보았다. 그가 콩팥 싼 종이를 벗기고 있는 동안 고양이가 배고픈 듯 그를 향해 울었다. 고기를 너무 많이 주면 쥐를 못 잡는단 말이야. 고양이 녀석들은 돼지고기를 좋아하지 않는다고들 하지. 성찬(聖餐)이야. 여기. 그는 피로 얼룩진 종이를 고양이한테로 떨어뜨리며 지글지글 끓는 버터 소스 사이에 콩팥을 떨어뜨렸다. 후추. 그는 이가 빠진 에그 컵으로부터 손가락 사이로 그걸 빙 한바퀴 둘러 뿌렸다.

그런 다음 그는 봉투를 찢어 열고, 편지를 끝까지 한번 쭉 훑어 내려갔다. 감사해요. 새 모자. 코프란 씨. 오엘 호반의 피크닉. 젊은 학생. 블레이지즈 보일런의 바닷가의 소녀들.

차를 따랐다. 그는, 가짜 더비 왕관표가 붙은, 자신의 머스태쉬컵에 차를 채웠다, 미소를 머금으면서. 순진한 밀리의 생일 선물. 그땐 그 앤 단지 다섯 살밖에 안 되지. 아니, 가만. 네 살. 내가 그녀에게 호박 목걸이를 사주었는데, 깨뜨렸어. 그녀는 접힌 갈색 종잇조각을 자신의 편지통 속에 쑤셔 넣었지. 그는 미소를 머금고, 차를 따랐다.

"오, 밀리 블룸, 너는 내 사랑.
너는 밤부터 아침까지 나의 거울이란다.
당나귀며 정원을 가진 케이티 키오보다
나는 돈 한 푼 없는 네가 더 좋아라."

불쌍한 노(老) 구드윈 교수. 지독히 늙은 영감이지. 그런데도 인사성이 바른 늙은이였어. 그는 몰리가 무대를 떠나면 옛날식으로 고개를 숙여 인사를 하곤 했지. 그리고 그의 실크 모자 속의 조그마한 거울. 그날 밤 밀리가 그걸 들고 응접실에 들어왔지. 오, 구드윈 교수님의 모자 속에서 내가 찾아낸 걸 보세요! 우리는 한바탕 웃었다. 심지어 그때 섹스가 터져 나오고 있었다. 그 앤 꽤나 민첩한 꼬마였지.

그는 포크로 콩팥을 찔러 살짝 뒤집었다. 이어 차 단지를 쟁반 위에 놓았다. 그가 쟁반을 들어올리자 쟁반의 혹이 쿵 부딪쳤다. 전부 다 담겨졌나? 버터 바른 빵, 네 조각, 설탕, 스푼, 그녀의 크림. 그래. 그는 엄지손가락으로 차 단지의 손잡이를 갈고리처럼 누르고, 쟁반을 들고 위층으로 올라갔다.

무릎으로 문을 떠밀어 열면서, 그는 쟁반을 들고 들어가, 침대 머리맡의 의자 위에 그걸 놓았다.

─뭘 하는데 그렇게 오래 걸려요!

그녀는 말했다.

그녀가 팔꿈치를 베개 위에 괴고, 가볍게 몸을 일으키자 침대의 놋쇠고리가 징글징글 울렸다. 그는 조용히 아내의 풍만한 몸뚱이 위를 그리고 그녀의 잠옷 속으로 암산양의 젖통처럼 비탈져 있는 크고 부드러운 유방의 골 사이를 조용히 내려다보았다. 그녀의 웅크린 육체의 온기가 따른 차 향기와 뒤엉키며, 방 안에 퍼졌다.

보조개 진 베개 밑으로 찢어진 봉투의 한쪽 모서리가 살짝 보였다. 그는 막 나가려다가 발을 멈추고 침대 커버를 똑바로 폈다.

─누구한테서 온 편지요?

그는 물었다.

대담한 필적. 마리언.

─오, 보일런요, 그가 프로그램을 가지고 온대요.

그녀는 말했다.

─당신이 무슨 노래를 부르는데?

─〈라 치 다렘(우리 손에 손잡고 함께 가요)〉을 J. C. 도일과 함께, 그녀는 말했다. 그리고 〈사랑의 달콤한 옛 노래〉를.

마시면서, 그녀의 풍만한 입술에 미소가 어렸다. 저따위 향수도 다음 날이면 오히려 케케묵은 냄새를 풍기지. 때가 긴 꽃꽂이 물처럼.

ㅡ창문을 조금 열고 싶소?

그녀는 빵 조각을 두 겹으로 말아 입에 넣었다. 그리고 물었다.

ㅡ장례는 몇 신데요?

ㅡ11시일거요. 아직 신문을 못 봤소.

그는 대답했다.

그녀의 손가락이 가리키는 대로 그는 침대로부터 흘러내린 그녀의 때 묻은 속바지 한 쪽 가랑이를 집어 올렸다. 아니야? 이어, 양말을 동이는 꼬인 회색 대님을. 구겨진, 번쩍이는 구두 밑창.

ㅡ아니. 저 책요.

다른 양말. 그녀의 속치마.

ㅡ틀림없이 떨어졌을 텐데.

그녀는 말했다.

그는 여기저기 더듬어 찾았다. 〈볼리오 에 논 보레이(난 갈까요 말까요)〉. 그걸 아내는 올바르게 발음할 수 있을까. '볼리오'. 침대 속에는 없고. 분명히 미끄러져 떨어졌을 텐데. 그는 몸을 구부리고 침대보를 들어 올렸다. 책이, 떨어진 채, 볼록한 오렌지 열쇠 무늬의 침실 요강에 부딪쳐 기대 있었다.

ㅡ어디 봐요. 표시를 해두었는데. 당신한테 물어보고 싶었던 한 마디 말이 있어요.

그녀는 말했다.

그녀는 손잡이 없는 쪽으로 찻잔을 쥐고 차를 한 모금 삼켰다. 그리고 손가락 끝을 담요에다 사뿐히 닦은 다음, 머리핀을 가지고 글귀를 찾기 시작하자, 마침내 그 단어를 짚었다.

-그를 만나 무엇을(Met him what)?

그는 물었다.

-여기요, 이게 무슨 뜻이에요?

그녀는 말했다.

그는 몸을 아래쪽으로 굽히고 그녀의 매니큐어 칠한 엄지손톱 근처를 읽었다.

-머템써코우시스(Metempsychosis, 윤회)?

-그래요. 그 남자 진짜 이름이 뭐예요?

-윤회.

그는 얼굴을 찌푸리며 말했다.

-그건 그리스 말이지. 그리스 말에서 온 거요. 그건 영혼의 전생(轉生)을 의미하지.

-오, 젠장! 쉬운 말로 말해줘요.

그녀는 말했다.

그는 그녀의 조롱하는 눈을 비스듬히 흘겨보며 미소를 띠었다. 똑같은 여린 눈. 제스처 게임 뒤의 최초의 밤. 돌핀즈 반. 그는 때문은 페이지를 넘겼다. 〈루비. 곡마장의 자랑거리〉. 어라. 삽화다. 회초리를 든 사나운 이탈리아인. 루비는 틀림없이 자랑거리, 바닥 위에 나체로. 친절하게 대여 받은 시트. '괴물 마페이는 저주의 말〔言〕과 함께 그의 희생자를 단 넘하고 팽개쳤다.' 온통 그 뒤에는 잔인함이. 흥분제를 마신 동물들. 헹글러 서커스의 그네. 고개를 다른 데로 돌려야만 했다. 입을 딱 벌린 군중들. 목이라도 부러지면 모두들 포복절도할 거야. 그들과 같은 족속들. 어릴 때 뼈를 연하게 하여 그들은 머템써코우시스(윤회)하는 거다. 우리가 사후에도 산다는 것. 우리들의 영혼. 죽은 다음의 인간의 영혼, 디그넘의 영혼……

－그걸 다 읽었소?

그는 물었다.

－네, 야한 곳은 조금도 없어요. 그 여자는 첫 남자와 끝까지 사랑하나요?

그녀가 말했다.

－읽어본 적이 없는데, 또 다른 걸 읽고 싶소?

－네. 뽈 드 꼬끄의 다른 것을 얻어줘요. 그이 이름 참 멋져요.

그녀는 비스듬히 차가 흘러나오는 것을 살피면서, 컵에다 차를 더 따랐다.

캐펄 가(街)의 저 도서관의 책을 재계약 해야겠군, 그렇지 않으면 나의 보증인, 키어니한테 그들이 편지를 낼 거야. 재생. 바로 그 말이야.

－어떤 사람들은 믿기를,

그는 말했다.

－우리가 사후에 또 다른 육체 속에서 계속 살아가고, 이전에도 살았다는 거요. 사람들은 그걸 재생(再生)이라 부르지. 우리들 모두가 수천 년 전에 지구상에 아니면 어떤 다른 행성(行星)에 살았다는 거요. 사람들 말은 우리들이 그걸 잊어버렸다는 거지. 어떤 이들은 자신들의 과거의 생활을 기억하기도 한다는군.

탁한 크림이 그녀의 차 속에 엉켜 돌며 나선형을 그렸다. 그녀에게 그 말을 상기시키는 게 더 낫겠어. 윤회. 예를 하나 드는 게 좋겠군. 예는?

침대 위의 〈님프의 목욕〉.『포토 비츠』지(誌)의 부활절호(復活節號)를 선물로 받은 거다. 수채화의 멋진 걸작. 우유를 타기 전 홍차. 머리를 풀고 있는 아내와 다를 것도 없지. 더 날씬하군. 사진들은 3실링 6페니를 주고 내가 산거야. 그녀는 침대 위에 걸어두는 게 보기 좋을 거라고 말했지. 나체의 님프. 그리스. 그래서 예를 들면 당시 살았던 모든 사람들.

그는 책장들을 뒤로 넘겼다.

─윤회란,

그는 말했다.

─고대 그리스인들이 그렇게 불렀던 거요. 그들은, 예를 들어, 누구든 동물이나 나무로 바뀔 수 있다고 믿곤 했지. 그들이 님프라고 불렀던 것도, 예를 들면.

그녀의 스푼이 설탕을 휘젓다 멈추었다. 그녀는 아치 이룬 콧구멍을 통하여 숨을 들이켜면서, 앞쪽을 빤히 쳐다보았다.

─타는 냄새가 나요, 불 위에 뭘 얹어 놓았어요?

그녀는 말했다.

─콩팥이다!

그는 갑자기 소릴 질렀다.

그는 책을 안쪽 호주머니에다 아무렇게나 쑤셔 넣고, 부서진 옷장에 발가락을 채이면서, 당황한 황새 다리로 계단을 밟으면서 내려가, 냄새나는 쪽을 향해 황급히 밖으로 나갔다. 맹렬한 연기가 프라이팬 옆구리에서 노기를 띤 듯 분사식으로 솟아올랐다. 포크의 뾰족한 끝을 콩팥 아래쪽에다 찔러, 잡아떼어 가지고 그걸 거북 등처럼 찰싹 뒤집어 놓았다. 단지 조금 탔을 뿐. 그는 그걸 프라이팬에서 떼어낸 것을 접시 위에 옮겨 담고 갈색 고기 국물을 그 위에 약간 뿌렸다.

이제는 차를 한 잔. 그는 자리에 앉아, 빵 덩어리 한 조각을 잘라 버터를 발랐다. 그는 가장자리의 탄 부분을 떼어내어 그걸 고양이에게 던져 주었다. 그런 다음 그는 포크 가득 맛좋은 연한 고기를 입 속에 밀어 넣고, 맛을 음미하며 씹었다. 알맞게 구워졌군. 차를 한 모금. 이어 그는 빵을 토막토막 잘라, 한 덩이를 고기 국물에 적셔 입 속에 넣었다. 어떤 젊은 학생과 피크닉이라니 무슨 내용일까? 그는 곁에 있는 구겨진 편지를 펴고 빵을 씹으면서 그걸 천천히 읽었고, 또 한 조각의 빵을 고기 국물에 적셔 입으로 가져갔다.

사랑하는 아빠에게

멋진 생일 선물에 대해 언제나 참 고마워요. 제게 정말 꼭 맞아요. 모두들 제가 새 모자를 쓰니까 아주 미인이 됐다고들 해요. 전 엄마가 보내준 멋진 크림 상자도 받았어요, 그래서 답장을 쓰려고 해요. 모두 다 참 예뻐요. 전 이제 사진 찍는 일에 꽤 능숙해졌어요. 코프란 씨가 저와 윌 부인의 사진을 한 장 찍어줬는데, 현상하면 보내드릴게요. 우린 어제 정말 멋진 시간을 보냈어요. 날씨가 좋아 무다리를 한 뚱뚱보 부인들이 모두들 참석했어요. 우린 조그만 피크닉을 하려고 몇몇 친구들과 월요일에 오엘 호반으로 갈 예정이에요. 엄마께 안부를 그리고 아빠께 큰 키스와 감사를 드려요. 다들 아래층에 피아노를 치고 있는 게 들려요. 토요일에는 그레빌 암즈에서 음악회가 있어요. 저녁에는 이따금 밴넌이란 젊은 학생이 이곳에 오는데, 그의 사촌이라나 누구라나 그가 참 부자래요. 그리고 그는 보일런이 부르는 바닷가의 소녀에 관한 노래를 불러요(저가 블레이지즈 보일런의 노래라 막 적을 뻔했어요). 순진한 밀리가 최고의 존경을 그에게 보낸다고 전해줘요. 그럼 가장 다정한 사랑으로 이만 끝내겠어요.

아빠의 귀여운 딸, 밀리

추신. 서툰 글씨를 용서하세요, 이만 총총. 바이바이.

미.

어제로 열다섯. 신기하기도 하지, 역시 이 달 15일이라. 집에서 떨어져 맞는 그녀의 첫 생일. 헤어짐. 그녀가 태어나던 여름날 아침 덴질 가(街)의 손턴 부인을 문 두들겨 깨우려고 달려가던 것을 기억해 봐. 참 명랑한 노파였어. 그녀는 많은 아기들이 세상에 태어나는 것을 도왔지. 그녀는 애초부터 불쌍한 꼬마 루디가 살 수 없으리라는 걸 알고 있었어. 그래요, 하느님은 선하세요, 선생님. 그녀는 이내 알았다. 만일 그 애가 살아 있다면 지금 열한 살일 텐데.

그는 공허한 얼굴을 하고, '추신'이라고 써놓은 곳을 애처롭게 빤히 쳐다보았다. 서툰 글씨를 용서하세요. 급해서요. 아래층에 피아노. 마음을 다 털어 놓았군. XL 카페에서 팔찌 때문에 소동을. 과자도 싫다 말하기도 싫다 보기도 싫다 하면서. 고집덩어리야. 그는 고기 국물에 다른 몇 조각의 빵을 적시고, 콩팥을 한 조각 한 조각 차례로 먹었다. 한 주일에 12실링 6페니라. 많지는 않아. 하지만 그녀는 더 심한 일을 할 수도 있지. 음악당의 무대. 젊은 학생. 그는 식후 입가심으로 한층 식은 차를 한 모금 마셨다. 이어 다시 편지를 읽었다. 두 번.

오, 글쎄. 그녀는 제 앞가림을 할 줄 알지. 그러나 혹시 그렇지 못하면? 아니야, 여태까지 별일 없었어. 물론 그런 일이 있을 수도. 그런 일이 일어날 때까지는 어떤 경우에든 그저 잠자코 기다려야. 제멋대로 하는 녀석. 계단을 달려 올라가는 그녀의 가느다란 다리. 숙명. 이제 성숙해 가고 있지. 헛된 일. 아주.

그는 근심 어린 애정으로 부엌 창문을 향해 미소를 지었다. 내가 그녀

를 거리에서 붙들었던 날, 뺨을 꼬집어 빨갛게 만들어줬지. 빈혈증이 약
간. 우유를 너무 오래 먹였나 봐. 그날 키쉬 호반을 회항(回航)하던 〈에린
즈 킹〉 호상에서. 좌우 흔들거리던 경칠 놈의 낡은 쪽배. 조금도 겁내는
기색이 없이. 그녀의 머리카락과 함께 바람에 헤쳐진 그녀의 연 푸른 목
도리.

"온통 보조개진 뺨과 곱슬머리,
그대의 머리가 그저 빙빙 돌지요."

바닷가의 소녀들. 뜯어진 봉투. 손을 바지 주머니에 꽂고, 하루 동안
쉬는 역 마차꾼, 노래하며. 가족의 친구. "머리가 빙빙 돌아요,"라고 그
는 발음하지. 가로등이 있는 부둣가. 여름밤, 악대.

"저 소녀들, 저 소녀들,
저 사랑스런 바닷가의 소녀들."

밀리도 역시. 어린 시절 키스. 최초의. 이제는 멀리 지나간 일. 마리언
부인. 편지를 읽으며, 이젠 반듯이 누워. 그녀의 머리카락을 헤아리면서,
웃는 얼굴로, 머리를 땋고 있다.
한 가닥 가벼운 현기증이, 후회가, 그의 등뼈를 타고 흘러내렸다, 점
점 증가하며. 그런 일이 일어날까, 그래. 막자. 소용없어. 움직일 수 없
지. 소녀의 달콤하고 경쾌한 입술. 그런 일이 역시 일어날지도. 그는 흐
르는 현기증이 전신에 퍼지는 것을 느꼈다. 이제 움직이려 해도 소용없는
일. 키스를 받고, 키스하며, 키스 받는 입술. 풍만한 고무풀 같은 여인의

입술.

그 애는 거기 가 있는 게 더 나아. 멀리. 그녀에게 여가를 주지 않는 거다. 시간을 보내기 위해서 개를 한 마리 갖고 싶어 했지. 거기 여행을 한 번 할 수 있을지 몰라. 팔월 은행 휴일에, 단지 왕복 2실링 6페니일 뿐. 그러나, 여섯 주일이 남았어. 신문사의 패스를 이용하면 되겠지. 아니면 맥코이를 통해서라도.

고양이가, 털을 말끔히 핥은 다음, 고기 싼 더러운 신문 쪽지에로 되돌아 가, 코를 거기다 갖다 댄 뒤 문으로 어슬렁어슬렁 걸어갔다. 고양이는 울면서, 그를 향해 뒤돌아보았다. 밖으로 나가고 싶은 모양이군. 문 앞에서 기다려 곧 열릴 테니. 기다리게 내버려 둬. 안절부절못하는군. 전기. 공중의 천둥. 불쪽으로 등을 돌리고 귀 근처를 씻고 있었다.

그는 몸이 나른하고, 꽉 차는 느낌이 들었다. 이어 슬며시 내장이 퍼지는 느낌. 그는 일어섰다. 바지의 허리띠를 풀면서. 고양이가 그를 향해 야옹거렸다.

─미야웅! 내가 준비할 테니 기다려.

그는 답으로 대꾸했다.

무거워짐. 더운 날씨가 다가오는군. 층층대 위까지 계단을 애써 오르는 것은 심한 고역이야.

신문. 그는 변기에 앉아 읽는 것을 좋아했다. 내가 이러고 있을 때 어떤 녀석이 문을 두드리지 않으면 좋을 텐데.

식탁 서랍에서 그는 낡은 『팃비츠』 잡지를 찾아냈다. 그는 그것을 접어서 겨드랑이에 끼고, 문으로 가서 다시 펼쳤다. 고양이가 가볍게 뛰어올라갔다. 아하, 이층에 가고 싶었던 게로군, 침대 위에서 공처럼 몸을 웅크리려고.

귀를 기울이며, 그는 아내의 목소리를 들었다.

─이리 온, 이리 온, 푸시야. 이리 온.

그는 뒷문을 통해 마당으로 빠져나갔다. 선 채 옆집 마당 쪽으로 귀를 기울였다. 아무 소리도. 아마 옷을 말리려고 바깥에 걸어 놓은 모양이야. 하녀는 마당에 있었다. 상쾌한 아침.

그는 몸을 굽혀 담벼락에서 자라고 있는 한 줄 박하(薄荷)를 살폈다. 정자(亭子)를 하나 여기 짓는다. 붉은 꽃의 강낭콩. 버지니아 덩굴. 땅이 온통 비료가 부족하군. 불결한 땅. 유황 빛 간장(肝臟)색의 땅 껍데기. 퇴비를 주지 않으면 땅이 저렇게 된단 말이야. 부엌의 구정물. 옥토(沃土)라니, 그건 도대체 어떤 걸까? 옆 마당의 암탉들. 그들의 똥이 제일 좋은 거름이지. 그러나 무엇보다 좋은 것은 쇠똥이야, 특히 깻묵을 먹여 키운 소의. 쇠똥 거름. 귀부인들의 키드 가죽장갑을 세탁하는 데 최고지. 불결한 세탁 같으니. 재(灰)도 역시. 땅을 몽땅 개간하는 거다. 저기 저 구석에다 완두콩을 심고. 상추. 그러면 언제나 신선한 야채를 먹을 수 있지. 아직도 정원에는 손 모자라는 곳이 많아. 저 꿀벌 또는 쇠파리가 성령강림절이면 여기를.

그는 계속 걸어갔다. 그런데 내 모자를 어디다 두었더라? 틀림없이 못에다 도로 걸어 놓았는데. 아니면 마루 위에 걸려 있을걸. 이상한 일이야 내가 그걸 기억하지 못하다니. 현관의 스탠드는 너무 가득 찼어. 우산이 네 개, 아내의 비옷. 아까 그 편지를 집어 올리면서. 드러고 이발소의 벨이 울리고 있었지. 바로 그 순간을 내가 생각하고 있었다니 묘하기도 하지. 그의 칼라 위로 솟은 갈색의 포마드 바른 머리카락. 막 씻고 빗질을 했었다. 오늘 아침에 목욕할 틈이 있을는지 몰라. 타라 가(街). 그곳 매표소의 녀석이 제임스 스티븐즈를 도망시켰다고들 하지. 오브라이언.

깊은 목소리를 저 들루가쯔 녀석은 가졌지. 아젠다스, 그건 뭘까? 자, 아가씨라. 열성가 같으니.

그는 화장실의 흠 있는 문을 발로 차서 열었다. 장례식을 위해 바지를 더럽히지 않도록 주의하는 게 좋아. 그는 낮은 이마 서까래 아래로 머리를 숙이면서, 화장실 안으로 들어갔다. 문을 조금 열어둔 채, 썩은 석회며 묵은 거미줄 냄새 속에서, 그는 허리띠를 풀었다. 앉기 전에 그는 벽의 빈틈을 통하여 이웃 창문을 엿보았다. 임금님은 그의 회계실에 있었다. 아무도 없군.

변기에 웅크리고 앉아 그는 주간지를 펴서, 맨 무릎 위에 그의 페이지를 펼쳐 놓았다. 뭔가 새롭고 쉬운 걸. 크게 서두를 필요는 없어. 조금씩 계속하자. 우리들의 팃비츠 현상 단편소설. 〈맛참의 탁월한 수완〉. 런던, 극(劇) 애호가 클럽의, 필립 뷰포이 씨 작(作). 한 단(段)에 1기니의 비율로 작가에게 지불되는 고료. 3단 반(半). 3파운드 3실링. 3파운드, 13실링 6페니.

조용히 그는 읽어 나갔다, 스스로를 힘을 주면서, 첫째 단을, 그리고 굴복하면서, 그러나 버티면서, 둘째 단을 읽기 시작했다. 반쯤 와서, 그의 최후의 저항에 버티며, 어제 있었던 약간의 변비증이 완전히 가시도록 계속 끈기 있게 읽으면서, 그가 읽자, 그의 창자가 조용히 후련하게 되었다. 지나치게 커서 치질이 재발하지 않아야 할 텐데. 아니야, 됐어. 그래. 아하! 변비증. 카스카라 사그라다 한 알을. 인생도 이랬으면. 단편소설은 그를 감동하거나 자극하지는 않았으나 뭔가 민감하고 청초한 것이었다. 지금은 무엇이든지 인쇄를 하지. 별반 기사거리가 없는 계절. 그는 계속 읽었다. 자신의 풍겨 오르는 냄새 위에 조용히 앉은 채. 확실히 청초한 거야. "맛참은 웃고 있는 마녀를 정복한 자신의 탁월한 수완에 관하여 자주 생각한다." 시작과 끝이 교훈적이야. "손에 손잡고." 멋있군. 그는 읽었던 것을 다시 한 번 되훑어보며, 자신의 물이 조용히 흐르고 있는 것을 느끼는 동안, 그것을 써서, 3파운드, 13실링 6페니의 고료를 받은 뷰포이 씨를 살뜰하게 부러워했다.

단편 각본 정도는 쓸 수 있을지 몰라. L. M. 블룸 씨 부처 작. 뭔가 격언을 위해 한 가지 이야기를 창안하는 거다. 어느 걸? 아내가 옷을 입으면서 말하던 것을 나의 소매에다 잠깐 적어 두려고 하던 당시. 같이 옷 입는 걸 좋아하지 않지. 면도를 하다 살을 베고 말았어. 아내는 아랫입술을 씹으면서, 스커트의 호주머니 훅을 채우고 있었지. 그녀가 이야기하는 시간을 재면서. 9시 15분, 로버츠가 당신한테 벌써 돈을 갚았나요? 9시 20분 그레타 콘로이는 뭘 입었었지요? 9시 23분. 내가 이런 빗을 사다니 무슨 생각에서였을까? 9시 24분. 난 그 양배추를 먹은 후로 살이 쪘나 봐요. 그녀의 에나멜 가죽 구두 위에 한 점 먼지가. 스타킹 신은 장딴지에다 자신의 대다리를 번갈아 말끔히 문지르고 있었지. 메이 점의 악단이 폰키엘리의 시간의 무도곡을 연주하던 바자 무도가 있은 다음 날 아침. 그걸 설명한다. 아침의 시간, 정오, 이어 다가오는 저녁, 이어 밤의 시간 그녀는 이를 닦고 있었지. 그게 첫날밤이었어. 그녀의 머리가 춤을 추며. 그녀의 부채 자루가 딸그락딸그락 소리를 내면서. 저 보일런은 부자인가요? 그인 돈이 많아. 왜? 춤추면서 그가 내쉬는 숨결에 근사한 짙은 향내가 나는 것을 눈치 챘어요. 그땐 흥흥거려 봐야 소용없는 일. 은근히 돌려 이야기하는 거다. 최후의 밤에는 참 이상한 음악이었어. 거울이 그늘져 있었다. 아내는 그녀의 출렁이는 풍만한 유방에다 대고 손거울을 모직 속옷 위에 잽싸게 문질렀지. 거울 속을 흘끗 들여다보면서. 그녀의 눈에 주름이. 아무튼 그것이 개운치가 않았을 거야.

저녁 무도회 시간, 회색 얇은 가제 천을 걸친 소녀들. 이어 밤 시간. 검은 옷에 단도(短刀)와 가면. 시적(詩的)인 아이디어. 핑크색, 이어 황금빛, 이어 회색, 이어 검은색. 여전히. 또한 실물 그대로. 낮. 이어 밤.

그는 현상소설의 중간을 날카롭게 찢어 그것으로 훔쳤다. 그런 다음 바지를 끌어올려, 띠를 매고 단추를 채웠다. 그는 건들거리는 화장실 문을 도로 끌어당기고, 어두운 곳에서 대기 속으로 나왔다.

밝은 햇빛 속에서, 사지가 가벼워지며 서늘해진 채, 그는 자신의 검은 바지를 조심스럽게 살펴보았다. 뒷자락, 무릎, 무릎의 오금. 장례식은 몇 시던가? 신문에서 찾아보는 게 좋겠군.

하늘 높이 공중에 한 가닥 삐걱대는 소리와 음울한 윙 소리. 성(聖) 조지 성당의 종들. 그들은 종을 울려 시간을 알렸다. 높고 음울한 쇳소리.

"헤이호! 헤이호!
헤이호! 헤이호!
헤이호! 헤이호!"

십오 분 전. 저기 다시. 대기(大氣)를 뚫고 뒤따르는 여음(餘音). 세 번째.

불쌍한 디그넘!

더블린의 하드위크 가로의 조지 성당과 그 종탑: 『율리시스』 제4장 말에서 블룸에게 "헤이호! 헤이호!"의 종소리로 아침 8시 45분을 알린다.

「제13장」 나우시카 (샌디마운트 해변)

더블린의 샌디마운트 해변 근처의 "바다의 별" 성당: 블룸과 거티가 바닷가에서 그들의 속취를 즐기는 동안, 이곳 성당에서 금주도의 여운이 그들의 등 뒤로 울려퍼진다.

여름의 해거름은 그 신비스런 포옹으로 세계를 감싸기 시작했다. 저 멀리 서쪽으로 해가 지면서 어느덧 지나가는 하루의 마지막 석양이 바다와 개펄 위에, 만(灣)의 물결을 예나 다름없이 지켜보는 정다운 오랜 호우드 언덕의 뽐내는 곶〔岬〕 위에, 샌디마운트 해안을 따라 해초가 자란 바위 위에, 그리고 폭풍으로 동요된 인간의 마음에 그의 순수한 광휘(光輝)로 언제나 등대가 되고 있는 성모(聖母)를 향한 기도의 목소리를 정적 위로 수시로 흘러내고 있는 고요한 성당, 바다의 별, 마리아 위에, 마지막이기는 하나 결코 덜하지 않게, 애정이 넘치듯 머뭇거리고 있었다.

세 소녀 친구들이 바위 위에 앉아, 해 저무는 장면과 시원하긴 하나

지나치게 싸늘하지 않은 대기를 즐기고 있었다. 몇 번이고 그들은 반짝이는 파도 곁에서 수줍은 대화를 가지며 여자다운 일들을 토론하기 위해, 시시 카프리 및 에디 보드먼이 유모차에 아기를 태우고, 제국 군함(帝國軍艦) H. M. S. 〈벨아일〉호(號)의 이름이 양쪽에 새겨진 어울리는 모자와 해군복장을 한, 두 꼬마 고수머리의 사내아이들, 토미 그리고 재키 카프리와 함께, 저 마음에 드는 오붓한 구석지기로 늘 오곤 했었다. 토미와 재키 카프리는 쌍둥이로, 네 살이 될까 말까 했으며 꽤 떠들썩하고 때때로 개구쟁이 쌍둥이들이었으나 그런데도 명랑하고 유쾌한 얼굴과 몸에 귀여운 모습을 지닌 사랑스런 꼬마들이었다. 그들은 긴 하루를 행복하게, 삽과 양동이를 가지고 모래 속에 철버덕거리며, 아이들이 그러하듯 성(城)을 쌓거나, 혹은 커다란 색깔의 공을 가지고 놀고 있었다. 그리고 에디 보드먼이 유모차 안의 토실토실한 아기를 이리 저리 흔들자 저 꼬마 신사는 즐거움으로 꽥꽥 소리를 질렀다. 그는 단지 나이 11개월 9일에 지나지 않으며, 아직 아장아장 걷는 꼬마였으나, 최초의 철부지 말을 혀짤배기소리로 막 시작하고 있었다. 시시 카프리가 그에게 몸을 굽혀 그의 통통하고 야무진 뺨과 턱의 귀여운 보조개를 집적거렸다.

─자, 아가, 크게 말해봐, 크게. 난 물이 먹고 싶어.

시시 카프리가 말했다.

그러자 아기는 그녀를 따라 혀짤배기로 소리 냈다.

─아 징크 아 징크 아 자우보.

시시 카프리가 앙 우는 꼬마를 끌어안았는지라 왜냐하면 그녀는 아이들을 끔찍하게도 좋아했기 때문이요, 꼬마 수난자들을 너무나 끈기 있게 돌봐주는지라 그리하여 만일 시시 카프리가 코를 붙들고 빵 덩어리 또는 황금빛 꿀을 칠한 갈색 빵의 작은 부스러기를 그에게 약속하지 아니 한들 토미 카프리는 절대로 피마자기름을 마시게 될 수 없으리라. 얼마나 강한 설득력을 저 소녀는 지녔던가! 그러나 확실히 아기 보드먼은 황금같이 착했는지라, 값진 새 턱받이에 완벽한 꼬마 귀염둥이였다. 시시 카프리야 말로, 플로라 맥플림지 류(類)의, 그따위 타락한 미인들 중의 하나는 결코 아니었다. 더 한층 참된 마음의 아가씨는 이 세상에 결코 없을지니, 언제 나 그녀의 집시 같은 눈에 웃음을 머금고 익은 버찌 같은 붉은 입술에 장 난기 어린 말이 감도는, 극히 귀여운 소녀였다. 그리고 에디 보드먼이 꼬 마 동생의 기묘한 말씨에 또한 소리 내어 웃었다.

그러나 바로 그때 토미 군(君)과 재키 군 사이에 사소한 언쟁이 벌어 졌다. 사내들은 역시 사내들이라 이 쌍둥이들도 이러한 황금률(黃金律)에 는 예외일 수가 없었다. 불화(不和)의 씨는 재키 군이 세운 어떤 모래 성 (城) 때문으로, 토미 군이 마텔로 탑(塔)처럼 정문을 건축적으로 개조하여 잘못된 것을 바로 고치자는 것이었다. 그러나 만일 토미 군이 완고하다면 재키 군도 제 고집대로 하는지라, 모든 아일랜드 사람의 작은 집은 그의 성(城)이라는 격언에 알맞게, 그도 미워하는 적(敵)에게 덤벼들었는지라, 그리하여 이러한 취지로 그 자칭 공격자는 비탄에 빠졌으니 그리고 (말 로 나타내기에 슬프게도!), 그가 탐내던 성(城) 또한 부서지고 말았다. 말할 필요도 없이 패색 짙은 토미 군의 울음소리가 소녀 친구들의 주의를 끌 었다.

─이리 와, 토미,

그의 누이가 명령조로 불렀다.

─당장! 그리고 너, 재키, 창피하게도 토미를 더러운 모래 속에 떼밀 다니. 어디, 내가 널 붙잡을 테니 기다려.

토미 군이 괸 눈물로 뿌연 눈을 하고 그녀의 부름에 다가왔다, 왜냐하면 그들의 큰누이의 말은 쌍둥이에게는 법률이었으니까. 그리고 그의 재난 뒤에 그도 또한 슬픈 곤경 속에 빠졌다. 그의 해군 모(帽)와 바지가 모래투성이가 되었으나 시시는 생활상의 조그마한 근심거리를 무마하는 솜씨에 있어서 노련가인지라 그의 작은 멋진 양복에는 한 점의 모래도 아주 재빨리 찾아볼 수 없게 되었다. 여전히 푸른 두 눈은 솟아 나오는 뜨거운 눈물 때문에 번쩍이고 있었으므로 그녀는 상처를 입 맞추어 없애고 그녀의 손을 죄인 재키 군을 향해 흔들며, 훈계하듯 그녀의 눈을 굴리면서, 만일 붙들기만 하면 가만두지 않겠다고 말했다.

─미운 뻔뻔한 재키!

그녀는 소리쳤다.

그녀는 꼬마 수병의 몸을 한 팔로 끌어안고 애교 있게 달랬다.

─네 이름이 뭐지? 버터와 크림?

─네 애인이 누군지 말해봐, 시시가 네 애인이지?

에디 보드먼이 말했다.

─아이야,

눈물 어린 토미가 말했다.

─에디 보드먼이 네 애인이지?

시시가 물었다.

─아이야,

토미가 말했다.

─나는 알아,

에디 보드먼은 다정하기는커녕 근시안의 눈으로부터 아치 시선을 띠며 말했다.

─난 누가 토미의 애인인지 알아. 거티가 토미의 애인이지.

―아이야,

울음을 터뜨릴 듯 토미가 말했다.

시시의 재빠른 어머니다운 재치가 어떤 언짢은 일이 있음을 추측하고 에디 보드먼에게 신사가 보지 않는 유모차 뒤로 그를 데리고 가 그가 새 갈색 구두를 적시지 않도록 보살펴 줄 것을 귀띔했다.

그러나 거티는 누구였던가?

거티 맥도웰은 그녀의 동료들 근처에 앉아, 생각에 넋을 잃은 채, 먼 곳을 쳐다보고 있었는지라, 너무나 참되게, 누구나 보고 싶어 할, 매력 있는 아일랜드 여성의 전형(典型)처럼 아름다웠다. 그녀는, 사람들이 자주 이야기했다시피, 맥도웰 가(家)의 사람이기보다 한층 길트랩 가문이었지만, 그녀를 알고 있던 모든 이들에 의해 정말 아름답다고 선포되고 있었다. 그녀의 몸매는 가냘프고 우아했으며, 심지어 연약할 정도였으나 최근에 그녀가 복용한 저 철분 강장제가 위도우 웰치 점의 여성용 알약보다 훨씬 더 효력을 나타내어, 그녀가 계속 앓아 왔던 객담(喀痰)과 저 피곤감이 훨씬 나아졌다. 그녀의 당밀 빛 창백한 얼굴은 상아처럼 순결하여 거의 정령(精靈)처럼 보였으나 그녀의 장미 봉오리 같은 입은 그리스 적인 완벽한, 진짜 큐피드의 활과 같았다. 그녀의 손은 끝이 뾰족한 손가락을 지니고 예쁘게 정맥이 드러나 보이는 설화석고와 같았으며, 비록 그녀가 밤에 잘 때 산양 가죽 장갑을 언제나 낀다든지 우유 세족(洗足)을 한다든지 하는 이야기는 사실과는 달랐지만, 레몬주스나 고급 연고라도 바르고 있는 듯 하얗게 보였다. 버사 서플은, 그녀가 거티와 몹시 적의를 품고 있었을 때(소녀 시절의 벗들도 물론 그 밖의 다른 사람들과 마찬가지로 이따금 사소한 다툼을 가졌다) 에디 보드먼에게 한 번 그러한 이야기를 말했는 바, 한갓 새빨간 거짓말이요 그리하여 그녀는 그러한 이야기를 그녀에게 일러준 사람이 자기라는 것을 무슨 일이 있더라도 고자질하지 말도록 그렇지 않으면 다시는 그녀에게 결코 말을 걸지 않겠노라고 다짐했던 것이다. 천만에. 명예는 응당 명예가 있는 곳에 있는지라. 거티에게는 타고날 때부터의 우아함, 일종의 표정 어린 여왕다운 '오뙤르(오만)'가 몸에 서려 있었으니, 그것은 그녀의 섬세한 손과 높은 아치를 이룬 발등에서 틀림없이 증명되고 있었다. 만일 친절한 운명의 여신(女神)이 그녀에게 뜻을 품어 그녀 자신의 권리로서 상류 사회의 훌륭한 숙녀로 태어나게 했더라면 그리고 만일 그녀가 단지 훌륭한 교육의 혜택을 받았더라면, 거티 맥도웰은 나라 안의 어떠한 숙녀와 비교해도 그녀 자신의 위치를 쉽사리 확보할 것이요 그녀의 이마를 보석으로 절묘하게 장식할 수 있으리니 그리하여 귀족의 구혼자들이 그녀에게 경의를 표하기 위하여 서로 앞을 다투어 그녀의 발꿈치를 뒤따랐으리라. 아마 그것은 이것, 즉 바로 그 사랑 때문이었으리니, 그녀의 유순한 얼굴에, 억압된 의미가 강하게 서린 표정을 때때로 나타나게 하며, 아름다운 눈에 야릇한 동경의 기미를 부여하는, 누구도 거의 부정할 수 없는, 한 가지 매력이었다. 어째서 여자들은 이러한 마력의 눈을 갖고 있는 걸까? 거티의 것은 가장 푸른 애란(愛蘭)의 청색을 띤 눈으로, 빛나는 속눈썹과 까만 의미 있는 눈썹으로 장식되어 있었다. 그러한 눈썹도 언젠가는 그렇게 비단처럼 유혹적이 아니었던 때가 있었다. 최초로 그녀에게 눈썹 먹(墨)을 시험해 보도록 충고해 준 사람은『프린세스 노벨레트』지(誌)의 여성 미용란 담당자였던, 베라 베러티 부인이었는데, 그것은 사교계의 유명 인사들에게 너무나 어울리는 것으로, 오락가락 하는 표정을 눈에 가져다 주었는지라, 그리고 그녀는 그것을 결코 후회하지 않았다. 이어 붉은 얼굴에는 과학적 치료 방법이 있었고, 당신의 키를 자라게 하는 방법이 있었는데, 얼굴은 아름답지만 코는 어찌할

꼬? 그건 디그넘 부인에게나 어울릴지니 왜냐하면 그녀는 단추 코를 가졌기 때문이다. 그러나 거티의 무상의 영광은 놀랍도록 숱이 많은 그녀의 머리카락이었다. 그것은 게다가 자연 파마가 되어 있는 암갈색이었다. 그녀는 초승달 때문에 바로 오늘 아침 그것을 커트했는 바) 그것은 풍성한 윤기 있는 머리다발로 그녀의 예쁜 머리 주변을 가리고 있었고 손톱도 가지런히 깎여졌다. 목요일은 복이 온다는 거다. 그리하여 방금 에디가 한 말에 가장 아름다운 장미꽃처럼 섬세한, 숨길 수 없는 한 가닥 홍조가 그녀의 뺨에 피어오르자, 그녀는 예쁜 소녀의 수줍음으로 너무나 귀엽게 보였는지라 틀림없이 하느님의 아름다운 나라 아일랜드는 그녀와 대등할 자를 갖지 못했다.

잠시 동안 그녀는 오히려 슬프고, 눈을 아래로 내리뜬 채 침묵을 지켰다. 그녀는 에디의 말에 대꾸하려 했으나 무언가가 혀의 말을 억제했다. 마음은 그녀에게 말을 토하도록 재촉했다. 위신이 그녀에게 말하지 말도록 명령했다. 예쁜 입술을 잠시 삐죽 내밀었으나 그때 그녀는 눈을 위로 치켜뜨고 이른 5월 아침의 신선함을 담뿍 머금은 한 가닥 작은 웃음을 터뜨렸다. 그녀는, 어느 누구보다, 무엇이 사팔뜨기 에디로 하여금 그렇게 말하게 하는지를, 잘 알고 있었으니, 그것은 단순히 애인들의 한판 싸움이 있었을 때 남자의 관심이 사그라져 가고 있음을 의미하기 때문이다. 런던 브리지 가로 저쪽에 그녀의 창문 정면에 자전거를 타고 언제나 오락가락하는 그 소년 때문에 여느 때나 다름없이 누군가의 코가 뭉크러지도록 애를 태우고 있었다. 단지 지금 그의 부친이 그로 하여금 한창 진행 중인 중간시험에서 장학금을 타기 위해 열심히 공부하도록 저녁에 그를 안에다 붙들어 두고 있었는지라, 그는 고등학교를 졸업하면 지금 트리니티 대학에서 자전거 경주를 달리고 있는 그의 형 W. E. 와일리처럼 의사가 되기 위해 트리니티 대학에 진학할 참이었다. 그는 아마도, 그녀가 느꼈던 것, 때때로 그녀의 마음속, 골수에까지 사무치는, 저 무디게 쑤시는 공허감을 거의 개의치 않으리라. 하지만 그는 어리며, 아마 조만간 그녀를 사랑하는 걸 배우게 되리라. 그의 가족은 모두 신교도들이며 물론 거티는 최초로 세상에 나타난 자가 누구며 그분 다음에는 동정녀 그리고 그다음에 성(聖) 요셉임을 알고 있었다. 그러나 그는 절묘한 코를 가진 부정할 수 없이 잘생긴 남아요, 보는 그대로 하나하나 빈틈이 없는 신사인데다가, 그녀는 그가 모자를 벗고 있을 때 뒷 머리 모양에서 어딘가 비범한 무엇을, 그리고 가로등 곁을 손잡이에서 양손을 뗀 채 자전거를 타고 돌아가는 식을 그리고 저 고급 잎담배의 근사한 향기 또한 알고 있었으며, 그밖에도 그들, 그와 그녀 둘 다 몸집이 또한 같았으니 그리고 에디 보드면은 그것이 그녀가 끔찍이도 영리하구나 하고 생각하는 이유인지라 왜냐하면 그가 그녀의 작은 정원 정면을 자전거를 타고 오가며 하지 않기 때문이다.

거티는 단조롭게 옷을 입고 있었으나 '귀부인 차림'의 애호가의 본능적 취미를 갖고 있었으니 왜냐하면 그녀는 그가 밖으로 나올 가망이 있다고 느꼈기 때문이다. 돌리 염색기로 자신 염색한 청동색의(왜냐하면 청동색이 유행하리라 『레이디즈 픽토리얼』 지(誌)에 예고되어 있었으니까), 가슴 움푹한 곳까지 아래로 파인 스마트한 V자형으로, 커칩 포켓 (그런데 그녀는 손수건이 그 모양을 망가트리기 때문에 언제나 그 속에 자신이 좋아하는 향수 뿌린 한 조각 솜을 넣어 갖고 있었다) 그리고 걸음걸이에 맞추어 커트한 해군 스리쿼터 스커트의 깔끔한 블라우스가 그녀의 날씬하고 우아한 몸매를 완전히 드러내 보였다. 그녀는 황갈색 비단 셔닐로 트림된 넓은 테두리의 흑인 밀집 콘트라스트의 그리고 어울리는 비단 나비 타이를 옆쪽에 매단 작은 요염한 사랑의 모자를 썼다. 지난주 화요일 오후 내내 그녀는 모자에 어울릴 비단 셔닐을 찾고 있었으나 마침내 그녀가 바라던 것을, 바로 그것을, 상점에 오래 진열되어 약간 떼가 묻었긴 하나 결코 눈에 띄지 않는, 일곱 뺨(脂)에 2실링 1페니 자리를, 클러리 백화점의 서머 세일에서 찾아냈던 것이다. 그녀는 모자를 모두 혼자서 손질했으며 거울이 그녀에게 비쳐주는 그 귀여운 모습에 미소를 띠면서, 나중에 그걸 써보았을 때 그녀의 기쁨은 어떠했던가! 그리고 그 형태를 보존하기 위해 물 항아리 위에 그것을 씌웠을 때 그녀는 그것이 자신이 알고 있던 몇몇 사람들을 안달하게 하리라는 것을 알고 있었다. 그녀의 신은 신발류에 있어서 최신식으로 (에디 보드먼은 아주 '쁘띠뜨〔예쁜 걸〕'를 스스로 자랑하고 있었으나, 5호인, 거티 맥도웰의 것과 같은 발을 결코 갖지 못했거니와, 영원히 그럴 수도 결코 없으리라), 에나멜 구두 콧등과 그녀의 높은 아치 발등 위에 하나의 스마트한 버클이 꼭 붙어 있었다. 그녀의 잘생긴 발목은 그녀의 스커트 아래 그의 완전한 균형과 그 적당한 양(量)을 드러냈는지라, 높이 이은 뒤축과 넓은 양말 대님 상단을 지닌 잘 짜여진 스타킹 속에 갇힌 그녀의 맵시 있는 다리를 더 이상 드러내지는 않았다. 속옷으로 말하면 그들은 거티의 주된 관심사요 아리따운 열일곱 살 소녀의 (비록 거티는 열일곱을 다시는 결코 보지 못할지라도) 오락가락하는 희망과 공포를 알고 있는 사람이라면 그의 마음속에 그녀를 나무랄 수 있을까? 그녀는 놀랍게 바느질이 잘된 네 벌의 멋진 옷을 갖고 있었는데, 세 벌의 겉옷과 여분의 잠옷들, 그리고 옷가지마다 장미색, 담청색, 홍자색, 녹두색, 각기 다른 색깔의 리본으로 배속(配屬)되어 있었으니, 그녀는 세탁소로부터 집으로 옷을 가져오면 그들을 손수 말려 청분(靑粉)을 바르고 다리미질을 했으며 그리고 다리미를 올려놓는 벽돌판도 갖고 있었으니 왜냐하면 그녀가 아는 한 옷가지를 태울지도 모를 저따위 세탁부들을 자신이 믿고 싶지 않았기 때문이다. 그녀는 요행을 바라면서, 행운을 의미하는 푸른 옷을 입고 있었는데, 그것은 그녀 자신이 좋아하는 빛깔이요, 신부(新婦)의 옷 어딘가에 한 조각의 푸른 것을 지니고 있으면 또한 행운을 가져다 주었는지라 왜냐하면 지난주 그날 그녀가 입었던 녹색 옷이 슬픔을 가져 왔기 때문이요 왜냐하면 그의 부친이 그로 하여금 중간시험의 장학금을 위해 공부하도록 불러들였기 때문이며 그리고 왜냐하면 그녀는 그가 필경 밖에 나와 있을지도 모른다고 생각했기 때문이며 왜냐하면 그날 아침에 그녀가 옷을 입을 때 실수로 헌 속옷을 거의 뒤집을 뻔했는데 그것은 금요일의 것이 아닌 한 만일 저따위 옷을 뒤집어 입거나 또는 만일 그이가 상대를 생각하도록 옷을 풀고 있으면 그것이 행운이나 애인들의 만남을 의미했기 때문이다.

그런데도―그런데도! 그녀의 얼굴 위의 저 긴장된 표정! 마음을 에는 듯한 한 가지 슬픔이 언제나 그곳에 있는 것이다. 그녀의 영혼 그대로가 그녀의 눈 속에 있는데다가, 그녀는 그녀 자신의 낯익은 방의 사적 은둔 속에 거기, 눈물을 억제하지 못한 채, 한바탕 실컷 울어 그녀의 쌓인 감정을 풀 수만 있다면, 마음이 후련해지련만, 비록 너무 지나치게 많이 아닐지라도 왜냐하면 그녀는 거울 앞에서 어떻게 새침하게 울어야 함을 알고 있었기 때문이다. 넌 참 예뻐, 거티야, 거울은 말했다. 해거름의 창백한 햇빛이 한없이 슬프고 애 타는 듯한 얼굴 위에 낙조(落照)해 있는지라. 거티 맥도웰은 헛되이 애태우고 있나니. 그래요, 그녀는 처음부터, 결혼에 대한 그녀의 백일몽(白日夢)이 마련되어, 더블린 트리니티 대학(T. C. D.) 레기 와일리 부인(왜냐하면 형과 결혼한 여자는 와일리 부인이 될 것이기에)을 위해 결혼의 종이 울리거나, 신문의 사교 란에 거트루드 와일리 부인이 값진 푸른 여우 털로 테두리를 두른 회색의 화사한 의상을 입는 것은 있을 수 없으리라는 것을 알고 있었다. 그는 이해하기에는 너무나 어렸다. 그는 여성의 생득권(生得權)인, 사랑을 믿으려고 하지 않았다. 오래 전 스토어 가(家)에서 파티가 있던 날 밤(그는 아직 단 바지를 입고 있었는지라) 그들이 홀로 있자 그가 몰래 한쪽 팔로 그녀의 허리를 휘감았을 때 그녀는 바로 입술까지 창백해졌다. 그는 그녀를 나의 귀여운 꼬마라고 이상스럽게 허스키 목소리로 부르며, 불시에 반 조각 키스(최초의!)를 낚아챘으나 그것은 단지 그녀의 코끝에 지나지 않았으니 이어 그는 다과에 관한 한 마디 말을 남기고 방으로부터 급히 나가 버렸다. 성급한 녀석 같으니! 힘 있는 성격은 결코 레기 와일리의 장점이 되지 못했으니 그리하여 거티 맥도웰에게 사랑을 구하고 얻는 남자는 사나이 중의 사나이여야만 한다. 그러나 기다리며, 언제나 구애받기를 기다리고 있는지라 그리하여 금년은 또한 윤년이요 그것도 이내 끝나리라. 그녀의 발치에 희귀하고 불가사의한 사랑을 깔아줄 그녀의 이상적인 애인은 어떤 매력적인 왕자도 아니고, 차라리 여태껏 그의 연인을 발견하지 못한, 튼튼하고 조용한, 아마 그의 머리카락이 백발로서 약간 점점이 서려 있는, 씩씩한 얼굴을 가진 남자다운 남자이리니, 그리고 그는, 그녀를 이해하고, 보호하며 양팔에 감싸 안고, 그의 깊고 정열적인 천성의 모든 힘을 다하여 그녀를 껴안고, 길고 긴 키스로써 그녀를 위안해 주는 자이리라. 그것은 아마 천국 같으리니. 이러한 남자를 그녀는 이 향기 그윽한 여름의 해거름에 갈망하고 있다. 그녀의 온갖 진심을 다하여 그녀는 그의 단 하나의 것, 돈이 많을 때나 가난할 때나, 병에 걸렸을 때나 건강할 때나, 죽음이 두 사람을 갈라놓을 때까지, 이날에서 이날까지 앞으로, 그의 약혼한 신부가 되기를 갈망하고 있다.

그리고 에디 보드먼이 꼬마 토미를 데리고 유모차 뒤에 가 있는 동안 그녀는 자신이 그의 귀여운 아내로 불려질 그날이 언제 오려나 하고 막 생각하고 있었다. 그때 가서는 사람들은 결국 자신들의 얼굴이 퍼레지도록 그녀에 관해서 떠들어대고 있으리니, 버사 서플도, 그리고 성미 급한 꼬마 불똥이 에디도, 왜냐하면 그녀는 11월로 스무두 살이 될 테니까. 그녀는 의식주(衣食住)에도 주의 깊게 그를 돌봐주리니 왜냐하면 거티는 여성답도록 현명한데다가 단순한 남자는 가정적인 기분을 좋아한다는 것을 알고 있었기 때문이다. 그녀의 황금갈색이 되도록 번철에 구운 과자와 맛좋은 크림으로 만든 앤 여왕 푸딩은 모든 사람들로부터 절찬을 받은 적이 있었는지라 왜냐하면 그녀는 불을 피우는 일, 잘 부풀어 오른 밀가루에 빵가루를 뿌려 똑같은 방향으로 언제나 섞은 다음, 우유와 설탕에 크림을 탄다든지 계란 흰자위를 잘 휘젓는 데에도 훌륭한 솜씨를 갖고 있었기 때문이요 하지만 그녀는 자신을 수줍게 하는 사람들이 주위에 있을 때에는 먹는 일을 좋아하지 않았으니, 그녀는 왜 사람들은 바이올렛이나 장미와 같은 시적(詩的)인 것은 먹을 수 없을까 하고 가끔 이상하게 생각했는지라 그리고 그들 부부는 그림과 판화 그리고 길트랩 할아버지의 애견인, 거의 말을 할 정도로 너무나 사람과 닮은 개리오엔의 사진이 걸려 있는, 그리고 의자들의 사라사 천 덮개 그리고 부잣집에 갖고 있는 것과 같은 클러리 하기 골동품 염가 대매출에서 산 저 은제 토스트 선반이 비치되고 아름답게 꾸며진, 응접실을 갖게 되리라. 그는 넓은 어깨를 가진 후리후리한 키에(그녀는 남편감으로 키 큰 남자를 언제나 갈망했거니와), 세심하게 다듬어진 간추린 코밑수염 밑으로 반짝이는 하얀 이빨을 갖고 있을 것이며 그리하여 그들은 밀월여행을 위해 대륙으로 떠나게 되리라(멋진 세 주일을!) 그러고 나서, 그들은 근사하고 아늑한 조그마한 소박한 집에 안주할 때, 매일 아침 그들 자신의 둘만을 위해, 소박하나 정성 들여 차린, 아침식사를 먹게 되리라, 그리고 그는 일하러 나가기 전에 사랑하는 자신의 예쁜 아내를 한껏 끌어안고 잠시 동안 그녀의 눈 속을 깊이 내려다보리라.

에디 보드먼이 토미 카프리에게 그가 이제 다 끝났느냐고 묻자 그는 응 대답하고 이어 그의 짧은 아랫도리 단추를 그를 위해 채워주며 이제는 뛰어가서 재키와 같이 사이좋게 놀며 싸우지 말도록 그에게 타일렀다. 그러나 토미는 공이 갖고 싶다고 말하자 에디는 아기가 공을 갖고 놀고 있는지라 안 된다고 말하고 만일 그가 공을 뺏으면 격렬한 싸움판이 벌어질 판이라 그러나 토미는 공은 자기 것이라 우기며 공이 갖고 싶다고 말하면서, 어이없게도, 땅에 발을 마구 구르는 것이었다. 그 녀석 성깔하고는! 오, 꼬마 토미 카프리는 이제 턱받이를 떼어 버렸으니 벌써 어른이 다 됐네. 에디가 그에게 안 돼, 안 돼, 그리고 이제 가서 저 애하고 놀아요 말하며, 시시 카프리더러 공을 그에게 넘겨주지 말도록 말했다.

─넌 내 누나가 아니야, 그건 내 공이야.

심술궂은 토미가 말했다.

그러나 시시 카프리가 꼬마 보드먼에게 이봐요, 이봐, 높이 내 손가락을 쳐다봐요, 말하며 공을 재빨리 낚아채고, 모래밭으로 던지자, 싸움에 이긴, 토미가 공을 뒤쫓아 전속력으로 달려갔다.

─조용하게 하려면 어쩔 수 없잖아.

시시가 크게 웃었다.

그리고 그녀는 꼬마가 공 생각을 잊어버리게 하려고 그의 두 뺨을 간질이며 놀렸는지라, 자 여기 시장 각하야, 여기 그의 두 마리 말이야, 여기 그의 생강 빵 차야, 그리고 여기 그가 걸어 들어가요, 칙폭, 칙폭, 칙폭, 칙. 그러나 에디는 누구든 꼬마를 언제나 어르기 때문에 그가 제멋대로 한다는 데 몹시 성이 났다.

-저 녀석 어떻게 손을 좀 봐야겠어. 정말이야, 어디가 좋을까.

그녀는 말했다.

-볼기짝.

시시가 유쾌하게 소리 내어 웃었다.

거티 맥도웰은 고개를 아래로 숙이고 그녀라면 정말 창피하여 입에도 담지 못할 그와 같은 숙녀답지 못한 것을 소리 높여 말하는 시시의 생각에, 얼굴을 짙은 장밋빛으로 붉히며, 홍당무가 되었다. 그리고 에디 보드먼은 맞은편 신사가 그녀가 말한 것을 틀림없이 들었을 것이라고 말했다. 그러나 시시는 바늘만큼도 개의치 않았다.

-들으라지!

그녀는 거만스레 머리를 흔들며 코끝을 신랄하게 위로 치키면서 말했다. 내가 그를 보자 당장이라도 그에게 같은 곳을 어떻게 좀 해줄까보다.

도깨비 인형 고수머리를 한 말괄량이 처녀 시시. 그녀를 보면 때때로 웃지 않을 수가 없지. 예를 들면 그녀가 중국 차(茶)나 제습 베리 럼주를 좀더 드시겠어요 하고 물을 때 그리고 역시 찻주전자를 끌어당길 때 그녀의 손톱에다 남자의 얼굴을 붉은 잉크로 그려 놓은 것을 보면 아마 옆구리가 찢어지도록 웃지 않을 수 없을 것이요, 또한 그녀가 글쎄 다 아는 그곳에 가고 싶으면, 달려가 화이트 양을 잠깐 만나고 오겠어요, 하고 말했다. 그것이 바로 시시주의(主義)였다. 오, 그런데 그녀가 그녀 부친의 양복과 모자 그리고 불에 탄 코르크로 그린 코밑수염으로 성장하고, 담배를 피우면서, 트리턴빌 가로로 걸어 내려가던 밤을 누가 잊으리오. 농담 잘하기로 그녀를 따라갈 사람은 아무도 없었다. 그러나 그녀는 성실 그 자체였으며, 하늘이 여태껏 만든 가장 용감하고 가장 참된 사람들 중의 하나로, 두 얼굴의 인간들과는 달리, 지나치게 깔끔한 나머지 버릇이 없

블룸 및 거티가 하늘의 불꽃을 쳐다보며 서로의 속취를 즐기는 동안, 이곳 성당에서 기도와 연도가 파도 소리와 함께 엉켜 들려온다. 성당 앞의 칠레 삼나무(monkey puzzle)는 100년이 지난 오늘에도 싱싱하다.

었다.

　그러자 그때 합창 소리와 오르간의 울리는 성가 소리가 공중으로 퍼져 나왔다. 그것은 교구전도사인, 예수회의 존 휴즈 사(師)에 의하여 행해지는 남자의 금주 묵도, 염주도(念珠禱), 설교 및 성체강복식(聖體降福式)이었다. 그들은 그곳에 사회적 계급의 구별 없이 함께 모여 있었나니(그리고 그것은 보기에 참으로 교훈적인 광경이었다) 바닷가의 저 소박한 성당 안에, 지겨운 속세의 풍파를 겪은 뒤, 순결한 자의 발 앞에 무릎을 꿇고, 로레토의 성모 마리아의 연도(連禱)를, 그들을 위해 중재하도록 그녀에게 간청하며, 어느 때나 정다운 말들, 성스러운 마리아, 동정녀 중의 성스러운 동정녀를 암송했다. 가련한 거티의 귀에는 얼마나 슬프게 들렸던가! 만일 그녀의 부친이 금주 맹세를 하거나 또는 "피어슨즈 위클리"지(誌)의 술버릇 고치는 저 가루약을 복용함으로써, 악마음주(惡魔飮酒)의 독수(毒手)를 피하기만 했더라도, 그녀는 지금쯤 남부럽지 않게, 마차를 타고 굴러다닐 수 있었으리라. 그녀는, 두 개의 불을 싫어했는지라 램프 없이 갈색 서재 안에 사그라져 가는 여진(餘塵) 곁에 혹은, 생각하면서, 창밖으로 녹슨 버킷 위에 떨어지는 비를 꿈에 어린 듯 이따금 유심히 시간제로 바라볼 때, 그것을 혼자 거듭 거듭 말했다. 그러나 그렇게도 많은 단란한 가정을 파멸로 이끈 저 사악한 음료가 그녀의 유년 시절 위로 그의 그림자를 던졌던 거다. 아니야, 그녀는 폭주(暴酒)에 의해 야기되는 난폭한 행위를 과거에 심지어 가정 사회에서 목격했는지라, 만취의 독기(毒氣)의 재물인, 그녀 자신의 부친이 자기 자신을 완전히 망각한 것을 보아 왔으니 왜냐하면 만일 거티가 알고 있는 모든 일들 가운데 하나가 있다면 그것은 친절의 행위로서 이외에 여자에게 손을 드는 사내야말로 천인 중의 가장 천인으로 낙인 찍혀져야 마땅할 것이기 때문이다.

그리고 가장 강하신 동정녀, 가장 인자하신 동정녀를 향한 기원의 목소리가 여전히 들려왔다. 그리고 거티는, 생각에 넋을 잃은 채, 그녀의 벗들 또는 소년다운 장난을 하고 있는 쌍둥이들 또는 샌디마운트 녹지 저편의 그 신사를 거의 거들어 보거나 혹은 그들의 소리를 듣지도 않았나니, 그런데 시시 카프리가 이른 대로, 신사는, 해안을 따라 짧은 산책을 하며 지나가는, 그녀의 부친 자신과 너무나 닮았다. 아무도 그녀의 부친이 술에 곤드레만드레가 된 것을 결코 보지 않았으나 그럼에도 불구하고 그녀는 부친으로서 그를 좋아하려 하지 않았으니, 그 이유인즉 그는 너무 늙었거나 혹은 무엇 같았으며 혹은 그의 얼굴(그것은 분명히 우울 박사의 뚜렷한 경우였다) 혹은 여드름 난 그의 적갈색 코 그리고 그의 코밑의 조금 센 모래 빛 코밑수염 때문이었다. 불쌍한 아버지! 온갖 결점을 다 지녔어도, 그녀는 그가 "내게 말해다오, 메리여, 어떻게 하면 네게 사랑을 구할 지를," 또는 "로첼 근처의 나의 사랑과 오두막"이란 노래를 부르거나, 모두들 만찬으로 스튜 요리의 새조개와 라젠비 점(店)의 샐러드드레싱의 상추를 먹었을 때, 그리고 졸도로 갑자기 사망하여 매장된 디그넘 씨와 함께, 하느님 그에게 자비를 베푸소서, 그가 "달이 떴도다"를 노래 불렀을 때, 그녀는 그런데도 여전히 아버지를 좋아했다. 때는 그녀의 어머니의 생일이었는지라 찰리도 휴가로 집에 와 있었고 톰과 디그넘 부부 그리고 팻시 및 프레디 디그넘도 와 있었는지라, 그리고 모두들 그룹 사진이라도 찍어 두었어야 했을 것을. 아무도 그의 종말이 그렇게 가까울 줄은 꿈에도 생각지 못했으리라. 이제 디그넘은 땅 속에 누워 휴식하고 있다. 그리고 그녀의 어머니는 그것이 남편에게 여생에 한 가지 경고가 될 것이라고 그에게 말했으며 아버지는 통풍 때문에 장례식에도 심지어 갈 수가 없었는지라 그리하여 거티는 도회로 가서, 궁전에 어울릴, 예술적, 표준 의장품(意匠品)인, 최고의 내구력(耐久力)과 가정에 언제나 밝고 유쾌함을 가져다주는 캐츠비 회사의 코르크 리놀륨에 관한 안내서와 견본을 그의 사무실로부터 그에게 가져다주지 않으면 안 되었다.

과연 거티는 믿을 만한 착한 딸이었는지라 집안에서는 바로 제2의 어머니 격, 또한 황금 무게의 값지고 고운 마음을 가진 구원의 천사이기도 했다. 그리고 그녀의 어머니가 저 빠개지 듯 쑤시는 두통을 앓았을 때도 그녀의 이마에다 박하뇌(薄荷腦)를 문질러 준 사람은 거티 이외에 누구였던가, 비록 그녀는 어머니가 소량의 코담배를 들이켜는 것을 좋아하지 않았고, 그것이 코를 흥흥거리며, 그들 모녀가 여태 말다툼을 한 단 한가지였을 지라도. 모든 사람은 그녀의 세계를 그녀의 점잖은 길로 생각했다. 주로 매일 밤 가스를 끄는 것도 거티였으며, 그녀가 매 두 주일마다 염산

석회를 부리는 걸 결코 잊지 않는 그곳의 벽에다 식료품 상회의 터니 씨의 크리스마스 달력을 붙여 놓는 것도 거티였는지라, 그것은 당시 사람들이 입던 의상(衣裳)을 걸친 한 젊은 신사가 세모난 모자를 쓰고 그의 애(愛)부인에게 고대 기사도(騎士道)의 관례로서 그녀의 쇠창살문을 통하여 한 다발의 꽃을 선사하고 있는 강녕기절(康寧氣節)의 그림이었다. 누구나 그 그림 뒤에는 한 가지 이야기가 숨어 있음을 알 수 있었다. 채색이 참으로 아름답게 이루어진 것이었다. 여자는 세심한 몸가짐으로 부드럽고 몸에 찰싹 달아 붙는 하얀 옷을 입었고, 신사는 초콜릿색의 복장을 하고 있는지라, 그는 완벽한 귀족으로 보였다. 거티는 어떤 목적으로 그곳에 가면 그림 속의 그들을 꿈에 어린 듯 자주 바라다보며 소매를 걷어 올리고 마치 귀부인의 것과 꼭 같은 희고 부드러운 자신의 팔을 만져 보았는지라 그리고 그 당시를 생각해 보는 것이었으니, 그 이유인즉 할아버지 길트랩에 속했던 워커의 발음사전에서 강녕기절이 무슨 뜻인지 찾아본 적이 있었기 때문이다.

쌍둥이들은 이제 가장 인정받는 형제다운 모습으로 놀고 있었는데 마침내 정말로 놋쇠처럼 대담한 재키 군이 해초 돋아난 바위를 향해 그가 여태 할 수 있는 한, 해명하기 힘들 정도로, 공을 고의적으로 힘껏 걷어 찼다. 말할 필요도 없이, 가엾은 토미가 이내 당황한 소리를 질렀으나 다행히 홀로 그곳에 앉아 있던 검은 상복(喪服)의 신사가 친절하게도 구원의 손을 뻗어 공을 차단했다. 우리의 두 운동선수들이 즐거운 고함소리와 함께 그들의 운동 기구를 요구하자 싸움을 피하기 위해 시시 카프리가 신사에게 죄송하지만 공을 그녀에게로 던져 주도록 부탁했다. 신사는 공을 한두 번 겨눈 다음 모래사장 위로 시시 카프리를 향해 던졌으나 공이 비탈아래로 굴러내려 바위 곁의 작은 웅덩이 가까이 거티의 스커트 바로 밑에 멈추었다. 쌍둥이들이 공을 다시 요구하자 시시는 그녀에게 공을 차도록 말하며 그들이 그걸 위해 다투도록 했는지라 고로 거티는 한 발을 뒤로 끌어당겼으나 그녀는 그들의 바보 같은 공이 자기에게 굴러오지 않기를 바랐나니 그리하여 그녀는 한 번 걷어찼으나 놓치자 에디와 시시가 깔깔 웃어댔다.

─실패하면 다시 해봐요.

에디 보드먼이 말했다.

거티는 미소로써 응하고 입술을 물었다. 섬세한 핑크빛 홍조가 그녀의 예쁜 뺨에 피어올랐으나 그녀는 그들이 보도록 단단히 마음먹었나니 고로 그녀는 스커트를 조금 그러나 충분히 추켜올리고 잘 겨누어 아주 멋지게 공을 걷어차자 이번에는 공이 너무나 멀리까지 날아갔는지라 두 쌍둥이는 그것을 뒤쫓아 자갈밭을 향해 달려 내려갔다. 그것은 물론 순수한 질투로서, 맞은편 신사가 보도록 주의를 끌기 위한 것 이외의 아무것도 아니었다. 거티 맥도웰에게 언제나 한 갓 위험 신호인, 따뜻한 홍조가, 자신의 뺨에 물결처럼 밀려오며 타오르는 것을, 그녀는 느꼈다. 그때까지 그녀와 신사는 가장 우연한 시선만을 단지 교환할 뿐이었으나 이제 그녀는 자신의 새 모자 테두리 밑으로 그를 대담하게 쳐다보았는바, 거기 황혼에 그녀의 시선과 마주친 얼굴은, 창백하고 이상하게도 찡그린 채, 그녀가 여태 보아 온 가장 슬픈 얼굴처럼 보였다.

성당의 열린 창문을 통하여 향기로운 분향이 풍겨 나왔고 그와 함께 원죄의 오점 없이 잉태된 성모의 향기로운 어명(御名)들, 정신적 그릇이여, 우리를 비소서, 존경하올 그릇이여, 우리를 비소서, 지극한 정성의 그릇이여, 우리를 비소서, 신비로운 장미여. 그리고 그곳에는 근심으로 지친 마음들이 있었고 그들의 매일의 빵을 위한 노역자들과 죄를 범하고 방황했던 많은 사람들이 모여 있었으니, 그들의 눈은 참회로 젖어 있었으나 그럼에도 불구하고 희망으로 빛나고 있었는지라 왜냐하면 휴즈 신부가 위대한 성 베르나르는 마리아에 대한 그의 유명한 기도 속에서, 그녀의 강력한 보호를 애원하는 자들은 여태껏 어느 시대에고 그녀에 의해 버림받은 것이 기록된 적이 없는, 가장 경건한 동정녀의 중재(仲裁)의 힘을, 그들에게 일러준 적이 있었기 때문이다.

쌍둥이들은 이제 다시 참으로 즐겁게 놀고 있었는데 왜냐하면 유년 시절의 다툼이란 급히 지나가는 여름철의 소나기와 같았기 때문이다. 시시 카프리는 꼬마 보드먼과 짝이 되어 놀았으나 마침내 그는 공중에다 아기 손뼉을 치면서, 즐거운 환호성을 올렸다. 깩꿍 그녀가 유모차 덮개 뒤에서 부르짖자 에디는 시시가 어디 갔지 물었고, 이어 시시가 그녀의 머리를 불쑥 내밀며, 아! 소리쳤는지라, 그리고, 정말이지, 그 꼬마 녀석이 그걸 즐겨하지 않았던고! 그런 다음 그녀는 그더러 아빠를 말하도록 일렀다.

─아빠를 말해, 아가. 자, 빠 빠 빠 빠 빠 빠 빠.

그리고 아기는 그것을 말하느라 최선을 다했으니 왜냐하면 그는 태어난 지 11개월치고는 꽤 총명하다고 누구나 말했으며 나이에 비해 몸집이 큰데다가 건강의 화신이라 할, 사랑의 완전한 꼬마 귀염둥이요, 그리고 확실히 저 놈은 커서 위대한 뭔가가 될 거야, 사람들은 말했기 때문이다.

─하쟈 쟈 쟈 하쟈.

시시는 침 뚝뚝 떨어지는 턱받이를 가지고 꼬마의 작은 입을 훔쳐 주며 그가 적당히 똑바로 앉아 빠 빠 빠 말하기를 원했나니 그러나 그녀가 허리띠를 풀었을 때 소리쳤는지라, 맙소사, 꼬마가 쉬를 하고 있네, 거꾸로 기저귀를 절반 접어 아래에 채워줘야. 물론 아기 폐하는 이러한 화장실 의식에 가장 소란을 피우며 모두에게 그것을 알렸다.

─하바아 바아아아하바아아 바아아아.

그리고 두 아주 크고 예쁜 커다란 눈물방울이 그의 뺨을 흘러내렸다. 아니야, 아니아니, 아가, 아니야, 그를 달래거나, 경주마에 관해 이야기를 한다든지 칙칙 폭폭이 어디 갔지 그에게 말해도 아무 소용이 없었으니, 그러나 언제나 임기응변의 재치가 있는 시시가 그의 입에다 젖꼭지 병을 물려주자, 어린 이교도는 재빨리 달래졌다.

거티는 그들이 삐삐 울어대는 아기를 그리고 밖에 나와 있을 시간도 아닌지라, 그녀의 신경을 자극하지 않도록 쌍둥이 개구쟁이들을 제발 그곳으로부터 집으로 데리고 갔으면 하고 바랐다. 그녀는 먼바다 쪽으로 빤히 쳐다보았다. 그것은 저 사나이가 여러 가지 색깔의 분필을 가지고 포도(鋪道) 위에 그리곤 하던 그림들과 닮았는지라, 그대로 그곳에 내버려두어 지워지게 하다니 그토록 애석할 수가, 해거름과 퍼져 나오는 구름이며 호우드 언덕 위의 베일리 등대 그리고 그와 같은 음악을 듣기 위해 그리고 마치 성당 안에 그들이 태우는 일종의 훈풍 같은 저 분향의 향기라니. 그러자 그녀가 빤히 쳐다보고 있는 동안 그녀의 심장이 두근두근 뛰기 시작했다. 그래요, 그가 응시하고 있는 것은 그녀였으며, 그의 시선 속에는 의미가 담겨 있었다. 그의 눈은 마치 그녀를 뚫고, 뚫고 탐색하며 그녀의 혼 자체를 읽는 듯 그녀 속으로 타고 들었다. 그것은 과연 멋진 눈이었고, 최고로 표정을 드러내는 것이었으나, 그러한 눈을 우리는 과연 믿을 수 있을까? 세상 사람들은 참으로 괴상스러웠다. 그녀는 신사의 검은 눈과 그의 창백하고 지적인 얼굴로 미루어, 그가 어떤 외국인임을, 그녀가 한층 좋아하는 코밑수염이 아니었던들, 그녀가 지니고 있는 마티네의 우상인, 마틴 하비의 상(像)임을, 이내 알 수 있었는 바, 왜냐하면 그녀는 연극 때문에 언제나 똑같은 옷을 입는 그들 두 자매가 되고 싶어 하던 윈니 리핑엄처럼 배우 열에 들뜨지 않기 때문이요 그러나 그녀는 신사가 매부리코를 아니면 약간 '레뜨루쎄(들창코)'를 가졌는지 그가 앉아 있는 곳에서는 도무지 알 도리가 없었다. 그는 깊은 애도에 잠겨 있었으니, 그녀는 그것을 볼 수 있었는지라, 그리고 유령처럼 오락가락 하는 슬픔의 이야기가 그의 얼굴 위에 적혀 있었다. 그녀는 그것이 무엇인지 알 수만 있다면 세상과도 바꿀 수 있었으련만. 그는 너무나 열렬히, 너무나 잠자코, 쳐다보고 있었는지라 그리고 그는 그녀가 공을 차는 것을 보았고 필시 그녀가 발가락을 아래로 꼬부리고 그와 같이 심각하게 발을 흔든다면 그녀의 신에 달린 반짝이는 강철 버클을 볼 수 있으리라. 그녀는 어떤 예감이 그녀로 하여금 투명한 스타킹을 신도록 일러준 것이 기뻤는 바, 레기 와일리가 밖에 나와 있을지도 모른다고 생각했기 때문이요 그러나 그 생각은 멀리 떨어져 있었다. 여기에 그녀가 그토록 자주 꿈꾸어 왔던 것이 나타났다. 중요한 것은 그이요 그녀의 얼굴 위에 기쁨이 드러났나니 왜냐하면 그녀가 그를 원했기 때문이요 왜냐하면 그녀는 그가 그 밖에 어떤 사람과 다르다는 것을 본능적으로 느꼈기 때문이다. 소녀여성의 바로 그 마음이 그에게로, 그녀의 꿈의 남편에게로 나아갔던 것이니, 왜냐하면 그녀는 그것이 바로 그이임을 즉시 알았기 때문이다. 만일 그가 자기 스스로 죄를 지었다기보다, 남들이 죄를 짓게 해서, 고통을 겪었더라도, 혹은 심지어, 심지어, 만일 그가 자기 자신이 죄인이요, 사악한 남자였을 지라도, 그녀는 상관하지 않았다. 비록 그가 신교도이든 감리교이든 만일 그가 참되게 그녀를 사랑한다면 그녀는 쉽사리 그를 개종시킬 수 있으리라. 거기에 사랑의 향유를 가지고 치료하기를 바라는 상처가 있었다. 그녀는, 그가 여태 알아왔던 다른 비 여성적 들뜬 소녀들, 그들이 갖지도 않는 것을 보여

주려는 저 자전거 타는 소녀들과는 딴판인, 여자다운 여자였는지라 그리고 그녀는 모든 것을 알기를, 만일 그녀가 그로 하여금 자기와 사랑에 빠지도록 할 수 있다면 모든 것을 용서하고, 그로 하여금 과거의 기억을 잊기를 바로 열망했다. 그땐 아마 그는 한 사람의 진짜 남자처럼, 그녀의 부드러운 육체를 그에게 으깨며, 그녀를 멋지게 포옹하고, 그녀, 그이 자신의 아가씨를, 그녀자신 홀로 만을 위하여, 사랑하리라.

　죄인들의 피난처. 괴로워하는 자들의 위안녀. '오라 쁘로 노비스(우리를 비소서).' 그런데 누구나 한결같은 신앙심을 갖고 그녀에게 기도드리는 자는 결코 멸하거나 버림받는 적이 없다고 한 것은 참으로 훌륭한 말이렷다. 그리하여 성모 또한 그녀 자신의 심장을 꿰뚫은 일곱 가지 비애 때문에, 괴로워하는 자들을 위한 피난 항(港)임은 정말 타당한 말이로다. 거티는 성당 안의 모든 광경, 불이 켜진 스테인드글라스(색유리) 창문들, 양초, 꽃들 그리고 동정녀의 신도회 푸른 기(旗)들을 그리고 콘로이 신부님이, 눈을 내리뜨고 여러 물건들을 운반하며 들락날락하면서, 성당 참사회원 오한런을 제단에서 거들고 있는 것을, 마음속으로 그려 볼 수가 있었다. 콘로이 신부님은 흡사 성인(聖人)처럼 보였고 그의 참회실은 너무나 고요하고 깨끗하고 어두웠으며 그의 양손은 마치 하얀 밀랍 같았는지라 만일 혹시 그녀가 그들의 하얀 제의를 입은 도미니크 수녀라도 된다면 아마 그분은 성 도미니크의 9일 기도를 위해 수녀원으로 방문하라. 언젠가 그녀가 참회에서 혹시 그분이 보지 않을까 두려워하여 그녀의 머리뿌리까지 붉히면서, 그것에 관해 그에게 고백했을 때 신부님은 그녀에게 조금도 괴로워할 것 없다고 말했나니, 왜냐하면 그것은 단지 자연의 소리요, 이 세상에서 우리는 모두 자연의 법칙을 따르고 있는지라, 그는 말했나니, 더욱이 그것은 하느님에 의하여 창조된 여인의 천성으로부터 나왔기 때문에 죄가 아니 도다, 그는 말했나니, 그리하여 우리들의 동정녀 자신도 대천사 가브리엘에게 가로되 당신의 말씀에 따라 내게 이루어지이다, 했도다. 신부님은 너무나 친절하고 신성한지라 그녀는 수놓인 꽃 디자인이 있는 가장자리 주름 장식의 차 보온병용 주머니를 선물로서 또는 한 개의 시계를 그를 위해 주선할 수 있을까 자주자주 생각하고 생각했으나 그녀가 40시간 기도를 위한 꽃 때문에 그곳에 갔을 때 시간을 알리기 위해 조그마한 집에서 나온 한 마리 카나리아 새가 달린 금은제의 시계 하나를 벽로 대 위에 갖고 있음을 목격했기에 무슨 종류의 선물을 드려야 좋을지 알기 힘들기 때문이라 아니면 혹시 더블린이나 어떤 곳의 풍경화의 앨범이라도.

분통터지게 하는 쌍둥이 꼬마 개구쟁이들이 다시 싸우기 시작했는지라 재키가 바다를 향해 공을 내던지자 그들 둘이 그걸 뒤따라 달려갔다. 시궁창 오물처럼 흔해빠진 꼬마 원숭이 놈들. 누구든지 저놈들을 붙들고 홀로 제자리에 있도록 어디 호되게 때려주어야 하는 거다, 두 놈을 다. 그리고 시시와 에디가 돌아오도록 그들 뒤로 고함을 질렀는지라 왜냐하면 그들은 조수(潮水)가 그들 위를 덮쳐, 익사할까 두려워했기 때문이다.

— 재키! 토미!

그런 걸 들으려고! 얼마나 엄청난 생각을 가진 놈들인데! 그래서 시시는 이제 이놈들을 데리고 나오는 것은 정말 마지막이라고 말했다. 그녀는 벌떡 일어서서 그들을 부르며 그녀의 머리카락을 뒤쪽으로 펄럭이면서, 신사를 지나 경사진 길을 뛰어 내려갔는지라 그런데 머리카락이 만일 숱만 더 있더라면 색깔이 참 훌륭했을 텐데 그러나 그녀가 언제나 속으로 문질러 바르는 뭐라나 별별 걸 가지고도 머리를 한층 길게 자라나도록 할 수는 없었으니 왜냐하면 그것은 자연스럽지 못했기 때문이요 그런

고로 그녀는 절망한 나머지 그걸 그만두는 수밖에 없었다. 그녀는 긴 거위 걸음걸이로 달려갔는데 너무나 팽팽한 그녀의 스커트 옆이 찢어지지 않는 것이 기적이었으니 왜냐하면 시시 카프리한테는 지나치게 말괄량이 기질이 있는데다가 그녀가 몸을 드러낼 좋은 기회가 있다고 생각할 때마다 그녀는 주제넘은 자요 그리고 그녀가 달리기 선수라는 바로 그 이유 때문에 그렇게 뛰었던 것이니 그런고로 신사는 그녀가 달려갈 때 그녀의 스커트의 끝과 그녀의 말라갱이 정강이를 가능한 한 멀리까지 다 볼 수가 있었다. 만일 그녀가 키가 커 보이도록 일부러 그녀의 굽 높은 구부러진 프랑스 제(製) 하이힐을 신고 우연히 뭔가에 걸려 넘어지기라도 했더라면 정말 가관이었으리라. '더블로(그 광경을 상상해 보라)!' 그러한 것을 목격한다는 것은 신사에게는 정말 매력적인 노출이었을 꺼다.

천사들의 여왕, 성조(聖祖)들의 여왕, 예언자들의, 모든 성자들의 여왕이여, 사람들은 기도를 올렸는지라, 가장 성스러운 로사리오의 여왕이여 그리하여 그때 콘로이 신부가 향로를 성당 참사회원 오한런에게 넘겨주자 그는 향을 넣고 성체에 분향했나니 그러자 시시 카프리는 두 쌍둥이들을 붙들어 그들에게 귀가 윙 울리도록 한 대씩 후려갈겨 주고 싶어 견딜 수가 없었으나 그럴 수가 없었으니 왜냐하면 신사가 쳐다보고 있을 것이라 생각했기 때문이요 그러나 그녀는 보다 큰 잘못을 일생 통틀어 결코 저질러 본 적이 없었는지라 왜냐하면 거티는 보지 않고서도 맞은편의 신사가 그녀한테서 눈을 떼지 않고 있다는 것을 알 수 있었기 때문이니 그리하여 그때 성당 참사회원 오한런이 향로를 다시 콘로이 신부에게 넘겨주며, 성체를 쳐다보면서 무릎을 꿇자 성가대가 '딴뚬 에르고(숭배 속에 엎드리나이다)'를 부르기 시작하고 그리하여 음악이 '딴뚜메르 고사 끄라멘뚬(따라서 숭배 속에 엎드리나이다)에 맞추어 솟았다 낮아졌다 하자 그녀는 박자에 맞추어 그녀의 발을 앞뒤로 흔들었다. 3실링 11페니를 그녀는 조지 가(街)의 스패로우 점에서 화요일에, 아니 부활제 전날인 월요일에 그 스타킹을 위해 돈을 지불했는지라, 거기에는 한 점의 흠도 없었는바 바로 그가 쳐다보고 있는 것은 투명한 스타킹이요 모양도 형태도 없는(뻔뻔스럽기도!) 무의미한 것이 아닌지라 왜냐하면 신사는 머리 속에 그러한 차이를 혼자서 보는 눈을 가졌기 때문이다.

시시는 두 쌍둥이와 그들의 공을 가지고 개펄에서 올라왔는데, 뛰었기 때문에 모자가 한쪽으로 머리 위에 아무튼 얹힌 채 그리고 그녀는 단지 두 주일 전에 자신이 산 싸구려 블라우스를 마치 넝마처럼 등에 걸치고 두 아이들을 끌면서, 그녀의 페티코트 끝을 흡사 만화 인물처럼 매달고, 정말이지 치신없는 여자처럼 보였다. 거티는 자신의 머리카락을 정돈하기 위하여 잠시 모자를 벗었는지라 소녀의 어깨 위에 그 보다 더 예쁘고, 밤 갈색의 머리다발을 가진 보다 미려한 머리는 결코 볼 수 없었는바 ―하나의 빛나는 작은 환상이요, 정말이지, 그 아름다움에 있어서 사람을 거의 미치게 할 지경이었다. 그와 같은 유의 아름다운 머리카락을 가진 머리를 발견하려면 수많은 긴 마일의 여행을 해야만 하리라. 그녀는 자신의 모든 신경을 얼얼하게 하는 감탄의 빠르고 응답하는 듯한 뻔쩍임을 신사의 눈 속에 거의 볼 수 있었다. 그녀는 모자 테두리 밑으로 쳐다볼 수 있도록 모자를 도로 썼는지라 그의 눈 속의 표정을 포착하자 헐떡이는 숨결에 맞춰 버클 달린 신발을 한층 빨리 흔들었다. 그는 뱀이 그의 먹이를 노려보듯 그녀를 빤히 쳐다보고 있었다. 그녀의 여성의 본능이 그녀가 그이 속에 악마를 불러냈음을 그녀에게 일러주었는지라 그 생각에 한 점 타는 듯한 홍조가 목구멍으로부터 이마까지 엄습하자 마침내 그녀의 얼굴의 고운 빛깔이 한 송이 찬란한 장미가 되었다.

에디 보드먼은 그것을 역시 목격하고 있었으니 왜냐하면 그녀는, 반
(⌀) 미소를 지으면서, 늙은 하녀처럼 안경을 걸치고, 아기를 달래는 척하
며, 거티를 사팔뜨기 눈으로 쳐다보고 있었기 때문이다. 정말이지 화 잘
내는 꼬마 각다귀가 바로 그녀였으니, 언제나 그럴 것 같았는바 그리하여
그것이 그녀로 하여금 그녀와 아무런 관계도 없는 일에 간섭함으로써 누
구와도 그녀와 사이좋게 지낼 수 없는 이유였다. 그러자 그녀는 거티에게
말했다.

─뭘 멍하니 생각하고 있니.

─뭐라고? 시간이 늦지 않았나 생각하고 있었을 뿐이야.

거티는 최고의 하얀 이빨에 의해 한층 더 해진 미소로서 대답했다.

왜냐하면 그녀는 정말이지 그들이 그 코흘리개 쌍둥이와 그들의 아기
가 장난치지 못하도록 집으로 데리고 갔으면 원했는지라 고로 그것이 그
녀가 이제 시간이 늦었다고 살짝 일러주는 이유였다. 그리하여 시시가 다
가왔을 때 에디가 몇 시냐고 묻자, 여전히 잘 지절대는, 시시양은 입 맞
출 시간 반(⌀)이 지나, 다시 입 맞출 시간이라고 말했다. 그러나 에디는
시간을 알고 싶었으니 왜냐하면 그들은 일찍 돌아오도록 일러 받았기 때
문이다.

─가만 있어, 저기 피터 아저씨에게 달려가 그의 시계로 지금 몇 시인
지 물어봐야겠어.

시시가 말했다.

그런고로 그녀가 건너가자 그는 그녀가 다가오는 것을 보았을 때 그
녀는 그가 호주머니에서 손을 꺼내, 안절부절못하며, 그리고 성당을 위로
쳐다보면서, 시계 줄을 만지작거리기 시작하는 것을 볼 수 있었다. 비록
그는 정열적인 천성을 갖고 있긴 하지만 거티는 그가 자기 자신에 대하

여 엄청난 자제를 하고 있음을 볼 수 있었다. 한순간 그는 자신의 시선을 끌었던 매력에 현혹된 채, 거기 머물고 있었으니, 그러자 다음 순간 그의 탁월하게 보이는 용모의 한 줄 한 줄 속에 드러난 자제를 지닌, 조용하고 정중한 얼굴의 신사가 되어 있었다.

시시가 실례지만 지금 정확하게 몇 시쯤 되었는지 말해줄 수 있느냐고 그에게 묻자, 거티는 그가 시계를 꺼내, 그에 자세히 귀를 기울이고 위를 쳐다보며, 그의 목구멍을 가다듬고 있는 것을 볼 수 있었으니 그는 미안하지만 시계가 서 버렸는지라 해가 졌으니까 틀림없이 여덟 시가 지났을 걸로 생각한다고 말했다. 그의 목소리는 교양 있는 기미를 지녔고 비록 그가 신중한 말투로 말했으나 그의 원숙한 목소리에는 한 가닥 의심스런 전율이 어려 있었다. 시시는 감사하다고 말한 뒤 혀를 내민 채 되돌아와서는 아저씨께서 그의 수도(水道)가 고장이 났다고 하더라고 말했다.

그 무렵 사람들은 '딴뜸 에르고(숭배 속에 엎드리나이다)'의 제2절을 노래 불렀고 성당 참사 오한런이 다시 자리에서 일어나 성체에 분향하고 무릎을 꿇으며 콘로이 신부께 촛불 하나가 꽃에 불을 댕기려 하고 있다고 말하자 콘로이 신부가 자리에서 일어나 그것을 바로 세웠거니와 그러자 거티는 신사가 자신의 시계태엽을 감으며 기계에 귀를 기울이는 것을 볼 수 있었으니 그러자 그녀는 다리를 장단에 맞추어 전후로 한층 흔들었다. 날은 점점 어두워지고 있었으나 그는 아직 볼 수 있었으며, 계속 그녀 쪽을 쳐다보자 그는 시계의 태엽을 감거나 또는 무언가를 그것에 행하는 듯 그리고 이어 그것을 도로 넣고는 양손을 호주머니 속으로 도로 넣었다. 그녀는 일종의 감동이 자신의 몸 위로 온통 돌진하는 것을 느꼈고 그녀의 두피(頭皮)의 느낌이나 코르셋 주변의 홍분으로 미루어 그것이 틀림없이 다가오고 있음을 알 수 있었으니 왜냐하면 지난번에도 역시 초승달 때문에 그녀는 자신의 머리카락을 잘랐기 때문이다. 그의 검은 눈이 그녀에게 다시 고정된 채, 그녀의 모든 몸의 윤곽을 들이마시면서, 그녀의 제단에 문자 그대로 참배하고 있었다. 만일 여태껏 한 사나이의 정열적 응시속에 비 가식적 모정(慕情)이 있었다면 바로 저 남자의 얼굴에 그것을 분명히 찾아볼 수 있었으리라. 그것은 너를 위한 거야, 거트루드 맥도웰여, 그리고 너는 그 사실을 알고 있지.

에디는 돌아갈 준비를 시작했나니 정말이지 그녀에게 돌아가야만 할 시간이 되었는지라 그녀가 행한 작은 암시가 바라던 효과를 나타냈음을 거티는 눈치 챘나니 왜냐하면 유모차를 밀고 갈 수 있는 도로까지 해안을 따라 긴 길이 있었기 때문이요 그리하여 시시는 쌍둥이의 모자를 벗겨 머리카락을 손질해 주었는데 물론 그녀 자신을 매력적이 되도록 하기 위해서요 그리하여 성당 참사회원 오한런이 그의 목에 불쑥 내밀고 있는 장법의(長法衣)를 입고 일어서자 콘로이 신부는 그에게 카드를 넘겨주어 읽도록 했는지라 그러자 그는 '빠넴 데 꼬엘로 쁘라에스띠띠스띠 에이스(당신은 천국으로부터 백성들에게 빵을 주셨나이다)' 하고 읽었으며 에디와 시시는 그 동안 내내 시간에 관해 이야기하면서 그녀에게 묻고 있었으나 거티는 이제 그들의 아까 한 말에 대해 그들에게 대갚음 할 수 있는지라 가혹 하리 만큼 정중하게 대답을 했나니 그러자 그때 에디는 거티에게 그녀의 애인이 그녀를 저버렸기 때문에 상심하고 있는 게 아니냐고 물었다. 거티는 신랄하게 몸을 움츠렸다. 그녀의 눈으로부터 한 가닥 짧고 차가운 빛이 번쩍이며, 측정할 수 없는 다량의 조소를 말해 주었다. 그것이 상처를 냈던 거다―오 그래요, 그것은 깊은 상처를 내었으니 왜냐하면 에디는 밉살스런 고양이 새끼를 닮아 사람의 마음을 상하게 할 거라 알고 있는 일들을 은근히 말하는 스스로의 독특한 방법을 갖고 있었기 때문이다. 거티의 입술이 순간 무슨 말을 꾸미려고 급히 벌렸으나 그녀의 목까지 올라온 흐느낌을 억지로 참아야 했나니, 그녀의 목은 어느 예술가가 꿈꾸었을 정도로 너무나 가냘프고, 너무나도 흠이 없는, 너무나 아름다운 모형을 띠고 있었다. 그녀는 그가 알고 있는 이상으로 그를 사랑했었다. 다른 모든 남성들과 마찬가지로 마음 가벼운 사기꾼이요 변덕쟁이로서, 그도 그녀에게 어떠한 의미를 갖고 있는지를 결코 이해하지 못했으리라 생각하자 순간 그녀의 푸른 눈에 한 줄기 빠르고 매운 눈물이 솟구쳤다. 두 친구들의 눈이 무자비하게 그녀를 뚫어지듯 쳐다보고 있었으나 그녀는 그들로 하여금 보라는 듯이 그녀의 새로운 정복자를 흘끗 쳐다보았는지라 한 가닥 용감한 노력으로 동정하듯 되돌아 번득였다.

    ─오, 금년이 윤년이니까 내가 좋아하는 사람에게 프러포즈할 수 있지.

    거티는 번개처럼 재빨리, 크게 웃으며, 그리고 자발스럽게 머리를 번쩍 쳐들고 응답했다.

    그녀의 말은 수정처럼 맑고, 산비둘기의 울음소리보다 한층 음악적으로, 울려나왔으나, 그것은 침묵을 얼음장처럼 쪼개었다. 그녀의 젊은 목소리에는 자신이 가볍게 무시당할 인물이 아니라는 암시를 말해주었다. 허풍을 떨며 돈을 조금 갖고 있는 레기 군(君) 정도라면 그녀는 그가 마치 쓰레기인 양 걷어차 버릴 수도 있었거니와 그를 결코 두 번 다시 생각지 않을 것이며, 그의 어리석은 우편엽서 따위 열두 조각으로 찢어 버리리라. 그리고 만일 이후로도 그가 감히 그런 짓을 계속한다면 녀석을 당장에 비틀어 없애 버릴 신중한 조소의 시선을 그에게 줄 수 있으리라. 하찮은 꼬마 에디 양의 용모가 적지 않게 실색(失色)하자, 거티는 멍멍이인, 그녀가, 비록 그걸 감추고 있을지라도, 단순히 그녀의 천둥처럼 암담한 모습으로 미루어 일종의 격렬한 분노 속에 그녀가 빠져 있음을 알 수 있었으니, 왜냐하면 아까 그 말의 화살이 그녀의 조그마한 질투심의 급소를 찔렀기 때문이요 그리고 그들 두 사람은, 거티야말로, 다른 세계 속에, 유리된 채, 동떨어진, 인물임을, 그녀는 그들하고는 질적으로 다르며 결코 같을 수도 없거니와 그러한 사실을 알거나 그걸 보는 사람은 역시 그 밖의 다른 사람일 거라는 것을 알고 있었으니 따라서 그들도 그걸 천천히 잘 반성해 보는 것이 좋으리라.

에디는 아기 보드먼을 일으켜 세워 집으로 돌아갈 채비를 하고 시시는 공과 삽 그리고 양동이를 주서 담았는지라 동생 쪽인 보드먼 군에게 잠 귀신이 다가오고 있었기 때문에 돌아가야 할 시간이 또한 되었던 거다. 그리고 시시 역시 그에게 빌리 윙크스가 다가오고 있으니 아기는 잠자러 가야 한다고 말하자 아기는 기쁜 눈으로 위를 향해 크게 웃으며, 정말 너무나 귀엽게 처다 보았나니, 그리하여 시시는 아기의 통통하고 살찐 작은 배를 장난으로 그처럼 쿡 찌르자 아기는, 실례라는 한마디 말없이, 그의 깔깔 새 턱받이에다 저마다 온통 그의 인사를 토했던 것이다.

—아, 저런! 푸딩 파이를! 턱받이를 다 버렸네.

시시가 항의했다.

그 사소한 '꽁트르땅(예기치 않던 일)'이 그녀의 주의를 환기시켰으나 그녀는 순식간에 그따위 하찮은 일을 올바른 상태로 고쳐 놓았다.

거티는 질식할 듯한 부르짖음을 억지로 참고 한 가닥 신경질적인 기침을 터뜨리자 에디가 무슨 일이냐고 물었는데 그러자 그녀는 그따위 말을 마구 하다니 벌 받을 일이라고 그녀에게 막 말해 주려고 했으나 자신의 행실에 있어서 언제나 숙녀다웠으므로 약삭빠른 재치를 가지고 그건 축복의 기도라 말함으로써 단순히 그것을 얼버무려 넘겨 버렸는지라 왜냐하면 바로 그때 종소리가 성당의 종탑)으로부터 고요한 해변 위로 울려 나왔기 때문이요 성당 참사 오한런이 그의 어깨 둘레에다 콘로이 신부님이 둘러 준 복사(服紗)를 걸친 채 그의 양손에 성체의 빵을 든 채 감사의 기도문을 올리면서 제단 위로 올라왔기 때문이었다.

거기 짙어가는 황혼의 풍경은 얼마나 감동적이랴, 애란의 마지막 광경, 사람들의 마음을 감촉하게 하는 저 저녁의 종소리 그리고 때를 같이 하여 한 마리 박쥐가 담쟁이 덮인 종탑으로부터 날아 나와 저녁의 어둠을 뚫고, 여기, 저기, 길 잃은 외마디 애처로운 소리를 지르나니. 그러자 그녀는 등대의 불빛을 멀리 바라볼 수 있었는바 너무나 그림 같은 지라 물감 박스를 가지고 그걸 그려보고 싶었나니 왜냐하면 그것은 사람을 그리기보다 한층 그리기 쉬웠기 때문이요 곧 점등부(點燈夫)가 장로교회의 뜰을 지나 남녀가 쌍쌍이 산책하는 그늘진 트리턴빌 가로를 따라 순회하면서 레기 와일리가 자전거의 페달을 밟고 달리곤 하던 그녀의 창 가까이 램프 불을 댕겨 주리니, 그것은 마치 그녀가 〈마벨 본〉 및 그 밖의 이야기의 저자인, 커민즈 양(孃)의 〈점등부〉라는 저 책에서 읽은 것과 흡사했다. 왜냐하면 그녀는 아무도 알지 못한 그녀의 꿈을 지녔나니. 자신이 시(詩) 읽기를 사랑했는지라 그리고 그녀의 생각들을 써놓기 위하여 버사 서플한테서 기념으로 받은, 산호의 핑크 빛 커버를 한 아름다운 고백 앨범을 그녀의 화장대 서랍 속에 간직하고 있었으니, 화장대는 비록 지나치게 사치하지는 않았지만, 꼼꼼하도록 산뜻하고 깨끗한 것이었다. 거기에 그녀의 소녀다운 보물, 거북 등 껍질의 빗, 그녀의 마리아 신심회 배지, 백장미 향수, 눈썹 먹, 그녀의 설화석고 분향상자(粉香箱子) 그리고 그녀의 세탁물이 세탁에서 돌아오면 바꿔 다는 리본을 보관했으며 그리고 수첩에는 그녀가 데임 가(街)의 헬리 상점에서 산 바이올렛 빛 잉크로 쓰인 어떤 아름다운 생각들이 적혀 있었으니 왜냐하면 어느 날 저녁 그녀가 발견한 데친 야채를 쌌던 신문지에서 자신이 빼긴 것으로 너무나 깊이 그녀를 감동시킨 저 시처럼 만일 그녀가 자신의 생각을 표현할 수만 있다면 그녀도 역시 시를 쓸 수 있으리라 느꼈기 때문이다. "나의 사랑이여, 그대는 실재하나이까?" 그것은 마게라펠트의 루이스 J. 월쉬의 작시로서, 그리고 그 뒤로 "황혼이여, 그대는 언제나?"에 관한 무슨 구절이 있었는바 그리하여 그것의 무상의 순결 속에 너무나 슬픈, 시의 아름다움이, 말없는 눈물로서 그녀의 눈을 안개처럼 흐리게 했는지라 왜냐하면 그녀는 세월이 그녀에게, 하나하나, 덧없이 흘러가는 것을 느끼도록 했기 때문이요, 그리하여 그 한 가지 결점만 없었더라면 그녀는 어떠한 경쟁자도 겁낼 필요가 없음을 알고 있었으니 그것은 달키 언덕을 내려올 때의 한갓 우연한 사고요 그녀는 그것을 언제나 애써 감추려고 했도다. 그러나 그런 생각은 끝내야 한다고 그녀는 느꼈다. 만일 그녀가 저이의 눈 속의 저 마력의 유혹을 본다면 그녀로서 조금도 머뭇거릴 필요가 없으리라. 사랑은 자물쇠 장수를 조소하니까. 그녀는 아무리 큰 희생이라도 감수하리라. 그녀는 그의 생각을 나누기 위해 모든 노력을 다하리라. 그녀는 그에게 전 세계보다 더 값진 것이 될 것이요 그의 나날을 행복으로 장식해 주리라. 거기에는 가장 중요한 의문이 있었나니, 그녀는 그가 기혼자인지 아니면 아내를 잃은 홀아비인지 혹은 저 노래의 나라 출신인 외국 이름을 가진 귀족처럼 어떤 비극이, 아내를 정신병원에 처넣게 하고, 잔인하게도 사랑하게 했는지, 죽도록 알고 싶었던 것이다. 그러나 비록 그렇더라도 ─ 그게 무슨? 그게 무슨 대단한 상관이랴? 그녀의 천품은 적어도 온갖 조잡한 일로부터 본능적으로 물러서게 했다. 그녀는, 도더 강(江) 곁의 편이통로(便易通路) 저쪽에 군인들이나 조야한 사나이들과 함께 걸어 다니는 타락한 여성들,

처녀의 정조 따위는 아랑곳없이, 성(性)을 퇴락 시키면서, 경찰서에 끌려
다니는, 그런 따위의 인간을 혐오했다. 천만에, 천만에. 그건 아니야. 그
들은 대문자 S를 품은 사교계(Society)의 관습에도 불구하고, 모든 타자
와 상관없이 바로 오누이처럼 훌륭한 친구가 되리라. 아마 그는 회상하기
힘든 먼 옛날부터 한갓 묵은 애정 때문에 비탄하고 있으리라. 그녀는 상
대방을 이해한다고 생각했다. 그녀는 그를 이해하려고 노력할지니 왜냐
하면 남자들이란 아주 딴판이니까. 묵은 사랑이, 조그마한 하얀 손을 뻗
고, 호소하는 푸른 눈으로, 기다리며, 기다리고 있었다. 나의 심장이여!
그녀는 그의 꿈의 애인, 그는 온통 그녀의 것, 전 세계에서 그녀를 위한
단 하나의 남자라고 그녀에게 말하는 자신의 마음의 명령을 따를 지니 왜
냐하면 사랑은 최대의 안내자이니까. 그밖에 문제될 것이 뭐 있담. 어떤
일이 닥쳐오든 그녀는 야생의, 속박 없는, 자유로운 몸이 되리라.

성당 참사 오한런이 성체를 성궤(聖櫃) 속에 도로 넣고 한 쪽 무릎을
꿇었나니 그러자 성가대가 '라우다떼 도미눔 옴네스 겐떼스(주를 찬미하라
모든 백성들이여)' 하고 노래했고 그런 다음 축복의 기도가 끝났기 때문에
그는 성궤를 채웠나니 그리하여 콘로이 신부가 그에게 모자를 쓰도록 넘
겨주었는지라 암상스런 고양이 에디는 거티에게 가지 않겠느냐고 물었으
나 재키 카프리는 부르짖었다.

　－오, 저 봐, 시시!

그리고 그들 모두는 그것이 막전(幕電)이 아닌가 쳐다보았으나 토미는
성당 옆의 나무들 위로 그것이, 푸르고 이내 초록빛과 자줏빛을 띠는 것
을 또한 보았다.

　－불꽃이다.

시시 카프리가 말했다.

그리고 그들은 모두 집들과 교회 위로 솟는 불꽃을 보기 위해, 허겁지겁, 해변으로 뛰어 달려갔나니, 에디는 아기 보드먼을 태운 유모차를 그리고 시시는 토미와 재키가 달려가다 넘어질까 봐 손을 붙들고.

─가요, 거티, 바자 불꽃이야.

시시가 불렀다.

그러나 거티는 요지부동이었다. 그녀는 그들이 시키는 대로 할 의도는 전혀 없었다. 만일 그들이 치신없는 여자들처럼 달려갈 수 있더라도 그녀는 그대로 앉아 있을 수 있으리니, 그녀는 지금 앉아 있는 곳에서도 볼 수 있다고 말했다. 그녀에게 매달린 신사의 눈이 그녀의 맥박을 팔딱팔딱 뛰게 했다. 그녀는 그의 시선과 부딪히며, 잠시 그를 쳐다보았다, 그러자 한 줄기 빛이 그녀를 엄습했다. 백열의 정열이 저 얼굴 속에 있었으니, 무덤처럼 묵묵한 정열, 그리하여 그것이 그녀를 그의 것으로 만들었다. 마침내 그들은 타인들이 엿보거나 말을 건네는 일없이 홀로 남게 되었고 그녀는 그가 최후까지 신임받을 수 있음을 알았다, 확고부동한, 견실한 남자, 그의 손가락 끝까지 불굴의 명예를 지닌 남자. 그의 두 손과 얼굴이 움직이자 한 가닥 전율이 그녀의 온몸을 덮쳤다. 그녀는 불꽃이 어디 있는지를 쳐다보기 위해 몸을 훨씬 뒤로 젖히고 쳐다보면서 넘어지지 않도록 두 손으로 그녀의 무릎을 붙들었는지라 보는 사람이라고는 그와 그녀뿐 아무도 없었으니 그때 그녀는 나긋나긋하고 부드럽고 섬세하게 둥근, 그녀의 우아하고 아름다운 모습의 양다리를 온통 노출시켰는지라 그리하여 그녀는 그의 심장의 고동, 그의 거친 숨결을 듣는 듯 했나니, 왜냐하면 그녀는 그와 같은, 열혈의 사나이들의 정열에 관해 또한 알고 있었기 때문이요, 버사 서플이 그녀더러 한때 극비에 말했는지라 그리고 그녀로 하여금 그들과 함께 묵고 있던 인구밀집지역 조사과 출신의 그 신사 기숙자에 관해 절대 말하지 말도록 맹세시켰는 바 그자는 신문지에서 스커트 댄서나 하이 키커들의 사진을 오려 갖고 누구든 상상할 수 있는 그다지 좋지 않은 행실을 침대 속에서 때때로 하곤 했다고 그녀가 말했기 때문이다. 그러나 이것은 그와 같은 것과는 전혀 딴판이라 왜냐하면 그녀는 그가 그녀의 얼굴을 자신의 얼굴에다 끌어당기는 것을 그리고 그의 잘생긴 입술의 최초의 빠르고 뜨거운 감촉을 거의 느낄 수 있었기 때문이다. 게다가 결혼하기 전에 다른 짓을 하지 않는 한 사면(赦免)이 있고 그대가 털어놓지 않아도 이해 할 여성 사제들이 있어야만 했나니, 시시 카프리 역시 때때로 그녀의 눈 속에 꿈에 어린 듯 꿈에 어린 저런 시선을 지녔는바 그런고로 그녀 역시, 정말이지, 그리고 윈니 리펑엄 또한 배우들의 사진에 너무나 미쳐 있는지라 게다가 그런 기분이 들다니 저 다른 것이 도중에 다가오고 있었던 거다.

그리고 재키 카프리가 쳐다보도록 고함을 질렀는지라, 거기 또 다른 하나가 그리고 그녀가 몸을 뒤로 젖히자 양말내님이 투명함 때문에 조화를 이루어 푸르렀고, 그들 모두들, 봐, 봐, 저기 솟았어, 소리를 지르자 그녀가 불꽃을 보기 위해 한층 멀리 몸을 뒤로 젖혔나니 그리고 어떤 기묘한 것이 공중을 날고 있었는지라, 뭔가 부드러운 것, 여기저기, 까맣게. 그리고 그녀는 기다란 로마 불꽃 하나가 나무들 위로, 높이, 높이, 솟아오르는 것을 보았나니, 그리고 긴장된 침묵 속에, 불꽃이 점점 더 높이 올라가자 그들은 모두 흥분으로 숨이 막힐 지경이었는지라 그녀는 그것을 뒤로 쳐다보기 위해 더 많이 그리고 더 많이 몸을 뒤로 젖혀야만 했나니 높이, 높이, 거의 시야에서 살아지며, 그리고 그녀의 얼굴이 무리하게 뒤로 긴장했기에 한 가닥 성스럽고, 매력적인 홍조로 충만했는지라 그는 그녀의 그 밖의 다른 것들도 또한 볼 수 있었으니, 짧은 블루머 팬티, 4실링 11페니짜리, 녹색의 것, 저 다른 속옷들보다, 하얗기 때문에 한층 어울리는, 살결을 애무하는 면직물, 그리고 그녀는 그를 내버려 두었는지라 그가 보고 있는 것도 알았으며 그러자 이내 불꽃이 너무 높이 솟아 순간적으로 시야에서 사라졌나니 그리고 그녀가 너무나 뒤로 몸을 젖혔기에 사지가 떨리고 있었는지라 그는 심지어 그녀가 그네를 타거나 혹은 강을 건널 때 여태껏 아무도 본적 적이 없는 그녀의 무릎 위 높이까지 환히 보았나니 그리고 그녀는 부끄럽지가 않았고 그도 게다가 그처럼 불순한 모양으로 쳐다보려 하지 않았는지라 왜냐하면 쳐다보는 신사들 앞에서 너무나도 무례하게 행동하는 그따위 스커트 댄서들처럼 반쯤 제공된 그 놀라운 노출의 광경을 억제할 수 없었기 때문이니 그리하여 쳐다보고, 계속 쳐다보았도다. 그녀는 숨이 막히듯 그에게 소리 질러 부르고 싶었는지라, 그녀의 눈처럼 하얀 가느다란 양팔을 그가 다가오도록 내뻗었던 것이니 그녀의 하얀 이마에 그의 입술이 닿는 것을, 그녀로부터 짜낸, 젊은 소녀의 사랑의 부르짖음, 가슴을 억누르는 작은 부르짖음, 여러 시대를 통하여 울려 왔던 저 부르짖음을 감촉하기 위해. 그리고 그때 한 개의 로켓이 솟아 팡 터지자 깜깜하고 막막해 졌는지라 그리고 오! 이어 로마 불꽃이 터지자 그것은 오! 하는 탄식 같았나니 그리고 모든 이가 환희에 넘쳐 오! 오! 부르짖는지라 불꽃은 그로부터 금발 같은 빗줄기 실을 내뿜으며 발산했는지라 아! 그들은 모두 황금빛으로 떨어지는 녹색의 이슬 같은 별들이었도다, 오, 그토록 아름다운, 오, 부드럽고, 달콤하고, 부드러운지고!

그러자 이어 모두 것이 잿빛의 공중에 이슬처럼 녹아 없어졌다. 모두가 잠잠해졌다. 아! 그녀는 재빨리 몸을 앞으로 구부리며 그를 언뜻 쳐다보았나니, 애처로운 항의의, 그가 그로 인해 소년처럼 붉힌 수줍은 비난

의, 애수적 가냘픈 시선. 그는 뒤쪽 바위에 몸을 기대고 있었다. 리오폴
드 블룸(그가 바로 그이인지라)이 저 젊고 악의 없는 시선 앞에 고개를 수긴
채, 묵묵히 서 있도다. 그는 얼마나 짐승이었던가! 다시 그런 짓을? 한 아
름다운 순결의 영혼이 그를 불렀는지라 그런데, 그이야말로 비열한 사내
였나니, 그는 어떻게 응답했던고? 그는 전적으로 못난 사내였도다! 모든
남자들 가운데서도! 그러나 소녀의 저 눈 속에는 한없이 깊은 자비가 간
직되어 있었으니, 비록 그가 과오를 저지르고 죄를 범하고 방랑했을지언
정 그를 위한 용서의 말이 있었도다. 소녀는 말할 것인고? 아니야, 천번
만번, 천만에. 그것은 그들의 비밀, 단지 그들만의 것, 저물어 가는 황혼
속에 홀로 그리고 해거름을 뚫고 여기저기 너무나도 조용히 날고 있던 저
작은 박쥐 외에는 그것을 알거나 말할 사람은 아무도 없었는지라 작은 박
쥐들은 말하지 않는 도다.

시시 카프리는, 자신이 얼마나 위대한 사람인지를 보여 주기 위해
축구경기장의 소년들을 흉내 내며, 휘파람을 불었다. 그런 다음 부르짖
었다.

─거티! 거티! 우린 가요. 와요. 한층 멀리서도 우린 잘 볼 수 있어.

거티는 한 가지 생각을 갖고 있었으니, 사랑의 조그마한 책략을 하
나. 그녀는 손수건 포켓에 한 손을 넣어 향수 뿌린 솜 수건을 꺼내 물론
그가 눈치 채지 않도록 답례로 흔든 다음 도로 그것을 슬쩍 넣었다. 그이
는 너무 멀리 떨어져 있는지 몰라. 그녀는 일어섰다. 그것이 작별이던가?
아니야. 그녀는 가야만 했으나 그들은 다시 만나게 되리라, 거기서, 그리
고 그때, 내일까지, 그것을 꿈꾸려니, 그녀의 어제 저녁의 꿈을. 그녀는
몸을 한껏 뻗었다. 그들의 영혼은 최후의 머뭇거리는 시선 속에서 마침
내 만났는지라 그리하여 그녀의 마음까지 다다른 그의 눈은 이상스런 빛

으로 충만되어, 그녀의 아름다운 꽃 같은 얼굴 위에 황홀한 채 매달렸다. 그녀는 반(半) 미소를 이지러지게 그에게 띠었는 바, 한 가닥 감미롭고 용서하는 미소, 금방 눈물로 바뀔 찰나의 미소를, 이어 그들은 헤어졌다.

천천히, 뒤돌아보지 않고, 그녀는 시시에게로, 에디에게로, 재키와 토미 카프리에게로, 꼬마 아기 보드먼에게로, 울퉁불퉁한 갯가를 내려갔다. 날은 이제 한층 어둡고 물가에는 돌멩이들과 나뭇조각들 그리고 미끄러운 해초가 깔려 있었다. 그녀는 그녀 특유의 일종의 확실하고 조용한 위엄을 갖고 그러나 조심스럽게 그리고 아주 천천히 걸었다—왜냐하면 거티 맥도웰은……

구두가 빡빡한가? 아니야. 그녀는 절름발이다! 오!

블룸 씨는 그녀가 절면서 걸어가자 그녀를 자세히 살펴보았다. 불쌍한 소녀! 그 때문에 그녀 혼자 바위 턱에 남고 다른 이들은 단거리 경주로 달려간 거로군. 그녀의 몸차림으로 뭔가 잘못된 것이 있다고 생각했지. 걸어 채인 미녀, 한 가지 결점이 여자에게는 열 배의 해가 되지. 그러나 그들을 겸손하게 하는 거다. 그녀가 그걸 노출했을 때 내가 몰라봤으니 다행이군. 그런데도 언제나 꽤 정열적인 아가씨야. 내가 상관할 게 뭐람. 수녀 혹은 흑인 소녀 혹은 안경 낀 소녀처럼 호기심을. 저 사팔뜨기 처녀는 참 다감하지. 그녀의 월경(月經)이 가까이, 그 때문에 불안해하고 있는 것, 같아. 전 오늘 이렇게 두통이 심해요. 내가 편지를 어디다 두었더라? 그래, 됐어. 모든 종류의 미칠 듯한 그리움들. 페니짜리 동전을 핥으며. 트란퀼라 수녀원의 소녀는 석유 냄새를 맡기 좋아한다고 저 수녀가 내게 말했지. 처녀로 있으면 결국에 가서는 미쳐 버리는 것 같아. 수녀? 더블린에서 오늘 얼마나 많은 여인들이 그걸 하고 있을까? 마사, 그녀, 공중(空中)의 그 무엇이. 그것은 달(月) 때문이야. 그러나 그러면 왜 모든 여성들은 똑같은 달을 가지고 똑같은 시간에 월경을 하지 않지, 내 말은? 태어나는 시간에 달려 있는 것 같아. 아니면 모두들 출발은 같으나 걸음이 흐트러지는 거다. 때때로 몰리와 밀리가 함께. 아무튼 나는 그것을 오늘 가장 잘 이용했지. 오늘 아침 그녀의 어리석은 편지를 놓고 목욕탕에서 그걸 하지 않았으니 경칠 다행한 일이야 저는 당신을 벌줄 테요. 오늘 아침 저 전차 운전사를 보충한 셈이다. 저 사기꾼 맥코이가 쓸데없는 걸 말하느라 나를 붙들어 세우고. 그런데 그의 아내는 시골 여행가방으로 연주여행이라니, 마치 곡괭이 찍는 듯한 목소리. 작은 호의에 대한 감사. 역시 저질이야. 원한다면 언제나 하는 식. 왜냐하면 여자들은 하고 싶어 하니까. 그들의 본능적 욕구지. 매일 저녁 사무실에서 떼를 지어 쏟아져 나오는 그들의 군상들. 모르는 체하고 있는 게 나아. 원하지 않으면 그들 쪽에서 밀어닥치기 마련. 그들을 산 채 잡는다, 오. 가엾게도 그들 자신이 볼 수 없다니 안 됐군. 터질 듯한 스타킹에 대한 꿈. 그걸 어디서 봤더라? 아하, 그래. 캐펄 가(街)의 연속 활동사진기. 단지 성인 남자만을 위한. 엿 보는(피핑) 톰. 윌리의 모자 그런데 소녀들은 그걸로 뭘 했더라. 그들은 저들 소녀들을 스냅 사진 찍는 걸까 아니면 모두 가짜인가?' 렝즈리(린네르 속옷)'가 자극하는 거다. 그녀의 '데자비이(평상복)' 안쪽의 육체의 곡선을 더듬었다. 그럴 때 여자들도 역시 흥분하지. 저는 아주 깨끗하니 와서 더럽혀 줘요. 그리고 여자들은 그런 희생을 위해 서로 옷 입기를 좋아하지. 밀리는 몰리의 새 블라우스를 입고 좋아했어. 애초에는. 그들에게 옷을 입혀 주는 것은 도로 벗겨주기 위해서다. 몰리. 내가 그녀에게 바이올렛 양말대님을 사준 것도 그 때문이야. 우리들 남자들도 마찬가지. 그 녀석이 매고 있던 타이, 그의 화려한 양말과 접어 올린 바지. 우리가 처음 만났던 날 밤 녀석은 한 벌의 각반을 차고 있었어. 녀석의 뭐 밑에 멋진 셔츠가 반짝이고 있었지? 검은 옥색의. 이를테면 여자는 모든 핀을 뽑아 버리면 매력을 잃는 거다. 핀으로 함께 감싼 채. 오, 메어리는 그녀의 핀을 잃었다네. 누군가를 위해 근사하게 성장 하고. 유행 그네들의 매력의 일부. 비밀을 캐고 들면 바로 태도가 변하지. 동방의 변함없는 옷은 예외. 마리아, 마르타. 그때처럼 지금도. 합리적인 제안(값)이면 거절하지 않음. 그 애는 게다가 급히 서두르지 않았어. 여자들이 급히 서두를 때는 언제나 남자를 만나러 갈 때지. 그네들은 시간 약속을 결코 잊지 않아요. 아마 투기적으로 외출하는 모양이야. 여자들은 우연한 기회를 믿는 지라 왜냐하면 그들 자신이 그런 거니까. 그런데 다른 여자들이 그녀를 은근히 빈정거리고 싶었던 거야. 팔로 서로의 목을 끌어안거나 혹은 열 손가락을 깍지 끼고, 수녀원의 뜰 안에서 입을 맞추며 아무것도 아닌 걸 가지고 비밀인 척 쑤군거리고 있는 여학교의 소녀 친구들. 석회수로 씻은 듯한 하얀 얼굴을 한 수녀들, 청결한 두건 그리고 묵주가 오르락내리락, 그들이 손에 넣을 수 없는 것에 대해 앙심도 역시 대단하지. 철조망. 그래 정말이야 그리고 내게 편지해. 그러면 나도 네게 편지할게. 꼭이야 응? 몰리와 조시 파우얼. 라이트 씨(氏)가 나타날 때까지, 그런 다음 좀체 만나지 않아. '따블로(그 광경을 상상해봐)!' 오, 정말이지 누가 나타나나 좀 보란 말이야! 도대체 잘 있었니? 지금까지 혼자 뭘 하고 있었어? 키스해요 그리고 기뻐하며, 자, 키스해, 널 만나니 말이야. 서로의 용모에 흠을 들추어내면서. 넌 참 근사하게 보여. 자매 친구들. 서로에게 이빨을 드러내고. 넌 몇 개나 남았니? 피차 남의 이야기는 전혀 받아들이려 하지 않지.

아!

그들은 그게 다가올 때는 마치 악마 같지. 까만 악마 같은 용모. 몰리는 몸이 한 톤이나 되는 것 같은 느낌이에요 하고 내게 이따금 말했지.

저의 발바닥 좀 긁어줘요. 오 그렇게! 아이, 기분 좋아! 나 자신도 그런 느낌이 들거든. 경우에 따라서는 한 번쯤 쉬는 게 좋아. 그런 시기에 동침하는 것은 나쁜 건지 몰라. 한편으로 안전하기도 해. 우유를 변화시킨다, 바이올린 줄을 뚝 끊어지게 한다. 정원의 나무들도 시든다는 이야기를 나는 읽었어. 그밖에도 여인이 옷에 달고 있는 꽃이 시들면 그녀의 마음도 들뜬다고 사람들은 말하지. 모두 다가. 아마도 아내는 느꼈을 거야 내가. 그와 같은 느낌을 하고 있으면 상대방도 이따금 그런 느낌을 하기 마련. 내게 호감을 갖거나 아니면 뭘? 그들은 옷을 보지. 사랑을 구하고 있는 남자를 언제나 알아본단 말이야. 칼라와 커프스. 글쎄 수탉이나 사자도 꼭 마찬가지야 그리고 수사슴도. 동시에 넥타이 혹은 뭐가 헐렁해 있으면 한결 좋아하지. 양복바지? 혹시 바로 그때 내가? 아니야. 점잖게 하는 거야. 거칠거나 뒹구는 걸 좋아하지 않아. 어둠 속에 키스하고 그걸 결코 입 밖에 내지 않지. 나의 어딘가가 마음에 들었던 거다. 뭔지 몰라. 곰 기름을 바른 반죽 머리카락, 오른쪽 안경 위에 애교머리를 한, 어떤 시인 녀석 보다 그대로 있는 나를 한층 빨리 선택하지. 문예 저작을 하는 신사를 돕기 위해. 내 나이에는 용모에 신경을 써야만 해. 그녀가 내 얼굴 옆모습을 보도록 하지 않았다. 하지만, 결코 알 수 없단 말이야. 예쁜 처녀들과 못생긴 남자들이 결혼한다. 미녀와 야수. 게다가 혹시 몰리가 하면 나는 그럴 수가 없지. 머리카락을 보이기 위해 그녀의 모자를 벗었어. 넓은 차양. 그녀의 얼굴을 가리기 위해 샀었어, 그녀를 아는 사람을 만나면 허리를 꾸부리거나 혹은 들고 있는 꽃다발의 냄새를 맡는다. 발정(發情) 때는 머리 냄새가 지독해요. 홀레스 가(街)에서 우리가 곤경에 처했을 때 몰리의 빗을 팔아 10실링을 벌었지. 안 될 게 뭐람? 만일 그 녀석이 아내한테 돈을 준다면. 안 될 게 뭐람? 모두 편견. 그녀는 10실링, 15실링, 그 이상, 1파운드의 가치가 있어요. 뭐? 난 그렇게 생각해. 그걸 모두 공짜로. 대담한 필적. 마리언 부인. 언젠가 플린에게 내가 보낸 우편엽서처럼 아까 저 편지에 주소 쓰는 것을 잊었나? 그리고 드리미 상점에 넥타이도 매지 않고 갔던 어느 날. 몰리와 다투고 그 때문에 나를 미워했지. 아니야, 나는 기억해. 리치 고울딩. 그는 사람이 달라졌어. 그의 마음의 부담. 4시 반에 나의 시계가 서 버리다니 참 우습기도 해. 먼지. 그들은 상어의 간유를 시계 청소하는데 쓰지. 그거라면 내 손으로도 할 수 있을 거야. 절약. 그때가 바로 그 녀석이, 그녀가?

오, 녀석이 했어. 그녀 속에다. 그녀가 했어. 당했어.

아!

블룸 씨는 조심스런 손으로 젖은 셔츠를 다시 바루었다. 오 주여, 저 꼬마 절름발이 악마 같으니. 차갑고 끈적끈적한 느낌이 들기 시작하는군. 뒷맛이 좋지 못해. 하지만 어떻게 해서든지 그것을 제거해야만 하는 거다. 그네들은 예사야. 아마 고마워했겠지. 집으로 가서 맛있는 빵과 우유를 먹으며 꼬마 아기들과 밤 기도를 드릴 거야. 글쎄, 그렇지 않겠어? 여자를 있는 그대로 보면 아무것도 아니야. 무대 장치를 해야만 하는 거지, 입술연지, 의상, 자세, 음악을. 이름도 역시. 여우(女優)들의 아무르(정사〔情事〕). 넬 그윈, 브레이스거들 부인, 모드 브렌스콤. 막(幕)이 오른다. 월광의 은빛 광채. 애수의 가슴을 드러낸 처녀. 사랑하는 이여 와서 키스해 줘요. 아직도, 나는 느끼고 있어. 그것은 남자에게 힘을 주는 거다. 그것이 비결이지. 디그넘 가(家)에서 나오며 벽 뒤에다 쏟아버렸으니 잘했어. 그건 사과주 때문이었어. 그렇지 않고는 어떻게 할 수가. 그러고 나면 노래가 부르고 싶지. '라카우스 에산트 타라타라(동기는 신성한 것이로다).' 내가 그녀에게 말을 건넨다고 가정하면. 뭐에 관해? 그러나 만일 대화를 끝맺을 줄 모르면 계획이 뒤틀리고 말지. 여자들에게 한 가지 질문을 하면 그들은 다른 것을 질문한다. 옴짝달싹 않는 게 좋은 생각이야. 시간을 끈다. 그러나 그러다가 진짜 혼이 나지. 물론 만일 이렇게 말하면 훌륭해요. 안녕하십니까, 그러면 그녀가 이내 응답하는 거다. 안녕하세요. 오 하지만 캄캄한 저녁나절 애피언 통로에서 나는 클린치 부인에게 그녀가 (창녀)인 줄 알고 말을 걸 뻔했지. 휴우! 그날 밤 미드 가(街)의 소녀. 온갖 불결한 말을 그녀더러 다 시켜봤지. 물론 모두 심한 말. 나의 방주(方舟)라고 그녀는 그걸 불렀어. 그러한 여인을 발견한다는 것은 너무나 어려운 일. 이봐요! 그네들이 유혹할 때 응하지 않으면 정말 무서워요 마침내 그들은 얼굴이 굳어져 버리지. 그런데 내가 여분의 2실링의 팁을 주었더니 손에다 입을 맞추었어. 앵무새들이라니까. 단추를 눌러 봐요 그러면 새가 쩍쩍 울 테니. 제발 나를 선생님이라 부르지 않았으면. 오, 어둠 속의 그녀의 입! 그런데 당신 유부남이 독신녀와! 그걸 그네들은 좋아하지. 다른 여성으로부터 남자를 낚아채는 것이다. 또는 그런 이야기를 듣는 것만이라도. 나하고는 틀리지. 다른 녀석의 아내로부터 멀리하는 것이 기쁜 일이지. 그 녀석의 먹다 남은 찌꺼기를 먹어치우는 셈이야. 오늘 버튼 상점의 그 녀석 껌같이 씹힌 연골을 뱉고 있었어. 프렌치 레터가 아직 나의 수첩에. 근심거리의 절반이 그 때문. 그러나 언젠가 발생할지 모르지, 내 참 원. 들어오세요, 준비 다 되어 있어요. 저는 꿈을 꾸었어요. 무슨? 악(惡)은 시작된다. 마음에 들지 않으면 그네들은 이내 화제를 어떻게 바꿔야 하는지를 알지. 당신 버섯 좋아하세요 그녀는 묻는다 왜냐하면 그녀는 그걸 좋아하는 신사를 한때 알고 있었으니까. 또는 어떤 사람이 말을 꺼내려다 마음을 돌려 입을 다물면 저이가 무슨 말을 하려고 했어요, 묻는 거다. 하지만 내가 철저하게 하고 싶으면, 이렇게 말하지. 난 하고 싶소,

그와 비슷한 이야기를. 왜냐하면 나는 원했으니까. 그녀도 마찬가지. 그녀를 곯려 준다. 그 다음에 화해한다. 지독히 뭘 원하는 체한다, 그런 다음 그녀를 위해 손을 뗀다. 그들의 기분을 맞춘다. 그녀도 그 밖에 누군가를 계속 생각하고 있었음에 틀림없어. 해될 게 뭐람? 그녀가 결국 이성(理性)을 행사했기에 틀림없이, 그이, 그이 그리고 그이. 최초의 키스가 목적을 달성한다. 행운의 순간. 그들의 내부에서 뭔가가 폭발하는 거다. 마치 감상에 젖은 듯, 그들의 눈으로 말하는 거지, 몰래. 최초의 생각이 최고야. 죽는 날까지 기억에 남아 있으니! 몰리, 공원 곁의 무어의 성벽 아래에서 그녀에게 키스한 멀비 중위. 열다섯 살이었다고 그녀가 내게 말했지. 그러나 그녀의 앞가슴은 꽤 발달했었어. 이어 잠이 들어버렸지. 글렌크리의 만찬을 마치고 마차를 몰고 귀가하던 때였어. 깃털포단(페더베드)의 산(山). 잠 속에 그녀의 이를 갈면서. 시장(市長)도 그녀에게서 눈을 떼지 않고 있었다. 발 딜런. 중풍 걸린.

그녀는 불꽃을 보기 위해 저기 아래 친구들과 함께 있다. 나의 불꽃. 로켓처럼 솟았다가, 막대처럼 아래로. 그리고 그 아이놈들, 그들은 틀림없이 쌍둥이일 거야, 뭔가 일어나기를 기다리고 있는 거지. 어른이 되고 싶은 거다. 엄마의 옷으로 치장하고. 아직 일러요, 세상의 온갖 일들을 이해하지. 그리고 더벅머리와 검둥이의 입을 가진 그 까만 소녀. 그녀가 휘파람을 불 수 있다는 걸 나는 알았지. 그걸 위해 만들어진 입. 몰리처럼. 자메트의 저 고급 매춘부가 단지 그녀의 코까지만 베일을 쓰는 것도 그 때문이야. 죄송하지만, 정확한 시간을 좀 말씀해 주시겠어요? 컴컴한 골목길로 오면 정확한 시간을 알려주지. 자두(prunes)와 분광(prisms)이란 말을 매일 아침 마흔 번씩 되풀이해 봐요, 두꺼운 입술이 엷어질 테니. 또한 꼬마 아기를 잘 달래면서. 곁에서 보는 것이 최고야. 물론, 여자들은 새, 동물, 아기들을 잘 이해하지. 그들의 성미에 알맞아.

그녀가 갯가를 내려가고 있었을 때 뒤돌아보지 않았다. 상대에게 만족을 주려 하지 않지, 저 소녀들, 저 소녀들, 저 귀여운 바닷가의 소녀들. 그녀는 예쁜 눈을 하고 있었어, 맑은. 그걸 드러내는 것은 눈동자이기 보다 오히려 눈의 흰자위 때문이야. 내가 하는 짓을 알았던가? 물론. 개가 껑충 뛰어도 닿지 않는 곳에 앉아 있는 고양이처럼. 부속물을 몽땅 드러내 놓고, 비너스의 그림을 그리고 있는 고등학교의 저 윌킨즈 같은 남자를 여자들은 결코 사귀지 않지. 그런 걸 천진난만 이라 부르나? 가련한 바보천치! 그 녀석의 아내는 너무 바빠 뼈가 부서질 지경이야. 여자들이 '갓 칠한 페인트'라 표지를 해놓은 의자에 앉는 일은 결코 볼 수 없지. 전신(全身)에 온통 눈이. 아무것도 없는데도 침대 밑을 들여다본단 말이야. 움찔 놀라는 시늉을 하고 싶어 하는 거다. 여자들은 바늘처럼 예민해요. 언젠가 카프 가(街) 모퉁이에서 몰리에게 그녀가 좋아할 줄 알고, 그 남자 참 잘생겼군, 내가 말했을 때, 그 남자 의수(義手)예요, 하고 순식간에 알아챘지. 역시, 의수를 하고 있었어. 여자들은 그런 걸 어디서 감지하는 걸까? 로저 그린 법률사무소의 계단을 종아리를 드러내 보이려고 한꺼번에 두 개씩 뛰어올라 가는 타이피스트. 아버지한테서……에게로, 어머니가 딸에로 유전하는 모양이야, 글쎄. 타고난 거야. 예를 들면 다림질을 절약하느라고 거울에다 손수건을 말리는 밀리. 여인의 눈을 끌기 위해서는 거울에다 광고를 붙이는 것이 최고야. 그리고 내가 그녀더러 프레스코트 염색 점으로 몰리의 페이즐리 숄을 가지고 오도록 심부름을 보냈을 때, 그런데 나는 저 광고를 해결해야, 밀리는 거스름돈을 그녀의 스타킹에 넣어 가지고 집으로 왔었지! 영리한 꼬마 말괄량이 같으니. 결코 일러준 적도 없는데. 소포를 나를 때도 깜찍스럽기도 하지. 남자들을 끄는 거다, 그와 같은 작은 일이. 피가 붉을 때 도로 그걸 흘러내리도록, 손을 추 켜들고, 흔드는 것이다. 넌 누구한테 그런 걸 배웠니? 아무한테서도. 간호 원이 뭔가를 저한테 가르쳐 줬어요. 오, 그네들이 모를 리가! 그 애가 세 살 때 우리들이 서부 롬바드 가(街)에서 이사하기 직전, 몰리의 화장대 앞 에서. "내 얼굴이 참 예뻐." 멀린가. 누가 알아? 세상의 상도지. 젊은 학 생. 아무튼 아까 그 애와는 달리 그녀의 다리는 곧아요. 그녀는 계속 절 뚝거렸어. 젠장, 나는 젖어 있군. 자넨 악마야. 그녀의 부풀은 장딴지. 투 명한 스타킹, 금방이라도 터질 듯이 팽창한 채. 오늘 만난 저 추레한 여 자와는 딴판이야. A. E. 구겨진 스타킹. 또는 크래프튼 가(街)의 그 여인. 하얀. 저런! 살찐 무 다리.

칠레 삼목을 닮은 로켓이 터졌다, 딱총처럼 딱딱 튀기면서. 즈라즈 그 리고 즈라즈, 즈라즈, 즈라즈. 그리고 시시와 토미 그리고 재키가 보려고 뛰어나가자 에디는 유모차를 밀고 거티는 굴곡 진 바위 저쪽에. 그녀가 하려나? 저 봐! 저 봐! 그래! 주위를 휘둘러보았다. 그녀는 정신이 들었 던 거다. 여 봐요, 난 보았어. 당신의. 난 다 보았어.

맙소사!

아무튼 그건 나를 기분 좋게 해줬다. 키어넌 주점, 디그넘의 장례일 때문에 기운을 잃고 말았지. 이번 교대(交代) 참 반가운데요. 그것은, 〈햄 릿〉에 있는 말이다. 맙소사! 만사 혼돈 된 기분이었어. 흥분. 그녀가 몸을 뒤로 젖혔을 때, 혀끝이 쑤시는 듯한 느낌이었지. 정말 머리가 빙빙 돌아 요. 그 녀석이 옳아. 그러나 내가 한층 더 바보짓을 하지 않았는지 몰라. 필요 없는 이야기를 하지 않고. 그럼 내가 이야기를 모두 해주겠어. 하지 만 그것이 우리들 사이의 일종의 대화였던 거다. 그건 그럴 수가 없지? 아 니야, 거티라 부르던데. 내 이름처럼 그러나 가명인지 모르지 그리고 주소는 돌핀 반 속임수.

"그녀의 처녀 이름은 제미너 브라운이었어요.
그녀는 어머니와 함께 아이리시타운에 살았어요."

장소가 나를 그렇게 생각하게 했던 것 같아. 모두들 피차 똑같은 죄를
저지르고 있는 것이다. 그들의 스타킹에다 핀을 닦지. 그러나 고놈의 공
이 알기나 하듯 그녀 쪽으로 굴러 내려갔었어. 총알에 맞고 안 맞고는 다
팔자 소관. 물론 나는 재학 시절에 무엇이든 결코 똑바로 던질 수가 없었
지. 숫양의 뿔처럼 굽기만 했어. 그러나 불과 몇 해 가지 않아 그네들은
정주(定住)하여 살림을 차리고 아빠의 바지가 이내 윌리에게 맞게 되고 아
기에게 쉬이 쉬이 시킬 때는 그를 위한 백토(白土) 역할을 해야 하니 슬픈
일이야. 수월한 일은 아니지. 애들을 보호하는 거다. 그들이 화(禍)를 입
지 않게 하는 거지. 대자연. 아이를 씻는 것, 시체를 씻는 것. 디그넘. 언
제나 아기들한테 둘러싸여. 야자열매 같은 두개골, 원숭이, 처음에는 군
기조차 하지 않아, 포대기에는 신 우유와 썩은 응유. 아기에게 빈 우유
병 꼭지를 빨려서는 않데요. 바람으로 그걸 채워줘야. 뷰포이 부인, 퓨어
포이. 병원에 가봐야 할 텐데. 간호원 콜런이 아직 거기 있는지 몰라. 몰
리가 커피 펠러스에서 일하고 있었을 때 그녀가 몇 칠 밤을 돌봐 주러 오
곤 했지. 그녀가 저 오헤어라는 젊은 의사의 저고리를 솔질해 주는 것이
내 눈에 띄었어. 그리고 브린 부인과 디그넘 부인도 한 때 역시 그처럼,
혼기에. 밤이 제일 곤란해요 더건 부인이 시티 암즈 호텔에서 내게 일러
주었지. 술에 녹초가 된 남편, 마치 족제비처럼 그에게서 술집의 악취가.
어둠 속에서 코로 그 냄새를 맡아봐요, 썩은 술 냄새. 이어 아침에 묻는

거다. 간밤에 내가 취했었나? 그러나 남편을 꾸짖는 것은 나쁜 정책이야. 병아리는 횃대에로 귀가하기 마련. 부부는 고무풀처럼 서로 달라붙어 있는 거다. 아마 여자들한테도 잘못이. 그것이 몰리가 다른 여인들을 능가하는 점이다. 그건 남국의 피 때문이지. 무어의. 역시 몸의 형태, 그 몸매. 풍만한 육체를 더듬는 손. 예의 저 다른 여인들과 비교해 보란 말이야. 집안에 갇혀 있는 아내, 찬장 속에 든 해골 격. 소개 합니다 저의. 그러고는 뭐라 불러야 좋을지도 모를, 어떤 정체불명의 여인을 그들은 불쑥 자랑삼아 소개한다. 아내를 보면 언제나 남자의 약점을 알 수 있지. 하지만 거기에는, 사랑에 빠지는, 숙명이란 게 있지. 부부 사이에는 그들만이 아는 비밀이 있어요. 어떤 여인이 붙들어 주지 않으면 타락해 버리는 사내들. 그리하여 동전 1실링의 높이만한, 꼬마 계집들이, 잘생긴 남편들과 함께. 하느님이 그들을 창조할 때 서로 짝을 지어 주었지. 때때로 자식들은 꽤 좋은 놈이 나온다 말이야. 두 개의 영(零)이 합쳐 한 개를 만드는 거다. 혹은 이른 살 고령의 갑부와 꽃봉오리 같은 신부가. 5월에 결혼하고 12월에 후회하지. 여기 젖은 곳이 아주 불쾌하군. 들러붙은 채. 글쎄 포피(包皮)가 제자리에 있지 않아요. 떼어놓는 게 좋겠군.

오우!

반면에 6척의 사나이가 그의 가슴 호주머니까지 오는 아내와 같이. 키다리와 난쟁이. 등치 큰 그이와 몸집 작은 그녀. 나의 시계도 참 이상스럽단 말이야. 손목시계는 언제나 고장이 나지. 사람들 사이에 어떤 자력의 영향이 작용하는 건지 몰라 왜냐하면 그때가 바로 그녀석이. 그래, 내 상상으로, 즉시에. 고양이가 멀리 있으면, 생쥐들이 날뛰지. 내가 필 골목길에서 시계를 본 것이 기억나는군. 그것도 역시 글쎄 자력이지. 모든 물건의 배후에는 자력이. 예를 들면 지구는 이것을 잡아당기는가 하면 당겨지고 있는 것이다. 그것이 운동을 야기하지. 그리고 시간, 글쎄 그것은 운동이 요하는 시간이야. 그래서 만일 한 개의 물건이 정지하면 전체가 조금씩 정지하는 거다. 왜냐하면 그것은 모두 서로 짝지어져 있으니까. 자침(磁針)은 태양과 별들 속에 뭐가 일어나고 있는지를 말해 주지. 조그마한 강철 조각. 포크를 내밀면. 와요. 와요. 찔끔. 그것이 바로 여자와 남자인 거다. 포크와 강철. 몰리, 그이. 꾸미고 쳐다보고 암시하고 봐요 좀 더 봐요 그리고 당신이 남자라면 그걸 볼 테면 봐요, 그리고 재채기가 나올 듯이, 양다리를, 봐요, 봐, 만일 배짱이 있으면. 찔끔. 쏘아버려야 한다.

그녀는 그 자리가 어떤 느낌이 들지 몰라. 수치는 모두 제 삼자 앞에서 일어나지. 스타킹에 구멍 하나라도 나면 더욱 난처해하지. 몰리, 마술 쇼에서 징 박은 승마 구두를 신은 농부를 보고 아래턱을 내밀며, 머리를 뒤로한 채. 그리고 서부 롬바드 가(街)에 화가들이 왔을 때. 그 친구 참 멋진 목소리를 가졌었요. 주글리니가 그렇게 노래를 시작했지요. 제가 만든 향수를 냄새 맡아보세요. 꽃 냄새 같아요. 정말 그랬다. 바이올렛. 아마 페인트의 테레빈 송진 냄새에서 왔겠지. 여자들은 뭐든지 참 잘 이용하지요. 동시에 그 짓을 하면서 사람들이 듣지 못하도록 마루바닥에 그녀의 슬리퍼를 문질렀지. 그러나 많은 여자들은 황홀경에 들어갈 수 없어요, 내 생각에. 그 짓을 몇 시간 동안이나 계속한다. 일종의 뭐랄까 나의 온 몸 둘레를 온통 덮는 듯 그리고 등 절반 아래까지.

가만있자. 흠. 흠. 그래. 이건 그녀의 향내다. 왜 그녀는 손을 흔들었을까. 제가 멀리 떨어져 잠잘 때 저를 생각하도록 이걸 당신께 남겨요. 그게 뭘까? 헬리오트로프? 아니야, 히아신스? 흠. 장미, 내 생각에. 그녀는 저런 종류의 향기를 좋아하는 모양이야. 감미롭고 값싼. 이내 시어지지. 왜 몰리는 오포파낙스를 좋아할까. 그녀에게 알맞지, 재스민을 조금 섞으면. 그녀의 고음과 저음. 무도회 밤에 그녀는 그를 만났지. 시간의 무도. 더위가 그걸 풍기게 했지. 그녀는 검정색 옷을 입고 있었고 전회(前回)의 향기가 남아있었어. 검은 것은 양도체, 그런가? 아니면 불량도체? 빛도 역시. 무슨 연관성이 있는 것 같아. 예를 들면 어두운 지하실에로 들어가면. 역시 신비스런 일이야. 왜 나는 이제 와서 그걸 냄새 맡았을까? 그녀 자신처럼, 반응을 일으키는 데 시간이 걸리지, 천천히 그러나 확실히. 상상컨대 냄새는 수백만 개의 작은 알갱이가 불어오는 걸 거야. 맞아, 그거야. 왜냐하면 저 향료의 섬들, 오늘 아침 실론 사람들, 수리(數里) 떨어진 곳까지 냄새를 품기지. 그의 정체를 그대에게 말한다. 냄새는 마치 곱고 고운 베일이나 거미줄 같아서 여자들의 피부를 덮고 있는 거다, 소위 말하는 비단 거미줄 같이 고운지라, 여자들은 언제나 그걸 몸에서 발산하고 있는 거다, 놀랍게도 고와서, 무지개 빛처럼 그걸 보지 않고도. 무엇이든 그녀가 벗어 놓은 것에 붙어 있어요. 그녀의 스타킹의 기운 곳. 따뜻한 구두. 코르셋. 속바지. 발로 조금 차서, 그걸 벗어버리는 거다. 빠이빠이 또 만나. 고양이 놈도 역시 침대 위에 벗어 놓은 그녀의 슈미즈 냄새를 맡기 좋아하지. 절대적으로 그녀의 냄새를 알아내요. 목욕물도 마찬가지. 크림 곁들인 딸기를 내게 생각나게 하지. 정말 어디서 그런 냄새가 나는 걸까. 거긴가 혹은 겨드랑이 아니면 목 아랜가. 왜냐하면 냄새는 온갖 구멍과 구석지기에서 나오기 때문이지. 에테르 기름 또는 그 밖의 무엇으로 만든 히아신스 향수. 사향 쥐. 그들의 꼬리 밑의 주머니. 한 개의 낟알이 몇 년 동안 냄새를 뿜어낸다. 개들이 서로서로 뒤따른다. 안녕하세요. 안녕. 냄새가 좋아요? 흠. 흠. 아주 근사해요, 고마워요. 동물들은 그런 식으로 지내는 거다. 그래 자, 그런 식으로 그걸 생각해 보란 말이야. 우리들 인간도 마찬가지. 예를 들면, 어떤 여인들은 월경 때가 되면 사람을 멀리하지. 가까이 가 봐요. 그러면 코를 틀어막을 듯한 냄새가 나지. 뭐 같을까? 항아리 든 청어 썩는 냄새 아니면. 프흐! 제발 풀밭에 들어가지 마세요, 이거지.

아마 여자들은 우리한테서 남자 냄새를 맡을 거야. 하지만 무슨? 전날 키다리 존이 그의 책상 위에 두었던 담배 냄새나는 장갑. 숨결? 먹고 마시는 데서 그런 냄새가 나는 거다. 아니야. 남자 냄새란, 내 말은. 틀림없이 그것과 관련이 있을 테지 왜냐하면 필경 그럴 거라 상상되는 성직자들의 냄새는 딴판이니까. 여자들은 마치 당밀 둘레의 파리 떼처럼 그것 주위에 붕붕 모여들지. 제단을 가름대로 막아도 아무튼 그곳까지 나아가니 말이야. 금단(禁斷)의 성직자의 나무. 오, 신부님, 제발? 저에게 제일 먼저 해주세요. 그것을 전신을 통해 온통 저절로 발산되지, 투과한다. 생명의 원천. 그리고 그건 지극히 신기한 냄새인 거다. 셀러리 소스. 가만 있자.

블룸 씨는 코를 디밀었다. 흥. 속으로, 흥. 조끼의 열린 섶. 아몬드 혹은. 아니야. 레몬 냄새다. 아하 아니, 비누다.

오 그런데 생각이 났으니 저 로션을. 마음에 걸리는 게 있더라니. 결코 찾으러 가거나 비누 값을 치르지 않았어. 오늘 아침 그 노파처럼 병을 가지고 다니는 건 싫어. 하인즈가 내게 3실링을 도로 갚을 수 있었을 텐데. 미거 상점을 그에게 생각나게 해서 귀띔할 수 있었을 텐데. 하지만 만일 그가 그 기사(記事)를 잘 처리한다면. 2실링 9페니. 그는 나를 신뢰하지 않을지 몰라. 내일 방문한다. 내가 당신한테 얼마를 빚졌지요? 3실링 9페니? 2실링 9페니요, 선생. 아하. 이 다음에는 외상 거래를 하지 않을지 몰라. 그러다간 단골손님들을 다 놓치고 말지. 술집도 그래. 외상으로 술 값이 왈칵 오르면 뒤 골목을 돌아 다른 곳으로 사라져 버리는 술꾼들.

앞서 이 양반이 여기를 지나갔군. 만(灣)에서 날아 든 거다. 이내 되돌아 올만큼 멀리. 저녁식사 때는 언제나 집에. 주름이 없는 용모. 진탕 먹었던 거다. 지금은 자연을 즐기고 있다. 식후의 기도. 저녁 식사 후의 1마일 산책. 분명 그는 어딘가 약간의 은행 잔고를 갖고 있지, 한직(閑職). 그놈의 신문팔이 소년들이 오늘 나를 뒤따르듯 방금 그를 뒤따르면 거북해 할 거야. 하지만 뭔가 배울 게 있지. 다른 사람이 우리를 보듯 자기 자신을 보라. 여자들이 조롱하지 않는 한 무슨 상관이랴? 따라가 보면 알 수 있지. 그런데 그가 누군지 자문해 보라. 리오폴드 블룸 작 현상 단편소설, 〈바닷가의 신비의 사나이〉. 매단(每段)에 1기니의 고료. 그런데 오늘 무덤가의 갈색 비옷 입은 저 사나이. 그러나 그(지미 헨리)의 운명의 발가락 티눈. 건강한 체구는 아마 모든 걸 흡수하는 모양이야. 휘파람을 불면 비가 온다고들 하지. 어디나 약간의 습기는 있음에 틀림없어. 오먼드 호텔의 소금이 습한 채. 육체는 대기를 감촉 한다. 베티 노파의 관절이 쑤신다. 눈 깜박할 사이에 세계 둘레를 나르는 배들에 관한 시프턴 할멈의 예언. 아니야. 관절이 쑤시는 건 비의 징조다. 로열 독본. 그리고 먼 산이 가까이 오는 듯 하지.

호우드 언덕. 베일리 등대. 둘, 셋, 넷, 여섯, 여덟, 아홉. 보라. 바꿔야 하는 지라 그렇잖으면 사람들이 집인 줄로 생각하지. 해난 구조자들. 그레이스 다링. 사람들은 어둠을 두려워하지. 개똥벌레도 역시, 자전거 타는 사람들. 불 켜는 시간. 보석 다이아몬드는 더욱 반짝이지. 여인들. 불빛은 일종의 안도감인 거다. 상대를 다치게 하지 않지. 물론 옛날보다도 지금은 한결 나아. 시골길. 별것도 아닌 것이 창자를 뜨끔하게 스친다. 하지만 사람이 서로 부딪치는 두 가지 유형이 있지. 상을 찌푸린다 혹은 미소 짓는다. 용서하세요! 천만에요. 그늘진 식물에 물을 주는 것은 역시 해가 진 다음이 제일 좋은 시각이야. 아직도 약간의 빛이. 붉은 빛이 파장이 제일 길지. 빨주노초파남보, 밴스 선생이 우리들에게 가르쳐 주었다. 빨강, 주황, 노랑, 초록, 파랑, 남, 보라. 별이 한 개 보이는군. 금성(비너스)인가? 아직은 말할 수 없어. 두 개. 세 개가 나타나면 밤인 거다. 저맘때는 언제나 밤 구름이 나와 있었던가? 유령선처럼 보이는군. 아니야. 가만있자. 저건 나무들인가? 눈의 착각. 신기루. 이는 해 저무는 나라. 남동쪽에 저무는 자치의 태양. 나의 조국이여, 잘 자라.

이슬이 내리고 있다. 몸에 좋지 않아요, 아가씨, 그런 바위 위에 앉아 있다니. 백대하(白帶下)에 걸려요. 그러면 아기를 결코 갖지 못해요 아기가 크고 힘이 강해 뚫고 나오지 않는 한. 나도 치질에 걸렸는지 몰라. 여름 감기처럼 좀처럼 떨어지지 않지, 항문의 통증. 풀이나 또는 종이로 벤 상처가 제일 지독하지. 국부 염증. 그녀가 앉아 있던 저 바위가 되고 싶군. 오 아름다운 귀여운, 당신이 얼마나 멋지게 보였는지 당신은 몰라요. 나는 저 또래 나이의 여자들을 좋아하기 시작한다. 푸른 사과들. 주는 것은 모두 덥석 잡아 채지. 상상컨대 책상다리를 하고 앉는 것은, 단지 그때의 나이인 것 같아. 역시 오늘 도서관. 저따위 여학교 졸업생들. 그네들이 앉은 의자들은 행복도 하지. 그러나 이러한 생각을 하는 것은 해거름의 영향 때문이야. 그들은 모두 그런 기분이 들지. 꽃처럼 핀다, 그들의 시간을 안다, 해바라기, 뚱딴지[植], 무도장(舞蹈場)에서, 샹들리에, 램프 아래 가로에서. 내가 그녀의 어깨에다 입 맞추었던 매트 딜런 가(家)의 뜰에 피었던 귀부인 오랑캐꽃. 당시에 유화로 그녀의 전신상을 한 장 그려 두었더라면. 내가 구혼한 것 역시 6월이었어. 세월은 되돌아온다. 역사는 반복한다. 그대 암산과 봉우리들이여 나는 다시 한 번 그대에게 돌아왔노라. 인생, 사랑, 그대 자신의 작은 세계를 도는 항해인 거다. 그런데 지금? 그녀가 절름발이인 것은 애석하지만 지나치게 불쌍히 여기지 않도록 경계해야. 그네들이 유혹하니까.

이제 호우드 언덕은 온통 적막. 먼 언덕이 마치. 저기서 우리는. 만병초꽃들. 나는 필경 바보야. 그 녀석은 자두를 먹고, 나는 자두 씨를. 내 처지는 어떻게 되는 거냐. 언제나 정다운 저 언덕은 모든 걸 보아왔지. 이름들이 바뀐다. 그것이 모두 다인 거다. 사랑하는 사람들. 얌 얌.

이제 난 피곤한 느낌이군. 일어설까? 오 가만 있자. 나한테서 남성을 몽땅 빼버렸어, 꼬마 마녀가. 그녀는 내게 키스했다. 다시는 결코. 나의 청춘. 그건 단지 한 번만 다가온다. 또는 그녀의 청춘도. 내일 거기 기차로 가볼까. 아니야. 꼭 같은 옛날은 돌아오지 않아. 그대가 두 번째 방문한 집 아이들 마냥. 나는 새것이 갖고 싶어. 태양 아래 새로운 것은 없지. 돌핀즈 반 우체국 전교. 당신은 댁에서 행복하지 못하세요? 심술꾸러기 달링. 루크 도일 가(家)의 돌핀 반 글자 수수께끼에서. 매트 딜런과 그의 한 무리의 딸들. 타이니, 애티, 플로이, 메이미, 로우이, 헤티. 몰리도 역시. 그것은 87년이었어. 우리가 (결혼하기) 전 해. 그리고 소량의 강주를 유독 좋아하던, 그 나이 먹은 소령. 신기하기도 그녀는 고명딸, 나는 외아들. 고로 다음 대(代)도 마찬가지. 도망간다고 생각하지만 결국 자기 자신과 도로 마주치니. 돌아가는 최장 길이 집으로 가는 최단 길. 그리고 바로 그 시각에 그와 그녀가. 원형으로 돌고 있는 서커스의 말(馬). 우리는 립 밴 윙클 노리를 하고 놀았지. 립(rip, 째진 틈). 헨리 도일의 외투의 찢어진 틈. 마차(Van). 빵 배달 차(van). 후벼내다(winkle). 새조개와 소라고둥(periwinkle). 그때 나는 되돌아오는 립 밴 윙클 역을 했지. 그녀는 옆 선반에 몸을 기대고 살펴보고 있었다. 무어의 눈. 졸리는(sleepy) 골짜기(hollow)에서 20년 동안 잠자며. 만사가 바뀌고 말았다. 잊혀진 채. 젊은이들은 늙고. 그의 총은 이슬로 녹이 쓴 채.

횡. 저기 날고 있는 게 뭘까? 제비? 아마 박쥐인 것 같아. 나를 나무로 생각하는가 봐, 그토록 장님이니. 새들은 냄새를 맡지 못하나? 윤회. 사람들은 누구나 슬픔 때문에 나무로 바뀔 수 있을 거라고 믿었지. 흐느끼는 버드나무. 횡. 저기 날아가는군. 괴상한 꼬마 놈. 저놈은 어디에 살고 있을까. 저기 종탑 위에. 필경 그럴 거야. 신성한 향내 속에 발뒤꿈치로 매달려 있는 것이다. 종소리가 놈을 놀래게 밖으로 내쫓은 것 같아. 미사가 다 끝난 모양이야. 사람들의 미사 드리는 소리를 들을 수 있군. 우리를 비나이다. 그리고 우리를 비나이다. 그리고 우리를 비나이다. 반복은 좋은 착상이야. 광고도 마찬가지. 당점에서 사시오. 그리고 당점에서 사시오. 그래, 저건 사제관(司祭館)에 켜진 등불이야. 그들의 소박한 식사. 내가 톰즈 사(社)에 있을 때 집값을 잘못 매긴 것을 기억해 봐. 그건 28파운드야. 그들은 두 채의 집을 갖고 있지. 가브리엘 콘로이의 동생은 보조신부(補助神父)야. 횡. 다시. 왜 저놈들은 생쥐처럼 밤에만 날아 나오는 걸까. 저놈들은 혼혈종이야. 새들은 껑충껑충 뛰는 생쥐 놈을 닮았어. 뭔가가 저놈들을 놀래게 하는 거다, 햇빛 혹은 소음? 잠자코 앉아 있는 게 좋아. 모두 본능이지, 가뭄에 조약돌을 병의 주둥이에 집어넣어 물을 마시는 새처럼. 몸집이 작은 외투 입은 사나이처럼 저놈은 손이 아주 작지. 가냘픈 뼈대. 그들의 몸이 햇빛으로 반짝반짝 비치는 것 같아, 일종의 청백색으로. 색깔이란 눈에 들어오는 빛에 달렸지. 예를 들면 독수리처럼 태양을 빤히 쳐다보다가 이내 구두를 쳐다보면 한 점의 노란 얼룩을 볼 수 있지. 태양은 그의 상표를 어떤 물건에나 찍고 싶어 하는 거다. 예를 들면, 오늘 아침 층계에 있던 저 고양이. 갈색 이탄 빛을 띠고. 글쎄 삼색 고양이는 절대로 없다고들 하지. 사실은 그렇지 않아. 시티 암즈 호텔의, 이

마에 M문자가 찍힌 저 반 얼룩 백색의 거북껍질 고양이. 50가지 다른 색깔을 띤 몸뚱이. 호우드 언덕도 조금 전엔 자수정 빛이었지. 번쩍이는 유리. 그것이 저 이름이 뭐라나 그 현자(賢者)가 볼록렌즈(火鏡)를 가지고 하는 식이지. 그러면 헤더의 황야가 불바다가 되지. 그건 여행가의 성냥 일수는 없어. 무슨? 아마 바람이 불고 햇빛이 쬘 때 마른 나뭇가지가 서로 마찰하기 때문일 거야. 아니면 가시 금작화 속에 깨진 병들이 햇빛을 받아 오목렌즈 역할을 하는 거다. 아르키메데스. 알았다! 나의 기억력도 그렇게 나쁘지 않군.

횡. 저놈들이 무엇을 찾아 언제나 날고 있는지 누가 알아. 벌래? 지난주 방 안에 들어온 저 벌이 천장의 자기 그림자와 희롱하고 있었지. 나를 쏘았던 놈이 형편을 살피려고 돌아왔는지도 몰라. 새들도 역시. 결코 알 수 없지. 또는 놈들이 무엇을 말하는지. 마치 우리들의 잡담 같아. 그리고 암놈이 말하고 수놈이 말하고. 그들은 대양 위를 나른 다음 되돌아오는 담력을 갖고 있지요. 많은 놈들이 폭풍우, 전선에 걸려 죽음을 당하지. 수부들 역시 무서운 생활을 하지요. 암흑 속에 몸부림치는, 거대한 짐승 같은 원양기선들, 마치 물소처럼 울부짖으며. '포 아 뺄라(길 비켜라)!' 물러나라, 이 경칠 저주받을 것아! 배 안의 다른 사람들, 손수건 조각 같은 돛, 폭풍우가 몰아칠 때 마치 경야의 초 심지처럼 사방 아래위로 흔들거린다. 기혼자도 역시. 때때로 멀리 몇 년 동안 지구의 맨 끝 어딘가에. 정말로 끝이 없나니 왜냐하면 지구는 둥그니까. 항구마다 아내가 기다린다고들 하지. 조니가 행진하여 귀가할 때까지 그녀가 수절하며 기다리는 것은 참 좋은 일이야. 그가 돌아오기만 한다면야. 항구의 뒷골목을 냄새 맡으며. 어떻게 그들은 바다를 좋아할 수 있을까? 하지만 그들은 바다를 좋아하지. 닻이 오른다. 어깨걸이 옷이나 행운의 메달을 달고 그는 출범한다. 글쎄. 그런데 성구함(聖句函) 아니야 그걸 뭐라고 하지. 불쌍한 아빠의 아버지께서 문 위에 매달아 터치하도록 해놓은 것이. 그것이 우리들을 이집트 땅에서 끌어내어 구속의 집으로 끌어들였던 거다. 저러한 온갖 미신들 속에는 뭔가가 왜냐하면 외출할 때는 어떠한 위험이 발생할지 절대로 모르니까. 모진 생을 위해 한 조각 널빤지에 매달리거나 혹은 배의 들보에 올라타고, 몸 둘레에는 구명대, 소금물을 꿀꺽꿀꺽 삼키며, 그리고 상어들이 그를 붙들 때까지 그게 그의 두목(보스)의 최후인 거다. 물고기들도 언젠가 뱃멀미를 할까?

그러고 나면 구름 한 점 없는 아름다운 평온이 다가온다, 미끈한 바다, 잔잔한, 승무원과 화물의 파편들, 데이비 존즈의 사물함(바다의 밑바닥), 그토록 평화롭게 내려다보고 있는 달(月). 내 잘못은 아니야, 이 건방진 놈아.

한 자루 마지막 외로운 양초 같은 불꽃이 머서 병원의 자금 탐색을 위한 마이러스 바자로부터 하늘로 솟아올랐다, 깨졌다, 시들면서, 그리고 한 송이 자줏빛 별들과 유달리 하얀 별 한 개를 쏟았다. 그들은 부동했다, 떨어졌다. 모두 사라졌다. 목양자의 시간. 포옹의 시간. 밀회의 시간. 집에서 집으로, 밤 9시의 우편배달부, 그의 항시 반가운 이중 노크를 하면서, 혁대에 매단 반딧불 같은 램프를 여기저기 깜빡이며 월계수 울타리를 통해 지나갔다. 그리고 다섯 그루의 어린 나무 사이에, 들어올린 도화간(導火杆)이 리히의 테라스 램프에 불을 댕겼다. 불 켜진 유리창의 칸막이 곁을, 평온한 정원 곁을 외마디 날카로운 목소리가 외치며 지나갔다, 비탄하듯. "이브닝 텔레그래프, 최종판! 골든 컵 경마 결과!" 그리고 디그넘 가(家)의 문간으로부터 한 소년이 달려 나와 불렀다. 지저귀며 박쥐가 여기 날았다, 저기 날았다. 저 멀리 모래 위로 밀려오는 파도가 모래 위로 기어올랐다, 회색. 호우드는 기나긴 나날로, 얌얌 만병초꽃으로 지친 채, 잠을 위해 안착했는지라(그는 늙었다), 그리고 밤 미풍이 일며, 그의 고사리 머리털을 휘날리는 것을 기꺼이 감촉 했다. 그는 누었으나 잠들지 않은 채 한 쪽 붉은 눈을 떴다, 깊게 천천히 숨쉬면서, 졸리는 듯 그러나 눈을 뜨고. 그러자 멀리 키쉬 방파제 위에 닻을 내린 등대선이 깜빡이며, 블룸 씨에게 윙크했다.

저기 저놈들은 생을 영위하지 않으면 안 되는 거다, 똑같은 장소에 털어 박힌 채. 아일랜드 등대국. 그들의 죄에 대한 고행. 해안 경비원도 마찬가지. 봉화와 구명대 그리고 구명선. 우리들이 〈에린즈 킹〉 호를 타고 유람 순항을 위해 떠나던 날, 그리고 낡은 신문지 한 부대를 그들에게 던져 주었지. 동물원의 곰들 같아. 불결한 여행. 폐장(肺臟)을 털어 내리려고 밖으로 나온 술고래들. 상어들을 먹이려고 배 바깥으로 토해내고 있는 거다. 메스꺼움. 그리고 여인들, 그들의 얼굴에 하느님에 대한 두려움이. 밀리, 조금도 놀라는 기색이 없이. 그녀의 푸른 목도리를 헐겁게 두르고, 소리 내어 웃으면서. 그러한 나이에는 죽음이 뭔지 몰라요. 그러고 나면 녀석들의 위장이 깨끗해지지. 그러나 실종을 그들은 두려워하지. 우리들이 크럼린에서 나무 뒤에 숨었을 때. 나는 그러고 싶지 않았다. 마마! 마마! 숲 속의 갓난아이들. 가면을 쓰고 아기들을 또한 놀라게 하는 것이다. 그들을 공중으로 던져 올렸다가 도로 붙잡지. 내가 널 살해할 테야. 그건 단지 얼치기 농담인가? 또는 아이들의 전쟁놀이. 아주 진지하게. 사람들은 어떻게 서로 총을 겨눌 수 있을까. 때때로 그들은 발포하지. 불쌍한 꼬마들! 단지 곤란한 것은 도깨비불과 두드러기. 그 때문에 나는 그녀에게 감흥하제(甘汞下劑)를 사다 주었지. 훨씬 나아진 후로 몰리와 함께 잠들었다. 엄마의 이빨을 꼭 닮았지. 여자들은 뭘 사랑할까? 또 다른 자신들? 그러나 어느 날 아침 몰리가 우산을 들고 그녀를 뒤쫓다니. 아마 상처 내지 않도록. 나는 그녀의 맥박을 짚어 봤지. 팔딱팔딱 뛰고 있었어. 참 조그마한 손이었어. 지금은 커다랗지. 사랑하는 아빠. 손을 만져 보면 모든 걸 다 알 수 있어. 내 조끼 단추를 헤아리는 걸 좋아했지. 그녀의 최초 코르셋 생각이 나는군. 보고 있자니 웃지 않을 수 없었어. 막 성장하는 작은 젖꼭지. 왼쪽 것이 한층 더 민감한 것 같아, 내 생각에. 나의 것도. 심장 쪽에 한층 가까우니까? 만일 살찐 유방이 유행이라면 덧 받침을 대는 것이다. 밤중에 그녀의 고통이 심해지자, 소릴 지르며, 나를 깨우며. 최초로 그녀의 본성이 나타나자 그녀는 깜짝 놀랐지. 가련한 아이! 어머니에게도 이상스런 순간. 그녀의 소녀 시절을 상기시키는 거다. 지브롤터. 부에나 비스타로부터의 조망. 오하라의 탑. 날카로운 소리를 지르는 바다 새들. 자신의 식구들을 몽땅 삼켜 버린 늙은 바르바리 원숭이. 해가 지면, 병사들에게 적도횡단을 알리는 포성. 바다 위를 내려다보며 그녀는 내게 말했지. 이 같은 초저녁이었어, 그러나 맑고 구름 한 점 없는. 저는 언제나 자가용 요트를 가지고 오는 귀족이나 혹은 돈 많은 신사와 결혼할 거라 생각했어요. '부에나스 노체스, 세뇨리타. 엘 옴브레 아마 라 무차차 헤르모사(잘자요, 아가씨. 남자는 젊은 미인을 사랑하지요).' 왜 나를? 왜냐하면 당신은 다른 사람들과는 너무나 딴판이었으니까요.

소라고둥처럼 밤새 여기 달라붙어 있지 않는 게 좋아. 이러한 날씨는 기분만 흐리터분하게 만들지. 빛으로 미루어 틀림없이 9시가 가까워오고 있어. 집으로 돌아가자. 〈리어〉 극을 보기 위해선 너무 늦었어. 〈킬라니의 백합〉. 아니야. 아직도 공연하고 있을지 몰라. 병원으로 문병하러 가는 거다. 희망컨대 그녀가 끝났으면. 나는 오늘 참 긴 하루를 보냈다. 마사, 목욕, 장례식, 열쇠(Keyes)의 집, 박물관의 저 여신들, 데덜러스의 노래. 그 다음에 바니 키어넌에서의 저 고함자(高喊者). 거기서 나는 격분했지. 만취된 호언장담 꾼들, 그의 하느님에 관해서 내가 한 말이 그를 움츠러들게 했지. 맞장구치는 건 잘못이야. 아니면? 천만에. 귀가하여 자신들을 비웃는 게 당연하지. 떼를 지어 술 마시기를 언제나 바라고 있는 거다. 두 살 어린애처럼 혼자 있는 게 무서운 거다. 그 녀석이 나를 쳤다고 가정해 봐. 입장을 바꾸어서 생각해 봐요. 그럼 그렇게 나쁠 것도 없지. 아마 그는 상처를 줄 생각은 아니었을 거야. 이스라엘 만세 삼창. 녀석('시민')이 외치고 다녔던 자신의 못생긴 의자매를 위한 만세 삼창 격이지, 그녀의 입안의 세 개의 독아(毒牙). 같은 스타일의 미인. 특히 차 한 잔 상대로는 꽤 좋은 친구야. 보르네오에 사는 야만인의 아내의 자매가 막 도회로 왔어요. 그따위 일이 이른 아침 근거리에서 일어났다고 상상해 봐. 모리스가 암소에게 키스했을 때 말했던 것처럼 누구나 자기 입맛대로. 그러나 디그넘의 생각이 그걸 봉인해버렸지. 초상집은 어쨌거나 참 침울해 보이지. 아무튼 그녀는 지금 돈이 필요해요. 내가 약속한 대로 저 스코틀랜드 미망인회를 찾아가 봐야겠어. 이상한 이름의 회사야. 남자들이 먼저 죽는 걸 당연하게 생각하지. 크래머 점 바깥에서 월요일 나를 쳐다보고 있던 이가 바로 그 과부였지. 불쌍한 남편을 땅에 파묻고 그의 보험금으로 순탄하게 살아가는 거다. 그녀의 과부 보조금. 글쎄? 자네는 그녀에게서 뭘 기대하겠는가? 비위를 맞춰 살아가도록 하는 수밖에. 홀아비를 보는 건 난 싫어. 지나치게 고독한 것 같아. 불쌍한 사나이 오코너의 아내와 그녀의 다섯 아이가 여기 홍합 조개로 중독됐지. 시궁창 물이 원인. 절망적. 포크파이 모(帽)를 쓴 어떤 착한 관록 있는 여인이 그에게 어머니 구실을 해줘야. 그를 돌봐주는 거다, 쟁반 같은 얼굴에 커다란 에이프런을 두르고. 숙녀용 회색 플란넬 블루머, 한 벌에 3실링, 놀랄 정도의 엄가. 못생기고 사랑받는 자가, 영원히 사랑받는다고들 하지. 추녀. 어떤 여자도 자신이 못생겼다고는 생각지는 않아. 사랑하고, 자리에 눕고 그리고 사이좋게 지내요 왜냐하면 내일이면 우린 죽기 때문에. 몹쓸 장난을 한 자를 애써 찾으며 그가 돌아 다니는 걸 때때로 본단 말이야. U. p. 이제 끝장. 그건 운명이지. 내가 아니고, 그이야. 또한 상점이 자주 눈에 띄지. 재앙은 어디나 미행하는 모양. 간밤에 꿈을 꾸었던가? 가만있자. 뭔가 혼란스러워. 그녀는 붉은 슬리퍼를 신고 있었지. 터키 식. 바지를 입고 있었어. 가령 그녀가 정말? 파자마 입은 그녀를 나는 좋아할까? 대답하기 매우도 힘들군. 나네티는 가버렸어. 우편선. 지금쯤 홀리헤드 근처에. 키즈 점의 저 광고를 못 박아야 한다. 하인즈와 크로포드에게 호소한다. 몰리를 위해 페티코트를. 그녀는 그 속에 뭔가 넣어 갖는다. 그게 뭔가? 아마 돈일 테지.

블룸 씨는 몸을 굽히고 물가에 떨어진 한 조각의 종이를 뒤집었다. 그는 그걸 눈 가까이 가져가 응시했다. 편지? 아니야. 읽을 수 없군. 가는 게 보다 나아. 그게 한층 나아. 난 움직이기 너무 피곤해. 오래된 습자 책의 페이지. 저들 온통 구멍들과 자갈들. 누가 그걸 헤아릴 수 있담? 그대가 뭘 발견할지 결코 알 수 없지. 난파선으로부터 던져진, 그 속에 보물 이야기가 든 병. 소포 우편. 아이들은 언제나 바다에다 물건을 던지고 싶어 하지. 신앙? 그대의 빵을 물위에 던질지라. 이건 뭐야? 막대 조각.

오! 저 여인이 나를 지치게 했어. 이제 그렇게 젊지가 못해요. 내일 그녀가 이곳에 올까? 어디선가 그녀를 영원히 기다리는 거다. 꼭 되돌아온다. 살인자들처럼. 나도 할까?

블룸 씨는 지팡이로 발치의 짙은 모래를 조용히 휘저었다. 그녀를 위해 메시지를 하나 쓰자. 아마 남아 있을 꺼야. 뭘?

나(I).

누군가의 편평족(扁平足)이 아침에 그 위를 밟는다. 소용없는 짓. 씻기고 만다. 조수가 여기까지 밀려온다. 그녀의 발 가까이 웅덩이를 보았다. 허리를 굽히면, 그곳에 내 얼굴을 본다, 까만 거울, 그 위에 숨을 내쉬면, 파도가 인다. 선과 흉터와 문자들이 새겨진 이들 모든 바위들. 오, 저들 투명한! 게다가 여자들은 몰라요. 저 다른 세계라니 무슨 뜻인가요. 저는 당신을 심술꾸러기 소년이라 이름 지었어요 왜냐하면 저는 싫으니까요.

한. 이다.

쓸 자리가 없군. 그만 두자.

블룸 씨는 천천히 구두로 문자를 지워버렸다. 모래는 무 희망. 그 속에서는 아무것도 자라지 않아. 모두 시들어 버린다. 큰 배들이 여기까지

블룸은 막대로 바닷가 모래 위에 "I AM A"라는 글씨를 쓴다. 사진은 짓궂은 나그네의 '괴벽'이다.

올라올 염려는 없지. 기네스 회사의 거룻배 이외에는. 80일 걸려 키쉬 등대를 한 바퀴. 반(牛) 고의로 한 거다.

그는 나무 막대기 펜을 팽개쳤다. 막대기가 침니(沈泥)의 모래 속에 떨어져, 꽂혔다. 그런데 일주일 동안을 연달아 그렇게 하려고 애를 써도 할 수 없다니. 우연한 기회. 우리는 결코 다시 만나지 못해요. 하지만 그건 참 유쾌했어. 잘가요, 아가씨. 감사해요. 나를 그토록 젊도록 느끼게 해주다니.

만일 할 수 있으면 짧은 수잠을 당장. 틀림없이 9시가 가까웠어. 리버풀 행의 보트는 가버린 지 오래다. 연기조차 보이지 않는군. 그런데 그녀는 다른 짓을 할 수 있지. 또한 했어. 그리고 벨파스트. 나는 가고 싶지 않아. 거기를 달려간다, 에니스로 되돌아 달려온다. 녀석한테 맡겨버려. 잠깐만 눈을 감자. 하지만, 자고 싶진 않아. 얼치기 꿈. 똑같은 것은 결코 되돌아오지 않지. 다시 박쥐가. 그에게는 해될게 없어. 정말 잠깐만.

오 아름다운 모든 그대의 작은 소녀의 하얀 나는 더러운 코르셋 띠 꼭대기를 보았는지라 나를 끈끈하게 사랑하도록 했으니 우리들 두 사람 심술꾸러기 그레이스 다링 그녀는 그를 침대 절반 만났다 그를 파이크 스타킹 주름 장식 라오울을 위하여 향수 당신 아내의 까만 머리카락이 물결친다 풍만한 육체 아래 '세뇨리타(아가씨)' 앳된 눈 멀비 포동포동한 유방 저를 빵 차 윙클 빨간 슬리퍼 그녀 녹슨 잠 방랑 수년 동안의 꿈은 돌아오다 꼬리 끝 아젠다스 귀엽고 사랑스런 내게 보여주었다 그녀 내년 속바지를 입고 돌아오리라 다음에 그녀의 다음에 그녀의 다음에.

한 마리 박쥐가 날았다. 여기. 저기. 여기. 저 멀리 회색 속에 멀리 종이 울렸다. 블룸 씨는 입을 벌린 채, 왼쪽 구두를 모래에 비스듬히 뻗고, 기댄 채, 숨을 쉬었다. 정말 잠깐 동안

"뻐꾹

뻐꾹

뻐꾹."

　　사제관의 벽로대 위의 시계가 꾸르르 울었는지라 거기 성당 참사 오
한런과 콘로이 신부 그리고 예수회의 존경하올 존 휴즈 신부가 차와 버터
바른 소다빵 그리고 케첩 수프를 곁들여 프라이한 양고기 조각을 들며 이
야기하고 있었나니

"뻐꾹

뻐꾹

뻐꾹"

　　왜냐하면 커티 맥도웰 조그마한 집에서 나와 시간을 알려준 것은 한
마리 조그마한 카나리아였음을 그녀가 거기 갔을 때 알아챘기 때문이나
니 왜냐하면 그녀는 그와 같은 일에 대하여 참으로 예민했는지라, 거티
맥도웰, 그리하여 그녀는 이내 눈치 챘나니 아까 바위 위에 앉아 쳐다보
고 있던 저 낯선 신사가

"뻐꾹

뻐꾹

뻐꾹."

「제18장」 페넬로페 (몰리의 침실)

스페인의 최남단 지중해 서쪽 입구에 위치한 지브롤터 암산: 몰리 블룸의 출생지요, 그녀의 유년 시절을 보낸 추억의 현장으로서 그녀의 의식을 내내 적신다.

그래요(Yes) 그이가 잠자리에서 계란 두 개 하고 아침을 먹겠다고 한 것은 시티 암즈 호텔 이래로 그전엔 한 번도 없던 일이었지 그 당시 그이는 앓는 소리를 내면서 병이라도 난 듯 드러누워 있거나 고상하고 점잖은 체 뻐기면서 저 말라깽이 할망구 리오단 부인에게 아첨을 떨며 그녀가 꽤 자기 마음에 든 체했지 그런데 그녀는 자기 자신을 위한 미사에다 돈을 몽땅 기부해 버리고 우리한테는 한 푼도 남겨주지 않았다니까 저런 구두 쇠 할망구는 세상에 처음 봤어요 정말이지 싸구려 술값 4펜스 내놓는 것 도 아까워하고 내게는 노상 자기 병 이야기만 털어놓다니 그녀는 태어날 때부터 잔소리가 너무 심해 정치니 지진이니 세상의 종말에 관해 수다를 떨지만 조금이라도 재미있게 얘기해보자 이 말씀이에요 세상 여자가 다 저따위라면 정말이지 하느님 맙소사 견딜 수가 없을 거야 수영복이나 야회복에 대해 마구 욕을 해대지만 천만에 누가 자기더러 그걸 입어 주십사 하고 원하기나 한대나 그녀가 그렇게도 독실하게 하느님을 믿는 이유는 어떤 남자고 간에 두 번 다시 저런 여자는 쳐다보려 하지 않기 때문일 거야 정말이지 나는 저 여자처럼 되고 싶진 않아요 오히려 그녀가 우리더러 베일로 얼굴을 가리고 오라고 하지 않던 것이 이상할 지경이지 하지만 그 여자는 분명히 공부는 좀 했나봐 게다가 이곳에서 내 남편 리오단 씨 저 곳에서 내 남편 리오단 씨 하고 수다를 떠니 정말이지 남편도 그녀에게서 헤어나는 것이 기뻤을 거야 그런데 그녀의 개가 내 털옷 냄새를 맡고 내 속치마 속으로 뛰어들려고 했지 뭐야 특히 그것이 있을 때는 그랬어 그런데도 그이가 저따위 늙은 할망구나 급사 그리고 거지에게까지도 친절히 대해 주는 것을 난 좋아해요 그이는 무턱대고 뽐내지는 않아요 하지만 언제나 그런 건 아니지 만일 그에게 어떤 병이든 정말로 심각하게 걸리면 주저할 것 없이 병원에 입원하는 게 상책이야 병원에 가면 모든 게 다 깨끗하니까 그러나 그에게 그걸 또 납득시키려면 한 달 동안이나 입이 닳도록 말해야 할 판이니 그렇지 그렇게 되면 이번에는 또 간호사와의 문제를 생각해야지 그녀와 무슨 일을 저질러 쫓겨날 때까지 그곳에 들러붙어 있을 테니 말씀이야 그런데 그녀는 그이가 갖고 다니는 그 외잡스런 사진의 수녀를 닮긴 했어도 내가 그렇지 않듯 그녀 역시 필경 수녀는 아니야 그래요 남자들이란 병이라도 나면 굉장히 엄살을 피우며 우는 시늉을 하기 때문에 여자가 곁에 있어야만 병이 낫는 대나 혹시 코피라도 흘리면 오 정말이지 야단나지요 그러니 그이가 슈가로프 산(山)의 성가대 파티에서 발을 삐었을 때 남부 순환로 근처에서의 저 죽어가는 듯한 꼬락서니라니 그 일은 내가 바로 그 새 옷을 입던 날 생겼어 스태크 양(孃)이 꽃을 들고 그이의 문병을 왔었지 그런데 그것은 바구니 맨 밑바닥의 팔다 남은 제일 나쁜 꽃이었어 어떡해서든지 남자의 침실에 들어와 보고 싶었던 거야 그녀의 올드미스다운 특이한 목소리로 이제 당신의 얼굴을 보는 것도 마지막이에요 라고 하듯 자기 때문에 그이가 죽어가고 있다고 생각하고 싶어 하지요 그러나 그이는 침대에 누워 있는 동안 턱수염이 약간 자라서 한층 남자답게 보였지 아버지도 그랬어 게다가 나는 붕대를 감아 준다거나 약을 먹인다는 것은 정말 질색이야 그이가 티눈을 자르다가 면도날로 자기 발가락을 베었을 땐 패혈증(敗血症)에라도 걸리지 않을까 하고 정말 겁이 났어요 하지만 반면에 내가 병이 났을 경우 어떻게 시중들 것인지는 두고 볼 일이지 물론 여자란 남자들이 그렇듯 야단법석을 떨지 않으려고 병을 감추기 일쑤지요 그렇지 그이의 식욕으로 미루어 보아 꼭 무슨 꿍꿍이속이 있었을 거야 아무튼 그건 연애 사건은 아니야 그렇다면 그 여자 생각 때문에 식욕이 줄어들 테니까 말이야 그러니 필경 그 밤의 여인임에 틀림없어요 혹시 정말로 그이가 그곳에 갔다면 호텔 이야기는 그와 같은 짓을 감추려고 한 보따리 거짓말을 꾸며낸 것임에 틀림없지 하인즈가 나를 붙들지 않겠소 글쎄 누굴 만났더라 아 그래 당신 내가 만난 멘턴 생각나오 그리고 그밖에 누구더라 가만있자 하고 거짓말을 꾸며대지 뭐예요 나는 어린애 같은 저 큼직한 얼굴이 생각나요 그는 결혼한 지 얼마 안 되어 풀즈 미리오라마에서……

남자들이란 모두 제각기 성질이 달라요 보일런은 내 발 모양에 대해 이야기하지요 그이는 아직 소개받기도 전에 이내 그것을 목격했어 내가 폴디와 같이 더블린 제과점(DBC)에 갔었을 때 나는 소리 내어 웃거나 귀를 기울이고 들으려 애를 쓰면서 발을 흔들흔들 하고 있었지 우리들은 똑같이 차 두 잔과 버터 바른 빵만 주문했지 나는 그이가 두 올드미스인 자매들과 함께 나를 쳐다보고 있는 것을 보았어 그러자 그때 나는 자리에서 일어나 화장실이 어디냐고 여급에게 물었지요 참을 수가 없는 걸 체면 차릴 게 뭐 있어요 그런데 그이가 부추기는 바람에 내가 산 그 까만 타이트 반바지를 끌어내리는 데 30분이나 걸릴 지경이었지 한 주일 걸러 가끔씩 새것을 갈아입는 데도 언제나 어딘가를 적셨지 꽤 오랜 시간이 흘러 나는 스웨드 가죽장갑을 뒤쪽 자리에다 놓아 둔 채 그냥 와버렸지 뭐야 그 뒤로 그걸 결코 찾지 못했지만 어떤 도둑년이 가져갔을 거야 그러자 그이는 아이리시 타임즈 지(紙)에다 광고를 내도록 말했지 데임 가(街) DBC의 숙녀용 화장실에서 장갑을 발견하신 분은 마리언 블룸 부인에게 돌려주시오 하고 말이에요 그런데 내가 회전식 도어를 지나갔을 때 그이의 눈이 내 발에 가 있는 것을 나는 눈치 챘지 내가 뒤돌아보았을 때 그이는 계속 빤히 쳐다보고 있었어 그리고 나는 다시 만날까 하는 희망을 품으며 이틀 후 차를 마시러 다시 그곳으로 가보니까 이번에는 그이가 없지 않겠어요 어떻게 그것이 그이를 흥분시켰을까 내가 다리를 꼬고 있었기 때문이지 우리가 다른 방에 있었을 때 처음에 그이는 그가 신고 있던 구두가 너무 꼭 끼기 때문에 걸을 수 없는 듯한 눈치였어 내 손은 참 예쁘기도 하지 내 탄생석(誕生石) 반지만 낀다면 멋진 아콰마린(藍玉) 반지 말이에요 그이더러 하나 사달래야지 그리고 금팔찌도 나는 내 발이 그렇게 좋진 않았지만 그이더러 밤새껏 내 발을 주무르며 지내게 했었지 구드윈의 집에서 있었던 저 엉망진창의 음악 연주회가 끝나던 밤 날씨가 몹시 춥고 바람이 심하게 불어 나는 집에서 럼주를 데워 마셨지 그리고 불이 아직 완전히 꺼지지 않았었어 그러자 그때 그이는 그 집의 벽난로 앞 양탄자 위에 드러누워 있는 나의 스타킹을 벗겨 주겠노라고 말했지 서부 롬바드가에서였지요 글쎄 언젠가는 나더러 발견할 수 있는 대로 말똥 속을 진흙투성이가 된 구두를 신고 걸어 보라는 것이었어 그러나 물론 그이는 세상의 보통 남자와는 달리 변태적인 데가 있지 내가 글쎄 뭐라더라 내가 캐티 래너에게 10점 중 9점으로 이길 수 있다던가 그게 무슨 뜻이냐고 물었더니 뭐라더라 잊어 버렸군 바로 그때 기사(記事) 마감 후의 신문 최종판이 배달되었기 때문이지 그리고 루칸 낙농장(酪農場)의 그 고수머리의 예의바른 사나이가 지금 생각하니 어디선가 이전에 본 얼굴 같았어 내가 버터를 맛보고 있었을 때 나는 그이를 알아챘지 그래서 나는 일부러 천천히 시간을 끌었어 그이가 놀리곤 하던 바텔 다시도 내가 구노의 아베 마리아를 부른 다음 합창대로 가는 계단에서 내게 키스를 시작했지 자 새삼스럽게 머뭇거릴 것 없어요 오 내 사랑 내 이마 한가운데에 키스해줘요 그리고 나의 갈색 부분에도 그이는 양철 같은 목소리를 가졌어도 꽤 과격한 분이었지 또한 그는 나의 저음에 언제나 홀딱 반했었지 그이가 하는 말이 사실이라면 말씀이야 나는 그이가 노래 부를 때의 그의 입모양이 마음에 들었어요 그러자 그이는 이런 곳에서 이런 짓을 하다니 무섭지 않느냐고 내게 물었지만 나는 무서울 것 하나도 없다고 말했지 지금 당장은 아니라도 그이에게 어느 날 그것에 관해 이야기해서 깜짝 놀라게 해줘야지 암 그렇게 하고 말고 그리고 그곳으로 데려가 우리들이 그 짓을 한 바로 그 장소를 보여줘야지 그런데 요즘에는 자기야 마음에 들든 말든 자신이 알지 못하는 것은 하나도 없다고 생각하지 그이는 우리들이 약혼하기까지 내 어머니에 대해서는 조금도 몰랐어요 그렇지 않고서는 그이가 나를 그렇게 값싸게 데리고 가지는 절대로 못했을 거야 그이는 아무튼 지금보다 열 배나 행실이 좋지 못했어 아무튼 나의 속옷을 한 조각만 잘라 달라고 졸라댔으니까 그것도 케닐워드 광장에서……

그리고 나는 내가 사랑하는 매력 있는 처녀를 막 휘파람 불고 있는 참이었어 그리고 나는 속옷도 새것으로 갈아입지 않았고 화장도 하지 않고 있었지 그런데 다음 주 오늘은 벨파스트에 가기로 되어 있어요 또한 그이는 자기 부친의 기일(忌日) 때문에 27일 에니스에 가야만 해 그이는 우리들의 방이 서로 나란히 붙어 있다고 생각하면 아마 기분이 언짢을 테지 새 침대 속에서 어떤 어리석은 짓을 하더라도 나는 그만둬요 제발 괴롭히지 마세요 옆방에 그이가 있어요 하고 그이더러 말할 수 없을 거야 그렇지 않으면 아마 어떤 신교도 목사가 기침을 한다든지 벽을 쿵쿵 두드릴 테지 그러면 그이는 다음 날 우리들이 아무 짓도 안 했다고는 믿지 못할 거야 남편이라면 상관없겠으나 애인에게는 속일 수가 없지 우리는 아무것도 하지 않았어요 하고 나중에 그이에게 내가 말해 봤자 물론 그이는 나를 믿으려고 하지 않을 거야 그리고 어디든지 자기 가고픈 곳에 가는 것이 좋아요 하지만 언제나 무슨 일이 일어나게 마련이니 맬로우 콘서트의 일로 메리버러에 갔을 때도 우리들 두 사람이 끓는 수프를 주문하고 있는데 벨이 울렸지 그러자 그이는 수프를 사방에다 흘리면서 한 숟가락씩 가득 떠서 마시면서 플랫폼을 달려가지 않겠어요 정말 그이는 어찌 되었나 보지 웨이터가 뒤따르며 고함을 지르고 우리들을 지독한 구경거리로 만들었지 그러자 기차가 출발할 때의 와글와글 떠들어대는 혼잡 그러나 그이는 그것을 다 먹지 않고서는 돈을 지불하려 하지 않고 삼등 객차에 타고 있던 두 신사도 그이의 말이 옳다고 했지 그이는 정말 그 모양이었어요 그이는 머리에 무슨 생각이라도 들 때에는 때때로 아주 외고집쟁이가 되지요 그이가 칼을 가지고 억지로 차(車) 문을 열 수 있었던 건 참잘한 일이었지 그렇지 않았다면 우리를 코크까지 태우고 가버렸을 거야 그것은 그이에게는 복수의 뜻으로 행해진 것 같아 오 나는 멋지고 부드러운 쿠션이 달린 기차나 마차를 타고 흔들거리는 것을 좋아해요 그이는 나를 일등 차에 태워 줄까 그이는 차장에게 팁을 주고 아마 차 속에서 그짓을 하려고 할지도 몰라 그러면 오 흔히 눈에 띄는 바보 같은 사내들이 비할 데 없는 우둔한 눈으로 우리들을 멍하니 쳐다보고 있을 테지 호우드 언덕으로 가던 날 우리들을 마차 속에다 단둘이 남겨 두다니 그이는 그래도 여간내기가 아니었어 그 보잘것없는 노동자가 말이야 그이는 도대체 어떤 사람인지 좀 알고 싶어요 터널이 한 개 또는 두 개 그러면 아마 창밖으로 온갖 멋있는 경치를 볼 수 있을 거야 그리고 되돌아오는 거지 만일 내가 결코 되돌아오지 않으면 사람들은 뭐라고 할까 그이와 사랑의 도피를 했다고 할 테지 그것이 세상에 소문을 일으키게 할 거야 내가 노래 불렀던 지난번 음악회는 어디서였더라 1년 전의 일이었는데 클러렌던 가(街)의 성 데레사 홀에서였지 지금은 보잘것없는 꼬마 계집애들이 노래 부르고 있어요 캐슬린 커니라든가 하는 계집이 그녀의 아버지가 군대에 있던 탓으로 로버츠 경의 브로치를 달고 얼빠진 거지를 노래하고 있었어 그때에는 내가 모든 계획을 세웠지 그리고 폴디도 그렇게 성질이 고약하지는 않았으며 그이가 당시의 매니저였어요 이번에는 그처럼 그이에게 시키지는 않을 테야 '그대가 인도하소서 사랑의 빛이여'의 곡을 치고 있다고 지껄이며 돌아다니면서 나에게 '슬픔에 찬 성모는 일어섰도다'를 노래 부르게 한 것처럼 했지 나는 그를 부추기고 있었어 하지만 드디어 예수회의 회원들이 그이는 프리메이슨으로 어떤 옛날 오페라에서 '그대 나를 인도하소서'를 몰래 베껴가지고 피아노를 치고 있다는 것을 알아채고 말았어 그래요 그이는 최근에 신너 페인이라나 뭐라나 하는 몇몇 무리들과 어울려 다니고 있었어요 그이는 언제나 쓸데없는 바보 같은 이야기를 하면서 자기가 나에게 소개해 준 사람으로 넥타이도 매지 않은 저 몸집이 작은 사내야말로 대단히 지혜가 있는데다가 미래의 그리피스라고 말하고 있는 거예요 글쎄 그이는 조금도 그런 사람으로 보이지는 않았지만 틀림 없는 그이였어 그이는 불매운동이 일어나고 있다는 것을 알고 있었지 나는 전쟁 후의 정치에 관해 언급하기는 싫어요 저 프레토리아와 레이디스미스 그리고 동부 랭커셔 연대……

　　마스티안스키 부인이 내게 일러준 그런 식으로 말이야 그녀의 남편은 그녀더러 마치 개〔犬〕가 하듯 그렇게 하라고 한다나 그리고 될 수 있는 한 혀를 길게 내뽑도록 말이야 그런가 하면 그이는 조용히 그리고 유순하게 시턴을 켜고 있는 것이야 남자들이 무슨 짓을 하고 있는 것인지 알 수 없잖겠어요 그이가 입고 있던 푸른 양복은 감이 정말 좋은 것이었어 그리고 하늘색 파란 자수가 놓인 것으로 스타일이 근사한 타이와 양말 그이는 확실히 유복한 남자야 그의 의복 마름질이나 묵직한 시계만 봐도 알 수 있어요 그러나 그이가 신문의 최종판을 들고 마권을 찢으며 욕지거리를 하면서 되돌아왔을 때 그이는 잠시 꼭 악마 그 자체였어 그이는 20파운드를 손해 봤던 거야 인기 없던 말이 이겼다나 그리고 절반은 나를 위해 걸었다는 거지 레너헌의 꾐 때문이었어요 그리고 레너헌 녀석 지옥에나 떨어져라 하고 저주하는 것이었지 저 기생충 같은 레너헌 녀석은 우리들이 글렌크리 만찬회가 끝난 다음 새 깃털 침대의 산을 넘어서 머나먼 길을 마차를 타고 뒤흔들리며 되돌아왔을 때 나한테 꽤 추잡스런 짓을 하고 있었지 그리고 잇달아 그 시장 각하도 음란한 눈초리로 나를 쳐다보고 있었어 내가 식후 디저트로 호두를 이빨로 깨물고 있었을 때 나는 저 부정한 사나이 발 딜런을 처음 목격했지 나는 그 치킨 요리를 손가락으로 집어서 모조리 핥아먹을 수 있었으면 했었어 그것은 참 맛있고 잘 구운 것인데다가 너무나 연한 것이었지 하지만 나는 접시 위에 있는 것을 모조리 다 먹어치우고 싶지는 않았어 저 포크와 생선 써는 나이프도 100퍼센트 은제(銀製)로 역시 몇 자루는 갖고 싶어요 그것을 갖고 노는 체하다가 털토시 속에 한 쌍을 슬쩍 감추는 것쯤이야 문제될 것도 없지 그리고 언제나 음식점에서 자기가 목구멍에 쑤셔 넣은 한 조각의 음식을 위해서 다른 사람이 대신 돈을 지불해 주었으면 하지요 우리는 얼마 안 되는 차 한 잔도 대단한 은혜로 알고 감사해야만 해요 어차피 세상이 요 꼴로 동강 나 있는 것을 목격하고 그것이 앞으로도 계속될 바에야 나도 우선 고급 속바지나 두 벌쯤 더 갖고 싶어요 그이는 어떤 속바지를 좋아하는지 몰라 속바지 따위 전혀 필요 없다고 말하지나 않을는지 몰라 그렇지 그런데 지브롤터의 아가씨들의 절반은 절대로 속바지를 입지 않았어 하느님이 창조하신 대로 벌거벗고 지낸다니까 마놀라를 부르고 있던 저 안달루시아의 처녀는 자기가 입지 않았다는 것을 거의 감추지도 않았어 그렇지 그런데 그 두 번째의 비단 스타킹은 하루 신으니까 구멍이 났지 뭐야 오늘 아침 루어 가게에 도로 갖다 주었으면 그리고 트집이라도 잡아서 다른 것과 바꿔 왔더라면 좋았을 것을 그런데 내가 너무 흥분하여 도중에 그이와 서로 부딪치지 않았어야 했을 것을 만사를 망치고 말았으니 말이야 그리고 나는 젠틀우먼 지(誌)에 헐값으로 광고돼 있는 저 엉덩이에 탄력성이 있는 삼각 천을 댄 어린이에게 어울리는 코르셋을 한 벌 가졌으면 해요 그이가 보관해 두었던 것이 하나 있긴 하지만 그건 좋지 못해요 뭐라고 광고해 놓았더라 멋진 몸매를 만들어 주며 값은 11실링 6펜스 허리 부분의 보기 흉하고 널찍한 모양을 제거하여 비만을 줄인다나 내 배는 약간 지나치게 살이 쪘어 점심때 스타우트 흑맥주는 그만둬야겠어 그렇지 않으면 그걸 지나치게 좋아하게 되어 끊을 수 없게 될는지도 몰라 전번에 오러크 상점에서 보내온 것은 아주 김빠진 것이었어 저 래리는 돈을 잘 번다고들 하

◆ 제임스 조이스의 아름다운 글들 ◆

던데 그이가 크리스마스 때 보내준 그 오래되고 지저분한 물건은 막과자와 찌꺼기 한 병이었지 그놈은 그것을 클라레 적포도주인 양 속여 넘기려기를 썼기에 아무도 마시려 하지 않았어 저따위 남자는 목말라 죽을지도 모르니 침이라도 괴어 둬야 할 거야 그건 그렇고 나는 몇 가지 호흡 운동이라도 해야만 할까 보다 그 살빠지는 약은 효력이 있는지 몰라 과용할 수도 있지 그러나 마른 스타일은 이제 그다지 유행하지 않아요 양말대님 따위는 많이 있어 내가 오늘 맨 바이올렛색은 그이가 초하룻날 받은 수표에서 내게 사준 것으로 그것이 모두야 오 아니야 미안수(美顏水)가……

그래요 그이가 그토록 오랫동안 그걸 빨고 있었기 때문에 한층 더 단단해졌지 그이는 나를 목마르게 했어요 그이는 그것을 티티즈라 부른다 오 나는 웃지 않을 수가 없었어 그래요 여하튼 이쪽 것은 조금만 그렇게 하면 이내 젖꼭지가 굳어 버려요 나는 언제나 그이더러 그렇게 해달라고 할 테야 그리고 나는 계란을 마르셀라 백포도주에 담가 마실 테야 그렇게 하여 그이를 위해 그걸 살찌게 해야지 저런 힘줄과 그 밖의 것들은 무엇 때문에 있는 것인지 몰라 똑같은 것이 두 개씩이나 달려 있으니 묘하기도 하지 쌍둥이의 경우에는 어떻게 한담 그들은 마치 박물관에 있는 저 조각상들처럼 그곳에 붙어 있어서 미(美)를 보여 주게끔 되어 있는 거야 그중 어떤 상은 그녀의 한쪽 손으로 그곳을 감추는 체하고 있지 그래 그렇게도 아름다울까 물론 남자의 생긴 모양에 비해 서지 남자에게 저마다 두드러진 두 개의 주머니가 달려 있고 또 다른 한 개가 앞으로 수그러져 매달려 있거나 아니면 모자걸이처럼 앞을 향해 곧추서 있다면 말이야 남자의 조각상이 양배추 잎사귀로 그것을 감추고 있는 것은 당연한 일이지 저 넌더리 나는 스코틀랜드의 고지 연대 병이 고기 시장 뒤에서 그리고 저 빨간 머리의 또 다른 비열한 사나이가 생선 조각상이 서 있던 나무 뒤에서 내

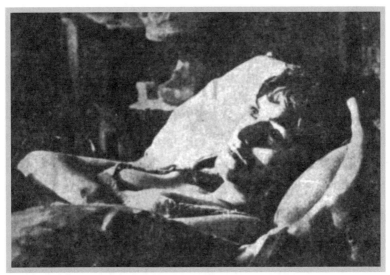

오랜 여정을 끝내고 새벽에 귀가한 블룸은 아내 곁에 거꾸로 누워 잠든다(그녀의 얼굴 곁에 그의 발이). 그리고 몰리는 기다란 내심적 독백에 몰입한다. (사진은 영화의 한 장면)

가 지나가고 있었을 때 오줌을 누는 체하면서 그의 유아복을 한쪽으로 젖히고 그걸 내가 보게끔 서 있었지 여왕의 군인 놈들도 지독한 놈들이야 서리 연대가 그들과 교체했으니 잘됐어 하코트 가(街) 정류장 근처 남자용 변소 밖을 내가 지날 때쯤이면 언제나 그들은 그것을 내보이려고 애를 쓰고 있거든 어떤 녀석이든지 나의 시선을 끌려고 애를 쓰고 있지요 그렇지 않으면 고놈의 것이 세계의 7대 불가사의 가운데 한 가지나 되는 것처럼 말이야 오 그런데 저 불결한 곳의 코를 찌르는 냄새라니 코머포드 파티가 끝난 다음 폴디와 함께 집으로 돌아오던 밤 오렌지와 레몬주스를 마셔 몹시 소변이 보고 싶어서 나는 그와 같은 장소로 들어갔었지 살을 에는 듯한 추운 날씨라 어떻게 참을 도리가 있어야지 그것이 언제더라 93년 운하가 꽁꽁 얼어붙던 때였어 그렇지 그건 몇 달 후의 일이었어 스코틀랜드의 두 고지병이라도 그곳에 있어서 내가 그 남자용 변소에 쪼그리고 앉아 있는 것을 보지 못한 것이 유감천만이었어 소변 보는 여인을 말이야 그전에 나는 그런 그림을 그리려고 애를 쓴 적이 있어요 찢어 버리고 말았지만 소시지나 또는 그와 비슷한 걸 말이야 남자들은 어떻게 밖을 예사로 나돌아 다니는지 거기를 한 대 걷어채거나 꽝 하고 얻어맞는 것이 겁나지도 않는지 몰라 여자는 물론 아름다워요 그건 모두가 다 아는 사실이야 당시 홀레스 가(街)에 있었을 때 그이는 내가 어떤 돈 많은 남자를 위해서 나체화의 모델이 되는 것이 좋을 거라고 했지 그때 그이는 헬리 상점에서 실직하고 있었고 나는 옷가지를 판다든지 커피점에서 피아노를 치고 있었어 만일 내가 머리카락을 아래로 내린다면 저 목욕하는 님프와 닮았을까 그래 단지 그녀가 나보다 젊다 뿐이지 아니면 나는 그이가 갖고 있는 저 스페인 사람의 사진에 실려 있는 추잡한 매음부와 다소 닮았어요 님프는 언제나 저런 모양을 하고 돌아다니는지를 나는 그전에 그이에게 물어 봤어요 그리고 긴 양말을 신은 무엇을 만났다(met something with hoses)라는 그 말 그리고 그이는 화신(incarnation)이란 말에 대하여 매우 발음하기 힘든 말로 이야기했지 그이는 무엇이고 누구나 쉽사리 이해할 수 있도록 결코 간단히 설명할 줄 몰라요 그러고서 그이는 서성거리다가 콩팥을 끓이던 냄비 밑을 몽땅 태워 버리고 말지요 이쪽 것은 그렇게 대단치는 않지만 그이의 이빨자국이 아직도 나 있어 젖꼭지를 물려고 애를 썼지요 난 큰 소리로 비명을 지를 뻔했어 사람한테 상처를 입히려 하다니 남자들이란 무서워요 밀리 때에는 젖가슴이 정말 컸었어 두 사람 몫도 충분했지 무슨 영문인지 몰랐어요 그이는 내가 유모라도 되면 한 주일에 1파운드의 돈을 벌 수 있을 거라고 했지 아침이면 온통 부풀어 올랐어요 28번지의 시트런 가(家)에 머무르고 있던 저 허약하게 생긴 학생……

프르시이이이이이이이프로오오오옹 기차가 어디선가 기적을 울리고
있군 저런 기관차들이 지니고 있는 힘이야말로 굉장한 거인들 같지 그리
고 그 옛날 달코코콤한 사랑의 노래 마지막 장면처럼 물이 사방팔방으로
출렁거리고 있는 거야 그리고 그네들의 아내며 가족들과 동떨어진 채 저
런 찌는 듯이 더운 기관차 속에서 밤새껏 일하지 않으면 안 되는 가련한
사람들 오늘은 날씨가 숨이 막힐 지경이었어 헌 플리먼 지와 포토 비츠
지를 반만큼이나 불태워 버렸기에 기뻐요 저런 물건을 사방에 흩트려 놓
은 채 치우지 않고 두다니 그이는 아주 무관심하게 되어 가고 있어요 그
리고 그이는 신문지의 나머지를 변소간에다 처넣어 버렸지 내일 그이더
러 저걸 다 잘라 달라고 해야지 내년까지 보관해 둬도 불과 몇 펜스밖에
받지 못할 바에야 지난 정월치의 신문이 어디 있느냐고 그이는 물을 테지
그리고 저따위 헌 외투들도 모두 다발로 묶어 현관 밖으로 끌어내 버렸어
그곳을 답답하게 할 뿐이지 내가 초저녁잠이 들자 계속해서 내린 비는 참
으로 기분을 상쾌하게 하고 신선하게 하는 것이었지 마치 지브롤터 같다
고 나는 생각했어 맙소사 레반터가 불기 전의 그곳의 더위란 정말이지 밤
처럼 지독하게 계속 다가왔지 그리고 그 속에 번쩍이며 솟아 있는 암산은
마치 큰 거인 같아서 드리록 마운틴에 비하면 너무나 크게 생각되지요 이
곳저곳의 붉은 파수병과 포플러나무들 그리고 그들 모두가 굉장히 뜨거
웠지 또한 저 탱크물 속의 빗물 냄새 태양을 쳐다보고 있으면 언제나 머
리를 땅하게 하지요 저 예쁜 겉저고리도 색이 아주 바래고 말았어 파리
의 비 마르쉬로부터 내게 선사한 부친의 친구 스탠호프 부인 너무 하잖아
요 그녀가 나의 친애하는 강아지라고 쓰다니 그녀는 정말로 멋진 여자였
지 그녀의 다른 이름은 무엇이더라 단지 엽서로써 알려주었을 뿐이니 조
그마한 선물을 제가 부쳤어요 방금 상쾌한 목욕을 했기 때문에 아주 말쑥

한 강아지가 된 것 같은 느낌이에요 방금 나의 아랍인도 목욕을 즐겼답니다 그녀는 남편을 아랍인이라 불렀지 우리들은 뭐든지 드리겠어요 지브에 되돌아가 당신이 부르는 '기다리며 그리고 정든 마드리드에서'를 들을 수만 있다면야 꽁꼬네가 저 연습곡의 이름이지 그이는 나에게 새 숄을 사주었지만 나는 그 이름을 알 수가 없어요 참 재미있는 것이었어요 하지만 조금만 어떻게 해도 찢어져요 그래도 참 예쁘다고 생각해 그렇지 않아요 우리들이 함께 마신 맛있는 차에 관해서 언제나 잊지 않을 거예요 고급 건포도가 든 둥근 과자 빵과 검은 딸기가 든 웨이퍼를 나는 참 좋아하거든요 자 친애하는 강아지 잊지 말고 곧 편지해요 그녀는 부친한테 안부 전하는 것을 빠뜨렸어 또한 그로브 대위에게도 호의로써 당신의 귀여운 헤스터 ××××× 올림 그녀는 조금도 결혼한 것 같지 않았어 꼭 소녀 같았지 남편은 그 여자보다 훨씬 나이가 위였어 그녀의 아랍인이라니 그이는 나를 몹시도 좋아하셨어 저 투우사 고메쯔가 황소 뿔에 받혔던 라리네아에서의 투우 경기에서 그분은 내가 울타리를 넘으려고 하자 그이의 발을 가지고 철사를 밟아 주셨지 우리들이 입지 않으면 안 되는 이러한 의복들 도대체 누가 이따위 것을 발명했을까 당시 예를 들면 저 피크닉 때 킬리니 언덕을 올라가던 것을 생각하더라도 말이야 온통 옷으로 몸을 감싼대서야 아무 일도 할 수 없지 군중을 헤치고 달려간다거나 또는 길을 비켜날 때도 그렇지 또 다른 난폭한 늙은 황소가 견장을 달고 모자에 두 장식품을 붙인 창 든 투우사들을 공격하기 시작했을 때 내가 무서워한 것도 바로 그 때문이었어 그런데 짐승 같은 사내들이 브라보니 만세니 하고 외치고 있었지 확실히 여자들도 멋진 하얀 만틸라를 걸치면 마찬가지로 성질이 나빠지지요 저 가련한 말〔馬〕들의 내장을 몽땅 끌어내다니 나는 내 일생에 그와 같은 것을 결코 들어본 적이 없어요 그렇지 벨 골목길에서 짖어대고 있던 그 개를 내가 흉내 냈을 때 그이는 몹시 언짢아하곤 했지 불쌍한 짐승 같으니라고 병에 걸렸던가 봐 그들은 그 후에 도대체 어떻게 되었을까 두 사람 다 오래전에 죽었을 거야 마치 안개를 통해서 보듯 희미해졌어 그러한 일은 누구에게나 아주 나이가 먹은 듯 느낌을 주지 나는 스콘 빵을 만들었지 물론 나는 무엇이고 모두 나 스스로 처리했어 그리고 헤스터라는 처녀 우리는 머리카락을 서로 비교하곤 했지 나의 머리카락이 그녀의 것보다 한층 숱이 많았어 그녀는 내가 머리를 동여매고 있었을 때 머리를 뒤로 어떻게 묶는지를 가르쳐 주었지 그리고 가만있자 그 밖의 뭐더라 한 손으로 실매듭을 짓는 법도 가르쳐 주었어 우리들은 마치 사촌 같았어 그때 나는 몇 살이었더라 저 폭풍우가 요란하던 밤 나는 그녀의 침대에서 잠을 잤어요 그녀는 내 주위를 그녀의 팔로 감싸주었지 그리고 아침에는 베개를 가지고 서로 싸움을 했답니다 얼마나 재미있었는지 그이는 알라메다 광장의 연주회에서 기회가 있을 때마다 나를 응시하고 있었지 나는 그때 아버지와 그로브 대위와 함께 있었어요 나는 처음에 교회를 쳐다봤다가 그 다음에 창문을 쳐다보고 그리고 밑을 내려다봤지 그러자 우리들의 눈이 서로 마주치고 말았어 나는 내 몸속을 뭔가 바늘 같은 것이 뚫고 지나가는 것 같은 느낌이었지 내 눈이 마구 춤을 추고 있었어 지금도 생각나지만 나중에 내가 거울을 들여다봤을 때 나는 거의 내 꼴을 알아볼 수 없을 지경이었어 그렇게도 변하다니 그는 약간 대머리가 졌어도 소녀에게는 매력적이었어 지적이요 낙담하듯 보이면서도 동시에 경쾌하고 마치 애슐리다이애트의 그림자 속에 나오는 토머스를 닮았었지 나는 볕에 타서 아주 탐스러운 피부를 하고 있는데다가 장미처럼 흥분해 있었어 나는 한잠도 자지 않았어요 몸에 좋지 않았을 거야 그녀의 덕분이었지 그러나 적당한 시기에 그것을 그만둘 수 있었어 그녀는 나에게 월장석(月長石)을 주며 읽게 했지 그것이 내가 읽은 최초의 월키 콜린즈였어 그리고 이스트 린을 나는 읽었어 그리고 헨리 우드 부인 작(作) 애슐리다이애트의 그림자를 또 다른 여인이 쓴 헨리 던바를 나는 나중에 멀비 사진을 사이에 끼워 그에게 빌려 줬지 나도 애인이 있다는 것을 그가 알 수 있도록 말이야 그리고 리턴 경(卿)의 유진 애럼과 헝거포드 부인 작 아름다운 몰리를 또한 그녀는 내게 주었지 이름 때문이었어 나는 몰리라는 이름이 나오는 책은 질색이야 그이가 내게 가져다 준 플랑드르 출신의 어떤 매음녀에 관해 쓴 책 같은 것 말이야 옷감이나 모직물을 몇 야드씩이나 들치기하는 따위의 여자지 오 이놈의 담요가 왜 이렇게도 무거울까 이렇게 하는 것이 한층 나아 나는 여태껏 몸에 어울리는 잠옷이 한 벌도 없어요 그이가 곁에 누워서 마구 움직였기 때문에 잠옷이 둘둘 말려 올라갔군 그래 이제 됐어 나는 그때 더위 속에서 뒹굴곤 했었지 내 속옷이 땀에 흠뻑 젖어서 의자에 앉아 있으면 볼기짝이 끈적끈적 달라붙었어 일어서자 볼기짝이 통통하게 굳어 있었지 그때 나는 소파의 쿠션에 올라앉아 옷을 걷어 올려 보았다오 그리고 밤에는 빈대투성이요 모기장은 쳐 놓았어도 단 한 줄도 책을 읽을 수 없었어 아아 얼마나 오래된 일인가 수세기 전같이 생각되는군 물론 그들은 결코 되돌아오지 않아요 그리고 그녀는 주소를 잘못 썼지 조금만 주의했더라면 되었을 것을 아랍인이라니 사람들은 언제나 떠나가는데 우리들은 결코 움직이지도 않고 나는 그날을 기억하지요 파도가 치고 보트가 높은 뱃머리를 흔들면서 솟구쳐 올랐지 그리고 배의 냄새며 상륙 휴가로 나온 저 사관들의 제복 나는 뱃멀미가 났어요 그이는 아무 말도 하지 않았어 지나치게 심각했지 나는 단추를 발목까지 채우는 장화를 신었었고 내 스커트가 바람에 휘날리고 있었어 그녀는 내게 여섯 번인가 일곱 번 키스했지 나는 울지 않

육체파 몰리 블룸의 모델(영화의 한 장면)

앉어 그래 운 것 같기도 해 아니면 울 뻔했나 봐 내가 안녕히 라고 말했을 때 내 입술이 떨리고 있었어 그녀는 푸른 칼라가 붙은 어떤 특별한 종류의 멋들어진 항해용 숄을 두르고 있었으며 한쪽 얼굴 모습을 아주 두드러지게 했지 정말이야 지극히 예뻤어요 그들이 간 후로는 나는 정말 몹시도 심심했어 나는 그 때문에 미칠 것 같아 어디론가 도망갈 궁리를 할 뻔했다오 어디로 가든지 편안한 곳은 결코 없어요 아버지든 아주머니든 또는 결혼이든 기다리며 언제나 기다리며 그이를 나에에에에게로 끌어어어어들이려고 기다려도 나는 그이의 발길을 더 이상 재촉촉촉촉할 길이 없었다오……

멀비한테서 받은 것이 생전 처음이었어 그날 아침 내가 잠자리에 있었을 때 루비오 부인이 커피와 함께 편지를 들고 들어왔지 그녀는 멍청히 그곳에 서 있었어 그때 나는 그것을 내게 넘겨 달라고 했지 그리고 나는 머리카락을 손가락으로 가리키고 있었으나 봉투를 열 머리핀이란 말을 생각할 수가 없었어 아아 호르퀼라 어쩌면 그렇게도 밉살스럽고 무뚝뚝한 할멈일까 내가 필요로 하는 것이 무엇인지 너무나 뻔한데도 말이야 머리에는 다리를 붙이고 게다가 자기 얼굴 모양을 되지 못하게 시리 자랑하고 있지요 정말 못생겼어요 여든 살이나 백 살 가까이 먹어 보였다오 그녀의 얼굴이라니 주름살투성이지 신앙심을 온통 한 몸에 지닌 채 정말 횡포가 대단했어 왜냐하면 그녀는 전 세계 군함의 절반이나 되는 대서양 함대가 다가와서 그들의 용기병(龍騎兵)과 더불어 유니언 잭을 휘날렸던 것이라든지 술 취한 네 명의 영국 수병이 스페인으로부터 암벽을 모조리 점령했다는 것을 결코 믿을 수가 없었기 때문이야 그리고 결혼식이 있을 때를 제외하고는 내가 숄을 걸친 그녀의 비위를 맞추기 위해 그녀와 함께 산타 마리아 미사에 자주 참례하지 않았기 때문이었어 하지만 그녀는 성자들의 기적이나 은빛 의상을 걸친 검은 머리카락의 성모 그리고 부활제 아침에 세 번이나 춤을 추는 태양에 관한 이야기를 그리고 사제가 벨을 들고 사자(死者)에게 교황권을 가지러 지나가고 있을 때도 그녀는 폐하를 위해 가슴에다 성호를 그었지 그이는 찬미자로부터라고 편지에다 서명했었어 나는 놀라서 펄쩍 뛸 뻔했지 나는 쇼윈도에서 그이가 칼레 리얼 가(街)를 따라 나를 뒤쫓아 오는 것을 보았을 때 그이와 가까워지고 싶었어요 그때 그이는 지나치면서 나를 약간 쳤지만 나는 그이가 나와 만나자는 약속을 편지로 할 줄은 정말 생각지 못했어 나는 그것을 내 페티코트의 보디스 안쪽에다 감춰 두고 아버지가 훈련 나간 사이에 그 필적이나 스탬프의 문자 등에서 무언가 찾아내려고 종일토록 그것을 샅샅이 들추어 가며 읽었지 생각이 나는군 난 '흰 장미를 달아 볼까'를 노래 부르며 그리고 약속 시간이 빨리 다가오도록 둔하게 생긴 낡은 시계바늘을 돌리려고까지 했었지요 그이가 나에게 키스해 준 최초의 남자였어 무어의 담벼락 밑에서 나의 사랑하는 사람 아직 그이가 소년이었을 때 말이에요 키스한다는 것이 어떤 의미인지 나는 전혀 알지 못했어 드디어 그이는 혀를 내 입속에 밀어 넣었지 그의 입은 달콤하고 싱싱했어요 나는 키스하는 법을 배우려고 몇 번인가 내 무릎을 그에게 갖다 댔지 뭐라고 그에게 말했더라 저는 돈 미구엘 데 라 플로라라는 어떤 스페인 귀족의 아들과 약혼한 사이예요 하고 농담 삼아 그에게 말해 주었지 그리고 그이는 내가 3년이 지나면 그이와 결혼하게 된다는 나의 말을 믿고 있었어 농담 삼아 하는 말이 자주 진담이 되지요 그래서 한 송이 꽃이 핀답니다 나는 그이에게 내가 어떤 사람인지 알리기 위하여 나에 관해서 몇 마디 사실 이야기를 해주었지 그이는 스페인 처녀들을 좋아하지 않았어요 그들 중 한 사람이 아마 그이에게 딱지를 먹였던가 봐 나는 그이를 흥분시켰어 내 가슴에 달고 있던 그이가 나에게 가져다 준 꽃을 그이는 모두 뭉그러뜨렸지 그이는 내가 그에게 페세타 은화와 페라고르다스를 헤아리는 것을 가르쳐 준 연후에야 비로소 그것을 알았어 자신은 블랙 워터 강가의 카포퀸 출신이라 했지 그러나 시간은 너무나 짧았고 마침내 그가 떠나는 날이 다가왔으니 5월 그렇지 스페인의 어린 왕이 태어나던 5월이었어요 나는 봄이 되면 언제나 그와 같이 되어 버린답니다 나는 매년 새로운 남자가 발소리를 죽이고 나를 뒤따라와 주었으면 좋겠어 오하라 탑(塔) 근처 포대(砲臺) 밑에서 나는 그이에게 말해줬지 그곳에 벼락이 떨어졌었다고 그리고 바르바리 산(産) 늙은 원숭이에 관한 이야기도 모조리 해주었어요 사람들이 클래펌 공원으로 보내버렸는데 꼬리도 없는데다가 서로의 등을 타고 무대 위를 계속 줄달음질하고 있는 놈들이었어 루비오 부인이 말한 바에 의하면 지브롤터에는 한 마리의 늙은 전갈이 있었는데 인세스 농장에서 병아리를 훔쳐 사람들이 가까이 가면 돌을 던지곤 했다는 것이야 그이는 나를 바라보고 있었지 나는 가능한 한 그이를 흥분시키기 위해 앞가슴이 터진 하얀 블라우스를 입고 있었어 지나치게 벌어지지 않을 정도로 말이야 유방이 막 통통하게 살찌기 시작하고 있었지 전 피곤해요 하고 나는 말했지 우리들은 전나무 동굴 위에 누워 있었지 황량한 곳이었어 세상에서 제일 높은 바위임에 틀림없을 거야 회랑(回廊)이랑 포곽(砲郭) 및 저 무시무시한 바위들 그리고 고드름인지 뭔지는 모르나 늘어져서 사다리를 이루고 있는 성 미가엘 동굴 진흙이 온통 내 구두를 더럽히고 원숭이가 죽으면 저 길을 통해서 바다 밑으로 해서 아프리카까지 가는 것임에 틀림없어요 저 멀리 배들은 마치 나뭇조각 같았어 그것은 몰타를 향해 지나가는 보트였지 그렇지 바다와 하늘 누구든지 하고 싶은 것은 무엇이나 할 수 있었어요 그곳에 누워 영원토록 말이야 그이는 옷 위로 유방을 애무했어 남자들이란 그런 짓을 좋아하지요 거기가 동그랗기 때문이야 나는 그이에게 기대고 있었어 하얀 밀짚모자를 쓰고 너무 새 것이 되어서 조금 햇볕을 쬘 양으로 말이야 내 얼굴은 왼쪽에서 보는 것이 제일 예쁘지 나는 블라우스를 그와 헤어지는 날을 위해서 터놓았어 그이는 살이 다 들여다보이는 셔츠를 입고 있었지 나는 그의 가슴이 분홍빛임을 볼 수 있었어요 그이는 한동안 자기 것을 내 것에다 터치시키려고 했지 그러나 나는 그렇게 하도록 두지는 않았어……

정말 후련해졌어 어디서든지 뱃속의 바람을 빼는 것이 좋아요 누가 알랴 내가 나중에 한 잔의 차와 더불어 먹은 저 포크찹이 더위 때문에 별

탈이 없었는지 그런 구린내가 있을 수 없지 정말이야 푸줏간의 저 야릇한 얼굴의 사나이는 굉장한 악당임에 틀림없어요 저놈의 램프가 지나치게 그을음을 내지 않았으면 좋으련만 코가 검댕투성이가 돼요 그이가 밤새도록 가스를 내뿜고 있는 것보다는 한층 낫지 지브롤터에서 나는 침대 속에서 편안히 잠들 수가 없었어 심지어는 자리에서 일어나 확인까지 했으니 왜 나는 그 때문에 그토록 신경질을 냈는지 몰라 하지만 겨울철에는 좋아해요 오히려 멋이 있지요 오 맙소사 저 겨울은 호되게도 추웠지 그때 나는 겨우 열 살쯤 되었을까 그렇지 나는 커다란 인형을 갖고 있었는데 우스꽝스런 옷을 입혔다 벗겼다 했지 저 얼음장 같은 바람이 네바다라나 눈 덮인 네바다라나 하는 산맥에서 쏜살같이 불어 덮쳤어요 나는 짤따란 속옷 바람으로 화로 곁에 서서 몸을 녹이지 않으면 안 되었어 나는 속옷만 입고 주위를 돌며 춤을 추고 침대 속으로 도로 달음박질쳐 들어가는 것을 좋아했다오 확실히 맞은편 집의 그 녀석이 여름철이면 불을 끄고 언제나 그곳에서 바라보며 서 있었지 그리고 나는 벌거벗고 뛰어다니며 혼자 즐기거나 세면대에서 때를 문지른다거나 크림을 바르곤 했었지 다만 사실(私室)을 사용하여 그 짓을 하게 되면 말이야 나는 또한 등불을 끄고 우리들 단둘만이 있었지 아무튼 오늘 밤은 잠이 멀리 가버렸어 그이가 저 따위 의학생들과 어울려 다니지 말았으면 좋겠는데 그를 타락시키고 있는 거야 그 자신이 젊어진다고 상상하고 있지요 새벽 4시에야 들어오다니 틀림없이 그쯤은 되었을 거야 더 늦지는 않았을 테지만 그이는 예의범절은 있어서 나를 잠자리에서 깨우지는 않아요 돈을 마구 쓰며 점점 더 술에 취해 가지고 그들은 밤새도록 무엇을 그렇게도 와글와글 떠들어대는 것인지 물이라도 마시는 게 나아요 그런 다음에 그이는 으레 계란이나 차 또는 핀던 대구니 뜨거운 버터 바른 빵을 주문하기 시작한단 말씀이야 그런 짓을 어디서 배웠는지는 몰라도 그이가 마치 임금이나 된 듯 스푼을 거꾸로 쥐고 계란을 쑤셨다 뺐다 하면서 앉아 있는 꼴이 눈에 선하더군요 그리고 나는 그이가 아침에 찻잔을 딸그락거리면서 계단을 헛디딘다든지 고양이와 노는 것을 들으면 참 재미있어요 고양이 놈이 사람에게 몸을 비벼대는 것은 고놈 자신을 위해서지 벼룩이라도 있어서 그러는지 몰라요 저 고양이란 놈은 마치 여자처럼 버릇이 고약해서 언제나 핥는다든지 빨고만 있단 말이야 그러나 나는 고놈들의 발톱이 싫어요 고양이란 사람들이 볼 수 없는 것도 볼 수 있나 보지 저렇게 노려보고 있으니 말이야 그토록 오랫동안 계단 꼭대기에 앉아 있을 때는 그리고 내가 기다리면 언제나 귀를 기울이면서 말이야 또 어쩌면 도둑놈인지도 몰라요 내가 사온 저 맛있고 성성한 넙치를 글쎄 내일은 생선을 조금 사다 줄까 보다 아니 오늘은 금요일 아냐 그래 그렇게 해야지 약간은 블랑망제와 거무스름한 건포도 잼을 옛날처럼 말이야 런던과 뉴캐슬의 윌리엄 앤드 우드 제과점에서 가져온 저따위 자두와 사과를 섞어서 만든 두 파운드짜리 통조림 같은 것은 말고 두 배나 쓸모가 있어요 단지 뼈 때문에 나는 저 뱀장어가 싫어요 대구 그렇지 근사한 대구를 한 도막 사야겠어 3펜스면 언제나 충분해요 아무튼 잊고 있었군 그래 언제나 똑같은 저따위 버클리 푸줏간의 고기는 이젠 싫증이 났어요 소의 허리고기와 다리고기 쇠갈비 스테이크 그리고 지방질 뺀 양고기 송아지 내장은 이름만 들어도 지긋지긋해요 그렇지 않으면 피크닉은 어떨는지 모두들 각자 5실링씩 내서 말이야 그러든지 그이더러 돈을 내게 하든지 그리고 그이를 위해 어떤 다른 여자를 초대하는 것이 누구를 플레밍 부인 그리고 이끼긴 계곡이나 아니면 딸기밭으로라도 마차로 오는 것이 어떨까 우리는 그이더러 우선 모든 말의 발굽 쇠를 잘 살펴보도록 해야지 그가 편지를 살필 때처럼 아니야 보일런은 그만

뒤요 그렇지 약간의 송아지 고기와 햄을 넣은 샌드위치와 함께 둑 아래에 오두막이 몇 채 있지 일부러 거기다 세워둔 거야 그러나 그곳은 찌는 듯이 덥다고 그이가……

꼬끄 씨라나 하는 자가 그이가 튜브를 쓰고 이 여자한테서 저 여자한테로 돌아다녔기 때문에 사람들이 그에게 그따위 별명을 지어준 모양이야 나는 나의 새하얀 구두를 바꿔 신을 수도 없었지 모두 소금물로 후들후들해지고 말았으니 그리고 내가 쓰고 있던 온통 바람에 휘날린 저 깃털장식 달린 모자가 머리 위에서 흔들리고 있었지 얼마나 귀찮고 짜증나게 했는지 몰라요 물론 바다 냄새가 나를 흥분시켰기 때문이지 카탈란 만(灣)의 바위틈에서 잡은 정어리와 도미 그것들은 어부들의 망태기 속에서 예쁜 은색을 발하고 있었지 사람들 말이 백 살 가까이 되었다는 루이지 영감은 제노아에서 왔었다나 그리고 귀걸이를 단 그 키 큰 늙은이 나는 저따위 남자는 싫어요 기어오르지 않으면 도무지 머리에 대지 못할 판이니 그들은 모두 오래전에 죽어서 썩어 없어져야 할 거야 게다가 나는 밤이면 이따위 커다란 바라크 같은 집에 혼자 있는 게 싫어요 나는 그것을 참아야만 할 거라고 생각하지요 나는 이사할 때에는 소금 한 줌 가져온 일도 절대로 없어요 북새통에 말이야 그이는 이층 객실에다 놋쇠 간판을 붙이고 음악학원을 만들거나 아니면 블룸 사설 호텔을 만들고 싶다고 했지 에니스에서 그의 부친이 했던 것처럼 말이야 그이는 완전히 망해 버릴 거야 그이가 자기 부친에게 앞으로 하려는 것을 말했던 모든 일과 마찬가지로 그리고 내게도 말했지 그러나 나는 그이의 속을 환히 들여다보았어요 허니문을 위해서 우리가 갈 수 있던 모든 아름다운 장소를 내게 말하고 있었다오 곤돌라가 떠 있는 달빛 어린 베니스라든지 코모 호수를 말이에요 그이는 어떤 신문에서 그 그림을 오려 가지고 있었어 그리고 만돌린과 등불에 관해서도 오 얼마나 근사해요 하고 내가 말하자 내가 좋아하는 것은 무엇이든지 이내 해주겠다고 말하지 않겠어요 나의 남편이 되고 싶으시면 나의 냄비도 운반해 주실 수 있는지 그이가 생각해 낸 온갖 계획에 대해서 그이는 퍼티 테두리의 초콜릿색 메달이라도 타야만 할 거야 그런데도 나를 종일 이곳에 내버려두다니 빵조각이라도 얻으려고 긴 신세 타령을 하며 문간에 서 있는 늙은 거지가 혹시 악당 놈이어서 내가 문을 닫지 못하도록 훼방을 놓으려고 발을 들여 놓을지 누가 알아요 로이드 위클리 뉴스 지(紙)의 저 상습범의 그림처럼 20년 동안이나 감옥에 갇혀 있다가 나와 가지고는 또다시 돈 때문에 한 늙은 할멈을 살해한단 말이야 그이의 불쌍한 아내나 어머니 또는 그 밖의 사람들을 생각해 봐요 그따위 얼굴을 보면 몇 마일이고 도망가고 싶어져요 나는 문이나 창문에다 몽땅 빗장을 지르고 그것을 확인할 때까지는 조금도 마음을 놓을 수가 없었어 그러나 형무소나 정신병원 같은 곳에 잡아 가두는 것은 더욱 싫은 일이야 저따위 짐승 같은 놈들은 모조리 쏴 죽이든지 아니면 구조편(九條鞭)으로 때려 눕혀야만 해요 잠자는 불쌍한 늙은 할머니를 죽이려고 공격하다니 그따위 사내들은 싹 잘라 없애 버리는 게 나아요 그이가 대단한 역할을 할 것이라고 생각하지는 않아 하지만 없는 것보단 낫지 그날 밤 나는 분명히 부엌에 밤도둑이 들어온 소릴 들었어요 그래서 그이는 셔츠 바람으로 손에 양초와 부지깽이를 들고 내려갔었지 마치 생쥐라도 찾으려는 듯이 말이에요 놀라서 제정신을 잃고 침대보처럼 하얗게 질려서 말이야 그놈의 밤도둑을 혼내 주려고 될 수 있는 한 큰 소리를 지르면서 훔쳐 갈 것도 별로 없지만 정말 하느님은 아실 거야 하지만 특히 기분 문제지 뭐야 지금은 밀리도 없잖아요 사진술을 배우게 하려고 계집애를 그런 곳으로 보내다니 그이의 생각이란 정말 그이의 할아버지 뒤를 이은 셈이지 그 대신 스케리 학원에나 보내는 게 나아요 그러면 그 애는 나와 달라서 학교에서 뭐든지 배우게 될 텐데 단지 그이는 나와 보일런 때문에 언제나 그와 같은 짓을 했을 거야 바로 그 때문이에요 확실히 그런 것이 그가 만사를 꾸미고 계획하는 식이라니까 나는 요사이 그 애가 있었다면 이곳에서 아무런 짓도 할 수 없었을 거야 우선 문에 빗장을 지르지 않는 한 나를 불안하게 했지 먼저 노크도 하지 않고 들어오다니 내가 문에다 의자를 버텨 놓고 막 장갑을 끼고 거기를 씻고 있을 때 말이야 정말 신경질 나게……

내 몸속이 어떻게 됐는지 누가 알랴 아니면 몸속에 뭐가 생겼나 보지 주일마다 이와 같은 것이 나오니 말이야 그때가 언제더라 지난번 내가 성신강림절 다음 월요일 그래 단지 3주일밖에 안 되는군 의사한테 가야만 할까 보다 하지만 그이와 결혼하기 전과 비슷할 거야 그때 속에서 하얀 것이 흘러나왔지 그러자 플로이가 펨브로크 가로의 산부인과 의사였던 저 늙고 마른 막대기 같은 콜린즈 의사에게 나를 데려다 주었지 당신의 질(膣)이 하고 그이는 물었지 그이가 금박 거울이나 양탄자를 얻게 된 것도 다 스데반즈 그린 공원 건너편의 저 돈 많은 사람들을 속여 먹었기 때문일 거야 질이니 하퇴 상피병(cochinchina)이니 하며 별것도 아닌 것을 가지고 그이한테 쫓아다닌단 말이야 물론 그들은 돈이 있으니 상관없어요 나라면 그이하곤 결혼하지 않겠어 비록 그이가 세계 최후의 남자라 할지라도 게다가 그네들의 자식들에게는 뭔가 묘한 데가 있어요 언제나 저 불결한 매음녀들을 사방으로 냄새 맡고 찾아다니는 것이었지 그리고 그이는 나에게 몸에서 고약한 냄새가 나지 않느냐고 물어 보았어요 도대체 그이는 나보고 어쩌란 말인지 그러나 아마 돈 때문일 거야 어쩌면 그런 질문을 하다니 만일 내가 그이의 주름진 늙은 얼굴 구석구석에 될 수 있는 한 알랑거리며 그것을 문질러 주면 아마 알아챌 거야 그것을 패스하는 데 곤란을 느끼지 않으세요 무슨 패스를 나는 그이가 지브롤터의 암산(岩山)에 관해서 이야기하고 있는 줄로 생각했어요 그이가 하는 말버릇이라니 그런데 아무튼 그것은 정말 근사한 발명이야 나는 될 수 있는 한 깊이 변기 속에 꼭 끼는 것이 좋아요 그리고 체인을 잡아당겨 그것을 깨끗이 씻어 버릴 때는 손발이 몹시 저린 느낌이 들어요 하지만 변(便) 속에는 그래도 뭔가 귀중한 것이 함유되어 있을 거야 나는 언제나 밀리의 것으로부터 그것을 알곤 했지 그 애가 어린애였을 때 회충을 가졌는지 안 가졌는지를 진찰하려고 해도 그에게 언제나 돈을 지불하다니 의사 선생님 얼마예요 1기니입니다 그리고 때때로 나더러 자위행위(omissions)를 자주 하십니까 하고 묻는 거야 저 늙은이들은 어디서 그런 말을 얻는 것일까 그들은 근시안으로 나를 비스듬히 치켜보면서 자위행위 하는 거지 나는 그이를 지나치게 신용하고 싶지는 않았어요 클로로포름이라나 뭐라나 하는 것을 내게 줄 판이니 말씀이야 하지만 그이가 무엇을 쓰려고 아주 심각하게 얼굴을 찌푸리고 있을 때 나는 그이가 좋았어요 그의 코는 그런대로 지적이었어 경칠 놈의 거짓말쟁이 같으니라구 오 뭐라 해도 상관할 게 뭐야 누구든지 백치(白痴)가 아닌 바에야 그이는 아주 영리하니까 그것을 알아챘지 물론 그것은 그이가 굉장히 생각해서 한 것이었어 그이의 미치광이 같은 편지 나의 값진 당신 당신의 영광스런 육체에 연결된 것은 무엇이든 하고 말이야 무엇이든이란 말에 밑줄을 쳤지 그거야말로 영원토록 기쁨과 미(美)의 원천입니다 그가 가지고 있던 어떤 무의미한 책에서 그가 골라 뽑아낸 글귀였지 그따위 짓은 언제나 나 혼자서 할 수 있단 말이야 하루에도 네다섯 번 그런데 내가 전 그런 짓 안 해요 하고 말하자 그이는 정말이에요 하고 말하는 거야 오 정말이고 말고요 하고 내가 말했지 나는 그가 입을 딱 다물도록 해주었어 나는 다음에 뭐가 다가오는지를 알고 있었지 그것은 단지 인간 본래의 미약함이니 뭐니 하고 그이는 나를 흥분시켰어 내가 르호보스 테라스에 살고 있었을 때 그 최초의 밤 우리들은 어떻게 하여 만났지 나는 몰라요 우리들은 약 10분 동안 서로 빤히 쳐다보고 서 있었지 마치 우리들이 전에 어디선가 만났던 것처럼 말이야 내가 어머니를 닮아서 꼭 유대인 여자로 보였기 때문이야 그이는 나를 즐겁게 해주곤 했지 그이가 얼굴에 반쯤 귀찮은 듯한 미소를 띠며 말해 주었던 여러 가지 일들 그리고 도일 가(家)의 집안사람들은 의회의원에 출마한다고 그는 말했지 오 내가 그이의 모든 쫑알거리는 허풍을 믿다니 어쩌면 그렇게도 바보였을까 아일랜드 자치니 토지연맹에 관해서 말이야 그리고 위그노 교도의 저 길고 느린 비가(悲歌)를 아주 멋지게 불어(佛語)로 노래하도록 나에게 보내는 것이었어요 아름다운 지방 투렌이여……

그이는 예의도 없고 세련된 데도 없는데다가 그의 천성에는 아무것도 없어요 자기를 휴라고 부르지 않았다고 해서 그처럼 내 엉덩이를 찰싹 하고 때리다니 시(詩)와 양배추를 구별도 못하는 무식쟁이란 말이에요 그들을 너무 두둔하기 때문이야 내 앞의 의자에 앉아 신발과 바지를 마구 벗으며 나한테 실례합니다 하는 인사도 차릴 줄 모르는 저런 철면피가 어디 있담 그리고 그들이 입는 셔츠를 반쯤 걸친 채 저런 상스러운 꼴로 서 있다니 마치 중이나 푸줏간 주인 아니면 율리우스 카이사르 시대의 저따위 늙은 위선자들처럼 감탄받으려고 말이야 물론 자기 나름으로 장난이라도 쳐서 시간을 보내려고 하는 건 좋지만 정말이지 저따위 남자와 자는 것보다는 뭐랄까 사자와 같이 자는 것이 좋을 거야 정말 그이도 자신을 위해 좀 더 약은 행동을 할 수 있으련만 나이 먹은 사자라면 말씀이야 오 하지만 그것은 나의 짧은 페티코트 속에 감춰져 있던 유방이 그렇게도 부풀어서 매혹적이었기 때문일 거야 그이는 억제할 수가 없었지 나 자신도 때때로 흥분하는 걸 뭐 남자들이 여자의 몸에서 될 수 있는 대로 모든 향락을 끌어내는 것은 좋아요 그것은 그네들에게 너무나 포동포동하고 하얗게 보이거든요 나 자신도 남자가 한번 돼 봤으면 하고 언젠가 바랐었지 기분 전환으로 말이에요 남자들이 부풀게 하여 여자들에게 달려드는 그와 같은 것을 가지고 잠깐 시험해 봤으면 그렇게도 단단하고 동시에 그렇게도 부드러운 것으로 말이야 나의 존 아저씨는 정말 긴 놈을 가졌어요 하고 저 거리의 장난꾼들이 매로우본 골목길 모퉁이를 지나가면서 말하던 걸 나는 들었지 우리 아줌마는 정말 털북숭이 같은 것을 가졌다네 왠고 하니 시커머니까 말이야 그런데 그들은 아가씨가 그곳을 거닐고 있다는 걸 알고 그렇게 말하는 것이었지 나는 얼굴을 붉히지 않았어 왜 얼굴을 붉혀야 한담 그건 단지 본성인데 그리고 아저씨는 자기의 긴 놈을 메리 아줌마의 털북숭이의 어쩌구저쩌구에다 꽂는다네 그리하여 결국 빗자루에다 자루를 다는 격이 되고 말지요 남자들이란 다시 어디서나 자기가 좋아하는 것을 주워서 고를 수가 있단 말이야 유부녀건 방탕한 과부건 아니면 처녀건 그들 취미대로지요 마치 아이리시 가(街) 뒷골목에 있는 저따위 집들처럼 말이야 아니야 하지만 거기서는 언제나 여자들을 사슬에다 묶어 두려고 하지요 그네들은 나를 사슬에 묶으려고는 하지 않을 거야 경칠 무서울 건 하나도 없지 한 번 시작하면 정말이지 바보 같은 남편들의 강짜 때문에 정말이지 우리들은 어째 싸움 같은 건 하지 않고 모두 사이좋게 지낼 수 없을까 그녀의 남편이 둘이서 함께 한 짓을 알아냈지 뭐야 글쎄 당연히 그런데 만일 알아냈다 하더라도 별도리 없잖아 그이는 아무튼 아내한테 걷어챈 몸이니까 그이가 무엇을 하든지 간에 말이야 그런 다음 남자쪽에서 아주 극단적인 짓을 하려 들지요 저 아름다운 폭군에 나오는 아내의 경우처럼 물론 사내란 남편이나 부인에 관해서는 생각조차 하려 들지 않지 그가 원하는 건 바로 여자야 그리하여 실제로 여자를 손아귀에 넣고 말지 그 밖의 무엇 때문에 저따위 욕망이 우리들에게 주어졌는지 나는 알고 싶어요 나는 참을 수가 없어 내가 아직도 젊은 바에야 어떻게 할 수 있담 저렇게도 냉정한 그이와 살고 있으면서도 내가 시들어 빠진 할망구가 되지 않은 것이 이상스러워요 나를 안아주는 것도 단지 마음 내킬 때뿐이지 잠잘 때는 나와 거꾸로 자지요 게다가 그이는 내가 누군지도 글쎄 모른다니까 누구든지 여자 엉덩이에다 키스하는 남자와는 싸움을 하고 싶어져요 그런데도 그이는 기괴한 것이면 무엇에나 키스하려 들거든요 어떤 종류의 착유(搾乳)로도 한 방울 나오지 않는 곳에 말이야 우리들여자들은 모두 마찬가지야 두 알의 라드로 여태껏 내가 남자에게 그것을하기 전에 말씀이야 프으흐 더러운 짐승 같으니 생각만 해도 넌더리 나요저는 당신의 발에다 키스해요 아가씨 거기에는 의미가 있어요 그이는 우리들의 현관문에다 키스하지 않았던가 그렇지 그이는 마치 미친놈 하듯했어 나 이외에는 아무도 그이의 미친 생각을 이해할 사람이 없어요 하지만 물론 여자란 거의 하루에도 스무 번이나 안기고 싶어 하지……

그이는 밤에는 책이나 공부를 집어치우고 마구 나돌아 다니며 집이 노상 울퉁불퉁하니까 집에 붙어 있지 않는 것도 바로 그 때문인 것 같아요 글쎄 그건 참 가엾단 말이야 저렇게 훌륭한 아들을 갖고서도 그들은 불만이지 그런데 나에겐 아들이 없어요 그이는 아들을 만들 수 없었나요 그건 내 잘못은 아니야 우리들은 서로 포옹했으니까 내가 텅 빈 길 한복판에서 수놈이 암놈의 엉덩이를 타고 있던 두 마리의 개를 자세히 쳐다보고 있었을 때 그것은 전적으로 나의 기를 꺾게 하였지 내가 울면서 짠 그조그마한 털 재킷으로 그 애를 장사지내지 말 것을 그랬어 그걸 어떤 가 없은 애에게 주는 것이 나을 걸 하지만 나는 다시는 아이를 결코 갖지 못하리라는 것을 잘 알았지 그것이 또한 우리 집안의 최후의 죽음이었어 그 이후로 우리들은 아주 변해 버렸어요 오 나는 그 일 때문에 더 이상 우울해지고 싶지는 않아 왜 그이는 밤을 묵고 가지 않을까 나는 그이가 데리고 오는 사람은 언제나 수상쩍은 남자라고 생각했어 시내를 온통 쏘다니다가 누군지 모를 불량배나 소매치기들한테 부딪치지 않은 것만 해도 만일 그의 불쌍한 어머니가 살아 계신다면 아마 그와 같은 일은 허락하지 않았을 거야 몸을 망치는 일은 말이야 그래도 이 밤은 참 좋은 때야 너무나도 고요하니 나는 무도회가 끝나고 집에 돌아올 때가 좋았어 밤공기가 남자들은 이야기할 친구라도 있지만 우리들 여자들은 그렇지가 못해요 게다가 남자는 얻을 것 같지도 않은 걸 바란단 말이야 그렇지 않으면 어떤 여자는 누구에게나 원한을 품으려고 하지 나는 여자들의 그런 것이 싫어요 남자들이 우리들을 저런 식으로 다루는 것도 이상할 것 없어 여자들은 지독한 암캐 무리들이라니깐 우리들이 그토록 신경이 날카로워지는 것은 온갖 고뇌 때문일 거야 나는 그렇지가 않아요 그이는 저쪽 딴 방의 소파 위에서 아주 편안히 잘 수도 있었을 텐데 그이는 마치 소년처럼 부끄러워했을 거야 그이는 아직 스물이 될까 말까 너무나 젊지요 옆방에서 내가 요강에 소변보는 소리를 들었는지도 몰라 그게 해될 게 뭐람 데덜러스라니 지브롤터에서 듣던 저따위 이름 같아 델라파즈 델라그라시아 모두들 정말 무척이나 야릇한 이름들을 가졌지 뭐야 내게 묵주를 준 적 있는 저 산타 마리아 성당의 빌라플라나 신부님 꼬불꼬불 가(街)의 로잘레스 이 오레일리 그리고 가버노 가(街)의 피심보와 오피소 부인 오 무슨 이름이 그럴까 만일 내가 그녀와 같은 저런 이름을 가졌다면 밖으로 뛰쳐나가 처음 만난 강에 투신자살해 버릴래 정말 야단이야 그리고 저따위 여러

◆ 율리시스 ◆

가지 거리란 거리 파라다이스 비탈길 베들럼 비탈길 로저스 비탈길 크러체츠 비탈길 그리고 악마의 골짜기 층층대 좋아요 비록 내가 방정맞다 하더라도 내 탓은 아니니까요 나도 조금은 그렇다는 것을 알고 있지 맹세코 나는 그때에 비해서 조금이라도 늙었다고는 생각지 않아요 뭐든지 좋으니 스페인 말을 나는 유창하게 할 수 있을른지 몰라 코모 에스타 우스테드 무이 비엔 그라치아스 이 우스테드(안녕하세요 네네 감사합니다) 그런데 당신은 봐요 잊지 않았잖아 몽땅 다 잊어버린 줄로 생각했지 문법만 아니었던들 명사(名詞)는 모든 사람 장소 또는 사물의 이름이란 말이야 심술궂은 루비오 부인이 내게 빌려준 발레라 작(作)의 저 소설을 애써 읽지 않은 것이 유감이야 그 속에 있는 의문부는 모두 두 가지로 뒤집힌 채 붙어 있었지 나는 우리들이 결국 스페인에 살지 않을 거라고 생각했어요 나는 그이에게 스페인 말을 그리고 그이는 나에게 이탈리아 말을 가르칠 수도 있지 그러면 그이는 내가 그토록 무식하지는 않다는 것을 알게 될 거야 그이가 자고 가지 않다니 정말 유감천만이야 그이는 불쌍하게도 몹시 피곤하여 잠을 푹 좀 자고 싶었던 게 틀림없어요 나는 약간의 토스트를 만들어 그이가 잠자리에서 먹게끔 가져다 줄 수도 있었는데 그전부터도 나는 나이프 끝에다 토스트를 찔러서 주지는 않았어요 그건 불행을 의미하니까 그렇지 않으면 만일 그 여인이 양강냉이라나 뭐라나 하는 근사하고 맛있는 걸 가져다 줬으면 좋았을 것을 부엌에는 그이가 좋아할지도 모를 약간의 올리브가 있었는데 아브라인 가게에 있는 것은 정말이지 보기도 싫어 내가 그에게 크리아다(하녀) 역할을 해줄 수도 있고 말씀이야 방은 내가 벽지를 바꿔 바른 뒤로 아주 훌륭해졌어 무언가 나라는 느낌이 언제나 잘 나타나 있지 내가 나 자신을 소개하지 않으면 안 되었을 거야 나를 전혀 모르다니 참 우습지 그렇잖아 내가 그의 아내가 되고 함께 스페인에 살고 있는 척하잔 말이야 멍청히 자기 있는 곳을 전혀 모르는 척 말씀이야 도스 후에보스 에스 트랠라도스 세뇨르(프라이 한 계란 두 개 여기 있어요 도련님)……

당신을 위해 태양이 비추고 있소 그이는 우리들이 호우드 언덕과 만병초꽃 숲 속에 누워 있었을 때 내게 말했지 회색 스코치 나사 복에 밀짚모자를 쓰고 있었어 그날 나는 그가 내게 구혼하도록 해주었지 그렇지 먼저 나는 입에 넣고 있던 씨앗 과자 나머지를 그의 입에 살며시 밀어 넣어주었지 그렇지 그해는 금년처럼 윤년이었어 그렇군 벌써 16년 전이야 맙소사 저 오랫동안의 입맞춤이 끝나자 거의 숨이 막힐 지경이었지 그래 그이는 나를 야산의 꽃이라 했어 그렇지 우리들은 꽃이야 여자의 몸은 어디나 할 것 없이 그래 그것이 그이가 생전에 말한 단 한 가지 진실이었어 그리고 오늘은 태양이 당신을 위해서 비친다고 말이야 그래 그것이 그이를 좋아하게 된 이유였어 왜냐하면 그이는 여자가 어떤 것인지 이해하거나 느끼고 했다는 걸 나는 알았거니와 그이 같으면 언제나 마음대로 할수 있으리라는 걸 알고 있었기 때문이지 그리하여 나는 될 수 있는 한 모든 기쁨을 그이에게 주어 드디어 나로 하여금 그래요 하고 말하도록 그이가 요구하게 했지 그렇지만 나는 처음에 대답하려 하지 않고 단지 바다와 하늘 쪽만 바라보았지 그이가 알지 못하는 별별 걸 생각하고 있었어 멀비와 스캔호프 씨와 해스터와 아버지에 관한 일과 노 선장 그로브주와 부두위에서 이른바 올 버즈 프라이와 아이 새이 스톱 및 위싱 업 다시들의 놀이를 하고 있는 수부들과 그의 흰 헬멧 주변에 뭔가를 두르고 불쌍하게도 볕에 절반쯤 그을린 채 총독의 저택 앞에 서 있는 파수꾼과 숄을 두르고 커다란 빗을 꽂은 채 소리 내어 웃고 있는 스페인 소녀들과 그리스인들과 유대인들과 아라비아인들과 악마가 아는 그 밖의 유럽 각지에서부터 모여든 이상한 사람들로 북적이는 아침의 경매장과 듀크 가와 라비 사론 가게 앞의 떠들썩한 가금(家禽) 시장과 반쯤 잠든 채 휘청거리고 있는 불쌍한 당나귀들과 망토를 걸치고 계단 위 그늘에서 잠자고 있는 얼빠진 자들과 소달구지 커다란 바퀴와 수천 년 묵은 고성(古城)과 그래요 그리고 임금님들처럼 하얀 옷을 입고 터번을 두른 채 그들의 조가마한 가게 안에서 그대에게 좀 앉아 쉬어 가도록 권하는 저 잘생긴 무어 인들과 그녀의 애인이 창살 쇠막대에 입 맞추도록 격자에 가려진 두 개의 들여다보는 작은 구멍을 가진 여인숙들이 있는 론다와 밤에는 번쯤 열린 술 가게와 캐스커내츠와 우리들이 알제시라스에서 보트를 놓쳐 버린 밤 램프를 들고 근엄하게 순회하고 있던 야경꾼들과 오 저 무시무시한 깊은 급류 오 그리고 바다 때때로 불같은 심홍색 바다와 저 찬란한 황혼 그리고 알라마다 식물원의 무화과나무 그렇지 그리고 온갖 괴상한 작은 거리들과 핑크색 푸른색 및 노란색의 집들과 장미원과 자스민과 재라늄과 선인장들과 내가 소녀로서 야산의 꽃이었던 지브롤터 그렇지 내가 저 안달루시아 소녀들이 항상 그러하듯 머리에다 장미를 꽂았을 때 혹은 난 붉은 갈로 달까 봐 그렇지 그리고 그이는 내게 무어의 성벽 밑에서 어떻게 키스했던가 그리고 나는 그이를 당연히 다른 사람만큼 훌륭하다고 생각했지 그런 다음 나는 그이에게로 눈으로 다시 한 번 내게 요구하도록 말이야 그래 그러자 그이는 내게 요구했어 내가 그러세요 라고 말하겠는가고 그래요 나의 야산의 꽃이여 그리고 처음으로 나는 나의 팔로 그이의 몸을 감았지 그리고 그이를 나에게 끌어당겼어 그이가 온갖 향내를 풍기는 나의 앞가슴을 감촉할 수 있도록 그래 그러자 그이의 심장이 미칠 듯이 팔딱거렸어 그리하여 그렇지 나는 그러세요 하고 말했어 그렇게 하겠어요 네(yes)

피네간의 경야

[강가의 갈대 바람의 묘사]

저 바로 유약(柔弱)한 유녀(遊女)의 유랑(流浪)거리는 유연(柔軟)의 한숨에 유착(癒着)하는 나귀의 유탄(柔嘆) 마냥 유삭(遊爍)이는 유초(遺草)들 오 미다스 왕의 갈대 같은 기다란 귀(耳)여. 그리하여 유영(柔影, 그림자)이 제방을 따라 활광(滑光)하기 시작했나니, 활보하며, 활가(活歌)하면서, 회혼(灰昏)에서 땅거미에로, 그리하여 그것은 모든 평화가(平和可)의 세계의 황지 속에 황혼가한(黃昏可限)의 황울(滉鬱)이었도다. 월강지(越江地)는 모두 이내 단색형의 부루넷(거무스름한) 암흑이었나니. 여기 서반지(西班地) 혹은 수토(水土)는, 거삼(巨森)이요 무수림(無數林)인지라. 쥐여우 묵스는 건음(健音)의 눈(眼)을 우당(右當) 지녔으나 그는 모두를 다 들을 수가 없었나니. 포사자 그라이프스는 경광(輕光)의 귀를 좌잔(左殘) 가졌으나 그는 단지 잘 볼 수가 없었도다. 그는 묵지(默止)했나니라. 그리하여 그는 중(重) 및 피(疲)하여, 묵지(默識)했나니, 그리하여 그들 양자는 여태 그토록 암울한 적이 없었도다. 그러나 여전히 무(서[鼠])는 서여명(鼠黎明)이 다가오면 자신이 오포(娛布)하게 될 심연에 관하여 사고했나니 그리고 여전히 포(葡)는 자신이 은총에 의하여 운(運)을 충만하게 가지면 포주(葡走)하게 될 필상(筆傷)을 탈피감(脫皮感)했나니라. (『FW』158)

「제I부 7장」 문사 셈

셈이 쉐머스의 약자이듯이 젬은 야곱의 조기어嘲氣語로다. 그가 토착적으로 존경할 만한 가문 출신임을 확신하는 여전히 몇몇 접근할 수 있는 완수자頑首者들도 있는지라(그는 청침수(靑針鬚) 및 공포의 철사발(鐵絲髮)의 가계(家系) 사이의 한 무법자요 그리고 대장 각하 사(師) 수림(鬚林) 씨의 그의 가장 먼 결연 가운데 한 인척이었나니) 그러나 오늘의 공간의 땅에 있어서 선의의 모든 정직자라면 그의 이면 생활이 흑백으로 쓰일 수만은 없음을 알고 있도다. 진실과 비 진실을 함께 합하면 이 잡종은 실제로 어떻게 보일는지 한 가지 어림으로 짐작할 수 있으리라.

셈의 육체적 꾸밈새는, 보기에, 손도끼형의 두개골, 팔자형의 종달새 눈, 전공全孔의 코, 한쪽이 소매까지 마비된 팔, 그의 무관두無冠頭에는 42가닥의 머리털, 그의 가짜 입술까지 18가닥, 그의 커다란 턱에 매달린 섬유사絲 3가닥(돈남(豚男)의 아들), 오른쪽보다 한층 높은 잘못된 어깨, 온통 귀, 천연 곱슬곱슬한 인공 혀, 딛고 설 수 없는 한쪽 발, 한 줌 가득한 엄지손가락, 장님 위胃, 귀머거리 심장, 느슨한 간, 두 개 합쳐 5분의 2의 궁둥이, 그에게는 너무 무거운 14스톤 무게의 끈적끈적한 불알, 모든 악의 남근, 살빠진 연어의 엷은 피부, 그의 차가운 발가락의 장어 피, 부풀린 방광을 포함했나니, 그리하여 너무나 그러하기 때문에 젊은 쉐미 군은 광역사光歷史의 바로 여명에서 그가 처음 데뷔한 바로 그 순간에 자기 자신이 여차여차하다는 것을 알고는, 당시 옛 홀란드 국(괭이 나라), 슈브린 시, 돈가豚街 111번지의, 비원悲園인, 그들의 유아원에서 엉겅퀴 말(言)

을 하며 놀고 있었을 때, (우린 이제 전십백천 푼돈을 위해 거기로 되돌아갈까? 이제 우린 몇 루피를 위해 그렇게 할까? 우린 완전 20에이트와 한 이레타를 위해 할까? 12브록크 1보브를 위해? 4테스타와 1그로트를 위해? 다이나로는 안 돼! 절대로 안 돼!) 그는 모든 꼬마 동생들과 자매들 가운데 우주의 최초의 수수께끼를 자주 말했나니. 묻기를, 사람이 사람이 아닌 것은 언제지? 시간을 끌도록 그들에게 말하며, 꼬마들, 그리고 기다려요, 조수潮水가 멈출 때까지 (왠고하니 처음부터 그의 하루는 두 주였기에) 그리고 과거로부터 작은 선물인, 신감辛甘의 야생 능금을 상으로 제공하면서, 왜냐하면 그들의 청동 시대는 아직 주조되지 않았기에, 우승자를 위해. 한 놈은 천국이 퀘이커 교도일 때라고 말했고, 둘째는 보헤미안의 입술일 때라고 말했나니, 셋째는 인간이, 아니, 정말 잠깐만 기다려, 그가 그노시스 교도로서 결의가 대단한 때라고 했으며, 그 다음 놈은 죽음의 천사가 인생의 두레박을 걷어 찰 때라고 말했고, 여전히 또 다른 놈은 술이 제 정신을 잃고 있을 때라고 말했나니, 그리하여 여전히 또 다른 놈은 귀여운 여인이 허리를 굽혀 사나이를 실신시킬 때라고 했으며, 가장 꼬마 중의 한 놈은 나야, 나, 셈, 아빠가 항접실港應室을 도배했을 때라고 말했고, 가장 재치 있는 놈들 중의 하나는, 자신이 가짜 사과를 먹고 갈고리 모양으로 오손 될 때라고 말했으며, 여전히 한 놈은 네가 늙고 내가 백발로 잠에 깊이 떨어질 때라고, 그리고 여전히 또 한 놈은 우리들 사자死者가 몽유병자일 때, 그리고 또 한 놈은 그가 단지 유사 할례를 받은 직후일 때라고, 또 다른 놈은, 그래, 그가 바나나를 갖고 있지 않을 때라고, 그리고 한 놈은 저 돼지들이 공중으로 날아 올라가는 것을 막 시작할 때라고 말했나니라. 모두들 다 틀렸도다. 그런고로 셈 자신은, 독박자獨博者, 과자를 택했나니, 그리하여 올바른 해결은—모두 포기했는고?—; 자신은 한 사람의—바위의 활열滑裂

때까지-여불비례.-가짜 셈.

셈은 한 가짜 인물이요 한 저속한 가짜이며 그의 저속함은 음식물을 경유하여 처음 살금살금 기어 나왔나니라. 그는 너무나도 저속하여, 연어 도안과 아일랜드 다리 사이에서 여태껏 작살로 잡힌, 최고급 곤이 가득찬 훈제 연어 또는 최고급 뛰노는 어린 연어 또는 일년생 새끼 연어보다 오히려, 그 싼값이 마음에 드는지라, 깁센 회사 제의 다시용茶時用 통조림 연어를 더 좋아했나니 그리하여 여러 번 자신의 보튤라누스 중독 속에 되풀이 말했거니와, 어떠한 정글 산의 파인애플도 여태껏 잉글랜드, 모퉁이 가옥, 핀드래이타 및 그래드스톤 회사의, 아나니아스 제의 깡통으로부터 그대가 흔들어 쏟아 낸 염가품처럼 맛이 나지 않았도다. 그대의 인치 두께의 청혈淸血의 바라크라바 화형火刑-후라이-스테이크 또는 희제점希帝店의 뜨거운 양고기의 젤리 즙 많은 다리 고기 또는 지글지글 엿기름 꿀꿀 돼지 즙 또는 저 희랍 계심鷄心의 유다 청년을 위한 소견목육즙沼堅木肉汁의 늪 속에 온통 빠진 듯한 프럼푸딩 과자 재료 뭉치를 닮은 석판 위의 육향적肉香的 압흉육鴨胸肉은 아니라 할지라도! 옛 열성국의 장미 소燒 비프! 그는 그것을 손에 근촉近觸할 수 없었나니. 그대의 시식인屍食人의 남男 인어가 우리들의 처녀 채식주의자의 백조를 좋아하게 될 때 무슨 일이 일어날지 알겠는고? 그는 심지어 여 흉노 자신과 도망을 쳤고 한 원속자遠贖者가 되었나니, 가로되, 자신은 광狂일랜드의 쪼개진 작은 완두콩을 주무르는 것보다 유럽에서 편두 요리를 통하여 얼렁뚱땅 지내는 것이 훨씬 빠를 것인지라. 언젠가 무 희망적으로 무원無援의 도취 상태에서 저들 반역자들 가운데, 저 어식자魚食者는 원圓시트론 껍데기를 한쪽 콧구멍으로 들어올리려고 경투競鬪했을 때, 딸꾹질을 하면서, 자신의 성문聲門 폐쇄와 함께 자신이 가진 습習 결함에 의하여 분명히 즉발卽發 당했나니, 그는 시트론의, 키스드론의 향기에 의하여 영원히 유화流花 마냥 코카 번화繁花했는 바, 레바논의, 레몬과 더불어, 산 위의, 옹달샘의 삼목을 닮았기 때문이로다. 오! 그 자의 저속함이란 저 침저沈底에 달할 정도로 온통 하층이었나니! 어떤 화수火水 또는 최초 대접받는 최초 주酒 또는 식도 소주 또는 게다가 순수 바렛 양조 맥주마저도 유사 유사 아닌지라. 오, 정말 아니! 그 대신 저 비극의 어릿광대는 신 포도의 과실즙으로부터 짜낸 사과즙을 여과하는 어떤 종류의 이국 산 오렌지 황록흑청색의 담뱃대에 매달린 인생에 감염병感染病 되었는지라 유장애소乳漿哀訴롭게 혼자 흐느껴 울었나니 그리하여, 그의 감침적感沈的 실수잔失手盞을 나누는 사이 그가 너무나 마마많은 호리병박의 술을 마마마많이 꿀꺽 마셨을 때 거의 같은 저급한 동주호자同酒豪者들에게 토해내는 이야기를 듣노라면, 그런데 그 자들은 언제나 그런데도 불구하고 자신들이 충분히 마신 때를 알고 있었나니 그리하여 저 비참자의 후대에 대하여 온당히 분개했는지라, 당시 그들은 두렵게도 또 다른 술 방울을 마실 수 없는 것을 발견했을 때, 술은 고상한 단백질로부터 직행한 것이라, 봐요, 넓게 펼쳐 앉은 채, 봐요, 봐, 그녀의 그걸 감추는 이유, 이봐 이봐 이봐, 저 포도주 술통, 대 공작비公爵妃의 그것처럼 가장 신선한 헝가리 요주尿酒에 속하나니, 만일 그녀가 한 마리 집오리(더크)라면, 그녀는 여 공작(더치)이라, 그리하여 그녀가 백포주색의 콧물을 가질 때 그녀의 잘못, 글쎄 그런고? 가짜 놈들이여, 우스꽝스럽게 그대들은 능글능글 웃고 있나니, 그대들이 그녀 속에 아직 있다고 상상해 볼 지라, 여흥요주女興尿酒.

그건 멋진 것이 아닌고, 이봐요? 다茶단연코! 저속함에 관해 말 할지라! 저 저속함의 무슨 개(犬)놈의 양量이라니 그건 이 불결한 작은 까만 딱정벌레한테서 진하게 눈에 띌 정도로 스며 나왔는지라 왠고하니 어떤 소치는 촌뜨기 소녀가 그녀의 냉혈 코닥 카메라를 가지고 저 여태껏 무보수의 민족적 배신자를 바로 그 네 번째 스냅 사진으로 찍으려 하자, 그는 비겁하게 총과 카메라를 꺼려했는지라, 그가 기꺼이 생각한 바 카알 페레, 쇼크 아메리가스로 가는 지름길을 택하면서, 얼마 전에 원한을 풀품었던 뒤라, 조선소인 프라이드윈을 경유하여, 비행非行의 출구,

제13번 기차 철로로 하여, 그의 여보세요, 아가씨! 안녕하세요, 우냉 필양愚冷筆孃과 함께, 과일 가게와 가성歌聲 꽃장수 가게인, 파타타파파베리 속으로 달려 들어갔나니, 그녀는 그의 걸음걸이로 보아 이 형무소를 탈출한 악한이 사악하고 방탕한 자임을 현장에서 당장 알아차렸던 것이로다.

〔존즈는 색다른 고깃간입니다. 다음 시소時所에 당신 마을에 오시면 꼭 한번 들려주십시오. 아니면 좋으신 대로, 금일 매買하러 오십시오. 당신은 목축업자의 춘육春肉을 즐기실 겁니다. 존즈는 이제 빵 구이와는 완전히 결별했습니다. 다지기, 죽이기, 벗기기, 매달기, 빼기, 사지 자르기 및 조각내기. 그의 양육羊肉을 만져 보세요! 최고! 염양廉羊이 어떤지 만져 보세요! 최최고! 그의 간 또한 고가요, 공전의 특수품! 최최최고! 이상 홍보함.〕

그때쯤에, 더욱이, 누구든 일반적으로, 장의사들 사이에 금金 애정적으로 희망하거나 또는 아무튼 어렴풋이 느끼고 있었으니 그는 일찍이 꼴사나운 모습으로 바뀔 것이요, 유전적 폐결핵(T.B.)으로 발달하여, 한 호기에 녹초가 될 것이라. 아니, 어느 비가 억수같이 쏟아지는 밤에 담요를 뒤집어 쓴 빚쟁이들의 눈을 피해, 에덴 부두 저편의 조잡한 노래며 물 튀기는 소리를 들으면서 한숨짓고 몸을 뒹군 채, 확실히 만사가 다하여, 그러나, 비록 그는 심하게 그리고 지방적으로 차변借邊 속에 떨어졌는데도,

심지어 그런 때도 이와 같은 도덕률 폐기론자는 전형에 진실할 수 없었도다. 그는 자신의 대뇌에 발포하지 않을 것이요; 그는 리피 강에 투신하지 않을 것이요; 그는 폐랑肺囊으로 자폭하지 않을 것이요; 그는 진흙으로 질식하기를 거절했도다. 외국산 악마의 유독성 엉경퀴를 가지고, 저 생래 허약체질의 사기한은 죽음까지도 편취했도다. 반대로, 전보를 쳤나니(그러나 자신의 맥아구(麥芽口)로부터 고가어(高價語)를 흔들면서. 해안 경비종(從) 레포렐로라? 경칠 놈 같으니!) 그의 나폴리의 정신 요양원으로부터 자신의 동생인 조나단에게. 여기 오늘 오케이, 내일이면 가다, 우리는 첨접添接이나니, 뭔가 도와다오, 무화자無火者. 그리고 답신을 받았나니. 불여의, 데이비드.

글쎄 이봐요, 여러분, 그건 조금씩 새어 나올 것이니, 물론 변덕스럽게도, 그러나 이야기의 자초지종은 이러 하외다. 그는 방랑시인적 기억력에서 저속했나니. 항시 그는 달구지 여행담의 모든 토막을 보장寶藏의 만족을 가지고 마음속에 계속 보축寶蓄하고 있었는지라. 이웃 사람의 말을 탐욕 한 채, 그리고 만일 여태껏, 국민의 이익 속에 월요月曜 세洗 대화가 소동을 부리는 동안, 미묘한 토막 뉴스가 누군가 선의의 사람들에 의해 자신의 사악한 여로에 관하여 자신에게 던져지기라도 하면, 입 사나운 교황 절대주의자와 더불어 사물의 영광을 위한 항변투抗辯鬪에 대하여 성서 논쟁으로 헛되이 변론하나니, 밥벌레, 그리고 경칠 걸식자 대신에 아남兒男이 되는지라, 모두 빌어먹을, 이를테면. 간원하건대, 이 술고래 같으니, 저 대륙적 표현의 의미는 무엇인고, 그대는 여태껏 그것으로 해가解架될지 몰라도, 우리는 그것이 통명通明하게도 어중이떠중이 같은 말로 생각하는지라? 혹은 그대는 여하처如何處, 경칠 개놈 같으니, 그대의 가리벌여행旅行 도중 혹은 그대의 전원의 음유 여행하는 동안 저속한 돼지 놈의 이름에 훌쩍이는 어떤 경쾌한 젊은 귀족과 어디선가 우연히 마주치지 않았던고, 언제나 그의 입의 구석지기로 여인들에게 말을 거는 자 같으니, 꾼돈으로 생활을 하며 은밀자유隱密自由하고 나이 마흔 셋에? 마치 자신이 대단한 학자인 것처럼 조금도 조급한 기색 없이, 그리고 조금도 미안한 생각 없이, 그가 풋내기 뱃사람의 공허한 얼굴 표정을 지으며, 자신의 청각자의 외측의 이각耳覺에 연필을 근착根着하고, 그런 다음, 설렁대면서, 파넬 풍의 혀짤배기소리, 시간을 보내기 위해, 그리고 얀샌 파派의 그리스도 천개 아래, 대학에 다녀온 한 알비온 신사의 어떤 얌전한 자식이 뭐라 생각할지를 땀을 뻘뻘 흘리며 필사적으로 생각하면서, 그에게 사순절을 깨닫게 하고는 저 타미르어語 및 사미탈어 회화의 갈채에 동조했던 모든 인텔리인들에게 말하기 시작하는지라(왜냐하면, 지금이나 이전이나 상대는 의사들, 상인 변호사들, 종루 정치가들, 농업 수공자들, 청천회(淸川會)의 성구자(聖具者)들, 이들 만유재신설자(萬有在神說者)들 주변에 동시에 될 수 있는 한 많이 기식하는 박애주기자(博愛主技者)들) 자신의 전체 저속한 천민의 어중이떠중이 존재에 대한 전全 필생의 돼지 이야기를, 이토泥土가 있는 곳에는 어디나 지금은 사멸한 자신의 조상들을 비방하면서 그리고 자신의 원遠 명성을 띤 멋진 조상인 포파모어에 관하여 커다란 궁둥이 나팔 포를 (꽝!) 한 순간 타라 쿵 울리며 칭찬하나니, 에햄에햄 씨, 역사, 기후 및 오락이 그를 자신의 씨족의 시조로 삼았던 바 그리하여 언제나 빚을 진 상태라, 비록 천국은 그가 얼마나 많은 벌금에 직면하고 있는지 듣고 있을지라도, 그리하여 또 다른 순간 정역적正逆的으로, 어떤 소지봉小紙封이라는 자신의 부패한 꼬마 유령에 대하여 삼창의 야유 (체!)를 내뱉나니, 힘미쉼미 씨, 고사자, 악취자, 경박자, 콧대 센 자, 떠듬거리는 자, 얼간이, 도적들 가운데 불결한 칠번자七番者 그리고 언제나 바닥 톱장이(소야)로서, 마침내 소박

가정적인 가정이 도대체 무엇인지 모르는 자, 부재자를 대신하여 무청無
請의 증언을 제시하며, 그곳의 참석자들에게 마치 지붕의 처마 이슬방울
처럼 조잘대나니, (한편 그런 사이에 이들은, 그의 의미론에 점점 흥미를 결하여,
다양한 잠재의식적인 킬킬대는 웃음을 그들의 용모에서 천천히 몰아내도록 했거니
와) 무의식적으로 설명하면서, 예(잉크스탠드)를 들면, 광기에 접변接邊하
는 세심성을 가지고, 자신이 오용한 모든 다른 외국의 품사의 다양한 의
미를 그리하여 이야기 속의 모든 다른 사람들에 관하여 비非 위축적 온갖
허언을 위장僞裝 전술하는지라, 무시하면서, 물론, 전前의식적으로, 그들
이 자신과 관여한 단순한 전도와 역병 및 독기를, 마침내 그러한 장광설
의 암송에 의하여 천조千鳥의 발뒤꿈치에 있어서까지 전적으로 기만되지
않는 자 그들 가운데 하나도 없었도다.

그는 물론 말할 필요조차 없거니와, 저 멍청이 같은 놈은 어떤 분명하
고 직설적이요 입상立上 또는 도하倒下의 소란에 접근하는 일은 그 어떠한
것이든 싫어했는지라, 그리하여 속어론자俗語論者들 사이에서 그 어떤 팔
각형의 논의를 중재하기 위하여 자신이 소환당할 때만큼 자주, 저 낙인찍
힌 무능자는 언제나 최후의 화자와 어깨를 비비거나 굳은 악수자였나니
(촉수는 말없는 화법이라) 그리고 단어 하나 하나가 반半 언급되자마자 각각
에 동의하며, 예예 명령만 내리소서! 그대의 하인, 좋아요, 난 그대를 존
경해요, 어떻게, 나의 선각자? 자 한잔하지! 아주 정말이야, 감사하네, 난
확실히 그래, 무슨 말인지 알아? 또한 좋아, 좋을 대로, 확실해?, 여기 채
워 줘! 그래 그래, 자네 말했지, 과연, 정말 고마워, 나를-공격하는 거
냐?, 게일(생강) 어-알아-그대?, 그대의 착한 자신에게, 인기燐氣응변이
라, 그리고 그때 이내 그의 전비균형全非均衡의 관심을 다음의 팔각형 논자
에게 초점을 맞추나니, 그 자는 청취자의 시선을 포착하고, 그를 기쁘게

하기 위해 그리고 그를 위해 더욱 다시 한 번 감질나는 자신의 주잔을 넘치도록 채우기 위해 가능한 무엇이 세상에서 존부존存不存한지를, (관〔冠〕 씌운 피 가래침으로) 그의 애처로운 일별에서 그를 물으며 소원하는 것이었도다.

어느 하리케인 폭풍야 (왜냐하면 그의 출발은 심한 강우를 동반했기에) 어떤 기천우幾千雨와 같은 아주 최전最前의 일이거니와 그는 그런고로 개인적 폭력과 밀접하게 유사한 것으로 대접을 받았나니, 리피 강의-텀블린의 삭막한 마을을 통과하여 부副 마보트 시장 81번지에 있는 반홈리 씨의 집으로부터 멀리 녹전綠田(그린 팻지)까지 연어 연못의 연와장煉瓦場 너머를 생석회 자 대 느리광이 탐지자의 라이벌 팀에 의하여 전혀 의심의 여지없이 축구蹴球당하자, 그들은 마침내, 자신들이 정말로 오히려 너무 느지막까지 지체되었기에, 일이 일인지라, 경쾌한 저녁에 대한 감사와 함께, 하나에서 열까지 싫증이 난 채, 그를 도로 럭비 하는 대신에, 그들의 오우본에서-오우본을-뒤쫓아 집을 향해 질주하는 것이 낫다고, 생각했는지라, 정신을 차리고, 단단하고 열렬한, 우정에 보답했나니 (비록 그들은 자신들이 그에게 야기한 모든 분쟁에 대하여 악한들만큼이나 질투했을지라도), 그런데 이러한 우정은 단지 밉살스런 전도자의 완전한 저속에서 나온 것이었도다. 다시 사람들은, 경멸 중의 경멸로서 그를 쳐다보고 있었나니, 처음에 그를 오니汚泥 속에 구르도록 한 다음, 만일 적당히 이(蟲)가 잡히면, 그를 가엾게 여기고 용서할 한 가닥 희망이 있었나니, 그러나 저 평민은 생래의 저속함 때문이라 몸을 저속하게 빠뜨리며 마침내 그가 시야에서 사라져 버렸던 것이로다.

모든 성인聖人들이여 악마를 타할지라! 미카엘이여 악마에게 골을! 불가! 이미?

여하처如何處의 전 세계가 그의 아내를 위해 그 자신을 편든 적은 아직 없었도다; 여하처 가련한 양친이 벌레, 피(血)와 우뢰에 대하여 종신형을 선포한 적은 없었나니 코카시아 출신의 제왕이 지금까지 천사영국에서 아더 곰을 강제 추방한 적은 없었도다; 색슨족과 유태족이 지금까지 언어의 흙무덤 위에서 전쟁을 한 적은 없었도다; 요부의 요술요술이 지금까지 높은 호우드 언덕의 히스 숲에 불을 지른 적이 없었도다; 그의 무지개가 지금까지 평화평화를 지상에 선언한 적은 없었도다; 열 열 열족裂足은 천막에서 틀림없이 넘어지고, 비난받을 정원사는 떨어지기 마련이라; 깨진 계란은 씹힌 사과를 추구할지니 왜냐하면 의지가 있는 곳에 벽이 있기 마련이도다; 그러나 그들의 광자狂子가 그의 관棺을 뛰어오르는 동안 정산靜山은 물방아 도랑에 얼굴을 찌푸리나니 그리고 그녀의 계곡 유성流聲이 각하에게 속삭이고 그녀의 모든 어리석은 딸들이 그녀의 귀에 웃음을 짓도다, 마침내 농아 토리 섬의 네 연안들이 12마리 벙어리 애란 집게벌레로 하여금 욕설을 퍼붓도록 하도다!

들을지라! 들을지라! 그들의 잘못된 오해를 위해! 퍼스-오레일의 민요를 지저귈지라.

오, 불행 중 다행! 왼쪽은 게루빔케이크를 갖는가 하면 오른쪽은 그의 발굽을 쪼개도다. 깜둥이들은 저 교활한 놈을 끌어내어 비非-배설적, 반反-성적, 염악적, 청결 순수적, 혈육 경기를 결코 시킬 수 없었나니, 무모無謀 모모某某 씨에 의하여 작사되고 작곡되고 작가作歌되고 무용舞踊되어, 흑인 아동들이 종일 유희하듯 꼭 같이, 저 오래된 (봉밀 각[角]과 강도의 내용 무[無]!) 게임들을 재미와 원소를 위해 우리는 다이나와 함께 놀곤 했는지라 그리고 늙은 조우는 그녀를 뒤와 앞에서 걷어차고 그 흑백혼혈 황녀黃女는 조우를 뒤에서 걷어차나니, 경기는 다음과 같도다.

둥둥 툼툼 풍적수風笛手, 경찰관 놀리기, 모자 돌리기, 포로 잡이와 오줌 싸기, 미카엘 나무의 행운돈幸運豚, 구멍 속의 동전, 여 족장 한과 그녀의 암소, 아담과 엘, 윙윙 뎅 벌, 벽 위의 마기 가, 둘 그리고 셋, 아메리카 도약, 소굴의 여우 사냥, 깨진 병, 펀치에게 편지 쓰기, 최고급품 당과점, 헤리시 그럼프 탐험, 우편배달부의 노크, 그림 그리기? 솔로몬의 묵독默讀, 사과나무 서양 배 종자, 내가 아는 세탁부, 병원 놀이, 내가 걷고 있었을 때, 드림코로아워의 외딴집, 워털루 전쟁, 깃발, 숲 속의 계란, 양품장수, 꿈 이야기, 시간 맞추기, 낮잠, 오리미이라, 최후 독립자, 알리 바바와 40인의 도적, 오이지 눈과 수발총병, 생의 단일 수手결혼 및 불재발죄不再發罪, 짚 쿠니 캔디, 밀집 속의 칠면조, 장운조長運朝의 반종, 미리컨경야의 다취미, 팻 파렐과 칫솔 찾기, 사제司祭 구두 벗기는 비계, 그의 증기가 정원 주변의 룸바춤을 닮았을 때.

그런데 악명으로 높이 알려져 있는 바, 저 놀랍도록 위협적인 일체파一體派 일요일에 저 웅대한 겔만 대 골의 올스타 전이 우리들의 비상한 월링튼 파와 우리들의 작은 틱크스 파 간에 급급하게 분노로 변했을 때 환영의 마르세이유의 그리고 아일랜드의 눈이 그들의 등에 미소 짓는 단도를 어떻게 내려쳤는지를, 당시 적, 백 및 청군이 흑, 백 및 적군을 맞이하고 녹, 백 및 적군이 영국의 전투 보충병과 한판 하다니, 처세포훈處世砲訓에 의하여 단호히 지상 명령을 받아, 지독한 공포가 그를 개량하자, 이 야비한은 파자마의 고약한 발작 속에 마치 자신의 벌거숭이 생명을 위하여 토끼 새끼처럼, 진토에로, 아 맙소사, 마을의 모든 미녀들의 냄새 풍기는 저주에 의하여 추적당했는지 그리고, 일격을 가하지도 않은 채, (그가 걸친 돼지 스톨 목도리를 질질 끌면서, 왜냐하면 그가 먼지를 털었기 때문이라)

그의 잉크 병전甁戰의 집 속에 홀로 코르크 마개처럼 틀어박힌 채, 주기 때문에 한층 고약하게 악화되어, 거기 일생 동안 그 속에 멀찌감치 머물기 위하여, 그리고 거기, 한순간도 놓치지 않을 세라, 그가 염捻 발음을 한껏 내며 염념念念 블루스를 터뜨릴 때까지 피아노와 더불어 주먹을 치며 돌아다닌 다음이라, 슈위쩌어 가게에서 산 요 껍데기 아래 조심스럽게도 맥없이 쓰러졌나니, 자신의 얼굴을 죽은 용사의 장우장長雨裝 속에 봉투하고, 그의 발에는 자장가의 햇빛 가리개 모자와 온수병으로 그의 기다림의 정력을 불 피우기 위하여 무장하고, 연약하게 신음하면서, 수도 사마리아 풍의 단순 주제로, 그러나 경칠 엄청나게 길고도 잇따라 큰 소리로 민족이라니, 한편 큰 확잔擴盞로부터 꿀꺽꿀꺽 마시기에 종사했는지라, 그의 부父 페트릭의 연옥은 네덜란드 검둥이가 견딜 수 있는 이상의 것으로, 비밀결사 전투와 모든 노호에 의하여 반신불구된 채, (견총〔絹籠〕으로 넘치는, 매모〔每母〕 소〔消〕마리아여! 천모신〔天母神〕, 성 아베마리아여!) 그의 뺨과 바지가 총소리 멈출 때마다 매번 색깔을 바꾸고 있었도다.

평신도 및 신神 수녀 여러분, 저 저속에 대하여 어떠하나이까? 글쎄, 십자포도+字砲徒의 개놈에 맹세코, 전全 대륙이 이 야비한 환자의 저속으로 쎙쎙 울려 퍼졌나니! 소파 위에 슈미즈 속옷 바람으로 누운 수묘數墓의 요녀들, (반란의 저녁 별들이 그들을 옴짝달싹 못하게 하여) 비늘 불경 어魚의 적나라한 (오!) 언급에 소리쳤나니. 악운 어魚여!

그러나 어느 누구, 정신병원을 별개로 하고, 그걸 믿겠는고? 저들 깨끗하고 귀여운 지품천사 가운데 아무도, 네로 황제 또는 노부키조네 황제 자신도 이 정신적 및 도덕적 결함 자가 하듯 (여기 아마도 그의 최고 속성이 정수에 달하여) 그의 괴물적 경이성에 대하여 지금까지 이토록 퇴락한 견해를 키워본 자 없었나니, 이자야말로 어느 경우에도 발포하기보다는 푸념을 터뜨린 것으로 알려졌거니와, 한편 독주를 심하게 마시면서, 그가 카페 다방에서, 함께 벗 삼아 오곤 했던 쾌남아요 개인 비서인, 저 대화자, 천국 산의 쌍둥이, 어떤 데이비 브라운-노우란 자에게, (이 돈골[豚骨]의 견[犬] 시인은 자신이 부여한 베데겔러트라는 교수자의 이름하에 스스로를 가장했거니와) 집시 주점의 현관 입구에서 (셈은 언제나 모독적이라, 성서[聖書]롭게 기록된 채, 빌리, 그는 애쓰러하나니, 늙은 벨리, 그리하여 이 사내 잭은 차월[此月]의 매녀[賣女]에게 자신의 네 수프의 총액을 지불하려고, 볼리, 확실히 저 유성의 꼬리처럼, 사가[史家]의 40이빨을 위한 맛에 걸맞게, 유언하자면, 단지 20분만 더, 여보 소[牛], 플룸의 마이스토르 쉬에머스에 의해 저술된 술, 여인 그리고 물시계, 또는 사나이가 미칠 때의 외도법이라 이름 붙을 그의 상상적 민요집, 살인적 필경법으로 된 어떤 최독[最讀]의 작품을 귀담아 들으려고 애쓰곤 했는지라) 그는 자신이 선밀[先密]하게 자신의 극지적[極地的] 반대자와 닮지 않거나 아니면 전확[前確]히 자기 자신과 꼭 같다고 상상 또는 추측했나니, 그윽(실례!), 어떤 다른 다모자[多毛者]도, 다른 피수자[彼鬚者](셰익스피어)도 으윽(실례!) 의식하지 않았는지라, 게다가, 위대한 도망자(스콧), 속임자(디킨스) 그리고 암살자(테커리)라 할지라도, 비록 자신이 마치 토끼 난동[亂童] 소년처럼 럼드람의 모든 다방의 사자들과 더불어 자신에 반시[反視]하여 아이반호 되고, 호면[狐面] 대 호면 호사[狐詐] 당했다 하더라도, 그는 악[惡]한 비[卑]한 패[敗]한 애[哀]한 광[狂]한 바보의 허영의 (곰)시장[市場]의, 루비듐색의 성 마른 기질을 가진 정신착란증 환자인지라, 인과의 의과[意果]를, 십자 말 풀이 후치사로, 모든 그따위 종류의 것들을 스크럼, 보다 크게 스크람, 최고로 스크럼을 짜 맞추어 선통[先痛]하게 하고, 만일 압운이 이치에 맞아 그의 생명사선[生命絲線]이 견딘다면, 그는 비유적 다음성적[多音聲的]으로 감언하고, 모든(샛길) 영어 유화자[幽話者]를 둔[臀]지구(어스말) 표면 밖으로, 싹 쓸어 없애 버리려고 했도다.

그가 저 피비린내 나는, 시위틴의 날을 경험한 철저한 공포에 이어, 비록 많은 시련을 겪은 루카리즈드 마을의 모든 문설주가 짙은 최초산最初產의 피로 얼룩지고, 온갖 자유로운 자갈길이 영웅들의 피로 미끄러운데도, 타인들을 위하여 창공을 향해 절규하면서, 그리고 노아의 홍수 및 배수의 도랑이 환희의 눈물로 용솟음치고 있는데도, 우리들의 저속한 황량자는 구내 외근外近을 선동하는 분발할 공통의 음매음매 양羊의 담력을 결코 갖지 못했는지라 한편 횃불 군중의 그밖에 모든 사람들은, 난도질당하고 함께 난타당한 채, 한 떼 운집하여, 도섭하거나 사방 보트를 타고, 해해海海 주해走海, 피터와 폴 작의 애국란시愛國蘭詩의 괴물서로부터 길루리 코러스와 오 순결하고 신성한 종전宗戰!을 찬가하면서, 방금 그리고 언제나 중국 선을 타거나 또는 세속世速의 침선沈船을 타고, 머리를 쳐드나니, 그의 선의의 정신 착란에서 (꼬마 녀석들은 네 발로 자신들의 자연 학교 소풍을 위해 사방으로 기어다니며 그러나 간헐적으로 윙윙 유탄 소리가 노래를 외치자 아이답게 환희 가득한지라) 그리고 더 예쁜 여성의 행복한 종속물들은 보다 높은 것들을 통상적으로 탐색하고 있었나니, 그러나 보아 전쟁의 맥크조바를 복수하기 위하여 스미스 귀부인과 다투면서, 교육받은 발걸음으로 자신들의 망원경을 들고 돌층계를 밟고 지나갔나니, 토닥 토닥이며, 전쟁─종식 뒤 단지 한번 (만성절!) 자비정부慈悲政府 씨에 의하여 진창 너머로 세워 진 일곱 뼘 넓이의 무지개 색교色橋를 가로지르자, 그는 단지 나소 거리의 가로등들을 닮아 좌현으로 빛을 발한 채, 그의 가장 서쪽의 열쇠구멍으로부터 3단 속사 18구경 마력 망원경을 통해, 불가해한 날씨에 침을 뱉으면서, (그런데 때는 괴돈(怪豚)스럽게도 저 가을철이라!) 자신의 떨고 있는 영혼 속의 고독한 희망과 함께, 그가 불확실 성운에 기도하며, 크로카파카 추구의 모든 물고기 노파를 위하여 또는 카라타바라의 모든 대구 알로 인하여, 참된 화해가 점진하고 있던 또는 굉장한 부절제를 따라 후진하고 있든 간에 그리고, 악마를 위하여, 도대체, 저 봐요 이 봐요 및 이 봐요 저 봐요 갈 까마귀 그리고 나 봐요 나 속에 코록코록코록 사랑을 양난養卵하는 것을 혼자서 찾아다니는지라, 그가 미지의 전쟁자에 의하여 다루어진, 특정 목적의 모형을 지닌 불도그의 비정규적 권총의 총신 아래 직直 사정에다 눈을 깜박이며 자기 자신 들여다보는 (거기 뚜쟁이들이 있었으니!) 자신의 광학적 생활의 매력을 얻었는지라, 그리하여 그 자는, 상상컨대, 만일 똥 더미(분혼(糞魂))가 사실을 그들의 진면목 속에 볼 수 있도록 잠시 그의 뻔적이는 주둥이를 드러내 보였더라면, 6명 또는 한 다스의 건방진 놈들에 의하여 자루에 갇혀 종언 당하기 전에 (그를 찢어 녹초가 되게 하라!), 수줍은 셈을 그늘지게하고 쏘아 주도록 특파되었으리라.

도대체, 무엇 때문에, 도우카리온과 피라, 그리고 방향을 피우는 당사자 및 세상이 다 아는 식료품실의 신들 그리고 스테이토와 빅토 빛 쿠트와 런 그리고 집회의 원형 식탁의 로렌코의 이름에 맹세코, 이 무심하게 저속한 인간 형, 이 시궁창의(C) 중상적(C) 기둥(C), 이 사악한(B) 벵골의(B) 중놈(B), 이 흉악한(A) 안남의(A) 곰 같은 놈(A)을, 정말이지, 그가 마치 파파격破破格 속에 있는 듯하기에, 분명하게 자격을 부여해야 한단 말인고?

그 대답은, 모든 미치迷稚한 것들을 한 개의 미로 궁속에 넣어 종합하고, 바로 이런 것처럼 들리도다. 즉 그는 자신의 가장 기분 좋은 운하를 타고 자신의 선배들을 본받아 거대한 주점에서 난취하여 엉뚱한 곳에 정박함으로써(흑미호(黑梶號), 그리고 약간의 승무원들, 꼬리 배들!) 그가 마약과 마취 탐닉 속으로 껄렁이며 끌려들었나니, 유리된 과거의 과대망상 병자로 성장해 갔던 것이로다. 이것은 존공경적尊恐敬的, 고가락高歌樂의, 박식한, 신 고전적, 7인치 대문자의 문자나팔의 연도를 설명하는 것이요, 이를 그 자는 너무나 귀족적으로 사랑한 나머지 자신의 이름 뒤에다 필사했던 것이니라. 그의 둔鈍녹샥 소굴의 깊은 울혈사이의 이 반미치광이가, 이클레스 거리의 그의 무용한 율리씨栗利氏스의 독서불가한 청본靑本, 암삭판을, (심지어 지금도 무단 삭제의 권위자요 검열자, 최판이最判異 경卿, 포인대舖因代 젠크 박사는 한숨짓나니, 그건 되풀이될 수 없노라고!) 읽는 척하는, 몸서리치는 광경을, 언제라도 볼 수 있다면, 정말 흥미진진할 것이요, 일진풍에 3매씩 넘기면서, 자신이 실수한 고급 피지 위의 모든 큰 기염이야말로 이전의 것보다 더 화사한 영상이었다고, 거울을 들여다보며 크게 기뻐하며, 즐거이 혼자 떠들고 있었나니, 이.를.테.면, 영원토록 무료의 바닷가 장미 종 오막 집, 자유로운 숙녀의 가봉 양말, 흰푸딩블라망주과자 및 한번 씹어 10억 가치의 육기통 바다 굴과 함께 하수구 가득한 황금화색貨色의 양주, 만원 오페라 하우스(대사자臺詞者 좌석 이외에는 발붙일 틈이 없는 그리고 더욱이나 구경꾼의 행렬은 계속 불어나고 있었으니) 열광적인 귀족 여인들이, 연달아 차례로, 극장 무대의 경내에서 그들이 갖고 있던 모든 소관小冠 심홍색의 바느질감을 내팽개치며, 그들의 게이어티 팬터마임 가운데, 위태하게도 그들의 골 세트를 느슨히 푼 채, 그때, 당치도 않게, 글쎄, 모두의 청주자聽奏者들에 의하면, 그는 에린愛隣의 다정하고 가엾은 클로버를 최고 음부로 노래했나니 (저 멀리 유태 귀여, 그대는 들었는고! 비누처럼 청결한! 만군의 시골뜨기들! 마치 한 마리의 새처럼 감주甘酒롭나니!) 충분히 5분 동안을, 바리톤 맥그라킨 보다 무한히 훌륭한, 멋진 정장용 삼각모를 쓰고 그의 매황두魅黃頭의 오른 손잡이 쪽에 녹색, 치즈색 및 탕헤르색의 삼위일체의 세 깃털을 꽂고, 맥파렝린 코트(재단사 케세카트, 그대 아는고?) 스페인 풍의 단도를 그의 갈빗대에다 (재단사의 한 바늘), 자신의 가슴 블라우스를 위하여 청색 코 손수건을 꽃피우고 그가 추기경 린던데리와 추기경 카친가리와 추기경 로리오투리와 추기경 동양 미尾로부터 그가 획득한 사교司敎의 지팡이를 들고 (야호!), 다른 어색한 손에는, 마님, 장애물 넘기 최초의 낙하를 위하여 다정하고 다多불결한 더비 수갑을, 그리고 모든. 그. 따위. 종류의. 것들. 그러나 음울한 빛, 먼지투성이의 인쇄, 다 떨어진 표지, 지그잭 된 페이지, 더듬는 손가락, 폭스(여우) 춤을 추는 빈대, 늦잠꾸러기 이(蟲), 혀(舌) 위의 찌꺼기, 눈(眼) 속의 취기, 목메임, 단지 술병의 대주, 손바닥의 가려움, 구슬픈 방귀 소리, 비애의 탄식, 그의 정신피로의 안개, 두뇌 수樹의 윙윙 소리, 그의 양심의 경련, 그의 덧없는 분노, 단장의 침하, 목구멍의 화열火熱, 꼬리의 근질근질함, 배腹 속의 독, 눈의 사시, 위장의 부패, 청각의 메아리, 발가락의 발진, 종양의 습진, 다락방의 쥐, 종루의 박쥐, 잉꼬 새와 윙윙대는 미조, 왁작지껄 떠들썩함과 귀 울림이다 뭐다 하여, 그가 그들로 벗어나는데 한 달이 걸렸는지라, 주당 한 개 이상의 단어를 기억하는데 어려움을 겪었도다. 대구신大口神 같은 이야기! 누구(낚시의) 생선이란 말인고! 자네 그걸 피할 수 있는고? 휘우 맙소사! 글쎄, 그걸 낚을 수 있느냐고? 여태껏 이러한 저 속의 불량주의를 들은 적이 있느냐고? 그것에 대해 생각하다니 단호히 그것은 우리를 괴롭히도다.

하지만 이 큰 살수자撒水者는 자기 자신에게 홀로 강한 어조로 크게 자만하곤 했는지라 당시 아我부친은 왕뱀 건축가였으며 어이 자者는 고전어 법률학도였나니, 맹세코, 흑판을 가지고 교정해 보였는지라 (무대 영국인들을 모사(模寫)하려고 애쓰면서 그는 집이 내려 안 저라 만장의 갈채를 받으며, 소리쳤나니. 브라보, 차알수(差謁水) 경(卿)! 완전한 문사! 거장, 루이스 월로! 언술할지라!) 어떻게 그가 군인 지역, 슈바벤 지방, 수면의 나라, 어깨 어쓱쟁이들의 나라, 기숙사 다뉴비어홈 및 야만지방 출신의 금광맥의 모든 재치 가족들로부터 의무를 다했는지를, 그런데 이들은 일포일日泡日, 월경고일月硬膏日, 화류혈일火流血日, 수혹일水惑日, 목쾌일木快日, 금색일今色日, 토충일土充日과 같은 주간적 대수도권고고화大首都圈考古化에 따라서 수도에서 정착하고 계층화했는지라, 그의 냄새 때문에 대부분의 경우 그들의 화사한 경내에서 그를 명하여 추방하는가 하면, 모든 요리들은 그 냄새를 현저하게 반대했으니, 우물에서 샘솟아 나온 지긋지긋한 거품 악취를 닮았기 때문이라. 그가 저들 모범 가정의 분명하고 건전한 필법을 (그 자신이 결코 소유하지 못한 나이지리아의 것으로) 교수하는 대신에, 얼마나 교묘하게 어느 날 자기 자신의 개인적 이익을 위하여 엄청난 위조 수표를 공공연하게 언급하기 위하여 모든 그들의 다양한 스타일의 책명을 복사하는 방법을, 훔친 과일을 먹으며 연구하는 것 말고 이 어정뱅이가 도대체 무엇을 했다고 그대는 생각하나이까. 그리하여 마침내, 방금 서술한 바와 같이, 더블린의 주방廚房 파출부 연합회 및 가조家助의 가정부 모임, 매춘부 협회로 더 잘 알려져 있거니와, 이들은 그를 투저投底하는지라 그리하여 금주禁酒 총체적으로 순간의 열을 이용하여 이들 곤혹의 원천을 합동으로 쇠테 채움으로써 합세했나니, 상호의 코를 잡으면서 (아무도, 사냥개 또는 세탁부도, 심지어 그 잔인한 터키인도, 아르메니아의 취적(臭跡)에 있어서 비 희랍적이 될 수 없었는지라, 근접 영역에서 이 족제비 괭이를 감히 취취(吹臭)하지 못했나니) 그리고 그들이 비취鼻臭 연안 구에서 그렇게 했듯이, 어떤 점점주(點點走)의 따지는 말을 하는 것이었으니, 여보세요 나리, 저속하게 붕붕대다니 하필이면 악취를, 당신.

  〔본 제임즈는 폐기된 여성 의상, 감사히 수취한 채, 모피류 잠바, 오

히려 퀼로트 제의 완전 1착 및 그 밖의 여성 하의 류 착의자들로부터 소식을 듣고, 도시 생활을 함께 시발하고 자원함. 본 제임즈는 현재 실직 상태로, 연좌하여 글을 쓰려 함. 본인은 최근에 십시계명十時誡命의 하나를 범했는지라 그러나 여인이 곧 원조하려함. 체격 극상, 가정적이요, 규칙적 수면. 또한 해고도 감당함. 여불비례. 서류 재중. 유광계약流廣契約.〕

우리는 파산당한 우울증 환자, 본명 비열한이, 정말로, 얼마나 실질적으로 서속徐俗했는지에 관한 주식을 심지어 추산하기 시작할 수 없다. 얼마나 많은 사이비 문체의 위광僞狂이, 얼마나 소수 또는 얼마나 다수의 가장 존경받는 대중적 사기가, 얼마나 극다수의 신앙심으로 위조된 거듭 쓴 양피지의 사본이, 그의 표절자의 펜에서부터 이 병적 과정에 의하여 첫째로 몰래 흘러 나왔는지를 누가 말할 수 있으랴?

그건 그렇다손 치더라도, 그러나 그것의 페이지의 1인치 이내에 마왕 폭력적으로 그것이 뒹구는 그의 비영계적鼻靈界的 광휘의 환상적 빛이 없었더라면 (그는 이따금씩 그것에 접촉하려 했으니, 비성悲性 속의 자신의 공포에 질린 붉은 눈을, 그의 광성狂性 속의 비어리츠에 의하여 군기 색으로 위탁하고, 그의 수녀원 학생들이 처녀환락의 부르짖음 속에 스스로 외색外色하나니. 생강 빛! 잉크 제품! 진피! 시네리라! 수은 광! 인디고 원료! 및 바요렛 딸기로다!) 펜촉은 양피지 위에 결코 글 한 획도 쓰지 못했을 것이니라. 저 장미 빛 램프의 용솟음치는 연광燃光에 의하여 그리고 그의 펜촉의 동시 질용두사미식疾龍頭蛇尾式의 도움으로(한 권에 1기니씩을 그가 거기서 받나니!) 그는 심지어 태애란怠愛蘭 견犬수렵대회의 방수복 벽의 우산 밑에 우량을 분담하면서, 그가 여태껏 만난 모든 자들에 관하여 무명의 무 수치성을 할퀴고 할구고 할 키고 활활 썼는지라, 한편 이 고약한 셈僞지紙의 네 가장자리의 여백 상하전면에다 이 악취 한 셈은 (그는 노부 사다나파러스에 사사私事하고 있었나니) 노老 니키아벨리의 내년이內年耳의 독견獨見. 갖느냐 못 갖느냐, 그것이 문제로다, 아더 경 저, 입.증, 을 낭송하는 행위 속에 자기 자신의 비예술적 초상화를 끊임없이 점화點畵하곤 했나니, 안구속의 이방여異邦女들을 위한 사랑의 서정시와 함께 가슴 터질 듯 잘 생긴 젊은 파오로, 애상哀想의 테너(가죽) 목소리, 파산구몰破産丘沒 단지로부터 매(야드)년 132 드레크머스의 공작 령 수입, 캠브리치(바지) 풍의 예법, 신품의 두 기니의 예복 및 아주 멋 부린 그리고 금모요일金毛曜日 저녁의 즐거운 파티를 위해 빌려 신은 혹 달린 돈화豚靴, 기다란 귀여운 한 쌍의 잉크 빛 이탈리아 풍의 콧수염을 붕소의 바셀린과 자스민 향수를 발라 번득이나니. 푸흐! 얼마나 그토록 법석 떨지 않을 터인고!

오세아 또는 오'수치, 정숙 보행자의 집, 유령의 잉크병으로 알려진, 유황 산책로 무無번지, 아일랜드의 아시아, 그곳은 깔깍깔깍 쥐들이 기몰寄沒하는 곳, 문패 위에 폐쇄라는 필명이 세피아 물감으로 문질러지고 그것의 희미한 창문 위에 까만 범포의 창가리가 쳐 있나니, 그곳 밀세실密細室에는 영혼 수축 증에 걸린 자식이 납세자들의 비용으로 인생행로를 추구하고, 주야 예수회의 짖는 소리 그리고 쓰린 무無기침 소리로 의기소침해 있는, 바이러스 병 치료의 유황 그리고 매일 각자의 방법상 자기와 타인의 과격한 남용에 있어 한층 과월過越한, 구역질나는 벅찬 40 건강정에 의한 절시홍분竊視汇奮, 순수한 쥐 농장의 오물을 위한 심지어 우리들의 서부 바람둥이(플레이보이)의 세계에서까지, 가장 최악의 곳이라, 희망되는도다. 자네는 볼리퍼몬드의 자신의 동성銅城 또는 자신의 기와집을 자만하고 있는고? 무용, 무용, 그리고 재무용. 왜냐하면 이는 구린내 나고 잉크 냄새나는, 부패 필자에 속하는 아주 잡동사니이기 때문이라. 반半 실재문제로써, 오빈吾頻에 엽식葉食하는 천사들은 거기 아담이 더 이상 희귀하게 냄새를 풍긴다고 생각지 않았도다. 맙소사! 거기 잠자리 소굴의 충적토 마루와 통음성通音性의 벽, 직립부 재목 및 덧문은 말할 것도 없고, 다음과 같은 것들이 덧문처럼 초췌하게 산문화되어 있나니, 파열된 연애 편지, 내막 폭로 이야기, 등 끈적끈적한 스냅 문구, 의심스런 계란껍질, 소품권, 부싯돌, 송곳, 칙칙폭폭, 전분질의 아몬드, 무피無皮 건포도, 알파벳 형태의 언채言茶, 생生성서의 생편기生騙欺, 흔히 수립된 의견, 개나開裸, 에헴과 아하, 무음절의 불가표현의 발칙한 것들, 차용증서, 적용서書, 백로대의 연도煙道, 몰락한 마魔 석양, 봉사했던 화火여신, 소나기 장식품, 빌린 가죽 구두, 안팎 양면용 재킷, 멍든 눈 가리 렌즈, 가정용 단지, 가발 와이셔츠, 하느님께 버림받은 외투, 결코 입지 않은 바지, 목 조르는 넥타이, 위조 무료 송달 우편물, 최고의사最高意絲, 즉석 음표, 뒤집힌 구리 깡통, 미용未用 맷돌 및 비틀린 석반, 뒤틀린 깃촉 펜, 고통 소화 불량본, 확대 주잔, 도깨비에게 던져진 고물固物, 한때 유행했던 롤빵, 짓이긴 감자, 얼간이 몽타주, 의심할 여지없는 발행 신문, 언짢은 사출, 오행伍行 속요의 저주, 악어의 눈물, 엎지른 잉크, 모독적인 침 뱉음, 부패한 너도 밤, 여학생의, 젊은 귀부인의, 젖 짜는 여자의, 세탁녀의, 점원 아내의, 즐거운 과부의, 전 수녀의, 부 여승원장의, 프로 처녀의, 고급 매춘부의, 침묵 자매의, 챠리 숙모의, 조모의, 장모의, 양모의, 대모의 양말대님, 우, 좌 그리고 중에서 오려 낸 신문 조각, 코딱지 벌레, 구미口味 이삭줍기, 스위스 산 농축 우유 깡통, 눈썹 로션, 정반대 엉덩이 키스, 소매치기로부터의 선물, 빌린 모자 깃털, 느슨한 수갑, 공주 서약, 비명주悲鳴酒의 찌꺼기, 일산화탄소, 양명가용 칼라, 경칠 악마 강정, 부스러진 웨이퍼 과자, 풀린 구두 끈, 꼬인 죄수 구속 복, 황천으로부터의 선鮮공포, 수은의 환약, 비非삭제 환락, 눈에는 유리 눈으로, 이(齒)에는 빤짝 이로, 전쟁의 신음, 별난 한숨, 장지장통長持長痛, 맞아 맞아 맞아 맞아 예 예 예 예 예 그래 그래 그래, 그리하여 이것들에, 만일 우리가 모든 이 실내악의 파손, 격동, 왜곡, 전도를 첨가하는 스스로 참아야 할 위장(욕망)을 갖춘 다면, 한 톨의 선의가 부여된 채, 선회하는 회교 수사, 튜멀트, 우뢰의 아들, 자아 위의 자의 망명자를 실질적으로 볼 수 있는 충분한 가망성이 있으려니, 백 또는 적의 공포 사이사이 철야의 전율, 불가피한 환영에 의하여 피골까지 오일哃日 공포된 채 (조형자造形者여 그에게 자비를 베푸소서!) 자기 자신의 신비를 필요 비품으로 필서하면서.

물론 우리들의 저속한 영웅은 필요의 선택에 의하여 한 사람의 자진 시종侍從인지라 고로 그는 별란別卵을 위하여 (풍사과豊司果는 현가목懸枷木으로부터 아주 멀리 떨어지지 않는도다) 스토우브리지 내화耐火 벽돌 부엌 및 연화황화물鉛化黃化物 냄새의 가금 축사에 의하여 의도된 것은 무엇이든 택하는지라, 그것을 이 정情조화의 대장간 쟁이는, 무통제산란보호無統制産卵保護(금수류) 령令에 도전하여, 요리 벽책壁册의 교성곡嬌聲曲을 연주하면서, 자신의 디오게네스의 대등貸燈불에 의하여, 용광로에서 굽거나 닭 요리하거나 데치기도 하고, 흰자위와 노른자위 그리고 황백을 하얀 자매보다 더 하얀 및 내 사랑, 금화 양이란 봄의 향가香歌에 맞추어, 계피와 메뚜기와 야생 벌꿀과 감초와 카라긴 해초와 파리의 소석고燒石膏와 아스터의 혼합식과 허스터의 배요와 엘리만의 황색 도찰제塗擦劑와 핀킹톤의 양 호박과 성진星塵 및 죄인의 눈물과 함께, 쇄라단의 냄비 요리법에 따라서, 리티 판 레티 판 레벤(생명)과 함께 그가 뒤에 두고 떠나 온 족란류足卵類의 모든 진수성찬을 위하여, 그의 발효 어語의 강신술, 아브라카다브라 엉덩이의 미부尾部를 찬가하며, (그의 엘리제의 마담 가브리엘 달걀, 미스트레스 B. 애란愛卵, B. 마인필드 계란, 양계란 주酒의 사과주, 소다 황산의 미숙란, 완숙란, 반숙란, 토스트 위의 고양이 란卵, 살찐 양평아리 요리, 포가 비둘기 알라

페네라, 트리까레메의 후라이 란(卵)), 이는 모두 찬장(饌欌)을 위하여 의도된 것이었나니 (아아 저런! 만일 그가 자신을 유아처럼 다룬 사대부(士大夫)들인 금주 주창자 마슈 신부와 노블 부친과 루카스 목사와 아귀라 신부에게 보다 잘 귀를 기울이기라도 했드라면—평신도 목사 보우드윈을 잊지 마시라! 아아 정말!) 그의 인색한 마왕적 안티몬 석회질의 리트머스 시험지를 닮은 천성은 이러한 후미진 골방을 결코 필요로 하지 않았으리라 고로, 육(肉)대중의 독재자들인, 약탈자 로버와 매모자(賣母者) 멈셀이 그들의 법률 고문인, 코덱스와 포덱스 제씨의 자극을 따라서, 그리고 그들의 교구 목사인 프람메우스 매부리 신부(神父)의 자기 자신의 은복하(恩福下)에, 그를 모든 양지(羊脂) 양초와 자치적 문방구가 어떤 목적을 위해 보이콧했을 때, 그는 날 기러기의 추적을 쫓아 날개를 타고 카타르시스의 대양을 가로질렀는지라 그리하여 자신의 기지(奇智)의 낭비로부터 자기 자신의 목적을 위하여 합성 잉크와 감응지를 제조했도다. 그대 묻나니, 도대체 어디서, 어떻게? 이에 대한 방법과 주제를, 우리들의 이러한 도발적 시기 동안, 붉은 얼굴의 진홍빛 언어 속에 잠시 숨겨 두기로 할지니, 한 영국교의 성직 수임자는, 그 자신이 스스로의 조잡한 덴마크 말씨를 읽지 못하는지라, 바빌론 여인의 이마 위의 분홍색 낙인을 항시 바라보고도 그 자신의 경칠 뺨의 핑크색 낙인을 감지하지 못할지로다.

첫째로 이 예술가, 탁월한 작가는, 어떤 수치나 사과도 없이, 생여(生與)와 만능의 대지에 접근하여 그의 비옷을 걷어 올리고, 바지를 끌어내린 다음, 그곳으로 나아가, 생래의 맨 궁둥이 그대로 옷을 벗었도다. 눈물을 짜거나 낑낑거리며 그는 자신의 양손에다 배설했나니. (지극히 산문적으로 표현하면, 그의 한 쪽 손에다 분(糞)을, 실례!) 그런 다음 검은 짐승 같은 짐을 풀어내고, 나팔을 불면서, 그는 자신이 후련함이라 부르는 배설물을, 한

때 비애의 명예로운 증표로 사용했던 항아리 속에 넣었도다. 쌍둥이 형제 메다드와 고다드에게 호소함과 아울러, 그는 그때 행복하게 그리고 감요 饒롭게 그 속에다 배뇨했나니, 한편 그는 나의 혀는 재빨리 갈겨쓰는 율법사의 펜이로다로 시작되는 성시聖詩를 큰 소리로 암송하고 있었나니라. (소변을 보았나니, 그는 가로대 후련하도다, 면책되기를 청하나니), 마침내, 혼성된 그 불결한 분을 가지고, 내가 이미 말한 대로, 오리온의 방향과 함께, 굽고 그런 다음 냉기에 노출시켜, 그는 몸소 지워지지 않는 잉크를 제조했도다(날조된 오라이언의 지워지지 않는 잉크를).

그런 다음, 경건한 이네아스, 소란한 대지 각 위에, 부름에 응하여, 그가 24시간적으로 자신의 비非 천성의 육체에서부터 불확실하지 않는 양의 외설물을 생산하도록 강요하는 번개 치는 칙령에 순응하여, 오우라니아 합중성국合衆星國의 판권에 의하여 보호되지 않는 혹은 그에게 양도당하고 죽음당하고 분칠당하고, 이러한 이중염안二重染眼과 함께, 열혈에로 인도된 채, 철광석에 마늘 산액(청흑青黑 잉크)이라, 그의 비참한 창자를 통하여, 야하게, 신의信義스럽게, 불결하게, 적절하게, 이 러시아 온건파 사회 당원 에소우 멤쉬아비크 및 철두철미한 연금술사는 손에 넣을 수 있는 유일한 대판지, 즉 그 자신의 육체의 모든 평방 인치 위에다 글을 썼나니, 마침내 그의 부식적 승화 작용에 의하여 하나의 연속 현재시제의 외피로서 모든 결혼성가를 외치는 기분형성의 원윤사圓輪史를 천천히 개필해 나갔나니 (그에 의하여, 그가 말한 바, 자기 자신의 개인적인 생生무능의 인생에서부터, 총육자總肉者, 유일 인간 자, 사멸 자에게 공통인, 위험하고, 강력한, 분할 분배적 혼돈 속으로 의식의 느린 불꽃을 통하여 우연 변이되는 것을 반영하면서) 그러나 사라지지 않을 각 단어와 함께, 그가 수정의 세계로부터 먹물 뿜어 감추었던 오징어 자신은 그것의 과거의 압박 속에 유감스럽게도 도리안거래이처럼 사라져 버렸도다. 이것은 우리들이 알았다는 것을 말한 다음 아하 그건 그런 거로구나 하고 실존하는 것이라. 그러니 젠장 악마여! 그리고 악무신惡無神의 저주여! 그런고로 아마도, 집괴성적集塊性的으로 문언問言하면, 결국 그리고 마침내 쟁기 전마前馬 앞뒤가 뒤집혀, 그가 최후로 대중들 앞에 자신의 모습을 감춘 것은, 사각 광장을 돌면서, 변덕군중變德群衆의, 성 이그나시우스(작열의) 독 담쟁이덩쿨의 사제死祭를 위한 (돈월(豚月)의 6일에 개도(開跳)되고, 우리들의 왕을 교살하다니, 편히 잠드시라!) 그리하여 자신의 종령鐘鈴의 초 붓 자루를 휘두르면서, 변화의 황지의 번쩍이는 열쇠 자, 만일 갑에 해당하는 것이 을에도 적용된다면, 그것을 잉크로 생각했던 금발의 순경은 자신의 심도는 없어도 요점에 있어서는 명석했도다.

그것은 바로 크러이스 - 크룬 - 칼의 소심한 순경 (자매) 시스터센이었나니, 교구의 파수꾼, 대견大犬 굴인掘人 소인沼人 걸인乞人 도인刀人 주자呪者 충자蟲者, 그리하여 그는 그를 구하기 위해 근처의 파출소에서 분견되었는지라, 이 자가 하자이든, 그것이 하시이든, 작은 군운群雲(크라우드) 속의 불결한 진흙(크래이) 행위 그리고 용모상의 중衆소란의 합자중상적合字中傷的인 효과로부터, 어느 저녁(이브) 풋내기를 잘못 뜻밖에 만나다니 (엔카운터), 매이요 주, 노크메리 마을의 생수단만종집회위원회生手段萬鐘集會委員會 근처였던 바, 그가 왼쪽으로 비틀거리는 이상으로 한층 오른쪽으로 갈지자걸음을 걸으면서, 한 원초음녀原初淫女로부터 돌아오던 길에 (그는 머기트 소녀라는 내의명(內衣名)을 지닌, 무지개라는 자신의 교활녀와 혹처에서 귀여운 비둘기 사랑(맙소사!)을 늘 즐기곤 했는지라) 그가 독취하毒醉下의 불행한 시기에 길모퉁이 가장자리에서 바로 오락가락하고 있었을 때, 숭배의 따뜻한 음신가淫神家의 적수문敵手門들 사이, 그의 숙창가宿娼家(보딩 하우스)의 창문을 통하여, 여느 때처럼 아미雅美의 날씨에 대하여 인사하면서. 오늘은 어떠세요, 나의 음울한 양반? 몸이 아파요, 난 몰라, 하고 무능자는 너무나도 분명한 겉치레의 자명한 교활함을 가지고 즉답 했나니, 그리하여 머리털을 치세우면서, 은총(그래이스)의 기도에 이어, 그의 포착完捕捉婉 아래 크리스마스와 더불어, 포트와인마스 및 지갑紙匣마스 및 호의好衣마스 및 파티마스를 위하여, 마치 판당고 춤추는 활보왕자 마냥, 쉴토 쉴토 스크럼 슬리퍼와 더불어, 그는 쉬 잽싸게 안으로 사라졌도다. 사(여)바라! 분명히 백白 발틱 해海 묵默 분위기의 저 총백總白의 가련한 경호원은 이 원原 참사(패인풀 새이크)에 문자 그대로 깜짝 놀랐는지라, 어떻게 그가 자폭 엄습했는지, 그리고 그가 그곳에 가게 되었는지, 도대체 그가 거기 가기를 의도했는지, 그럴 거야 하고 생각하는지 어떤지, 게다가 실제 그가 오후의 전체 추세를 통하여 어떤 종의 암캐 자식이 그를 덮쳤는지, 다시 그의 상대 촌항村港(카운터포트)에서 어떻게 카프탄 땅의 주피酒皮의 술고래를 위한 크리스마스의 용량을 권고받고 마음이 진동했는지 그리하여 심지어 더욱 놀란 것은, 그 사이, 그의 극대의 경악을 보면서, 그에게 보고된 바, 감사하게도, 오물과 함께 사자(데드)의 당해의 결판結版을 농담하며, 어떻게 하여, 어이쿠 맙소사(에블린), 도미니카 회와 결모結謀하여 아무의 허락도 요구하지 않은 채, 그가 자기 자신의 살모殺母(마더)에게 당당하게도, 왕자 연하게, 두 갤런(투 갤런트)의 맥주를 갖고 귀선歸船한 이름 그대의 교활자였는지. 차려, 경계 그리고 거머잡앗!

시끄런잠꾸러기요정여기얼른꺼지란말야! 걸어차다? 무슨 살모? 누구의 부주父酒? 어느 쌍 갤런? 왜 이름 그대로의 교활자? 그러나 우리의 비근태지성非勤怠知性은 이러한 흑맥주 저속성에 너무나도 배금 련鍊되어 왔었나니, 잉크인쇄로는 너무나 치사하게도! 프트릭 오퍼셸이 동하冬河에

서 냉석冷石을 끌어내고, 연어(魚) 해海가 우리들의 청어 왕을 위해 노래하
는 것을 숙고하면서, 구십 십일 십이 정월 이월 삼월 전진이라! 우리는,
자비 또는 정의에 있어서 뿐만 아니라 상쾌조爽快朝를 위한 애침愛寢 위의
우리들의 생존의 거주를 위하여, 여기 머물 수 없는지라, 텐맨의 갈증 햄
경卿을 토론하면서.

정의正義(피타자에게). 완력(브루노)은 나의 이름이요 도량은 나의 천성
이라 그리하여 나는 넓은 이마를 가졌나니 모든 용모는 단정하고 그리고
나는 이 새[鳥]를 타뇌打腦하려니와 아니면 나의 갈색(부라운) 베스의 보총
강補銃腔은 붕대되고 말리라. 나는 타상하고 화상하는 소년이로다. 박살撲
殺!

앞으로 설지라, 무국無國의 부인否人이여 (왜냐하면 나는 3인칭 단수의 어
용태[御用態] 및 낙담자의 기분과 저법[詛法]을 통하여 사격형[斜格形]의 그대를 더 이
상 추종하지 않으려니 하지만 나의 복수법적, 호격법적 및 직접 화법의 경험 화법
을 가지고, 그대에게 나 자신 직설하니), 앞으로 설지라, 대담하게 덤빌지라,
나를 조롱 할지라, 나는, 비록 쌍의雙意이긴 하지만, 나를 움직일 지라, 그
대의 진실한 안색 속에 내가 웃도록, 내가 그대에게 이야기를 허락할 때
까지 그대가 영원히 후퇴하기 전에! 쇄석碎石 아담 자子 셈이여, 그대 나
를 알고 나는 그대와 그대의 모든 우치행愚恥行을 알고 있도다. 도대체 그
동안(자궁 속) 어디에 있었던고, 그대의 지난 침대 유濡의 고백 이래 아침
나절 내내 스스로를 즐기면서? 나는 그대 자신을 감추도록 충고하나니,
나의 사랑하는 친구여, 내가 얼마 전에 말했듯이 그리고 그대의 손을 나
의 손안에다 두고 만사에 관해 장야의 소박하고 담소한 고백도告白禱를 가
질지라. 어디 보세. 그대의 배후는 몹시 어두워 보이는지라. 우리가 암시
하나니, 사이비 셈 군. 그대는 자신의 몸 전체를 말끔히 청소하기 위하여

강 속의 모든 요소들 그리고 처소를 위한 사권私權 박탈의 순純 사십四十 교황칙서가 필요하리로다.

우리 찰도察禱할지라. 우리들은 사고했고, 의언意言했고 행동했도다. 왜, 누가, 어디서, 언제, 어떻게, 몇 번, 누구의 도움으로? 그대는, 화사한 천국의 설교에 토대를 둔 이 두 개의 부활절 도島 속에 성스러운 유년 시절부터 양육되고, 양식養殖되고, 양성養成되고 양비養肥되었나니 그리고 다른 곳을 포효하면서 (그대는 자신의 우야[右夜]를 약탈하거나, 자신의 좌잔[左殘]을 누설하며, 번득일 대로 번득이나니!) 그리고 이제, 정말이지, 이 비겁 세기世紀의 공백 불한당不汗黨들 사이의 한 깜둥이로서, 그대는, 숨겨졌거나 발견된, 신들과의 피안에서 한 쌍의 이배심二倍心이 되고 말았는지라, 아니, 저주받는 바보, 무정부주의, 유아주의, 이단주의 자, 그대는 그대 자신의 가장 강도롭게도 의심스런 영혼의 진공 위에 그대의 분열된 왕국을 수립했도다. 그러면 그대는 구유 속의 어떤 신을 위하여 그대 자신 신봉하는고, 여女셈, 그대가 섬기지도 섬기게 하지도, 기도하지도 기도하게 하지도 않을, 아하 맙소사? 그리고 여기, 신심信心을 청산할지라, 나도 역시 자존의 상실을 위해 기도하고 우리들 모두 소돔의 웅덩이 속에 다 함께 수회水廻하는 동안 나의 희망과 전율에서 탈피함으로써 (나의 친애하는 자매들이여, 그대들은 준비되었는고?) 추문가의 무서운 필요성을 위하여 준비를 갖추도록 분발해야만 하는고? 나는 모두들 그대의 죄를 위해 구슬퍼하는 동안 그대의 순결을 위해 전율하리라. 은폐된 말들을 멀리하고, 오래된 배드쉬바(불경탕의[不潔蕩衣]) 대신 새로운 솔로몬 왕(제전)을! 저 부조화의 명세, 그대는 그걸 이름 지었는고? 냉열! 깜짝! 승리! 이제, 나는 하향의 파이프를 비난하나니, 요한야곱이여, 아직 청춘의 기간 동안 (나는 뭐랄고?), 각脚 단추 달린 통바지를 여전히 입고 있는 미숙 기 동안, 그대는 자승自乘

의 물딱총과 쌍둥이 턱받이의 멋진 선물을 받았나니 (그대 알지라, 우군(愚君)이여, 그대의 예술 중의 예술에서, 나와 마찬가지 그대의 쓰라린 경험으로 〔그런데 그걸 감추려고 하지 말지라〕 형벌의 운명을 지금 나는 참견하고 있노니) 그리고 씨근대는 따위로 그대는 응당 (만일 그대가 그대를 세례 했던 부사제처럼, 방금 일격, 대담하다면, 애-촛불을-끌지라!) 그대의 탄생의 땅을 재 식민하고 굶주린 머리와 화난 수천의 그대의 자손을 계산해야 하나니 하지만 그대는 실패의 수 없는 계기들 가운데서, 궤변가여, 그대의 공신公神 양친의 겸현謙賢한 소원을 지연시켰나니 (왜냐하면 그대가 말했듯이, 나는 논박할지라) 그대의 탈선의 악의에다 첨가하면서, 그래요, 그리고 그의 특성을 변형시키면서, (글쎄 나는 그대를 위해 그대의 신학을 읽었나니) 나의 침체성의 엉큼한 환락들-미약의 사랑, 울화로 야기된 밀회, 펜마크스의 작은 평화-를 감동성, 감발성感發性, 감수성 그리고 감음성感淫性, 어떤 집사 생활에 대한 그대의 러보크의 다른 공포의 환락들과 교체하면서, 눈에 띌 정도로 소침해 있을 때, 무방어의 종이 위에, 심지어 그대의 사시안적 변명을 돌출하면서 그리고 그것으로 우리들의 통 방울 사바계의 기왕의 불행을, 낙서탈격落書奪格으로, 첨가하다니!-또한 모든 기백역幾百域의 기무수幾無數한 기미녀奇美女들과 함께, 애녀愛女들만큼 많은 남성들, 여러 에이커와 여러 루드와 여러 폴과 여러 펀치에 걸쳐 그대 주위와 근처에 운집된 채, 찰와도어의 축적된 사방砂防처럼 짙게, 성달成達한 여인들, 과연 충분하게 교육받은, 무염無廉 야망의 그들의 꿈의 배후에 늙고 풍만해 지기는커녕, 만일 그들이 단지 자신들의 명예를 남겨 갖기라도 한다면, 그리하여 애욕의 열정으로 소모되었을 때 악천후로 지체되지 않는다면, 그대의 주연을 스스로 소유하려고 분투하면서, 번뇌 부父의 모든 딸들을 위한 비애의 단 하나의 자식, 여자 한 명에 한 남자 또는 통틀어 모두 (나는 당신을 위하여 최선의 남자 되리라. 나 자신), 저 자연의 매듭을 위하여 묵묵히 찰관하면서, 조의 화분 또는 뒤바뀐 그릇들, 그대에게 10바리버의 마노馬勞 또는 1평풍의 값도 소모되지 않을 것을 위하여, 우憂의 수림樹林 세계에서 가장 오래된 노래, 바로 한 토막의 콧노래를, 우리 함께 전음가창顫音歌唱할지라 (우리-둘! 하나-에게!), 순금 악단에 의한 반주에 맞추어! 만세! 만세! 전감심全甘心의 신부살행실新婦殺行實의 고흉도高胸挑하는 처처녀處處女 모나여! 그녀의 눈은 대단한 환희에 넘쳐 있나니 우리는 그 속에서 모두 한몫 하리라-신랑!

사육死肉의 코방귀 뀌는 자, 조숙한 모굴인, 선어善語의 가슴 속 악의 보금자리를 탐색하는 자, 그대, 그리고 우리들의 철야 제에 잠자고 우리들의 축제를 위해 단식하는 자, 그대의 전도된 이성을 지닌 그대는 태깔스럽게 예언해 왔나니, 그대 자신의 부재에 있어서 한 예언 야벳이여, 그대의 많은 화상과 일소日燒와 물집, 농가진의 쓰림과 농포膿疱에 대한 맹목적 숙고에 의하여, 저 까마귀 먹구름, 그대 음영의 후원에 의하여, 그리고 의회 띠까마귀의 복점에 의하여, 온갖 참화를 함께 하는 죽음, 동료들의 급진폭사화急進暴死化, 기록의 회축화灰縮化, 화염에 의한 모든 관습의 평준화, 다량의 감질甘質 화약에 의한 포화회砲火灰로의 귀환을 그러나 그것은 그대의 이두泥頭의 둔감에 결코 자극을 주지는 못할 터인즉 (오, 지옥이여, 여기 우리의 장례가 닥칠지라! 오 염병이여, 이러다가 나는 푯말을 빗맞겠나니!) 그대가 당근을 더 많이 썰면 썰수록, 그대는 무를 더 베개하고, 그대가 감자 껍질을 더 많이 벗기면 벗길수록, 그대는 양파 때문에 더 많은 눈물을 흘리고, 그대가 소고기를 더 많이 저미면 저밀수록, 그대는 더 많은 양고기를 쪼이고, 그대가 시금치를 더 많이 다듬으면 다듬을수록, 불은 한층 사납게 타고 그대의 숟가락은 한층 길어지고 죽은 한층 딱딱해지나니 그대의 팔꿈치에 더 많은 기름기가 끼고 그대의 아일랜드의 새로운 스튜가 더 근사한 냄새를 풍기도다.

　오, 그런데, 그래요, 또 한 가지 일이 내게 발생하도다. 그대는 나더러 그대에게 이야기하게 내버려두련만, 극상의 예절을 가지고, 아주 통속적으로 설계된 채, 그대의 생독권生瀆權은, 대 계획과 일치하는, 우리들의 국민이 응당 그러해야 하듯, 모든 민족주의자들이 그렇게 하지 않으면 안 되듯이, 그리하여 어떤 업業을 행해야 하나니 (무엇인지, 나는 그대에게 말하지 않겠노라) 어떤 교리성성敎理聖性에서 (게다가 어딘지 나는 말하지 않겠노라) 어떤 번뇌의 성무시간 동안 (성직자 역할은 그대 자신의 독차지) 이러한 해에서 이러한 시간까지 이러한 날짜에서 년당年當 한 주 이러 이러한 급료로 (기네스 맥주 회사는, 내가 상기하건대, 그대에게는 바로 애찬[愛餐]이었나니, 마치 그대가 어느 요크의 주교처럼 보일러의 찌꺼기까지 핥았을 정도로 몰락하여) 그리고 그대의 서푼짜리 천업을 행하고 그리하여 이렇게 국민으로부터 참된 감사를 획득하고, 바로 여기 우리들의 책무의 장소에서, 그대의 노고역勞苦域과 눈물의 계곡, 거기 신의 경鶯 섭리를 쫓아 그대는 생에서 최초의 수포를 흡수했는지라, 구유로부터 그대는 한 때 자라 보고 놀란 가슴 소댕 보고 놀라는 식이나니, 우리들과 꼭 같이, 우리들의 길이(長)만큼, 홀로 모퉁이의 망아지와 함께, 그곳에 그대는 대학살의 신앙심 깊은 알메리아인들처럼 인기가 있었거니와, 그리하여 그대는 내가 그대의 아래쪽에 파라핀 등유의 훈연기燻燃器를 들고 있을 때 나의 코트 자락에다 불을 댕겼는지라 (나는 희망하니 연통 청소는 깨끗이) 그러나, 총알에 맞고 안 맞고는 팔자소관, 그대는 뒤쪽으로 용케 피하여 불랑제 장군처럼 골웨이에서 도망치나니 (그러나 그는 자신의 발걸음이 걸릴까 봐 초원의 풀을 빗질했도다) 알리바이의 노래를 우리에게 부르기 위해, (비탄의 파도 소리가 그레이하운드 견犬 천천히 구르며 넓게 부풀면서 변용을 불러일으키나니 진흙바위가 그들의 전도

◆ 제임스 조이스의 아름다운 글들 ◆

432

와 더불어 완전 혼교하도다) 유목민, 가로등 곁의 몽뇨인夢尿人, 대아인對我人, 매인의 억압된 웃음소리 사이에 그대의 분비적 애정을 은폐하기 위해, 동수성同數性의 남성 단음절을 교합하며, 오도誤導 출구의 아일랜드 이민, 그대의 고부랑 6푼짜리 울타리 층계 위에 앉아, 한 무無 장식솔기의 프록코트 돌팔이 도사, 그대는(세익수비어의 웃음을 위해 그대는 그런 별명으로 나의 것을 꼭 도와주려는고?) 삼 셈족(반 삼족森族)의 우연 발견능자發見能者, 그대(감사, 난 이걸로 그대를 묘사할거라 생각하나니) 구주아세화歐洲亞世化의 아포리가인阿葡利假人!

우리 서로 한 발짝 더 길게 따라 가볼까. 단검을 물에 빠뜨리는 자여, 그리하여 우리의 군주, 여태까지 그의 행복 속의 전원前園의 낯선 자가, (구조자를 치료할지라! 한 잠, 한 잔, 한 꿀꺽 그리고 모든 것 중의 한 식〔食〕을!) 자신의 음료를 마시고 있는 동안?

거기 그대 곁에 성장하고 있었나니, 부족父足 — 유보장의, 야만 가街, 노변야숙에서, 제일 발 빠른 자의 우리들의 기도들 가운데, 바보, 실직당하여, 불세不洗의 야만인으로부터 밀려난 자, 권위에서 도피하고 자기자신에 묻힌 채, (나는 상상컨대 그대 알리라 왜 꾀병 자가 숨어 있는지 그가 기어오를 고무나무 없기 때문이라) 저 타자, 무구자, 머리에서 발까지, 선생, 저 순결의 자, 타시의 애타진자愛他眞者, 자신 하늘나라로 도망치기 전에 천계에서 잘 알려졌던 그이, 응당 우리들의 잘생긴 젊은 정신 의사, 모든 의미를 자의적 독신에 사주하며, 우리들의 수입부담의 복권 추첨(운목〔運木〕)에서 가장 유력한 선각자(일엽〔一葉〕), 천사들의 짝 친구, 저들 신문 기자들이 그를 놀이 친구로서 그토록 시시하게 바랐던 한 청년, 그들은 그의 어머니에게 요구하여 저 꼬마 실형제로 하여금, 화석치원火石稚園으로 끌어내기 위하여, 제발, 그리고 그의 스캐이트를 가져오게 하고 그들이 모두

자부慈父가 사는 커다란 적정寂靜의 가정에서 모두 진짜 형제들인 양, 동경하고 만족하고, 바로 그로부터 생명을 공취恐取하기 위하여 그리고 손에서 손으로 전달되는 사향처럼 그를 타자와 함께 어깨 툭 치며 통과시키나니, 저 모질식母窒息된 전형(모델), 한 점 흠 없는 저 선견자善見者, 그의 정신적 분장은 도회 절반의 화제요, 일몰착의日沒着衣 및 야경용夜用用 및 여명착의黎明着衣 및 주식치장晝食治裝 그리고 다과시를 위한 바로 그 의상, 그러나 그대는 자신의 힘의 참견 중에 어느 청명한 5월 아침 한 손으로 그를 저속하게 쓰러 눕히나니, 그대의 흉중의 적을, 왜냐하면 그가 그대의 주문呪文을 뒤죽박죽 만들었기 때문이라 아니면 그가 그대의 정면경正面鏡의 초점에 이채異彩의 모습을 드러냈기 때문이요 (그대는 한 사람을 살해한 것이 아니라, 천만에, 한 대륙을!) 그의 오장 육부가 어떻게 작업했는지를 알아내려고!

언젠가 우리들의 환상건축가들의 저 위대한 대지 부父, 거부巨父, 중산계급 주主에 관하여 읽을 지라. 그리하여 그는 자신의 치켜든 견장堅杖의 첨단에 양자의 천공을 감촉 할 것을 사고했는지라 그리고 자신의 사고의 해도海濤에 얼마나 무기무력無氣無力하게 침잠했던고? 저 이단주의자 마르콘과 두 별리처녀들에 대한 여태의 사고 그리고 얼마나 그는 저 로시아露視野의 골레라 임질녀들을 거추장스럽게 총살했던고? 저 여우 씨, 저 늑대 양 및 저 수사 그리고 모리슨 가의 처녀 상속인에 관해 여태껏 들은 적이 있는 고, 응, 주절대는 원숭이여?

사치 속의 꾀병 자, 수집 대장이여, 요리된 야채, 여러 모자에 가득한 스튜 과일요리, 몇 여행 가방의 맛있는 술과 함께 식사시간에 너의 저속함이 무슨 짓을 했는지, 파리 교구 자금, 나의 창피자여, 이봐요, 마음에서 돌출한 너의 지독히도 무서운 빈곤의 한 방울 공허한 목소리로 무거워진 우짖음에 의해 너는 자선 저장고로부터 너무나도 유연하게 고양이 애무했는지라, 그런고로 너는 트레비 점에서 코트를 저당 잡히기 위해 면류관에 맹세조차 할 수 없었나니 그리고 너는 얼마나 끝없이 사악했던고, 그렇고 말고, 정말이지, 우리를 도우소서, 죄인 도화자 베드로 및 죄인 수탉 파울이여, 병아리들의 벌린 아가리와 함께 그리고 오랜 세기, 이는, 말이 났으니, 레이날드 배심원, 척탄병의 실없는 통속적 구토 불어佛語로다. 네가 너의 판자와 골세骨洗를 갖도록 하기 위해 (오 너는 루블화를 잃었는지라!), 1년에 너의 백금 1파운드와 1천 끈 책을 갖기 위해 (오, 너는 너 자신의 참혹 가정(假定)의 십자가에 묶힌 명예 속에, 가통(架甬)했나니!) 너의 시드니 토요의 소요락騷擾樂과 성휴야聖休夜의 잠을 너로 하여금 갖게 하기 위해 (명성은 취침과 경야 사이 네게 오리라) 그리고 유월절 안식 준일과 꼬끼오 수탉이 단막을 위해 울 때까지 누워 있도록 내버려둘지라. (오 조나단, 너의 추산위(推算胃)여!) 유인원은 감정의 분비물을 지니고 있지 않지만 그러나 온통 나를 위해 억수 눈물을 흘리나니, 고통 마술사 셈 남男! 냄새가 코를 찌르는 밤에 종종 그들은 굶주린 손의 장악을 위해 몸을 뒹굴지라, 글쎄 내 말은, 네가 고용한 턱수염의 그들 아자젤이 너를 약탈하기 위해, 한편 너의 짓밟힌 짚 위에 무례하게도 너는 앵콜했나니 (문란 및 부주의!) 네가 자신의 동료라 불렀던 롯, 성서의 가인에 관하여, 유스턴의 육肉의 항아리와 매리본의 매달린 의상에 관하여, 저 각제角製의 상아 꿈을 네가 꿈꾸다니. 그러나 지붕 창 월月요정은 세례네 월月에게 미소 짓고 투광자投光者는 킬킬거렸도다. 누가 흐느끼고 있는 고 우리를? 너 자신을 처신할 지라, 너 불항자不恒者여! 우리들의 예측할 수 있는 우일에 대비하여 저 작은 부양(浮揚) 둥우리 란은 어디에 있는고? 그건 사실이 아닌 고 (내게 반박할 지라, 과자菓子 식객이여!), 너의 미친 비가를 사모산寺墓山의 애석愛

石 주변에서 휘파람 휘날리고 있는 동안, (그를 시간 보내도록 할지라, 착하니 착한 예루살렘이여, 짚 다발 속에, 그가 건초 만들기 후에 세례를 받았나니) 네가 졸부들 사이에서 너의 과중방종過重放縱을 탕진하거나 호텐토트 인의 다불인多佛人 사람들을 너의 빵 껍질로 위통胃痛하게 하지 않았던고? 나는 옳지 않은고? 그래? 그래? 그래? 성납聖蠟과 성수인聖囚人에 맹세코! 내게 말하지 말지라, 백합야百合野의 사獅온이여, 네가 고리대금업자(상어)가 아님을 내게 말하지 말지라! 위를 볼지라, 늙은 검댕 놈, 서호鼠狐(묵스)한테 충고 받고 너의 약을 취할지라. 선의善醫가 그걸 처방(멀리건)했도다. 식전에 두 번 그걸 섞고 하루에 세 번 분배粉配할지라. 그건 너의 포통葡痛(그라이프)을 위해 경치驚治하고 고독의 벌레를 위해 양치良治하도다.

나로 하여금 끝내게 할지라! 유다에게 강장 주를 조금만, 모든 조의嘲意스의 나의 보석이여, 너로 하여금 눈(眼) 속에 질투를 불러일으키도록. 내가 보고 있는 것을 너는 듣는고, 하메트여? 그리고 황금의 침묵은 승낙을 의미함을 기억할 지라, 복사뼈 의시자疑視者 씨! 예의 악惡됨을 그만 두고, 부否를 말하는 걸 배울지라! 잠깐! 이리 와요, 열성가 군, 너의 귀속의 가위 벌레를 내가 말해줄 때까지. 우리는 숫 돌진할지라, 왜냐하면 만일 지주의 딸이 그걸 지껄이면 모두들 그걸 세상에 퍼뜨리자 이내 캐드버리 전체가 온통 발광하고 말테니, 볼지라! 너는 흔들 거울 속에 네 얼굴을 보는고? 잘 볼지라! 난시를 구부릴지라 내가 할 때까지! 그건 비밀이나니! 추물이여, 글쎄, 수발총병들이여! 나는 그걸 크리켓 쇼로부터 얻었는지라. 그리고 교인은 그걸 청색 제복의 학동한테서 배웠도다. 그리고 경쾌한 양말 자는 그걸 유혹자의 아내한테서 적어 두었나니. 그리고 란티야인은 늙은 주석 탄彈 부인한테서 윙크를 탈奪했는지라. 그리고 그녀는 그 대신 부副 수도사 타코리커스에 의해 참회를 받았도다. 그리고 그 착한 형제는 그가 너를 배변하도록 할 필요를 느끼고 있는지라. 그리고 얄팍한 포레터 자매는 단순히 서로 흥분하고 있었나니. 그리고 켈리, 케니 및 키오는 일어서서 무장을 하고 있도다. 만일 내가 그걸 믿는 걸 거절한다면 십자가가 나를 뭉그러뜨리도록. 만일 내가 그를 믿기를 거절한다면 수 세월을 통하여 요묘搖錨당해도 좋은지라. 만일 내가 무자비로 너를 이웃으로 삼는다면 성체가 나를 질식시켜도 좋을지니! 정靜! 너는, 셈(위선자)이여. 숙肅! 너는 미쳤도다.

그는 사골과 골수가 아직 상존함을 지적하는지라. 불면, 꿈속의 꿈. 아아멘.

자비(피자彼者의). 신이여, 당신과 함께 하소서! 나의 실수, 그의 실수, 실수를 통한 왕연王緣! 천민이여, 식인食人의 가인이여, 너를 낳은 자궁과 내가 때때로 빨았던 젖꼭지에 맹세코 예서豫誓했던 나, 그 이래로 광란 무舞와 알콜 중독증의 한 검은 덩어리가 되어 왔던 너. 지금까지 존재하지 않았던지 또는 내가 존재할 것인지 아니면 네가 존재할 생각이었는지 모든 존재성에 대한 강압 감感에 마음이 오락가락한 채, 내가 여인처럼 방어할 수 없었던 저 천진무구를 사나이처럼 애통하면서, 볼지라, 너 거기, (대조적 형제) 카스몬과 카베리, 그리고 나의 여전히 무치無恥스런 심정의 가장 깊은 심연에서부터 모비즈에 감사하나니, 거기서 여汝 청년의 나날은 내 것과 영永혼성하나니, 이제 혼자가 되는 종도終禱의 시간이 스스로 가까워지기 전에 그리고 우리가 자신의 정기를 바람에 일취하기 전에, 왜냐하면 (저 왕족의 자가 극진極盡에서부터 일적주一滴酒를 아직 마시지 않았나니 그리고 기둥 위의 화병, 스패니얼 개 무리 그리고 그들의 노획물, 종자從者들과 대중 주점의 주인은 1밀리미터도 꼼짝하지 않았으니 그리고 지금까지 행해진 모든 것은 아직도 재차 거듭 거듭해야 하기 때문이라, 수압일水壓日의 재난, 그런데 볼 지라, 너는 정명되어, 목조일木嘲日의 새벽 그리고, 시視, 너는 군림하도

다) 그건 재난의 초탄初誕의 그리고 초과初果인 너를 위한, 낙인찍힌 양羊이여, 쓰레기 종이 바스켓의 기구인 나를 위한 것이나니, 천둥과 우뢰리언의 견성犬星의 전율에 의하여, 너는 홀로, 아름다운 무마無魔의 돌풍에 고사된 지식의 나무, 아아, 유성 석石으로 의장되고 그리하여 성독백어星獨白語, 동굴 지평 인처럼 빤짝이며, 무적無適의 부父의 아이, 될 지라, 내게 너의 비밀의 탄식의 침대인, 암음暗陰의 탄굴 속에 눈에 띄지 않은 채 부끄러워하는 자, 단지 사자死者의 목소리만이 들리는 최하최외最下最外의 거주자, 왜냐하면 너는 내게서 떠나 버렸기에, 왜냐하면 너는 나를 비웃었기에, 왜냐하면, 오 나의 외로운 유독자여, 너는 나를 잊고 있기에!, 우리들의 이갈색모泥褐色母가 다가오고 있나니, 아나 리비아, 예장대禮裝帶, 섬모, 삼각주, 그녀의 소식을 가지고 달려오는지라, 위대하고 큰 세계의 오래된 뉴스, 아들들은 투쟁했는지라, 슬슬슬프도다! 마녀의 아이는 일곱 달에 거름 걷고, 멀멀멀리! 신부新婦는 펀체스타임 경마장에서 그녀의 공격을 피하고, 종마는 총總 레이스 코스 앞에서 돌을 맞고, 두 미녀는 합하여 하나의 애사과哀司果를 이루고, 목마른 양키들은 고토故土를 방문할 작정이라, 그리하여 40개의 스커트가 추켜올려지고, 마님들이, 한편 파리슬膝 여인은 유행의 단각短脚을 입었나니, 그리고 12남은 술을 빚어 철야제를 행하니, 그대는 들었는고, 망아지 쿠니여? 그대는 지금까지, 암 망아지 포테스큐여? 목 짓으로, 단숨에, 그녀의 유천流川고수머리를 온통 흔들면서, 걸쇠 바위가 그녀의 손가방 속에 떨어지고, 그녀의 머리를 전차 표로 장식하고, 모든 것이 한 점으로 손짓하고 그러자 모든 파상, 고풍의 귀여운 엄마여, 작고 경이로운 엄마, 다리 아래 몸을 거위 멱 감으며, 어살을 종도鐘跳하면서, 작은 연못 곁에 몸을 압피鴨避하며, 배의 밧줄 주변을 급주하면서, 탤라드의 푸른 언덕과 푸카 폭포의 연못(풀) 그리고 모두

들 축도祝都 브레싱튼이라 부르는 장소 곁을 그리고 살리노긴 역域 곁을 살기스레 사그렁 미끄러지면서, 날이 비오듯 행복하게, 졸졸대며, 졸거품 일으키며, 혼자서 조잘대며, 그들의 양 팔꿈치 위의 들판을 범람하면서 그녀의 살랑대는 사그렁 미끄럼과 함께 기대며, 아찔 어슬렁대는, 어머마 마여, 어찔대는 발걸음의 아나 리비아여.

　그가 생명장杖을 치켜들자 벙어리는 말하도다.

　─꽉꽉꽉꽉꽉꽉꽉꽉꽉꽉꽈!

「제I부 8장」 여울목의 빨래하는 아낙네들

『피네간의 경야』 제8장의 배경을 이루는 리피 강: 푸른 클로버 무성한 들판을 빠져 유유히 흐르는, 일명 아나 리비아 강.

오

내게 말해줘요, 모든 걸,

아나 리비아에 관해! 난 모든 것을 듣고 싶어요.

아나 리비아에 관해! 글쎄, 당신 아나 리비아 알지? 그럼, 물론, 우린 모두 아나 리비아를 알고 있어. 모든 것을 나에게 말해줘. 내게 당장 말해줘. 아마 들으면 당신 죽고 말거야. 글쎄, 당신 알지, 그 늙은 사내 [HCE]가 정신이 돌아가지고 당신도 아는 짓을 했을 때 말이야. 그래요,

난 알아, 계속해봐요. 빨래랑 그만두고 물을 튀기지 말아요. 소매를 걷어
붙이고 이야기의 실마리를 풀어봐요. 그리고 내게 탕 부딪히지 말아요—
걷어 올려요!—당신이 허리를 굽힐 때. 또는 그것이 무엇이든 그가 악마
원에서 둘〔처녀들〕에게 하려던 짓을 그들 셋〔군인들〕이 알아내려고 몹시
애를 썼지〔HCE 공원에서 저지른 죄〕. 그 자는 지독한 늙은 무뢰한이란
말이야. 그의 셔츠 좀 봐! 이 오물 좀 보란 말이야! 그게 물을 온통 시
커멓게 만들어 버렸잖아. 그리고 지난 주 이맘때쯤이래 지금까지 줄곧 담
그고 짜고 했는데도. 도대체 내가 몇 번이나 물로 빨아댔는지 궁금한지
라? 그가 매음賣淫하고 싶은 곳을 난 마음으로 알고 있다니까. 불결마不潔
魔 같으니! 그의 개인 린넨 속옷을 바람에 쐬게 하려고 내 손을 태우거나
나의 공복장空腹腸을 굶주리면서. 당신의 투병鬪瓶으로 그걸 잘 두들겨 깨
끗이 해요. 내 팔목이 곰팡이 때를 문지르느라 뒤틀리고 있어. 그리고 젖
은 아랫도리와 그 속의 죄의 괴저병이라니! 그가 야수제일野獸祭日에 도대
체 무슨 짓을 했던고? 그리고 그가 얼마나 오랫동안 자물쇠 밑에 갇혀 있
었던고? 그가 한 짓이 뉴스에 나와 있었다니, 순회재판 및 심문자들, 험프
리 흉포한凶暴漢의 강제령强制令, 밀주, 온갖 죄상罪狀과 함께. 하지만 시간
이 경언耕言할지라. 난 그를 잘 알아. 무경無耕한 채 누굴 위해서도 일하지
않을지니. 당신이 춘도春跳하면 당신은 수학하기 마련. 오, 난폭한 늙은
무뢰한 같으니! 잡혼하며 잡애雜愛하면서 말이야.

구치 판관判官은 우右 정당하고 드럭해드 판관은 좌左 악당이였나니!
그리고 그〔HCE〕의 뻔뻔스러움이라! 그리고 그의 점잔 빼는 꼬락서니라
니! 그는 마치 말구릉馬丘陵처럼 얼마나 머리를 늘 높이 추켜세웠던고, 유
명한 외국의 노老공작인 양, 걸어가는 족제비처럼 등에 장대한 혹을 달
고. 그리고 그의 더리 풍의 느린 말투하며 그의 코크 종의 헛소리 그리고

그의 이중二重더블린 풍의 혀짤배기 그리고 그의 원해구遠海鷗골웨이 풍의 허세라니. 형리 해케트 혹은 독사讀師 리드 혹은 순경 그로울리 혹은 곤봉 든 그 사내한테 물어볼지라. 그 밖에 그 사나이는 도처 뭐라 불리고 있는 고? 성명? 거대 휴지즈(H) 두頭케핏(C) 조불결자早不潔者 얼리포울러(E). 혹은 그가 어디서 태어났으며[HCE의 출생지] 또는 어디서 발견되었던 고? 어고슬랜드, 캐티갯 바다의 트비스타운? 뉴 한漢샤, 메리메이크의 콩 토드? 누가 그녀[ALP]의 안유安柔의 모루에 담금질을 하거나 아니면 그 녀의 물통에 도규跳叫한단 말인고? 그녀의 혼인예고는 아담 앤드 이브즈 성당에서 결코 행방行方되지 않았거나 아니면 남녀가 단지 선장결연船長結 緣 했던고? 게다가 집오리로서 나는 그대를 수오리 삼나니. 그리고 야시 구野視鷗에 의하여 나는 그대를 흘끗보는 도다. 시간의 언저리 위의 화산花 山이 행복한 협곡을 소망하며 두려워하는지라. 그녀는 자신의 모든 선미 線味를 드러낼 수 있나니, 사랑과 유희의 허가장으로. 그리고 만일 그들이 재혼하지 않으면 어떤 수단을 써서라도! 오, 이제 그건 통과하고 다른 걸 우문愚門하구려! 돈(卿) 돔(尊) 돔 우천지愚淺智[그들의 바그너풍의 결혼 행 진] 그리고 녀석의 하찮은 우행![HCE의 공원의 수치] 야도夜盜, 유행성 독감 및 제3 위험당에 대비하여 스토크 및 펠리컨 보험사들에 자신의 도 움이 확약되었던고? 나는 들었는지라 그는 자신의 인형과 선전善錢을 굴 掘하고, 처음에는 발굴하고 잇달아 벌伐파종했나니, 그가 그녀를 가간家姦 했을 때, 사브리나 해안에서, 적은 사랑의 새장 속에, 굴 껍질 험악한 땅 과 마곡魔曲의 마魔삼각주 곁에, 그녀의 그림자의 섬광과 함께 고양이 쥐 신화 놀음하면서, (뭔가 나풀거림이 있었던들 얼마나 그를 우뚝 세워 욕공[辱攻] 했으랴!) 노인회관의 두풍원頭諷院과 불치 병자 휴게소 그리고 질병 면역소 의 종가終家, 비틀거리는 자의 곡도曲道를 지나. 누가 당신한테 그따위 악인 사기 등화燈火를 판매했던고? 깡통에 든 반죽 파이 같으니! 그녀에게 끼워 줄 풀(草)반지도 없으면서, 개미 낱알 보석 한 알 없이. 사내는 무無 항구의 이버니언의 오캐이 대양에서부터, 생명의 보트인, 세대박이 배를 타고, 개버린 옷에, 마침내 육지의 아련한 토락土落을 엿보았고 그의 선장 船裝 아래에서부터 두 마리 까욱까욱을 풀어놓았는지라[육지가 보이는지 보려고], 이 위노偉老의 페니키아 유랑자. 그녀의 해조海藻 냄새로 모두들 비둘기 집을 설립했나니. 정말이지 여락餘樂인양 그들은 행했도다! 하지 만 그 당사자[HCE], 키잡이는 어디에 있었던고? 저 상인 남男인 그는 여 울 넘어 그들의 바닥 평평한 너벅선을 추관追觀하고, 자신의 낙타 타기 망 토를 걸친 채 바람에 휘날리며, 마침내 그의 도망치는 배교선背敎船의 간 간 이물과 함께 그는 승도乘道하고 그녀를 사지흉파砂地胸破했나니 도와줘 요! 사람 살려! 그러자 고래가 성배 찬餐을 낚아채도다!

그대[HCE]의 파이프를 불어대며 장단을 늦추고, 그대 타고난 천치 이집트 인, 그리고 그대는 그와 조금도 다를 바 없는 사람인지라! 글쎄, 곧 나한테 다 말해 주구려 그리고 변명을 억제하지 말지니. 사람들이 그 녀[ALP-강]의 시바 강변을 그가, 여느 힘찬 왕 연어처럼, 힘차게 거슬 러 올라가는 것을 보았을 때, 그녀의 우牛 등대를 그들은 돌환突環하며, 파 도의 활수연活水煙과 함께 도도滔倒하며. 보이야카 왕비의 승리로다! 보 야나 만세! 그는 우리들의 부식 곰팡이 빵, 그의 약간의 건포도 빵을 힘 들어 벌었나니, 장사꾼이라. 정말 그는 그랬도다. [HCE는 마침내 ALP 를 정복하고 연어-소로몬-아담 및 덴마크의 침입자처럼 시바 강변을 거슬러 올라갔나니, 이마에 땀 흘러 빵을 벌었다] 여기를 볼지라. 그 사 내의 이물(뱃머리)의 이 젖은 곳에. 그가 해수의 유아라 불렸음을 그대 는 알지 못하는고, 수아水兒 탄자誕者? 아베마리아여, 그인 정말 그런지라!

H.C.E.는 대구어안大口魚眼을 지녔도다. 분명히 그녀 자신〔아내 ALP〕 사내처럼 엇비슷하게 고약했나니. 누구? 아나 리비아? 그래, 아나 리비아. 그대는 그녀가 사방으로부터 빈정대는 계집들, 예쁜 요녀들, 못난 계집애들을 그이〔남편 HCE〕를 즐겁게 해주려고, 그녀의 범죄추장, 그리고 제 사장의 음소를 간질여 주려고 불러들이고 있었던 걸 아는고? 그녀가 그랬던가? 그러고 말고! 그래 그게 종한終限인고? 엘 니그로 자신이 라 플라타〔간판〕를 들여다보자 몸을 움츠렸던 것처럼. 오, 듣고 싶어요 내게 모든 걸 말해주구려, 그녀〔ALP〕가 꿀맛같이 달콤한 사내한테 얼마나 사랑을 받았는지! 한 매춘부가 낙오한 다음 토끼 눈의 윙크를 행하며. 스스로 전혀 상관하지 않는 양 하면서, 전 돈 없어요, 나의 부재자여, 그인 격정의 사나이, 매혼자! 매혼자와 그래서 매매어쩌고저쩌고? 그따위 러시아 힌두 어 헛소릴랑 집어치워요! 혼성어로 말해요. 그리고 호우를 호우라 불러요 〔사실 그대로 까놓고 말할지라〕. 사람들이 학교에서 그대〔상대 빨래 여인〕에게 헤브라이 어를 가르쳐 주지 않았단 말 인고, 그대 무식초보자? 그건 꼭 마치 내가 당장 순수 언어 보존의 명분 속에 모범을 보이며 염동작용에서 나와 그대를 고소하려 하는 것 같구려. 맙소사 그래 그녀〔ALP〕는 그따위 사람인고? 하지만 그녀가 그런 저속한 짓을 할 줄은 난 거의 생각지 못했어. 그대는 그녀가 창가에서, 버드나무 의자에 몸을 흔들거리며, 온통 설형문자로 쐬어진 악보를 앞에 놓고, 마치 줄 없는 활로 바이올린 버들피리 만가를 연주하는 척 하면서, 간들거리고 있는 것을 탐지하지 못했단 말인고? 분명히 그녀는 활이나 줄을 가지고도 전혀 연주할 수 없다니까! 분명히, 그녀는 할 수 없는지라! 꼴 참 좋겠다. 글쎄, 나는 절대 그런 이야기를 들은 적이 없어요! 더 말해줘요. 전부 내게 말해요. 글쎄, 늙은 험버 영감〔HCE〕은 마치 범고래처럼 범凡침울해 있었나니,

그의 문간에는 살갈퀴풀이 무성하고 게다가 오랜 세월 동안 염병이 그리고, 궁남弓男도 산탄포수散彈捕手도 불출이라 그리고 암산 등성이에 온통 봉화만 타고 부엌 또는 성당에는 무無램프요 그래프턴 방축 길의 거인의 동굴과 펑글러스의 무덤 주변에도 사모死帽 독버섯 그리고 위대한 호민관의 분묘에 쌓인 해독 살 갈퀴, 그이 자신의 자리에 녹울綠鬱하게 앉아, 꿈꾸듯 그리고 흥얼꾸물대며, 자신의 수척한 얼굴 모습이라니, 자신의 아견직兒絹織 스카프의 까다로운 퀴즈를 질문하며 자신의 장례식을 재촉하기 위하여 그리고 그곳에 그는 저 몰몬 조간신문(타임스)에서 모두들의 사채死債를 점검하는가 하면, 유산을 문답하거나, 뛰었다, 넘었다, 그리고 그들의 소요노동 속에 안면의 잠자리에 깊이 묻힌 채, 입을 목구멍에서 입술까지 쩍 벌리자, 낙수 홈통의 새들이 그의 악어 이빨 사이를 쪼고 있었나니, 내내 혼자 단식투쟁을 하거나 자기 자신에게 심판 일을 위협하거나 숙명을 인비忍悲하거나, 분승憤昇하며, 자신의 머리칼을 눈 위까지 빗어 내리거나, 높은 고미받이 다락방에서 별이 보일 때까지, 까만 암소들과 잡초 우거진 개울과 젖꼭지 꽃봉오리와 염병에 걸린 자들을 꿈꾸고 있었나니, 응시라 과연 교구가 포타주(수프)에 필적할 가치가 있었을 건고. 그대는 그에게 속하는 것은 모두 시대에 뒤떨어진 것이요 어찌하여 그가 부당 감금되어 몽환을 꿈꾸었는지 생각할지니. 그는 7년 동안을 계속 토하고 있었도다. 그리하여 거기에 그녀, 아나 리비아, 그녀는 감히 한시도 잠을 위해 눈을 붙이지 못한 채, 작은 꼬마 아이, 손가락 두께의 벤다반다처럼, 사방에 목구멍을 가르랑거리며, 여름철 무릎 겹치마 차림으로 그리고 난폭한 양 뺨에, 그녀의 사랑하는 연인 댄에게 작별을 고하기 위해. 당신의 사랑하는 매기로부터 새 감자와 소금이 함께 하소서. 그리고 그녀〔ALP〕는 이따금 남편에게 싱싱한 생선요리를 대접하거나 그가 장저腸底

까지 만족하도록 혼잡 계란 요리를, 아무렴, 그리고 토스트 위에다 덴마크 베이컨 그리고 한 잔 반의 멀건 그린란드 산 홍차 또는 식탁 위에 모카 산 설탕 탄 모카 커피 또는 서강차西江茶 또는 진예眞藝의 백랍 컵의 고사리 주 그리고 연한 연부軟浮 빵을 대접했나니 (어때요, 여보?), 그 이유인즉 마침내 그녀의 연약한 양 무릎이 육두구처럼 찌그러지고 말 때까지 저 돼지 사내〔남편〕의 위장을 만족시켜 주려고 했나니 한편 그녀의 이음쇠 (몸뚱이)가 중풍으로 흔들리고 말았는지라 그리하여 여과기에 먹을 음식물을 팽팽하게 고산적高山積하여 성급하게 돌진하자 (그때 운석 같은 분노가 분출했도다) 나의 쾌남 헥〔HCE〕인, 그는 경멸의 눈초리와 함께, 그대 암돼지 같으니, 마치 이 고래 같은 자 등등이라 말하듯, 욕설을 쏘아붙이는지라, 그리하여 혹시 그가 그녀의 발등 위에 접시를 떨어뜨리지 않았다면, 정말이지, 다행이었지. 그러자 그때 그녀는 한 가지 찬미가, 마음을 굽혔었나니 또는 맬로우의 방탕아들 또는 첼리 마이클의 비방은 일진풍 또는 올드 조 로비드슨의 발프 조의 일 절을 휘파람으로 불어 주고 싶었도다. 누구든지 그런 휘파람 소리를 들으면 필시 그대를 두 동강 내고 말리라! 아마 그녀라면 바벨탑 위에서 울부짖는 암탉을 잡을 수 있으리라. 그녀가 입으로 꼬꼬댁 우는 법을 알고 있다 해서 해 될게 뭐람! 그러자 압착기의 무게 못지않게 한자漢者〔HCE〕에게서 한 마디 투도 나오지 않았나니. 그게 진실인고? 그건 사실이도다. 그러자 화려한 화마華馬를 환승環乘하고, 귀족 니비아 가문 출생이요, 분별과 예술의 낭娘 박사, 안노나, 그녀의 스파크 활활불꽃 반짝이는 부채를 하늘거리면서, 양털로 그녀의 백상白霜의 머리다발을 가색假色했도다─.

아일랜드 위클로우 군의 서부 평원을 빠져 흐르는 리피 강: 세계 문학 사상, 『피네간의 경야』에 실린 리피 강보다 더 애정 있게 묘사된 강도 드물 것이다. 신화에서 강의 옛 이름이 바로 Anna Livia이었다. anna란 영어의 avon, 스코틀랜드어의 afton, 게일어의 abhainn을 각각 뜻한다. Livia란 이름은 Liphe에서 유래한 말로 이는 강 자체보다 강이 궁극적으로 바다에 당도하기까지 그 사이를 통과하는 더블린의 서부 평원을 의미한다. 조이스는 여기에 이탈리아어의 plurabelle이란 말을 첨가했는데, 이는 "가장 아름다운"이란 뜻이다. Anna Livia Plurabelle 장의 이야기는 『피네간의 경야』 가운데 가장 널리 알려지고 가장 사랑받는 장이다. 조이스는 자신이 『피네간의 경야』를 쓰다가 세상을 떠나면 그의 친구요 당대 문인이었던 제임스 스티븐즈가 대신 완성해주기를 바랐는데, 스티븐즈는 "Anna"야말로 "인간에 의해 쓰인 가장 위대한 산문이라"고 표현했다.

한편 월越 미인[ALP]은 그의 웅피熊皮 아래를 어루만졌는지라!—변화무쌍한 비취색의 시대 가운을 입었나니, 이는 두 추기경의 목재 의자를 감싸고 가련한 컬런 존사를 억누르거나 맥케이브 존사를 질식시킬 정도라. 오 허튼 소리! 그녀의 보라색 헝겊 조각이라! 그리고 식활강기食滑降機 아래로 그에게 붕붕 풀무소리를 으르렁거리며, 그녀의 쉰여섯 종류의 감미로운 종언終焉으로, 그녀의 코로부터 가루분을 휘날리며 애원하나니. 요람아여, 고리버들 바구니 같으니! 이봐요, 당신, 제발 죽지 말아요! 마치 물오리처럼 또는 로미오레쯔크에게 노래하는 마담 델바 마냥 정말 선아選雅의 아성牙聲을 가지고, 당신은 그녀가 도대체 무슨 말을 지껄이기 시작했는지 알아요? 당신은 결코 짐작도 못할거야. 내게 말해봐요. 말해보구려. 포비, 여보, 말해요. 오 내게 말해요. 그리고 내가 당신을 얼마나 사랑했는지 당신은 몰랐을 거예요. 그리고 호도湖島 저쪽에서부터 들려오는 조명가鳥鳴歌에 미친 척하면서 부르짖는지라. 높은 지옥스커트가 귀부인들의 자계연인雌鷄煙人 백합 걸친 돼지 몸짓을 보았도다. 그리하여 한층 귀부인다운 목소리로 그런 저런 노래 등등을 부르고 또 부르나니 그리하여 아래쪽 보더 아저씨[HCE]는, 엄청나게 헐거운, 일요사색日曜沙色 외투에 휘감긴 각기병 환자처럼, 하품하듯 귀머거리로, 바보 영감 같으니! 저리 꺼질지라! 불쌍한 심농深聾의 늙은이여! 당신은 단지 지분거리고만 있어! 아나 리비? 각성제가 나의 판단이듯! 그러자 그녀는 애참哀慘 속에 일어나 토로트로 달려 나가, 문간에 기대선 채, 그녀의 낡은 사기연砂器煙 파이프를 뻐끔뻐끔 빨면서, 그리고 쏘이, 핀덜리, 데이리 또는 메어리, 밀러크리, 오우니 또는 그로우, 건초 길 걷는 어리석은 하녀들 또는 쾌활하고 바람난 계집애들에게 억지웃음을 보내거나 혹은 불결한 배출구 곁으로 모두들 안으로 들어가도록 신호하지 않았던고? 그래 [상대방 세탁

녀〕입 좀 닥칠지라, 어리석은 멍청 할멈 같으니? 하지만 하느님께 맹세
코 정말이 도다! 그들을 하나씩, 안으로 불러들이며 (이쪽은 봉쇄구역이야!
여기 화장실이야!), 그리고 문지방 위에서 지그 춤을 추어 보이거나 또는
그들의 엉덩이 흔드는 법을 그들에게 가르쳐 주었는지라 그리고 고상한
여인에게는 최희最喜의 의상을 시야에서 어떻게 가리도록 마음 써야 하
는지 그리고 한 처녀가 한 남자를 대하는 온갖 방법을 진미珍味롭게 가르
쳐 주었나니 2실링 1펜스라던가 또는 반 크라운이라던가 일종의 꼬끼오
닭 우는소리를 내면서 반짝이는 은화를 들어 보이고 있었지. 어머나, 어
마나, 정말 그녀가 그랬던고? 글쎄, 이런 지독한 이야기를 나〔상대방 세
탁녀〕는 처음 들어봐! 세상의 모든 멋진 귀여운 창녀들을 그에게 다 던져
주다니! 어떠한 축다祝多의 섹스를 원하든 상관없이 당신이 바라는 내밀
의 붙들린 계집에게, 험피〔HCE〕의 앞치마 속에서 잠시 동안 포옹하고
안식처를 찾는 일이라면 2실링 3펜스이면 족하리라!

그리하여 그녀〔ALP〕는 얼마나 지루한 율시律詩를 지었던고! 오 그
래! 오 저런! 데니스 플로렌스 맥카시의 아래 속옷을 내가 경칠 힘들여
비누칠하는 동안 진짜 그 이야기의 진조眞潮를 내게 말해주구려. 범승汜昇
할지라, 주람奏監할지라, 낭랑한 피아 목소리로! 내가 아나 리비아의 쿠싱
루(아가雅歌)를 배울 때까지 나는 나의 옥소족沃素足이 다 말라 안달하여
죽을 지경이라,

그것〔ALP의 율시〕을 하나는 쓰고 둘이 읽고, 공원의 연못가에서 발
견되었지! 나는 그걸 알 수 있나니. 그대가 그런 줄 난 알도다. 이야기가
어떻게 돌아가고 있는고? 자 잘 들어 봐요. 당신 듣고 있는고? 그래, 그
래! 정말 듣고 있어! 그대의 귀를 돌려! 귀담아 들을지라!

대지大地와 구름에 맹세코 하지만 나는 깔깔 새 강둑을 몹시 원하나

니, 정말 나는 그런지라, 게다가 한층 포동포동한 놈을! 지금 내가 갖고 있는 저 접합물[영감]은 낡았기 때문이라, 정말이지, 앉아서, 하품을 하며 기다리나니, 나의 흐늘흐늘하고 비실비실한 대인 영감, 나의 사중생의 동반자, 나의 식료품실의 검약한 열쇠, 나의 한껏 변한 낙타의 혹, 나의 관절 파괴자, 나의 5월의 벌꿀, 나의 최후 12월까지의 천치가, 그의 겨울잠에서 깨어나 옛날처럼 나를 겪어 누르도록.

한 장원 나리 혹은 스트라이크의 지방 기사라도 있다면, 나는 경의하나니, 숭배하올 양말을 그를 위해 세탁하거나 기워 주는 대가로 현금 한두 푼을 내게 지불할지라, 우리는 이제 말고기 수프도 우유도 다 떨어지고 말았으니?

냄새 아늑히 서린 나의 짧은 브리타스 침대가 없었던들 나는 밖으로 도주하여 톨카 강바닥의 진흙이나 또는 클론타프의 해변으로 외도外逃하고, 염鹽의 신辛더블린 만의 싱그러운 공기를 그리고 내게로 하구河口 엄습하는 해풍의 질주를 느끼련만.

어서! 계계속! 내게 좀더 말해봐요. 세세한 것(기호記號)까지 다 말해. 나는 단순한 눈짓까지 다 알고 싶나니. 무엇이 옹기장이를 여우 굴속에 날아들게 했는지에 이르기까지. 그리고 왜 족제비들이 사라졌는지. 저 향수 열병이 나를 후끈하게 하고 있어. 혹시 말 탄 어느 사내가 내 이야기를 듣고 있기라도 한다면! 우린 탄환남아彈丸男兒를 불륜병不倫兵과 대면하게 할 수 있으리라. 자, 이제 개암나무 부화장 이야기. 크론달킨 마을 다음으로 킹즈 인(왕숙王宿). 우리는 선천鮮川과 함께 거기 곧 도착하게 될꺼야. 도대체 그녀[ALP]는 통틀어 얼마나 많은 약어아若魚兒들[ALP의 자식들]을 가졌던고? 나는 그걸 당신한테 정확히 말할 수 없어. 단지 근사치만 아는지라. 누가 말하듯 그녀가 세 자리 숫자를 지니고, 하나 더하기 하나 더하기 하나, 일 백 열하나 및 하나, 111이 되도록 한정했다는 거야. 오 맙소사, 그렇게 많은 떼거지들을? 우리는 그러다가 교회묘지에 빈 땅 하나 남지 않을 거야. 그녀는 자신이 애들에게 붙여준 요람명의 절반도 기억할 수 없지, 컨드(K)에게 지팡이 그리고 이욜프(E)에게 사과 그리고 야콥 이야(Yea)에게 이러쿵저러쿵, 복싱 주교의 무류無謬 슬리퍼의 은총에 맹세코. 일백하고 어떻게? 그들이 그녀에게 플루라벨(복수복(複數腹)) 세례명을 붙여주길 잘했는지. 오 맙소사! 얼마나 지독한 부담이랴! 하이호! 하지만 그녀는 카드 점占에 실로 나와 있나니, 많으면 많을수록 더 즐거운지라.〔ALP의 111명의 아이들〕쌍능직雙綾織 및 삼전음參顫音, 여사餘四 및 탈품육奪品六 북칠北七 그리고 남팔南八 그리고 원숭이 놈들 그리고 새끼들까지 구九. 할아비를 닮은 방심쟁이 그리고 미사 비참 혼魂 그리고 모든 악한들 중의 악한 그리고 괴짜. 히하우! 그녀〔이하 ALP의 애정 행각〕는 한창시절 나돌아 다니는 논 다니었음이 틀림없지요, 그렇고 말고, 더할 나위 없지. 분명히 그녀는 그랬나니, 정말이고말고. 그녀는 자신의 유남流男을 여러 명 지녔었나니. 당시 저 계집애한테 한번 눈초리를 던져 보아도 전혀 놀라는 기색조차 없었는지라, 더욱이 남을 홀리기만, 그게 사실이야! 내게 말해 봐요, 말해봐, 그녀가 어떻게 모든 사내들과 어울려 지냈는지, 그녀는 정말 매혹녀였는지라, 그 성 마녀? 폰테-인-몬테에서 타이딩타운까지 그리고 타이딩타운에서 항구까지, 우리들의 멋쟁이 남자들 앞에 자신의 위력을 투하면서. 다음에서 다음으로 서로 깍지 끼거나 애무하면서, 옆구리를 툭 치거나 한잔 마시면서 그리고 스스로의 동방 환희 속에 사라지고 시류에 뒤진 채. 그래 최초의 폭발 자는 누구? 혹자가 그이었지, 그들이 어디에 있든 간에, 전술적 공격으로 아니면 단독 전투로. 땜장이, 양복쟁이, 군인, 수병, 파이 행상인 피스 아니면 순경. 그게 바로 내가 늘 변문(變問)하고 싶었던 거야. 떼밀고 또 한층 힘껏 떼밀고 고지의 본령까지 나아갈지라! 그게 그래탄 아니면 프라드(대홍수) 다음의, 수저년(水底年)이던고, 아니면 처녀들이 궁형을 이루고 또는 세 사람이 떼지어 서 있었을 때였던고? 무국(無國)에서 온 무(無) 인간이 무(無)를 발견했듯이 의혹이 솟는 곳을 신앙이 발견할지라. 하우(何憂) 그대 그렇게 우식(愚息)짓는고, 앨번, 오 답할지라? 그 보남(寶男)의 주먹마디를 풀지라, 퀴빅 그리고 뉴안제! 그녀는 당분간 그에게 손을 댈 수 없으니. 그건 가야 할 장고(長孤)의 길, 지루한 산보! 노 저어 뒷걸음질이라니 얼마나 얼간이 짓이랴! 그녀는 자신의 공격자가 라인스터의 제왕, 바다의 늑대, 연대기 상으로 누군지, 또는 그가 무슨 짓을 했는지 또는 그녀가 얼마나 감칠맛 나게 놀아났는지, 또는 어떻게, 언제, 왜, 어디서 그리고 얼마나 자주 그녀에게 덤볐는지 그리고 어떻게 그가 그녀를 배반했는지 거의 알 수 없다고 스스로 말했지. 그녀는 당시에 젊고 날씬하고 창백하고 부드럽고 수줍고 가냘픈 꺽다리 계집애인데다가, 은월광호(銀月光湖) 곁에 산책하면서, 그리고 사나이는 어떤 쿠라남의 무겁게 뚜벅뚜벅 비틀거리는 외도 침남(寢男)인지라, 태양이 비치면 자신의 건초를 말리면서, 살해하는 킬데어의 강둑 곁에 그당시 속삭이곤 하던 참나무들처럼 단단했지 (평토탄(平土炭)이여 그들과 함께 하소서!), 삼폭수(森瀑水)로 그녀를 가로질러 철썩하고. 그가 호안(虎眼)을 그녀에게 주었을 때 그녀는 바다 요정의 수치로 자신이 땅 아래로 꺼지는 줄만 생각했지! 오 행복한 과오여! 나의 욕망이나니 그게 그이였으면! 당신은 거기 잘못이야, 경부(驚腐)하게도 잘못을! 당신이 시대착오적인 것은 단지 오늘밤만이 아니야! 그것은 그보다 훨씬 뒤의 일이었어, 당시 애란의 정원이라 할 위켄로우 주에는 어디에고 수로가 없었던 시절, 그녀〔게울-ALP〕가 킬브리드 다리를 씻어 흐르고 호수패스 다리 아래 거품을 일으키며 달리고, 그 엄청난 남서폭풍이 그녀의 유적流蹟을 어지럽히며 내륙의 곡물 낭비자가 그녀의 궤도를 염탐하고, 어떻게든 자신의 길을 지루運流하며, 하호何好 하악何惡을 위해, 실 짜고 맷돌 갈고, 마루 걸레질하고 맥타작麥打作하고, 험프리의 울타리둘러친마을의 보리밭과 값싼 택지에 모든 그녀의 황금 생천生川을 위하여 그리고 웰링턴 선의마善意馬, 토지 연맹 수확자와 잠자리를 나눌 것이라 감히 꿈도 꾸지 못할 때였나니. 아아, 소녀다운 시절의 이야기인지라! 바닷가 모래 언덕의 비둘기에 맹세코! 뭐라? 이조드여? 당신은 그게 분명히 확실한고? 핀 강이 모운 강과 접합하는 곳이 아닌, 노어 강이 블룸 산과 헤어지는 곳이 아닌, 브래이 강이 패어러 강의 물길을 바꿔 놓은 곳이 아닌, 모이 강이 컬린 호와 콘 호 사이 컨 호와 콜린 호 사이에서 그녀의 유심流心을 바꾸어 놓은 곳이 아닌 것이? 혹은 넵투누스가 스컬 노를 잡고 트리톤빌이 보트를 저으며 레안드로스의 삼자가 두 여걸과 꽝 부딪쳤던 곳? 아니야, 결코 아니, 전혀, 천만에! 그럼 오우 강과 오보카 강의 어디 근처? 그것은 동서 쪽 또는 루칸 요칸 강 또는 인간의 손이 여태껏 결코 착족着足한 적이 없는 곳? 어딘지 내게 곡언谷言해봐요, 첫 번째 제일 근사한 때를! 내가 말할 테니, 잘 듣는다면. 당신 러글로우의 어두운 협곡을 아는고? 글쎄, 거기 한때 한 지방 은둔자가 살았나니, 마이클 아클로우가 그의 귀천貴川하신 이름이라, (수많은 한숨과 함께 나는 그의 용암상(鎔巖床)에 물을 뿌렸도다!), 〔독자는 이제 ALP-리피 강을 거슬러 위클로우 계곡까지 역진한다〕 그리하여 육칠월의 어느 화華금요일, 오 너무나 달콤하고 너무나 시원하고 너무나 유연하게 그녀는 보였나니, 여수령女水靈 낸스, 고정부高情婦 나논, 무화과나무 숲의, 침묵 속에, 온통 귀를 기울이며, 그대 단지 촉감을 멈출 수 없는 불타는 곡선, 그는 자신의 새롭게 도유한 두 손, 자신의 맥중핵脈中核을, 그녀의 마리아 노래하는 까만 사프란색의 부발浮髮 속에 돌입했는지라, 그걸 가르며 그녀를 위안하며 그걸 혼잡하며, 일몰의 저 붉은 습야濕野 마냥 진검고 풍만한 것이었나니. 보우크로즈 계곡의 세천細川 곁에, 무지개 색남의 천호天弧가 그녀를 (머리) 빗으며 오렌지 색화色化 했나니라. 아프로디테 미여신美女神의 황혼, 그녀의 에나멜색 눈은 보라색 폭간暴姦의 가장자리까지 그를 남색화藍色化하는지라. 원망願望 원망怨望! 어쩌고저쩌고? 희랍 주酒! 레티 럴크의 경소輕笑가 저 월계수를 그녀의 다브다브 개울 요녀 위에 방금 던지나니 요들 가歌를 록(암岩)창唱하자. 메사 강! 그러나 마력魔力波는 이내 1천의 요정 올가미를 품으나니. 그리하여 그의 욕천浴川의 살신殺神 심바가 음살淫殺되도다. 그[ALP의 연인]는 자기 자신을 억제할 길 없는지라, 너무나 스스로 격갈激渴해진 나머지, 그는 자신 속의 주교임을 잊지 않으면 안 되었으니, 그리하여 그녀를 위쪽으로 비비거나 아래로 쓰다듬으며, 그는 미소하는 기분 속에 자신의 입술로 마구 입 맞추었는지라, 그 주근깨 투정이 이마의 아나ー나ー포규의 입술에다 (그는 안 돼, 안돼, 절대로. 그녀에게 경고하면서) 키스 또 키스를 연달아 퍼부었도다.

그대가 바삭바삭 목이 타는 동안 그녀[다시 ALP의 애정 행각]는 숨이 끊기듯 했지. 그러나 그녀는 자신의 추진동推振動으로 2피트만큼 몸이 솟았던 거다. 그리고 그 후로 죽마를 타듯 스텝을 밟았지. 그것은 향유대신 버터를 곁들인 키스 치유治癒였지요! 오, 그인 얼마나 대담한 성직자였던가? 그리고 그녀는 얼마나 장난꾸러기의 리비었던가? 논다니 나아마[ALP]가 이제 그녀의 이름이라. 그 이전에 스코치 반바지를 입은 두 젊은 녀석들이 그녀를 범했지, 러그나킬리아 산정의 고귀한 픽트 족, 맨발의 번과 주정뱅이 웨이드는 그녀가 엉덩이에 그를 감출 한 오래기 털 흔적 또는 선술집의 선복船腹 부훈 유람선은 말할 것도 없고 그 자작나무 카누(마상이) 피선皮船을 유혹할 앞가슴조차 갖기 전의 일이었지. 그리고 다시 그런 일이 있기 전에, 아가, 오리, 전혀 준비도 갖추지 못한 채, 너무나 연약하여 요정 미기수美騎手도 지탱하지 못할 정도였기에, 백조 새끼의 깃털과도 새롱대지 못할 판이었나니, 그녀는 치리파-치러타, 사냥개에 의하여 핥아 받았는지라, 조가鳥歌와 양털 깎는 시절에, 정든 킵퓨어 산언덕의 중턱에서 말이야, 순수하고 단순히, 잠깐 쉬 하는 동안, 그러나 무엇보다 먼저, 제일 고약한 일은, 저 파동 치는 활달한 계집[ALP]이, 그녀의 유모 샐리가 수채에서 고이 잠든 사이 그녀가 악마 계곡의 틈 바퀴로 슬며시 미끄러져 나왔지, 그리고 피피 파이파이, 그녀가 발걸음을 내딛기도 전에 배수구의 수로에 벌렁 나자빠졌는지라, 한 마리 휴한우休閑牛 아래쪽에, 온통 침체된 검정 연못 속에 드러누운 채 꿈틀거리고 있었지 그리하여 그녀는 사지를 높이 치켜들고 천진자유天眞自由롭게 소리 내어 웃어대자 한 무리 산사나무 처녀 떼가 온통 얼굴을 붉히며 그녀를 곁눈으로 쳐다보고 있었도다.

핀드혼[훈제 대구]의 이름의 음을 내게 똑똑히 들려줄지라, 무투(산인[山人])이든 미티(강목江木)이든, 어떤 이목자邇目者가 목격자였지. 그리하여 왜 그녀의 얼굴이 주근깨로 점점이 얼룩져 있는지 찰랑찰랑 듣게 해요. 그리고 그녀의 머리카락은 마르셀 식 물결 웨이브이든 아니면 단순히 가발을 쓰고 있든 간에 사실대로 졸졸 이야기해 봐요. 그리고 (프로리보트의) 처녀들은 당황한 나머지 자신들의 붉힌 얼굴을 어느 쪽으로 떨구었는지, 뒤쪽 서쪽으로 아니면 앞쪽 바다 쪽으로? 그토록 사랑스런 목소리를 가까이 듣다니 두려웠던고 아니면 혐오를 흠모하고 혐오하며 흠모했던고? 당신[상대 세탁녀]은 사정에 밝은 건가 아니면 사정에 어두운 건가? 오 계속해요, 계속 말해요, 계속해! 글쎄 당신이 알고 있는 것에 관해. 당신이 뜻하는 바가 무엇인지 나는 바로 잘 알고 있어. 오히려! 당신은 두건이나 나들이옷만 좋아하려 하니, 얌체인지라, 그리고 나더러는 오래된 베로니카의 걸레 묻은 기름기 일만 하게 하고. 글쎄 지금 내가 뭘 헹구고 있지, 그런데 맙소사? 이건 앞치마인가 아니면 법의인가? 알란, 글쎄 당신의 코는 어디에 있지? 그리고 풀(膠)은 어디에 있고? 그건 제의실의 봉헌 냄새가 아니냐. 나는 저 오드 콜로뉴과 그녀의 향수 냄새로 그게 매그러스 부인 것이라는 걸 여기에서도 말할 수 있어. 그리고 당신 그걸 바람에 쐬어야 해. 그건 바로 그녀한테서 나온 냄새야. 그건 비단 주름 복지요, 크램프턴 잔디 복지가 아니고. 신부님, 저를 세례 시켜줘요, 왜냐하면 그녀가 죄를 지었기에!

그녀의 집수역을 통하여 그녀가 그들을 스스럼없이 팽개쳤나니, 자신의 무릎 장식을 위해 엉덩이 만세를 외치며. 온갖 낡은 평복에 술이 달린 것은 단 한 벌뿐. 바로 그 놈들이나니〔그녀를 희롱하는 사내들〕, 맹세코! 웰랜드 천(泉)! 혹시 내일 날씨가 좋으면 누가 이걸 구경하러 발을 끌며 다가올 고? 어떻게 누가? 내가 갖지 않은 것〔음낭〕에 이 다음 물어 봐요! 벨비디어의 우로(優露)출생 놈들. 그들의 순항용 모자와 보트클럽의 색복(色服)에. 뭐라고, 모두들 떼를 지어! 그리고 저런, 모두들 수사슴처럼 뻐기며! 그리고 여기 그녀〔매그러스 부인〕의 처녀 이름 글자가 또한 새겨져 있어. 주홍색 실로 K 위에 L을 겹쳐. 살색 복지 위에 세상이 다 보도록 서로 이은 채. 로라 코운의 것이 아님을 보여주기 위해 X표를. 오, 비방자가 그대의 안전핀을 비틀어 버렸으면! 그대 맘마(魔)의 아이, 킨셀라의 리리스〔매그러스 부인의 처녀 명〕여! 그런데 그녀가 입은 속옷의 다리를 누가 찢고 있었단 말인고? 그건 어느 다리인고? 그의 종(鐘) 달린 쪽. 그걸 헹구고 빨리 빨리 서둘어요! 내가 어디서 멈추었지? 절대로 멈추지 말아요!

속담續談![이야기의 연속은 때때로 "말해봐요"라는 후렴으로 재삼 중단된다] 당신 아직 그 이야기는 끝나지 않았어. 나는 계속 기다리고 있어. 자 계속해봐요, 계계속할지라!

글쎄, 그것[HCE-남편의 죄]이 자비 수도회의 토일-월-주보에 실린 뒤 (언젠가 한번은 그들이 하얀 염소 가죽 장갑을 더럽히고 말았지, 그들의 닭고기와 계란 베이컨의 만찬을 마친 다음 입 새김질을 하면서, 여기 그걸 좀 보여줘요 그리고 거기서 마음을 뗄지니 읽을 기사를 다 마칠 때), 심지어 그의 상발霜髮 위에 내린 눈까지도 그에게 실증이 났지. 용(溶), 용, 죽겠지, 이봐요! 시발始發 그녀의(H) 두주頭主(C) 향사(E)[HCE]! 당신이 언제 어디를 가든 그리고 어느 주방에 들리든, 도시 또는 교외 또는 혼잡스런 지역, 로즈 앤 보틀(장미와 술병) 또는 피닉스 선술집 또는 파우어즈 여관 또는 주드 호텔 또는 내니워터에서 바아트리빌까지 또는 포터(항港) 라틴에서 라틴가까지 어느 촌변村邊을 헤매든 간에, 당신은 발견했는지라, 아래위 뒤바꿔 새긴 그[HCE]의 조각상을. 그리고 그의 기괴한 모습을 흉내 내며 익살 부리는 모퉁이의 불량배들, 쾌걸 터고 극劇서 로이스 역의 사나이 모리스(유럽풍의 치킨하우스, 지방 빼지 않은 쇠기름과 요구르트, 자 햄남男의 뺨이라, 아하담 이 쪽으로, 파티마, 반전半轉!), 피리를 불고 벤조를 키고 근처의 선술집 주변을 떠돌아다니며, 우정회友情會의 굽 높은 삼중 모피모[HCE의 세 겹 모자]를 그의 두개골 주변에 빙빙 돌리나니. 네바-강가의-페이트 또는 미어 강-건너의-피트처럼. 이건 온통 포장하고 돌을 간 하우스만(H), 저건 아무도 결코 소유한 적이 없는, 수탉이 자신의 다리를 들고 그의 계란(E)을 암탉인 양 깐 여물통 비치의 마구간(C). [불량배들 HCE를 흉내내며]그리고 그의 주위 대법원에서 눈물 질질 흘리는 애송이놈들, 그들의 팀파니 패들과 함께 위대한 돌림노래를 합창하면서,

그〔HCE〕를 재판하며 주위에서 왁자지껄 떠들어대다니. 그대의 엄부嚴父를 조심할지라! 그대의 엄마를 생각할지라! 홍자洪者 횡漢〔중국 명〕이 그의 흥겨운 가짜 별명이나니! 볼레로 곡을 부를 지라, 법을 무시하면서! 그녀〔ALP〕는 여전히 저따위 온갖 깡패 녀석(뱀)들과 평등하려고 길 건너 골목길 근처의 십자가 막대기에 맹세했도다. 임신 가피의 동정녀 마리아 양에게 맹세코〔기필코……그녀의 결심〕! 그래서 그녀는 지금까지 아무도 들어보지 못한 그런 류의 한 가지 심한 장난을 꾸밀 계획을 짜겠노라 홀로 중얼거렸지, 그 장난꾸러기 여인이. 무슨 계획을? 빨리 말해 그리고 잔인하게 굴 것 없어! 무슨 살인 사事를 음조淫造했단 말인가? 글쎄, 그녀는 자신의 물물교환 자子들 중의 하나인, 우편배달부 숀〔ALP의 아들〕한데서, 그의 램프 불빛의 차용권과 함께, 한 개의 부대 백, 새미 피皮의 우편낭을 빌렸는지라, 그런 다음 그녀의 염가 본, 낡은 무어 력曆, 캐시 저著의 유클리드 기하학과 패션 전람展覽을 사서 상담했나니 그리하여 가장무도회에 참가하기 위해 스스로를 조시단장潮時端裝했도다. 오 기그 고글 개걸 개걸. 〔얼마나 우스운 일!〕 나는 그 광경을 당신한테 어떻게 말할 수 있담! 너무나 야단스러워서 억제할 수가 없나니, 온통 저주할 것! 파하하波河河 우雨히히히 우하하雨河河 파波히히! 오 하지만 당신은 이야기해야 하나니, 정말로 해야 하는지라! 어스레한 더글 다글의 먼 계곡 가글 가글에서 울려오는 개골개골 물소리처럼, 꽈르르 꽈르르 소리 나는 걸 내게 듣게 해 줄지라! 말하다트 마을의 신성한 샘에 맹세코, 나는 정녕 틸리와 킬리의 불신앙의 산을 통하여 천국에 가는 기회를 저당 잡혀도 좋으나니, 그걸 듣게 해줘요, 한 마디 남김없이! 오, 잠깐만, 여인, 정신 차리도록 날 잠깐 내버려둘지라! 만일 그대 내 이야기를 싫어하거들랑 너벅선에서 나올지라. 글쎄, 그대 마음대로 할지니, 제발. 여기, 앉아서 시키는 대로할지라. 나의 노를 잡고 그대의 뱃머리 쪽으로 몸을 굽힐지니. 노를 앞쪽으로 굽히고 당신의 비만 체를 끌어당길지라! 천천히 귀를 기울이고 조용히 그걸 해볼지니. 내게 길게 말할지라! 이젠 서두를 것 없는지라. 숨을 깊이 쉬어 볼지니. 이제 편한 뱃길이도다. 차근차근 서두르면 그대 가게 될 지로다. 내가 성당 참사원의 속옷을 문질러 빨 때까지 여기 당신의 축복의 재를 내게 빌려주구려. 이제 흘려보낼지라. 방류. 그리고 천천천천히.

처음 그녀[ALP의 외출 몸단장]는 자신의 머리칼을 풀어 내리고 발까지 늘어뜨렸는지라 그의 묵직한 꼬인 머리타래를. 그런 다음, 나모裸母된 채, 그녀는 감수유액甘水乳液과 유향 피스타니아 진흙으로, 위아래로, 머리 꼭대기에서 발바닥까지 샴푸 칠을 했도다. 그 다음 그녀는 자신의 용골龍骨의 홈을, 혹과 어살과 사마귀와 부스럼을, 반半 부패의 버터 스카치와 터핀 유油와 사미향蛇尾香을 가지고 기름칠했는지라, 그녀는 부엽토腐葉土를 가지고, 주사위 5점형의, 눈동자도瞳子島와 유수도乳首島 주위를, 자신의 귀여운 배腹의 전면을, 선도했도다. 그녀의 젤리 배는 금박 납세공품이요 그녀의 입상粒狀 발향發香 뱀장어의 발목은 청동색이라. 그리고 그런 연후에 그녀는 자신의 머리칼을 위하여 화환을 엮었나니. 그녀는 그것을 주름잡았도다. 그녀는 그것을 땋았는지라. 목초牧草와 하상화河上花, 지초芝草와 수란水蘭을 가지고, 그리고 추락한 슬픔의 눈물짓는 버드나무를 가지고. 그런 다음 그녀는 자신의 팔찌랑 자신의 발목걸이랑 자신의 팔 고리 그리고 짤랑짤랑 조약돌과 토닥토닥 자갈 그리고 달각달각 잡석의 홍옥 빛 부적 달린 목걸이랑 그리고 애란 라인스톤의 보석과 진주와 조가비대리석의 장신구와 그리고 발목장식을 만들었도다. 그걸 다 완성하자, 그녀의 우아한 눈에 깜부기 까만 칠을, 아너쉬카 [습지]러테티아비취[진흙] 퍼플로바[무녀舞女], 그리고 그녀의 소지수색沼地水色 까만 입술에 리포 크림, 그리고 그녀의 광대뼈를 위한, 딸기 빛 빨강에서 여餘 보라색까지, 화장 물감 상자의 색깔을, 그리하여 그녀는 자신의 거실 하녀들, 두 종자매, 실리지아 그랜드와 키어쉬 리얼을, 풍요자豊饒者[남편-HCE]에게 보냈나니, 수줍고 안달하는, 마님으로부터의 존경과 함께, 그리하여 잠깐 동안 여가를 그에게 요청하는지라. 촛불 켜고 화장실 방문, 즉시 귀가, 브리-온-아로사(장미림)에서. 수탉이 9시를 타打하고 성星 초가가 신부新婦롭게 광시光視하자, 거기 혼혈 하인何人이 나를 기다리도다! 그녀는 자신이 반분半分도 원거遠去하지 않겠노라 말했나니. 그때, 그런 다음, 그의 등 혹[HCE]을 돌리자마자. 우편낭을 그녀의 어깨 너머로 사蛇매었나니, 아나 리비아, 석화안石花顔, 그녀의 물통거품 투정이의 집을 뛰쳐나왔도다.[ALP-그녀의 선물을 배달하기 위해 가출하다.]

그녀[ALP]를 서술할지라! 급행, 하불가何不可? 쇠 다리미 뜨거울 동안 타타打唾할지라. 나는 하여何如에도 그녀 이야기는 절세絶世 놓치지 않으리니. 롬바 해협의 이득을 위해서도 아니. 연희宴喜의 대양, 나는 그걸 들어야만 하는지라! 급조急早! 속速, 쥬리아가 그녀를 보기 전에! 친녀親女 그리고 가면 녀, 친모목녀親母木女? 전미숙녀全美淑女?[ALP의 실체] 12분의 1의(작은) 소계녀小溪女? 행운녀? 말라가시 생녀生女? 그녀는 무슨 의착衣着을, 귀貴 불가사의 기녀奇女? 얼마나 그녀는, 장신구와 몸무게를 합쳐, 개산槪算했던고? 여기 그녀가, 안(Ann) 대사大赦! 남자 감전感電하는 재난 녀女라 부를지라.

전혀 감전 선녀選女 아니나 필요 노모파老母婆, 인디언 고모姑母로다. 나 그대[세탁녀 하나가 다른 하나에게]에게 한 가지 시험을 말하리라. 하지만 그대 잠자코 앉아 있어야 하나니. 지금 내가 이야기하려고 하는 걸 그대 평화를 갖고 귀담아 들을 수 있겠는고? 때는 아마도 만령절야 아니면 4월차야月此夜의 1시 10분 또는 20분전이었으려니와, 그녀는 당시 자신의 추물 이글루 에스키모 가문의 덜컥거림과 함께 발끝 살금살금 걸어 나오다니, 총림 주민의 한 여인, 그대가 여태껏 본 가장 귀염둥이 모마母馬, 그녀 사방에 고개를 끄덕이며, 만면소滿面笑라, 두개의 영대永代 사이, 당혹의 당황 그리고 경위敬畏 대 경심警心으로, 그대의 팔꿈치에도 닿지 않을, 주디 여왕.

자 얼른, 그녀의 교태를 쳐다보고 그녀의 변태를 붙들지라, 왠고하니 그녀가 크게 살면 살수록 한층 교활하게 자라니까. 호기를 구하고 취할지라! 더 이상 아니? 도대체 어디서 그대는 여태껏 공성 망치만큼 큰 램베이 턱을 본 일이 있었단 말인고? 아 그래, 당신 말이 옳아. 나는 잘 잊어버리는 경향인지라, 마치 리비암(사랑) 리들이(적게) 러브미(사랑) 롱이(길게) 그랬듯이. 나의 복사뼈 길이만큼, 말하자면! 그녀는, 그것 자체가 한 쌍의 경작지, 소 끄는 쟁기 소년의 징 박은 목화木靴를 신었도다.[이하 ALP의 외모] 번질번질 나풀대는 꼭대기와 식장용의 삼각형 테두리 및 일 백 개의 오색 테이프가 동떨어져 춤추는 그리고 도금 핀으로 그걸 찌른 막대 사탕 꼴 산모山帽. 그녀의 눈을 경탄하게 하는 부엉이 유리의 원근안경. 그리고 태양이 그녀의 수포용모水泡容貌의 피모皮毛를 망가트리지 않게 하는 어망의 베일. 그녀의 향현響絃 늘어진 귓불을 지착枝着하는 포테이토 귀걸이. 그녀의 입방체의 살갗 양말은 연어 반점 철급綴되었나니. 그녀는 빨아서 색이 빠지기 전까지 절대로 바래지지 않는 아지랑이 수연색水煙色 캘리코 옥양목의 슈미즈를 자랑해 보였나니. 튼튼한 코르셋, 쌍, 그녀의 신선身線을 선곽線廓하나니. 그녀의 핏빛오렌지의 니커보커 단 바지, 두 가랑이의 한 벌 하의, 자유분방의, 벗기 자유로운, 자연 그대로의 검둥이 즈로즈를 보였나니. 그녀의 까만 줄무늬 다갈색 마승투馬乘套는 장식 세퀸으로 바느질되고 장난감 곰으로 봉제되고, 파상波狀의 골플 견장 및 왕실 백조 수모首毛로 여기저기 꿰매져 있나니. 그녀의 건초 밧줄 양말대님에 꽂힌 한 쌍의 안安 연초. 알파벳 단추가 달린 그녀의 시민 코르덴 상의는 두 개의 터널 벨트로 주변선결周邊線結되었나니. 각 주머니 바깥에 붙은 4펜스짜리 은화가 휘날리는 풍공風攻으로부터 그녀의 안전을 중량 했도다. 그녀는 자신의 어름 설산 코를 세탁물 집게로 가로질러 집었나니 그리하여 그녀의 거품 이는 입 속에 뭔가 괴물을 연방 으스러뜨리고 있었는지라, 그녀의 비연색鼻煙色 방랑자의 스커트의 가운 자락 강류가 그녀 뒤의 한길 따라 50아일랜드 마일 가량을 추주추주追走趨走했도다. 〔이상 빨래하는 여인의 서술은 ALP의 의상을 물 흐르듯 묘사한다.〕

　　지옥종地獄鐘, 내가 그녀를 놓치다니 유감이라! 달콤한 행기幸氣여 그리고 아무도 기절하지 않았나니라! 그러나 그녀의 입의 하처? 그녀의 비갑鼻岬이 불타고 있었던고? 그녀를 본 자는 누구나 그 상냥한 꼬마 델리아 여인이 약간 괴상해 보인다고 말했는지라. 어마나 맙소사, 웅덩이를 조심할 지라! 아씨여, 선하고 제발 바보 얘기랑 말지라! 우스꽝스런 가련한 마녀 마냥 그녀는 틀림없이 (숯)잡역을 해왔도다. 정말이지 그대가 지금까지 본 추례녀醜禮女! 소생沼生의 숭어 눈으로 그녀의 사내들을 배신견背信見하다니. 그리고 그들은 그녀를 자비 여왕으로 왕관 씌웠는지라, 모든 딸들이. 오월강伍月江의? 그대, 아무럼! 글쎄 자신을 위해 자기 자신을 볼 수 없었도다. 나는 인지認知나니 그 때문에 그 애녀가 자신의 거울을 이토泥土했도다. 그녀 정말 그랬던고? 나를 자비소서! 거기 가뭄 해갈해탈解渴解脫하는 호외 노동자단勞動者團의 코러스(합창)가 있었으니, 쌍말로 마구 떠들어대며 그리고 담배를 질겅질겅 씹으면서, 과일에 눈길을 돌리며 그리고 꽃 키우면서, 그녀 머리카락 화사花絲의 파동과 유동을 관조하면서, 북부 나태자(노스 레이저즈)의 벽정壁井 위에, 주카 요크 주점 곁에 지옥의 불 주간을 낭비하거나 임대하면서 그러자 모두들 그녀가 동초冬草의 잡초를 몸에 묻히고 저 해변도 곁을 곡류하는 것을 보고 그녀의 부주교副主教의 본네트 아래 있는 자가 누구인지를 알아차리자마자, 아본데일의 물고기 인고 클라렌스의 독 인고, 상호 사초담私草談하는지라, 목발 짚은 기지자機智者가 마스터 베이츠에게. 우리 두 남구南鷗 동료 사이의 이야기 그리고 그들은 쑥 돌을 데우고 있었나니, 또는 그녀의 얼굴은 정형 미안술美顏術 받았거나 아니면 알프(Alp)는 마약중독이로다!

그러나 도대체 그녀의 혼잡배낭背囊 속의 노획물은 무엇이었던고? 바로 그녀의 복강 속의 복야자주複椰子酒 혹은 후추 항아리에서 쏟은 털 후추? 시계나 램프 그리고 별난 상품들. 그리고 도대체(천둥 속에) 그녀는 그걸 어디서 천탈天奪했던고? 바로 전쟁 전 아니면 무도舞蹈 후? 나는 근저에서 신선 색물素物을 갖고 싶도다. 나는 턱수염에 맹세하지만 그건 밀어密漁할 가치가 있는 것임에 틀림없나니! 자 얼른 기운起運을 낼지라, 어서, 어서! 그건 정말 착한 늙은 개(천) 자식이라! 내가 소중한 것을 당신한테 말하기로 약속하도다. 그런데 글쎄 대단한 것 아닐지도 모르나니. 아직 약속어음을 가진 것도 아닌 채. 진실을 내게 털어 놓으면 나도 당신한테 진짜 말할지라.

글쎄, 동그랗게 파상면波狀綿으로 동그란 링처럼 허리띠를 동그랗게 두르고 그녀는 또닥또닥 종종걸음으로 달리며 몸을 흔들며 옆걸음질하나니, 덩굴 풀 짙은 좁다란 소지를 통하여 그녀의 표석을 굴리면서, 이쪽 한층 마른 쪽에 가식可食 수초와 저쪽 한층 먼 쪽에 야생의 살 갈퀴, 이리 치고, 저리 몰고, 중도中道가 어느 것인지 또는 그것을 부딪쳐야 할지를 어느 것도 알지 못한 채, 물오리를 타는 사람처럼, 그녀의 병아리아이들에게 온갖 소리를 재잘거리면서, 마치 창백하고 나약한 애들이 외쳐대는 소리를 엿들은 산타클로스 마냥, 그들의 꼬마들 이야기를 들으려고 귀 기울이며, 그녀의 두 팔로 이소라벨라를 감돌면서, 이어 화해한 로마즈와 레임즈와 함께, 거머리처럼 들어붙었다 화살처럼 떨어졌다, 달리면서, 이어 불결한 한漢의 손을 침으로 침 뱉어 목욕시키나니, 그녀의 아이들 모두에게 각자 한 개씩의 크리스마스 상자를 가지고, 그들이 어머니에게 주려고 꿈꾸었던 생일 선물을, 그녀는 문간에 비치飛置했나니라! 매트 위에, 현관 곁에 그리고 지하실 아래. 소천자小川者들이 그 광경을 보려고 전주前走하나니, 빠질빠질한 사내놈들, 장난꾸러기 계집애들. 전당포에서 나와 (연옥의) 불길 속으로. 그리하여 그녀 주변에 그들 모두, 젊은 영웅들과 자유의 여걸들, 그들의 빈민굴과 분수 우물로부터, 구루병 자들과 폭도들이, 총독 부인의 조기朝期 접견식에 도열하는 스마일리 아원아兒園兒들 마냥. 만만세, 귀여운 안 울鬱! 아나 만세, 고귀한 생을! 솔로 곡을 우리에게 들려줄지라, 오, 속삭일지라! 너무 즐거운 이탈리아! 그녀는 정말 멋진 음질을 가졌지 않은고! 그녀를 상찬하며 그리고 그녀에게 약간의 갈채를 보내면서 또는 그녀가 훔친 자신의 쓰레기 부대 속, 막다른 골목에서 몸소 낚아채고, 그녀의 세족식의 왕실로부터 하사받은 빈민 상품, 증답용贈答用의 초라한 기념품과 쓰라린 기억의 잡동사니, 자신 손 뻗어 훔쳐낸 온갖 정성품精誠品들에 조소를 보내나니, 역겨운 놈들과 구두 뒤축 쫓는 놈들, 느림보와 혈기탕아, 그녀의 초탄初誕 아들들과 헌납공물의 딸들, 모두 합쳐 1천 1의 자子들[ALP의 아이들—재생의 숫자—이하 그녀의 선물들], 그리고 그들 각자를 위한 고리 버들 세공 속의 행운 단지. 악의와 영원을 위하여. 그리고 성서에 입맞추도다. 집시 리를 위한 그의 물

주전자 끓일 땜장이 술통 한 개와 손수레 한 대; 근위병 추미를 위한 부추 넣은 닭고기 수프 한 통; 실쭉한 팬더의 심술궂은 조카를 위한, 신기하게도 강세의, 삼각 진해제鎭咳劑 한 알; 가엾은 삐코리나 페티트 맥파레인를 위한 감기약과 딸랑이 그리고 찔레꽃 뺨; 이사벨, 제제벨과 르윌린 무마리지〔인물들〕를 위한 바늘과 핀과 담요와 정강이의 조각 그림 맞추기 장난감; 조니 워커 벡을 위한 놋쇠 코와 미정련未精鍊의 벙어리장갑; 케비닌 오디아를 위한 종이 성조기; 퍼지 크레이그를 위한 칙칙폭폭 및 테커팀 톰비그비를 위한 야진夜進의 야생토끼; 골목대장 헤이즈와 돌풍 하티건을 위한 오리발과 고무 구두; 크론리프의 자랑거리, 수사슴 존즈〔더블린의 크로우 가 극장 지배인〕를 위한 방종심과 살찐 송아지; 스키비린 출신 바알을 위한 한 덩어리 빵과 아버지의 초기 야망; 볼리크리〔더블린〕의 남아, 래리 더린을 위한 유람 마차 한 대; 테규 오프라내건을 위한 정부용선政府用船의 배 멀미 여행; 제리 코일을 위한 이(虱)잡이 틀 한 대; 앤디 맥켄지를 위한 고기를 잘게 여민 민스 민트 파이; 무전 피터를 위한 머리핀과 걸인용 터진 나무 접시; G. V. 부르크를 위한 12도 음색판; 얌전한 앤 모티어 수녀를 위한 머리 숙인, 물에 빠진 인형 한 개; 부랑치지의 침대용 제단 의상; 맥페그 위핑턴을 위한 월데어즈의 단 바지; 수 도트에게 한 개의 커다란 눈; 샘 대쉬에게 가짜 스텝(종지부); 팻시 프레스비를 위한 클로버 속에, 잡아서, 반쯤 상처 낸 뱀 및 바티간 교황청 발행 뱀 잡이 허가증; 빳빳이 서는 디크를 위한 매일 아침의 발기 그리고 비틀비틀 돌멩이 대이비를 위한 매분 드로프스 한 알; 복자 비디〔아일랜드의 여성 성자〕를 위한 관목 숲 참나무 묵주; 에바 모블리〔변덕스런 이브〕를 위한 두 개의 사과나무 의자; 사라 필포토를 위한 요르단 골짜기의 눈물단지 한 개; 아일린 아루녀가 그녀의 이빨을 백화白化하여 헬렌 알혼 강을 능가하는 페티피브 제 가루분이 든 예쁜 상자 한 개; 무법자 애디를 위한 채찍 팽이 한 개; 버터만 골목길의 키티 콜레인을 위한 그녀의 하찮은 물주전자를 위한 한 페니 푼돈; 희악인戱惡人 텔리[전당포 주인]를 위한 도장용 삽 한 자루; 흥행인 딘[TV 쇼의 희극 배우]을 위한 물소 가죽 마스크 한 개; 바 조수 파블을 위한 두 날짜 적인 부활제의 계란 한 개와 다이너마이트; 망토 걸친 사나이를 위한 급성 위장염; 드래퍼와 딘[스위프트의 익명]을 위한 성장星章 부付의 가터 훈장; 도깨비-불과 선술집의 -바니를 위한 그들의 신주辛酒 감의 노블 사탕 건대 두 자루; 올리버 바운드를 위한 논쟁의 한 방법; 소少로 사료되었던, 소마스를 위한, 자신이 대大로 느끼는 크라운 한 개; 경쾌한 트웜짐을 위한 뒷면에 콘고즈우드의 십자가가 새겨진 티베타인 화폐의 산더미, 용자 브라이언을 위한 찬미 있을 지어다 그리고 내게 며칠의 여가를 하사하실지어다; 올로나 레나 막달레나를 위한 풍족한 정욕과 함께 5페니 어치의 연민; 카밀라, 드로밀라, 루드밀라, 마밀라를 위한 한 개의 양동이, 한 개의 소포, 한 개의 베개; 낸시 샤논을 위한 한 개의 투아미 산 브로치; 도라 리파리아 희망 수水를 위한 한 대의 냉각 관수기灌水器와 한 대의 난상기暖床器; 윌리 미거를 위한 한 쌍의 블라니 허풍쟁이; 엘지 오람으로 하여금 정 분수에 최대의 정성을 쏟으면서, 그녀의 엉덩이를 긁을 수 있도록 머리핀 석필石筆 한 자루; 베티 벨레짜[이탈리아의 미인(bellezza)]를 위한 노령 연금; 괴짜 피츠를 위한 세탁용 블루 분 한 자루; 타프 드 타프[TV극의 희극 배우]에게 풍작을 위한 추수 미사; 쾌남아 재크를 위한 바람둥이 계집 하나; 타락 천사 루비콘스타인을 위한 로저슨 크루소의 금요일 단식; 빅토 위고노(교도)를 위한 직공용織工用 직물 천 날실 포플린 넥타이 366매; 청소부 캐이트를 위한 빳빳한 농작물용 갈고리 한 개 및 상당량의 잡다 퇴비 물;

호스티를 위한 발라드(속요)의 구멍 한 개; J.F.X.P. 코핑거를 위한 두 다스의 요람; 태어난 황태자를 위한 펑 터지는 10파운드 포탄 10발과 함께 황녀를 위한 불발 폭죽 5발; 저쪽 재 구덩이 너머의 매기를 위한 평생 지속의 피임구; 러스크에서 리비언배드〔더블린〕까지 사공沙工 페림을 위한 대비大肥 냉동육 여인; 쇠약한 맹인 통풍의 고우를 위한 온천과 시집 및 주연용 시럽; 아모리쿠스 트리스트람 아무어 성 로렌스를 위한 성자의 선구병船具病 및 병구病丘 기쁨; 루벤 레드브레스트(적흉赤胸)을 위한 단두대 밧줄 및 황야의 브레넌〔여인에 의해 배신당한 무법 영웅〕을 위한 대마大麻 교수용 바지 멜빵; 창설자 소워를 위한 참나무 제의 무릎과 아열대의 스코트를 위한 모기 장화. 카머 파派의 캐인을 위한 C3의 꽃꼭지; 우체부 쉐머스 오숀을 위한, 칼과 스탬프를 포함하는, 무양지도無陽地圖 달력; 놀런 외外의 브라운을 위한 가죽 씌운 자칼(動); 돈 조 반스를 위한 석냉石冷 어깨 근육; 오노브라이트 줄타기 창부를 위한 자물통 마구간 문門; 빌리 던보인을 위한 대고大鼓; 아이다 아이다를 위한 범의성犯意性 황금 풀무, 나 아래서 나를 불 붙지라, 그리고 실버(銀)는 - 누구 - 그이는 - 어디에?를 위한 자장자장가의 흔들의자, 엘뜨로베또; 축제 왕〔민요 제작자 페스티 킹의 암시〕과 음란飮亂의 피터와 비란飛亂의 쇼티와 당밀 톰과 O.B. 베헌과 흉한 설리와 마스터 매그러스와 피터 클로런과 오텔라워 로사와 네론 맥퍼셈과 그리고 누구든 뛰놀아 다니는 우연히 마주치는 자를 위한 위네스 맥주 또는 예네시 주酒, 라겔 주 또는 니겔 주, 기꺼이 꿀꺽꿀꺽 튀기며 먹 감기 좋아하는 것은 무엇이든; 그리고 셀리나 서스큐한나 스태켈럼을 위한 돼지 방광 풍선; 그러나 그녀는 프루다 워드와 캐티 캐널과 페기 퀼티와 브라이어리 브로스나와 티지 키어런과 에너 래핀과 뮤리얼 맛시와 쥬산 캐맥과 멜리사 브배도그와 플로라 고사리와 포나 여우 -

선인과 그레트너 그리니와 페넬롭 잉글샌트와 레시아 리안처럼 핥는 레쯔바와 심파티카 소헌과 함께 롯사나 로헌과 유나 바이나 라페르자와 뜨리나 라 메슴과 필로메나 오파렐과 어마크 엘리와 조제핀 포일과 뱀 대가리 릴리와 쾌천快泉 로라와 마리 자비에르 아그네스 데이지 프랑세스 드 쌀 맥클레이에게는 무엇을 주었던고? 그녀는 그들 모든 어머니의 딸들에게 한 송이 월화[월경]와 한 줄의 혈맥을 주었나니. 그러나 포도 복服을 망설이는 자에게는 당기전當期前에 익은 포도 알[공환의 암시]을. 그런고로 그녀의 수치의 딸 이찌[이씨]에게는, 사랑이 그녀의 눈물 적월전積越前에 빛났나니, 마치 그녀의 필강우筆强友, 셈으로부터 그의 성시盛時 오전汚前에 인생이 과거그랬듯이.

맙소사, 하何토록 백 가득히![이상에서 그녀의 수많은 아이들을 위한 선물 백은, 이 장의 두 번째 주제를 형성한다.] 빵 가게의 진塵한 다스와 10분의 1세稅와 덤으로 더 얹어주다니. 그건 말하자면 허황스런(터브 통桶의) 이야기가 아닌고! 그런데 그거야말로 하이버이언의[애란의] 시장市場! 그따위 모든 것, 크리놀린 봉투 아래 것에 불과한지라, 만일 그대가 저 돈통豚桶의 봉인을 감히 찢어버린다면.) 그들이 그녀[ALP]의 독염병毒染病으로부터 도망치려 함은 무경無驚이도다. 청결의 명예에 맹세코, 당신의 허드슨 비누를 이리로 좀 던지구려! 글쎄 물에 극미極味가 남아 있는지라. 내가 그걸 도로 뗏목 떠내려 보낼지니, 제일 먼저 마안 조강朝江에. 저런 어쩌나! 아이, 내가 당신한테 차수입借手入한 표漂 청분靑粉을 잊지 말지라. 소용돌이 강류가 온통 당신 쪽에 있나니. 글쎄, 만일 그렇다면 그게 모두 내 잘못이란 말인고? 그렇다면 누가 그게 모두 당신 잘못이라 했던고? 당신은 약간 날카로운 면이 있는지라. 나는 아주 그런 편이도다. 코담배 봉지가 내 쪽으로 떠내려 오다니, 그건 그[HCE - 스위프트의 암시)의 성직 복에서 나온 추광물醜狂物이요, 그녀의 작년昨年 에스터 자매소지 선화〔애인들의 암시〕를 가지고 그로 하여금 그의 허영의 시장市場을 재再 공념불하게 했도다. 그〔HCE〕의 붉은 인디언 속어로 된 성서의 오편汚片을 나는 읽고 있는지라, 지껄 페이지에 그려진 금박제에 깔깔 웃음으로 낄낄했나니. 〔저자의 언급에 그녀는 자신이 읽은 책들의 하나를 상기시키며, 놀랍게도 중세 이탈리아어로 인용한다〕. 〈창세기 서〉 하느님 가라사대. 인간을 있게 하라! 그리 하야 인간 있었나니. 호! 호! 하느님 가라사대. 아담을 있게 하라! 그리 하야 아담 있었나니. 하! 하! 그리하여 〔앞서 마쉬 도서관과 연관하여 거기 소장된 작품들의 타이틀들〕 원더메어의 호반 시인 러파뉴(세리단의) 낡은 마차 정류장 곁의 집 그리고 밀(Mill)의 여인에 관하여, 플로스 강의 동상同上과 함께. 그래, 물방앗간 주인에게는 한 개의 늪을 그리고 그의 플로스 강을 위하여 한 개의 돌멩이라! 나〔빨래하는 여인〕는 그들이 그의 풍차 바퀴를 얼마나 날쌔게 동주動走하는지 알도다. 내 두 손이 위스키 주와 소다수 사이에 마치 저 아래 놓인, 저기 저 모摸 도자기 조각처럼 청냉靑冷인지라. 아니 어디 있는고? 지난번 내가 그걸〔비누〕 보았을 때 사초 곁에 놓여 있었나니. 맙소사, 나의 비애여, 난 그걸 잃고 말았도다! 아아 비통한지고! 저 혼탄수混炭水 때문에 누가 그걸 볼 수 있담? 이토록 가까운데도 저토록 멀다니! 그러나 오, 계속할지라! 나는 사담詐談을 좋아하나니. 나는 재삼재사 더 많이 귀담아 들을 수 있도다. 강 파하波下에 비(雨). 날벌레가 부평초 구실을 하나니. 이 후담厚談이 유아唯我에게는 인생이라.

글쎄, 당신은 알고 있는고 아니면 당신은 보지 못하는고 아니면 모든 이야기는 자초지종이요 그것의 남녀자웅임을 내가 말하지 않았던고. 봐요, 볼 지라, 땅거미가 짙어 가고 있도다! 나의 고지枯枝들이 뿌리를 내리고 있나니. 그리고 나의 차가운 뺨 좌座가 회봉灰逢으로 변해 버렸는지라.
피루어(몇시)? 피로우(악당)? 무슨 시대? 시간이 당장 늦었도다. 나의 눈
아니면 누군가가 지난번 워터하우스의 물시계를 본 이래 지금은 무한이
라. 그들이 그걸 산산조각 내버렸나니, 나는 모두들 한숨짓는 소리를 들
었도다. 그럼 언제 그들은 그걸 재再 조합할 것인고? 오, 나의 등, 나의 배
후, 나의 배천背川이여! 나는 아나(A)의(L) 계천溪川(P)에 가고 싶도다. 핑
퐁(탁구)! 육시만도六時晩禱의 미종美鐘 종소리가 울리나니! 그리고 춘제春
祭의 성태聖胎가! 팡(통痛)! 옷가지에서 물을 종출鐘出할지라! 이슬을 종입
鐘入할지라! 성천聖泉이시여, 소나기 피하게 하옵소서! 그리고 모두에게
은총을 하사하옵소서! 아멘(기남祈男). 우리 여기 그걸〔옷가지〕지금 펼칠
건고? 그래요, 우리 그렇게 할지라. 필럭! 당신 쪽 둑에다 펼쳐요 그리고
내 것은 내 쪽에다 펼칠 테니. 펄럭! 난 이렇게 하고 있도다. 펼칠지라!
날씨가 냉전冷轉하고 있도다. 바람이 일고 있나니. 내가 호스텔 이불(시
트)에 돌멩이를 몇 개 눌러 놓을지라. 신랑과 그의 신부가 이 시트 속에서
포옹했나니. 그렇지 않으면 밖에 내가 물 뿌리고 그걸 접어두기만 했을
터인즉. 나의 푸주인의 앞치마는 내가 여기 묶어둘지로다. 아직 기름기가
있나니. 산적散賊들이 그 곁을 지나갈지라 슈미즈 6벌, 손수건 10개. 9개
는 불에다 말리고 이것은 빨랫줄에다, 수도원의 냅킨, 12장, 아기용의 숄
이 1장. 요셉은 선모仙母를 알도다, 그녀가 말했나니. 누구의 머리! 투덜
대며 코 골다니? 숙정肅靜! 그녀의 아이들은 지금 모두 하처, 글쎄? 지나간
왕국 속에 아니면 다가올 권력 아니면 그들 원부遠父에게 영광 있을지라.
모든(전全)리비알, 충적 루비알! 혹자는 여기, 다자는 무다無多라, 다시 다
자는 전거全去 이방인. 나는 저 샤논 댁의 꼭 같은 보로치(寶)가 스페인의
한 가족과 결혼했다는 이야기를 들었도다. 그리고 브렌던 청어 연못 건너

편 마크랜드 포도 주토酒土에 던즈의 던 댁[앞서 희극 배우]이 모두 양키 모자 9호를 쓴 비고자鼻高者들이라. 그리고 비디의 덤불 참나무 묵주 한 개가 강을 따라 동동 떠내려갔나니 마침내 배철러의 산책으로 저편 성급 공중변소의 주主 배수구의 옆 분류에 금잔화 한 송이와 구두장이의 한 자루 초와 함께, 소실작야消失昨夜 맴돌고 있었도다. 그러나 전착前着된 세월의 동그라미 흐름과 그 사이 미거 댁[앞서 HCE의 스캔들에 대한 거리의 인터뷰 및 가족 바지를 상속받은 토머스 미거]의 최후자에게 남은 것이라고는 통틀어 무릎바디 버클 한 개와 앞쪽 바지 부분의 고리 두 개뿐이었나니. 그래 그런 이야기를 이제 한단 말인고? 나는 충忠 진실 그러한지라. 지구와 그 가련한 영령들에 맹세코! 글쎄, 과연, 우리들은 모두 그림자에 불과하나니! 글쎄 정말, 당신은 그것이, 거듭 그리고 거듭, 범람하듯 몇 번이고 응송應頌되는 걸 못 들었단 말이고? 당신은 들었나니. 그대 과연! 나는 못 들었는지라, 필부必否! 나는 귀에다 틀어막고 있나니, 그건 솜뭉치로다. 최소음 까지도 거의 막고 있다니까. 오 과연! 그대 뭐가 잘못됐는고? 저건 저기 맞은편에 기고마장 말을 탄 자신의 동상 위에 가죽조끼 기모노 입은 위대한 핀 영도자 자신이 아닌고? 최상강부最上江父, 그건 바로 그 자신이도다! 그래 저쪽! 그래요? 팰러린 컴먼 경마지競馬地 위의? 당신은 지금 애스틀리의 야외 곡마 서커스 장을 생각하고 있나니, 그런데 그 곳에 그 순경이 페퍼 댁의 그 환영백마幻影白馬에게 당신이 사탕 뷰루통(샐쭉)을 주는 걸 억제시켰도다. 당신의 눈에서 거미줄을 걷어 낼지라, 여인이여, 그리고 당신의 세탁물을 잘 펼지라! 내가 당신 같은 채신없는 여자를 알다니 정말이지! 펄럭![물소리] 무주無酒의 아일랜드는 지독持毒한 아일랜드로다. [무주의 아일랜드는 자유의 아일랜드. 금주 주창자 메슈 신부의 말] 주여 당신을 도우소서, 마리아, 기름기에 저들인 채, 무거

더블린 중심가인 오코넬 거리 한복판에 누워 있는 물의 요정이요, 아나 리비아 플루라벨의 상: 그녀의 옷은 물결처럼 굽이치고, 손과 발 그리고 머리카락은 물이 흐르듯 유연하다. 더블린 정도 1000년에 시 당국은 조이스의 『피네간의 경야』를 기념으로, 이를 건립했다.

운 짐(세탁의)은 나와 함께 하소서! 당신의 기도. 나는 그렇게 생각했나니. 마담 안커트 세부洗婦여! 당신은 음주하고 있었나니, 우리에게 말할지라, 이 철면피여, 콘웨이의 캐리가큐라 향천香泉 주점에서? 내가 무얼 어쩌고, 이 재치 없는 할망구? 폴럭![빨래하는 소리] 당신의 걷는 뒷모습은 마치 그레꼬로망(라희랍羅希臘) 류머티스에 걸린 암캐(계주繫柱) 같지만 엉덩이(돌쩌귀)가 잘 맞지 않도다[류머티즘 환자이기에]. 성 마리아 알라꼬끄(總鷄)여, 나는 습한 새벽이래, 부정맥不整脈과 정맥노장靜脈怒張에 고통하며, 나의 유모 차축에 충돌되어, 경세傾勢의 앨리스 재인과 두 번 차에 친 외눈 잡종 개와 함께, 보일러 걸레를 물 담그고 표백하면서, 그리고 식은 땀을 흘리며, 나 같은 과부가, 세탁부요, 나의 테니스 챔피언인 아들에게 라벤더색 플란넬 바지를 입히기 위해, 기동起動하지 않은고? 당신은 그 쉰

목소리의 기병들로부터 연옥치煉獄恥를 획獲했나니 그때 당신은 칼라와 옷
소매 백작이 도회의 세습자가 되고 당신의 오명汚名이 칼로우에 악취를
뿜겼는지라. 성 스카맨더 천川이여, 나는 그걸 다시 보았도다! 황금의 폭
포 근처에. 우리들 위에 이씨스빙氷이! 빛의 성자들여! 저기 볼지라! 당
신의 소음을 재발 잠복하게 할지라, 그대 지천遲賤 인간이여! 저건 혹 딸
기 수풀 인고 아니면 저들 네 괴노怪老들이 소유한 회록灰綠의 당나귀 이
외에 무엇인고. 당신은 타피 및 라이언즈 및 그레고리를 명의名儀하고 있
는고? 이제 내 뜻은, 만사萬謝, 저들 네 명의 자들, 그들의 노호, 안개 속에
저 미랑자迷浪者를 쫓는 그리고 그들과 함께 한 늙은 조니 맥도걸.

저건, 필연 먼, 피안의 풀벡 등대 불 인고, 아니면 키스트나 근처 연안
을 항해하는 등대선 인고 아니면 울타리 속에 내[세탁녀]가 보는 개똥벌
레 불빛 인고 아니면 인도 강(江)제국에서 되돌아온 나의 갈리 인고? 반달
이 밀월 할 때까지 기다릴지라, 사랑이여! 이브(저녁)여 사라질지라, 귀
여운 이브여, 사라질지라! 우리는 당신의 눈에 저 경이[환영]를 보나니.
우리는 다시 만날지라, 그리고 한 번 더 헤어질 것인지라. 당신이 시간을
발견하면 나도 장소를 구할지로다. 푸른 유성乳星이 전도顚倒한 곳에 나의
성도星圖가 높이 빛나고 있나니. 그럼 이만 실례, 나는 가노라! 빠이빠이!
그리고 그대여, 그대의 시계를 끄집어낼지라, 나를 잊지 말지라(물망초).
당신의 천연자석天然磁石(이브로드). 여로(우나 강)의 끝까지 하구賀救(세이
브)하소서! 나의 시경視景이 그림자 때문에 이 곳에로 한층 짙게 난영亂泳
하고 있는지라. 나는 나 자신의 길, 나의(모이) 골짜기 길을 따라 지금 천
천히 집으로 돌아가도다. 나 역시 갈 길로, 라스민. [여기서 빨래여인들
은 서로 헤어진다.]

아하, 하지만 그녀는 어쨌거나 괴愧 노파였나니, 아나 리비아, 장신

구발가락! 그리고 확실히 그[HCE의 암시]는 무변통無變通의 괴傀 노남老男, 다정한(D) 불결한(D) 덤플링(D), 곱슬머리 미남들과 딸들의 수양부修養父. 할멈과 할범 우리들은 모두 그들의 한 패거리 나니. 그는 아내 삼을 일곱 처녀를 갖고 있지 않았던고? 그리고 처녀마다 일곱 목발을 지니고 있었나니. 그리고 목발마다 일곱 색깔을 가졌는지라. 그리고 각 색깔은 한 가닥 다른 환성을 지녔었도다. 내게는 군초群草 그리고 당신에게는 석식夕食 그리고 조 존에게는 의사의 청구서. 전하前何! 분류! 그는 시장녀市場女와 결혼했나니, 안정安情하게, 나는 아나니, 어느 에트루리아의 가톨릭 이교도 마냥, 핑크색 레몬색 크림색의 아라비아의 외투(쇠미늘 갑옷))에다 터키 인디언(남색) 물감의 자주색 옷을 입고. 그러나 성 미가엘(유아乳兒) 축제에는 누가 배우자였던고? 당시 있었던 모두는 다 아름다왔나니. 쉿 그건 요정의 나라[노르웨이]! 충만의 시대[모든 것이 아름답던 과거] 그리고 행운의 복귀福歸. 동일유신同一維新. 비코의 질서 또는 강심, 아나(A) 있었고, 리비아(L) 있으며, 풀루라벨(P) 있으리로다. 북구인중北殿人衆 집회가 남방종족南方種族의 장소를 마련했나니 그러나 얼마나 다수의 혼인복식자婚姻複殖者가 몸소 각자에게 영향을 주었던고? 나를 라틴 어역語譯할지라, 나의 삼위일체 학주學主여, 그대의 불신의 산스크리트 어에서 우리의 애란 어[게일 어]에로! 에브라나(더블린)의 산양시민山羊市民[HCE의 암시]이여! 그는 자신의 산양 젖꼭지 지녔었나니, 고아들을 위한 유방乳房을. 호 주여! 그의 가슴의 쌍둥이. 주여 저희를 구하소서! 그리고 호! 헤이? 하何 총남總男. 하何? 그의 종알대는 딸들의. 하매何鷹?

　들을 수 없나니 저 물소리로. 저 철렁대는 물소리 때문에. 횡횡 날고 있는 박쥐들, 들쥐들이 찍찍 말하나니. 이봐요! 당신 집에 가지 않으려오? 하何 톰 말론? 박쥐들의 찍찍 때문에 들을 수가 없는지라, 온통 피신彼

身 리피(생도엽(生跳葉))의 물소리 때문에. 전고全古, 우리를 화구안보지話救
安保持소서! 나의 발이 동動하려 않나니. 난 저변 느릅나무 마냥 늙은 느낌
인지라. 숀이나 또는 셈에 관한 이야기? 모두 리비아의 아들딸들. 검은 매
鷹들이 우리를 듣고 있도다. 밤! 야夜! 나의 전고全古의 머리가 락인落引하
도다.

나는 저쪽 돌(石) 마냥 무거운 기분이나니. 죤이나 또는 숀에 관해 내
게 얘기할지라? 살아 있는 아들 셈과 숀 또는 딸들은 누구였던고? 이제
밤! 내게 말해요, 내게 말할지라! 내게 말해봐요, 느릅나무! 밤 밤! 나무
줄기나 돌에 관해 아我 담화할지라. 천류川流하는 물결 곁에, 여기저기 찰
랑대는 물소리의. 야夜 안녕히!

「제IV부 I장」 ALP의 최후의 독백

연우軟雨의 아침, 도시! 찰랑! 나는 리피 강 엽도락화葉跳樂話하나니.
졸졸! 장발長髮 그리고 장발 모든 밤들이 나의 긴 머리카락까지 낙상落上
했도다. 한 가닥 소리 없이, 떨어지면서. 들으라! 무풍 무언. 단지 한 잎,
바로 한 잎 그리고 이내 잎들. 숲은 언제나 호엽군好葉群인지라. 우리들은
그 속 저들의 아가들 마냥. 그리고 울새들이 그토록 패거리로. 그것은 나
의 선황금善黃金의 혼사婚事 행차를 위한 것이나니. 그렇잖으면? 떠날 지
라! 일어날지라, 가구家丘의 남자여, 당신은 아주 오래도록 잠잤도다! 아
니면 단지 그렇게 내 생각에? 당신의 심려의 손바닥 위에. 두갑頭岬에서
발까지 몸을 눕힌 채. 파이프를 사발 위에 놓고. 피들 주자奏者를 위한 삼
정시과三定時課(핀), 조락자造樂者(맥)를 위한 육정시과六定時課, 한 콜을 위
한 구정구시과九定時課. 자 이제 일어날지라 그리고 기용起用할지라! 열반
구일도涅槃九日禱는 끝났나니. 나는 엽상葉狀인지라, 당신의 황금녀, 그렇게
당신은 나를 불렀나니, 나의 생명이여 부디, 그래요 당신의 황금녀, 나
를 은銀 해결할지라, 과장습자誇張襲者여! 당신은 너무 군침 흘렸나니. 나
는 너무 치매恥魅당했도다. 그러나 당신 속에 위대한 시인詩人이 역시 있는
지라. 건장한 건혈귀健血鬼가 당신을 이따금 놀려대곤 했도다. 그 자가 나
를 그토록 진저리나게 하여 잠에 폭 빠지게 했나니. 그러나 기분이 좋고
휴식했는지라. 당신에게 감사, 금일부今日父, 탠 여피汝皮! 야우 하품 나를
돕는 자, 술을 들지라. 여기 단신의 셔츠가 있어요, 낮의, 돌아와요. 목도
리, 당신의 칼라. 또한 당신의 이중 가죽구두. 뿐만 아니라 긴 털목도리

도. 그리고 여기 당신의 상아빛 작업복과 여전불구如前不拘라 당신의 음산
陰傘. 그리하여 키 크게 설지니! 똑바로. 나는 나를 위해 당신이 멋있게 보
이기를 보고 싶은지라. 당신의 깔깔하고 새롭고 큰 그린벨트랑 모두와
함께. 바로 최근망우수最近忘憂樹 속에 꽃피면서 그리고 하인에게도 뒤지
지 않게, 꽃 봉우리! 당신은 벅클리 탄일복誕日服을 입을 때면 당신은 샤
론 장미에 가까울 지니. 57실링 3펜스, 봉금捧金, 강세부强勢付. 그의 빈부
실貧不實 애란과 더불어 자만갑自慢匣 엘비언, 그들은 그러하리라. 오만, 탐
욕낙貪慾樂, 적시敵猜! 당신은 나로 하여금 한 경촌의驚村醫를 생각하게 하
는지라 나는 한때. 아니면 혹 발트 국인國人 수부水夫, 호협탐남好俠探男, 팔
찌장식 귀를 하고. 아니면 그는 백작이었던 고, 루칸의? 혹은, 아니, 그
건 철란鐵蘭의 공작公爵인고 내 뜻은. 아니면 암흑의 제국에서 온 혹려마
或驪馬의 둔둔臀 나귀. 자 그리고 우리 함께 하세! 우리는 그렇게 하리라 우
리 언제나 말했는지라. 그리고 해외로 갈지니. 아마 일항日港의 길을. 피
녀아彼女兒[이씨]는 아직 곤히 잠들고 있는지라. 오늘 학교는 쉬는 도다.
저들 사내들[쌍둥이]은 너무 반목이나니. 두頭놈은 자기 자신을 괴롭히는
지라. 발꿈치 통과 치유여행. 골리버(담즙간膽汁肝)와 겔로버. 그들이 과오
에 의해 바꾸지 않는 한. 나는 눈 깜짝할 사이에 유사자를 보았나니 혹或
[셈]. 너무나 번번히. 단單[손]. 시시각각. 재동유신再同唯新. 두 강둑 형제
들은 남과 북 확연이 다르도다. 그 중 한 놈은 한숨쉬고 한 왜냐하면 나
는 거의 기절할 것 같은 느낌이 드는지라. 심연 속으로. 아나모러즈 강江
에 풍덩. 나를 기대게 해줘요, 조그마, 제바, 표석 강强의 대조수자大潮水
者, [HCE] 총總소녀들은 쇠衰하나니. 수시로. 그래서. 당신이 이브구久
아담 강직할 동안. 획, 북서에서 불어오는 양 저 무지풍無知風! 천계현현
절天啓顯現節의 밤이듯. 마치 키스 궁시弓矢처럼 나의 입 속으로 첨벙 싹 고

동치나니! 스칸디나비아의 주신, 어찌 그가 나의 양 뺨을 후려갈기는고! 바다, 바다! 여기, 어살(둑), 발 돋음, 섬(島), 다리(橋). 당신이 나를 만났던 곳. 그날. 기억할지라! 글쎄 거기 그 순간 그리고 단지 우리 두 사람만이 왜? 나는 단지 십대十代였나니, 제단사의 꼬마 딸. 그 허세복자虛勢服者〔재단사〕는 언제나 들치기하고 있었는지라, 확실히, 그는 마치 나의 아비처럼 보였도다. 그러나 색스빌 가도 월편의 최고 멋 부리는 맵시 꾼. 그리고 포크 가득한 비계를 들고 반들반들한 저녁 식탁 둘레를 빙글빙글 돌면서 한 수척한 아이를 뒤쫓는 여태껏 가장 사납고 야릇한 남자. 그러나 휘파람 부는 자들의 왕. 시이울라! 그가 자신의 다리미에 나의 공단 새틴을 기대 놓았을 때 그리고 재봉틀 위에 듀엣 가수들을 위하여 두 개의 촛불을 켜주다니. 나는 확신하는지라 그가 자신의 두 눈에다 주스를 뿜어 뻔쩍이게 하다니 분명히 나를 깜짝 놀라게 하기 위해서였도다. 하지만 아무튼 그는 나를 매우 좋아했는지라. 누가 지금 빅로우 언덕의 낙지구落枝丘에서 나의 색色을 찾아를 탐색할지 몰라? 그러나 나는 연속 호號의 이야기에서 읽었나니, 초롱꽃이 불고 있는 동안 거기 봉인 애탐인愛探人은 여전히 있으리라고. 타자들이 있을지 모르나 나로서는 그렇지 않도다. 하지만 우리들이 이전에 만났던 것을 그는 결코 알지 못했는지라. 밤이면 밤마다. 그런고로 나는 떠나기를 동경했나니. 그리고 여전히 모두와 함께. 한때 당신은 나와 마주보고 서 있었는지라, 꽤나 소리 내어 웃으면서, 지류의 당신의 바켄틴 세대박이 범선 파도 속에 나를 시원하게 부채질하기 위해. 그리고 나는 이끼 마냥 조용히 누워 있었도다. 그리고 언젠가 당신은 엄습했나니, 암울하게 요동치면서, 커다란 검은 그림자처럼 나를 생판으로 찌르기 위해 번뜩이는 응시로서〔섹스〕. 그리하여 나는 얼어붙었나니 녹기 위해 기도했도다. 모두 합쳐 세 번. 나는 당시 모든 사람들의 인

기자였는지라. 왕자연한 주연소녀. 그리하여 당신은 저 팬터마임의 바이 킹 콜세고스였나니. 애란의 불시공격不視攻擊. 그리고, 공침자恐侵者에 의 해, 당신이 그처럼 보이다니! 나의 입술은 공희락恐喜樂 때문에 창백해 갔 도다. 거의 지금처럼. 어떻게? 어떻게 당신은 말했던고 당신이 내게 나 의 마음의 열쇠를 어떻게 주겠는지를 그리하여 우리는 사주死洲가 아별我 別할 때까지 부부로 있으리라. 그리하여 비록 마魔가 별리別離하게 하드라 도. 오 나의 것! 단지, 아니 지금 나야말로 양도하기 시작해야 하나니. 연 못(더브) 그녀 자신처럼. 이 흑소黑沼(더블린) 구丘 정상 지금 작별할 수 있 다면? 아아 슬픈지고! 나는 이 만광灣光이 커지는 것을 통하여 당신을 자 세히 보도록 보다 낳은 시선을 가질 수 있기를 바라노라. 그러나 당신은 변하고 있나니, 나의 애맥愛脈이여, 당신은 나로부터 변하고 있는지라, 나 는 느낄 수 있도다. 아니면 내 쪽인고? 나는 뒤얽히기 시작하는지라. 상 상쾌上爽快하면서 그리고 하견고下堅固하면서, 그래요, 당신은 변하고 있어 요, 자부子夫, 그리하여 당신은 바뀌고 있나니, 나는 당신을 느낄 수 있는 지라, 다시 언덕으로부터 낭처娘妻를 위하여. 히말라야의 완전 환상, 그리 하여 그녀[이씨]는 다가오고 있도다. 나의 맨 최후부에 부영浮泳하면서, 나의 꽁지에 마도전습魔挑戰濕하면서, 바로 획 날개 타는 민첩하고 약은 물 보라 찰싹 질주하는 하나의 실체, 거기 어딘가, 베짱이 무도하면서. 살타 렐리가 그녀 자신에게 다가오도다. 내가 지난날 그러했듯이 다신의 노신 老身[HCE]을 나는 가여워하는지라. 지금은 한층 젊은 것이 거기에. 헤어 지지 않도록 노력할지라! 행복할지라, 사랑하는 이들이여! 내가 잘못이 게 하옵소서! 왜냐하면 내가 나의 어머니로부터 나떨어졌을 때 그러했듯 이 그녀는 당신에게 달콤할지라. 나의 크고 푸른 침실, 대기는 너무나 조 용하고, 구름 한 점 거의 없이. 평화와 침묵 속에. 내가 단지 언제나 그곳에 계속 머물 수 있었다면. 뭔가가 우리들을 실망시키나니. 최초로 우리는 느끼는도다. 이어 우리는 추락하나니. 그리하여 만일 그녀가 좋다면 그녀로 하여금 우지배雨支配하게 할지라. 상냥하게 혹은 강하게 그녀가 좋은 대로. 어쨌든 그녀로 하여금 우지배하게 할지라 나의 시간이 다가왔기에. 내가 일러 받았을 때 나는 최선을 다했도라. 만일 내가 가면 모든 것이 가는 걸 언제나 생각하면서. 일백 가지 고통, 십분 지일의 노고 그리고 나를 이해할 한 사람 있을까? 일천년야一千年夜의 하나? 일생 동안 나는 그들 사이에 살아왔으나 이제 그들은 나를 염오하기 시작하는 도다. 그리고 나는 그들의 작고도 불쾌한 간계奸計를 싫어하고 있는지라. 그리하여 그들의 미천하고 자만한 일탈을 싫어하나니. 그리하여 그들의 작은 영혼들을 통하여 쏟아지는 모든 탐욕의 복 받침을. 그리하여 그들의 성마른 육체 위로 흘러내리는 굼뜬 누설을. 얼마나 쩨쩨한 고 그건 모두! 그리하여 언제나 나 자신한테 토로하면서. 그리하여 언제나 콧노래를 계속 흥얼거리면서. 나는 당신이 최고로 고상한 마차를 지닌, 온통 뻔적뻔적하고 있는 줄로 생각했어요. 당신은 한 시골뜨기(호박)일 뿐이나니. 나는 당신이 만사 중에 위인으로 생각했어요. 죄상罪狀에 있어서나 영광에 있어서나. 당신은 단지 한 미약자일 뿐이로다. 가정! 나의 친정 사람들은 내가 아는 한 그곳 외월外越의 그들 따위가 아니었도다. 대담하고 고약하고 흐린데도 불구하고 그들은 비난받는지라, 해마여파海魔女婆들, 천만에! 뿐만 아니라 그들의 향량소음荒凉騷音 속의 우리들의 황량무荒凉舞에도 불구하고 그렇지 않도다. 나는 그들 사이에 나 자신을 볼 수 있나니, 전신全新(알라루비아)의 복미인複美人(플추라벨)을. 얼마나 그녀는 멋있었던고, 야생의 아미지아, 그때 그녀는 나의 다른 가슴에 붙들려 했는지라! 그런데 그녀가 섬뜩한 존재라니, 건방진 니루나여, 그녀는 나의 최 고유의 머리카락으로

부터 낚아채려 할지라! 왠고하니 그들은 폭풍연然하기에. 황하여! 하황河
黃이여! 그리하여 우리들의 부르짖음의 충돌이여, 우리들이 껑충 뛰어 자
유롭게 될 때까지. 비미풍飛微風, 사람들은 말하는지라, 당신의 이름을 결
코 상관하지 말라고! 그러나 나는 여기 있는 모든 것을 염실厭失하고 있
나니 그리고 모든 걸 나는 혐오하도다. 나의 고독 속에 고실孤失하게. 그
들의 잘못에도 불구하고. 나는 떠나고 있도다. 오 쓰디쓴 종말이여! 나는
모두들 일어나기 전에 살며시 사라질지라. 그들은 결코 보지 못할지니.
알지도 못하고. 뿐만 아니라 나를 아쉬워하지도 않고. 그리하여 세월은
오래고 오랜 슬프고 오래고 그리하여 세월은 오래고 오랜 슬프고 오래고
슬프고 지쳐 나[ALP]는 그대에게 되돌아가나니, 나의 차가운 아버지,
나의 냉광부冷狂父, 나의 차갑고 미친 공화恐火의 아비에게로, 마침내 단지
그의 가까운 크기의 시경視景이, 수數마일 및 기幾마일, 단조 신음하며, 나
로 하여금 해침니海沈泥 염鹽멀미나게 하는지라 그러자 나는 돌진하나니,
나의 유일한, 당신의 양팔 속으로. 나는 그들이 솟는 것을 보는 도다! 삼
중공三重恐의 갈퀴 창으로부터 나를 구할지라! 둘 더하기, 하나둘 더 많은
순간들. 고로. 안녕이브리비아. 나의 잎들이 나로부터 부이浮離했도다. 모
두. 그러나 한 잎이 아직 매달려 있는지라. 나는 그걸 몸에 지닐지니. 내
게 상기하도록. 리[피]! 너무나 조용한 이 아침, 우리들. 그래요. 나를 실
어 나를 지라, 아빠여, 당신이 소꿉질 하듯! 그가 방주천사方舟天使 출신인
양 하얗게 편 날개 아래로 나를 빙금 실어 나르는 것을 내가 본다면. 나
는 사침思沈하나니 나는 그의 발 위로 넘어져 죽으리라. 겸허하게 말없이,
단지 각세覺洗하기 위해, 그래요, 조시潮時여. 저기가 거기라. 제일 먼저.
조용히 풀 수풀로 통과하고. 쉬! 한 마리 갈매기. 갈매기들. 먼 부르짖
음, 다가오면서, 멀리! 여기 종말이. 우리들 이어, 핀, 다시(어겐)! 가질지

라. 그러나 유연하게, 기억할지라! 수천송년까지. 청성聽.聲하라. 열쇠들.
주라! 한 길 한 외로운 한 마지막 한 사랑 받는 한 기다란 그

호우드 언덕과 그 앞의 돌리마운트 해변: 이는 『젊은 예술가의 초상』 제4장 말에서 스티븐이 바라보는 '비둘기 소녀'(에피파니)의 수려한 형장이다.

해설

아래 해설들은 대부분 A. 니콜러스 퍼그노라 및 머아클 P, 길레스피 저의 『제임스 조이스, A-Z』, W. Y. 틴달, A. 글라신, H. 블룸, 그리고 여타 비평들에서 따온 것임을 여기 밝힌다.

*가시적(可視的)인 것의 불가피한 양상: 적어도 그 이상은 아닐지라도, 내 눈을 통하여 생각했다. 내가 여기 읽으려고 하는 만물의 징후들, 어란(魚卵)과 해초, 다가오는 조수(潮水), 저 녹슨 구두. 코딱지 초록빛, 청은(靑銀), 녹(綠) 빛: 채색된 기호들. 투명한 것의 한계. 그러나 그는 덧붙여 말한다: 몸체에 있어서도. 그러자 그는 채색된 몸체들 이전에 그들 몸체들을 알았다. 어떻게? 그의 두상(頭狀)을 그 몸체들에 들이받음으로써, 확실히. 느긋하게 해요. 그는 대머리였으며 백만장자였다. '매스트로 디 콜로르 케 산노(현인들의 스승인 그)'. 형태가 있는 투명한 것의 한계. 왜 형태가 있는 걸까? 투명, 불투명. 만일 네가 다섯 개의 손가락을 통과할 수 있다면 그것은 대문(大門)이고, 그렇지 않으면 문(門)이다. 너의 눈을 감고 그리고 보라……
스티븐 데멀러스의 샌디마운트 해변(『U』31)

조이스의 시들

우리에게 소설가로 알려진 조이스는 애당초 시인이 되려고 했으며, 그는 시종일관 시인이었다 해도 과언이 아니다. 그의 소설들은 엄격히 말해서 거의 모두가 시라 해도 지나치지 않으며, 산문과 시의 장르를 구별하기 가장 힘든 작가들 중 하나가 바로 조이스이다.

조이스는 자신의 유년 시절, 즉 1890년대에 이미 〈기분〉(Moods)이란 운시를 비롯하여, 1900년경에는 〈빛과 어둠〉(Shine and Dark)이란 시를 썼지만, 현재 남아 있지 않다. 잇따라 쓴 그의 서정 시집인 『실내악』(*Chamber Music*)을 비롯하여, 13편의 단편 시편들로 구성된 『한 푼짜리 시들』(*Pomes Penyeach*), 그의 원숙한 단편 시 〈보라, 저 아이를〉(Ecce Puer), 두 편의 해학 산문시인 〈성직〉(The Holy Office) 및 〈분화구로부터의 가스〉(Gas from a Burner), 그리고 그의 유고 장편 산문시인 『지아코모 조이스』(*Giacomo Joyce*) 등 모두 합쳐 6편의 시들이 현존한다.

『실내악』

조이스의 난해 문학과는 별개로 여기 『실내악』의 36수에 달하는 그의 초기 장편시는 그가 1901년에서 1904년 사이에 쓴 것으로서, 비교적 쉬운 시들이다. 이들은 그의 유니버시티 칼리지 재학 시절(1901~02)과 파리 유학 시절 당시(1902~03) 및 노라 바나클을 만나기 전후(1903~04)에 각각 쓰인 것으로 알려져 있다.

『실내악』의 특징들 가운데 하나는 시의 배열 순위가 작시의 시간과는 전혀 관계없이 그의 내용과 주제에 주안을 두고 있는데, 이는 조이스의 잇따르는 소설들의 집필 순서와 맞먹는다. 또한 그의 복잡한 산문과는 달리, 이 시는 단순하고 명료하다. 한 마디로, 조이스의 산문에 친숙한 독자는 이 시가 유달리 그 내용에 있어서 비(非) 아일랜드적으로, 애인의 사랑과 배신을 다루고 있음을 알 수 있다. 그러나 비록 그의 주제나 시어(詩語)에 있어서 비 아일랜드적이라 할지라도, 이는 조이스의 모든 산문에서와 마찬가지로 인류 공동의 보편적 주제들을 다룬다.

『실내악』은 처음부터 끝까지 일종의 모음곡 또는 조곡(組曲, suite)의 형식을 띤다. 최초의 3개의 시는 3곡 1벌의 형식(ternary)으로 된, 이른바 서곡(overture)격이다. 이 서곡 속에 주인공인 "사랑(Love)"의 등장과 신 (神)에 대한 그의 호소가 이루어진다. 여기 최초의 둘째 수의 시구인 "강 을 따라 음악이 들린다. / 사랑이 거기 거닐기에"가 암시하다시피, 시의 세팅이 다분히 음악적임을 알 수 있다. 이 시를 애당초 감상한 바 있는 예이츠는 이를 "음악에 합당한 단어들"이라 평한 바 있는데, 이러한 음악 성은 잇따른 수들에서도 마찬가지다. 시를 음악화하겠다는 조이스의 당 초의 의도는 한때 더블린의 작곡가였던 G. M. 파머(Palmer)에게 이 시 에 합당한 곡을 의뢰한 사실에서도 드러난다. 또한 조이스가 로마에서 그 의 동생 스태니슬로스에게 보낸 편지 속에 드러나 있듯이, 그는 이 시의 제XIV수와 제XXXIV수를 음악화하고 싶었던 것이다. 그의 이러한 의도 는 더블린의 『이브닝 텔레그래프』(Evening Telegraph) 지의 한때 음악 평 론가였던 W. B. 레이놀즈(Reynolds)가 『실내악』의 일부에 곡을 붙임으 로써 그의 소망을 들어주었다(우리는 오늘날 쿠색[Cyril Cusack]이 읽은, 『실 내악』의 테이프 리코딩에서도 이러한 음률을 확인한다).

이제 『실내악』의 대체적인 내용과 그 주제를 살펴보자. 시가 시작하 자, 의인화(擬人化)한 '사랑'이 강을 따라 곡을 연주하면서 현장에 나타난 다. 황혼이 짙어가면서 '사랑'의 상대가 나타나는데, 그녀는 낡은 피아노 를 치고 있다. 그러자 제III수에서 한 새로운 화자가 나타난다. "만물이 휴식하는 저 시간에 / 오, 하늘의 외로운 감시자여……" 이 주인공은 바 로 젊은 조이스의 분신인 스티븐 데덜러스 격이다. 그러자 시가 진행됨에 따라 의인화한 '사랑'이나 시의 화자는 결국 주인공 한 사람으로 귀일되 고 만다. 이어 주인공이 애인의 창가에 접근하여 사랑을 호소한다. "창문 에서 몸을 기대요, 금발의 아가씨……"

제IX수에서 '사랑'은 애인과 행복을 꿈꾸며, 5월의 싱그러운 바람과 함께 춤을 춘다. "5월의 바람, 바다 위에 춤을 추니, / 환희에 넘쳐 이랑에서 이랑으로……" 이어 '사랑'은 혼자만의 명상, 애인에 대한 유혹, 그들이 서로 만나는 행복의 예상, 이별, 재회, 재결합 등, 그의 순례의 역정을 노래한다. 제XIV수에 이르러, 그는 애인을 데리고 두 사람만의 행복한 목적지인 어느 산골짜기에 당도한다. 지금까지 '사랑'은 다양한 환상의 무드에 잠기면서 결국 그의 연인과 최후의 안착지를 발견한 셈이다.

그러자 시의 무드가 돌변한다. 즉 시의 후반인 제XVII수부터는 '사랑'이 그의 적수를 발견한 것이다. "그대의 목소리가 내 곁에 있었기에 / 나는 그에게 고통을 주었지……" 이러한 적과의 경쟁의식은 '사랑'으로 하여금 자신의 과거의 연인과의 추억에 잠기게 한다. 여기 주인공은 자신의 연인이 그에게 되돌아오기를 호소하며 스스로 자위한다. 주인공은 고독에 사로잡히기도 하며 때로는 바다, 파도, 날개 등을 명상하고 나는 새의 존재가 된다. 이들은 모두 도피를 상징하는 이미지들로서 그의 비상(飛翔)의 시간이 임박했음을 암시한다.

『실내악』의 후반부의 이야기 줄거리를 총괄하는 제XXVIII수는 시의 전반부에 있었던 사랑의 축복을 흘러간 사랑의 추억으로 응보하고 있다. 요컨대, 시의 후반은 '사랑'이 품은 그의 연적에 대한 의식과 경쟁에 의한 그의 좌절감, 고립과 고독, 마침내 그의 최후의 도피로 진행되고 있다. 이처럼, 『실내악』의 전 후반을 종합하건대, 시의 일관된 주제는 '사랑'의 애인에 대한 명상으로 시작하여, 그의 유혹, 이별, 재회, 좌절, 고립 그리고 최후의 도피로서, 이는 조이스의 소설 『젊은 예술가의 초상』의 근본적 주제와 대동소이함을 알 수 있다.

그 밖에, 『실내악』에 대한 몇 가지 특이한 사항을 열거하면, 첫째로 시가 품은 상징성이다. 예를 들면, 이 시의 초기 해설자인 틴달(W.Y.

Tindall) 교수는 시를 상징적 및 분비학적으로 분석한다(비록 지난 30여 년 동안 조이스 비평은 이러한 분석을 실증하는 많은 부수적 증거를 생산해 왔음에도 불구하고, 대부분의 비평가들은 틴달의 해석을 못마땅하게 여기고 있다). 특히, 제I수에서 수음의 암시가 그것이다. 그리고 제VII수에서 여성 배뇨의 상징을 들고 있다. 특히, 『실내악』은 앞서 지적한 바와 같이, 그 주제나 상징 및 형식면에서 『젊은 예술가의 초상』의 토대가 되었다 해도 과언이 아니다. 두 작품은 공통된 주제를 갖고 있는데, 예를 들면, 시의 첫 수는 스티븐 데덜러스 격인 '사랑'이 악기를 타면서 강을 따라 걸어가는 모습은 『젊은 예술가의 초상』의 첫 머리에서 아기 타구(baby tuckoo)가 예술 창조의 상징인 자신의 노래 "오, 파란 장미꽃 피어 있네"를 부르면서, 예술가로서 인생을 출발하는 것과 대응을 이루고 있다 하겠다.

저명한 조이스 전기가인 엘먼(R. Ellmann)은 조이스가 『실내악』에 도입한 기법이나 서정성은 그가 파리 유학 당시 16세기 영국 시인 존슨(Ben Jonson)의 시를 공부함으로써 터득한 것이라며, 제IV수를 그 예로 들고 있다. 또한 엘먼은 조이스가 당대 아일랜드 시인 그레간(Paul J. Gregan)한테서 마지막 제XXXVI수의 시구를 배웠다고 주장한다. 『실내악』의 이 마지막 수는 가장 강력한 시구 및 초자연적 꿈의 비전이 지배하고 있고, 이는 예이츠의 유명한 시 "퍼거스와 함께 가는 자 누구냐?" (Who Goes with Fergus?)와 그 내용이나 서정성이 상당히 일치함으로써, 그의 영향을 깊이 받고 있음을 알 수 있다. 예이츠 시에서 퍼거스 왕은 5세기경 아일랜드에 이주한 스코틀랜드의 왕으로, 전설에 의하면, 그는 왕위를 버리고 친구들과 숲 속에서 함께 살기를 결심하는데, 이 시가 담은 현실 도피와 소외 및 낭만의 주제는 여기 『실내악』의 그것과 거의 일치한다.

『실내악』의 제XII수는 조이스의 실지 경험의 단면을 읊은 시다. 어느 날 저녁, 시인은 그의 대학 동창인 매리 시히(Mary Sheehy)라는 처녀의 미에 현혹된 채, 호우드(Howth) 언덕에서 산보를 즐기고 있었는데, 이때 달을 보고 있던 시히가 달이 "눈물에 젖은 듯이 보인다"라고 하자, 이를 들은 조이스는 이내 그것이 "마치 명쾌한 살찐 수도사의 고깔 쓴 얼굴"을 닮았다고 말함으로써, 그녀에게 응수했다. 조이스는 자신의 이러한 순간적인 에피파니(epiphany, 현현)를 담뱃갑에다 적어 두었는데, 이것이 후에 제XII수의 일부를 형성한다.

시의 제XXV수 또한 앞서 매리 및 시인과의 교제에서 일어난 이야기의 복사이다. 제XXVII수는 『젊은 예술가의 초상』에서 명시되다시피, 스티븐 데덜러스와 그의 친구 클랜리(Cranly)와의 연적 관계를 읊은 것이다. 또한 제VI수과 제XXIII수는 조이스가 1904년 6월 10일 더블린의 나소우(Nassau) 가에서 만난 노라 바나클(Nora Barnacle)로부터 영감을 받아 쓴 시로 추측된다. 이러한 고증은 조이스가 노라를 만나 첫 데이트를 즐긴 날인 1904년 6월 16일(『율리시스』의 "블룸즈데이") 전후까지도 그가 『실내악』을 쓰고 있었음을 입증한다. 또한 제XXI수와 제XXII수는 조이스와 그의 익살꾼 친구인 고가티(Oliver Gogarty, 『율리시스』에서 벅 멀리건의 원형)와의 불화를 암시한다. 조이스는 파리에 유학하고자 첫 발을 내디딘 직후, 친구 번(Byrne)에게 신시 한 수를 엽서에 적어 보냈는데, 이 시가 제XXXV수이다. 이 시는 조이스가 『젊은 예술가의 초상』의 말미에서 그의 예술가로서의 새로운 인생을 향한 야심에 찬 외침. "오, 인생이여, 나는 경험의 실현에 백만 번째 부딪치기 위해 떠나가노라."의 구절과 대응을 이룬다.

조이스가 『실내악』이란 시제를 붙인 데는 재미나는 에피소드가 있다.

즉, 언젠가 조이스는 그의 익살꾼 친구인 고가티와 재니(Janny)라는 "어떤 즐거운 과부"를 방문하고, 기네스 흑맥주를 마시면서 자신의 시를 읽어주며 그녀를 환대했었다. 그러자 얼마 후 이 여인은 스크린 뒤의 요기(尿器)로 자취를 감추는 것이 아닌가! 이때 귀를 기울이고 있던 익살 군 고가티가 "저네에게 합당한 비평가야" 하고 소리쳤다. 조이스의 친구요 그의 초기 연구가인 길버트(Stuart Gilbert)는 "그녀가 나의 시의 타이틀을 마련해 주었네. 나는 나의 시를 '실내악'이라 부르기로 했지,"라는 조이스의 말을 적고 있다.

개별적 시들의 해석에 있어서, 틴달은 "배뇨" "수음" "가학성" 등과 연관하여 "치생내악(恥生內樂)의 순수한 서정주의"(pure lyricism of shamebred music) (『FW』 164.15~16)로서의 『실내악』의 프로이트적인 상징적 의미를 강조한다.

『실내악』의 이들 서정시들은 다양한 감정적 운을 표현한다. 계절의 변화, 낮의 밤으로의 경과, 불길한 달의 존재, 박쥐의 비상, 물과 새들의 이미지, 색채, 소리, 시간과 공간의 결합, 많은 다른 생생하고, 감정적 이미지들과 상징들 가운데, 이들 모든 것은 조이스가 이 노래의 조곡 속에 창조하는 분위기와 변화무쌍한 기분들에 이바지한다.

내용의 구체적 줄거리

제I수. "현(絃)이 땅과 공중에서……". 전체 시의 서곡 격인 이 첫 수는 엘리자베스 풍의 운문 형식과 같은 문체의 특성을 소개하는데, 이는 시 전체를 대표한다. 또한 이 첫 수는 시의 후부에서 보다 자세히 나타나는 시의 주제들인, 사랑, 소외, 신미적 강도와 감각 등을 일목요연하게 언급한다. 그럼에도 불구하고, 이 수는 시 전체를 대표하는 것만을 의미하지는 않는다. 조이스는 그의 친구 파머(Molyneux Palmer)에게 보낸 1909년 7월 19일자의 편지에서 이를 서문이라 타이틀을 달고 있다. "책(『실내악』)은 노래들의 조곡(組曲)이요…… 중심 수는 제XIV수로서, 그 뒤로 시의 동작은 사실상 시의 최후 수인 제XXXIV수까지 하강한다. 제XXXV수와 제XXXVI수는 I수와 III수가 시의 서곡이듯 종곡이다."

제II수. "황혼이 자수정 빛에서 바뀐다……". 이 수는 서정적 강조와 함께 저녁의 어두워지는 색채를 서술함으로써 열린다. 그리고 소녀의 존재를 소개하는데, 그녀의 피아노 연주가 화자의 주의를 사로잡는다. 두 사람은 사랑을 동경하고 있다.

제III수. "만물이 휴식하는 저 시간에……". 이 수는 "감미로운 곡"에 잠을 깨는 한 외로운 시인의 기분을 표현한다. 시의 3수들 가운데 첫 2개의 구절은 수사적으로 시인의 사랑에 대한 마음가짐의 문제를 제시한다. 밤을 잇따르는 새벽의 이미지는 사랑의 출현과 화자의 깨어나는 기대를 강조한다. 3번째 구절에서 빛이 나타나자, 시인은 사랑의 음악이 하늘과 땅을 가득 매우는 것을 듣는다.

제IV수. "수줍은 별이 하늘을 헤쳐 나아갈 때……". 이 시의 화자는 크게 완곡한 표현으로 그가 밤에 애인의 문간에서 노래할 때 자기를 들어

주기를 애원한다. 엘먼에 의하면, 이 시는 앞서 존슨(Ben Jonson)의 문체의 모방으로 쓰였다 한다.

제V수. "창문 밖으로 몸을 기대요……". 이 시는 욕망과 지력의 분열에 대한 매력 있는 변화를 제시한다. 화자는 금발의 아가씨가 "즐거운 가락"을 노래하는 소리를 듣자, 책을 내려놓고 문간으로 나아간다. 그는 이제 그녀 자신이 그에게 자신의 모습을 보이기 위해 "창문에서 몸을 내밀도록" 요청한다.

제VI수. "저 감미로운 품 안에 안기고 싶어……". 시인인 화자는 거친 현실 세계에서 도피하기를 그리고 연인의 가슴속에 안식처를 발견하기를 욕망한다. 1909년 9월 7일 노라에게 보낸 편지에, 조이스는 이 시를 모두 인용했는데, 당시 그녀는 트리에스테에 그리고 조이스는 더블린에 각각 있었다. 그는 편지에서 노라에게, "당신은 나를 사랑하지요, 그렇잖소? 당신은 이제 나를 당신의 가슴에 받아들이며 보호하고, 아마도 나의 죄와 우행을 동정하고, 나를 아이처럼 인도하리오"라고 썼다. 이 시는 1904년 10월 8일자『스피커』지에 "욕망"이란 제목으로 발표되었다.

제VII수. "나의 사랑은 가벼운 옷차림을 하고 있네……". 이 3구절로 된 시는 화자의 "사과나무 사이"를 움직이는 애인을 서술한다. 시의 마지막 행인 "나의 사랑은 사뿐히 걷는다, 우아한 손으로 옷을 치켜들고"는, 비평가 틴달이 암시하듯, 그녀가 용변을 행사하고 있음을 암시하는 듯 보인다. 이러한 예기치 않은 기벽은 시에 유머러스한 공감을 첨부하며 사랑에 대한 시인의 대우에 있어서 엄숙함과 균형을 이룬다. 앞서 이미 지적한대로, 그것은 또한『실내악』의 제목에 대한 변형의 독해를 암시한다. 이 구절은『실내악』속에 포함되기 전에, 더블린의『다나』지의 1904년 8월 호에 "노래"라는 제목으로 출판되었다.

제VIII수. "누가 초록빛 숲 사이로 지나가느뇨⋯⋯". 이 시는 4개의 시구들로 구성되고, 그중 첫 3구들은 누가 그토록 아름답게 푸른 숲을 찬양하는지 그리고 누굴 위해 숲은 스스로를 치장하는지를 수사적으로 묻고 있다. 마지막 구는 그의 '참사랑'을 "숲은 화려한 의상을 입고 있는" 자와 동일시한다. 화자의 애인이 숲을 통해 걷는 장면의 묘사는 앞서 예이츠의 시행들과 함께 시에 대한 즉각적인 비교를 야기시키는데, 이는 조이스가 현저한 효과를 가지고 『율리시스』의 '키르케' 장(15장)의 마지막 장면과 일치시키는 바, 이 장면에서 반 의식적 스티븐 데덜러스는 예이츠의 처음 시행을 반신반의의 리오폴드 블룸에게 인용한다. 그리고 "데레마코스" 장(제1장)에서도 예이츠의 같은 시가 언급된다.

제IX수. "오월의 바람, 바다 위로 춤을 춘다⋯⋯". 여기 시인은 자신의 사랑을 발견하기를 동경하고, 단순하고 직접적인 질문으로 5월의 춤추는 바람에게 말을 건넨다. "그대 보았느뇨, 어딘가 나의 참사랑을?" 봄의 약속이 외로운 화자 속에 사랑의 결합의 희망을 일깨운다. 시의 최후의 행에서, 화자는 "사랑은 멀어지면 불행하다"라고 서정적으로 고백한다. 비록 이 시는 조이스가 노라 바나클을 만나기 전 1902년경에 쓰이고, 1907년에 발표되었을지라도, 그가 자신이 설계한 목걸이의 명판에다 이 시의 마지막 행을 새겨, 더블린에서 1909년 9월 트리에스테의 노라에게 그것을 보냈다. 그녀에게 자신의 선물과 목적을 설명하면서, 조이스는 이렇게 썼다. "목걸이의 명판 표면의 단어들은 사랑은 불행하다"요, 이면은 "사랑이 떨어져 있을 때"이란 시행이라오. "5개의 주사위는 시련과 오해의 5년을 의미하고, 목걸이 줄을 연결하는 명판은 우리가 떨어졌을 때 느꼈던 야릇한 슬픔과 고통을 말하오."(『서간문』 II. 245~246)

제X수. "눈부신 모자와 장식 리본⋯⋯". 이 시는 각 8행으로 된 2개의 구절로 구성된다. 첫째 구절은 연가를 노래하는 한 광대의 생생한 이미지를 소개한다. 두 번째 절에서 가수는 자신의 애인을 '사랑' 자체를 사랑하기 위해 사랑에 관한 꿈으로부터 벗어나도록 초대한다.

제XI수. "작별을 고하라, 안녕히, 안녕히……". 이 시의 무드는 유혹적이다. 사랑을 구하러 온 행복한 시인은 소녀로 하여금 처녀성의 상징인 댕기를 풀도록 권유한다. 이 시의 성적 연상은 조이스의 시 전체의 본래의 배열에 비추어 보면 더욱 생생하다. 여기에서 이 시는 전체 시의 중심이요 클라이맥스인 제XIV수로, "나의 비둘기, 나의 아름다운 자여!"의 직전에 위치한다. 조이스는 최초에 이 시를 "나의 역겨운 노래"라는 제목을 달았다 (『서간문』 II.73 참조).

제XII수. "고깔 쓴 달이 무슨 생각을 그대의 마음속에……" 이 시는 런던의 『벤쳐』(Venture) 지의 1904년 11월 호에 "그대는 밤의 조가비에 기댄다"(XXVI수)와 함께 게재된 것이다. 스태니슬로스 조이스에 의하면, 그의 형이 여자 친구 매리 시히(Mary Sheehy)와 어느 초저녁 산보 뒤에 썼다는 것이다. 이러한 에피파니의 기록 과정은 『젊은 예술가의 초상』 제5장에서 스티븐이 그의 "유혹녀의 19행시"(Villanelle of the Temptress)를 쓸 때의 창작 과정과 동일하다. "고깔 쓴 달"에 대한 언급은 조이스, 또는 적어도 시의 화자가 자신의 산보에서 본 것을 환기시키며, 또한 욕망과 자기 억제의 상극적 충동을 암시한다.

제XIII수. "아주 점잖게 가서 그녀를 찾아주오……" 이 시에서 화자는 바람으로 하여금 그의 애인에게 곧 다가올 신부의 축복을 불러주도록 기원한다.

제XIV수. "나의 비둘기, 나의 아름다운 자여……!" 이 4개의 구절로 된 시에서 화자는 자신의 사랑으로 하여금 잠을 깨고 침대에서 일어나도록 요구한다. 왜냐하면 그는 삼목(杉木) 곁에 그녀가 다가오기를 기다리기 때문이다. 사랑과의 임박한 접촉을 축하하는 이 시의 감각적 이미지는 직접적으로 『구약』 성서의 "아가"(Song of Songs)의 구절에서 따왔다. (5장 1~19절 참조) 예를 들면, 삼목 나무의 성서적 이미지는 그것의 향기와 지속성으로 알려진 거대한 나무의 당당한 미를 상기시킨다. 1909년 7월 19일자의 파머(Palmer)에게 보낸 편지에서, 조이스는 이 구절이 전체 시의 중심 시로서 특징짓고 있다고 기록한다. (『서간문』I. 67 참조) 전체 시의 움직임은 이 시 다음으로 하강하기 시작한다.

제XV수. "나의 영혼이여, 이슬에 젖은 꿈에서 깨어나요……" 이 시는 각 4행으로 된 3개의 구절로 이루어진다. 첫째 구절에서 화자는 그의 영혼에 말을 걸며, 잠과 꿈에서 깨어나기를, 그리고 새로운 날을 맞이하도록 요청한다. 다음 구절은 이제 잠을 대치하는 깨어있는 세계에 언급하는가 하면, 한편 최후의 구절은 스스로 깨어나고 있는 낮의 요정들에 대한 서정적 묘사를 제공한다. 스태니슬로스에 따르면, 이 시는 가족의 친구인 앞서 매리 시히에 의하여 영감을 받아, 1904년 7월 말경에 쓰였다 한다 (『스태니슬로스 조이스의 더블린 일기』 p. 62 참조).

제XVI수. "오, 골짜기는 이제 과연 시원하다……" 이 시는 유혹의 노력과 화자가 자신의 애인을 그곳으로 데리고 가기를 원하는, 시원하고 경쾌한 골짜기의 서정적 서술과 합치한다.

제XVII수. "그대의 목소리가 내 곁에 있었기에……" 이 시는 낭만적 사랑과 플라토닉(정신적) 우정이 서로 다투는 요구 사이에 일어날 수 있는 갈등에 초점을 맞춘다. 한 젊은 여성에 대한 화자의 점진적 애정은 그와 친구 사이의 격리의 원인이 된다. 이러한 우정의 냉담함은 전체 『실내악』의 종말을 향해 나타나는 애인들 자신의 격리를 예고한다. 엘먼은 이

시의 기원이 조이스의 생활의 실질적인 발생에서 왔다고 적고 있다. (부수적 정보는 『서간문』 II.46 및 126 참조).

제XVIII수. "오 애인이여, 그대 듣느뇨⋯⋯" 화자는 연인에게 자신의 친구들의 배신에 느낀 비애를 말한다. 그러나 동시에 그는 그들의 사랑의 육체적 만족으로부터 그가 얻은 감정적 위안에 감사한다. 이 시는 애초에 영국의 정기 간행물인 『스피커』 지의 1904년 7월 호에 출판되었다 (보다 자세한 정보는 『서간문』 II.70 참조).

제XIX수. "모든 사내들이 그대 앞에서⋯⋯" 이 수에서 화자는 "나의 비둘기, 나의 아름다운 자여!"(XIV수)에서 서술되고, 그들의 사랑의 완성 뒤에 자신의 애인을 위로한다. 화자는 자신의 애인을 위로하고, 다시 마음의 평화를 찾도록 권고한다. 조이스가 의도했던 효과는 『실내악』의 1905년의 배열에서 한층 통렬해, 거기에는 "모든 사내들이 그대 앞에⋯⋯"가 18번째 수요, "나의 비둘기, 나의 사랑하는 자여"가 17번째 수이다. 이러한 병치는 성숙한 사랑의 개념을 타협하는 관능성과 감수성의 상호 보완적 감정의 한층 충분한 의미를 독자에게 제공한다.

제XX수. "나는 어두운 소나무 숲 속에⋯⋯" 이 수에서 화자는 소나무 숲의 "짙고 시원한 그늘"을 생각하며, 자신이 사랑하는 여인과 오후 그곳에 누워 있는 것이 얼마나 즐거울 것인지를 상상한다. 시는 화자가 그의 애인과 함께 숲에로 가도록 불러내는 것으로 끝난다. 1905년 조이스는 이 시를 『샤터디 리뷰』 지에 보냈으나, 편집자들은 이를 출판하기 거절했다. (『서간문』 II.100 참조).

제XXI수. "영광을 잃은 자, 그리고⋯⋯" 전체 시 가운데서 가장 짧은 단시다. 본래 "노라에게"라는 제목을 붙였으나, 시인은 1905년 6월 11일에 시의 제목을 생략하기로 작정하고, 그것을 전체 시집 속에 포함시켰다. 이 시는 본래의 시 배열에서 서문을 뜻하는 첫 번째 시였다. 시의 화자는 그의 동료들과 거의 완전히 소외된 것으로 자기 자신을 서술한다. 하지만 그는 여전히 자신의 애인이 그에게 제공하는 지지 때문에 위엄을 가지고 자기 자신을 위안할 수 있다. (보다 자세한 정보는 『서간문』 II.92 및 97 참조).

제XXII수. "저토록 달콤한 감금 속에……" 이 시에서 화자는 자신의 애인에게 감금의 은유를 통하여 말을 건다. 그는 그녀의 양팔을 감옥으로 부르며, 그녀의 포옹 속에 억류될 자신의 의향을 선언한다.

제XXIII수. "나의 심장 곁에 고동치는 이 심장은……" 이 수의 첫 구절에서 화자는 자신의 애인이 그의 고동치는 심장에 가까이 있는 자신의 행복감을 선언한다. 시에서 '날개 치다'(flutter)란 단어의 타당한 사용은 사랑이 나르는 특성을 암시하며, 굴뚝새들이 그들의 둥우리에 갖가지 보물을 간직하는, 두 번째 구절에서 새의 이미지를 예상한다. 새의 둥우리야말로 시인이 자기 자신의 많은 것을 그 속에 보관하는 창고로서의 심장을 뜻하는 은유이다. 화자는 그의 애인에게 적어도 굴뚝새만큼 현명하고, 단지 하루를 산다 한들, 그들의 사랑의 행복을 저장하도록 권유한다.

제XXIV수. "묵묵히 그녀는 빗질을 하고 있네……" 이 수의 첫 2개의 구절에서, 서술적 목소리는 나른한 분위기를 창조하며, 거울 앞에서 머리를 빗질하고 있는 한 여인을 서술한다. 마지막 2개의 구절에서, 화자는 그녀의 빗질을 멈추도록 애원하며, 그 속에 그는 자기를 그녀로부터 이탈하게 하는 자기도취증을 발견한다. 엘먼에 따르면, 시몬즈(Arther Simons)가 『샤터디 리뷰』지의 1904년 5월 14일 호에 이 시를 출간하는데 도왔다고 한다.

제XXV수. "사뿐히 오라, 아니면 사뿐히 가라……" 이 수는 〈현재를 즐겨라〉(carpe diem)의 분명한 주제와 슬픔이 마음을 압도하지 않도록 하는 화자의 결심을 결합시킨다. 그것은 슬픔을 예언하는 증후들을 부정할 수 없는 것이 우리의 인식일지라도, 인생을 통하여 "사뿐히 올 것을" 추천하며, "마음이 가장 괴로울 때"에도 쾌심(快心)의 감정을 요구한다.

제XXVI수. "그대는……밤의 조가비에 기대는지라……" 이 수의 첫 번째 구절에서, 화자는 그의 애인이 "밤의 조가비에" "예측하는 귀"를 기대고 있는 것을 식별하면서, 그녀에게 그녀의 마음을 두렵게 만드는 소리에 관해 수사적으로 질문한다. 두 번째 구절 (앞서 각주 참조), 이 시는 런던의『벤쳐』지의 1904년 11월 호에 "고깔 쓴 달이 무슨 생각을 그대의 마음속에……'(XII)와 함께, 분리해서 출판되었다(부수적 세목은『서간문』 II.236~237 참조).

제XXVII수. "비록 내가 그대의 '미트리테이터즈' 왕이 되어……". 이 수에서, 화자—그는 자기 자신을 소아시아의 폰터스 왕인 미치리데츠 (120-63 B.C.)와 동일시한다. 시의 마지막 행들은 사랑의 위선을 상세히 설명한다. 조이스는 1904년 중반에 이 시의 초고를 썼으나, 뒤이어 개작했다.

제XXVIII수. "점잖은 숙녀여, 사랑의 종말에 관해……" 이 수는 각 4줄로 된 두 짧은 구절로 이루어져 있다. 화자는 자신의 "점잖은 숙녀" 에게 "슬픔일랑 제쳐놓고" 그리고 "그리고 무덤 속의 모든 사랑이 어떻게 잠잘지를" 슬퍼하지 말도록 권유한다. 1909년 아들 조지오와 함께 더블린을 방문하는 동안, 조이스는 그의 아내에게 "당신은 내가 꿈꾸었던, '점잖은 숙녀' 혹은 '그대는……밤의 조가비에 기대는지라……'와 같은 시에 나오는 소녀와는 어떤 의미에서 닮지 않았으나, 나는 당신의 영혼의 아름다움이 나의 운시들의 그것을 능가함을 알았다."라고 썼다 (『서간문』

II.237).

제XXIX수. "사랑하는 이여, 왜 그대는 나를 그렇게 이용하려는 고……?" 세 구절로 된 이 수에서, 화자의 감정은 사랑의 해소에 대한 인식을 표현하는 바, 그것을 그의 애인의 탓으로 돌리며, 사랑의 바보가 되는 것을 두려워한다. "그러나 그대, 다정한 사랑이여, 내게 너무나 다정한. / 아아! 왜 그대는 나를 그렇게 이용하려는고?"

제XXX수. "때마침 '사랑'이 지나치며 우리에게 다가왔는지라……". 이 수의 처음 행들에서, 화자는－필경 향수 짙은 암시로서－한 사람은 두려워하고 다른 사람은 수줍어했던 사랑의 시작을 회상하며, 그와 애인은 당시 잔인한 애인이었음을 기억한다. 이내 시운은 눈에 띄게 바뀌며, 화자는 향수적이기보다 한층 금기적(禁忌的) 목소리로 사랑이 흘러간 것을 인식하고, "우리가 나아갈 길"을 환영한다.

제XXXI수. "오, 그것은 도니카아니 근처였지……" 이 수는 화자가 연인과 함께 도니카아니에서의 그들의 즐거웠던 여름 저녁의 산보를 회상한다. 더블린의 만(Adolph Mann)과 파머 양자는 이 시를 곡화하고, 후자는 이를 트리에스테의 조이스에게 보냈다. (원고는 〈조이스의 트리에스테 도서관〉 및 현재 지금의 텍사스 대학에 보관되어 있다).

제XXXII수. "온종일 비가 내렸다……" 이 수는 비와 낙엽의 가을 이미지와 함께, 화자의 우울한 기분을 반영한다. 시인은, 비록 그가 그들의 불가피한 이별을 알지라도, 그의 애인에게 자신의 마음의 감정을 표현하기를 사양한다.

제XXXIII수. "이제, 오 이제, 이 갈색의 대지에……" 이 수는 "현 (絃)이 땅과 공중에서 / 감미로운 음악을 짓는다"를 읊은 전체 시의 처음 수와 대조적으로, 화자는 이제 그와 그의 애인은 더 이상 그들의 사랑의 노래를 함께 들을 수 없음을 인식한다. 그들은 "하루가 다하여", 그러나 슬픔 없이 헤어져야 한다.

제XXXIV수. "이제 잠자요, 오 이제 잠자요……" 이 수의 3개의 구절을 통하여, 화자는 잠을, 평화를 발견하는, 그리고 "불안한 마음"을 잠재우는 수단으로서 권고한다. 왜냐하면 겨울은 "이제 더 이상 잠자지 말아요"를 외치고 있기에. 조이스는 1909년 7월 19일자의 작곡가 파머에게 보낸 편지에서 이 시는 "사실상 전체 시집의 마지막이요. 제XXXV수와 제XXXVI수는 마치 제I수와 제III수가 시의 서곡이듯이, 시의 종곡"이라 말했다. (『서간문』 I.67). 1921년 2월 23일자의 편지에서, 조이스는 "이제 잠자요"가 그것의 위치에 있어서 디미누엔도(약절)의 종말에 있으며, 최후의 두 노래들은 마음의 깨어남을 대표하기 위해 의도한 것이라 적었다 (『서간문』 I.158).

제XXXV수. "온종일 나는 듣노라, 신음하는 파도 소리를……" 이 수에서 외로운 화자는, 마치 한 마리 고독한 바다 새처럼, 황막하고 차가운 미래를 예언하는, 파도 소리와 울부짖는 바람 소리만을 듣는다. 이 시에 잇따르는 XXXVI수는 조이스의 『실내악』 본래의 1905년 배열에는 끼어 있지 않았으나, 스태니슬로스에 의하여 연속으로 첨가되었다(『서간문』 II.181 참조). 조이스는 1902년 12월경 "온종일 나는 듣노라, 신음하는 파도 소리"를 작시했는데, 당시 그는 자신의 사진이 붙은 우편엽서에다 이 시의 한 수를 써서 친구 번(Byme)에게 보냈다(『서간문』 II.20~21 및 엘먼의 『제임스 조이스』, 그림 VII 참조). 1902년 12월 조이스에게 보낸 한 편지에서, 예이츠는 분명히 이 시에 관하여 주석을 달았다. "나는 자네가 보낸 시가 그 두 번째 구절에서 매력 있는 음률을 갖고 있다고 생각하며, 그러나 총체적으로 자네의 서정시들 가운데 최고의 것이라고는 생각지 않는

다네. 내 생각으로 사상이 다소 빈약한 것 같군."(『서간문』 II.23).

　제XXXVI수. "나는 땅 위로 군대가 진격하는 소리를 듣는다……" 이는 1906년에 첨가된 시로, 『실내악』 최후의 구절이다. 그것의 강력한 힘을 지닌 포괄적인 서술은 최후의 두 행들에서 애인의 높은 개인적 호소와 배치된다. "나의 사랑, 나의 사랑, 나의 사랑, / 왜 그대는 나를 홀로 내버려 두었는고?" 이는 돌이켜 이 시를 전체 시를 구성하는 한층 서정적 운시들과 날카로운 대조를 이루게 한다. 1903년 2월 8일에, 조이스는 이 시의 초기 판본을 그의 동생 스태니슬로스에게 보냈다. 타이난(Katharine Tynan)은 이 시를 그녀의 1913년 시 전집인 『야생의 하프, 아일랜드 시 선집』에 포함시켰다. 1913년 12월 15일에 에즈라 파운드는 조이스와 친교를 맺기 위해 그에게 편지를 썼고, 잇따라 "나는 땅 위로 군대……"를 조이스로부터 『사상파들』(Des Imagistes)의 운시 집에 포함시키는 허락을 구했다 (조이스는 이를 허락했다). 이 시는 1914년에 출판되었다(『서간문』 II.328 참조). 이러한 접촉은 조이스의 작품을 일반 대중의 주의를 환기시키려는 파운드의 열렬한 노력—근 10년 동안 지속되었다—의 시작을 기록했다(보다 자세한 정보는 『서간문』 I.67 참조).

『한 푼짜리 시들』

　　『한 푼짜리 시들』(Pomes penyeach)은 조이스 작의 13편의 단편 시집으로, 작가의 산만하고, 총체적이며, 개인적인 주제를 담고 있다. 이 운시들은 1913년과 1915년 사이 트리에스테에서 쓰였으나, 그중 몇 편은 1915년과 1919년 사이, 뒤에 취리히에서 그리고 잇따라 1920년 파리에서 각각 쓰였다. 실비아 비치가 소유했던, 그녀의 파리 서점인, 〈셰익스피어 앤드 컴퍼니〉(Shakespeare & Co.)가 1927년 이 시집을 출판했으며, 1932년 10월에 이 시들의 한정판이 나왔다. 텍스트는 조이스의 딸 루치아에 의하여 디자인된 글씨로 채색되었으며, 함즈워스(Desmond Harmsworth)에 의하여 런던에서 출판되었다. 후원자 위버(Weaver) 여사에게 보낸 1931년 12월자의 편지에서, 조이스는 여기 루치아의 참여가 당시 그녀가 고통을 겪고 있던 정신적 불안을 해소하는 데 도왔다고 지적한다(『서간문』I.308~309 참조).

　　시의 제목은 거리의 행상인이 조이스의 작품 - 한 펜스에 몇 개의 시들 - 을 지나가는 군중에게 소리쳐 파는 분명치 못한 발음을 상기시킨다. 선배 시인 파운드는 이 시편들을 처음 읽었을 때, 부정적 반응을 보였으나, 맥크리시(Archibald MacLeish)는 이 시에 대하여 열광적 반응을 보여, 조이스로 하여금 『한 푼짜리 시들』이란 겸허한 타이틀로 출판토록 격려해 주었다. 시집은 당대의 평자들과 대중들에 의하여 전반적으로 등한히 되어 왔으나, 그런데도 각 시는 각각의 확고한 개성을 지니며, 또한 오늘날 많은 역사적 흥미를 갖는다. 각 시에 대한 해석은 다음과 같다.

「틸리」

"틸리"(Tilly)는 게일 고유어로, 손님이 빵 가게에서 한 다스(12개)의 빵을 사면 하나를 더 얹어주는 "덤"이란 말이다. 조이스는 애초에 12수의 시에 1수를 더 써서 모두 13수를 한데 묶어 1권에 1실링씩 받고 팔았다 한다. 이 시는 본래 "카브라"(Cabra)라는 제목을 붙였는데, 이는 조이스의 가족이 1902년 10월 하순부터 1904년 3월 하순까지 성 피터즈 테라스에 살았던 더블린의 한 지역 이름이다. 시를 개작하는 동안, 조이스는 현재의 타이틀을 정하기 이전에도 "반추"(Ruminants)라는 제목을 붙였다. 시는 1903년 조이스의 어머니 매리 조이스의 사망 얼마 뒤에 쓰였다. 언젠가 이 시가 "카브라"라고 불렀을 때, 조이스는 이를 앞서 『실내악』 시집에 포함시킬 의향이었다.

이 시의 내용은 조이스의 아버지 존 조이스가 그의 아내 매리 조이스에게 보낸 편지 속에서 그의 감정을 흉내 낸 것으로 전해지고, 『젊은 예술가의 초상』의 첫 행인 "그 옛날 옛적 정말로 살기 좋은 시절이었지, 그때 음매소가 한 마리 길을 따라 내려오고 있었지……"의 내용과 흡사한

데가 있다. 이 시는 집을 향해 우울하게 걸어가는 소들의 숙명적 무감각 상태와 대조적으로, 그들을 모는 목동의, 꽃가지를 꺾고 마음 아파하는, 그의 감수성을 노래한다.

「산 사바의 경기용 보트를 바라보며」

『한 푼짜리 시들』 중의 하나로, 조이스는 이 시를 트리에스테 근처 아드리아 해안의 산 사바에서 보트 경기를 하고 있는 그의 동생 스태니슬로스를 관찰한 연후에, 1913년 9월 초순에 쓴 것이다. 시는 보트를 타면서 청년들이 노래하는 합창과 대조하여 조이스 자신의 연약해진 청춘에 대한 보다 깊은 개탄으로 엉켜 있다. 조이스는 이 시를 1913년 9월 9일 그의 동생과 보트 클럽의 다른 구성원들에게 선물로 보냈다. 시는 『새터디 리뷰』지의 1913년 9월 20일자 호에 출판되었고, 백쓰(Arnold Bax)에 의하여 곡화되었다(보다 자세한 것은 『서간문』 II.352 및 III.276 참조).

「딸에게 준 한 송이 꽃」

이 두 구절로 된 시는 조이스에 의하여 1913년 트리에스테에서 작시되었으며, 미국의 시 잡지 『포이트리: 운시의 잡지』(Poetry: A Magazine of Verse) 지의 1917년 5월 호에 출판되었다. 이는 주인공이 한 송이 꽃을 딸에게 선사하는 친절을, 한 젊은 소녀를 향한 그의 낭만적 감정을 드러낸다. 조이스의 사후에 출판된 그의 유작 『지아코모 조이스』(Giacomo Joyce)를 통한 몇 구절과 그가 당시 지녔던 노트북에 의하면, 이는 조이스가 한 신원 미상의 사람과 비밀리에 맺은 열정을 암시하며, 한 가지 주석은 그 젊은 여인이 시의 동기가 된 꽃을 루치아 조이스에게 선사했던 사건에 관해 특히 언급한다. 『지아코모 조이스』의 소개에서 그리고 그의 전기 『제임스 조이스』(p. 342)에서 엘먼은 이 소녀가 조이스의 학생 아말리아 포퍼(Amalia Popper)였을 것이라 암시한다. 그러나 피터 코스텔로 (Peter Costello) 교수는 조이스의 초기 전기인 그의 『제임스 조이스. 성장의 해, 1882~1915』(James Joyce. The Years of Growth, 1882~1915, p. 308)에서 앞서 엘먼을 논박하며, 시의 젊은 여인은 조이스의 몇몇 학생들의 합작품일 수 있음을 주장한다.

이 시는 조이스의 청춘에 대한 낭만적 동경과 부정(父情)을 담고 있으며, 그에게 영향을 준 19세기 유미주의 시인 스윈번(Swinburne, 『율리시스』 제1장 참조)의 유려한 운율시의 매력을 풍긴다.

「그녀는 라훈을 슬퍼한다」

이 시는 조이스가 1912년 아일랜드의 골웨이의 라훈에 있는 마이클 보드킨(Michael Bodkin)의 무덤을 방문한 직후에 쓰인 것으로, 여기 보드킨은 노라 바나클의 골웨이의 어린 시절 연인이요, 조이스가 『더블린 사람들』의 〈죽은 사람들〉에서 마이클 퓨리(Michael Fury)의 모델로서 사용했는 바, 이야기 말에서 여주인공 그레타 콘로이는 후자에 대한 기억을 떠올린다. 이 시는 여인이 죽은 애인을 칭송할 때의 그녀의 목소리를 기록하며, 그녀의 현재 연인에게 그들 자신의 죽음을 상기시킨다. 이 시는 조이스의 전기적 견지에서 보아, 노라의 마음속에 아직도 도사리고 있을 죽은 연인에 대한 그녀의 생각과 현재의 남편인 조이스의 미묘한 역학(삼각) 관계를 내다보는 미래의 비전을 묘사한다. 이는 조이스의 희곡『망명자들』의 주제이기도 하다. 이 시는 잇따르는 〈폰타나 해변에서〉와 〈홀로〉와 함께, 『포이트리』 1917년 호에 게재되었다.

「만사는 사라졌다」

조이스의 설명에 의하면, 이 시는 1914년 7월 13일에 쓰인 것이다. 제목(영어로 "All is lost now")은 이탈리아 작곡가 베리니(Bellini)의 오페라 『몽유병자』(La sonnambula)의 아리아(가곡)에서 따온 것으로, 오페라의 아미나가 몽유병으로 헤매다가 로돌포 백작의 거실에서 발각된 직후 부른다. 시 자체는 화자가 알고 있던 한 젊은 소녀를 회상하는 것을 기록한다. 실패한 여인에 대한 유혹과 청춘의 상실한 기운이 운시의 마지막 행들을 삼투하고 있다. 시는 또한 〈단엽들〉, 〈만조〉 및 〈딸에게 준 한 송이 꽃〉과 함께 『포이트리』 지의 1917년 5월 호에 실렸다.

「폰타나 해변에서」

『포이트리』지의 1917년 11월 호에 〈홀로〉와 〈그녀는 라훈을 슬퍼한
다〉와 함께 수록되었다. 시는 조이스가 트리에스테 근처에서 그의 아들
조지오를 데리고 즐겼던 수영의 회유(回遊)를 상기시킨다. 특히, 이는 순
간적 강렬한 부정(父情)의 경험을 강조하는데, 당시 이 회유가 이 시에 커
다란 영감을 주었다 한다. 그의 트리에스테 노트북(로버트 스콜즈[Robert
Scholes]와 캐인(Richard M. Kain]이 수집하고 편집한 『다이덜러스의 작업장』
〔The Workshop of Daedalus〕에서 재 인쇄된)에서, 조이스는 그의 아들에 대
한 사랑의 깊은 감정을 서술하는 바, 그를 그는 이 시의 행들에 포착하려
고 애를 쓰고 있다. "나는 폰타나의 바다 수영에서 그를 붙잡고, 겸허한
사랑으로 그의 연약한 어깨의 떨림을 감지했다."

「단엽들」

이 시는 1914년경에 쓰인 것으로, 앞서 〈폰타나 해변에서〉에서 조이
스가 아들 조지오에 대한 그의 커다란 애정을 환기시키는 순간을 서술하
듯, 이 시 또한 어떤 트리에스테의 정원에서 단엽(單葉)들을 모으고 있는
그의 딸 루치아를 서술하며, 그가 딸에 대해 느끼는 심오한 애정의 순간
을 다룬다. 동시에, 최후의 구절의 모호성의 기미는 아이가 자신의 감정
에 대해 갖는 강력한 장악에 대해 화자가 느끼는 일정량의 우려를 암시
한다.

〈단엽들〉은 〈만사는 사라졌다〉, 〈만조〉 및 〈딸에게 준 한 송이 꽃〉과 함께, 『포이트리』지의 1917년 5월 호에 수록되었다. 시는 아서 블리스 (Arther Bliss)에 의하여 곡화되었으며, 1933년에 그 세팅이 『조이스 책』 (The Joyce Book, 휴즈〔Herbert Hughes〕가 편집하여, 1933년에 출판된 책으로, 조이스의 『한 푼짜리 시들』의 음악적 세팅을 포함한다)에 나타났다.

「만조」

1914년경에 트리에스테에서 쓰인 이 시는 『포이트리』지의 1917년 5월 호에 수록되었다. 이는 『실내악』의 몇몇 시들과 다른 운시들 속에 발견되는 에로틱한 주제를 반복한다. 이는 유혹보다 자기 연민에 한층 가까운 좌절된 욕망을 길게 읊는다.

「야경시」

조이스는 이 특별한 시에 대한 영감을 자신의 유고 시 『지아코모 조이스』에 기록했던 한 꿈의 묘사로부터 끌어냈다. 꿈은 그가 성 금요일의 예배 동안 파리의 노트르담 사원을 방문했던 회상에서 이루어진 것이다. 엘먼의 기록에 의하면, 주제 상으로 이 시는 트리에스테의 한 영어 학생 (엘먼이 추정하는 대로, 필경 아마리아 포퍼)과 자신의 관계를 이상화하고 있으며, 형식상으로 조이스의 소설과 연결되고 있다. 그의 고딕풍의 음조는 『율리시스』의 〈프로테우스〉 에피소드(제3장)의 샌디마운트 해변에서 스티븐·데덜러스에 의하여 쓰인 시의 그것과 유사하며, 파리에 관한 그것의 서술은 같은 장에서의 시의 비슷한 묘사를 상기시킨다. 에즈라 파운드의 권유로, 몬로(Harriet Monroe)는 이 시와 조이스의 다른 시들인 〈단엽들〉, 〈만사는 사라졌다〉, 〈만조〉 및 〈딸에게 준 한 송이 꽃〉을 『포이트리』 지의 1917년 5월 호에 수록했다.

「홀로」

이 단시는 조이스에 의하여 1916년에 쓰이고, 미국의 정기 간행물 『포우트리』 지의 1917년 11월 호에 처음 출판되었다. 『한 푼짜리 시들』의 많은 다른 운시들처럼, 〈홀로〉는 화자의 욕망과 나태한 기분을 표현한다. 그것은 또한 『지아코모 조이스』를 통하여 발견되는 것과 비슷한 수동적 에로티시즘의 예를 대표한다.

「한밤중 거울 속의 유희자들에 대한 기억」

이 시는 1917년에 쓰인 것으로, 에즈라 파운드가 조이스의 앞서 『실내악』의 시 "나는 땅 위로 군대……"에 끌렸던, 꼭 같은 사상과 시의 구조를 따른다. 이 시는 또한 노령인의 번뇌와 사랑에 굶주린 배우들의 갈증을, 그리고 제1차 세계대전 동안 조이스가 함께 한 영국의 배우들, 취리히 토대의 아마추어 극장 패들과의 관련을 직접적으로 야기시킨다.

이 시는 『율리시스』의 〈키르케〉 에피소드(제15장)에서, 스티븐이 그의 모친이 누워 있는 죽음의 침상 주변을 난무하는 유령들을 명상하는 장면을 연상시킴과 동시에, 특히 여기에서 화자의 감정을 나타내는 아이러니컬한 조롱은 『젊은 예술가의 초상』의 빌러넬(Villanelle)의 내용을 닮았다. 여기 시가 품은 유혹과 악의 상징인 여인에게 사랑을 간청하는 피동적 마조히즘 현상은 조이스 문학의 전(全) 영역(canon)을 커버하는 지배적 현상들 중의 하나다(이 시에 관한 보다 자세한 설명은 『서간문』 II.445~446 및 462를 참고할 것).

「반호프 가」

이 짧은 시는 조이스가 1917년 8월에 취리히의 반호프 가에서 자신의 눈에 첫 녹내장 증세가 나타난 후, 1918년경 그곳에서 지은 것이다. 시의 첫 행의 이미지는 이 초기의 눈의 문제에 대한 반응을 기록한다. "나를 조롱하는 눈이 / 저녁 때 내가 지나가는 길을 신호한다." 이는 잃어버린 젊음의 인식과 함께 어우러진다. 시의 구슬픈 기분은 조이스의 더해 가는 맹목과 노령의 과정에 대한 그의 이중적 관심을 반영한다.

「하나의 기도」

조이스가 1924년에 파리에서 쓴 시요. 수년 동안의 최초의 작시로, 애인이 그의 여주인에 대한 스스로의 언급을 기록하며, 굴종과 수동성으로 충만되고 있다. 그 효과는, 한층 덜 분명하지만, 『율리시스』의 〈키르케〉 장면의 벨라 코헨의 사창가에서 펼쳐지는 리오폴드 블룸의 사도마조히즘 (가학피학성[加虐被虐性])적 환상들과 유사한 성적 풍조를 불러일으킨다. 밤의 호격으로 시작되는 이 시에서 화자는 여인에게 정복당하기를 갈구한다. 여인은 영원의 여성, 융(Jung)의 '아니마,' 대지의 어머니, 교회, 아일랜드, 영혼 등을 상징한다.

『지아코모 조이스』

이 아름다운 중편 시는 조이스가 트리에스테에서 그의 개인 교사 학생들 중의 한 명에게 품은 그의 열정을 기록한 스케치들의 모음이다. 이 미지의 여학생을 향한 조이스의 에로틱한 감정의 관찰과 표현은 1914년 경 언젠가 그에 의해 두꺼운 양피지의 대형 백지 안팎 8페이지들에 조심스런 육필로 쓰였다. 이는 1968년에 리처드 엘먼에 의한 소개 및 노트와 함께, 바이킹 출판사에 의하여 유고로서 출판되었다. 작품의 내적 증거에 의하면, 조이스는 이 단편 시들을 1914년 이전부터 수집하기 시작했음을 암시한다. 예를 들면, 트리에스테에서 쓴 1913년 날짜의 단시 〈나의 딸에게 준 한 송이 꽃〉이 이 시집의 한 짧은 항목으로 나타난다. 이 시집을 완료한 다음 조이스는 이를 잇따른 작품들에 사용할 자료로서 분명히 보관했었다(우리는 사실상 이러한 스케치들이 『젊은 예술가의 초상』, 『망명자들』 및 『율리시스』속 여러 곳에 동화되어 있음을 발견한다).

엘먼의 해설에서 보듯, 『지아코모 조이스』는 "독립적 생명"이요, "그것은 이제 자기 방식으로 하나의 위대한 성취물로서 존재"한다. 이 중편 시는 조이스가 『젊은 예술가의 초상』을 탈고하고 『율리시스』를 쓰기 시작할 무렵, 그의 작품 활동의 성숙기에 쓰였다는 데 그 의의를 찾을 수 있다. 앞서 두 거작들의 위력에 가려지지 않았던들, 이는 하나의 커다란 문학적 성취물로서 그 문학적 가치를 인정받기에 충분하다. 앞서 이 책의 편역자 서문에서 이미 지적했듯이, 이 시의 크기, 범위, 기법과 형식, 내용 면에서 엘리엇의 『황무지』(The Waste Land)나 파운드의 『휴 셸윈 모우벨리』(Hugh Selwyn Mauberley)와 거의 대동소이한데다가, 작가의 성숙한 성취물인 셈이다.

시의 제목인 『지아코모 조이스』Giacomo Joyce)에서 이탈리어의 "Giacomo"는 영어의 James이요, 따라서 시는 작가 자신의 자전적 경험을 다루고 있음이 분명하다. 여기에서 그의 학생인, 시의 여주인공 아마리아 포퍼의 감탄자인 지아코모는 30대 초반 나이의 시인으로, 박식하고 완곡한 인물이다. 시의 거의 종말에서 그는, "음탕한 신"이요, "간질병적 주"에게 항거하는 반항적 마왕 루시퍼의 화신으로서, 애인과의 상반된 신분의 차이 때문에 서로 이룰 수 없는 사랑을 환상 속에 즐기고 이를 정복한다. 인간에 있어서 사랑의 힘의 위대성과 그 자체를 만끽하려는 그의 우월성, 애인이 남기고 간 그녀의 "우산"마저 사랑해야 하는 사랑의 어쩔 수 없는 숙명이 인간이 고통스럽게나마 감수해야 하는 그의 처절한 현실을 새삼 느끼게 한다.

이 시는 교묘하게 삽입된 사실적 사건들과 그의 서정적 표현의 연속으로서, 영어를 가르치는 가정교사로서 한 여학생에 대한 애정과 그의 서정적 동요 내지는 흥분 상태를 아주 고차원적으로 묘사하고 있다. 이 시에서 특히 두드러진 현상은 작시의 기법으로서 서술과 공백의 배열이다. 서로의 공백의 크기가 상이한 시의 상징적 배열에서 우리는 마치 헤롤드 핀터 작의 『귀가』(Homecoming)나, 사무엘 베켓 작의 『고도를 기다리며』

(Waiting for Godot)의 실존주의 현대극에서 볼 수 있는 공백의 효과를 보는 듯하다. 이는 독자가 청중에게 침묵의 여운을 줌으로써, 서술되지 않은 부분에 대한 우리들의 강한 주의력과 상상력을 역설적으로 요구하고 있다. 시가 종말에 이르자, 공간이 줄어들고 서술의 빈도수가 높아짐은 주인공의 의식의 긴박감을 암시하는 시각적 효과를 드러내고 있음을 알 수 있다.

조이스의 대부분의 작품들은 은근하고도 조용한 말투(soft tone)로서 주인공의 중년의 사랑을 다루고 있는 데 반해, 이 시에서는 그 속에 약동에 넘치는 삶의 독립성을 불어넣고 있음을 직감한다. 조이스의 다른 작품들의 아주 광범위하고 형식적인 구성만으로 익숙해 온 독자들에게 이 섬세하고 비형식적인 산문시는 커다란 호기심거리가 아닐 수 없다. 엘먼의 논평대로, 『지아코모 조이스』는 작가 자신이 즐겨 간직했던 "관념과 묘사의 저장고"(a reservoir of ideas and description)로서 작품 자체뿐만 아니라, 현대 문학사에서 산문시의 새로운 창조로서 커다란 문학적 혁신이요, 심각한 의미를 띠지 않을 수 없으리라.

『더블린 사람들』

조이스가 3년간(1904~1907)에 걸쳐 쓴 15개의 단편 소설집. 초창기 출판자를 발견하는 어려움, 작품 중의 문제가 된 구절들을 변경하기를 요구하는 출판자의 고집과 조이스의 그에 대한 거절은 이 작품을 근 10년에 걸쳐(1914년까지) 출판을 지연시켰다. 초창기에 조이스는 이 이야기들을 주제적으로 연결된, 그리고 연대기적으로 순서를 이루도록 의도했었다. 본래 그는 10개의 이야기들을 썼는 바, 이들은 〈자매〉(The Sisters)를 비롯하여, 〈뜻밖의 만남〉(An Encounter), 〈하숙집〉(The Boarding House), 〈경기가 끝난 뒤〉(After the Race), 〈에블린〉(Eveline), 〈진흙〉(Clay), 〈짝패들〉(Counterparts), 〈참혹한 사건〉(A Painful Case), 〈위원실의 담쟁이 날〉(Ivy Day in the Committee Room), 및 〈어머니〉(Mother)이다. 1905년 말경 조이스는 런던의 그랜트 리차즈에게 두 개의 이야기들을 더 첨가했는데, 이들을 〈애라비〉(Araby)와 당시로는 마지막 이야기였던 〈은총〉(Grace)이다. 1906년 한 해 동안 그는 〈두 건달들〉(Two Gallants) 그리고 〈작은 구름〉(A Little Cloud)을 리차즈에게 제출했는데, 이로서 이야기들은 모두 14개를 기록했다.

리차즈는 조이스에게 보낸 1906년 4월 26일의 편지에서 〈두 건달들〉, 〈짝패들〉 및 〈은총〉의 몇몇 구절들에서 자신의 반대를 지적했다. 이는 『더블린 사람들』의 출판에 대한 일련의 장애들이 되었으며, 이로 인해 책의 출판은 또 다른 8년간을 지연시켰다. 조이스가 1906년 7월과 1907년 3월 로마에 체재하는 동안, 또 다른 단편인 〈죽은 사람들〉(The Dead)을 구상하고, 이를 1907년 초에 트리에스테에 되돌아 와 썼다. 이로 인하여 『더블린 사람들』의 총 이야기 곡은 15개가 되었으며, 이 전집을 마감하는 데 이바지했다. 그러나 1907년 가을쯤에, 리차즈는 자신의 계약을 취소했으며, 그 결과 조이스는 출판업자가 없는 상태가 되었다. 1924년 봄에, 이 작품을 출판하려는 많은 실패한 시도들이 있은 다음, 조이스는 앞서 리차즈에게서 재차 출판 계약을 제안받았고, 그리하여 리차즈는 드디어 그해 6월에 『더블린 사람들』을 최초로 출간했다.

1906년 5월 조이스는 리차즈에게 보낸 편지에서, 이들 이야기들을 쓰는 총체적 목적과 그 디자인을 아래와 같이 자세히 서술한다.

나의 의도는 우리나라 도덕사의 한 장(章)을 쓰는 것이었으며, 나는 더블린이 마비의 중심으로 생각되었기 때문에 이 도시를 이야기의 장면으로 택했습니다. 나는 무관심한 대중에게 다음과 같은 네 가지로 그 도시를 제시하려고 노력했습니다. 즉 유년기, 청년기, 성숙기 그리고 대중생활이 그것입니다. 이야기들은 이러한 순서로 배열되었습니다. 나는 그를 제시함에 있어서 보고 들은 바를 변경하거나 더욱이 그 형태를 감히 망가뜨리려는 자는 대담한 자라는 확신을 갖고 그렇게 했습니다. 나는 이 이상 더 어떻게 할 수는 없습니다. 나는 내가 쓴 바를 변경할 수 없습니다. (『서간문』 II.134)

『더블린 사람들』을 씀에 있어서 조이스의 "모랄"(moral)이라는 말의 의미심장한 사용은 그가 소위 의미하는 문체의 "꼼꼼한 비속성"(scrupulous meanness)에 새로운 조명을 던진다. 그의 "꼼꼼한……"이란 이 유명한 말의 정의는 식자들 간에 다양한데, 그중에서도 라프로이디(Patrick Rafroidi) 교수는 이를 다음과 같이 풀이한다.

1. 정확성(precision)
   지형적 및 연대기적 미세한 것들에 대한 사실적 정확성
2. 등장인물들의 외모 및 의상에 보이는 추악성, 부조화하고 우스꽝스런 요소들을 포함하는 초상화적 기법
3. 식탁의 묘사, 음식물 등에 보이는 어구적(lexical) 다양성과 정확성
4. 사회적 및 직업적 언어의 다양성을 묘사하는 능력

여기 "모랄"은 윤리적 판단 혹은 평가를 의미하는 말이라기보다, 본래 라틴어의 "moralis"(도의)에서 파생된 것으로서, 이는 사람의 관습 혹은 행동을 의미하며, 따라서 조이스는 더블린 시민들의 관습, 행동 및 사상들을 묘사하고 있다. 조이스에게 중하위급 더블린 사람들의 생활에 대한 종교적, 정치적, 문화적 그리고 경제적 힘의 억누르는 효과는 고통받는 사람들로서의 더블린 사람들의 꿰뚫는 듯 객관적이요, 심리적으로 사실적인 그림을 마련해준다.

조이스는 이야기들의 배열 및 전체 작품의 각 이야기 및 그것의 위치에 대하여 특별한 이미지나 상징주의를 사용함으로써, 마비된 도시의 주제에 대한 변화와 다양성을 또렷하게 묘사하고 있다. "나는 많은 사람들이 도시로 생각하는 '저 반신불수 혹은 마비의 영혼'을 묘사하기 위하

여 이 일련의 이야기들을 『더블린 사람들』이라 부른다네,"라고 조이스는 1904년 8월에 그의 이전 급우였던 카런(C. Curran)에게 썼다 (『서간문』 I.55).

1905년 초기까지 조이스는 『더블린 사람들』의 이야기들을 각 3개씩 묶어 4개로 분류하는 작품의 구조를 설립했다. 이 구조는 이야기의 수가 증가함에 따라 약간 변경되었다. 출판업자 그랜트 리차즈에게 보낸 서한에서 그는 작품의 이러한 구조를 4개의 양산으로 구분한다. (1)유년기(childhood)―〈자매〉, 〈뜻밖의 만남〉, 〈애러비〉 (2)청년기(adolescence)―〈에블린〉, 〈경주가 끝난 뒤〉, 〈두 건달들〉, 〈하숙집〉 (3)장년기 (maturity)―〈작은 구름〉, 〈짝패들〉, 〈진흙〉, 〈참혹한 사건〉 (4)대중생활(public life)―〈위원실의 담쟁이 날〉, 〈어머니〉, 〈은총〉.

이와 같은 구조에 초월한 듯, (그리고 본 선집의 일부를 구성하는) 이야기의 종곡(coda)이라 할 〈죽은 사람들〉은 『더블린 사람들』의 이야기들의 총체적 주제를 집약하고 있는 고무적 작품이다.

『더블린 사람들』에 있어서 어순이나 총체적 구조에 대한 조이스의 조심스런 관심은 이보다 한층 이른 작품인 『실내악』과 더불어 시작하는 것으로, 조이스가 그의 모든 작품들 속에 그리고 통하여 성취한 일관된 근본적 방법임에 틀림없다. 여기서 조이스가 취한 어떤 방법들이 그가 후기 작품들인 『젊은 예술가의 초상』, 『율리시스』 및 『피네간의 경야』에서 취한 것과는 뒤질지 몰라도, 『더블린 사람들』은 이들 작품들을 특징짓는 기법들을 놀라울 정도로 훌륭하게 이미 개관하고 있는 셈이다. 예를 들면, 〈애라비〉에서 종교적 탐색의 주제는 서술의 기본적 실마리를 강조함으로써, 젊은 화자의 탐색에 대한 아이러닉하고도 직설적인 비평을 마련한다.

이야기 전집을 통하여 일련의 풍부한 문학적, 신학적, 철학적 및 문화적 인유들은, 작가의 후기 작품들에서처럼, 텍스트에 많은 종류의 전망들과 가능함의 의미들을 가져다준다(『더블린 사람들』의 창작에 대한 조이스의 견해와 연관되는 부수적 세목을 위하여, 『서간집』I.55 및 60~64에서 그와 그랜트 리차즈와의 교신을 참조할 것).

「에블린」

이 이야기는 『더블린 사람들』의 4번째 이야기로, 작품의 "청년기" 부류의 시작을 기록한다. 이는 젊은 조이스가 스티븐 다이덜러스라는 익명으로 『아이리시 홈스테드』지의 1904년 9월 호에 게재되었다.

이야기는 주인공 에블린 힐(Eveline Hill) 양의 의식에 초점을 맞추는데, 그녀의 생활은 점원 서기로서 그녀의 직업과 가정부로서의 책임 및 그녀의 형제들에 대한 대리모로서 둘러싸여 있다. 이러한 숨 막히는 조건들에 긴장하면서, 그녀는 자신의 약혼자인, 프랑크와 부에노스아이레스에로 사랑의 도피를 계획한다. 그녀는 현재 자신이 더블린에서 결여하고 있는 안정된 가정과 순수한 사랑을 그것에서 발견할 것이며, 거기서, 한 기혼녀로서, 그녀가 현재 즐기지 못하는 존경의 삶을 대우받을 것을 상상한다.

이야기는 자신의 집의 창가에 앉아 있는 에블린과 더불어 열린다. 자신의 의식을 추구하면서, 그녀가 "공포의 갑작스런 충동에서 일어설 때"까지 저녁 내내 거기서 꼼짝달싹하지 않고 앉아 있다(4페이지에 걸쳐). 그녀는 외로운 저녁 땅거미가 내리는 것을 바라보자, 자신의 유년 시절, 가족 및 자신의 무의미한 존재에 관하여 음미한다. 그녀는 자신의 죽어 가는 어머니에게 가정을 지킬 것을 약속했으나, 더블린이란 사회가 그녀에게 맡기는 부담들로부터 오는 일종의 불안을 느낀다. 에블린은 생각에 깊이 몰입하자, 어머니의 일생의 불쌍한 환영이 그녀의 몸의 급소까지 사무치듯, 어머니의 살아 계실 때 되뇌던 목소리를 회상하며 새김질한다.

프랑크가 에블린에게 약속하는 생활은 그녀가 지금까지 알아왔던 생활과는 완전히 딴판이지만, 그녀의 의기소침이 그녀로 하여금 집을 떠나고, 어머니에게 행한 약속을 저버려야 하는 것이 옳은지 번민하게 만든다. 역설적으로, 그녀가 자신의 어머니의 죽음을 생각할 때만이, 그러한 생각이 가일층 분명해진다. 그녀는 "공포의 갑작스런 충격"에 의해 사로잡히며, "그녀를 구하고 그녀에게 생활을 부여할" 프랑크와 함께 도망할 긴박감을 인식한다. 그럼에도 불구하고, 더블린 생활의 타성적 힘이 지극히 강함을 느낀다. 에블린이 프랑크와 함께 보트를 타기 위해 노드 월 부두에 도착할 때, 그녀는 갑자기—미지의 공포에 의하여—몸의 부동과 마비를 느끼고, 현장을 떠나지 못한 채 그 자리에 남는다.

지금까지 비평가들은, 에블린이 더블린을 떠나는 것에 대한 그녀의 거절과, 그녀의 결정에 의해 그녀에게 열려 있거나 닫혀 있는 선택들에 대하여, 광범위한 해석을 내려 왔지만, 단 한 가지 완전한 해석도 확실한 결말은 없다. 아마도 가장 두드러진 것은, 프랑크가 에블린을 결코 부에노스아이레스에 데리고 갈 의도가 없으며, 오히려 그녀를 창녀로 삼을 것이라는, 휴 케너(Hugh Kenner)의 비평일 것이다. 그에 의하면, 프랑크는 "포주", 바로 그 장본인이다.

「작은 구름」

〈작은 구름〉의 타이틀은 성서의 운시(《열왕기 상》 18장 44절)로부터 파생한다. "그가 말하기를, 보라, 사람의 손만큼 작은 구름이 바다에서 솟도다." 이 구절은 하나님의 예언자 엘리아에 의하여 바알 신의 예언자들의 패배를 설명한다. 이스라엘 백성을 괴롭혔던 긴 가뭄을 종결함으로써, 엘리아는 그들에게 하나님의 힘을 계시하고, 아하브 백성으로 하여금 주님의 숭배에로 되돌린다. 조이스가 제목으로 택한 이 행은 바알의 예언자들과의 엘리아의 투쟁에서 전환점을 기록한다. 조이스는 그의 최후 작 『피네간의 경야』에서 패트릭과 드루이드 승의 대결에 대한 자신의 설명에서, 아마도 이 투쟁에 기초를 둔, 비슷한 논전을 서술한다(『FW』 611-12 참조).

〈작은 구름〉은 그의 친구들과 화자에게 "꼬마(Little) 챈들러"로서 알려진, 법률 서기인 토마스 말론 챈들러(Chandler)의 감정에 초점을 맞춘다. 서술은 챈들러와 이그너티우스 갤러허라는 그의 옛 친구와의 만남을 상술하는데, 후자는 런던의 한 신문기자로서 성공을 거둔 후에 방금 더블린을 재차 방문한다. 이야기는 꼬마 챈들러가 택한 인생의 유형이 자신의 여생을 보낼 방도를 결정하리라는 것을 분명히 하는 한 가정의 장면으로 결론짓는다.

작품은 "자유 간접적 담론"(free indirect discourse, 지배적 서술 목소리 속에 타자의 언어적 특성을 합체시켜, 독자로 하여금 누가 말하는지를 결정하게 하는 문체적 기법)의 형식으로 전개된다. 화자는 사건들을 3인칭으로 서술하지만, 챈들러의 견해의 관점에서 이끌린 통렬한 관찰들로서 결구한다. 이두 갈래로 갈라진 기법의 효과는 제목이 지닌 인물의 생활의 진부한, 인

습적 특성과, 그의 자라나는 불만족을 개괄하는 것이요, 그리고 자신의
젊음의 예술적 야망을 개발하려는 자기 자신의 무능과 함께 그의 좌절을
강조한다.

짧은 방문을 위해 더블린으로 되돌아 온 갤러허의 귀환은 챈들러의
불만의 감정을 머리에 떠올린다. 나아가, 그의 기자로서의 성공은 챈들러
로 하여금 시인으로서 인정을 받으려는 자기 자신의 좌절된 노력을 상기
시킨다. 또한, 갤러허의 물질적 성공과 생활의 개방된 방식은 챈들러를
위해 자기 자신의 가정의 환경적 조건들을 과소평가한다.

독자의 조망에서 보아, 갤러허의 성격은 눈으로 보기보다 덜 한 것처
럼 보인다. 우리는, 갤러허가 버링턴 호텔(오늘날도 건재하며 성업 중이다.
조이스 시절에는 그의 지배인 토마스 콜리의 이름을 딴, 콜리 호텔로서 당시 더블린
사람들에게 알려졌다)의 바에서 되뇌는, 범속적이요, 직업적 및 개인의 성
공을 내세우는 허세와 호통을 거의 어김없이 목격할 수 있다(갤러허의 신
문기자로서의 탐색은 『율리시스』의 〈아이올로스 에피소드〉[제7장]에서 『플리먼즈
저널』지의 술 취한 편집장, 마일리스 클로포드에 의해 불확실하나마, "위대한 갤러
허"라는 찬사의 형식으로 설명된다. "여기를 보란 말이야. 이그너티우스 갤러허가
무엇을 했지? 내가 자네한테 말해주지. 천재의 영감을. 이내 해저전보를 쳤거든.")
(『U』 112 참조).

이야기의 마지막 장면에서, 내막은 텍스트의 희망적 타이틀을 통렬한
아이러니를 가지고 드러내고, 갤러허의 광적 독신 생활과 대조를 이루는
꼬마 챈들러의 가정적 평정(『율리시스』의 〈이타카〉 장면에서 블룸이 희구하는
것과 동일한)은 중요한 것으로 대표된다. 챈들러가 갤러허와의 만남으로
부터 어떠한 행복감을 취할지라도, 그것은, 그의 아내 애니가, 자신이 밤
늦게 귀가하여 뷰리 점에서 커피를 사는 것을 등한시한 데 대해서 비평하

자, 재빨리 발산된다. 그녀가 차를 사기 위해 급히 달려 나가자, 챈들러는 홀로 남아 그들의 아이를 살피며 명상한다.

아내가 되돌아오기를 기다리며, 챈들러는 일련의 절망적이요 수사적 질문들로서 자신의 감정을 표현한다. "그는 자신의 작은 집에서 도피할 수 없을 것인가?" 그가 갤러허처럼 용감하게 살기에는 너무 늦었는가? 그는 런던으로 갈 수 있을 것인가? (『율리시스』의 〈이타카〉장에서, 리오폴드 블룸은, 그의 아내의 간음 뒤에 자신의 취사선택을 명상하면서, 이러한 꼭 같은 문제들을 자문할 때, 그는 챈들러보다 그 문제들을 대담함에 있어서 더 가까이 가지 못한다) 이러한 명상 동안, 아기가 깨어나고 울기 시작한다. 그를 달래려는 챈들러의 시도는 단지 일을 악화시킬 뿐이다. 애니가 돌아오자, 그녀는, 그가 수치와 분노 속에 살피는 동안, 그의 무모한 노력에 대해 그를 꾸짖고, 아기를 달랜다. "나의 꼬마, 나의 아가!"

조이스는 여기 자기 자신을 위해 창조한 물질적으로 안락한 중류생활에서 챈들러의 감금과 격세감을 그와 독자를 위해 강조하는 최후의 장면을 마련하고 있다. 동시에, 조이스는 이야기의 충분한 의미를 지시하기 위해 단 하나의 견해를 허락하는 것을 거절한다.

챈들러의 감정은 그가 그의 가정적 생활을 지속하는 물질적 및 심리적 유대에 그의 등을 돌리는 용기를 결하고 있음을 보여준다. 아기가 달래기 힘들 정도로 울기 시작할 때, 챈들러는 그의 격발로 분노하지만, 그는 또한 무한한 관심을 느낀다. "그는 그들 사이에 중단 없는 일곱 번의 흐느낌을 계산하고, 놀라 아기를 그의 가슴에 꼭 잡았다. 혹시 죽기라도." 그가 어쩔 수 없이 곁에 서 있는 동안 애니가 아가를 위안하자, 절실한 우려가 그의 분개와 분노를 대신한다. "그는 아이의 흐느끼는 울음이 점점 가라앉는 동안 귀를 기울였다. 그러자 자책의 눈물이 그의 눈에 고이기 시작했다."

「어머니」

『더블린 사람들』의 13번째 이야기로, 마지막 4개의 "대중생활"의 2번째를 기록한다. 1905년 9월 하순경에 쓰인 〈어머니〉는 창작 순위로 10번째이다.

〈어머니〉의 화자는, 제목의 어머니인, 키어니 부인과 그녀의 딸 캐슬린 키어니의 음악적 생애를 촉진하기 위한 노력에 초점을 맞춘다. 이야기는 세기의 전환기 더블린에 있어서 콘서트의 공연과 그 진흥을 둘러싼 무대 뒤의 간계 및 음모를 상술하고, 이러한 표현을 통해서 조이스는 당시의 대중문화에 대한 아일랜드 문예부흥의 효과에 관하여 정교한 그리고, 익살맞은 비평을 내릴 수 있다.

이야기가 열리자, 키어니 부인의 성벽은 그녀의 태도가 잇따르는 사건들을 형성할 방법을 넌지시 비춘다. "데블린 양은 홧김에 결혼해서 키어니 부인이 되었다." 악의는 그녀의 남편에게 향하지 않는다. 왜냐하면 그녀는 자신의 가족에 대하여 예리한 충정을 지녔는 바, 그러나, "그녀의 친구들이 그녀의 오랫동안의 독신에 대하여 혀를 마구 놀리기" 때문이다. 대중의 여론은 분명히 키어니 부인의 생애를 통틀어 커다란 의미를 지녔으나, 그녀의 뿌리 깊은 프라이드가 또한 다른 사람들의 지시를 따르기보다는 오히려 그녀의 스스로의 방식대로 판단하는 방법을 추구하게 만든다. 그녀의 행동을 꾸미는 것은 이러한 반대되는 힘인 것이다.

이러한 목적을 추구하기 위하여, 키어니 부인은 그녀의 딸을 "에이레 아부 협회"에 의하여 계획된 일련의 4번의 콘서트들을 위한 피아노 반주자가 되도록 허락하는 데 동의한다("에이레 아부"[Eire Abu]는 대충 "성숙한 아일랜드"란 뜻으로 해석된다. 조이스는 아마도 그의 독자로 하여금 이러한 허구적 협회를 당시 아일랜드 문예부흥의 파생물로서 우후죽순처럼 솟고 있던 비슷한 그룹들의 하나와 연관하도록 의도했던 것 같다).

키어니 부인은 그녀의 딸에게 콘서트를 위해 준비하도록 엄청난 노력을 퍼붓는데, 심지어 이를 촉진하기 위하여, 협회의 서기보인 "껑충 뛰는" 홀로한의 부조리한 노력을 돕는다. 그러나 키어니 부인은 콘서트의 성공 ─ 부가적으로 딸의 그것 ─ 의 많은 것이 조직과 연출자들의 공연에 책임을 가진 일군의 애매한 남자들의 에너지에 달려 있다는 것을 인식하기 시작할 때, 그녀는 이틀 밤의 허망스런 참가 뒤에, 금요일의 콘서트가 "토요일 밤의 대성공을 거두기 위하여" 취소된다.

그러나, 최후의 연출이 있는 밤에, 서술은 커다란 정교함을 가지고 그것의 강조를 음악으로부터 한층 세속적인 사회적 관심을 향해 돌리기 시작한다. 이는 돌이켜 키어니 부인의 야망의 취약성을 강조한다. 비록 서술은 키어니 부인의 견해에 풍부한 주의를 제공하지만, 그녀는 연출의 실질적인 질에 거의 또는 전혀 생각을 두지 않는 것이 드러난다. 오히려 그녀는 콘서트가 얼마나 성공적으로 이루어질 것인가의 문제에 고착된다. 이 시점에서, 그녀는 참석할 관중의 수를 통제할 수 없게 됨을 알게 되고, 필경 보상으로서, 캐슬린이 그녀의 연출의 대가로 지불받을 돈에 자신의 주의를 돌리게 되는데, 이 연출이야말로 키어니 부인에게는 자기 자신의 성공의 지표로서 간주된다. 끈질긴 결심으로, 그녀는 무대 뒤를 통하여 홀로한을 추궁하며, 캐슬린이 계약상 합의한 연출료 8기니를 빠짐

없이 받게 될 것을 확인하려고 애쓴다.

　조직위원들이 돈을 지불하기 위해 미리 나타나지 않자, 그녀는 자신의 딸로 하여금 무대 위로 올라가는 것을 거절함으로써 연출을 지연시킨다. 그러자 이어 타협에 의해, 키어니 부인은 4파운드를 받게 되고, 콘서트의 전반부가 진행된다. 그러나 막간에서 조직자들은 "위원회가 다음 화요일에 모임을 가진 후"까지 돈을 더 이상 지불할 수 없다고 한다. 키어나 부인은 재차 자신의 딸이 연주하는 것을 거절하지만, 이번에는 교체가 되어, 콘서트의 후반부는 캐슬린 없이 시작된다. 이야기는 키어니 부인이 홀을 뛰쳐나가고, 다음 행동을 위협함으로써 결론이 난다.

　우리는 이 이야기를 통틀어 키어니 부인의 행동을 쉽사리 그리고 정당성을 가지고 비난할 수 있지만, 그러나 그 점에서 멈추어 버리면, 〈어머니〉의 힘은 사라지고 만다. 그녀는 억압자인 동시에 희생자라는 견해를 견지할만한 충분한 증거가 있다. 그녀가 자신의 남편, 자신의 딸 그리고 그녀가 할 수 있는 어떠한 정도까지, 콘서트를 조직한 남자들을 위협하는 반면, 단지 막연히 갈망할 수 있는 사회 계급과 연관된 일련의 가치들 때문에 스스로 폭력당한다. 만일 우리가 그녀를 동정할 수 없다면, 우리는 적어도 그녀의 상황의 도덕적 복잡성을 인정하지 않으면 안 된다.

　이 이야기에서 이들 등장인물들의 다툼과 언쟁은 조그마한 금전 문제로, 체면이고 애국심이고 손상시켜야 하는 아일랜드의, 이른바 민족주의자들과 키어니 부인 간의 행동이 더블린 문화계의 마비, 그 자체를 대변하고 있음을 암시해 주고 있다. 조이스는 그의 아들 조지오 조이스에게 보낸, 1934년 12월 17일자의 한 편지에서, 〈어머니〉를 자기 자신의 경험에 기원하고 있음을 쓰고 있다. "나의 첫 대중 콘서트에서, 나 역시 궁지에 몰렸지. 피아니스트가, 여성 피아니스트였는데, 바로 콘서트 한복판에

서 사라져 버렸어."(『서간문』 III.340)

「죽은 사람들」(초록)

『더블린 사람들』의 마지막이요 가장 긴 이야기로, 흔히들 전집의 종
곡(coda)으로 알려져 있다. 길이나 그 강도에 있어서, 그것은 사실상 중
편소설(novelette)로, 조이스는 〈죽은 사람들〉을 그가 노라 바나클과 그들
의 아들 조지오와 함께 1905년 3월과 1906년 7월 사이에 살았던 로마로
부터 귀환한 직후 1907년 봄에 트리에스테에서 썼다. 많은 점에서 〈죽은
사람들〉은 『더블린 사람들』의 전집을 위한 타당한 결론인 셈이다. 가장
분명하게도, 그것은 모든 이야기들을 특징짓는 마비의 중요한 주제를 총
괄하며 완성한다. 그러나 앞서 이야기들에 있어서보다 해석을 위해 한층
훨씬 개방된 방법으로 그렇게 한다. 특히, 우리는 〈짝패들〉과 〈참혹한 사
건〉과 같은 이야기들에서 너무나 분명한, 이른바 현상(status quo)에 영
향을 주는, 주인공의 분명한 무능력에 대한 비참함을 보는 바, 이는 전집
의 다른 이야기들에 나타나지 않는 가능성의 느낌, 선택의 인식에 의해
균형을 이룬다. 〈죽은 사람들〉은 낙관주의를 거의 발산시키지 않는 반면,
전집들의 다른 『더블린 사람들』의 이야기들의 등장인물들을 외견상 분쇄
하는 것 같은 환상적 비전 너머로 움직인다.
　이야기의 시작부터, 풍요와 에너지의 감각이 서술을 그토록 많이 구
성하고 있는 주인공 가브리엘 콘로이의 묵묵한 감정과 반응을 파고든다.
그것은 과장된 동작의 견해에서 장(章)이 열리는데, "딸, 릴리는 문자 그

◆ 해설 ◆

529

대로 발이 닳아빠질 지경이었다." 첫 이름(성) "릴리"만을 사용함으로서 생기는 부산 떨고, 과장된 친근한 분위기—이들 모두는 독자로 하여금 서술의 흐름 속으로 무작정 끌어들인다. 첫 몇 구절들은 몰칸 자매들이 정월 초하루와 정월 6일(현현절) 언젠가 베푸는 연례 크리스마스 만찬 파티에 도착하는 무리들의 예상되는 소동을 다룬다. 멋진 성품과 거만의 혼성을 가지고, 그들의 호의적 조카인 가브리엘 콘로이는 자신의 아내가 옷입는 데 걸린 긴 시간에 대하여 불평하면서, 그리고 릴리에게 별반 재치 없이 인사하려고 애쓰면서, 현장(몰칸 자매 댁)에 도착한다. 두 가지 예에서, 콘로이는 익살스런 자가 되지 못한 채, 스스로 약간 어리석은 듯 보이거나 그렇게 느끼려고 애를 쓴다.

가브리엘의 행동과 파티의 다른 손님들의 행동을 강조하는 것이 서술적 목소리인데, 이는 이야기를 다양한 등장인물들에 대한 조망의 친근감을 가지고 말하지만, 그런데도 그들 사이의 익살스런 거리를 지속시킨다. 서술은 이리하여 이들 개인들을 범주화하거나 또는 이들을 독자의 동정으로부터 유리시킴이 없이, 그들의 성격 속을 들여다보는 예리한 통찰력에로 독자를 인도한다. 조이스는 잇따른 『젊은 예술가의 초상』에서 비슷한 서술적 기법을 집중적으로 사용한다.

파티의 종말에 이르기까지, 가브리엘의 견해들은 이 특별한 『더블린 사람들』의 이야기의 낯익은 요인들을 나열한다. 그러나 서술은 그러자 조이스가 이러한 조망을 수정하기 시작했던 것을 암시하는 일련의 사건들을 소개한다. 손님들이 집을 떠나자, 그레타 콘로이는 이제 죽은 마이클 퓨리에 관한 기억들—〈오그림의 처녀〉라는 버림받은 사랑의 민요(발라드)를 부르는 가수 다시의 노래에 의하여 점화된 기억들—의 형태로서, 어떤 종류의 현현(에피파니, 『더블린 사람들』에는 많은 "현현들"이 산재한다)을 갖는다. 그레타의 회상이 품은 함축된 뜻은 독자에게 또는 그녀의 남편에게 즉각적으로 분명하지 않다. 그러나 이 점에서, 이야기의 음조에 두드러진 변화가 있다.

파티가 끝난 뒤, 가브리엘과 그의 아내 그레타는 그렌섬 호텔로 돌아가는데, 거기서 그들은 몬크스타운의 자신들의 집으로 되돌아가기 전, 하룻밤을 보낼 것을 계획한다. 그들이 마차를 타고 도시를 가로지를 때, 아내에 대한 가브리엘의 증가하는 성적 욕망은 분명해진다. 자신의 생각에 마음이 사로잡힌 그레타는 가브리엘의 감정을 외면한 채 유리되어 있다. 그녀는 자신이 골웨이의 소녀였을 때 그녀와 사랑에 빠졌던 한 젊은 청년, 마이클 퓨리의 기억에 자신의 주의를 집중시키고 있다(앞서 〈한 푼짜리 시들〉 중의 시인 "그녀는 라훈을 슬퍼한다" 참조).

그들이 호텔에 도착할 때, 가브리엘은 마침내 그레타의 강박관념과 대면한다. 자신의 아내에 대한 마이클 퓨리의 젊음의 헌신을 알게 되자, 그는 죽은 자가 그레타에 대해 지니는 장악과 그것을 푸는 자신의 무력감과 함께, 다른 사나이의 사랑의 깊이 및 자기 자신의 대조되는 천박성을 느끼지 않을 수 없다. 통찰력은 겸허하고도 설명적이다. 왜냐하면 그것은 단순히 그의 감정의 비판으로서가 아니라, 인간적 감정의 가능한 심도의 계시로서 이바지하기 때문이다. 이 점에서, 이야기는 전집의 다른 이야기들에서 발견되지 않는 일종의 "모호성"(현대의 문학 비평은 "열린 결말"이란 수사를 겸해 사용한다)을 나타낸다. 마이클 퓨리의 감정과 비교하여, 가브리엘의 감정을 천박한 것으로 치부하는 것이 비교적 용이할 듯한 반면, 그것은 그가 변화할 수 있을지의 여부가 분명하지 않은 채 남아 있다. 여기 또 다른 모호성의 주제가 있다.

가브리엘을 위해-다른 『더블린 사람들』의 이야기들의 등장인물들과 대조적으로─이 위기의 순간은 또한 계몽을 위한 잠재력을 지닌다. 이러한 글귀 속에 반영된 감정이 입은 가브리엘의 유아론에 있어서 붕괴를 보여준다. 이것이 순간적인지, 혹은 영원한 변화인지의 여부는 분명하지 않다, 왜냐하면 독자는 그것이 그에게 끼친 효과에 대하여 서술의 아무런 지시 없이 인식의 순간에 가브리엘을 보기 때문이다. 독자는 가브리엘의 가능한 도덕적 미래를, 그리고 부연하여, 전 작품의 진짜 주체인 아일랜드 사회의 미래를 생각하도록 남는다. 이처럼 서술의 부재(무지시)는 독자의 해석상의 "불확실성"(uncertainty, 또 다른 비평 용어)을 초래하는 바, 아마도 가브리엘의 순간적 인식의 발로는 인간의 생과 사, 탐욕과 사랑, 과거와 현재의 갈등을 초월한 보편적 은총 (하느님의) 그것일 것이다.

『젊은 예술가의 초상』

　『젊은 예술가의 초상』은 조이스의 최초의 장편소설로서, 이는 본래 런던의 정기 간행물인 『에고이스트』(The Egoist) 지에 1914년 2월부터 1915년 9월까지 연재 형식으로 출간되었다. 잇따라 미국의 출판자 휴브쉬(B. W. Huebsch)가 1916년에 책의 형태로 출판했다. 그리하여 최후에 출판된 판본은 일련의 급진적 변화를 통해 진화된, 창조적 과정의 오직 마지막 단계이다.

　『젊은 예술가의 초상』의 최초 단계는 1904년 초에 시작되었다. 당시 조이스는 "예술가의 초상"이란 일종의 산문(논문)을 완성했다. 비록 문예지 『다나』지의 편집자들이 애초에 조이스에게 기고를 요청했으나, 그들은 "젊은 예술가의 초상"을 인쇄하기를 거절했다. 이러한 거절이 있은 거의 직후, 조이스는 지금까지의 논문을 개편하고, 이를 책 길이의 작품으로 확장함으로써, 잠정적으로 『영웅 스티븐』이라 제목을 달았다.

　우리는 단지 이러한 결정에 대한 이유를 추측할 수 있을 것이다. 그럼에도 불구하고, 거기에는 텍스트 상으로나 전기적으로 많은 단서들이 있다. 조이스는 이미 『더블린 사람들』을 구성할 많은 이야기들을 완료했으며, 이들은 『영웅 스티븐』보다 기법상으로 한층 정교한 것이 분명했다. 소설의 정통적 및 형식상으로 한정된 문체 속에 감금된 채, 조이스는 쉽사리 좌절되었고, 그리하여 한층 창조적 선택을 지닌 계획을 위하여 그것을 포기해야 했다.

그러나 『영웅 스티븐』 뒤의 생각은 극히 흥미로운 것으로 남아 있었으며, 결국 조이스는 그것을 이전의 계획으로 끌고 갔다. 그리하여 1907년, 『더블린 사람들』의 마지막 이야기인 〈죽은 사람들〉을 완료한 다음, 조이스는 다시 한 번 이 이전의 소설을 되찾았다. 그러나 이번에 그는 소설의 사실적 형식의 한계를 벗어나, 오늘날 모더니스트들에게 친숙한(본 선집의 "편역자 서문" 참조), 형식상 한층 유연하고 헐거운 문체를 실험하기 시작했다. 그리하여 『영웅 스티븐』은 결국 『젊은 예술가의 초상』이 되었다. 1914년 2월에 『에고이스트』지는, 에즈라 파운드의 권고로, 그것의 연재를 시작했다. 조이스는 마지막 장들이 『에고이스트』지에 나타나기 직전, 1915년 중순에 최후의 개정을 완료했다.

『젊은 예술가의 초상』은 그것이 파생했던 작품과는 최후의 형식에 있어서 아주 먼 거리가 있다. 작품의 모더니즘적 성향은 그의 이야기의 양식과 중심인물의 의식과의 관련에 있어서 아주 두드러진다. 형식적으로 그리고 그것의 주제에 관한 한 『젊은 예술가의 초상』은 『영웅 스티븐』보다 오히려 『더블린 사람들』과 유사하다. 그럼에도 불구하고, 초기 작품의 요소들이 사방으로 눈에 띄게 남아 있다. 그의 선행 작품처럼, 『젊은 예술가의 초상』은 예술가 스티븐 데덜러스(본질적으로 『영웅 스티븐』에 나타나는 꼭 같은 인물로서, 그의 이름〔다이덜러스〕이 약간 수정되었을 뿐이다)의 생활을, 그의 초등, 중등 및 대학 교육을 통한 유년에서부터 그가 아일랜드를 출발하는 저녁까지 차례로 기록한다.

그러나 『영웅 스티븐』과는 달리, 이 작품은 스티븐의 생활을 자세히 연속적으로 설명하지 않으며, 사실주의적 박진성이나 자연주의적 압박을 회피한다. 대신에, 그것은 행동을 불연속적 에피소드로 분쇄함으로써, 현현적 사건들(여기 『젊은 예술가의 초상』의 빈번한 "현현"은 『더블린 사람들』의 그것에 못지않다)을 하나하나 제시한다. 서술은 장에서 장으로, 심지어 장면에서 장면으로 돌연히 이동함으로써, 독자로 하여금 그들 간의 연관성을 책임 짓도록 내맡긴다. 그러나 총체적 서술은 주제적으로 연결되어 있다.

소설은 스티븐이 파리로 가기 위해 아일랜드의 폐쇄공포증적 분위기를 벗어나, 자신이 선언하는 희망 찬 외침으로 그 대단원의 힘찬 막이 내린다. "오, 인생이여! 나는 경험의 실현에 백만 번이고 부딪치기 위해 떠나며, 나의 영혼의 대장간 속에서 민족의 아직 창조되지 않은 양심을 벼리기 위해 떠나가노라."

여기 스티븐의 절규는 『피네간의 경야』의 제14장 말에서 "사랑하는 대리자를 뒤로 한 채," 커다란 사명을 띠고 이국으로 떠나가는 숀의 그것을 닮았다. "그대의 진행 중을 작업할지라! 붙들지니! 지금 당장! 승하라, 그대 마(魔)여! 침묵의 수탉이 마침내 울리로다! 서가 동을 흔들어 깨울지니, 그대 밤이 아침을 기다리는 동안 걸을지라……."(『FW』 428 참조)

「제1장」

첫 장은 대략 6살로부터 9살까지의 스티븐의 유년 시절을 커버한다.

그는 클론고우즈 우드 칼리지의 학생으로 공부를 마치고, 방학 때가 되어 크리스마스 휴가로 집에 돌아온다. 조이스는 스티븐이 생활하는 이 기간 동안 의미심장한 3, 4개의 사건들을 자세히 설명한다. 즉 스티븐이 한 무모한 급우에 의하여 시궁창(square ditch)에 떠밀린 후, 몸의 열로 인하여 학교 의무실에 입원한다. 이어 스티븐은 그의 가족과 크리스마스 만찬을 갖는데, 여기서 열띤 정치적 논쟁을 목격한다.

이 최초의 장은 스티븐의 아버지, 사이먼 데덜러스가 "아기 투쿠"라는 별명을 가진 그의 어린 아들에게 동화 이야기 식으로 말하는 것으로 그 막이 열린다. 이런 식으로의 서술은 전통적 표현 양식으로부터의 급진적 이탈을 선언한다. 첫 열리는 행들로부터 서술의 원천과 성질이 문제로서 다가오며, 독자는 소설의 많은 의미가, 작가의 개입 없이, 자신의 해석상의 선택에 따라 이루어짐을 재빨리 인식하게 된다.

『젊은 예술가의 초상』이 갖게 될 중심적 주제들에 대한 간략한 소개에 이어, 서술은 스티븐의 최초의 학교인, 클론고우즈 우드 칼리지에서의 그의 생활을 서술하기 시작한다. 그것은 스티븐을 다른 아이들로부터 떼놓는 특별한 성격적 특징을 독자를 위해 개관하기 시작한다. 이 장은 두 개의 유명한 에피소드들로 끝난다. 즉 크리스마스 만찬에서 스티븐의 어른들과의 식사를 하는 장면으로, 그것은 찰즈 스트웨드 파넬의 지지자들인 스티븐의 아버지와 케이시 씨, 그리고 파넬을 간음자로서 고발하는 댄티 리오단 부인 간의 격렬한 논쟁으로 난장판을 이룬다. 논쟁은 스티븐에게 아일랜드의 당대의 제도들─가족, 교회 및 민족주의 운동 가운데 어느 것을 믿어야 할지를 의문으로 남긴 채 결론 없이 끝난다.

이 장은 스티븐이 클론고우즈로 되돌아 와, 어떻게 그가 학감인 돌런 신부에 의하여 부당하게 매를 맞는지, 그리고 이로 인해 어떻게 그가 교장인 존 콘미 신부에게 항의하는지에 대한 서술로서 끝난다. 그것은 스티븐을 위한 회심의 승리를 기록하며, 그를 위해 사회적 제도들이 우리들의 생활에 가져올 예언적 질서를 재확약한다. 그러나 독자에게 질서와 권위주의 간의 유사성이 너무나 분명하게 나타나며, 잇따르는 극심한 갈등을 예고한다.

이 장의 첫 페이지와 그 절반은 전체 소설에서 극히 중요하다(마치 『율리시스』의 〈사이렌〉 장의 그것처럼). 『젊은 예술가의 초상』의 모든 주제들이 다 이 짧은 부분에 나타나고, 거의 모든 세목들이 상징적 잠재력을 지닌다. 예를 들면, "엄매소"(moocow)란 말은 시간에 대한 인식("옛날 옛적에……")에 이어, 스티븐이 이해해야 하는 첫 대상이다. 암소는 전통적으로 희생의 동물인 동시에, 다산 또는 창조를 대표한다. 스티븐 데덜러스의 이름 속에 함축 된, 이 양자는 예술가를 위해 필요하다. "장미"(rose)의 주제는 중세의 인습에서 도래하고, 소설에 중요한 차원을 첨가한다. 어린 스티븐은 노래를 부르려고 애쓰지만, 이를 혼동한다. "오 파란 장미꽃 피어 있네." 파란 장미에 대한 언급은 다산에 대한 암시를 확장하지만, 또한 미숙함을 암시하기도 한다. 이 장을 통한 장미에 대한 언급은 "적"과 "백"이란 색채에서 이루어지고, 여성에 대한 스티븐의 태도 또한 성녀에 대한 백장미와 육체에 대한 적(赤) 장미의 생각 속에 반영된다. 장미는 여인, 종교, 및 예술과 관련된 스티븐의 심미적 진행을 노정하며, 작품의 주제와 구조를 돕는다. 이야기가 진전됨에 따라, 백장미와 백색 자체는 불쾌함 및 젖은 감정과 연관되는 반면, 적(赤) 장미는 그것이 더욱 두드러짐에 따라, 정신을 초월한 육체를 대변한다.

단티(Dante, 안티 "Auntie"의 잘못된 발음)의 두 옷솔(brushes)에서 마이클 데비트는 파넬의 지지자요, 아일랜드 토지 연맹의 창설자였다. 적과 녹색은 영국과 아일랜드를 상징하고, 실재와 상상, 질서와 반란을 또한 암시한다. 서술을 통하여 이 두 가지 주제가 급진함에 따라, 그들은 스티븐의 마음속에 상속적인 갈등을 야기시킨다. "독수리"(eagle). "오, 스티븐은 사과할거야"란 시행과 독수리에 대한 언급은 극히 중요하다. 스티븐은 필경 어떤 장난 때문에 책상 밑에 몸을 움츠리고, 독수리에 관해 일러 받는다. 이 사건은 조이스의 초기 현현 집인, 『에피파니들』로부터 응용된 것이다. 스티븐이 느끼는 죄의식은 소설의 대부분을 통해서 진행된다. 이 이미지는 또한 "날개"와 "미궁"을 함께 연결하고, 책의 두 지배적 이미지들을 형성한다.

「제4장」(초록)

이 장의 전반부에서 스티븐의 중학교인 밸비디어 학교의 교장은 그로 하여금 성직에로의 권유를 행사하는데, 이는 스티븐의 양심의 위기를 촉진시킨다. 그는 실제로 자신의 생활을 자극하는 가치에 대하여 활기 찬 사고를 행사하여, 이는 결국 그로 하여금 자신의 인생에서 직업으로서 종교보다 예술을 선택하게 하는 결정을 내리게 만든다.

이 장의 후반부의 유명한 장면에서 스티븐이 돌리마운트 해변에서 산책할 때, 그는 친구들이 부르는 자신의 이름을 듣는다. 이때, 그는 친구들과의 소외를 인식하지만, 그의 이름의 의미, 즉 공장(工匠) 다이덜러스의 예언과, 태양을 향해 무모하게 치솟는 이카로스의 방종을 회상한다. 그의 이름은, 자신의 예술가의 소명을 알리는, 이른바 "가청적 에피파니"

(audible epiphany)가 된다. 왜냐하면 그것이 스티븐의 심미적 발전과 그 동기를 노출하기 시작하기 때문이다. 스티븐은 여기 돌리마운트 해변에서 그의 비전을 통해서 궁극적으로 예술을 선택해야 하는 절대적 당위성을 확약하는 바, 그가 향락의 감정을 자신의 글쓰기를 통해서 얼마나 절실하게 즐길 수 있는가를 마음속에 다짐하기 때문이다.

최후로, 이 장의 말에서 그는 일종의 정신적 게시라 할, "비둘기 소녀(dove girl)의 "가시적 에피파니"(visible epiphany)를 경험한다. 이는 작품의 두 번째 비(比) 극적 클라이맥스로서, 그의 행동의 전환점이 된다(여기 편역자는 가장 극심한 "괴벽"을 행사했다). 그이 앞의 시간과 공간에 대한 비전과 함께, 스티븐의 감정은 여기 사실상 심미적이 된다. 그는 환희에 넘쳐 울부짖고 싶어 한다. 여기 바닷가의 새─소녀는 그의 어머니, 메르세데스, 아이린, 성처녀, 창녀에 이르기까지, 그를 위해 그가 지금까지 알아왔던 그리고 상상했던 모든 여성들의 총화요 비전 그 자체이다.

이어, 이러한 감정이 너무 힘겨운 듯, 그는 잠시 잠에 빠진 뒤, 새로운 기쁨으로 깨어난다. 스티븐이 꿈꾸는 소녀의 비전은 바로 시성(詩聖) 단테(Dante)가 꿈꾸는 비아트리체의 그것이다. 앞서 에피파니 장면들이나 이 새로운 비전의 장면들의 묘사는 풍부한 이미지들 및 언어의 율동과 함께 사실상 산문이기보다 오히려 시에 가깝다. 여기 빈번한 동사의 ─ing의 사용은 시간의 무상을 특징짓는 인상주의 문체 바로 그것이다(E. 졸라 작의 『결작』〔Masterpiece〕에서 센 강의 풍경의 묘사와 비교하라).

『율리시스』

　　『율리시스』는 조이스의 유사-영웅 서사시적 소설(mock-heroic epic novel)로서, 작품의 주된 인물들인 리오폴드 블룸(leopold Bloom)과 그의 아내 몰리 블룸(Molly Bloom) 및 한 젊은 예술가 스티븐 데덜러스(Stephen Dedalus)라는 세 더블린 사람들의 생활에 있어서 하루(1904년 6월 16일)의 사건들을 다룬다. 이 6월의 하루는 오늘날 많은 사람들에게 주인공의 이름을 딴 "블룸의 날"(Bloomsday)로서 알려져 있다. 조이스의 40번째 생일(1922년 2월 2일)에 출판된, 『율리시스』는 20세기 문학의 한 이정표인 동시에, 현대 세계 소설사에 있어서 한 분수령이요, 『피네간의 경야』(작가는 이를 자신의 "걸작"이라 주장한다) 다음으로, 조이스의 가장 혁신적이요 창의적 노력을 대표한 수작이다(아래 각 장의 이야기의 줄거리인 즉, 작품은 전후 일관된 연관성 속에 진행되어, 비록 여기 몇몇 이야기들의 선발에도 불구하고, 편역자는 18장 모두의 줄거리를 다 실었다. 이야기들의 줄거리의 창출은 퍽 값진 것이다).

각 장의 이야기 줄거리

「제1장」 탑(텔레마코스[Telemachus] 에피소드)

때는 1904년 6월 16일 오전 8시. 스티븐 데덜러스의 익살꾼 친구 벅 멀리건이 마텔로 탑의 꼭대기에서 면도를 하고 있다. 그는 스티븐 데덜러스를 탑 꼭대기로 불러 올리고, 그로 하여금 좀 명랑하도록 타이른다. 우리는 스티븐이 종교 문제로 인해 자신과 어머니와의 갈등 때문에 괴로워하고 있음을 알게 된다. 멀리건의 태도 역시 그에게는 못마땅하다. 두 사람은 아래층으로 내려가고, 거기서 멀리건이 아침식사를 마련하여, 스티븐, 헤인즈 그리고 자기 자신과 함께 나눠 먹는다. 우유를 배달하는 노파가 방문한다. 이어 세 사람은 탑을 떠나, 멀리건은 더블린 만에서 수영을 하고, 헤인즈는 그이 곁에 앉아, 자신이 도시를 향해 출발하기 전에 서로 이야기를 나눈다. 스티븐은 그가 가르치는 달키 초등학교로 향한다. 그는 탑의 세(稅)를 물었으나, 그의 체류는 환영받지 못한 채, 그곳을 떠날 결심을 한다.

「제2장」 달키의 초등학교(네스토르[Nestor] 에피소드)

스티븐이 초등학교 학생들에게 역사와 시를 가르치며 그들에게 질문을 하고 몇 가지 비평을 가하지만, 학생들은 이를 이해하지 못한다. 아이들의 주변 상황이 스티븐 자신의 어린 시절을 상기시킨다. 소년들이 하키

연습을 하러 운동장으로 떠난 뒤에, 스티븐은 학교 교장인 가레트 디지 씨에게서 급료를 받고, 그의 소(牛)의 아구창(鴉口瘡)에 관한 편지를 자신이 아는 일간 신문의 편집자에게 전해줄 것을 약속한다.

「제3장」 샌디마운트 해변(프로테우스[Proteus] 에피소드)

앞서 디지 씨 학교를 떠난 스티븐이 신문사로 향하고 있다. 그곳에서 볼일을 본 다음, 그는 시내 중심가의 쉽(Ship) 주점에서 멀리건과 헤인즈를 만나, 셰익스피어 작 〈햄릿〉에 관한 이론을 그들에게 펼칠 참이다. 그러나 도중에 그는 얼마간 길을 빗나가, 약 반 시간쯤 샌디마운트 해변(샌디코브 해변 바로 곁에 위치한)에서 시간을 보낸다. 이 장은 스티븐이 샌디마운트 해변에서 갖는 그의 현재와 과거의 딜레마에 관한 기다란 명상과 그를 둘러싼 외부 세계의 관찰 및 그의 다양한 의식으로 점철된다.

「제4장」 이클레스 가 7번지(칼립소[Calypso] 에피소드)

리오폴드 블룸이 스티븐 데덜러스와 마찬가지로 잠자리에서 일어나, 자신과 아내를 위하여 아침식사를 마련한다. 아내 몰리는 침대에 누운 채, 식사를 하고 남편이 가져온 편지를 읽는다. 그녀는 남편에게 당일 이행해야 할 몇 가지 작은 심부름을 지시한다. 이어 블룸은 근처의 푸줏간에서 돼지 콩팥을 사 가지고 돌아와, 이를 요리하여 먹으며, 방금 딸 밀리한테서 온 편지를 읽는다. 그는 편지를 통해 아내의 애인 블레이지즈 보일런이 당일 오후에 그녀를 찾아 올 것을 알게 된다. 오전에 그는 옛날 친구인 패디 디그넘의 장례식에 참석할 예정이다. 이클레스 가(街) 7번지에는 공중목욕탕이 없기 때문에, 그는 시의 다른 지역에 있는 대중탕을 찾아갈 참이다. 그가 마당 모퉁이의 화장실에서 용무를 마치자, 근처의 조지 성당에서 아침 8시 45분을 알리는 종소리가 들린다.

「제5장」 목욕탕(로터스 – 이터즈[Lotus – Eaters] 에피소드)

블룸이 도시의 다른 쪽에 있는 대중탕으로 가기 위해 리피 강을 건넌다. 그는 길을 약간 우회하여 그곳으로 접근하는데, 그 이유는 웨스트랜드 로우 기차 정거장 우체국에서 마사 크리포드라는 펜팔이 그에게 보낸 편지를 찾기 위해서다. 마사와 그는 서로 염문(艶文)을 교환하고 있는 처지요, 그녀를 위해 자신은 '헨리 플라우어'라는 가명을 사용하고 있다. 그는 편지를 찾아 읽은 후, 평소 친구인 C. P. 맥코이를 거리에서 만난다. 그리고 또한 그가 가게에서 비누를 사 가지고 거리를 나서자, 밴텀 라이언즈라는 경마광을 만난다. 블룸은 그에게 신문을 주며 그것을 '버릴 (throw it away)' 참이라고 말하자, 라이언즈는 이를 경마인 '드로우어웨이(Throwaway)' 호(號)에 대한 팁으로 오해한다. 블룸은 마침내 트리니티 대학의 뒷문 근처에 있는 터키탕에 다다른다.

◆ 해설 ◆

543

「제6장」 장례 행렬과 묘지(하데스[Hades] 에피소드)

스티븐 데덜러스가 샌디마운트 해변에 도착하기 직전, 블룸은 죽은 친구인 디그넘의 상가(喪家)가 있는 뉴브리지 가도(街道) 9번지에 당도한다. 블룸은 다른 세 친구들인, 마틴 커닝엄, 잭 파우어 그리고 사이먼 데덜러스(스티븐의 아버지)와 함께 장례 마차를 타고 더블린 시를 관통하여 대각선 방향으로 시의 북동쪽에 있는 글래스네빈 공동묘지로 향한다. 그곳에서 그는 묘지 교회의 예배에 참가하고, 사자를 매장한 뒤 그곳을 떠나, 자신이 근무하는 도심의 신문사로 향한다.

「제7장」 신문사(아이올러스[Aeolus] 에피소드)

블룸과 스티븐은 하루가 시작될 즈음에 각각 도시의 반대편에 있지만, 정오가 될 즈음에 그들은 시의 거의 한복판에 있다. 신문사에서 블룸 씨는 주류 및 차[茶] 도매상인 알렉산더 키즈를 위한 광고 갱신에 관하여 편집장과 서로 의논한다. 그리고 같은 사무실에서 스티븐은 디지 씨의 편지 한 통을 편집장에게 인계한다. 신문사에는 작품의 군소 인물들이 수사학, 민족주의 그리고 저널리즘에 관하여 이야기하고 있다. 블룸 씨는 키즈 광고의 정확한 도안을 복사하기 위하여 한 지방 신문을 찾아 킬데어 가의 국립도서관으로 떠난다. 이때 스티븐과 군소 인물들은 근처의 무니 주점으로 향한다.

「제8장」 더블린 시 한복판(레스트리고니언즈[Lestrygonians] 에피소드)

블룸이 국립 도서관을 향해 걸어가고 있다. 이는 신문사에서 리피 강을 건너, 그가 그곳에 걸어가기에 알맞은 거리다. 그는 도중에 한 젊은 Y.M.C.A. 청년으로부터 선교사의 방문을 알리는 전단을 받는다. 이 전단을 그는 리피 강에 떨어뜨린다. 도중에 그는 한때 자신이 연정을 품었던 브린 부인을 만난다. 그녀는 얼마간 정신이 나간 남편에 대하여 블룸과 이야기를 나눈다. 도서관이 가까워지자 그는 버튼 식당에서 점심식사를 할 생각을 하나, 그곳이 너무 복잡해 근처의 데이비 번 레스토랑에서 식사를 한다. 그곳을 떠나, 그는 거리에서 한 풋내기 장님 소년이 길을 건너는 것을 도와준다. 그가 도서관으로 막 들어가려는 순간 또 한 번 보일런을 목격한다. 블룸은 그와 만나는 것을 피하기 위하여 방향을 바꾸고, 맞은편 국립 박물관 문간에 몸을 숨긴다.

「제9장」 국립 도서관(스킬라와 카립디스[Scylla and Charybdis] 에피소드)

스티븐이 12시 반에 쉽 주점에서, 그가 앞서 약속한 대로, 헤인즈와 멀리건에게 〈햄릿〉에 관한 이론을 전개할 참이었다. 그러나 그는 이를 어기고, 그 대신 멀리건에게 전보를 친다. 이제 그는 국립 도서관으로 발걸음을 옮겨 그곳에서 몇몇 문인 그룹에게 그의 이론을 설명하는데, 그들은 조지 러셀과 매기(존 이글링턴), 그리고 관장인 리스터를 위시하여 조수인 베스트이다. 토론 도중에 멀리건이 도착하여 스티븐이 약속을 어긴 데 대하여 냉소적인 비난을 퍼붓는다. 이때 블룸은 마침내 도서관에 도착하여, 광고를 복사한다. 스티븐과 멀리건이 3시쯤 도서관을 떠나려 할 때, 블룸이 그들 두 사람 사이를 몰래 빠져나간다.

「제10장」 거리(배회하는 바위들[The Wandering Rocks] 에피소드)

모두 19개의 단편적 장면들이 더블린의 여러 지역에서 활동하는 군소 인물들을 동시에 묘사한다. 이들 장면들 속에는 블룸과 스티븐도 등장한다. 도서관을 떠난 두 사람은 각각 노점에서 책을 살핀다. 여기 단편들 가운데 중요한 것은 첫 번째 장면과 마지막 장면으로, 첫 번째에서 우리는 클론고우즈 우드 칼리지의 스티븐의 이전 교장 존 콘미 신부의 순례를 읽게 되며, 마지막에서 아일랜드 총독의 마차 행렬이 바자회에 참가하기 위해 거리를 빠져나가는 장면을 읽고 목격한다.

「제11장」 오먼드 호텔(세이렌[Sirens] 에피소드)

리피 강변의 오먼드 호텔에서 블룸이 방금 염문을 교환하고 있는 젊은 마사에게 답장을 쓰기로 작정한다. 그가 문방구에서 필기도구를 사는 동안 보일런을 보자, 그를 뒤따르기로 마음먹는다. 하지만 그는 이곳에서 스티븐의 외숙부인 리치 고울딩을 만나 간이 식사를 하며, 보일런을 더 이상 추적하지 않는다. 그는 바로 곁 바에서 들려오는 노래에 귀를 기울이는데, 그곳에는 스티븐의 부친인 사이먼 데덜러스가 그의 몇몇 친구들과 함께 노래를 부르고 있다. 블룸은 마사에게 짧은 편지를 쓴다. 이 장이 거의 끝날 무렵, 그는 보일런이 몰리에게 다다른 것을 의식하고 몹시 불안해 하며, 그곳을 떠난다. 그는 법원과 또 다른 주점에서 몇몇 친구들을 만나, 그들과 함께 오전에 장례를 치른 디그넘의 상가를 방문할 참이다.

「제12장」 바니 키어넌 주점(키클롭스[Cyclops] 에피소드)

블룸은 디그넘의 상가에 동행할 마틴 커닝엄과 파우어를 만나기 위하여 키어넌 주점으로 향하고 있다. 그가 그곳에 도착하기 전에 주점에서 술을 마시고 있는 다른 사람들이 목격되는데, 그들 가운데는 대단히 다변적이요, 과격한 반영(反英)의 아마추어 정치가인 이른바 '시민'(Citizen)이 앉아 있다. 블룸이 그곳에서 친구를 기다리는 동안, 주위 인물들과 일련의 논쟁에 말려든다. 논쟁은 대단히 과격하게 되는데, 그 이유는 블룸이 당일 금배 경마에서 돈을 딴 것으로 상상되지만, 그들에게 술을 한 잔도 사지 않기 때문이다. 논쟁은 '시민'을 크게 분노하게 한다. 그를 피하기 위해 블룸은 주점에서 도주하고, '시민'은 그에게 비스킷 상자를 내던진다. 파우어를 대동하고 막 현장에 도착한 커닝엄이 그를 마차에 태워 구한다.

「제13장」 샌디마운트 해변(나우시카[Nausicaa] 에피소드)

블룸이 앞서 키어넌 주점에서 탈출한 이래 두 시간이 경과했다. 그동안 그는 커닝엄 및 파우어와 함께 디그넘의 상가에 있었다. 그는 이제 해변으로 걸어 나와 그곳에 앉아 잠시 명상과 휴식의 시간을 갖는다. 그곳에서 그는 세 소녀들이 몇몇 꼬마 아이들과 바람을 쐬고 있는 것을 목격한다. 이들 가운데 한 사람은 거티 맥도웰이라는 아가씨로, 그녀는 블룸 씨가 자기를 노려보고 있는 것을 눈치 챈다. 이때 총독이 베푼 바자에서 솟아오르는 불꽃을 기회로 삼아, 그녀는 몸을 뒤로 젖히고 속옷을 드러냄으로써, 블룸의 시선을 자극한다. 그녀는 성적 클라이맥스에 도달하는가 하면, 블룸 역시 이에 자위행위를 행하고, 나른한 행복감과 센티멘털리즘에 빠지며, 하루의 여러 가지 사건들에 관해 긴 내적 독백을 쫓는다.

「제14장」 홀레스 가의 산과 병원(태양신의 황소들[Oxen of the Sun] 에피소드)

블룸은 샌디마운트 해변에서 자신의 집으로 돌아가는 도중 홀레스 거리의 산과 병원에 들르는데, 그곳에는 그가 평소 아는 퓨어포이 부인이 아기를 분만하려 하고 있다. 그는 그곳에서 몇몇 의과 대학생들과 술을 마시고 있는 스티븐 데덜러스를 발견하고, 그를 살피기 위하여 잠시 머문다. 얼마 후 멀리건이 밴넌이란 친구와 함께 그곳에 나타나는데, 후자는 블룸의 딸 밀리와 연애하고 있는 처지다. 밤 11시 직전에 때마침 쏟아지는 소나기와 함께 사내아이가 태어난다. 그들 그룹은 모퉁이의 한 주점에서 마지막 술을 마시기 위해 현장을 떠난다. 모두는 이어 집으로 가기 위하여 기차역으로 향하지만, 스티븐과 린치는 밤의 홍등가를 방문하기로 작정한다. 블룸이 그들 두 사람을 추적한다.

「제15장」 밤의 거리(키르케[Circe] 에피소드)

블룸은 밤의 홍등가로 스티븐과 린치를 뒤따른다. 얼마 동안 그는 그들을 놓치지만, 마침내 근처의 코헨 창가(娼家)에서 그들을 만난다. 스티븐이 피아노를 연주하며 춤을 추고 있다. 춤이 절정에 달하자, 그는 환각 속에 자신의 죽은 어머니의 환영(幻影)을 본다. 그녀에게 고함을 지르며 막대기로 등 삿갓을 깬 뒤, 그는 거리로 뛰쳐나간다. 여포주가 그를 추적하고, 스티븐은 거리에서 수병(水兵)으로부터 그의 애인을 희롱했다는 비난을 받는다. 그가 수병에 의하여 거리에 때려 눕혀지자, 블룸이 그를 돕는다. 또한 블룸의 갖가지 잠재의식적 환각이 이 장을 점철한다. 쓰러진 스티븐의 모습은 블룸에게 그의 죽은 자식 루디의 환영을 불러일으킨다.

「제16장」 역마차의 오두막(에우마이오스[Eumaeus] 에피소드)

때는 1907년 17일 새벽 1시. 블룸은 스티븐을 인도하여, 강가의 속칭

'역마차의 오두막'이라는 커피숍으로 그를 안내한다. 그곳에서 그는 커피와 빵 한 조각을 스티븐에게 대접하지만, 그는 그것을 입에 대지 않는다. 거기서 두 사람은 한 노수부(老水夫)의 긴 이야기를 듣는다. 그런 다음 블룸은 스티븐으로 하여금 자신의 집으로 갈 것을 제의한다. 그는 아내인 몰리에 관해 이야기하며 스티븐에게 그녀의 사진을 보여주기도 한다. 몹시 지친 두 사람은 약 1마일 떨어진 이클레스 가 7번지의 블룸의 집으로 걸어가기 시작한다.

「제17장」 이클레스 가 7번지(이타카[Ithaca] 에피소드)

블룸과 스티븐이 이클레스 가 7번지에 도착한다. 블룸은 집의 열쇠를 몸에 지니지 않았기 때문에, 지하 부엌을 통해서 집 안으로 들어가야 한다. 그는 스티븐을 부엌으로 데리고 가 코코아를 대접하며, 여러 가지 공동 관심사에 대하여 서로 환담한다. 그 후 스티븐은 블룸이 잠자리를 제공하겠다는 것을 거절하고 그곳을 떠난다. 블룸은 이때 잠에서 깨어 있는 몰리 곁에 거꾸로 누워, 그날 일어난 일들을 그녀에게 이야기한다. 이 장이 끝날 무렵 그는 잠에 떨어진다.

「제18장」 몰리의 침실(페넬로페[Penelope] 에피소드)

블룸이 잠들어 있는 동안, 몰리는 생각에 잠긴 채 깨어 있다. 이 장에서 그녀의 긴 내심적 독백 가운데, 유일한 실지 사건은 그녀의 월경(月經)이 때마침 일어나는 시간으로, 그녀로 하여금 잠시 침대에서 일어나게 한다. 이 장에서 몰리는 그녀의 지브롤터에서 가진 처녀 시절의 사랑을 회상하며, 호우드 언덕에서의 블룸의 청혼에 대한 숨 막히는 회상으로, 그녀의 독백은 막이 내린다. 여기 그녀의 독백은 순환적이다. 그리고 모든 그의 회전과 탈선에도 불구하고, 그것은 그녀의 상상력, 호기심 및 질투 어린 애정을 자극하는 남편에게로 거듭 되돌아간다.

해설

「제2장」 달키의 초등학교(네스토르[Nestor] 에피소드)

〈네스토르〉에피소드의 첫 열리는 페이지들은 스티븐이 학급에서 한 무리의 소년들 사이에 얼마간의 질서를 유지하려고 애쓸 때, 그가 드러내는 무능을 강조하는데, 학생들은 그가 인도하려고 시도하는 지루한 암기 훈련에 전혀 흥미를 갖지 않는다. 그들의 주의의 결핍은 스티븐 자신의 권태를 반영한다. 열리는 장면의 "내적 독백"이 분명히 하듯, 그의 마음은 학생들의 마음들처럼 커리큘럼에서 유리된 듯 보인다. 암송의 지루한 일정이 진행될 때, 그는 그리스의 아스꿀룸에서의 피로스의 승리, 또는 그가 방금 가르치고 있는 소년들을 기다리는 사회생활들의 세목들을 관음증에 가까운 흥미를 가지고, 상상하는, 정교한 파노라마를 야기함으로써, 자신을 이탈시킨다.

그러나 학급이 진행됨에 따라, 스티븐이 반에서 직면하는 많은 문제들은 자기 자신의 사회적 어려움과 아주 단순히 연관된다. 비록 그는 자신의 기지를 통해서 소년들을 설득하려고 노력하지만, 스티븐이 '실망의 다리'로서 킹즈타운(지금의 단 레러리) 부두에 관해, 또는 불가해한 대답을 가진 수수께끼ー"할머니를 감탕나무 숲 아래 매장하고 있는 여우"(『U』22)ー에 관해 행하는 암시에 대하여 그들은 어떻게 대응해야 할지 모른다. 종국에, 그의 행동은 그들을 당혹하게 하고 어리둥절하게 만든다. 그리고 그들은 수업이 끝나자 너무나 행복하게도 운동장으로 달려 나간다.

학급이 해산된 뒤에, 스티븐은 그의 학생들 중의 하나인, 시릴 사전트를 개인 지도하기 위해 잠시 교실에 머무는데, 그는 자신의 산수 공부에서 뒤처져 있다. 자신의 무력함과 고립 속에 사전트는 『젊은 예술가의 초상』의 제1장에서 클론고우즈 우드 칼리지의 한 학생으로서 젊은 스티븐의 이미지들을 상기시킨다. "보기 흉하고 무모한, 야윈 목과 짙은 머리털과 달팽이 흔적 같은, 잉크의 얼룩."(『U』 23) 스티븐 자신은 이와 관련을 지으며, 자기 자신의 학교 시절로부터의 사건들을 잠시 마음에 떠올린다. 종국에, 그는 필경 자신이 달리 드러낼 수 있는 것보다 한층 큰 인내와 동정을 가지고 사전트의 무력함에 대응한다.

그러나 학생과 선생 간의 차이점들은 다른 유사성보다 훨씬 더 크다. 젊은 스티븐이나 시럴 사전트는 그들의 육체적 미약함에 대한 경멸을 인내하지 않으면 안 되며, 한 소년으로서 스티븐은 과거에 빠른 기지, 능동적 지력 및 확신의 용기의 이점을 지녔었다. 이들 특질들 가운데 마지막 것은 결국 그의 급우들의 존경을 그에게 얻게 했는데, 당시 그는 크론고우즈의 교장인 존 콘미 신부를 방문하고, 자신이 돌런 신부로부터 받은 부당한 형벌에 관해 불평했었다(앞서 『젊은 예술가의 초상』의 해설 참조). 사전트는, 그가 육체적으로 그러하듯, 스티븐 자신과는 달리, 지적으로 무능하고 겁이 많으며, 사실상 우둔하고 바보 같아 영원히 소심하기만 하다.

그럼에도 불구하고, 스티븐은 세상의 위협으로부터 그녀의 연약한 소년을 두려움 없이 보호하는 한 여인으로서 사전트 어머니의 이미지를 떠올림으로써, 그가 보는 평행을 지속시킨다. 광경은 전적으로 스티븐의 발명이지만, 그것은 독자를 위하여 그가 아직도 모성에 대해 지니고 있는 존경을, 그리고 부연하여 그이 자신의 어머니의 기억에 대한 그의 경의를 강조한다. 과연, 『율리시스』의 〈키르케〉 에피소드(제15장)에서, 스티븐은 한 가지 환각을 갖는데, 그 속에서 그의 어머니는 그가 어린아이였을 때 그에게 준 보살핌을 그에게 상기시키는 것처럼 보인다.

스티븐은 혐오스럽고, 아직도 좌절된 사전트를 반의 나머지 학생들과 함께 필드하키에 참가하도록 내보낸 다음에, 자신의 급료를 타기 위해 디지 씨의 사무실로 간다. 디지 씨가 스티븐에게 급료를 지불할 때, 경제학에 관한 생략된 연설을 전례(前例)와 통합하는 것을 그는 억제할 수 없다. 그러나 "영국인의 입에서 나온, 그대가 지금껏 들을 수 있는 가장 자만심 강한 말(한 마디)······ 나는 내 몫을 지불했다(I paid my way)"(『U』 25)란 말의 환기는 말의 수를 세는 무능력뿐만 아니라(한 마디가 아니고 네 마디 말들), 스티븐의 기질과 민족적 충성심에 대한 그의 극심한 오해를 보여준다.

사실상 디지 씨는, 그가 자신의 통일주의자(Unionist)의 견해를 아일랜드의 상속과 문화에 대한 넓은 위탁과 연결시키려고 애쓸지라도, 그이 자신은 자신의 감정에 있어서 애란적이기보다 훨씬 더 영국적이다. 추상적으로, 이러한 논의는 장점들을 지니지만, 디지 씨가 아일랜드 역사를 총괄함에 있어서 드러내는 단점들은 그의 감정의 많은 힘을 과소평가한다. 가장 두드러지게도, 디지 씨는 존 브랙우드 경이 그가 사실상 반대했는데도, 영연방과 함께 통일당원을 지지했다고 잘못 생각한다. 그리고 그는 헨리 2세의 군대에 의한 아일랜드를 향한 영국 침공을 초래함에 있어서 멕머로우와 오러크 양자에 의해 행해진 역할을 혼동한다.

이 장은 디지 씨 캠에서의 최후의 색다른 제스처로서 결론난다. 그는 잠재적 유행을 지닌 소의 아구창의 병에 의하여 야기된 아일랜드 소들에 대한 위험을 전 국민에게 경고하기 위해, 그가 쓴 편지를 스티븐에게 준다. 비록 이러한 노력에 대하여 회의적일지라도, 스티븐은 그가 아는 몇몇 편집자들에게 그들의 칼럼에 편지를 출판하도록 이야기할 것을 동의한다(〈아이올로스〉[제7장]에서 그는 편집장 마일리스 클로포드로 하여금 『플리먼즈 저널』지에 그것을 삽입하도록 하는 데 성공한다. 그리고 〈스키라와 카립디스〉(제9장)에서 그는 회피적 조지 러셀에게 부탁하지만, 그가 『다나』지에 그것을 프린트할 수 있을지는 불확실하다). 벅 멀리건의 반응에 대한 예상은 스티븐으로 하여금 자기 자신을 아이러니컬하게도 "우공을 벗 삼는 음유시인" (bullockbefriending bard)(『U』 28)이란 이름으로 특성 짓게 한다.

    스티븐 쪽의 이러한 친절의 과시에도 불구하고, 이 장의 최후의 행들은 그와 디지 씨 사이의 문화적, 지적 및 감정적 간격을 드러낸다. 스티븐이 학교를 떠날 때, 헤인즈의 반유대주의를 메아리치는, 그러나 거친 유머의 흔적을 지닌, 디지 씨는 아일랜드가 유대인을 결코 박해하지 않던 이유를 "그녀[아일랜드]가 결코 그들을 나라 안으로 들여보내지 않았기 때문이다"(『U』 29)라고 말한다. 이러한 솔직하고, 당황하지 않는 편견에 대하여, 스티븐은 아무런 대답을 하지 않는다.

「제4장」 이클레스 가 7번지, 집(칼립소[Calypso] 에피소드)

『오디세이』와의 분명한, 비록 아이러닉할지라도, 평행은 여성 인물로서 몰리를 칼립소와 대응하는 것인데, 몰리는 그녀의 남편을 사로잡고 있으며, 그녀가 블레이지즈 보일런과 자신의 밀회를 수행할 수 있도록 혐오스런 리오폴드 블룸을 하루 동안 집을 떠나 있도록 한다. 두드러지게도 블룸의 집에 한정된, 이 에피소드의 행동은 〈텔레마코스〉(제1장)의 탑 속의 한정된 행동과 동시에 일어난다. 사실상, 『율리시스』의 첫 6개의 에피소드들은 시간적 연쇄의 평행을 함유한다. 〈텔레마코스〉/〈칼립소(오전 8시),〈네스토르/〈로터스-이터즈〉(오전 10시), 그리고 〈프로테우스〉/〈하데스(오전 11시). 이는 스티븐 데덜러스와 리오폴드 블룸 간의 비평적 비교를 야기하는 소설의 조직적 원칙을 마련한다. 비록 이들 두 주요 인물들은 급진적 다른 방법으로 세계를 인식하고 평가할지라도, 그들은 자신의 개성의 중요한 양상들뿐만 아니라, 소설 자체의 중요한 양상들을 함께 연결하는 데 충분히 공통점을 갖는다.

〈칼립소〉 장이 끝날 때쯤이면, 독자는 이 에피소드가 이전의 장들에 대한 단순히 시간적 평행보다 한층 나아감을 알게 된다. 그것은 스티븐 데덜러스의 저들 지배적 의식들과 평행하는 블룸에 관한 현안들에 초점을 맞춤으로써, 주제적 유추들을 소개한다. 즉 부성에 대한 모호한 감정(이러한 모호성은 작품의 잇따르는 〈아타카〉 장면에서 가장 두드러진다), 자신의 아들과 아버지의 상실에 대한 계속적인 슬픔, 그리고 그의 즉각적인 미래에 관한 인식 등, 블룸은 스티븐보다 인생에 대한 한층 실질적이요, 심지어 범속한 견해를 취하는 경향이지만, 그들 두 사람은 비슷한 관심들에 의해 고통받는 불안한 마음으로 1904년 6월 16일을 시작한다. 스티븐 역시 부성의 사상들에 의하여, 그의 어머니의 상실과 그의 예술가적 미래에 관한 자기 자신의 이해에 의하여 지배된다.

이 장은 블룸의 육감적 천성의 생생한 서술로서 막이 열린다. 여기 요리의 소개(조이스 작품들 전반에 걸친 두드러진 현상)를 견지하면서, 서술은 블룸을 몰리를 위해 조반을 준비하면서, 부엌에 위치하게 하는데, 몰리는 아직도 잠자리에 있다. 그는 돼지 콩팥(오늘날 더블린 사람들이 "블룸즈데이"에 즐기는 가장 인기 있는 기호식품)에 관해 생각하고, 고양이에게 밀크를 주며, 그리고 고양이의 천성을 명상한다. 그러나 몰리에게 그녀의 조반을 운반하기 전에, 그는 돼지 콩팥을 사기 위해 들루가쯔 푸줏간으로 출발하기로 마음먹는다. 그는 몰리에게 자신이 잠시 외출한다고 말한다. 그가 집을 떠날 준비를 할 때, 그는 침대의 놋쇠 고리가 징글징글 울리는 소리를 듣고, 지브롤터를 상기하는데, 몰리와 침대는 그곳 제품이다. 이 소리에 대한 언급은 잇따르는 〈키르케〉 장에서 몰리와 보일런의 간음을 암시한다. (『U』 462)

그러나 블룸의 행동은 아무것도 제멋대로가 아니다. 문을 나서는 도중, 블룸은 "헨리 플라우어"―마사 클리퍼드와의 그의 비밀 통신에서 사용하는 그의 별명―라는 글씨가 적힌 하얀 종이쪽지가 모자의 가죽 안섶에 거기 안전하게 숨겨져 있는지를 면밀히 체크한다. 홀의 문을 조용히 닫기 전에, 블룸은 문간 열쇠를 자신이 지니지 않음을 알아차린다. 그는 나중에 당일의 외출을 위해 집을 나설 때도 그걸 재차 잊어버린다.

블룸이 돌세트 가를 따라 걸을 때, 서술은, 냉정한 아이러니를 가지고, 독자에게 블룸의 활동적이고 에로틱한 상상을 부여한다. 예를 들면, 블룸이 들루가쯔의 푸줏간에서 대기하고 있을 때, 그는 자기 앞에 서 있던 이웃집 하녀를 급히 뒤따를 생각을 한다. 들루가쯔가 그의 주문을 애써 채우고 있는 동안, 블룸의 관음증(그의 가장 큰 음란증들의 하나)은, 그가 처녀와 순경들이 공원에서 가질 법한 만남을 자신의 마음에 떠올릴 때, 표면에 나타난다.

블룸이 집으로 돌아오자, 문간의 아침 우편에서 두 통의 편지와 한 장의 카드를 발견한다. 편지들은 그에게 대조적이요, 상극적 감정을 불러일으킨다. 블레이지즈 보일런에게서 온 한 통의 편지는 블룸이 종일 억제하려고 애쓰는 사건―그의 아내의 임박한 간통―과 함께 그를 대면한다. 방금 멀린가에서 사진사의 조수로 일하는 그의 딸 밀리한테서 온 또 다른 한 편지는 그에게 아내와 딸에 대한 자신의 사랑의 감정을 불러일으키는 반면, 밀리 자신의 솟아나는 성에 대한 관심을 야기시킨다.

블룸은 몰리의 편지와 카드를 능직 이불 위 그녀의 굴곡진 무릎 근처에 놓은 다음, 아내의 조반을 자신들의 침실의 그녀에게 가져간다. 그리고 그가 뒤쪽을 쳐다보았을 때, 아내가 편지를 슬쩍 쳐다본 다음 그것을 베개 밑에 감추는 것을 보는데, 이는 종일 동안 그의 마음을 오락가락하게 하는 강박관념이다. 그는 그녀가 보일런과 함께 다가오는 연주 여행에서 부를 예정인 노래에 관해서 질문한다. J. C. 도일과 함께 부르는 이중창인 이 노래는 모차르트의 오페라『돈 지오반니』로부터의 "라 치 다렘"(우리 손잡고 함께 가요)이요, 다른 하나는 대중가요인 "사랑의 달콤한 옛 노래"이다. 이러한 노랫가락들에 대한 암시는『율리시스』를 통하여 블룸의 생각 속에 다시 떠오른다. 몰리는 얼마간 외설적이요, 가피학성의 (sadomasochistic) 소설인, 리드(Amye Reade) 작의『루비. 곡마장의 자랑거리』속에 그녀가 발견한 단어, "윤회"(Metempsychosis)의 의미에 관해 블룸에게 묻는다. 블룸은 그것을 몇 개의 다른 방도로 정의한다. 그 말은 희랍어에서 유래하며, "영혼의 전생(轉生)" 또는 "재생(再生)"을 의미한다고, 그는 설명한다.

그 말에 대한 블룸의 학자연한 해명 동안, 몰리는 그녀 자신의 향락에 한층 직접적인 관심이 있는 문제로 그녀의 주의를 돌린다. 그녀는 포르노(pornography)에 취미를 갖고 있으며, 블룸에게 에로틱한 저자인 뽈 드 꼬끄 저의 책을 한 권 사 오도록 지시한다(Kock와 cock는 동음이의이고, 후자는 남성 성기의 속어이기도 하다). 몰리는 이때 뭔가 타는 냄새를 맡는다. 블룸은 그가 화로 위에 올려 놓은 콩팥을 기억한다. 그는 급히 황새 걸음으로 부엌으로 달려가 자신의 조반을 그것의 화장(火葬)으로부터 구한다.

블룸은 조반을 먹으면서 앉아 있는 동안, 밀리의 편지를 한가로이 정독하는 즐거움을 갖는다. 그러나 그러한 경험은 만족만큼이나 우려 또한 낳는다. 그녀의 15번째 생일을 방금 축하한 다음, 밀리는 편지에서 그에게 "멋진 생일 선물……새 모자"를 선사한 데 대해 감사하고, 몰리에게 "멋진 크림 상자"를 보내준 것에 감사하면서 그녀에게 답장을 쓸 것을 약속한다. 블룸의 관심은 한층 증폭했는데, 그때 밀리는 밴넌(Bannon)이란 젊은 남학생에 대한 그녀의 흥미를 언급하고, 이어, 블레이지즈 보일런을 〈저 사랑스런 바닷가의 소녀들〉이란 노래의 작사자와 혼돈함으로써 그에 대해 천진하게도 풍자적 언급을 계속한다.

에피소드의 거의 종말 가까이, 블룸은 옥외 화장실을 방문한다. 배설하는 동안, 블룸은 『팃비츠』잡지에 나와 있는 필립 뷰포이 씨(블룸의 이웃인 '피우포이' 산모의 이름과 구별하라) 작의 이야기 〈맛참의 뛰어난 솜씨〉를 읽는다. 블룸은 뷰포이가 자신의 노력의 대가로 받는 지불에 인상을 받아, 그는 자신의 영감으로서 몰리와 함께 비슷한 글을 쓸 것을 생각한다. 여기 앞서 블룸이 이웃집 하녀에 대한 생각으로 야기되는, 자장가인 "임금님은 그의 회계실에 있었고……하녀는 마당에 있었다……"의 구절이 블룸이 배변하는 동안 계속 그의 의식을 통해 흐른다. 블룸이 배변으로부터 얻는 향락은 자장가의 즐거운 가락에 의하여 강조되고, 이러한 즐거움은 블룸 부부의 글쓰기를 위한 시간 재기에 연달아, 이어 "폰키엘리의 〈시간의 무도곡〉으로 나아간다.

장면에 타당한 결말의 형태로서, 블룸은 "현상 소설의 중간을 날카롭게 찢어," 그것으로 뒤를 훔친다. 그곳을 떠날 때, 성 조지 성당의 종소리는 블룸에게 패디 디그넘의 임박한 장례를 상기시킨다. 앞서 폰키엘리의 아침에서 어둠을 통한 과정은 이제 블룸의 연관된 패턴 속에 침울한 죽음으로 인도해, 이때 성당 차임벨의 주제적 의미는 17세기 형이상학 시인 단(John Donne)의 설교, "누구를 위해 종이 울리는지 묻지 말라"와 합류한다. 그러자 블룸은 대답한다. "불쌍한 디그넘!" 하고.

「제13장」 샌디마운트 해변(나우시캐[Nausicaa] 에피소드)

〈나우시카〉에피소드는 남동부 더블린에 있는 링센드 근처의 샌디마운트 해변에서 일어나는데, 이곳은 당일 일찍이 같은 해변에서의 스티븐의 산보를 – 특히 〈프로테우스〉에피소드(3장) 동안, 오전 약 11시에 – 회상시킨다. 그것은 또한 『젊은 예술가의 초상』의 제4장 말에서, 리피 강의 바로 북쪽에 있는 돌리마운트 해변에서 스티븐이 적어도 6년 전에 갖는 그의 비둘기 소녀(dove girl)와의 만남과 평행한다.

〈나우시카〉장이 열릴 때, 리오폴드 블룸은 패디 디그넘의 과부를 막 방문했었다(이는 〈키클롭스〉와 〈나우시카〉장들 사이에 지나가는 시간 동안, 서술 밖에서 일어나는 사건이다). 그는 어떤 형태의 기분전환을 찾아, 해변 아래로 배회하는데, 이는 아내 몰리에게로 자신의 귀가를 지연시킬 것이다. 이 장은 견해의 교차점에서 거의 동등하게 양분되어 있어, 이들은 첫째로 거티 맥도웰의 그리고 이어 블룸의 조망에서 사건들이 각각 서술된다.

장의 첫 절반에서, 서술은 독자들에게 중 하위급 젊은 여인인, 거티의 의식을 소개하는 바, 에피소드를 통한 그녀의 행동은 그녀를 호머의 나우시카에 대한 현대의 유추로서 수립한다. 거티는 그녀의 두 친구들인 에디 보드먼과 시시 카프리, 그리고 에디의 사내 아기와 시시의 두 어린 형제들인 토미와 재키와 더불어 해변에 앉아 있다. 소녀들은 아이들을 살피며, 따뜻한 여름의 해거름에 시간을 보내고 있다.

서술의 문체 그리고 거티 및 그녀의 친구들이 실제로 서로 말하는 방식 사이에 날카로운 구별이 있기는 하지만, 그럼에도 불구하고 감상적 낭만주의에 의한 서술의 거의 완전한 지배는 서술 속에 공개적으로 표현되는 그 어느 것보다 거티에 관해 더 많이 암시해준다.

이러한 거티의 의식상의 질은 그녀가 블룸의 사생활에 관해 명상하기 시작할 때 가장 분명하다. 거티는 블룸이 멀리서부터 그녀를 노려보고 있었기 때문에 그를 눈치 챈다. 이는 그녀의 호기심을 자극하며, 그에 대한 호의적 의견을 갖도록 한다. 결과로서, 그녀는 독자들이 지금까지 친숙해 왔던 것과 아주 딴판의 인물을 그녀 앞에 본다. 낭만적 소설로부터의 이미지들과 그녀 자신의 백일몽으로부터의 명상을 혼합함으로써, 거티는, 앞서 나온 장인 〈키클롭스〉 에피소드에서 조 하인즈가 블룸에 관해 언급한 "신중한 인물"에게보다 낭만 속의 한 인물에게 한층 어울리는 바이론적 역사를 그 대신 불러일으킨다.

거티의 의식을 서술하는 부분이 결말에 이르자, 다양한 주제적 실타래들ー낭만주의, 환경의 조야함ー이 엉켜 거티의 행동을 알려준다. 그녀의 친구들이 마이러스 바자의 결말을 장식하는 불꽃을 보기 위해 해변을 달려 내려갈 때, 거티는 자신이 지금까지 앉아 있었던 곳에 꿈쩍 않고 그대로 머문다. 그녀가 바위 위에서 몸을 뒤로 젖힐 때, 마치 조명탄의 전시를 보기 위한 것처럼, 그녀는 사실상 자신의 속옷을 블룸에게 노출하기 위하여 충분히 계산된 노력을 행한다. 그가 수음을 감행할 때ー서술은 이 행위를 거티가 잘 알고 있는 듯이 암시하고ー그녀의 마음은 불꽃의 행동으로 가득 차 있다. 서술은 그녀 또한 성적 클라이맥스를 성취하고 있는 것을 암시하는 식으로 이를 서술한다.

이 장의 두 번째 부분에서, 서술은 여태까지 소설의 한층 특별한 음조로 바뀐다. 장에서 처음으로, 블룸은 이름이 밝혀지고, 그리하여 "자유 간접 담론"의 기법상의 변형을 통하여, 서술은 그의 의식 속으로 길을 개척한다. 산발적 개괄(요약)의 형식으로, 블룸의 마음은 에피소드의 초반에서 거티가 생각했던 많은 꼭 같은 토픽들을 개관하는 바, 그렇게 함으로써, 거티의 많은 관찰들에 대한 아이러니컬한 논평을 마련한다.

『율리시스』의 이전 장들의 그것과 눈에 띄게 다른 음조상의 굴절은, 그들이 주기적으로 서술적 담론 속으로 분쇄되면서, 블룸의 사상들에 대한 음률을 알린다. 그녀가 떠나고 있을 때 그가 단지 목격하는, 특히 그녀의 절름발이의 관점에서, 그의 거티에 대한 평가는 독자가 그와 연관 지을 때보다 한층 거친 태도를 취한다. 어느 정도까지, 그의 태도와 몸가짐은 우리가 몰리의 간음에 의해 야기되는 성적 단언과 보복의 형태인, 그의 유사—대중적 수음과 넓게 연관시킬 수 있는 조야함을 반영한다. 특히, 그것은 몰리의 보일런과의 사건에 대한 생각이 종일 블룸에게 끼친 필살의 감정적 효과를 보여준다. 마치 이 사실을 강조라도 하듯, 〈나우시카〉 에피소드의 나머지의 많은 것 동안, 블룸은 소설의 그 어떤 다른 때보다 한층 냉소적 모습으로 여인들을 생각한다. 그의 견해는 자신의 인생의 과정을 통해서 그가 관찰해 왔던 여성의 결점들에 대한 전 영역을 반성하긴 하지만, 그것은 타자들, 특히 여인들에 대한 블룸의 습관적 판단에 아주 특별한 감정이입을 보여주지는 않는다.

블룸이 아내의 부정에 대해 느끼는 고통이 거의 표면에 나타나는데 반해, 그는 그것을 직접적으로 대면하지 않기 위해 다양한 육체적 및 지적 전략들을 고용한다. 그러나 블룸을 위한 동정에도 불구하고, 화자는 종일의 사건들과 대면하는데 거의 주저하지 않는다. 해변의 어둠이 짙어짐에 따라, 이제 가시적으로 피곤한 블룸은 몰리에 대한 생각을 피함에 있어서 별로 재치를 드러내지 못한다. 그의 생각들은 자신의 집에서 그날 오후에 일어났던 사건에 대한 적의에로 저절로 향한다. 그리고 장은 "바다의 마리아 별" 교구 내 사제관의 벽로대 위에 놓인 시계로부터 들리는 각 3번씩 3구절들로 된, 조소적 후렴, "뻐꾹" 소리로서 종결된다. 이러한 방책은 블룸이 이 장을 통하여 지금까지 알아왔던, 그러나 직면하기를 기피해 왔던 주제인, "그가 한 오장이 남편임"을 불현듯 강조한다.

〈나우시카〉 에피소드는 조이스의 문체적 실험주의를 계속한다. 그의 첫 절반은 독자가 지금까지 익숙해 왔던 서술적 목소리와는 급진적으로 다른 음조의 어법으로 지배된다. 이들은 앞서 장들에서 일어났던 목소리와 서술 간의 상관관계에 대한 문제들을 독자를 위해 갱생한다. 해결해야 할 최대의 과제는 서술이 복수적 목소리들을 사용하는 단일 화자에 의하여, 또는 각자 자신의 목소리를 가진 복수의 화자들에 의하여 진전되는지의 여부이다. 독자의 대답은 이 장의 해석에 직접적으로 영향을 끼친다.

주제 상으로, 장은 또한 이전의 관심들을 초월해, 그렇게 함으로써 그것은 두 가지 일을 달성한다. 거티에 대한 살핌은 독자에게 세기의 전환기에 중 하위급 더블린 여성들의 지루하고 이따금 저급한 생활에 대한 감각을 강조하며, 그것은 딜리 데덜러스(데덜러스의 자매)로부터 밀리 블룸에 이르기까지 여성들 및 젊은 소녀들에 개방된 선택권을 설명하는 바, 이는 우리에게 그들이 살아왔던 거칠고 용서 없는 세계에 대한 보다 분명한 그리고 한층 냉담한 감각을 부여한다. 꼭 같은 글줄들을 따라, 〈나우시카〉 에피소드는 특히 몰리의 간음이 블룸에게 갖는 망연하고 조야한 효과를 강조한다.

◆ 해설 ◆

「제18장」 몰리의 침실(페넬로페[Penelope] 에피소드)

조이스가 바레리 라르보에게 임대한 스키마에 따르면, 이 에피소드의 장면은 몰리와 블룸의 침대요, 행동이 일어나는 시간은 부정(不定)하다. 이 장의 기관은 육체요, 장의 예술은 무(無)이다. 이 에피소드의 상징은 지구요, 그의 기법은 독백(여성)이다.

호머의 『오디세우스』 제23권에서 페넬로페는 잠에서 깨어나 유모 에우리클레아(Euryclea)로부터 오디세우스의 귀가와 그가 구혼자들의 처치(處置)를 전해 듣는다. 여기 조이스의 몰리 블룸은 페넬로페와 대응한다.

『율리시스』의 〈페넬로페〉 에피소드는 작품에 있어서 몰리 블룸의 최고로 긴 출현을 기록하며 8개의 길고도 무(無)구두점의 부분들(비평가들은 통상적으로 문장들로서 지정한다) 속에 제시된 산만한 독백의 형식을 취한다. 각 부분/문장은 수많은 오자를 비롯하여 신조어 및 오용어(誤用語)를 지닌 철자상의 및 문법상의 무정부적 폭동 그 자체이다. 각 부분은 몰리가 갖는 미래에 대한 사색을 향한 회상에서부터 앞서 여러 장들에 나타났던 다양한 인물들에 대한 계속적 논평에로 무작위하게 움직일 때, 꼭 같은 많은 소재들을 반영한다.

몰리의 독백의 돌출한 개시는 또한 블룸이 이타카 에피소드(17장)의 말에서 잠에 떨어질 때, 그가 다음 날(6월 17일) 아침밥을 침대에서 대접받겠다고 그녀에게 요구하는데, 여기 그녀는 얼마간 놀라는 듯하다. 그러나 이러한 요구는 몰리에게 어느 정도 설득력을 지닌다. 계란 2개 하고의 아침밥의 의미는 앞서 이타카 장에서 블룸과 스티븐이 나눈 엡스(Epp's)제의 코코아의 그것만큼 중요하다. 여기 몰리는 블룸의 요구의 의미를 확인할 수는 없지만, 그의 있을 법한 취지에 아주 민감하다. 이러한 블룸의 행동은 그의 정신상의 습관적 변화로서, 지난 11년 이상 그에게 누적되어 왔다. 우리는 여기서 몰리가 이러한 요구의 중요성을 지나치게 강조하고 있다고 볼 수는 없다. 왜냐하면 블룸이 오랜 동안 수립한 정신적 패턴의 변형은 이러한 작은 변화에서 시작되고 있음이 틀림없기 때문이다.

몰리의 이러한 초기의 놀라움은 블룸의 다양한 여인들과의 관계에 대한 그녀의 인지에서 자라나는 일련의 자유륜적(自由輪的) 연관에로, 그녀를 직접적으로 인도한다. 이러한 연관은 돌이켜 그녀로 하여금 그의 정부 블레이지즈 보일런에 관해, 그리고 그들의 클라이맥스적 오후의 정사(情事) 전에 그의 내밀한 진행사항에 관해, 생각하기 시작하도록 야기한다. 이러한 회상의 연쇄는 이 장을 통하여 계속 거듭될 하나의 패턴을 이루니, 즉 블레이지즈 보일런과의 몰리의 오후에 대한 생각들은 그녀를 당일의 성적 만남에 대한 점진적으로 과장된 그리고 생생한 환기에로 인도한다. 역설적으로, 이 부분은 또한 몰리가 자신의 간음과 그 때문에 부담하는 개별적 죄의 정도에 대한 그녀의 양심과의 갈등을 시작할 때, 또 다른 명상적 바퀴를 돌리게 만든다.

몰리는 그녀에 대한 보일런의 감정을 평가하려고 노력한다. 우리는 서술이 보일런의 물질적 천성에 관해 노정하는 것을 보면, 그녀는 외견상 솔직히 금전적 성향을 취하는 듯 보인다: "내 손은 참 예쁘기도 하지 내 탄생석(誕生石) 반지만 긴다면 멋진 아콰마린(藍玉) 반지 말이에요 그이더러 하나 사달래야지 그리고 금팔찌도." 보일런에 대한 몰리의 생각은 그녀를 블룸과의 비교에로 인도한다. 그리고 이는 블룸이 그녀를 위해 품었던 강박관념적 매력에 의하여 구분되는 그의 구애의 회상으로 인도한다. 돌이켜, 이러한 기억은 그녀를 영국 군인의 스탠리 가드너 중위를 회상하게 만드는데, 그는 몰리가 더블린에서 처음 만난 젊은이로, 그와 그녀가 연애 사건을 수행했으나, 그것이 성교 행위까지 인도했는지의 여부는 분명치 않다(앞서 장에서 블룸은 이러한 가능성을 딸 밀리의 금발에서 찾으려고 노력한다. 『U』 568). 가드너는 남부 아프리카에서 보어전쟁 중에 장티푸스로 사망했으며, 몰리는 그와의 이러한 기억을 애지중지한다. 가드너와의 군대에 대한 생각은 또한 몰리를 지브롤터의 영국 식민지에서의 그녀가 태어난 초기의 생활을 상기시킨다.

먼 기차의 기적 소리 "프르시이이이이이이이프롱"은 몰리의 마음을 지브롤터의 그녀의 생활에로 가져가는 바, 거기서 그녀는 유년 시절을 보냈으며, 지금 그녀는 당시의 헤스터 스탠호프와의 우정을 기억한다. 그녀의 회상에서, 그리고 그녀의 기억의 분명한 간격에서, 몰리의 유년기의 암울한 양상들은 점진적으로 분명해진다. 그녀가 더블린에 처음 도착했을 때 느꼈던 향락은, 그녀의 지브롤터 생활이 어머니도 없이, 그녀 또래 나이의 친구들도 없이, 얼마나 어려웠던가를 가일층 강조하게 한다.

몰리의 유년 시절과 청년 시절에 대한 그녀의 생각은 그녀의 마음을 자신이 지브롤터에서 만난 왕립 해군의 중위인, 하리 멀비의 회상으로 몰고 간다. 몰리의 솟아나는 성적 호기심과 공개된 육감적 쾌락은 그와의 만남을 특징짓지만, 그러나, 헤스터 스탠호프에 대한 그녀의 회상과 함께, 그녀가 자신들의 하루를 함께 한 사실을 여전히 마음에 떠올리는 상세함은 그녀의 그러한 인생의 시기 동안 실지로 일어난 것이 얼마나 미미한 것인지를 암시한다. 멀비로부터 그녀의 생각은 다시 한 번 스탠리 가드너에로 되돌리며, 그녀가 그를 위해 지녔던 깊은 애정을 강조한다.

몰리는 자신이 다음 날을 위해서 그녀의 일과를 계획하기 시작할 때 주의를 한층 세속적인 문제들에로 돌린다. 특별히 현명한 판단을 가지고, 그녀는 아침밥을 차리도록 요구한 블룸의 새로운 요청에 대한 장기간의 결과를 예측하려고 시도한다. 그녀의 마음은 블룸에 대한 한층 먼 일화들을 상기하며, 그토록 괴벽한 남자와 함께 살아온 시련을 온후하게 마음 아파한다. 그러나 한층 안달하게도, 몰리는 또한 딸 밀리와 그녀의 솟아나는 성에 의한 가정 속에 야기하는 긴장에 관해 생각하기 시작한다. 딸과의 경쟁의 분위기가 어머니의 회상 속에 분명해, 아마 그것은 자신의 나이의 달갑지 않은 암시를 함유하리라. 그녀의 마음을 통하여 달리는 이러한 생각들과 함께, 그리고 자신이 월경을 가졌다는 인식과 함께, 몰리는 배뇨를 위해 요기(尿器)에로 가는 바, 이는 사우디(Robert Southey)의 시 "하호어의 폭포"의 서행들의 혼성된 환기 속에, 세속적 유머로서 서술된다. "으응 오 얼마나 떠들썩한 소리를 내는지 몰라 마치 저지 섬의 백합 같이 으응 으응 얼마나 라호어의 폭포가 쏟아져 내린담."(『U』 633)

몰리의 익살은 그녀가 갑자기 "내 몸속이 어떻게 됐는지 누가 알랴 몸속에 뭐가 생겼나 보지," 하고 이상히 여길 때 증발한다. 비록 그녀가 그에 관해 곰곰이 생각하기를 원치 않지만, 그녀의 태도와 언급으로 보아, 그녀가 어떤 심각한 부인병을 가졌을까 봐 염려함이 분명하다. 이러한 신비스런 그리고 산란한 불평으로부터 생각을 돌리면서, 몰리는 재차 그녀의 블룸과의 구애의 사건들을 회상한다. 이러한 기억들은 돌이켜 또 다른 탈선을 야기하는 바, 남자 전반의, 성적 및 그 밖의 특질에 초점을 맞춘다. 그러나, 보다 일찍이 보여준 바와 같이, 어떤 젊은 소년의 유혹을 환상화하려는 그녀의 경향은 그녀가 남자들을 묘사하는 충동을, 외견상 너무나 인간적인, 분명히 그녀 자신의 것 못지않게 조잡하도록 만든다. 그녀가 젊은 지식인 데덜러스한테서 이탈리아어의 레슨을 받는 것에 관해 상상할 때, 순간적으로 그녀 자신의 죽은 아들 루디 블룸을 생각하는데, 그는 11년 전 유아로서 사망했다.

사실상, 몰리의 욕구는 〈나우시카〉 에피소드(13장) 동안의 거티 맥도 웰에 의하여 드러난 그것들과 두드러지게 비슷하다. 거티처럼, 몰리는, 필경 어느 남자도 자기에게 줄 수 없었던 감정과 욕망의 이상화된 결합을 찾는다. 몰리의 천성의 낭만적 요소는 그녀의 독백의 과정을 통하여 점진 적으로 분명해지는 바, 그리하여 블룸에 의한 그녀의 구애에서 주된 사건 들, 특히 블룸이 그녀에게 프러포즈한 호우드 언덕의 순간을 회상하도록 유도한다.

한층 보편적 의미에서, 〈페넬로페〉 에피소드는 – 그것은 소설의 대미 로서 사료될 수 있으며, 그것의 즉각적 행동은 전(前) 에피소드, 〈이타카〉 장의 말에서 블룸의 잠 속의 몰입으로 종결하고 – 조이스가 작품을 통하 여 의도하는 다양한 독서에 대한 알림을 강조한다. 몰리는, 소설에서 보 다 초기에 암시되어 왔던 무수한 사건들을 생각함에 있어서, 그들과 그들 의 의미에 대한 자신의 이해를 통하여 우리들의 인식을 변경시킨다. 심지 어 몰리가 호우드 언덕에서의 결혼을 위한 블룸의 제의를 향해 무아경의 회상에 자기 자신의 몸을 맡길 때라 할지라도, 조이스는, 마치 인생 자체 에 대한 서술적 모호성을 확언하는 양, 여기 어떤 종류의 서술적 종말을 부과하기를 거절한다. 그리하여 결과로서, 비평가들은 몰리가 여기서 분 명히 단언하는 바가 진정 무엇인지, 그리고 독자가 그것을 어떻게 수용할 것인지를 토론하기를 계속한다.

『피네간의 경야』

『피네간의 경야』의 확정된 개요나 이야기의 줄거리는 사실상 불가능하다. 왜냐하면, 그의 언어적 복잡성과 다차원적 서술 전략은 너무나 많은 수준과 풍부한 의미 및 내용을 지녔기 때문에, 단순한 한 가지 줄거리로 유효적절하게 함축될 수 없다. 어떠한 작품의 개요든 간에, 그것은 필연적으로 선발적이요 축소적이라, 여기 『피네간의 경야』의 개요 또한 그의 다층적 복잡성 때문에 가일층 그러할 수밖에 없다.

『피네간의 경야』의 이야기는 한마디로 주인공 이어위커(Earwicker, HCE)의 공원의 죄의식과 함께, 그를 둘러싼 인간의 탄생, 결혼, 죽음 및 부활을 다룬다. 거기에는 하나의 지속적 이야기인 추락이 있어, 그것은 작품을 통하여 재삼재사 반복된다. 거기에는 지속적인 논쟁이 있는데, 그것은 사실상 두 개의 문제들을 함유한다. 즉 "추락은 무엇인가?" 그리고 "그것의 결과는 무엇인가?" 이어위커는 과거 더블린 외곽의 피닉스 공원에서 한때 저지른 이 (도덕적) 범죄 행위 때문에 잠재의식적으로 끊임없이 고심하고 있고, 이는 더블린의 거의 모든 사람들에게 구전되어 왔다. 그런데도 이는 별반 근거 없는 스캔들이다. 이는 HCE의 무의식을 통하여 한결같이 그를 괴롭히는 아담의 원죄와 같은 것이다.

스캔들의 내용인즉, 더블린의 피닉스 공원의 무기고 벽(Magazine Wall) 근처의 숲 속에서 두 소녀들이 탈의하고 있는 동안(소박한 목적으로), HCE가 그것에 자신의 간음증적 엿봄을 행사함으로써, 스스로의 나신(수음을 위해?)을 드러낸다는 내용이다. 한편 방탕한 3군인들이 이 엿보는 HCE를 보며, 그의 행실을 가로막는다. 성서에서 부친 노아의 나신을 훔쳐보는 그의 아들 같은 3군인들은 또한 죄인의 증인들이 된다. 그의 속옷, 엿봄, 방뇨 및 노출이 이어위커의 몰락의 죄의식 속에 한결같이 부동함으로써, 이 밤의 무의식은 돌고 도는 환중환(環中環, circle within circle)을 거듭한다.

『피네간의 경야』의 이야기는 저녁에 시작하여 새벽에 끝난다. 왜냐하면 『율리시스』가 더블린의 한낮의 이야기이듯, 이는 더블린의 한밤의 이야기이기 때문이다. 아버지와 어머니 그리고 세 아이들을 비롯하여 그들 더블린 사람들은 시의 외곽에 있는 피닉스 공원의 가장자리인 리피 강가에 살고 있다. 아버지 이어위커는 멀린가 하우스(Mullingar House) 또는 브리스톨(Bristol)이라 불리는 한 주점을 경영하고 있다. 그는 앞서 언젠가 피닉스 공원에서 저지른 불륜의 죄 때문에 남들의 조소를 받고 늘 괴로워하고 있다. 그는 "모든 사람"(Everyman) 격으로, 그가 갖는 잠재의식 또는 꿈의 무의식이 이 작품의 주맥을 이룬다. 그의 아내 아나 리비아 플루라벨(ALP)은 딸 이씨(Issy)와 두 쌍둥이 아들인, 셈(Shem)과 숀(Shaun)의 어머니이다. 늙은 죠(Joe)는 주점의 잡부요, 노파 캐이트(Kate)는 가정부, 그리고 주점에는 12명의 단골손님들이 문 닫을 시간까지 술을 마시거나 주위를 서성거리고, 그 밖에 몇몇 손님들도 주점 안에 있다.

날이 저물고, 고원의 동물원 짐승들이 잠자기 위해 몸을 웅크릴 때쯤, 세 아이들은 이웃의 어린 소녀들과 함께 주점 바깥에서 놀고 있다. 그들이 경기를 하는 동안 두 쌍둥이 솀과 숀은 이웃 소녀들의 호의를 사기 위해 서로 싸운다. 여기 소녀들은 당연히 숀을 편든다. 저녁식사가 끝난 뒤, 이들 아이들은 이층으로 가서 숙제를 하는데, 여기에는 산수와 기하학 과목도 포함된다. 쌍둥이들의 경쟁은 계속되지만, 누이동생 이씨는 한결같이 홀로 남는다. 아래층에는 이어위커가 손님들에게 술을 대접하거나 그들과 잡담을 하는 동안, 라디오가 울리고 텔레비전이 방영되기도 한다. 마감 시간이 되어 손님들이 모두 가버리자, 그는 이미 얼마간 술에 취한 채, 손님들이 남긴 술 찌꺼기를 마저 마시고 이내 현장에서 잠에 곯아떨어진다.

한편, 누군가가 주점 안으로 들어오기 위해 문을 두들기며, 주인을 비방하고 욕한다. 하녀 캐이트가 그 소리에 잠이 깨어 아래로 내려가자, 거기 주인 나리가 마룻바닥에 쓰러져 있음을 발견한다. 이어 HCE는 이층 침실의 아내에게로 가서, 사랑을 하거나, 하려고 애쓴다. 아내는 옆방에서 잠자고 있는 한 울먹이는 아이(솀)를 위안하려고 자리에서 일어난다. 이씨는 잠을 계속 청하지만, 쌍둥이들은 그들의 양친을 엿보는 듯하다. 닭이 울며 이내 새벽이 다가오고, 리피 강은 끊임없이 바다를 향해 흘러간다. 이어위커 내외는 곧 호우드 언덕으로 아침 산보를 떠날 참이다. 아나는 그녀의 의식 속에 강이 되어 노부인 바닷속으로 흘러들어간다.

「제I부 7장」 문사 셈

문사 셈의 초상-그의 저속, 비겁성, 술 취한 오만-표절자 셈
-유령 잉크병- **정의**(저스티스)와 **자비**(머시어스)

HCE의 쌍둥이 아들 중 셈(Shem)의 저속한 성격, 자의적 망명, 불결한 주거, 그의 인생의 부침(浮沈) 또는 성쇠, 부식성의 글 등이 이 장의 주된 내용을 이룬다. 이는 숀(Shaun)에 의하여 서술되는데, 한 예술가로서의 조이스 자신의 인생을 빗댄 아련한 풍자이기도 하다. 그의 서술은 신랄한 편견을 내포하고 있다. 그는 첫 부분에서 셈에 관하여 말하고, 둘째 부분에서 그의 전기적 접근을 포기하고, 그를 비난하기 위해 직접적으로 이야기에 참가한다. 이 장의 종말에서 셈은 자신의 예술을 통하여 자기 자신을 변호하려고 시도한다.

이 장은 전체 작품 가운데 비교적 짧으며, 아주 흥미롭고, 읽기 쉬운 부분이다. 여기 셈은 야외전(野外戰)보다 "그의 잉크병(전(戰)) 같은 집 속에 코르크 마개처럼 틀어박힌 채," 생활한다. 그의 예술적 노력은 중간의 라틴어의 구절(『FW』185)에서 드러나고, 그의 분비적(分泌的) 잉크를 제조하는 과정에서 "비참한 창자를 통하여 철두철미한 연금술사"가 된다. 그리고 그는 자신의 예술에로 "우연변이 된다." **자비**로서의 셈은 **정의**로서의 숀에 의하여 그가 저지른 수많은 죄과에 대하여 비난받는다. 셈은 철저한 정신적 정화가 필요하다. 이 장의 말에서 이들 형제의 갈등을 해소하기 위해 그들의 어머니 ALP가 리피 강을 타고 도래하는데, **자비**는 그녀에게 자신의 예술을 통해서 스스로를 변명하려고 시도한다. 결국, 그들 쌍둥이 형제간의 갈등은 그들 어머니의 도래와 그녀의 중재로서 해결

된다.

여기 작품의 제I부 7장은 숀에 의한 셈에 대한 서술에 전적으로 할
애된 자리로서, 숀은 예리한 편견으로 그의 형 셈을 성토하는데, 이 부
분은 대체로 두 단원인, 첫째 부분(『FW』 169~187)과 둘째 부분(『FW』
187~195)으로 대별된다. 첫째에서 숀은 셈에 관해 말하거나, 아마도 그
에 관해 글을 쓴다. 이 부분에서 숀은 셈의 은퇴시까지의 생활을 다룬다.
둘째에서 숀은 그의 전기적 접근을 포기하고, 셈의 범죄를 직접 비난하
는데, 그는 은퇴한 셈의 감방 속의 존재를 계속 취급한다. 셈은 어머니의
총아요, 숀은 아버지의 총아이다. 셈은, 과연, 어머니 ALP의 편지를 실
질적으로 쓴 데 대해 책임이 있는 필경사이다. 그는, 사실상, 조이스 자
신의 초상이기도 하다. ALP는 작품의 제I부 5장에서 읽듯, 시인(셈)에
의하여 자극된 뮤즈 여신 격이다. 그러나 시인은 자신의 운시들을 순수히
발명하는 것이 아니라, 유년 시절의 추억들이 담긴 심리적 깊은 층들 속
에서 그들의 소재들을 찾는다. 그러나 그의 편지의 언어는 영혼에 깊이
뿌리박고 있을지라도, 잠깨어 있는 감식안에는 총체적으로 분명하지 않
다. 따라서 그의 동료들에 의해 두려움을 당하고, 원망받은 채, 이 어머
니의 아이는 그의 아우 숀이 단지 비참과 죄를 보는 곳에서 스스로의 즐
거움을 찾아야 하는 운명이다.

비평가 틴달(Tindall)이 지적하다시피, 『율리시스』의 젊은 예술가 스
티븐 데덜러스와 『피네간의 경야』의 망명 저자 문사 셈은 일종의 문제아
들이다. 조이스는 언제나 자기 자신의 초상을 제작하고 있지만, 그들의
대부분은, 조이스-셈의 초상화를 다루면서도, 종류에 있어서 아이러니
와 다른 방책들에 의하여 거리감을 두거나 통제하고 있다. 너무나 거리감
이 있어, 데덜러스(젊은 조이스)는 셈과 전혀 같지 않다. 『율리시스』의 블

룸과 『피네간의 경야』의 이어위커 역시, 그들 작가의 투영이지만, 개관적이요, 독립적이다. 거의 지겨울 정도로 여기 조이스가 셈을 다루는 익살은, 아이러니나 또는 코미디에 대한 대용품이 아니라, 포용하는 저자와 그의 포용당하는 창조물과의 사이를 분리하는 데 실패한다. 『젊은 예술가의 초상』에서 스티븐은 이런 종류의 예술을 "서정적"(lyrical)이라 부른다. 다시 말해, 예술가가 자신의 이미지를 자기 자신과의 직접적인 연관속에 두는 것이다.

「제부 8장」 여울목의 빨래하는 아낙네들

아나 리비아 플루라벨 – 리피 강둑의 빨래하는 두 아낙네들의
잡담 – 어둠 – 아낙네들은 돌과 나무로 바뀌다

두 빨래하는 아낙네들이 리피 강의 맞은편 강둑에서 HCE와 ALP의 옷가지를 헹구며 그들의 생에 대하여 잡담하고 있다. ALP의 옛 애인들, 그녀의 남편, 그녀의 아이들, 그들의 간계, 번뇌, 복수 등, 그 밖의 것들에 대한 그들의 속삭임이 마치 강 그 자체의 흐름과 물소리로 진행된다. 그리하여 옷가지마다 그들에게 한 가지씩 이야기를 상기시키는데, 이를 그들은 연민, 애정 및 아이러니한 야만성을 가지고 자세히 서술한다. 주된 이야기는 ALP가 아이들 무도회에서 각자에게 선물을 나누어 줌으로써 그녀의 남편(HCE)의 스캔들(앞서 공원의 죄)을 다른 곳으로 돌리려는 것이다. 이어 그녀의 마음은 자신의 과거에 대한 회상에서부터 그녀의 아

들들과 딸의 떠오르는 세대에로 나아간다.

강의 흐름이 넓어지고 땅거미가 내리자, 이들 아낙네들은 HCE의 쌍둥이 아들들인 셈과 숀에 관하여 듣기를 원한다. 마침내 아낙들은 서로가 볼 수도 들을 수도 없게 되고, 한 그루의 느릅나무와 한 톨의 돌로 각각 변신한다. 이들은 쌍둥이들을 상징하는데, 잇따른 장들은 그들에 관한 이야기이다. 강은 보다 크게 속삭이며 계속 흐르고, 다시 새로운 기원이 시작할 찰나이다.

여기 두 아낙들에 의하여 묘사되는 아나는 아내와 유혹녀 이상으로 『율리시스』에 있어서 몰리 블룸의 대지의 여신(Gea-Tellus)처럼, 백의(白衣)의 여신(White Goddess)을 닮았다. 아나는 마치 삼각형을 닮아, 3면을 가진 세 능력을 지닌다(잇따른 작품의 II부 2장에서 완전한 삼각형으로 나타나는 ALP의 음부의 구도를 참작하라. 『FW』 293). 그녀는 또한 아일랜드의 극작가 보우시콜트 작의 『키스의 아라』(arrah-na-Pogue) 격이요, 앞서 제I부 6장에 등장하는 중재(仲裁)의 여인 누보레타의 모방이기도 하다.

이 장은, 마치 음률과 소리의 교향악이듯, 산문시의 극치를 이룬다. 700여 개의 세계의 강들의 이름이 이들 언어들 속에 위장되어 있으며, 장말의 몇 개의 구절은 작가의 육성 녹음으로 유명하다. 이 장의 서정적 묘사는 그의 바로 이전 장들보다 한층 즐겁다. 심미적 거리감이 우리를 한층 가까이 대하기 때문이다. 아나는 리피 강 자체요, 더블린의 옛 지도는 그의 강을 아나 리피(Anna Liffey)라고 부르는가 하면, "liv"는 생명을 뜻하는 덴마크어이다. "내게 말해줘요, 내게 말해"라는 잡담(가십)의 반복은 빨래하는 아낙들의 대화를 통하여 점철되고, 커피 잔을 저으며, 세월을 재는 플르프록(T.S. 엘리엇의 주인공)의 독백처럼, 음악의 후렴을 닮았다. 이 구조는, 과연, 리듬, 소리 및 운을 띤 산문시로서, 귀를 위한 듯,

소리 높여 읽기를 요구한다. 『율리시스』의 제3장에서 스티븐 데덜러스가 샌디마운트 해변을 거닐며 갖는 유명한 독백: "가시적인 것의 불가피한 양상……가청적인 것의 불가피한 양상"(ineluctable modality of the visible…ineluctable modality of the audible)처럼, 독자가 아나의 장을 읽는 최선의 방법은 흐르는 개울가에 앉아 조이스의 육성 녹음을 직접 귀담아 듣는 것일 것이다(작가 자신이 아나 장을 쓰면서 강가에서 그랬듯이).

이들 두 빨래하는 여인들의 대화는 마치 카탈로그인 양, 조이스의 거듭되는 수사적 방책들 중의 하나임이 분명하다. 앞서 지적한 대로, 이들은 그들의 대화를 "O"로서 시작하는데, 이는, 우리가 인지해 왔듯이, 조이스의 여성 아나 기호로서, 마치 『율리시스』 제13장에서 거티 맥도웰이 그녀의 숨 가쁜 성적 오르가슴의 클라이맥스에서 거듭 외치는 "O"를, 그리고 제18장 말에서 몰리가 구가하는 긍정의 숨가쁜 "예(Yes)"를 닮았다. 두 단어는 감수성과 묵종, 자기 방기 및 이완의 상징들이다. 『피네간의 경야』의 제I부 6장에서 "O! Yes"(『FW』159)는 누보레타(강의 여인) 자신이요, 리피 강 속으로 떨어지는 그녀의 눈물 자체를 암시한다. 이제 "O"는 만물의 시작에서 알파를 대신하면서, ALP의 오메가가 된다. 그녀의 장의 첫 3행은, 강에 알맞게, 리피 하구의 모래 사주(델타)의 형상화요, 나아가, 더블린 산 바스 맥주의 붉은 상표를 상기시킨다(『율리시스』의 〈산과 병원 장면〉에서 블룸은 이 붉은 마크를 몰리 또는 부친의 자살의 암시로 간주하며, 그로 인해 매료되기도 한다. 『U』340).

여기 『피네간의 경야』의 제I부 8장은 그것의 흥미와 구성의 많은 것을 언어유희(punning)에 빚지고 있다. 『율리시스』 18장의 결구에서 말(言)의 그물을 짜는 베틀 위의 몰리처럼 (아나에 비해 언행이 한층 미숙하긴 해도), 여기 두 빨래하는 아낙들은 그들의 말들을 희롱대면서, 강의 이름

들로 그물을 짠다. 우리가 『젊은 예술가의 초상』의 제1장에서 읽듯, 스티
븐 데덜러스가 지도에 시간을 보냈던 것보다, 여기 조이스는 강들의 이
름을 찾는 데 더 많은 시간을 보냈음에 틀림없다. 그는 Nile 강, Rhine
강, Amazon 강, Euphrates 강과 같은 큰 강들뿐만 아니라, Wabash,
Frome, Meander 및 Isel 등, 심지어 취리히의 두 강들인 Dihl 강과
Lammat 강에 이르기까지, 수많은 작은 강들을 차용한다. 이렇게 하여
세계의 강들로 짜인 여인들의 잡담의 밑바닥에는 물의 화신인 ALP의 서
정적 감정이 서려 있다.

「제IV부 1장」 ALP(아나 리비아 플루라벨)의 최후의 독백

　여기 작품의 거의 종말에서 아나 리비아는 처음으로 그녀의 편지를
"알마 루비아, 플라벨라"(Alma Luvia Pollabella)로서 서명하고, 그런 다
음 그녀의 독백으로 말한다. 그러자 여인은 자신이 새벽잠을 자는 동안
남편이 그녀로부터 떨어져 나가고 있음을 느낀다. 시간은 그들 양자를 지
나쳐 버렸으니, 그들의 희망은 이제 자신들의 아이들한테 있다. HCE는
험티 덤티(Humpty Dumpty)의 깨진 조가비 격이요, 아나는 바다로 다시
되돌아가는 생에 얼룩진 최후의 종족이 된다. 여기 억압된 해방과 끝없는
대양부(大洋父)와의 재결합을 위한 그녀의 강력한 동경이 마침내 그녀의
최후의 장쾌한 독백을 통하여 드러난다.
　이제 아나 리피(강)는 그 순간 잠에서 눈을 뜨자, 꿈은 깨어지고, 이어
환(環)은 새롭게 출발할 채비를 갖춘다. 그녀는 바닷속으로 흐르는 "자양

의 춘엽천(春葉川)이요, 그의 침니(沈泥)와 그녀의 나뭇잎들"과 함께 그녀의 기억을 퇴적한다. 이 최후의 장면은 그녀의 가장 인상적이요 유명한 독백으로 결구된다.

"나는 떠나고 있도다. 오, 쓰디쓴 종말이여! 나는 모두들 일어나기 전에 살며시 사라질지라"(『FW』 627). 이어 최후의 페이지는 산문시의 극치이다. "삼중공(三重恐)의 갈귀 창"(신화의 Finn이 되기 전 일종의 Neptune으로서의 HCE의 상징)을 지닌, "나의 냉부, 나의 냉광부(冷狂父), 나의 차갑고 미친 공화(恐火)의 아비에게로" 나아가면서, ALP는 이제 한 아이가 된다. "먼 부르짖음, 다가오면서, 멀리! 여기서 끝일지라…… 핀, 다시(어겐)! 취할지니. 그러나 살며시, 기억수(記憶水) 할지라!"(Far calls. Coming, far! End here……Finn, again! Take. Bussoftlhee, mememormee!) 여기 "기억수"(mememermee)란 모든 죽어가는 동물과 분담하는, 희망 또는 약속의 암시이다. "열쇠. 주워버린 채! 한 길 부여된,"(Take. The keys to). 여기 열쇠는 천국을 위한 것이다.

이 최후의 구절, "한 길 한 외로운 한 마지막 한 사랑 받는 한 기다란 그"(A way a lone a last a loved a long the)에서 5개의 부정관사 "a"가 정관사 "the"를 선행하고, 이는 『율리시스』의 몰리의 최후의 "yes"의 반복과 대등하다. 이들 두 단어들("a"와 "yes")은 감수의 말들이요, 이 구절의 최후의 말인 "the"는, 작가의 지적처럼, "최약(最弱)의 단어"로서, 작품의 최초의 단어인 "riverrun"(『FW』 3)에로 거스른다.

제임스 조이스의 아름다운 글들

— 번역과 해설 —

초판 1쇄 발행일 2012년 10월 18일

편역자 김종건
펴낸이 박영희
편집 이은혜 · 김미선 · 정민혜 · 신지항
인쇄 · 제본 AP프린팅
펴낸곳 도서출판 어문학사
　　　　서울특별시 도봉구 쌍문동 523-21 나너울카운티 1층
　　　　대표전화: 02-998-0094 / 편집부1: 02-998-2267, 편집부2: 02-998-2269
　　　　홈페이지: www.amhbook.com
　　　　트위터: @with_amhbook
　　　　블로그: 네이버 http://blog.naver.com/amhbook
　　　　　　　　다음 http://blog.daum.net/amhbook
　　　　e-mail: am@amhbook.com
　　　　등록: 2004년 4월 6일 제7-276호

ISBN 978-89-6184-270-9 93840
정가 26,000원

이 도서의 국립중앙도서관 출판시도서목록(CIP)은 e-CIP홈페이지(http://www.nl.go.kr/ecip)와
국가자료공동목록시스템(http://www.nl.go.kr/kolisnet)에서 이용하실 수 있습니다.
(CIP제어번호: CIP2012004485)